# KURT TUCHOLSKY

# GESAMMELTE WERKE

HERAUSGEGEBEN VON

MARY GEROLD-TUCHOLSKY

FRITZ J. RADDATZ

KURT TUCHOLSKY

# AUSGEWÄHLTE BRIEFE

1913-1935

ZWEITAUSENDEINS

Lizenzausgabe mit freundlicher Genehmigung
des Rowohlt Verlag GmbH, Reinbek 2005
für Zweitausendeins, Postfach, D-60381 Frankfurt am Main.



Printed in Germany.

Dieses Buch gibt es nur bei Zweitausendeins im Versand, Postfach, D-60348 Frankfurt am Main, Telefon 069-420 8000, Fax 069-415 003. Internet www.Zweitausendeins.de, E-Mail Info@Zweitausendeins.de. Oder in den Zweitausendeins-Läden in Berlin, Düsseldorf, Essen, Frankfurt am Main, Freiburg, 2x in Hamburg, in Hannover, Köln, Mannheim, München, Nürnberg, Stuttgart.

In der Schweiz über buch 2000, Postfach 89, CH-8910 Affoltern a. A.

ISBN 3-86150-721-8

# VORWORT

Der hier vorliegende Band mit Briefen aus der Zeit von 1913–1935 ergänzt das literarische Oeuvre von Kurt Tucholsky und beschließt die Ausgabe seiner GESAMMELTEN WERKE.

Die Lektüre der Briefe ist ein Abenteuer für jeden Leser, der an der Persönlichkeit Tucholskys und an seinem Werdegang in Widerspruch oder Zustimmung Anteil nimmt. Tucholskys Streben nach Bindung, in politischer und menschlicher Beziehung, und seine Scheu vor Gebundenheit – die beiden Pole, zwischen denen sich dieses Leben in einem überstarken Spannungsfeld zerrieb – werden hier in leidenschaftlichen persönlichen Bekenntnissen deutlich. Sie zeichnen das Bild des Menschen Kurt Tucholsky und zeigen eine tragische Identität des Publizisten und der privaten Persönlichkeit.

Unser Band enthält etwa 400 Briefe: Mitteilungen an Menschen, die ihm nahe standen, aber auch Auseinandersetzungen mit einigen seiner Leser. Einzelne dieser Briefe mögen, für sich genommen, unwichtig erscheinen, aber alle zusammen bilden sie ein Ganzes, fügen sich mosaikartig zu einer Autobiographie. Der unterschiedliche Ton in diesen Briefen zeigt – auch im sehr intimen Zeugnis – den Schriftsteller Kurt Tucholsky in seinem Nuancenreichtum, seiner Zärtlichkeit, seiner Einsamkeit und Erbitterung. Man begreift durch diese Briefe, warum Tucholskys Werk noch heute Hunderttausende in den Bann zieht – es sind die documents humains eines Schriftstellers von konsequenter politischer und moralischer Integrität.

Die Briefe dieses Bandes sind durch Zufall erhalten geblieben: sie wurden Stück für Stück in mühevoller jahrelanger Sucharbeit in der ganzen Welt aufgespürt und von den Empfängern Mary Tucholsky zur Verfügung gestellt. Der Titel «Ausgewählte Briefe» bezeichnet bereits ihr Schicksal: dies sind nicht «sämtliche Briefe» Tucholskys. Angst vor der Gestapo, Haussuchungen, Flucht, Emigration und Bombenkrieg haben wichtige Briefe unwiederbringlich vernichtet. So sind beispielsweise von der umfangreichen Korrespondenz zwischen Kurt Tucholsky und Siegfried Jacobsohn viele hundert Briefe Jacobsohns an Tucholsky erhalten geblieben, während seine Briefe 1933 mit dem gesamten Archiv der *«Weltbühne»* beschlagnahmt wurden und verlorengingen. Die hier abgedruckten wenigen Dokumente sind nur ein Beispiel von der vierzehnjährigen engen Zusammenarbeit mit dem Herausgeber der *«Weltbühne»*.

Jeder der hier gesammelten Briefe hat eine eigene Geschichte, ein

Schicksal; sie schwammen über Meere, wurden in doppelten Böden verschickt, in Sofakissen verborgen, viele der Originale sind kaum mehr lesbar; zerknittert, verwischt, spiegeln sie das Antlitz unserer Zeit: Sorge, Not und Leid – und sehr wenig Glück.

Am abenteuerlichsten ist das Geschick der Briefe an Mary Gerold-Tucholsky. Die ersten wurden in einem kleinen Ort in der damals russischen Ostseeprovinz Kurland 1917 geschrieben und der letzte im Dezember 1935 in einem kleinen Ort in Schweden; in diesen 18 Jahren sind es 744 Briefe geworden, Chronologie eines Lebens. Schon 1919 wurden sie durch die erste Haussuchung in Riga gefährdet: Briefe eines deutschen Soldaten waren ein gefährlicher Besitz für eine Baltin im sowjetbesetzten Baltikum; dann kam die Flucht aus Riga, die Reise mit dem knisternden «Reisekissen» im Jahre 1921, dann, 1933, folgte eine Haussuchung der anderen. Mary Tucholsky schildert diese Odyssee selbst:

«Tagtäglich erfolgten Haussuchungen, Verhaftungen, Freunde verschwanden. Der Reichstag hatte gebrannt; die Hitlermeute war losgelassen. – Die Briefe mußten verschwinden. Aber wohin damit? Ich konnte doch niemanden damit belasten. – Und da hatte ich wieder einmal eine geniale Idee: in den Spiralen der Couch bot sich ein todsicheres Versteck der Briefe und Tagebücher!

Es war eine schwierige und anstrengende Arbeit. Und als alles verstaut war, fiel mir ein, daß der nächste Tag der ‹Großreinemachetag› meiner Frau Marx war und daß es immerhin im Bereich der Möglichkeit liege, daß sie die Couch umdrehen könnte, um dem Staub mit dem Staubsauger zu Leibe zu gehen . . .

Ich riß unter Aufbietung meiner letzten Kraft die versteckten Bündel aus der Couch, warf sie kunterbunt in meinen Kleiderschrank, legte einige Wäschestücke darüber und sagte mir: ‹Komme, was kommen mag, ich kann nicht mehr!› und ging schlafen.

Am nächsten Morgen gegen 10 Uhr wurde ich im Büro von meiner Frau Marx angerufen, die atemlos flüsterte: ‹. . . sehr schlimm, vierzehn Mann in der Wohnung, kommen Sie sofort . . .!› – Ich raste mit dem Auto nach Hause.

Die ‹Künstlerkolonie›, in der ich wohnte, war von SA umstellt. Ich mußte alle fünf Schritt meinen Paß vorweisen, meine Tasche geöffnet halten, die nach Waffen durchsucht wurde. So gelangte ich zum Laubenheimer Platz, wo ein Lastwagen aufgefahren war, auf dem viele Männer mit bleichen Gesichtern dichtgedrängt standen, und immer mehr Männer wurden aus den Häusern gezerrt und auf den Wagen gestoßen, während die gaffende Menge aus den umliegenden Häusern ‹Huuuh!› rief.

Ich kam zu meinem Hause und öffnete die Haustür. Eine Hausbewohnerin, die mich hatte kommen sehen, rief mir zu: ‹Gehen Sie nicht nach oben, Sie werden verhaftet! Die Wohnung soll versiegelt werden! Kistenweise sind Sachen fortgebracht worden!› – Was sollte ich tun? Ich schloß meine Wohnung auf: auf dem Fußboden lagen Dietriche verstreut, alles war aufgebrochen, alles durchwühlt worden, die Hälfte meiner Bücher war weg . . . Ich ging ins Schlafzimmer, öffnete meinen Kleiderschrank und – traute meinen Augen nicht: unter der Wäsche lagen unberührt die Bündel der Briefe und meine Tagebücher . . .

Wie ich nachher von meiner tapferen Frau Marx erfuhr, hatten die Nazis bei der Haussuchung als erstes die Couch umgedreht und in die Spiralen geleuchtet.

Und dann schmuggelte ich mit großer Mühe und mit Herzklopfen all diese Briefe, meine Tagebücher und Fotos in einem Koffer aus dem Hause und versteckte ihn im Keller meiner Freunde Helene und Axel. –

Dann kam der Krieg. Eine Sprengbombe zerstörte das Haus meiner Freunde, der Keller blieb unversehrt . . . die Briefe waren wieder einmal gerettet. –

Ich nahm sie zu mir in die Druckerei, in der ich arbeitete, und versteckte sie in einem schmalen Kellerraum. – 1943 brannte die Druckerei ab, die Kellerräume, in denen Papier gelagert war, schwelten vier Wochen lang. – Der Kellerraum, in dem die Briefe lagen, blieb als einziger wie durch ein Wunder unversehrt: die Briefe waren abermals gerettet. –

Und als sich die konzentrierten Bombenangriffe auf Berlin mehrten, nahm Elfriede H., die ein kleines Häuschen in Biesdorf bei Berlin hatte, die Briefe in Verwahrung.

Hier überstanden sie die letzte Phase des Krieges, den Einmarsch der Russen, die Haussuchungen und was damit verbunden war . . . und blieben, wenn auch leicht vermodert, unversehrt. –»

Diese so geretteten Briefe konnten natürlich nicht alle abgedruckt werden. «Ausgewählte Briefe» heißt, daß die Herausgeber aus dem vorliegenden Material eine Auswahl treffen mußten. Auch manches von dem an andere Adressaten Gerichtete war zu unwichtig. Selbst innerhalb der abgedruckten Briefe mußte gelegentlich einiges entfallen: in den Briefen an Mary Gerold-Tucholsky z. B. zu Persönliches. In anderen Briefen mußte Rücksicht auf noch lebende und wirkende Zeitgenossen genommen werden; Tucholsky hat – vor allem in den Jahren des Nationalsozialismus – oft in äußerst scharfer Form gegen ehemalige Kollegen polemisiert, die er aus Berlin oder aus den Pariser Jahren kannte und die ihren Frieden mit Hitler gemacht hatten oder ihm gar dienten. Das Persönlichkeitsschutzgesetz empfiehlt die Genehmigung der «Betroffenen» zum Abdruck – in einigen Fällen wurde sie nicht erteilt. Auslassungen dieser und anderer Art wurden durch [. . .] gekennzeichnet, während ergänzte, weil unleserliche Worte in eckige Klammern gesetzt wurden. Keine dieser Auslassungen persönlicher Polemiken bewirkt eine Verfälschung von Tucholskys politischer Meinung.

Viele Eigentümlichkeiten in der Ausdrucks- und Schreibweise der einzelnen Briefe sind in den Anmerkungen erläutert: ob es sich um Tucholskys «Privatsprache» handelt, in der er z. B. mit Mary Gerold-Tucholsky verkehrte, oder um die zahllosen Anspielungen auf Freunde und Bekannte, auf Theaterstücke, Bücher und Zeitschriften oder um den fingierten Absenderort «Zürich» in den Briefen nach 1933, obwohl er in Schweden lebte.

Den «politischen Briefen» der Jahre 1932–1935 (z. B. an Tucholskys Bruder Fritz oder Walter Hasenclever) kommt besondere Bedeutung zu, weil sie die einzige schriftliche Aussage Tucholskys nach 1932 sind, zu einer Zeit also, in der er nichts mehr veröffentlichte. Seine Stellung zu den Ereignissen in Deutschland, seine Abwendung vom Sozialismus Moskauer Prägung ist aus diesen privaten Dokumenten ablesbar. Neben Irrtümern im Detail der politischen Deutung zeigen diese Briefe eine Analyse des Geschehens, die erschreckend exakt ist. Sie zeigen aber auch eines sehr deutlich: Tucholskys ständiges «es geht mich nichts mehr an» war eher ein: «Ich will, daß es mich nichts mehr angeht». Deutschland, das er seit Jahren nicht mehr gesehen hatte und dem er auch im Ausland aus dem Wege ging, beschäftigte ihn nach wie vor bis zur Erbitterung: diese Briefe hat Ignaz Wrobel geschrieben, Tucholskys «politisches Pseudonym».

Der Schriftsteller Tucholsky begann 1907 mit einem *‹Märchen›*, einem verspielten Spaß vom Kaiser, der auf «die ganze moderne Richtung» pfiff – mehr Scherz als Ironie; am Ende, 1935, steht der große Abschiedsbrief an Mary Tucholsky, stehen jene vier Zeilen aus *«Peer Gynt»*, die er nicht niederschrieb:

> Eine, die gedacht – und einer, der vergessen!
> Eine, die entsagt – und einer, der vermessen! –
> O Grauen! – Und niemals wandel' ich's um!
> O Gott – *hier* war mein Kaisertum!

In den 28 Jahren dazwischen lag nicht nur Satire, nicht nur «tiefere Bedeutung», lag der mutige Kampf eines deutschen Schriftstellers, das Dyskolos-Leben eines großen Menschen.

F. J. R.

# BRIEFE

# AN HANS ERICH BLAICH

Berlin W 50, Nachodstr. 12 23. 2. 1913

Sehr geehrter Herr Doktor,
ich danke Ihnen vielmals für Ihre Besprechung im «*März*».

Jetzt fürchte ich nur, Sie haben unseren Besuch mißverstanden. Mir liegt daran, nicht als ein «Förderung heischendes» Talent angesehen zu werden. Gerade von Ihnen nicht. Denn als ich damals zu Ihnen nach Bruck herausfuhr, geschah das aus einem richtigen Gefühl der Verehrung. (Das sieht, schreibt man es auf der Schreibmaschine, ein bißchen komisch aus, es ist aber doch so. Und die Maschine, die ich selbst schreibe, empfinden Sie bitte nicht als unpersönlich; dies sieht besser aus als mein Gekrakel.)

Wie gesagt: aus Verehrung. Es würde mich nichts reizen, Hauptmann oder Schnitzler oder Rilke kennenzulernen – ich habe nie Ihre Gedichte allein bewundert. Und nichts hat mich mehr gefreut, als daß Sie über das Radauzentrum etwas gesagt haben; ich habe das aber erst in Bruck so scharf empfunden, woher Sie *das* haben, worum ich Sie immer beneidete: *die Distanz*. Ich sagte zum Scherz: wenn man hier keine guten Gedichte machen soll –! Aber ich verstand jetzt, warum bei Ihnen ein Baum wirklich ein Baum ist, und bei uns ein ziemlich abstrakter Begriff, dessen reales Abbild vielleicht existiert. Wir sind herausgefahren, weil ich Sie gern über Busch und Raabe sprechen hören wollte, und weil ich genau wußte, daß alle Ihre Gedichte und Herr Dr. Blaich und Ratatöskr und Dr. Owlglaß *eine* Sache sind.

Ich mag Berlin nie, aber an dem Abend, als ich Ihre Kritik las, war es mir verhaßt. Hier sind alle skeptisch, aber die Kehrseite ist Kitsch. Und wenn es etwas zu bekämpfen gibt, bekommen wir immer gleich rote Köpfe und kläffen und vergessen ganz, daß es doch immerhin noch andere Dinge gibt als Kraus und Max Harden. Wenn Sie jemanden auf der Gabel haben, lächeln Sie hold, und ich gerate jedesmal aus dem Häuschen vor Entzücken. Ich habe mir immer eingebildet, es komme daher, weil die positive Seite Ihrer Satire, das Element, aus dem Sie den Grimm zum Schlagen holen, so stark ist. Witze machen können viele, aber nur Sie und Thoma wissen um die andere Seite.

Deswegen sind wir herausgefahren, deswegen schickte ich Ihnen die kleine Notiz, die viel zu einflußlos ist, um all das auszudrücken, was ich gern über Sie sagen möchte.

Fürchten Sie nun nicht, daß Ihnen eines Tages ein dickes Manuskript mit der Bitte um Prüfung ins Haus kommt. Man schreibt wohl so etwas mal, wenn man verliebt ist; im übrigen bin ich ein Student mit einiger stilistischer Begabung, der vorläufig noch nicht weiß, was er werden soll.

Erlauben Sie mir nur manchmal, daß ich an Sie schreiben darf. Und antworten Sie bitte nur, wenn Sie gerade Zeit haben.

Nochmals herzlich dankend grüßt Sie Ihr ganz und gar unberlinischer

Tucholsky

P.S. (Weil es sich um eine Frau handelt). Viele Grüße auch von der Claire.

Berlin W 50, Nachodstr. 12 den 27. August 1913

Sehr geehrter Herr Doktor,
darf ich wieder einmal von mir hören lassen? –

Wenn Sie nicht noch bei Sieck sind, so möchte ich Sie bitten, ausnahmsweise eine Kleinigkeit zu lesen.

Sie schrieben damals über ‹*Rheinsberg*› etwas Wunderschönes über das «Radauzentrum» Berlin – nun, wir empfinden dergleichen hier auch.

Meine pseudonymen Auslassungen habe ich blau angemalt, wenn Sie nichts Besseres zu tun haben . . .

Nie wieder –! (Der Dichter bei Busch hat zu diesem Zweck eine Brusttasche, aus der ers hervorholt . . .)

Doch: noch einmal. Sie sind unterdessen in die Literatur gekommen und heißen Dr. Bruck. Wenn dieser Brei fertig gekocht ist – September – dann . . .!

Mit den besten Grüßen Ihr sehr ergebener Tucholsky

Berlin W 50, Nachodstr. 12 den 9. September 1913

Sehr geehrter Herr Doktor,
ich danke Ihnen vielmals für Ihren Brief. Natürlich haben Sie recht. Ich mag Sie nun nicht konstant mit alten «*Schaubühnen*» behelligen – damals, als Holz seinen 50. Geburtstag feierte, riß ich den Mund weit auf, er solle nicht immer Krakeel machen und lieber unter den grünen Bäumen liegen und so . . . Und wenn es zum Klappen kommt, lärme ich munter mit. Berlin, nicht wahr –?

Das mit den 14 Exemplaren «*Saurer Apfel*» ist nicht nachdenklich, sondern . . . darf ich schimpfen? Nicht? Gut: jedenfalls müssen 10 verloren gegangen sein, denn vier haben wir (Szafranski, der Kunstmaler, und ich) für uns und die Damen gekäuft, wie wir es mit allen Owlglaßschen Publikationen machen. Aber hilft es denn etwas? – Und wie geht «*Gottes Blasbalg*»? Ebenso – es wäre – erlauben Sie es mir – ein Skandalum.

Bei ‹*Rheinsberg*› kann ich nicht klagen. Bis jetzt sind es ungefähr dreitausend Stück. (Der Verleger autòs éphe.) Aber wir haben uns auch auf den Kopf gestellt und haben um vorige Weihnachten einen Laden aufgemacht, den wir die «Bücherbar» nannten, und wo wir Bücher und Schnaps verschenkten. Da ging es ausgezeichnet, und vielleicht hat es sich ein bißchen herumgesprochen . . .

Das neue ist keine Fortsetzung. Die Claire als Großmama – das wäre so eine Sache! – Es ist ein kleiner Scherz, der pseudonym herausgeht, und wenn Sie erlauben, schicke ich Ihnen das Dingelchen zu. (Preis Mir: es hat nur 25 Seiten!)

«*Prophylaxe*» himmlisch. Die besseren Leute können es bereits auswendig. Wann kommt der nächste Gedichtband? – Ich verpflichte mich zur Abnahme von min-de-stens 6 (sechs) Stück.

Ich wünsche Ihnen alles Gute, Herr Doktor, und wenn es im Winter einmal recht schneit und Sie nichts Besseres zu tun haben – bitte schreiben Sie mir einmal! –

Mit den besten Grüßen Ihr sehr ergebener Kurt Tucholsky

ORION / EIN JAHRKREIS IN BRIEFEN

Kurt Tucholsky, Berlin W 50, Nachodstr. 12
Kurt Szafranski, Berlin W 10, Sigismundstr. 5

Wir bitten die Vorbesprechungen zum Orion, den bei Zustandekommen der Verlag Kurt Wolff in Leipzig vertreiben wird, vertraulich zu behandeln.

den 26. September 1913

Lieber Herr Doktor,
diesmal sind es drei Dinge, die wir in Ihren freundlichen Wohnort schicken. Erstens ein kleines Gedichtbuch eines jungen Herrn, der natürlich nicht Klabund heißt, sondern Henschke oder so. Er ist noch sehr jung und lungenkrank. Der «*Pan*», eine kleine berliner Literaten-

zeitschrift, brachte zuerst Gedichte von ihm, derentwegen der Herausgeber unter Anklage gestellt wurde. Da war eins, in dem er seiner imaginären Geliebten eine Infektion vorwarf, aber sie beruhigte ihn, und es schloß:

«Sie ist so süß, man ist gefangen:
Es hat noch einmal gut gegangen.»

In dieser Art.

Ohne ihn zu überschätzen, schicken wir Ihnen das nur, weil wir in ganz vereinzelten Versen eine gewisse Verwandtschaft mit Ihnen entdeckt zu haben glauben. So z. B. im «*Prolog*».

Zweitens schicken wir Ihnen unser kleines Heftchen, in dem wir auch Ihre ehrwürdige Figur malträtiert haben. Im übrigen: (Proportion)

Ignaz Wrobel: Kurt Tucholsky = Ratatöskr: Dr. Owlglaß

Nur, daß Sie noch den Dr. Blaich in der Hinterhand haben. Und im übrigen brauchen wir Sie wohl nicht daran zu erinnern, daß die Glieder einer Proportion wohl im Verhältnis stehen, aber noch lange nicht gleich sind.

Und drittens ein Wunsch: Sie werden sich gewiß schon den Kopf dieses Briefes angesehen haben und wußten nicht, was er bedeutet. Nun, wir wollen von den «bessern Nummern» in Deutschland einen Beitrag haben (wir schicken Ihnen die Liste der projektierten Mitarbeiter anbei), und wollen diese Beiträge, die möglichst in Briefform gehalten sein sollen, faksimiliert veröffentlichen und unsern präsumptiven Abonnenten zuschicken. Dann hat der Leser die liebliche Suggestion, Hesse oder Dr. Owlglaß schreibe an ihn direkt. Außerdem erhält er etwas Gutes, das er, weil es einzeln erscheint, mit Aufmerksamkeit liest. Und drittens haben wir für unsere Lieblinge wieder etwas getan. Wollen Sie mitmachen, lieber Herr Doktor, und uns ein recht hübsches Gedicht schicken? Wir würden das dann mit einer Sieckschen Zeichnung herausgehen lassen. An die Zeichner haben wir noch nicht geschrieben, aber schon an die Skribenten. Und zugesagt haben auch schon eine ganze Menge: Rilke und Hesse, Wilhelm Schäfer und Th. Mann, und Roda Roda und Meyrink und Holitscher und Bie und noch viele andere.

Bei dieser Gelegenheit eine Frage: Ludwig Thoma hat uns gar nicht geantwortet. Macht er so etwas nicht mit?

Wir grüßen Sie vielmals und würden uns außerordentlich freuen, wenn wir von Ihnen auch nur 6 Zeilen bekämen, die so hübsch sind, wie «*Daheim*», Ihr habt Euch still und heimlich weggemacht . . .

Was ein besserer Mensch ist, so kann er dies auswendig.

Ihre sehr ergebenen

Tucholsky | Szafranski

*Literatur:*

Dehmel
Hofmannsthal
Brod
Blei
Morgenstern
Irene Forbes-Mosse
Werfel
Hardekopf
Mynona
Owlglaß
Holz
Rilke
Hauptmann
Wassermann
Th. Mann
Heinrich Mann
Schäfer
Emil Strauß
Hesse
Willy Speyer
Maeterlinck
Auburtin (Paris)
Schnitzler
Altenburg
Walser
Sternheim
Shaw
Galsworthy
Meyrink
Wedekind
Wells
Kipling
Andrejew
Jensen
Kellermann
Hyan
Thoma
Roda
Wied
Friedell
Hamsun
Hochdorf (Brüssel)
Keyserling
Beer-Hofmann
Kafka

*Politik:*

Harden
Thoma
Vollmer
Franck
Ed. Bernstein
Landauer
Oppenheimer
S. Saenger
F. Mehring

*Philosophie:*

Mauthner
Chesterton
Rathenau
Simmel
Wundt
Mach
Buber
Flamarion
Bergson

*Jura:*

Neubecker
Fuchs
Wulffen

*Theater:*

Barnowsky
Wegener
Jacobsohn
Pawlowa

*Wirtschaft:*

Holitscher
Ballin
Damaschke
Vindex
Martin Kohn
Fürstenberg
Louis Hagen–Köln

*Musik:*

Bie

*Kultur:*

Moritz Heimann
Scheffler
Lichnowsky

*Bildende Kunst:*

Meier-Graefe
Lichtwark
Behrens
Breuer

*Zeichnungen:*

Sieck
Gulbransson
Valloton
Heine
Blix
Bernhard
Kainer
Scheurich
Walser
Nikkelsohn
Daumier
Klimt
Kubin
Cristophe
Kollwitz
Wilke
Oppenheimer
Woelfle
Barlach
Pascin
Bakst
Somoff

*Medizin:*

Kraepelin
Ziehen

## ORION / EIN JAHRKREIS IN BRIEFEN

Kurt Tucholsky, Berlin W 50, Nachodstr. 12
Kurt Szafranski, Berlin W 10, Sigismundstr. 5

Wir bitten die Vorbesprechungen zum Orion, den bei Zustandekommen der Verlag Kurt Wolff in Leipzig vertreiben wird, vertraulich zu behandeln.

den 9. Oktober 1913

Lieber Herr Doktor,
wir danken für die Epistel vom 28. hujus – aber ach! schon ist nicht mehr hujus – Postume, Postume ... jedenfalls bedanken wir uns recht schön. Der «*Simplicissimus*» hatte damals nicht so unrecht – aber erstens habe ich seitdem noch ein bißchen an den Dingern gearbeitet, und was für einen Witz für 50 Pf. gut genug ist, gehört schließlich noch nicht in das ††† Blatt.

Daß Sie am feierlichen «*Orion*» mitarbeiten wollen, freut uns sehr. Eine Menge guter Leute haben schon zugesagt – wollte Gott, daß auch Gulbransson und Th. Th. H. nicht absagen! –

Die negative Asphaltsehnsucht äußert sich nach wie vor in dem heftigen Begehren, mit Ihnen einen Becher Weins zu leeren, Du bist die Ruh! – Aber nö: ick muß ja hier hocken – und erschrecken Sie nicht: Knaben in den Wissenschaften unterweisen. Es hat sich gezeigt, daß es mit der Juristerei nichts ist – und wannen er den Doktor juris utriusque gebauet hat, so will er Geld mit einer Presse verdienen. Maßen die Trottel und Adligen nie alle werden.

Amen.

Auch der Maler läßt schönstens grüßen. Er sitzet hier in einer Redaktion und hilft, eine Zeitung äußerlich noch schöner gestalten als sie es schon ist. Das walte Gott! –

Und Sie? – Wenn ich, Wrobel-Tucholsky – mich zunächst nach Ihrem Gesundheitsbefunde erkundige, so hat das seinen guten Grund. Ich habe nämlich eine bittende Anfrage: würden Sie – an der «*Schaubühne*» mitarbeiten? – Die Sachlage ist folgende: dies Theaterblatt hat seit einiger Zeit mich und die Ambition, über seinen alten Kreis hinauszugehen. Wir möchten gern – was wir auch seit einiger Zeit tun – mal über etwas anderes berichten als über Premieren. Sollte Ihnen das ganze Milieu unangenehm sein, sagen Sie es bitte und ich belästige Sie nicht mehr damit. Wo aber nicht – und wenn Sie keine Reichtümer dabei sammeln wollen –, Jacobsohn zahlt, aber herzlich und wenig –

dann will ich Ihnen einige Nummern schicken, und ich weiß, daß hier gerade Ihre Prosa, die Sie viel zu wenig von sich geben, gefallen würde. So einen Brief aus Bruck – und es mag und kann ruhig drin stehen, Kinder, was seid Ihr da für aufgeregte Mäuse! – Sachte, sachte ...! Aber ganz, wie Sie wollen. –

Nochmals den besten Dank der beiden: des erschütterten Malers und des sorgenvoll bittenden Dichters –

Mit besten Grüßen

herzlichst
Ihr Szafranski
Tucholsky

Berlin W 50, Nachodstr. 12 den 25. Oktober 1913

Lieber Herr Doktor,
das mit den pädagogischen Praktiken dürfen Sie schon glauben. Nur ists ganz ernst gemeint – und hat mit Geldverlegenheit nichts zu tun: ich möchte nämlich mit einem Oberlehrer eine Presse – so nennen wirs hierorts – aufmachen; also ein refugium für Jungens mit Webefehlern und solchen, die nicht mitkommen. Wir treiben das privat schon eine Weile, und es bringt viel Geld. So wars gemeint, und ich schreib es nur nochmal, weil Sie fragten.

Die «*Schaubühne*» hab ich Ihnen schicken lassen, hoffentlich hat Jacobsohn – o hieß er doch nicht so: er ist nämlich nicht so – das auch getan. Nein, der absolut richtige Boden ist das natürlich nicht für Sie – aber es war der reine Egoismus für die «*Schaubühne*», wenn ich Sie bat, mitzumachen. Rara avis! –

Dem «*Orion*» gehts gut, weil er noch ein Embryo ist. Wir brauchen noch nichts – weil wir noch nicht fertig mit den Vorarbeiten sind, und wir können ja dann noch immer uns einigen, was und wie. Herr Sieck hat freundlicherweise zugesagt – vielen Dank! – Es muß natürlich nichts Lyrisches sein: ein Brief aus Bruck an die Berliner wäre nicht übel! –

Klammer auf: (Lieber Herr Doktor, ich habe doch neulich einen kleinen Moment geglaubt, die «*Episode*» im Blatt ... ich hab mich ein bißchen getroffen gefühlt. Nicht wahr: es stimmt doch nicht? – Klammer zu.)

Der Kanarienvogelmaler läßt vielmals wieder grüßen und auch ich grüße herzlichst und beneide Sie sooo um den Nebel! –

Hier ist bloß Dreck.

Herzlichst
Ihr
Tucholsky

## ORION / EIN JAHRKREIS IN BRIEFEN

Kurt Szafranski, Berlin-Wilmersdorf, Helmstedterstr. 30
Kurt Tucholsky, Berlin W 50, Nachodstr. 12

Wir bitten die Vorbesprechungen zum Orion, den bei Zustandekommen der Verlag Kurt Wolff in Leipzig vertreiben wird, vertraulich zu behandeln.

den 20. Dezember 1913

Sehr geehrter Herr Doktor,
wir treten im Februar 1914 mit der Propaganda für den «*Orion*» an die Öffentlichkeit.

Nach Schluß der Subskription werden wir uns sofort mit Ihnen in Verbindung setzen, um nähere Einzelheiten über den von Ihnen zugesagten Beitrag festzulegen.

Wir sind Ihre sehr ergebenen

Tucholsky Szafranski

Berlin W 50, Nachodstr. 12 den 24. Februar 1914

Sehr geehrter Herr Doktor,
seien Sie nicht böse, wenn wir jetzt erst schreiben. Szafranski schreibt nur Briefe, wenn man ihn tätlich bedroht, und ich hatte mir in dieser Zeit ein Büchlein zugelegt, um mit acht Fingern auf der Schreibmaschine zu tippen. Der Erfolg war, daß ich eine Woche keinen Brief schrieb und augenblicklich schlechter schreibe denn je. Daher die Verzögerung.

Was nun den Sailer betrifft, für den wir uns je einmal herzlichst bedanken, so war er mir (Tu.) aus dem Panizza bekannt, der ihn zitiert hat, als er sich wegen des «*Liebeskonzils*» vor Gericht verteidigen mußte. Er führte damals aus, daß auch schließlich gute deutsche Autoren ihren Unfug mit dem lieben Gott getrieben haben – aber das stimmt doch wohl eigentlich nicht. Ich habe mit Vergnügen, halt! wir haben mit Vergnügen noch einmal «*Die Schöpfung*» gelesen, aus der Panizza damals zitierte. Nun, ich resp. wir finden das naiv und durchaus nicht so bösartig-bissig wie jenen Doktor. (Wissen Sie übrigens etwas über ihn? Bitte, bitte!) Natürlich ist es für uns Norddeutsche sehr schwer, auf einmal zu schwäbeln, und so schnell lernt man das nicht. Aber es sind ganz reizende Sachen drin; wenn man auch den leisen Tadel nicht unterdrücken kann, daß man viel lieber eigne Sachen von Ihnen lesen möchte, denn dies. Drei Bücher, Herr Doktor, sind nicht viel – wann dürfen wir das nächste erwarten?

Was macht Bruck und jener achteckige Turm, den auch in diesem Schreiben zu erwähnen wir nicht verfehlen möchten? Was Berlin macht, darf ich (Tu.) nicht schreiben, der Kunstmaler hat gesagt, ich soll nicht immer sagen, daß es ein Drecknest ist, aber es ist doch eins . . .

Der «*Orion*» wird nun dieser Wochen in die Wochen kommen und mit Ihrem Segen kanns uns ja nicht fehlen.

Jedenfalls grüßen wir Sie und auch Ihre Frau Gemahlin und sind nochmals mit bestem Dank Ihre sehr ergebnen

Tucholsky

Szafranski, der wirklich gar nicht so boshaft ist wie er (Tu.) ihn schildert. Vielleicht hilft gegen Briefschreibeconstipation auch ein Aderlaß??

Scheinbar haben die «*Südfrüchte*» schon geholfen, denn einl. Brief, der schon seit dem 11. des Monats ruht, wäre beinahe abgeschickt worden, als der Sailer grad eintraf und nun erst dieser Dankbrief fällig wurde!

ORION / EIN JAHRKREIS IN BRIEFEN

Kurt Szafranski, Berlin-Wilmersdorf, Helmstedterstr. 30
Kurt Tucholsky, Berlin W 50, Nachodstr. 12

Im März 1914

Sehr verehrter Herr Doktor,
wir erlauben uns, Ihnen den Prospekt des «*Orion*» zu übersenden.

Nach Schluß der Subskription werden wir mit Ihnen wiederum in Verbindung treten.

Wir sind

Ihre sehr ergebenen

Tucholsky

Szafranski

Das Kind ist da. Obs laufen wird?
Mit den besten Grüßen

Tu.

*1 Anlage*

## ORION / EIN JAHRKREIS IN BRIEFEN

Bei Wedekind tritt einmal ein Mann auf, der moderne Zeitschriften durchsieht. Er stöbert und blättert in den Papieren: «Der Tag», ruft er verzweifelt aus, «Die Woche», «Das Jahr», «Das Jahrhundert», «Das Jahrtausend». – Ists nicht beinah wirklich so? Werden wir nicht überschwemmt mit Zeitschriften, und haben wir die allzugleichen nicht allmählich satt? Immer wieder dasselbe Bild: unter dem Titelkopf ein kluger Leitartikel, dann ein Stück Roman oder eine Novelle, ein paar Essays; hinten die Miszellen, Kleinigkeiten, Bücherbesprechungen . . .

Wir dachten, man müsse einmal etwas anderes machen.

Der Reiz des Briefes ist noch nicht erloschen. Die Briefkultur der Romantiker mag dahin sein: es gibt auch heute noch genug Leute, die gute Briefe schreiben und empfangen. Der Brief ist ja nicht ein beschriebener Zettel, den man in eine Enveloppe gehüllt hat, damit er sauber bleibe, und von andern nicht gelesen werde – der Brief ist oft ein Ding mit einer Seele, ein richtiges Lebewesen, das einen anblickt, rührt oder kalt läßt. Wenn man nun in der Form des persönlichen Zuspruchs dem Leser etwas nahe brächte, was des reizvollen Bildes der Handschrift bedarf, um vom Schreiber auf den Empfänger zu wirken: von Mensch zu Mensch?

Die Notwendigkeit ist da. Man kann alles drucken lassen, aber man kann nicht alles gedruckt lesen. Vor allen Dingen nicht in einer Zeitschrift, die man sich für ein paar Pfennige kauft. Sie enthält nebeneinander Inserate, politische Glossen, innerliche Erlebnisse von Dichtern und allerhand Berichte. Die Zeitung ist für die stillen Dinge gar nicht geschaffen. Aber auch die Zeitschrift kann dem Dargebotenen nicht die erforderliche Abgeschlossenheit geben. Ein Stück stört das andere, und niemals kommt ein reiner Ton zustande.

Die Notwendigkeit ist da. Es gibt viele im Land, die etwas zu sagen haben, aber die Redaktionen kennen sie nicht, und sie selber, tüchtig und sich selbst genug, sehen keinen Anlaß, sich zu melden. Aber auch von denen, die einen Namen haben, ist noch mehr zu erwarten als wir von ihnen zu lesen gewohnt sind. Sie müssen sich, wie jetzt die Dinge liegen, zu oft anpassen: die Öffentlichkeit verlangt das gewohnte Klischee oder gar zu häufig die künstliche Gespreiztheit des großen Mannes.

Wir wollen mit Walther Rathenau diese «Schweigsamen lebendig machen, die, still und ernsthaft, mit klaren Augen tätig oder leidend das Leben durchschreiten, die schweigsam geboren werden und vor allem frei von literarischem Ehrgeiz».

Die Subskribenten des *«Orion»* erhalten nun ungefähr dreimal im Monat und vierzigmal im Jahr den (faksimilierten) Brief eines guten Europäers.

Unsere Mitarbeiter werden in den Briefen eben jene Dinge aussprechen, die sich für eine breite Öffentlichkeit nicht eignen, sie werden Bekenntnisse und Erkenntnisse persönlicher Art niederschreiben (so Gauguin in bisher unbekannten Tagebuchaufzeichnungen über schwere Tage van Goghs), und werden Kulturerscheinungen und wirtschaftliche Verhältnisse weit offner besprechen, als dies anderswo möglich ist. Wir wollen nicht mit großen Namen prunken, wie wir es wohl tun könnten, wenn wir nicht wüßten, daß es nicht auf die Namen, sondern vornehmlich auf die Menschen ankommt.

Mit diesen geschriebenen Beiträgen lassen wir Werke der Graphik abwechseln. Die Blätter sollen skurrile Einfälle festhalten; es werden Kunstwerke sein, die sich nicht für eine Vervielfältigung in großer Auflage eignen, lyrische und groteske Impressionen in mannigfacher Technik. Die Reproduktion wird der Art des Blattes angepaßt sein. Radierung, Lithographie und Holzschnitt werden miteinander wechseln.

Eine vollständige Mitarbeiterliste würde den Reiz der Überraschung ausschalten. Gesagt mag nur werden, daß wir ein großes Feld eröffnet, einen weiten Kreis geschlagen haben. So daß wir Raum schaffen konnten für Menschen der verschiedensten Art und seelischen Qualität: für Rainer Maria Rilke auf der einen, für Gustav Meyrink auf der andern Seite, für die Fürstin Lichnowsky sowohl wie Prof. Behrens, für Thomas Mann wie für Dehmel. Außer solchen Mitarbeitern haben wir Männer aufgefordert, die uns keine Enzyklopädie ihres Fachgebiets geben, sondern als Erfahrene klug und offen sprechen werden.

Von den Graphikern seien Frau Kollwitz und Somoff genannt, sowie Kainer, Orlik, Gulbransson und Blix.

Der Kreis ist auf 260 Abonnenten beschränkt. Die Bestellung kann durch jede Buchhandlung, wo keine erreichbar ist, auch durch den Verlag erfolgen, der zu jeder näheren Auskunft bereit ist. Die Herstellung der faksimilierten Briefe und der graphischen Beiträge in den ersten Offizinen hat die Festsetzung des jährlichen Subskriptionspreises auf M 180.– ergeben. (Vierteljährlich zahlbar.) Bei nicht genügender Beteiligung behält sich der Verlag vor, von dem Unternehmen zurückzutreten. Die übliche Luxusausgabe haben wir nicht veranstaltet, da wir alle Sorgfalt auf eine vollendete Wiedergabe verwenden, die gleichmäßig allen Teilnehmern zugute kommt.

So liegt denn Sonntags unter den Morgenbriefen des Subskribenten eine wohlverschnürte Sendung. Noch weiß der Empfänger nicht, was sie enthält. Es kann ein interessanter Brief vom Grafen Keyserling sein oder eine zierliche Radierung Walsers oder etwas über Musik von Oskar Bie. Der Leser sieht sich in einen Freundeskreis von vierzig feinen Menschen hineingestellt; unsere besten Wissenschaftler, Dichter und Graphiker sind darunter, die sich in der persönlichsten und reizvollsten Form äußern. Und so bildet der *«Orion»* das ganze Jahr hindurch eine dauernde Freude und im ganzen ein Werk von bleibendem Wert.

Kurt Szafranski

Kurt Tucholsky

KURT WOLFF VERLAG · LEIPZIG

Berlin W 50, Nachodstr. 12 den 7. April 1914

Lieber Herr Doktor,
ich danke Ihnen vielmals für alle freundlichen Wünsche und gratuliere bestens zu der neuen Ungerfraktur des «*Simplicissimus*». Meiner Meinung nach ist sie viel zu gemütlich für den Text, aber erstens hat mich keiner gefragt und zweitens können Sie nichts dafür. Bekommen wir bald wieder einen Gedichtband von Ihnen zu sehen? Lieber Albert Langen Verlag, meine Seele schreit danach, wie ein Hirsch nach Wasser. Wie ich Sie kenne, werden Sie bestimmt sagen, da kann man nichts machen, und geruhig fortfahren, mit der hölzernen Pfeife aus Bozen im Munde, den Bewohnern Ihres friedlichen Dörfchens die Beine abzuschneiden. Oder sind Sie nur für Inneres?

Wenn ich schrecklich reich wäre, würde ich gern zu Ihnen herunterfahren, aber so muß ich mich begnügen, anzufragen, ob Sie niemals heraufkommen? Sie hätten ganz Recht, wenn Sie es nicht täten, aber subjektiv habe ich zu bemerken, daß es mir eine sehr große Freude machen würde. (Was allein kein Grund wäre . . .)

Mit den besten Grüßen

Ihr sehr ergebener
Tucholsky

## ORION / EIN JAHRKREIS IN BRIEFEN

Kurt Szafranski, Berlin-Wilmersdorf, Helmstedterstr. 30
Kurt Tucholsky, Berlin W 50, Nachodstr. 12

Wir bitten die Vorbesprechungen zum Orion, den bei Zustandekommen der Verlag Kurt Wolff in Leipzig vertreiben wird, vertraulich zu behandeln.

Berlin, im Juni 1914

Sehr geehrter Herr Doktor,
Ihr Vivat hat nichts geholfen und Ihr Crescat auch nicht, und das Floreat schon gar nicht. Wir haben den «*Orion*» in den Sattel gesetzt, und er ist glorreich heruntergefallen. Der Subskribenten Schar hat sich zwar eingestellt, aber nicht so zahlreich, wie die Sorgen, die die Stirne des Verlegers umflorten, als er die Häupter seiner Lieben zählte. Es waren zwar mehr als sieben, es waren acht, neun, was sag ich zehn . . . «ein nachdenkliches Ergebnis».

Um die Wahrheit zu sagen: es waren fast hundert, aber das genügt natürlich bei den hohen Spesen nicht. Wir müssen Ihnen also als Mensch und Mitarbeiter weinend mitteilen, daß der «*Orion*» das ist, was er vorher war: ein Sternbild, fern und unerreichbar.

Indem wir hoffen, Ihnen niemals eine traurigere Post zutragen zu müssen, sind wir mit den besten Grüßen

Ihre sehr ergebenen

Tucholsky Szafranski

für den lieben Blasebalg
des lieben Gottes! –

Der Knabe, wo sich hier ausgeschleimt,
der hat es wahrhaftig gut gemeint.
Hats gemacht, wie es eben ging ...
aber das ist schon so ein eigen Ding:
Das Letzte kann man ja doch nicht sagen,
das muß man schon selber bei sich tragen,
im eignen Kopf und im eigenen Blute ...

Gott befohlen und alles Gute

Herzlichst grüßt
Peter Panter

Aber 1. weiß ich nicht, Herr Doktor, ob Sie dies erreicht –, und 2. gibt es jetzt Wichtigeres.

Herzlichst
der Obige

Berlin W 50, Nachodstr. 12 30. IV. 1915

Und auch der Regenwurm in Polen
verkrümmt sich, wenn er angetippt –
Die Lehmwand soll der Teufel holen –
Der Schipper schippt. –

Sind wir denn richtige Soldaten,
so wie es 10 Millionen gibt? –
Was *richtig* ist, sind die Granaten – –
Der Schipper schippt. –

Der Philosoph mit Schopenhauer
und Busch und Raabe eng versippt,
bedenkt sich manches nicht genauer –
und schippt.

Nur eines kann er doch nicht lassen,
wenn auch die ganze Psyche kippt –
er denkt an Dr. Owlglassen
und schippt und grüßt
und schippt

Herzlichst
Ihr
Tucholsky

Armierungsbataillon 26
3. Kompanie
Njemen-Armee. Ost

30. 9. 15

Lieber Herr Doktor,
weil ich grade in einer alten Küche zu Kurland sitze und viel Zeit habe (Überschrift: Befehlsempfänger an einer Fernsprechstelle –), möchte ich Sie ein bißchen grüßen.

Hier ist zu jedermanns Verdruß Krieg, und zwar, wie das in den lokalen Verhältnissen begründet liegt, mit den Russen. Der bessere Teil der Armierungssoldateska hat sich längst gedrückt; die gesamte Intelljenz ist zur Feldpolizei entwichen, in die Bekleidungsämter, zur Zivilverwaltung – nur ich harre aus. (Welche Tugend man auch anders benamsen kann; aber jener schmale Pfad führt durch die Kehrseiten so mancher Vorgesetzten, und ihn zu wandeln ist nicht jedem gegeben.) Und wenn nicht des alten Christian Wagners Schwabenbuch wäre – aber bei schönen Büchern läßt sichs aushalten.

Und Sie –? Hat man irgend etwas Militärisches mit Ihnen gemacht? (Nu enwelle got!) – Denn es gibt unverbesserliche Zivilisten.

Der ich mit den herzlichsten Grüßen an Sie und das kleine Häuschen bin –

Tucholsky

Armierungsbataillon 26
3. Kompanie
Njemen-Armee. Osten den 25. November 1915

Aber lieber Herr Doktor!
womit habe ich das verdient? Ich war gerade beim Postsortieren, und der ganze Betrieb stockte einen Augenblick, als ich Ihr Paketchen in die Hände bekam. Die Schrift kennst du doch? Und den lieblichen Likör kannte zwei Minuten später die ganze Schreibstube.

Lieber Herr Doktor, Sie haben mir das Herz so schwer gemacht, weil Sie mir den Gruß von dem Baum bestellt haben. Hier gibt es auch Bäume, aber, Sie wissen schon, das sind ja doch keine. Dabei ist die Gegend wunderschön, aber ... nu ähm – – Eine Bettflasche braucht der Knabe nicht. Das Bett hängt zuöberst unter der Decke wie ein kleiner Vogelkäfig, und es ist immer schön warm und einsam darin. (Das süße Wörtchen «und» – – eigentlich müßte es «aber» heißen.)

Sie waren krank? Typhus? Nein, Sie müssen ganz gesund bleiben! Abgesehen von dem deutschen Schriftttum (früher Literatur), wenn Sie mit Tode abgingen, so wäre wieder einer weniger, der Christian Wagner, den ich immer bei mir führe, und Möriken lieb hätte. Oder gibt es auch solche in der neuen Generation? Wir alten Leute müssen mit Kummer auf dieses Geschlecht sehen. Ein Glück, daß sie nicht alle so sind wie ihre Zeitungen.

Damals sind wir doch zu ungelegener Zeit nach Bruck gekommen; jetzt hätte ich Sie eine Menge zu fragen und mir von Ihnen erzählen zu lassen, wie es jetzt in Deutschland aussieht und wie es nachher aussehen wird und allerhand Sonstiges. Aber brieflich geht das nicht, und ohne ein Glas von «noch so einem» schon gar nicht.

Erwarten Sie nichts von meiner Person; das ist ein weites Feld, sagt der andere, und vielleicht habe ich doch noch einmal die Freude, die Person, die auf dem ersten Bücherbord meines Regals steht, in Augenschein zu nehmen.

Bis dahin meinen besten Dank! Seien Sie meines schwefelgelbsten Neides versichert (das ist immer ein angenehmes Gefühl!), grüßen Sie bitte den Baum wieder und das kleine Haus und den Bahnhof und alle und alles

und nicht zuletzt sich selbst

herzlich
von Ihrem
Tucholsky

Armierungsbataillon 26
3. Kompanie
8. Armee. Osten den 25. Januar 1916

Lieber Herr Doktor,
Brief und freundliches Gedenken im «*Simpli*» sind richtig da; ich bedanke mich sehr schön dafür! Hat Ihr Hund wirklich einen Tommy verbellt? Das haben Sie sich doch nur ausgedacht. Aber die beiden Willems (Busch und Raabe) hätten mächtig geschmunzelt. Ich Plebs habe sogar gelacht.

Was Ihr Neujahr angeht, so treffen Sie schon immer das Richtige. Denn es ist doch – nicht nur im allegorischen Sinne – wunderschön, wenn man so feiert, daß man vergißt, weshalb eigentlich ... Und dann sagen Sie nur noch Nymphenburg – und mein Neid wächst ins Buttergelbe. Und da sind Sie so freundlich und vertrösten mich auf den Frieden und auf Bruck und auf den Mauthnerschnaps – ich kann mir das nicht verkneifen: besser als seine sonstigen Destillate? – und auf alles Schöne der Welt.

Ja, ja – – schweig stille, mein Herze!

Auf hiesigem Kriegsschauplatz geht es kunterbunt zu: Briefe von Dr. Owlglaß, «*Das Gänsemännchen*» von Wassermann, der «*Simplicissimus*» – – aber wenn das nicht wäre, dann gings überhaupt nicht zum Aushalten. Am witzigsten von allen aber doch die Reichstagsberichte aus der teuren Heimat. Nee – sowat Jemitliches! Wir sind doch ein liebes Volk!

Daß Sie den Prostneujahr bei einem Psychiater verlebt haben, wird die Claire noch mehr anschwellen lassen. Sie schwört auf den Laden: neulich gab sie nach hier das Diktum ab: die Psychiatrie sei immer noch interessanter als das, wie sie in ihrem gottverlassenen Jargon es nannte, was die Phtysiker raushusteten. Und helfen könne man ja in beiden Fällen doch nicht ... Und ist es eben ein gemütvolles Mädchen.

Frieden – nijma niiz – wie die Leute hier sagen. Es ist merkwürdig: die Gefahr verekelt einem die Sache nicht. Aber das andere ... blättern Sie ein bißchen in den alten Jahrgängen «Ihres» Blattes, und Sie werden schon wissen, was ich meine. Und kein Lichtblick und kein Ende – nur auf den Latrinen munkelt es, und Italien hats da nicht gut. Aber die Rückkehr mancher Herren nach Pensionopolis dürfte heiter werden; Marie, das Hausmädchen, und Anny, die Frau, sind nicht immer ein vollwertiger Ersatz für eine kriegsstarke Formation. Da haben Sies wesentlich besser: und das ist sehr gut so, denn das Volk soll sich seine Goethes und Schillers und Owlgläser konservieren! Amen.

Grüßen Sie bitte alles, was man lieb hat und seien Sie selbst herzlich gegrüßt

von Ihrem
Tucholsky

P. S. Die Urlaubsgesuchliteratur und die Feldpostbriefe erreichen manchmal Mittelgebirgshöhe an Komik. Anbei ein kleines Pröblein, das originaliter ein gefährliches Gemisch von Fraktur und Antiqua darstellte und so den alten Streit praktisch und schön löste.

Berlin, den 1. 13. 16

Mein liebes Kindchen

Ich war heute bei Herrn Pastor Dehn wegen Urlaub für Dich und zwar hat Herr Pastor mir Den Schein gegeben und ich sol dir Den mit schieken wen Du wegen Uhrlaub antrags. Dann must du Den schein vorlegen. Dan wirst du ja hören, wass sie Dir sagen werden aber tu es blosz bald den ich hab ser groszen verlangen nach Dir Den es muss Dir ja sebst klar sein wen man nicht so lange zu samen gewesen war wie es mir zu mutte ist aber ich ich glaube Dir doch auch mein Gold. Liebes Herzchen Ich kann dir blosz sagen es ist schon nicht mehr schön wie es die Weiber hir treiben da kann man sehn wie ein Man betrogen wird das Herz könt ein zerbrechen vor Schmerz

Frau Giese genst du auch die treibt sich auch so rum es sind auch fälle wieder vor gekomen wo die Mäner hier auf Uhrlaub hier waren die haben ihre Frau grade Nachts angetrofen wo sie mit 17. und 18. Järje Bängel im Bett gelegen haben. Der eine Man hat seine Frau ersoszenund der andere hat sie so mit den Latzen rauf geschlagen das sie in Kranken Haus. schwer krank ist aber der arme Man wurde fest genomen und solte verurteilt werden aber er hate ja die beweise und ist wieder frei gekomen so geht es Tag vor Tag es ist wirglich nicht mehr schön von solche Weibstücker die müste man ale die Kugel von Kopf geben da mit sie wieszen wasz ein Man für eine Bedeuttung hat. Lieber Reinhold das kan ich dir blosz sagen es ist ja sehr traurich von solch Weibern die so ihre Männer hinter gehn ich meine eine Frau kan auch ein bischen stant haft sein. Herzallerliebster Reinhold Ich will dir treu bleiben denke von deiner Alma nichts schlechtes den ich habe dir meine Treue geschworen bis in den Tod und ich will sie nicht brechen den ich habe dir von ganzen Herzen lieb ich habe dir gleich von anfang geliebt u meine liebe ist ja so grosz das ich sie nicht brechen werde Darauf kanst Du dir fest und Treu verlaszen. Mein lieber Männe ich fare auf par tage nach Hause wen du schreibst so schreibe bei uns hin nach Schwersen Sei Herzlich gegrüst und geküst

viel Tausend × von dein Treu Weibi

Liebes Herzchen

wen du mihr nicht glauben wilst so ganst du dir
bei deiner Mutter befragen oder bei
deiner Tante wie ich mich füre dan wirst du ja hören

Armierungsbataillon 26
3. Kompanie
8. Armee. Osten den 4. März 1916

Lieber Herr Doktor,
vielen Dank für Ihren Schreibebrief, Trost & Licht in trüben Tagen! So trübe ist es eigentlich gar nicht, nur sehr langweilig. Da sind Briefe und Bücher das einzige Labsal. Und die Urlaubsgesuche nicht zu vergessen – unser tägliches Gesuch gib uns heute. (Aus unserer Kollektion – Motto: An mein Volk! «Infolge der langen Dauer des Weltkrieges sehe ich mich veranlaßt, mich einer Nottrauung zu unterziehen . . .» «ich» war merkwürdigerweise klein geschrieben. –)

Sonst aber wissen Sie Glücklicher nicht, wie gut Sies haben, wenn ich auch nicht gleich in solche schönen Verse ausbrechen will, wie der Anonymus, dessen Erzeugnis überall kursiert und das Sie wahrscheinlich schon besitzen. (Anliegend.) Mir scheint das Ding nicht ganz sauber – man hat so das Gefühl, der ist ein bißchen neidisch. Ich schicke es nur als document, und dann ist es so ganz Mittelalter – das Ding ist VERBOTEN! –, wo man sich schief und krumm gedruckte Flugblätter wider Kaiser und Babst zusteckte. Im Frieden hätte es – wenns besser gewesen wäre – glatt im «*Simpl*» gestanden.

Neues an der Düna gibts nicht. Jetzt wird es bald Frühling; das ändert aber die Situation nicht – es bleibt sich alles gleich.

Was Mauthnern angeht, so weiß ich nicht, was die junge Generation über ihn denkt. Sie können das einfach: den Feuilletonisten abstreichen. Mich hat das immer ein bißchen geärgert, was der Verfasser der Kritik der Sprache, die ich sehr gut kenne, alles so in den Tageszeitungen unter sich läßt. Is er denn e Ozean, daß er kann sein zegleich tief und flach? –

Das ist nun ein Soldatenbrief! Aber das «Zivilische» (wie hier jemand von der Obrigkeit sagt, der die Fremdwörter nicht mag) geht mir doch nicht aus den Knochen. Und so bemenge ich mich mit gedruckten Dingen, die einen Armierungsindianer eigentlich nichts angehen, sogar – horribile!– mit der Philosophie. «Philosophie» hat mal jemand gesagt, «ist der Mißbrauch einer zu diesem Zweck erfundenen Terminologie.» Das ist ein schönes Wort, und wenn man das neudeutsche Gefasel liest, dann stimmts auch. Was sie alles wissen! Und wie schlau sie sind! Und wie die Weltgeschichte jetzt überhaupt erst richtig anfängt, und «die naiven Alten» und «das tumbe Mittelalter» – und nu wir! Und dann diese reizende Selbstverständlichkeit, mit der die gerade erforderlichen Lebensbedingungen eines Staates zu allgemeinen Forderungen erhoben werden! Nee – sowat Jemiitliches! –

Sie aber bewahren bitte die heiligen Güter der Nation indessen solange in einer Bauerntruhe auf und begießen sie fleißig: den Herrn Dr. Schopenhauer und den Herrn Dr. Raabe und den Schriftsteller Busch, Wilhelm, und sich selber, und Chr. Wagner und manches von Fontane, und manches von Hesse und fast alles von Strauß, und wenn Sie wollen, Wassermann, und Liliencron und alles, was zu Eichendorff, Schwind gehört, und Mörike – – Und wenn die Truhe voll ist, schließen Sie sie zu, setzen sich oben drauf und nehmen so die herzlichsten Grüße entgegen

Ihres ergebenen
Tucholsky

Armierungsbataillon 26
3. Kompanie
8. Armee. 6. K.-D. Osten

den 1. April 1916

Lieber Herr Doktor,
eine größere Freude hätten Sie mir nicht machen können! – Ich weiß natürlich sehr wohl, daß der alte Herr für einen Persönlichkeitskultus wenig geeignet ist – aber man will doch immer *sehen*, wie sich so einer auch äußerlich darstellt. Er ist ja eine ganz merkwürdige Erscheinung: neben dem blutigsten Dilettantismus stehen Gedichte, zu denen sich nichts mehr sagen läßt. Das von den Anemonen habe ich auch sehr gern, und viele andere dazu – («Und blicken mich an im Haine – fein silbrig im Frühlingsscheine –») aber am tiefsten hat mich das gepackt, das ihm wohl der liebe Gott persönlich eingegeben haben muß: «Ist es nicht ein böses Schicksalswalten – Menschtum in zwei Teile zu zerspalten? In zwei blutige Hälften zu zerreißen – Eine Mann, die andere Weib zu heißen?» – Das wäre bei Hebbel vergrübelt und mathematisch herausgekommen – hier ist es so abgeklärt und so wunderbar ruhig und sicher, daß man nur sagen kann: Vom Himmel hoch, da kommt er her! Dabei ästhetische und artistische Reize, von denen er selbst wohl kaum weiß. Wenn der Krieg aus ist, wird er doch hoffentlich noch leben – ich würde ihn gern einmal sprechen hören.

Sie Sadist teilen mir immer freundlich und lieb mit, was Sie alles mit mir anstellen würden, wenn – ich in Bruck wäre. Worauf sich meinem Bauch ein Seufzer entringt – und ich gehe zum Trost ins Freie – Raabe würde sagen: «Was man auf dem Kriegsschauplatz so das Freie nennt». Wenn nicht hier ein General wäre, ein General, wie er in einem Ihnen nahestehenden Blatte steht – dann wäre es gar nicht zum Aushalten. Eigentlich: es ist auch nicht zum Aushalten. Haben Sie schon einmal Ihren Patienten «Ruhe» verordnet? So ungefähr ist es – eine richtige, von keinen Aufregungen getrübte medizinische Ruhe – nur ohne die wohltätigen Folgen einer solchen. Es wäre die gegebene Zeit, Kinder zur Welt zu bringen. Aber das geht hier nicht – weder so noch so.

Bleiben also die Bücher. Was die junge Generation angeht, so fühle ich mich 134 Jahre alt. Lieber Herr Doktor: haben die nie Schopenhauer, ich will nicht sagen gelesen, aber haben sie ihn nie empfunden? Was ist das für eine dumme Art, von vorn anzufangen, alle andern für Esel zu erklären und Germaine und noch einmal Germaine und das weiße Knie einer Andalusierin und das brüllende Weltgefühl in der roten Markise einer Konditorei in Dortmund – und was es sonst noch alles für hübsche Sachen gibt ... Ich kann mir immer gar nicht denken, daß einer so etwas alles richtig glaubt. Er schreibt es wohl nur so hin – anders kann ich es nicht verstehen. Es ist nur gut, daß die Brüder den Obersten der Raabeschen Neuntöter nicht kennen – sonst würden sie nach der Szene vor dem lüsternen Relief im Museum sicherlich dem alten Herrn eine schöne transformierte Verdrängung seiner jungfernschändlichen Neigungen andrehen. Gott segne das Handwerk – aber das sind Poeten –!

Sie aber, geehrter Medizinmann, graben sicherlich in München nach alten hübschen Scharteken, die Sie auf neu polieren und bei Langen unter die Leute bringen (man beachte den Plural!), fangen den ganzen Kosmos in sanfte Reime ein und sind überhaupt der Mann, der vielerlei Weine gesehen und ihre Wirkung erprobt hat. Wenn des einen sein Uhl nicht des andern wiederum Nachtigall wäre: warum sind Sie nicht unser Bataillonsarzt? Gottbehüte! sagen Sie, und da haben Sie ganz recht. Es grüßt Sie

herzlichst Ihr Schreibsoldat
Tucholsky

Armierungsbataillon 26
3. Kompanie
8. Armee. 6. K.-D. Osten — den 21. Juli 1916

Lieber Herr Doktor,
wieder frisch auf dem hiesigen Kriegsschauplatz angelangt, möchte ich doch nicht verfehlen ...

Berlin war schön wie je. Was die rechtsstehenden Herrschaften so stört und was sie mit vielen falschen und salbungsvollen Redensarten (Die Sünden der Tauentzienstraße und das heulige deutsche Volk) kontrastieren – das geht einem erst so richtig auf, wenn man 14 Monate nicht das Pflaster getreten hat. Wenn es noch Sünde wäre –! Aber es is ja gar nicht «Babylon, die Große –», sondern nur Herr Bamberger mit seiner Frau, was is gewesen etwas zu spazieren in den Stadion und hat gehört dem Wagner seine deutschen Weisen – der Krieg stellt sich im wesentlichen als eine hindernde Belästigung der großstädtischen Lüste dar – allwelche Lüste ... Ach, Du guter Peter Scher! – «Wenn wir Berliner eine Lust entfachen – Dann jehn wa feste ran, vastehste Schwung! Natürlich aber doch mit Mäßigung – Da gibt es nischt zu lachen!» – So ist es wirklich – und so stimmen wir denn fröhlich in den Zornruf mit ein: «Gott strafe England und die Reklamierten!» – Bedenkt man aber, daß der allergrößte Teil der Urlauber – kaum in Zivil – wieder in dasselbe Horn zu stoßen beginnt, ja, geradezu froh ist, es wieder tun zu können – – so beschleichen mich ebendieselben werten Zweifel wie Ew. Hochwohlgeboren betr. ff. Wiedergeburt des deutschen Volkes nach dem Feste. Nééé – ick wees nich ...

Und Sie –? Leben immer noch als wie ein Mensch dahin und genießen den Krieg nur durch die Spalten Ihres Leibblattes? (Natürlich des «Brucker Intelligenz Blattes und Umgebung» – nicht etwa des *«Simpli»*.) Hoffentlich schadet es Ihrer Gesundheit nichts, wenn ich Sie jeden Abend ein Stündchen beneide – aber so recht gemeene! – Was in den Zeitungen steht, ist jetzt noch weniger wahr denn je. Soll man sich auf die Hosen setzen und etwas – nicht nur Ironisches – über die Kriegsberichterstatter schreiben? Ich hatte schon daran gedacht. Kellermann regt einen dazu direkt an. Am vernünftigsten scheint mir noch Queri, der, wenn er nicht auch stimmungsbildert, sauber und klar das mitteilt, was er erfahren hat; das interessiert sogar den Frontsoldaten, der vor Verdun über die ganze Sache noch weniger weiß als unsereiner. So ist das erträglich – aber die andern –! Ich denke immer nur, das ganz Richtige kann man jetzt doch nicht schreiben, außerdem muß es so etwas vielleicht geben – und wer ein bißchen vernünftig ist, glaubts ohnehin nicht. Ich werde lieber die Tinte halten. –

Und der Weichselbaum? Und der Baubau? Und die Liqueure aus demselben? (Aus dem Baum.) – Herr, Du versprachest viel – Du hieltest wenig! Das soll aber um Gottes willen nicht bedeuten, daß Sie welchen schicken – bitte, tun Sies nicht, wir saufen sowieso genug. Aber Sie versprachen, ihn mir *dort* zu kredenzen – und jetzt ist wieder alles – – sagen wir: «eitel» – aber der rauhe Krieger gebraucht hier auch ein zwar 2silbiges, auch mit «ei» geziertes aber nicht feines Wort ...

Grüßen Sie die «Hügel, so in der Ferne blauen» von mir – das Wort vom Leben und vom Kinderhemd lebt in meinem Herzen.

Mit den herzlichsten Grüßen Ihr ergebener

Tucholsky

Armierungsbataillon 26
3. Kompanie

O. U. 21. VII. 16

Kleiner Beizettel

Der Kriegsschauplatz zerfällt nach wie vor in zwei große Parteien. Nicht etwa Russen und Deutsche; sondern in Vorgesetzte und Mannschaften. «Die Vorgesetzten», hat hier neulich jemand gesagt, «sind der Krebsschaden der Armee.» Ein wahres Wort. Aber das ist gut so – denn wenn der Schrecken von hinten größer ist denn der von vornen, so beseelt (ich kenne doch meinen Lokalanzeiger) so beseelt ein ungestümer Drang nach Vorwärts die gesamte Armee. Amen.

*Panteriana*

**Hausmannskost**

Mit den nackerten Fotografien ist das so eine Sache, und nicht jedem stehen sie wohl an. –

Der Unteroffizier ruft mich herunter, ich solle mir seine Filme ansehen. Sie baden gerade, liegen in einer kleinen Schale und sind ganz zusammengerollt. Vorsichtig fische ich sie heraus: ah – immer dieselbe Realität, noch ein Kerl, der mit aufgesperrten Augen in den Kasten gestiert hat, eine Gruppe von schmutzigen Lümmeln, die den kümmerlichen Versuch gemacht haben, sich symmetrisch zu gruppieren, ein paar Bäume, ein Pferd, Pferde . . . welche Freude an der Wirklichkeit und zugleich an der Kunst! Da liegen noch ein paar kleine Bilderchen – was wird da viel sein – –

Eine nackte Frau. Wahrhaftig: eine massive, dunkelblonde Frau in Strümpfen. Was –? Ich sehe den Unteroffizier an. Der Unteroffizier sieht mich an. Wir lächeln. (Er grinst – übrigens.) «Na?» – Nun muß ich doch irgend etwas sagen – «Nicht übel» sage ich, «nicht übel.» – «Da!» – sagt er und schiebt mir noch vier oder fünf solche Bilderchen zu. Es ist immer dieselbe Frau: dunkelblond – man sieht das sofort –, sehr stark, in allerhand Stellungen: einmal auf dem Stuhl, sitzend, stehend, einmal ganz Oberschenkel – und das letzte Bild . . . Ich sehe mir genau immer wieder das letzte Bild an – – Woher hat der Mensch die Bilder –? «Fotografierte Postkarten, was?» frage ich. Aber was ich dächte! Das seien Orchinalaufnahmen (der Mann ist Dhiringer), und hier seien die Filme. Richtig: da sind die Filme. Ich halte sie gegen das Licht; wieder dieselbe Frau: Stuhl, sitzend, Oberschenkel – es ist alles da. Auch das letzte Bild. «Wer ist das?» erkundige ich mich. Er grinst satanisch und kriegt das Maul überhaupt nicht mehr zu. «Diss wird nich verraden!» – Ob es alte Bilder seien? – «Nu – ich hab se aufm vergangenen Urlaub aufgenomm –» – Im Urlaub? – Herrgott: das ist seine Frau.

Natürlich ist das seine Frau – die ganze gut bürgerliche und bescheidene Einrichtung des Zimmers, diese unleugbare verkniffene Bürgerlichkeit im Gesicht, das Haar, die Augen . . . die Frau Gemahlin, wahrhaftig: die Frau Gemahlin! –

Ich sehe das so deutlich vor mir: ein sächsisches Menuett d'amour, das Tempo etwas überhitzt, zu rapide – – der Blick des Mannes fällt auf das Fensterbrett, da steht der kleine schwarze Kasten . . . «Nu – ich möcht dich doch gern als Erinnrung mitnähm» – er probiert, sein heißes Gesicht grinst wie eben jetzt, sie ziert sich. Aber weil er gar so sehr bittet, weil er doch gar so lieblich bittet und in sie dringt . . . Da wirft die deutsche Frau den Kopf zurück, daß die Blondhaare nach hinten fallen. Ein wollüstiger Trotz quillt in Frau Erna auf. Was die Französin kann, das kann auch ich . . .

Und so ist das letzte Bild zustande gekommen: in einem Türrahmen steht die aphrodysische, aber sächsische Fabrikantensgattin, die dicken Beine in wollenen Strümpfen, die viel zu feisten Schenkel leicht gekrümmt, oben blühen die überreichen Brüste, der Mund ist trotzig, aber doch liebreizend zusammengekniffen, und das Licht spielt auf dem Bauch. Das weiß sie, und sie freut sich der Macht der Frauen . . . So steht sie da: ecce mulier victrix militans! – Je suis la femme, on me connaît! –

s/l.
Herrn Dr. Owlglaß
Peter Panter

Artillerie-Beobachterschule Gr. Autz
8. Armee
Feldpoststation 277

den 1. Oktober 1916

Lieber Herr Doktor,
ich habe eine schwere Schuld auf meinem Gewissen – aber Sie werden mir auf inständiges Bitten doch Absolution erteilen. Es war zu viel zu tun – und so in aller Hast an Sie herunterklappern, das wollte ich auch nicht.

Dabei muß ich Ihnen doch mitteilen, daß Ihr Rezept zwar nicht gewirkt hat... Bericht des Krankenwärters Christian Koschubey: «Der kranke hat sich in seinem Bett gewältzt und gar kläglich geschrien. Ich ihm darauf ein Mixtürchen gemischt, welches aber nicht gewirkt. Als auch die heulige Absolution nicht mehr gewirket, ich ihm das Rezept des Herrn Medici und Owlglasers Blaich vorgelesen. Derselbe daraufhin geschlückert und ganz klar geblicket und spricht:

‹Potz Speikatz – bei unserer lb. Mutter – welch lieblich Getön!›» – Kurz und gut: die Sache scheiterte dann daran, daß der Koschubey nicht die verordneten Tränklein konnt herbeischaffen. Dafür lese ich dauernd Raabe – und habe mich erst gestern wieder einmal an dem Tagebuch Frl. Pogges («*Die Leute aus dem Walde*») totgelacht. Ich möchte doch einmal am liebsten wieder die Tinte lassen – aber man soll das nicht. Haben Sie nicht einmal im «*März*» gesagt, daß man Raabe keine Gemeinde schaffen könne – er hat sie und fertig? Das ist richtig – denn ich wüßte gar nicht, womit ich einem Fremden diese Bücher nahe bringen sollte. Confer Thoma: «Wem bei dieser Kachelofenwärme nicht wohl wird, dem ist nicht zu helfen.» Recht hat er.

Vielen Dank für alle sonstigen Pilz- und Stauffer-Nachrichten. Das mit der *‹Hausmannskost›* war eine reine Privatsache, die ich niemals drucken lassen würde. Sie verstehen das schon so, wie ichs gemeint habe – aber dem Publico steigt doch dabei immer – man kanns anfangen, wie man will – ganz anderes lieblich in die Nase. Lieber nicht. Ich will hier doch versuchen, wieder einmal kleinere Eier zu legen. Ihr Gedicht «*Memento*» (ich weiß nicht, ob es zufällig so heißt) – ja, das ist eben der Punkt, wo das Denken aufhören soll, und der sitzt nicht bei jedem auf derselben Stelle. Bei einem fangt das Holzen gleich an – beim andern etwas später, bei dem ewigen Vegetarier nie – das Wesentliche darüber steht bei dem alten Tolstoi «*Krieg und Frieden*» – aber schöner wird es deshalb alles doch nicht. Doch das besprechen wir wohl anno Domini 19 . . (wie die alten Erzähler immer schreiben).

Unterdessen streiten sich die Herrn Professores, was nie hübsch ist und besonders jetzt nicht. Cossmannen hätte ich das eigentlich nicht zugetraut. Mir ist allerdings schon immer – auch damals bei dem Krieg mit dem «*März*» – die schwere Gründlichkeit aufgefallen, mit der er die Nebenlüfte seiner Mitmenschen registrierte und aufroch. Ein Mann – wie sagt man gleich – von Tacitusschem Schlage.

Wenn ich nicht Listen abtippe, dann sehe ich in die Luft oder beneide Sie. Ja – Sie lachen, aber es ist ganz ernst. Kommt noch hinzu, daß ich es Ihnen gönne, also nicht einmal das schöne Auspuffrohr des Schimpfens habe, so können Sie sich denken, wie mich meine versetzte Galle plagt. –

Die Claire steht im heftigen Ringen mit denen professoribi – aber ich hoffe, es wird klappen. Ich habe ihr zur Anfeuerung ein bißchen Butter (sic! Die Red.) geschickt – heiliger Cupido, früher töteten die Galäner (früher: Galans) Drachen – heute ist das anders. Aber der Erfolg war annähernd der gleiche.

Gott segne Ihre Pilze – aber machen Sie nur keine Gnomen mit ein, das ist sicherlich von der Gnomen-Einkaufs-Genossenschaft verboten. Und grüßen Sie alle blauen Berge, Ihre Frau Gemahlin, den p. t. Hund und sich selbst –

Achtung! Reihenfolge! – von Ihrem steinalten

Tucholsky

Artillerie-Fliegerschule Ost
8. Armee
Feldpoststation 277

den 18. November 1916

Lieber Herr Doktor,
hoffentlich ist meine Karte aus Berlin angekommen – denn die hat Ihnen ja schon gesagt, warum daß ich noch nicht geantwortet habe. Ganz geknickt bin ich aus Berlin hier wieder angekommen – es sieht an der Panke gar zu jämmerlich aus.

‹*Die Einsiedlerschule*› ruht also vorläufig in den stillen Regalen des roten Hundes; in pace. Daß Sie nicht denken, daß das nun jahrelang so weitergeht mit der Verbürgerlichung der Phantasie: ich habe nur die ‹*Träume*› (die jetzt beim «*Simpli*» sind), dann ist noch fertig die ‹*Zauberer*› und die ‹*Hexen*› stehen noch aus. Schluß. Und es ist ja nur zum Spaß.

Hier eengal dasselbe. Man wird aber auf die Dauer ganz rammdösig – und auch ohne Ihre Bronchitis, der ich alles Schlechte wünsche, geht es mir ähnlich wie Ihnen. Auf die Dauer geht das doch nicht. Sie hauen einem die besten Jahre zusammen – und nachher? Vae victoribus! –

Ja – die Tüchtigen auf der Freibahn – das ist allerdings ein schönes Schauspiel. Es ist immer dasselbe: die eigentlichen Tatmenschen, die sind ganz still, fallen oder handeln – auf alle Fälle aber halten sie den Mund. Und was da so kräht und rummelt – das neuere Deutschland – na, ick weeß nich ... Und zu allem Unglück tun die andern nur wunderschöne Bücher schreiben und gründen pro Woche eine neue Kunscht – augenblicklich trägt man zum Beispiel keine Psychologie mehr und ist mächtig stolz und mutig, sogar SCHNITZLER zum vieu jeu zu werfen. Es ist enorm! –

Lat em. Das beißt ja schließlich alles nicht – aber Spaß macht es nicht. Ja, wenn man sich vergraben könnte – aber das geht doch nicht – und so ist im großen und ganzen meine Schtümmung so wie die Ihre, wenns herbstelt. –

Raabe ist unentwegt hier, und das ist auch sehr nötig. Er hat schon nach 70 den Kopf so geschüttelt – was würde er jetzt gesagt haben! – Vielleicht hätten Sie ihn noch zum Arbeitsdienst herangezogen – der hats gut, der lebt nimmer! – Müssen Sie dann übrigens auch

Handgranaten drehen? Oder Ihre Frau Gemahlin? Und muß der kleine Hund Ballonabwehrkanonen ziehen? Nein – das darf er nicht. Er soll nach wie vor den fröhlich trabenden Pegasus anbellen.

Bleibts bei den schönen Gedichten? – Das walte Gott.

Grüßen Sie Bruck und den achteckigen Turm und sich selbst

herzlich von Ihrem ergebenen, aber steinalten
Tucholsky

Im Dienst; auf meiner Maschine
sitzt gerade einer drauf. 4. 12. 16

Lieber Herr Doktor,
wir erfinden immer so schöne Sachen, aber die Wirklichkeit beschämt uns doch stets aufs neue.

«Wenn ein Mensch zwanzig Jahre hindurch jegliches Jahr durch sein Beispiel oder absichtlich nicht mehr als einen einzigen Mitmenschen von heiligen Pflichten irre führte, und jeder dieser unglückseligen Verführten jährlich so wiederum nur einen einzigen und dieser abermals nur einen einzigen auf den Abweg zum Unrechten brächte, so beträgt die Anzahl dieser Verführten, die alle jenen ersten gewissenlosen Frevler zum Stammvater ihres Fluches haben, nach zwanzig Jahren wie viel?»

*Einsiedel,* speculum pastorum

Das ist schön, und wohl dem Manne, der Zeit hat, es sich auszurechnen.

Sind Sie wieder oben auf oder noch debout? –

Du, mein Stern, du darfst nicht sinken,
Sonst steh ich im Finstern da ...!

Gute Besserung; was eine «Prexion» (der Clairen ihr Ausdruck für Depression) ist, weiß ich – aber Sie müssen wieder ganz gesund und fröhlich sein! –

Dies wünscht Ihnen

Ihr alter
Tucholsky

Ich habe die Lösung aufzuschreiben vergessen:

$$s = \frac{a\,(e^n - 1)}{e - 1}$$

Hier ist a = 2, n = 20, e = 2, also beträgt die Anzahl der Verführten in 20 Jahren, oder

$$s = \frac{2\,(2^{20} - 1)}{2 - 1} = 1048575.$$

Hurrah! –

Artillerie-Fliegerschule Ost
8. Armee
Feldpoststation 277 den 18. Dezember 1916

Lieber Herr Doktor,
aber natürlich habe ich das ganz grade genommen. Es paßt ja wirklich nicht her, und ist auch nur ein Scherz.

Sind Sie immer noch eingepuppt? Jetzt kann ichs Ihnen allerdings weniger verdenken als je. Glauben Sie noch, daß es klappt? Ich nicht. Die Stimmung ist hier allgemein ungefähr die eines Ochsen, der im Begriff ist, dauernd mit dem Kopf gegen eine dicke Wand zu laufen. Er macht das großartig – obs Zweck hat, danach fragt er nicht. Und es macht keinen Spaß, auf die Dauer; es ist genau umgekehrt, wie man gedacht hat: die Gefahr ist das Wenigste, das andere ist viel schlimmer. Die Zeit zerkrümelt einem unter den Fingern; was die Wiedergeburt post festum betrifft, habe ich schwere Bedenken. Kurz und gut: die Welt geht wieder einmal falsch, und das eigene Gehäus ist schon das hübscheste.

Was müssen Sie bei der Zivildienstpflicht tun? Arzten? Hoffentlich bei Ihnen da draußen, in dem Bruck, von dem ich gar nicht mehr glauben kann, daß es noch steht, so fern ist das alles. Sie sehen sicher weiter als ich und haben einen besseren Überblick: aber wohin führt der Drill, wenn es nie eine Entspannung gibt? Der Motor läuft, der Wagen steht.

Verübeln Sie einem alten Schreibsoldaten seinen Pessimismus nicht – er kann nicht anders. –

Was die schönen Künste angeht, möchte ich Sie um einen kleinen Rat bitten: Soll ich die Geschichten mit der verbürgerlichten Phantasie sammeln? Ich habe schwere Bedenken: das Ganze ist doch sehr verspielt – es existieren bis jetzt: die ‹*Räuber*› (die einmal im «*Simplicissimus*» standen), die ‹*Einsiedlerschule*›, die ‹*Zauberer*›, und die ‹*Hexen*› (die ich noch abschicke), und die ‹*Träume*›. Auch an eine ‹*Verzauberte Prinzessin*› habe ich gedacht. Dafür spräche nur, daß der Name nicht ganz vom Markt verschwindet und daß es sich reizend illustrieren läßt (Paul Scheurich, bunt) – dagegen, daß es nur eine Spielerei ist, und dann in dieser Zeit –? Ob Langen oder sonst ein Verlag dafür Interesse hat, ist ja noch eine andere Sache – lange hausieren mag ich nicht. Ich möchte Sie nur um Ihren Rat bitten, ob ich es überhaupt tun soll. Es müßte «Preußische Phantasien» heißen – liest das ein Mensch? Das sagen Sie mir bitte.

Sonst nichts Neues vor Mitau, in dem ich neulich einmal war. Und wenn wir nach Bagdad kommen: es wird gleich derartig Ordnung gemacht, daß immer nur ein gut organisierter Etappenbetrieb übrigbleibt. Deswegen ist das auch Unsinn, diese Städte nach 4 Wochen Arbeit noch als das anzusprechen, was sie einmal waren: die Atmosphäre ist rettungslos weg. Die Luft ist gut preußisch – das ist sehr gut so und tut einem doch immer ein bißchen leid.

Grüßen Sie alles, was sich zu grüßen verlohnt: den Baubau, den Weichselbaum und die Kirche sowie sich selbst

von Ihrem steinalten
Tucholsky

Was ist eigentlich mit Rudolf Borchardt? Tut er bloß so? Ich glaube ihm nicht.

Artillerie-Fliegerschule Ost
8. Armee
Feldpoststation 277

den 24. Dezember 1916

Lieber Herr Doktor,
zunächst meinen allerschönsten Dank für das schöne Weihnachtsbuch! – Es ist wirklich sehr, sehr hübsch, sogar für einen – dialektisch – norddeutschen, dem die «*Gesänge*» am besten gefallen haben. Die Bilder sind entzückend, und wirklich famos reproduziert. Es ist eins der hübschesten Bücher, die Langen gemacht hat. Darf ich Ihnen funkentelegrafisch die Hand schütteln – es war wirklich nett von Ihnen, dem «Feldzugsschreiber» (-soldaten ist etwas kühn) eine Weihnachtsfreude zu machen.

Und ziehe meine Stirn in Falten. Revanchieren ist ein Fremdwort, aber kein Fremdbegriff. Und gibt es hier keine Läden und nichts nicht. Sind Sie sehr böse, wenn der Platz unter Ihrem schönen Weihnachtsbaum, unter dem voriges Jahr die güldenen Manschettenknöpfe von mir lagen, leer bleibt? Sicher nicht. Sie stellen auf eben diesen Platz einen Schmalzhafen (sagen Sie nicht «O mei!», Sie – Sie – – Großgrundbesitzer!) und der Fall ist erledigt.

Ihr Wort von der toten alten Zeit aber hat mich beinahe noch mehr gefreut als das Buch. Wahrlich, so ists! Und wenn es auch noch keine Eile hat, greinend der neuen Zeit nachzukeifen, bin ich doch so nachdenklich wie nie. Junge, Junge ... ist das eine (guß)eiserne Zeit! – Wenn man sieht, wies gemacht wird, dieses große Maul, diese wolkige Umschreibung der Notwendigkeiten und Trivialitäten, die angewandte Metaphysik, die Gründung eines Schützengrabenliebengottes – ich weiß doch nicht so recht und bleibe bei dem Lebehoch! wie Sie bescheiden sitzen.

Aber was wird –? Was war, ist doch vorbei. Es bleibt schon dabei, daß man sich in sein Gehäuse verkriecht, und nicht mitmacht. Denn das Postea wird derartig schrecklich schön werden, daß man lieber nicht dran denkt. Entweder es geht alles schief, oder es bleibt ein bißchen was, und das wird doch wohl so, daß ... Sie haben ein bodenständiges Haus (mit Garten und Teppichklopfstange) – ich nicht; ich wüßte nicht, was mich dann noch in Deutschland hält. Ich weiß ja, wie sehr der «*Simpli*» ganz ehrlich die Kriegsjahre hindurch sich bemüht hat (und wohl auch bemühen mußte, wie Sie einmal schrieben), das Positive, das doch wahrlich nicht klein ist, immer wieder hervorzuheben. Aber ich habe den traurigen Eindruck und werde ihn nie los, daß viele Leute – die etwas zu sagen haben, sich denken: «Seid man vaterländisch! Oder auch indifferent! Macht überhaupt, was ihr wollt! Wenn wir nur haben!» – Dazu kommt eine wirklich vorhandene innerliche Unfreiheit des Mannes – «wenn ich nur erst Unteroffizier bin!» – dann ists gut. Diesen Geist findet man nur bei sehr wenigen Truppen nicht; bei alten Kavalleristen nicht, bei gewissen Spezialtruppen – da ist der Mann noch wirklich etwas. Aber die andern ...

Sagen Sie nur «Na na!» und lassen Sie mich abblasen. Ich weiß, daß ich übertreibe, weil ich mittendrin stecke. Aber es macht keinen Spaß – Kugeln sind nicht schlimm, aber die Menschen. Ick vorneweg.

Wir bitten Sie, uns mit Nächstem 1 kg ff. prima Weltanschauung übermitteln zu wollen wie gehabt. Vielleicht hilft das.

Nochmals meinen allerherzlichsten Dank und ein fröhliches (?) Neujahr! Sie wissen gar nicht, *wie gut* Sies haben!! –

Dies wünscht Ihnen Ihr ergebener
Tucholsky

Artillerie-Fliegerschule Ost
8. Armee
Feldpoststation 277

den 9. Januar 1917

Lieber Herr Doktor,
zum heutigen (hier rückte der verlegene Bürgermeister an seiner weißen Binde) zum heutigen erlaube ich mir, Ihnen im Namen der Stadtgemeinde unser aller bestes Gedeihen ans Herz zu legen ... Und ...

Aber mit den offiziellen Reden ist das so eine Sache: man sagt meist das Gegenteil von dem, was man sagen wollte, und stecken bleibt man auch. Dieserhalb will ich Ihnen ganz unfeierlich gratulieren und mir meine Wünsche dazu nur denken. Sie wissen sie ja ohnehin. Es ist nicht nur das mit dem Frieden, sondern noch vieles andere dazu. Und mit der Zuckertorte, die Ihnen als Großgrundbesitzer sicher von Ihren Untertanen (noch heute sehe ich das weißbehäubchente Dienstmädchen an der Gartentür) dargebracht wird, mit dieser Torte, auf der schön geträufelt die Zahl

44

steht, wünsche ich Ihnen alles Gute, was es so für einen Dr. O. gibt.

Nun bin ich ja privatim überzeugt, daß Ihr Hund den feierlichen 19. Januar – der Brief kommt wahrscheinlich zu früh oder zu spät – eher zu merken bekommt als Sie selbst. Auch wird Bruck in diesem Jahr von der gewohnten rauschenden Feier benebst Abbrennung eines solennen Feuerwerks absehen – aber gratulieren wollte ich doch.

Wenn Sie das Festtagsprogramm abgegessen haben und mit Hund und Familie auf dem Sofa sitzen, dann sehen Sie doch bitte einmal nach, ob irgendwo im Zimmer ein kleines gelbes Postpaket liegt und ob es richtig von hier angekommen ist. Abgeschickt ist es. –

Quoad de me, verehrtes Geburtstagskind, nichts Neues. Man schläft doch allmählich ein und wird dicker und dümmer. Und dauert dieser Krieg zu lange, um brausende Gefühle in mir auszulösen. Und darf man nicht genau hinsehen, sonst sieht man die Flecken. Man muß wirklich ein großes Stück weg sein, um die ganze Erhabenheit des Vorgangs zu sehen. Und ich glaube, es sind nicht die Strapazen und das – das vergißt man, und empfindet es auch nicht bitter, weil es dazu gehört. Aber das andere ... Ich persönlich kann nicht klagen – aber um mich herum braust ein Ozean von Karikatur, die von niemand nichts weiß. Schade, Sie müßten mal 4 Wochen dergleichen erleben. Sie würden sauer reagieren.

Und ist es diesmal dieserhalb nicht einmal ein Geburtstagsgedicht geworden wie vor 2 Jahren. (Das haben Sie nie bekommen. Es reimte sich darin schauerlich schön Schopenhauer auf genauer, auch waren mit viel Erfolg Raabe, Busch und die ganze gute deutsche Literatur zitiert, um daß es Ihnen mehr hebt. Von geschätzter Seite wurde die Abschickung des operis unterbunden, und ich sei doch kein Backfisch, und Sie würden mich auslachen. Es ist immer gut, wenn einer in der Ehe schlau ist.)

Haben Sie vielleicht etwas Humor übrig? Oder sind Sie noch immer eingepuppt? Sonst – so ein viertel Literchen ff. guten, alten Humors würde ich gern von Ihnen beziehen. Man kanns brauchen.

Tusch. Der redenmeisternde Bürgerhäuptling zieht sich die weißen Handschuhe wieder an, stülpt den Kylinder auf und sieht sich stolz um. Die Exzellenz räuspert sich und meckert: «Ich ... eeh ... kolossal jefreut – Vataland . . . fruchtbare Jejend . . . Stolz und Krone der Frauen – – blühendes Städtchen ... hurra ...» Halten zu Gnaden, Herr Doktor, aber 1918 wollen wir den 19. Januar anders feiern! –

Dies wünscht Ihnen und allen Nahestehenden

mit den besten Wünschen Ihr steinalter
Tucholsky

Artillerie-Fliegerschule Ost
8. Armee
Feldpoststation 277

den 12. Januar 1917

Lieber Herr Doktor,
vielen Dank für Ihre – trotz des Winterschlafes – lehrreich ausführliche Antwort. Zu sagen ist darauf zunächst, daß das mit Bagdad leider nur ein irrationaler Konditionalsatz war – trotzdem wunderbar und ganz wie im Märchen, daß der dortige Märchenarzt auch einen schwäbischen Namen hat. Spricht er persisch und schwäbelt er dazwischen? – Und nimmt er den reichen Goldpersern Säcke voll Drachmen ab? Schade, das hätte ich gerne erlebt. Vor allem, was er zu denen Saupreußen sagt, die auf einmal in 1001 Nacht einbrechen. (Erst neulich sagte mir hier ein Berliner mit etwas Zungenschlag: «Denken Se mah, wenn man nach Bagdad käme! Denken Se mah: der Zauber des Orients und die Pracht . . .») Du meine Panke! –

Ansonsten werden hoffentlich inzwischen meine Geburtstagswünsche angeloffen gekommen sein, und nehme ich Bezug auf mein gefl. Schreiben vom neulichen und wiederhole dieselben! Doppelt hält besser.

Quoad «Preußische Phantasien»: ich danke Ihnen recht schön für den freundlichen Ratschlag. Ich werde das leichte unangenehme Gefühl nicht los, daß es wieder nur «niedlich» ist – und ob das eine Überschätzung meiner späteren möglichen Leistungen ist, weiß ich nicht. Mit Herrn Holm sprechen Sie bitte – mir wäre insofern eine unverbindliche Äußerung von ihm ganz lieb, als ich dann erst richtig anfangen würde, die Dinge druckreif zu machen und Sie bitten würde, mir die *‹Einsiedlerschule›* zurückzugeben. Ja, und der Titel – – Wissen Sie einen andern, der sitzt? Ich nicht. Und was das Dubiose angeht, so könnte man sich ja schließlich einem Vorwort (ich habe Vorworte furchtbar gern – confer Raabe) – salvieren, daß man nicht das Preußische an sich, sondern nur seine deplacierte Anwendung verspotten will. Und sich auf das Wort Kellers beziehen, das der einmal Stettenheim (welch ein Paar!) schrieb, als er zur Mitarbeit an einem «Humoristenbande» aufgefordert wurde: «Ich hege fast die Befürchtung, daß eine Zahl von sog. Humoristen, welche von dem allgemeinen Verkehr ausscheiden und in geschlossenere Colonne unter dem Zeichen der bekannten lachenden Träne einhermarschieren, leicht etwa den Eindruck einer Schar betrübter Lohgerber hervorrufen könnte, *weil das Professionelle, resp. Zünftige allen Dingen ihre gute Natur raubt*». Das ist genau das, was ich sagen will. – Aber das steht ja noch alles dahin; sagt Herr Holm ja, dann muß das Dingelchen so hübsch und billig wie möglich in Szene gesetzt werden, damit es etwas wird. Spero – mit dem Infinitiv futuri.

Sehr geehrtes und liebes a. v. Geburtstagskind! mögen Ihnen der Himmel das seinige und die Erde das ihrige geben! Und möchten Sie doch jenen über dieser nicht vergessen! –

Hier gehe ich mit allerhand dicken Sachen schwanger – wenn der Salat ins Wasser gefallen ist, daß es sprützet, mehr darüber.

Bis dahin mit dem besten Dank und vielen Grüßen

Ihr steinalter
Tucholsky

Artillerie-Fliegerschule Ost
Stab
Deutsche Feldpoststation 277 den 29. Januar 1917

Lieber Herr Doktor,
vielen Dank für Ihren Geburtstagsdanksagebrief. (Immer höflich!) – Es freut mich sehr, daß Ihnen der moralische Wälzer gefallen hat – ich weiß nicht einmal, woher er eigentlich stammt. Habent sua fata – sagte der Autor, da hatte er kein Toilettepapier bei sich, sondern nur opus 15. Abgesehen davon aber hurra auf den schönen Einsiedelvers – wunderbar, wie dem Dichter erst nach längerem Tralalala einfällt, daß der alte Herr auch in der Mitte ein Lucka hat! Es ist ja jammerschade – ich habe hier überhaupt keine Literatur, und abgese-

hen von ein paar Abendstunden keine Zeit – Die richtige Muße, die so nötig für diese Späße ist, fehlt also. *‹Die verzauberte Prinzessin›* schlummert immer noch zum Teil im Zeitenschoße – ein schönes Bild! – mir ist augenblicklich gar nicht so verzaubert zu Mute – und so werden sich die Panteriana noch ein wenig verzögern. Wirklich fertig habe ich erst die Hälfte.

Ansonsten wäre nichts Neues zu berichten. Wenn ich nicht die schwere Kunst gelernt hätte, mich unter steinalten Kommißstiebeln sittiglich zu besaufen, ohne dabei auch nur einen Augenblick den Verdacht aufkommen zu lassen, auch manchmal gedruckte Bücher zu lesen – wenn das nicht wäre, da mecht ich sprechen, der Krieg wäre ohne sittliche Läuterung an mir vorbeigegangen. Beneidenswert übrigens, wie diese Leute die feineren Gefühle – die für Sonntags – von denen gewöhnlichen, als da sind die Liebe zur feisteren Weiblichkeit, zu Wein und Bier und den Hasardspielen, trennen. Dienst ist Dienst – und Schnaps ist Schnaps – das ist ein wahres Wort.

Wenn ich dann noch mitteile, daß sich auch der Lesestoff betrüblich verringert, weil die Neuerscheinungen immer langweiliger werden – so habe ich alles vermeldet. Seien Sie meiner herzlichen Beneidung jederzeit sicher! Ihre werte Aufzählung der getrunkenen Weine und angehörten bzw. ausgeführten Musikstücke hat hierorts lebhaftes Befremden hervorgerufen. Wenn Sie nicht wie ein Mensch, sondern wie ein Abonnent lebten, hätten Sie mit gefalteten Händen in den Regen hinausstarren müssen. Ich weiß auch nicht, zu welchem Zweck – aber in meinem Leibblatt – der *«Täglichen Rundschau»* (gegen die Ihr *«Simplicissimus»* gar nicht ankann) stehts so drin. Das walte Gott! –

Grüßen Sie Bruck! Und Familie und Hund und Weichselbaum! Und sich selbst! Bevor ich mir den Besuchszylinder für Holm bügele und einen richtigen Schreibebrief loslasse, sage ich noch Bescheid! –

Heil und deutschen Gruß und dergleichen und die herzlichsten Grüße

von Ihrem alten
Tucholsky

Artillerie-Fliegerschule Ost
Stab
Deutsche Feldpoststation 277 den 4. Februar 1917

Lieber Herr Doktor,
diesmal ganz feierlich und redaktionell:

Wie ich vielleicht schon schrieb, baue ich hier eine kleine Feldzeitung, *«Der Flieger»*, nöch? – Und bis jetzt wird das Welt- bezw. Käseblatt lithographiert, aber nun – in vier Wochen so etwa – da wollen wir richtig drucken, wie eine lebendige Zeitung. Und möchte ich um einen kleinen, schönen Beitrag Ihrerseits gebeten haben! –

Honorar ...? Wenns gar nicht anders ist, würde ich auch einen von Ihnen zu bestimmenden Zweitdruck bringen – aber ein Original wäre mir natürlich lieber. In Betracht kommt natürlich nur Ihre – Unterscheidung muß sein! – positive Seite – ich denke an das so bekannt gewordene *«Heimat! es geht um Dich in diesen Tagen!»* – Sie würden nicht nur mein dienstlich-redaktionelles Herz, sondern auch mein privates erfreuen.

Habe ich umsonst gebeten? Hoffentlich nicht. Füge ich noch hinzu, daß nichts, aber auch nicht das Geringste vom Fliegen und solchen schönen Sachen drin stehen muß, dann werde ich wohl Ihr hartes Herze zerschmolzen haben! –

Dies wünscht mir und Ihnen Ihr steinalter
Tucholsky

Artillerie-Fliegerschule Ost
Stab
Deutsche Feldpost 277 den 20. Februar 1917

Lieber Herr Doktor,
vielen Dank für das schöne Gedicht, das natürlich in der ersten richtig gedruckten Nummer strahlen wird. Schade – ich habe hier keinen richtigen Mann zum Illustrieren solcher Dinge – Sieck ist ja leider kein Flieger und noch leiderer nicht hier. Das heißt: er hat ganz recht.

Ihren Schreibebrief vom 21. habe ich bekommen, das heißt, wenn es der war, den ich gleich beantwortet habe. Das klappt hier mit der Post nicht recht, und Ihren Brief habe ich nach Hause geschickt. Nun weiß ich gar nicht recht ...

Anbei eine Nummer des Blättchens. Eine captatio benevolentiae ist wohl nicht nötig – es kommt immerhin ein ganzes Jahr zu spät, und das ist schade. Zeitung hin – Zeitung her – ich will nach Haus.

Gut, ich richte mich aber nach Ihrem schönen Gedicht und warte mit Geduld ein weiteres ab. Wenn die Hauptarbeit mit dem Käse- bezw. Weltblatt vorüber ist, mache ich mich gleich an die P. P. Preußischen Phantasien.

Wenn die großen Humoristen alle ernste Menschen gewesen sind, dann muß ich ein Gulliver sein. Ich habe den ganzen Bauch voll der grimmigsten Galle – und wenn ich nicht ab und zu von kompetenter Stelle die blutigsten medizinischen Witze zu hören bekäme – so von der Dame, der das Essen verboten ward, und die sich eine Gurke, dem Verbot zu trotz, sonstwohin klemmte, der Bericht sagt «so das Angenehme mit dem Nützlichen verbindend» – wenn das also nicht wäre, dann wärs überhaupt nicht zum Aushalten. Vorgestern haben sie ein paar Russen erschossen, zwegn Spionage, ich habe assistiert – natürlich nur mit denen Gerichtsakten und nicht etwa mit dem Karabiner – und es war eigentlich nur jämmerlich. Die Menschheit hackt sich durch Fleisch und Blut einen Weg der «Idee» durch lebendige Menschen – in den Fibeln liest sich das nachher recht hübsch, man darf nur nicht dabeisein.

Ja – kommen Sie nur gut drüber hinweg, das wünsche ich Ihnen. Ich habe übrigens Queri für das Blättchen gebeten. Halten Sie etwas von ihm? Meiner Meinung nach sind seine Berichte – relativ genommen – famos.

Mit allen guten Wünschen, auch für die Fauna und Flora und das Mädchen mit dem weißen Häubchen –

Ihr steinalter
Tucholsky

Artillerie-Fliegerschule Ost
Stab
Deutsche Feldpost 277 — 17. 4. 17

Lieber Herr Doktor,
hoffentlich wird Ihnen dieser Brief nachgeschickt – ich habe ihn noch an Ihre richtige Adresse gehen lassen müssen, maßen der Brief mit der militärischen nach Hause geschickt wurde.

Also anbei! und meinen besten Dank. Ich brauche Ihnen ja nicht zu erzählen, daß das Ganze eben eine Feldzeitung ist, daß ich froh bin, wenn ichs so anständig machen darf, wie es nur geht, und daß das Schwierige darin besteht, vieles *nicht* zu bringen. Der Stoff, den ich habe, ist das wenigste – aber was ich alles abwimmeln muß! –

Gleichzeitig bitte ich Herrn Landsturmarzt melden zu dürfen, daß ich zum Gefreiten ernannt bin, was zur Hebung meiner seelischen Stärke wesentlich beiträgt. Soviel steht aber fest (und Sie schrieben es schon einmal in einem alten Briefe), die alte Zeit ist wirklich vorüber. Die Claire schrieb mit Recht, wir hätten doch wenigstens noch einen Schimmer gehabt, und das könnten unsere Enkel nicht sagen – aber was weiß so eine unverständige Frauensperson! Und somit: ein wehmütiges Tröpfchen auf die tempi passati – Sie in Burgunder, ich in Gaffee.

Vergnügten Dienst (höre ich einen «Ach ja –» seufzen?) und alles Gute! Vielleicht wird doch noch einmal Frieden – dann kann ich dem Autor von *«Ihr habt euch still und heimlich fortgemacht»* meine Verehrung und jener mir seinen Weichselschnaps darbringen! –

Somit und mit den besten Grüßen

wie stets Ihr alter
Tucholsky

Artillerie-Fliegerschule Ost
Stab
Deutsche Feldpost 277 21. 5. 17

Lieber Herr Doktor,
nein – munter & kregel – da kann ich nun gar nicht dienen – und so ist denn auch dieser Brief zu werten.

Das Blättchen schicke ich Ihnen immer zu, hoffentlich kommts auch an – und ich freue mich schon, wenns nicht allzudick kommt. Ich tue das Menschenmögliche im *Nicht*-Hereindrucken, aber Sie wissen doch ... (Unter uns: neulich habe ich eine halbe Nase bekommen, weil ich ein Gedicht von Hochstetter aus den *«Lustigen Blättern»* partuh nicht bringen wollte – die Nase kam von sehr, sehr hoch oben –) So leben wir.

Es dauert zu lange. Und weil man alles auch von der Hinterseite besehen kann, wenn man es sich beguckt; wie die Anständigkeit braver Kerls, die wirklich etwas leisten, so eine Art Selbstzweck geworden ist, die – wenn sie ein Resultat erzielt – allenfalls geduldet wird, damit die andern hinten weitermachen können, dann möchte man sich in Versuchung geführt sehen, zu sagen: Na so blau – was nicht sehr pathetisch, aber verzeihlich ist. Es dauert zu lange – in einem großen Organismus werden sich immer die falschen Brüder die Lage zunutze machen – das ist nicht zu vermeiden – aber: nostra res non agitur. Schon lange nicht mehr.

Hierorts sonst nichts. Haben Sie eine richtige Uniform? Ich kann mir das gar nicht vorstellen, müssen Sie nicht immerzu lachen, wenn Sie den Betrieb sehen? Oder lachen Sie nur in der Redaktion, weil Dienst Dienst und Schnaps Schnaps ist? –

Ich lese Büchner und neulich hatte ich mal hier ein Bändchen Schopenhauer – es war, wie wenn jemand das Fenster aufgemacht hätte. Aber es ist schon wieder zu. Es mufft.

Wann läuten daheim die p. Friedensglocken? Ick nach Hause, den Rock bezw. das Ehrenkleid des Kaisers ausgezogen, den Pfeffer- und Salzanzug an, Zylinder auf, Koffer gepackt und raus – das ist alles eins. Wärs erst so weit! –

Bitte schreiben Sie doch von Zeit zu Zeit, daß ich weiß, daß Herr landsturmpflichtiger Arzt noch leben und schlechthin da sind. Es tröstet immerhin. Und grüßen Sie den Frühling. Ich verstehe zwar von dieser Jahreszeit nichts – aber Luft ist Luft und Bruck ist selbst im Lenz nicht zu verachten! –

Hurra die rammelnden Hasen und pereant die es nicht tuenden Dichter –!

Dies wünscht Ihnen
Ihr alter
Tucholsky

z. Zt. Berlin W 50, Nachodstr. 12 28. 6. 17

Lieber Herr Doktor,
vielen Dank für Ihren Brief – und vor allem für Ihr Bild! Ich habe mich sehr darüber gefreut – es ist gleich, wie alles Wertvolle, an Madame abgegangen und da ruht es in steinernen Särgen.

Inzwischen bin ich auf Urlaub gefahren. Sie schreiben «bleiben Sie gelassen» – aber ich weiß kaum noch, wie ichs anfangen soll. Es geht so langsam alles entzwei – dagegen ist man ganz machtlos –, und man wird in der lieben Brotkartenheimat immer weniger. Ein Ferscht war ich ja nie und wollt es auch nicht sein – aber dieser Stiefel paßt mir gar nicht – ausziehen wird da wohl das Beste sein. Seit 2 Jahren habe ich Schweden im Kopf – was halten Sie davon? –

Anbei 1 «*Flieger*». Natürlich ist da nichts zu machen – den Behörden hier ist er nicht «fein» genug, ich nuckele zu allem «ja» – denn schließlich: was gehts mich an? –

Fein, daß ein Buch Reime von Ihnen kommt – ich freue mich über jedes Komma. Nicht in ehrerbietiger Vergötterung – aber es geht mir ein wie kalte Milch. –

Den Wechsel auf die Zukunft habe ich dankend akzeptiert. Sie haben mit dem Kausalgesetz recht – gewiß – aber unsere, meine Zeit ist dahin. Sie haben wenigstens noch mehr Crème abgeschöpft – unsereinem machten sie die Töpfe schon nach der Suppe zu.

Viele, viele Grüße und alles Gute!

Hier ist es teuer, in Wahrheit klein-bäuerisch, aber alles umweht von dem Zauber des feinen großstädtischen Parfuhms! –

Somit in alter Ergebenheit
Ihr
Tucholsky

*Anbei etwas Literaturgeschichte*

Artillerie-Fliegerschule Ost
Stab
Deutsche Feldpost 277

6. 8. 17

Lieber Herr Doktor,
vielen Dank für Brief und Umschlag:

Über den *«Flieger»* sind wir uns doch einig; ich arbeite nur noch mit dem größten Widerwillen daran; es ist nicht möglich, mit Behörden etwas Gescheites zu machen, und ich verspüre keine Lust, mich etwa zum Märtyrer einer Sache aufzuwerfen, die mich nichts angeht. Dazu kommt die übergroße Müdigkeit und Indolenz aller Beteiligten, die man keinem verdenken kann – Resultat: merde – und wenn einer *«Lichtmeß und Dreikönig»* gekauft hat, dann ists gut und ich habe meinen Zweck erreicht. –

Danke, Madame gehts gut. Sie macht Leute tot, schneidet sie auf und lernt im Ärztekasino eines berliner Krankenhauses gutdeutsche Sitten und Gebräuche. Weil sie nie stramm steht (von Fingern an die Hosennaht ist keine Rede!), so sieht man sie mit gekrauster Nase an. Leider kann sie nicht sagen «Wer immer nur sich selbst bezweckt – –» und nach «Haus loffen» kann sie schon gar nicht – bleiben also meine Liebe und Verehrung, und das ist für ein ausgewachsenes Mädchen nicht viel. –

Ansonsten wanke ich in einem Abgrund von Depression (dieser Ausdruck stammt von der Claire – Herr Bumm, Mensch und Rektor, hats denen in Berlin erst letzthin gesagt, was es mit dem Frauenstudium auf sich hat –) und das hat seine vaterländischen Gründe. Es gilt ja jetzt zu Hause als gute schriftstellerische Mode, gegen «Mies- und Flau»macher vorzugehen – ich für mein Teil jammere nicht über Butter oder solche Scherze. Ich habe Rosinen im Kopf, habe die fixe Idee, daß der Kommiß doch nicht ganz das Richtige für unsereinen ist, und daß sie einem das Leben kaputtschlagen, ohne daß man «tu l'as voulu, George Dandin» sagen kann. Im Gegenteil. Kommt dazu, eine, sagen wir, etwas ungleichmäßige Verteilung der Lasten (sie sind so verteilt: der eine frißt den Dreck aus, der andere bezieht das Geld) – dann ist der Horizont etwas umdüstert. Mir scheint, daß Queri, Georg und Kollegen sich nicht immer von den besten Menschen, wenn auch von den strammsten Soldaten, Erlebnisse erzählen lassen. Schelten Sie mich: ich komme nicht um den Klotz herum; es geht zu lange, und was einst Spiel schien, diese Indianerrangordnung, fängt langsam an, Ernst zu werden. Den Größenwahn habe ich nie gehabt, aber «Herren» kannte ich im Zivil nicht – hier muß ich sie ästimieren –, wobei denn die kleinen schlimmer sind als die großen. Kurz: damit vergeht die Zeit, das füllt Jahre aus, und Sie werden es mir hoffentlich nicht verdenken (auch nicht gereimt), wenn ich ganz privat für mich den Kopf schüttele. (Freilich ohne daraus ein System oder ein Programm zu machen.)

Uff. Armer Dr. Owlglaß –!

Neulich in Libau – hingegen – hielt einer Ihrer Herren Landsleute, ein jüdischer Rechtsanwalt und Intendanturmensch mit einer großen Nase, eine entzückende Bierrede – es war halb drei, aber sie wäre auch am hellerlichten Mittag zu ertragen gewesen. Er sprach von dern «Bowlitik» und haranguierte die lautlose Gemeine, der Sinn des Lebens ließe sich am besten durch das Wort «Plauz» ausdrücken. Was er denn auch redlich besorgte.

Das sind so Lichtblicke – im übrigen aber ists finstere Nacht.

Wann kräht der Hahn? –

Dies wünscht Ihnen
Ihr im Irrgarten des Militärs
herumtaumelnder
Tucholsky

Artillerie-Fliegerschule Ost
Stab
Deutsche Feldpost 277

25. 8. 17

Lieber Herr Doktor,
ich danke Ihnen vielmals für die freundliche Übersendung der «*Käuze*» – die ich in eine schöne Voliere sperren werde. Sie sind sehr nett, ich habe aber schöne Sachen vermißt. (Wo ist zum Beispiel eines Ihrer besten, das Gedicht von der Donau «... und Volker von Alzeys Fiedel lacht und weint und ruft»? –) Soll das wieder einen Sieck-Band ge-

ben? Das walte Gott. Wenn Sie und der Verlag nichts dawider haben, dann möchte ich gern im *«Flieger»* das letzte Stück vom braven Sir John bringen. Es tut den wackern Feldgrauen ganz gut, wenn sie auch einmal diese Seite des Deutschen kennenlernen. Begeusterung haben sie nun genug geschlürft und schlürfen müssen.

Sie haben es im übrigen – wie immer (sagen Sie nicht in einem Seufzer und einer Silbe «Achduliebergott!») – unmenschlich gut. Oder müssen *Sie* vielleicht sich mit ziemlichen doofen Hunden besaufen und ein freundliches Gesicht zu jedem Zimt machen und strammstehen und ängstlich verstecken, was in Ihnen ist? Also. Daß Trommelfeuer wesentlich übler ist, weiß ich – aber das tröstert einen auch nicht. Dies aber streift an den einzigen Punkt, den ich mit Ihnen nicht brieflich abmachen kann, das muß ich mir aufsparen, bis ich wieder einmal – wenn Sies erlauben – die Gartentür durch das Mädchen mit dem weißen Häubchen aufgemacht bekomme – dann will ichs Ihnen sagen. Wasmaßen ich mich also nicht erkühne, es aufzuschreiben – es betrifft den *«Simplicissimus»*. –

Hier aber gibt es sonst nichts Neues. Bald wird im Freien Krieg geführt, Sie werden das im Bericht lesen, wir bekommen eine Normaluhr auf dem Markt, morgen werde ich wahrscheinlich meinen Gram in veilchenfarbigen Wein ertränken (na! veilchenfarbig) – Kollegin Claire hat zu gleicher Zeit mit dem Herzallerliebsten Y-Bazillen im Stuhl gehabt und wir haben beide eine zwar dislocierte, aber ziemlich gleich verlaufende kleine Ruhr hinter uns – das sind so die Ereignisse.

Und weil ich Sie immer nach den wildesten Dingen zu fragen liebe: kannten Sie den Bierbaum noch? Den älteren? Ich meine immer, aus seinen späteren Schriften, die mir menschlich zusagen, mitunter Ihren Ton herausklingen zu hören – täusche ich mich da? Sie taugen nicht viel, er konnte nicht gestalten, nur sagen – aber er ist so abgeklärt und auf seiner Fahne steht seiden eingestickt: «Kinder! Kinder!» – (Was ich meinerseits mit dem teuer bezahlten Spruch ergänzen möchte: «Es geht auch so!») –

Leben Sie weiter wohl und beneidenswert! Ich werde mir eine kleine Privatgottheit in dem Schrein meines Herzens errichten, ein Vergißmeinnicht blüht aus ihrem Nabel und ihr Name ist: Owlglaß. Diese Illusion lasse ich mir auch durch Sie nicht nehmen! –

Mit vielen Grüßen an Sie und Bruck und den Weichselbaum

Ihr unveränderter
Tucholsky

8. 10. 17

Lieber Herr Doktor,
vielen verspäteten Dank für die schöne Ansichtskarte. Sie haben es also immer, immer noch schön und dürfen Mariae und Guilhelmi Corvini Geburtstag feiern. – Wir hier ... aber dieser Gegensatz entbehrt des Reizes der Neuheit. Augenblicklich sind gottbehüte 200 (zweihundert) Mädchen aus Riga da, um beim Kriegführen zu helfen. Sie können sich das Theater vorstellen: man wird an H. Manns «*Kleine Stadt*» erinnert, wie so alles in den Grundtiefen aufgerüttelt ist. Zum Kullern. Warum lacht man nur immer über die Kaninchen so? –

Bleiben Sie noch recht lange gesund und munter in Bruck und grüßen Sie den Baubau und sich selbst von Ihrem

Tucholsky

Haben Sie den «*Flieger*» mit «*Erlösung*» bekommen?
Und die Nummer mit der Falstaff-Geschichte? –

Artillerie-Fliegerschule Ost I
Stab
Deutsche Feldpost 277

3. 11. 17

Lieber Herr Doktor Primus,
Sie machen mir den Mund wäßrig mit Dingen, die es längst nicht mehr gibt – wenigstens rede ich mir das ein –: mit Schnaps und stiller Landschaft und vernünftigen Literaturbekanntschaften und Ihrem Weichselbaum. Eheu –

Was soll ich sonst berichten? Daß mir Ihre freundlichen Berichte wie von einer andern Welt klingen – nicht etwa, weil ich an Not und Schlachtenmusik gewöhnt bin, Du lieber Himmel! – aber weil man sich aus Opportunitätsgründen auf die Brüder hier abstellen muß, und das will etwas heißen. Dafür haben wir hier Rigaerinnen als Helferinnen bekommen – der furor germanicus ist von einem ebensolchen seminis abgelöst, was denen Herren aber nicht schön ansteht. Wir Deutschen verstehens wirklich nicht und verlieren immer gleich die Balance. Hier sind englische Gefangene, die noch beim Exkremente-Fahren jene schöne Selbstverständlichkeit bewahren, die man ihnen niemals abgucken kann. Ansonsten aber schreiten die puellas triumphierend über den östlichen Kriegsschauplatz in die höchsten Betten. Pefui – sie werden alle der Verdammnis anheimfallen.

Wir andern aber amüsieren uns auf unsere Weise und konstatieren jeden Tag mit Pfreude, daß wir in diesem Kriege – vielleicht wirds im nächsten besser – das falsche Los gezogen haben. Und die Bowlitik? Vom gewandelten Salonsozialisten bis zum Feudalrittmeister: den Leuten sind so sehr die menschlichen Begriffe verlorengegangen – keiner denkt nach, daß getötet wird, und was auf den Landstraßen los ist, wo die Infanterie marschiert – jeder hat nur den einen Gedanken: für mich gilt das alles nicht, denn ich bin – nun je nachdem – Vorgesetzter oder Beamter oder sonstwas. Ich weiß, daß das ein bißchen ungerecht ist, und daß es auch viele oben gibt, die es mit ihrer Pflicht verflucht ernst nehmen – aber das Gros ist doch schließlich auch nur aus Fleisch und Blut und viel Fett – und was dann herauskommt, ist nicht ergötzlich. So wenig spaßhaft wie zum Beispiel der Vaterländische Unterricht, der doch – nach allem – als verkappte Politik aufgefaßt werden muß. Es ist unehrlich und hinterhältig – mich interessiert der Parteinkram nicht, aber es ist nicht schön, wie sie hier arbeiten.

Nicht einmal zum Lesen langt es noch – und da es auch nichts mehr Richtiges zum Trinken gibt, so ist das Leben öde und leer. Nur manchmal unterbricht eine kleine Abteilungsklatscherei angenehm den Leerlauf des Lehms.

Was sagen Sie zu Professor Henkel? Haben Sie sich darüber – wie in früheren schöneren Zeiten – im «*März*» vernehmen lassen? Wie so innig und zart war doch der Studentenvers: «Wie der anus bei dem Schenkel – ist die Asepsis im Hause Henkel!» Das gibt einem wieder Freude zum Leben. Daß er dem Prinzen etwas voroperiert hat («Aber man muß doch bedenken, daß es ein Prinz war», sagte der Rechtsanwalt Alsberg) hätte Leyden auch nicht besser gekönnt – Sie nannten das einmal «dekorative Medizin», glaube ich. Schade, daß ich ferne der Claire bin – sie hat für solche Fälle ein hervorragendes Grinsen zur Verfügung. (Sie ist übrigens maßlos stolz, approbiert und steht kurz vor der eigenen Wohnung und dem Doktor. Ob sie mir denn noch anguckt?)

Gott zum Gruß und alles Gute für einen langen Zivilstand. Der Krieg ist nicht bekömmlich. Warme Winterstiefel habe ich. Möge mir ††† Beelzebub ein kaltes Herz schenken – man kanns hier brauchen. Ich bin auch ganz brav und kann jederzeit mein genitalibi nachweisen! –

Dies wünscht Ihnen und dem Weichselbaum

mit den schönsten Grüßen Ihr steinalter
Tucholsky

# DER FLIEGER

Stab der Artillerie-Flieger-Schule Ost I
Deutsche Feldpost 277
den 8. Januar 1918

Lieber Herr Doktor,
erst heute komme ich dazu, Ihren freundlichen Neujahrswunsch gebührend zu beantworten – ich lag an einer schönen Influenza im Bett und konnte nicht Pip sagen. –

Das ist der erste Brief von Ihnen gewesen, der einmal anders klang, und das will mir für Sie nicht gefallen. Ich will Ihnen nicht formell mein Beileid zum Tode Ihrer Frau Mutter ausdrücken, aber ich kann begreifen, wie das drückt. Man sagt sich ja dann wohl immer: 76 und all das andere, aber man wills doch niemals.

Ich hatte mir das so hübsch gedacht, daß ich im Jahre 19.. ankäme in Bruck und dann würde mir wieder genau dasselbe häubchenbehaftete Dienstmädchen wie damals aufmachen, diesmal aber sagen: «Ja, Herr Doktor lassen bitten» – und ick hin – aber nun wirds wohl nichts werden, denn bis die Kündigungsfrist abgelaufen ist, ist sicher noch kein Frieden da. Quo vadimus? Ob das nun das Provinznest hier ist oder der Kommiß oder die widernatürliche Stellung als Mensch dritter Klasse – ich komme mir derart heruntergekommen und abattu vor, daß wir wohl zu zweit Trübsal blasen können – jeder seins. Wo soll das hin? Es wankt alles, ohne daß etwas Besseres für das Alte gekommen wäre, und ich übe schon langsam den alten Mann ein, der hinter seiner Zeit herhumpelt. So schlimm ists natürlich nicht – aber es ist ein ekelhaftes Gefühl, dauernd bei einer Sache der Dumme und nur der Dumme zu sein. Ich meine das nicht nur pekuniär, obgleich ich auch da keine Ursache habe, in den Himmel zu springen – aber ich habe seit drei Jahren alles verlernt und bin so grob und primitiv geworden wie ein Muschko. Pfui! Es ist sehr heiter.

Der «*März*» ist hinüber? Ich habe ihn die letzten Jahre gar nicht mehr gelesen – seine ersten Bände gehören zu meinen liebsten Büchern, es ist doch schade, daß es damals nicht so weiter ging.

Ansonsten habe ich nichts zu vermelden – ich wünsche – wenn auch sehr verspätet – alles Gute für 1918, aber was kann man da wünschen: Frieden – und dann fängt der ganze Salm erst richtig an. Es ist eine schöne Zeit, nur etwas zu groß.

Mit vielen herzlichen Grüßen

wie stets Ihr alter
Tucholsky

# DER FLIEGER

Artillerie-Flieger-Schule Ost
Deutsche Feldpost 277
den 8. März 1918

Lieber Herr Doktor,
daß der alte Christian Wagner gestorben ist, las ich in den Zeitungen – und die Feldpresse hat denn auch auf ihre Weise den Mann gefeiert, ich glaube, so auf treudeutsch und bauernmäßig frisiert – also keine Ahnung. Aber darauf kommts auch nicht so an – die Hauptsache ist schließlich, daß einer tot ist und sich nicht mehr wehren kann. –

Zur sonstigen Misere: lieber Herr Doktor, wir schreiben uns ja eigentlich immer denselben Brief, jeder – und das mit Fug und Recht. Denn was soll man zu allem sagen? Wie ich ein ganz junger Bengel war (Marke: ich habs ja gleich gewußt), da habe ich vom Kommiß nicht viel verstanden, aber mir war in der Seele zuwider, wie unendlich sicher und satt diejenigen waren, welche – und ich habe auch 1914 den Begeisterungstaumel der Zivilisten für diese Kreise nie mitmachen können. Nun sind unsere Offiziere und was ihnen nahe steht, bestimmt nicht am Kriege schuld – aber an manchem andern, und wenn man es aus der Nähe sieht, und dazu den unendlich verlorenen und weltfernen Blick, mit dem diese Burschen Menschen ansehen, die nicht so viel Knöpfe haben wie sie, so ungefähr, wie man einen alten Klotz anguckt – dann muß man sich sehr schämen, daß man darunter und dazwischen lebt. Ja, sagen Sie ruhig: Na – so schlimm ists doch nicht. Ich glaube, es ist sehr schlimm, und ich will gar nicht mehr. –

Hierorts ist immer dasselbe – ich habe über nichts zu jammern, und wenn ich meine verehrlichen Knochen so herausbringe wie bisher, dann darf ich nur im allgemeinen schimpfen, mir tun sie wenig.

In litteris gibts ja wenig Neues, so daß man Muße hat, das Alte behaglich durchzukäuen – was aber sehr bekömmlich ist.

Kerrs «*Gesammelte Schriften*» sind herausser – es sind ein paar ganz herrliche Witze drin, im großen und ganzen hat er uns ganz Jungen damals die Augen mächtig aufgemacht, wofür ich ihm immer dankbar sein werde, aber man darf natürlich nicht in ihm steckenbleiben. Er ist leider steckengeblieben und dreht die Walze seiner Jugend munter weiter und schließlich werfen ihm auch die Leute ein paar Groschen in den Hof, und somit hat er also ganz recht. Finden Sie ihn nur schnoddrig-koddrig? Oder mehr? –

Ich weiß nicht, ob Sie noch das Blättchen bekommen – augenblicklich ist die «Expedition des Blattes» anderswo – wenn nicht, Sie haben nichts versäumt. Ich kann ja nicht – ich muß ja – –

Fürs Nächste Ihnen und Ihrer Frau alles Gute und möglichst wenig Sorgen mit dem Wigwam und all dem andern. Lassen Sie es sich recht, recht gut ergehen und seien Sie vielmals gegrüßt von Ihrem

nach wie vor alten
Tucholsky

Polizeistelle Turn-Severin
Deutsche Feldpost 310

den 21. Mai 1918

Lieber Herr Doktor,
ich habe so lange auf Ihre freundlichen Lebenszeichen nichts von mir hören lassen – aber das lag daran, daß ich von meiner ehemaligen Brotstelle weggemacht bin. Sie erlassen mir gütigst die Schilderungen der Schiebungen, Irrfahrten pp., die mich nun zur Verwaltung Rumänien geführt haben. Hier ist es freundlich und lieblich anzusehen (wenn auch nicht so schön wie auf der Sieck-Zeichnung unter Ihrem schönen Donau-Gedicht ... «und Volker von Alzeys Fiedel lacht und weint und ruft ...») – es gibt allerhand zu essen, die Gage ist höher (ich bin übrigens Vizefeldwebel geworden) – aber man will eigentlich etwas anderes als gerade so seine Lebenszeit zu verbringen.

Und Sie –? Wo wohnen Sie und erreicht Sie dieser Brief auch richtig? Ich sitze in Zivil – ach! das ist eine Wohltat! – da und lese schöne, aber dämliche deutschfeindliche Schriften, die ich bei dem entloffenen Rumäner, bei dem ich wohne, gefunden habe, sowie unentwegt meinen Liebling Courteline, den französischen Wied. Das ist ein Hauptspaß, und es tut mir nur leid, daß man ihn jetzt nicht übersetzen kann.

Und nun habe ich zum Schluß eine Bitte – und ich werde keinesfalls falsch verstehen, wenn Sie sie aus irgendwelchen Gründen nicht erfüllen wollen. Ich habe in Kurland ein junges Mädchen kennengelernt (sie heißt Mary Gerold), die Gedichte, wie Sie sie schreiben können und ich sie mag, sehr liebte. Wollen Sie mir und ihr die Freude machen und ihr «*Lichtmeß und Dreikönig*» mit ein paar geschriebenen Versen auf der ersten Seite zugehen lassen? (Dazu eine Randbemerkung: wenn Sie schon ja sagten, dann bitte nur, wenn ich Ihnen das Geld schicken darf. *Bitte erlauben Sie mir das schon aus prinzipiellen Gründen.* Kein Kaufmann verschenkt seine Ware, und ein Buch ist eine. Ich täts auch nicht.) Bitte schreiben Sie mir doch, ob Sie Lust und Zeit dazu haben – ich wollte Ihnen das Buch von hier aus nicht schicken, bevor ich nicht Ihr Einverständnis hatte. Außerdem wäre es ja Zeitverschwendung gewesen. –

Sonst nichts Neues vor Bukarest. Außer, daß die Rumäner ein widerliches Volk sind. Aber ganz, wie Thöny seine Lauseballkantypen immer zeichnet – nur noch übler und flauer und ohne Murks und Kraft. Ist es übrigens wahr, daß wir Sachsen an Belgien abtreten? Das walte Gott! –

Mit allen herzlichen Grüßen und guten Wünschen für den neuen Wigwam – und eine Reverenz vor der lieben Squaw oder wie man das schreibt, Hugh! –

Ihr alter
Tucholsky

Polizeistelle Turn-Severin
Deutsche Feldpost 310 den 15. Juni 1918

Lieber Herr Doktor,
vielen Dank für Ihren freundlichen Brief! – Ja, ich sitze hier, habe das Chininessen bereits als unbekömmlich wieder aufgegeben und beginne langsam zu braten. Es ist schön heiß, die Rumänen mag man gar nicht, der Dienst ist angenehm und zivil – und so ist alles in bester Ordnung. Ich weiß nicht, ob ich Ihnen schrieb, daß ich in einem bayerischen Kasino esse – es sind sehr nette und freundliche Herren –, ein wohltuender Gegensatz zu denen Preußen, als welche niemals – und fast mit Recht – ohne das Epitheton «Ssau» erscheinen ... alles ist derb, laut und gemütlich. Ein Hauptmann aus Lindau, ein Zöllner im Privatberuf, ein feiner und stiller Mann, weit überm Niveau.

Dies das. Und dann gratuliere ich Ihnen recht schön zum neuen Häusel und hoffe aber nun doch – 19.. –, daß mir das behäubchente Mädchen aufmacht, knixt, flüstert: «Der Herr Doktor lassen bitten!» und ick rin. Aber das ist wohl noch lange hin.

Recht vielen Dank für die Zusage. Die Dame heißt Mary Gerold – aber direkt kann man ihr nichts schicken, weil sie keine «Reichsdeutsche Helferin» ist, und so bitte an

Unteroffizier Lunkebein Artillerie-Fliegerschule Ost I
Abteilung I v Deutsche Feldpost 277

Mit Tabak soll ich zahlen –? Die Bauern verkaufen hier ihre Hämmel, Schweine, unsterblichen Seelen und Frauen um eine Unze Seegrasmatratzenfüllung. Das wird wohl nicht gehen. Soll ichs mit Eiern oder sonst Eßbarem versuchen? Aber die Bayern, wo im Kasino sind, die sagen ja, es ginge in Bayern noch ganz gut. Bitte schreiben Sie, wie Sies am liebsten haben wollen – letzten Endes müßten wir dann auf den bargeldlichen Zahlungsverkehr zurückgreifen. –

Noch habe ich keinen Typhum und auch keine Malariam – aber

dafür sind hier die Mädchen so mäßig, daß es einen Hund jammern kann. Was nützet mihahier – – und so.

Des weiteren: schreiben Sie noch? Ich habe den «*Simplicissimus*» lange Monate nicht zu Gesicht bekommen; wenn ich wüßte, daß von Ihnen unterdessen wieder Gedichte – vielleicht zu Sieck? – erschienen sind, dann ließe ich mir die Nummern kommen. – Weil wir gerade von Ihren Gedichten sprechen: Ihr Donaugedicht ist viel schöner als die Donau hier. Die Landschaft ist glatt, ausdruckslos und hellbunt. An der Grenze, am Eisernen Tor, ists hübscher, die Berge höher, der Fluß strudelt da – kennen Sie das? Wir sitzen hier gerade an einer seichten und langweiligen Stelle.

Womit ich Ihre Frau und die Äpfelbäume und den braven Hund zu grüßen bitte – prägen Sie allen diesen den schönen und wahren Spruch ein, der so ganz auf uns und unsere Zeit paßt: «Die Söhne (soviel wie: Sahne – hannöversch auszusprechen) – die Söhne ist wech!» –

Mit einem dicken Schluckser

herzlichst Ihr alter
Tucholsky

Polizeistelle Turn-Severin
Deutsche Feldpost 310 — den 7. Juli 1918

Lieber Herr Doktor,
zunächst einmal vielen Dank für die freundliche Übersendung des Buches. Der Betrag ist heute an Sie abgegangen (neun Mark habe ich geschickt – hoffentlich stimmts).

Von hierorts nicht viel Neues. Ich habe mir zwar noch nicht die gefährlichen lateinerischen Krankheiten akquirieret, vor denen Sie mich gewarnt haben, aber die spanische Grippe – worauf sich zu Unrecht «Hippe» reimt – wars doch schon. – Ja, Ihre Stimmung und Ihren Wunsch, die Weide mit der Harfe zu behängen, begreife ich schon. Freilich ist alles Unsinn. Nur wird er jetzt so intensiv, daß man ihm kaum noch entrinnen kann, wie früher, wo man sich rumdrehte. Heute ist er überall. Nein, ich schreibe Ihnen bei Gott nichts von Politik und so Sach' – aber Spaß machts keinen mehr.

Was in den Zeitungen von Rumänien steht, ist durchweg falsch. Hier und da habe ich in Zeitschriften etwas gefunden, was der wahren Sachlage nahekommt: die Zeitungen berichten einen derart haarsträubenden Quatsch, daß es einen Hund jammern kann. Was ist das allein für ein Wahnsinn, wir hätten keine Kriegsentschädigung herausgeschunden? Wissen Sie, daß der rumänische Staat unser Kriegsgeld einlösen muß, was ihn vielleicht 3 – 4 Milliarden kosten wird? Das ist ganz in der Ordnung. Davon spricht kein Mensch. Und dann: die Einsicht dämmert und die Entente hat ausgespielt da unten, in «dem wilden Rumänien», wie ein braver Zentrumsmann sagte – ach Gott, ach Gott! – Daß i net lach! Nun kann ich mir aber eine Vurstellung von den Berichten aus anderen Ländern machen, nach diesen Proben. Amen.

Doch, Sie haben es restlos gut. Sie heilen die Bresthaften, ernten, was da wächst: Weidenkätzchen und Äpfeln und Hundeflöhe und Gedichte (ja?) ja! – und dabei kann mans schon aushalten. Die Sache ist hier äußerlich gut («ordentlich» sagen neuerdings die preußischen Leutnants, wenn sie etwas loben wollen –), aber zum Totlachen ist es alles nicht. Denn so saget sich der Weise, wie wird das künftig werden? Und da sehe ich, was mein Portemonnaie, meine Stellung in der menschlichen Gesellschaft nach dem Kriege, angeht, sehr black.

Nochmals meinen herzlichsten Dank und alles Gute, auch Ihrer Frau. Und – Hunde bei andern Leuten sind schön – auch Ihrem Hund.

Vor allem aber Ihnen, auf daß ich bald das honorarium für einen zweiten Lyrik-Band schicken kann. Und der heißt?

Darauf ist sehr neugierig

Ihr alter und ergebener
Tucholsky

Polizeistelle Turn-Severin
Deutsche Feldpost 310 den 2. August 1918

Lieber Herr Doktor,
nein, das hatten Sie noch nicht geschrieben, daß Sie gar kein Menschendoktor und Medizinmann mehr sind. Hat im Fürstenfeldbrukker Blättchen nicht gestanden, daß Sie morgen zum unwiderruflich letzten Male den Patienten und geehrten Patientinnen den Bauch beklopfen benebst einem Abschiedsgruß «das dankbare Bruck seinem scheidenden Doktor»? –

Warum zerstören Sie mir mein Idyll? Wenns einem selbst – zwar nicht schlecht geht – aber doch auch nicht gut, indem man auf diese friedlich-kriegerische Weise gewiß niemals zu sich selbst kommt, dann möchte man wenigstens jemanden haben, den man nach Kräften beneiden darf. Na – ich tus doch weiter.

Hierorts: es ist immer dasselbe. Die Rumäner sind ein ganz scheißliches Volk, und ausnahmsweise wäre hier am Platze, sie auf alldeutsche Art und wenig völkerpsychologisch zu behandeln. Aber gerade da wird große Zurückhaltung geübt, mit dem schönen Enderfolge, daß sie die Entente mehr als je in der Hand hat. Wir lernens nie. Wenn man sieht, wie wirs überall anfangen, ist es auch kein Wunder und überrascht eigentlich nicht. Nur: es trifft alle. Ich habe noch nie so black gesehen als jetzt und ein Brief von Ihnen mit «Na-na-na» wäre mir sehr willkommen.

Was die Literatur angeht, so lese ich zur Erheiterung teutsche Monats- und Wochenschriften, die aber traurig anzusehen sind. Es ist natürlich leicht, zu sagen – wie ichs sonst auch tue –: «Das Zeug benutzte ich nur zum – Abreißen» – aber schließlich: so denken doch viele, und Leute, die leider im Kriege zu einigem Geld und, für ihre Verhältnisse, zu dicken Gehältern gekommen sind. Wie denn überhaupt – eher die üblere Hälfte der Nation pekuniär hochgekommen ist. Sie haben auf Ihrem Weichsel eine Amsel, auf meinem Schornstein sitzt eine Unke.

Mit den Polizeidiensten ist es nicht so doll. Ich klappere die Maschine heiß, der «Bericht» ist wesentlich bei denen Preußen, und was in der Welt Rumäniens vorgeht, kommt erst in zweiter Linie. Was in Budapest an Kokotten durchaus nicht mehr unterkommen konnte, das sitzt in diesem Gottesländchen. Bis auf die jeweiligen Etappenkommandanten und mich sind alles Pfreudenmädchen.

Grüßen Sie das Hündchen und – vorher – Ihre Frau Gemahlin – und – nachher – München – und zu allererst sich und das freundliche Bruck. Wenn ich aus dem Kriege heimwanke, lasse ich mich im Rollwägelchen noch einmal dahinkarren und mümmele so etwas von: «auch mal dagewesen –» und – «jajaja» – und «schöne, alte Zeit». Aber da sind Sie schon lange tot und haben eine Gedenktafel am Haus und einen schönen fetten Nachruf in dem Brucker Täglichen Morgengeheul. –

Dies wünscht Ihnen mit den besten Grüßen und allen guten Wünschen

Ihr sehr ergebener
Tucholsky

1. 11. 18

Lieber Herr Doktor,
kund und zu wissen, daß nunmehr auf einem Flecken an der Donau als Polizey-Commissar und: Oepperster von 5 Männern sitze und regiere. (Eigener Größenwahn im Hause.) – Warum hört man gar nichts von Ihnen? Die Zeit ist inzwischen so gernegroß geworden, daß man gar nichts dazu sagen kann. Was sagen Sie?

Ich habe mich – immer mal wieder – vor allem Schönen zu Schopenhauern geflüchtet, woselbst man trefflich aufgehoben ist. Daß der das nicht mehr erlebt hat! Schade – da hätten wir etwas zu hören bekommen.

Was machen Sie? Sie sollten doch nicht nur Ihrer Amsel auf dem Weichselbaum das Pfeifen überlassen – Sie auch! Nein, wackeln Sie nicht mit dem Kopf – Sie auch! Ich verschenke und lasse *«Von Lichtmeß bis Dreikönig»* verschenken – der Verlag sollte ruhig ein bißchen mehr Reklame dafür machen, jedermann ist entzückt, und keiner hat es gekannt. Hinauf bis ins hundertste Tausend! «Ach Gott» höre ich einen grinsen . . .

Alles Gute, auch für die Frau Gemahlin und das Hündchen – und erfreuen Sie mit ein paar Zeilen doch wieder einmal

Ihren alten und unveränderten
Tucholsky

Berlin W 50, Nachodstr. 12 — 28. 11. 18

Lieber Herr Doktor,
ich danke Ihnen bestens für die freundliche Übersendung des schönen Donau-Gedichts; Sie haben mir damit eine große Freude gemacht. –

Den *«Ulk»* baue ich von seiner Nr. 50 ab – Ihrem Rate gefolgt habend. Ich will es versuchen – geht es gar nicht, dann kann man ja immer noch «Nein» sagen. Aber ich glaube, ich schaukele mir die Herrschaften schon zurecht. (Wenn Sie aber trotzdem etwas für mich in München wissen, so sagen Sie mirs doch bitte. Sie wissen schon, warum.) – Berlin hat sich wesentlich beruhigt – die Leute sollten nicht immer sagen, hier tobe die große berliner Schnauze und der Bolschewismus. Die Schnauze hat nichts zu essen, weil bei uns der Reichsgedanke nur bis zum Nabel geht – beim Magen hört er auf, ich glaubte immer, da finge er erst an . . . Und mit dem Liebknecht scheint es halb so schlimm zu sein. Zu fürchten ist eben nur, daß das ganze Bürgertum, um amal sei Ruh zu haben, der dümmsten Reaktion in die Finger laufen kann. Man muß nicht glauben, daß die vorigte Zeit groß war – es fängt erst richtig los.

Grüßen Sie das saubere weiße Haus in der Hubertusstraße, und das richtige, noch stillere Haus in Bruck und Ihre Frau und den Mops und sich selbst

recht herzlich von Ihrem sehr ergebenen
Tucholsky

Berlin W 50, Nachodstr. 12 14. 12. 18

Lieber Herr Doktor,
recht vielen Dank für Ihren freundlichen Brief, an dem ich mich – immer mal wieder – aufgerichtet habe. Man hat das verflucht nötig ...

Ihr Mißtrauen gegen die Revolutionsschwätzer ist nur allzu berechtigt. Es ist doch jammerschade, daß man in diesem Lande nicht von innen aufbegehren kann, ohne ins Schwatzen zu verfallen, ins leere, seichte, inhalt- und tatenlose Schwatzen – und daß man nicht beschaulich und behaglich sein kann, ohne fett und bürgerlich zu werden. Beides ist gleich lieblich: Berlin ist übel wie je. – Und das ist wirklich nicht die rechte Stimmung, um Ulk zu machen. Es ist natürlich genauso, wie wir es bei meinem Besuch – ich fand es gemütlich und nett, daß Sie sich beim Essen nicht hatten stören lassen – besprochen haben: nur als Trampoline ist das zu gebrauchen. Ich schreibe Ihnen diese Dinge, weil ich von Ihrer Diskretion überzeugt bin, aber es macht keinen Spaß. Ich kann nun auch *gar keine* Satire machen: schließlich bin ich ja nicht Herr Daumier – aber ich kann keine halbe machen. Es ist so etwas wie ein coitus interruptus – verzeihen Sie das harte Wort! Ich sende Ihnen den ersten Streich, den Sie inzwischen schon längst gesehen haben werden, hier zu: es ist eine Ausgabe fürs Volk, gereinigt und durchaus in usum delphinorum abonnentium ... Schade. Ich fühle mich gar nicht wohl in meiner Haut. – Heute habe ich mit dem Kapitän Persius gesprochen, ein prächtiger Mann, der hier wie die Faust aufs Auge hinpaßt. Er gab mir einen Brief, in dem – ich habe viele solche bekommen – einer protestierte: der «*Ulk*» ekelte einen an, er verletzte ... na, Sie kennen die Melodie aus den früheren Jahren Ihres Blattes. Ich schwieg zunächst, denn ich dachte, jetzt käme der alte Offizier. Und dann hat der Mann mich bekräftigt und mir Recht gegeben und hat das alles mit Beispielen belegt und gesagt: So sind sie und noch viel schlimmer! Und: sie sind noch lange nicht tot und sie warten nur, bis sie wieder ans Ruder kommen! – Und dann sitzt man dabei und muß sich mäßigen ...

Wirklich: ich arbeitete viel lieber an einem Verlag, der nicht mehr verspricht als er hält und halten kann und will. Dies hier ist nichts. Gestern las ich die «*Assiette au Beurre*» – und dann nachher bei Nietzsche: «Ich lechze nach mir» – ganz so schlimm ist es ja nun mit mir nicht (schon wegen des kleinen Formatunterschiedes) –, aber: ich sehne mich so nach Harmonie. Sie wissen schon, wie das gemeint ist: nicht gleich Weimar: aber es muß doch eine Geschlossenheit und Einheit zwischen Wollen und Auswirkenkönnen da sein. Und die habe ich hier nicht.

Sonst ist aber alles beim Alten – aber schöner ist das Alte nicht geworden. Ich sehe durchaus schwarz in die geschätzte Zukunft. Es ist, als ob der sog. liebe Gott den Deutschen ihre guten Eigenschaften nur deswegen gegeben hat, damit sie sie langsam zu Grunde wirtschaften. Dafür halten sie aber Versammlungen ab, und wie neulich der Verein Berliner Presse zusammen mit den Wäschefabrikanten und der Zwangsinnung Steglitzer Schornsteinfeger einen Vertreter in den Arbeiterrat wählte – das verlohnte sich schon, mit anzuhören ...

Warum macht der «*Simplicissimus*» nicht einmal eine Pressenummer? – als Hintergrund jeden Bildes die Kopfseite der betr. Zeitung, und davor, bunt und groß, ein typischer Vertreter der Macher oder der Abonnenten –

*Sie* habens gut! Und ich wünsche es Ihnen immer noch besser und einen geruhigen Winter nach der großen Zeit!

Mit den herzlichsten Grüßen – auch an Ihre Frau –

Ihr alter und nicht eben froher
Tucholsky

Berlin W 50, Nachodstr. 12 27. 12. 18

Lieber Herr Doktor,
vielen Dank für Ihren Brief, der mir als zitatenreicher Trost zur rechten Zeit ankam. Ja, so ist es nun einmal – und ich suche auch das rechte Loch, kanns aber noch nicht finden.

Mit den Zeichnern will ich versuchen, was ich machen kann. Es ist zur Zeit sehr schwer – und künstlerisch ist die ganze Aufgabe ja überhaupt nicht lösbar, wegen der Ri-Ra-Rücksichten. Aber gründet vielleicht ein idealer Billionär ein gutes, großes, deutsches Witzblatt und stellt mich als Redaktionssekretär ein? Mitnichten. Noch lieber freilich säße ich ... also warum blase ich Ihnen eigentlich immer auf dem Wunderhorn meiner Sehnsüchte vor? Sprechen wir von etwas anderm.

Von Berlin nicht. Diese gottverlassene Stadt war nie häßlicher als gerade jetzt, schön war sie nie – aber jetzt raucht sie zum lieben Himmel. Leierkasten auf der Straße, üble Gesichter, die Revolution in eine erpresserische Lohnbewegung ausgeartet – nein, damit ist es ja nichts.

Bleiben die guten alten Bücher – und ich fresse täglich ein halbes Pfund. Das ist der Junggarten und Quellbrunnen, oder wie Avenarius so etwas nennt – und wenn das nicht wäre. Für die Mädrichens bringe ich es nicht mehr so recht auf – nein, ein Tränklein, ein kräftespendendes, brauchen Sie mir nicht aufzuschreiben, aber als Gesellschaftsspiel ziehe ich andere Dinge vor.

Ihr Hund hats natürlich am allerbesten: er nimmt sich einfach, was er braucht – und wenn ihn das Schicksal – das sind Sie – nachher auch etwas verstößt: Hunde sind Optimisten. Die Umdrehung dürfte auch nicht ganz falsch sein.

Worauf ich Ihnen also alles Gute zum Jahre 1919 wünsche. Was alles? Ihrene Ruah, vor allen Dingen, und gute Gesundheit für Gemahlin und na, er ist ja ein Luder, aber immerhin, auch für den Herrn Hund – und einen stillen Redaktionssessel – – Und, egoistisch, wie wir aus dem hohen Norden einmal sind, wünsche ich mir ganz leise noch dazu, daß mein Privatwunsch doch noch einmal bis 1928 in Erfüllung ginge: daß ich nicht immer hier hocken muß, sondern auch, zu München als auskömmlicher Literator beschäftigt, hie und da zu Ihnen herübergondeln darf und bei einer Tasse Bouillon zusehen darf (oder war es Tee, richtig, es war Tee), wie Sie das eingeweckte Fett Ihrer Frau essen. Blaubart! – Berlin aber liegt an der Spree und ich mit ihm. Hols der Henker.

Lieber Herr Doktor, dichten Sie recht schön einen – aprico: ich habe an Schilling geschrieben, ob er nicht bei uns mitmachen will, und natürlich hinzugefügt, daß es mir fern liegt, etwa Langen ins Garn zu kommen – ob er wohl noch im Nebenamt frei ist? Oder haben Sie ihn fest? – lassen Sie sich es also recht, recht gut ergehen und grüßen Sie den Weichselbaum und den Weinkeller mit den Behältnissen, in denen der Geist glüht. Darin habens die Flaschen besser als wir andern.

Mit frohem Prost Neujahr und einer etwas melancholischen Unterlippe

Ihr alter
Tucholsky

Berlin W 50, Nachodstr. 12 den 1. 2. 19

Sehr geehrter Herr Doktor,
ich hätte Ihnen längst geantwortet, wenn ich nicht mit einer dicken Stirnhöhleneiterung seit zwei Wochen schwanger ginge. Ich weiß die dazugehörigen lateinischen Namen nicht, aber es war auch so ganz schön. Der behandelnde Bader stieß mir unter Lobpreisungen Gottes eine große Trompete in die Nase und hub an, Wasser in die Eingeweide zu gießen, das Wasser kreiste im Kopf herum, und ich ward dümmer denn je.

Es scheint nun ††† so allmählich abzuklingen, und ich benutze einen immerhin ersprießlichen Tag, an Sie zu schreiben.

Vor allem vielen Dank für den Brief. Nein, mir ist bei der Besetzung des Mossepalais nichts passiert; ich und meine Maschine sind gut weggekommen. – Ihre Schlacht gegen den Thomaludwig habe ich gelesen und mich herzlich beschmunzelt. Er wird doch recht alt, und das ist schade: denn seinen polternden Ton könnte man heute gut gebrauchen, wo zwischen Leisetreterei und krähenden Literaten nicht viel liegt. Ich alter Reichsanhänger – nein «geblieht» hat nichts, aber es wäre doch zu schön, wenn der lächerliche Kleinkram einmal aufhörte – glaube immer noch, daß die Brüder vielleicht belehrbar seien – aber es scheint, daß der unglückliche Krieg allerseits so wie ein kleiner Betriebsunfall aufgefaßt wird – «Reden wir nicht drüber!» – und dann geht alles weiter: die Kleinstaaterei, der Kaisergeburtstagsrummel und der ganze Tanz um die goldenen Kälber und Kühe. Hätt ich Geld, ich kehrte – ein alter, aber verzeihlicher deutscher Erbfehler – den Leuten die Seite, wo (bei dem Esel) der Wedel sitzt. – So aber muß ich ulken – und das «ça dérange nos abonnés» drückt alles wie Mehltau. Es könnte natürlich – ganz abgesehen von den Zeichnerhonoraren – nur bei völliger Freiheit etwas werden. Die Themen, die zur Satire reizen, fallen mir alle aus ...

Viel wichtiger aber ist, daß es Ihnen und Ihrer Frau nicht gut ging – ich dachte, die Grippe sei eine berliner Erfindung. Hoffentlich gehts bald wieder, damit Sie wirklich aus Ihrer Bauerntruhe die besseren Sachen herausholen. Ich würde mich doch mächtig freuen, wieder einmal etwas von Ihnen in der Hand zu halten, was nicht nur ediert, sondern selbst vom Herrn geschnitztet ist. Quod felix faustumque sit! –

Schilling hat nicht geantwortet. – Grüßen Sie den Hünd, sich selbst und Ihre Frau und das Häuschen und ja nicht den christkatholischen Ludwigl

von Ihrem alten
Tucholsky

Berlin W 50, Nachodstr. 12 den 20. II. 19

Lieber Herr Doktor,
vielen, vielen Dank für das Autograph Wagners, das mir eine große Freude gemacht hat. Ich lege es mit dem Porträt zusammen ins Allerheiligste. Nein, sicherlich hats keinen Zweck gehabt, ihn anzupreisen, ich mußte es nur einmal los werden, was ich da seit langem

auf der Pfanne hatte. Er ist doch ein wundervoller Kerl gewesen, schade, daß Schopenhauer den nicht mehr erlebt hat.

Sie haben alles – das ist so ein Wort, mit dem ich alle meine Freunde zur Verzweiflung bringe, weil doch jeder bekanntlich gar nichts hat. Aber Sie haben wirklich alles, vor allem müssen Sie nicht in Berlin leben, und was das heißt, kann nur der ermessen, der weiß, daß hier überhaupt nicht gelebt wird. Allerdings glaube ich [nicht] – bei aller angeborenen Abneigung gegen die Stadt und ihren Rhythmus – daß es diesem eingeschlafenen Lande, das ja nicht mehr das olle ehrliche Deutschland ist – etwas schaden kann, wenn man spitz kritisiert. Alles geht weiter seinen alten Trott, und keiner guckt auch nur auf, wenn ein Krieg verlorengeht oder wenn Menschen getreten und eingesperrt werden. Das interessiert nicht. Wenn ich den fetten Popo sehe, der zur Zeit das Gesicht dieses Landes vorstellt, so kribbelt es mich, einen spitzen Dorn hineinzupicken, halten zu Gnaden!

Trost und Rettung bleibt das neue Buch von Wassermann – seit dem «*Gänsemännchen*» war ich nicht so gepackt und verzaubert. Es ist wie schwerer Wein, so liest man nur noch Raabe oder den großen Arthur selbst. Kannten Sie Wassermann noch persönlich, oder war das «vor Ihrer Zeit»?

Inzwischen viele Grüße an alle lebenden und leblosen Gegenstände in Bruck – Sie laden mich immer so freundlich ein, und wissen gar nicht, wie es mich auch ohne das von hier wegzieht. Kurland oder da bei Ihnen – Sie wissen ja gar nicht, *wie* gut Sies haben!

Das wünscht Ihnen auch weiterhin

der butterblumengelbneidische
Tucholsky

Fälle von Zeichnergrößenwahn sind mir unterdes schon untergekommen. Ich habe sie 'nausgetan.

Und das hätte ich beinahe vergessen: Ich habe Gussy Holl von Angesicht zu Angesicht gesprochen. Herz, schweig still! Hier versagen sogar einem Berliner die Worte! –

Berlin W 50, Nachodstr. 12 — den 16. III. 19

Lieber Herr Doktor,
zunächst einmal läßt sich das Allerheiligste viel, vielmals bedanken! Mir sind sonst Autographen berühmter Leute ziemlich schnuppe – aber hier (und beim alten Fritzen und bei Goethe – also bei Leuten, die ihre Sachen lieb gehabt haben) geht es einem doch durch und

durch – auf dem Papier hat die Hand gelegen –, ich danke Ihnen sehr dafür – und nun fehlt mir nur noch die Ruhe, die nötig wäre und ist, um ihn ganz und gar so zu lesen, wie er es geschrieben hat: von innen heraus. Rechts oben auf dem Briefbogen aber steht: Berlin W 50 – aber Sie haben gelehrt, der Affe dürfe sich nur kratzen, wenn keine zahlenden Besucher und andere feinen Leute dabei sind. Gut.

Ich habe große Stielaugen gemacht, als ich las, was Sie über Wassermann schrieben. Dergleichen hörte ich schon einmal, und es leuchtet mir zwar ein, daß Künstler um so zuwiderer sind, je mehr sie können – aber Sie meinen auch, il abuse un peu de son métier? Kann schon sein. Er ist ein merkwürdiger Fall, ich muß sagen – bekennen? – daß ich ihm fast immer gänzlich hineinfalle – ich glaube ihm menschlich deshalb nichts, weil er mir menschlich einerlei ist – aber die Bücher schmeißen mich – auch dann, wenn sie so mißlungen sind, wie der «*Wahnschaffe*» – jedesmal um und um. Ein dunkles Blut ... Ist das alles Mache? «Unsere tägliche Selbsttäuschung gib uns heute!»

Weil wir gerade bei den Illusionen sind: die junge (Na – junge) Brammeshuber hat Ihr Gedächtnis doch nicht so gänzlich mit ihrem betörenden Liebreiz zerstört, daß Sie nicht doch wüßten, wer Gussy Holl ist. Sie ist in der Tat ganz blond und schlank, hat einen blendenden Witz – was bei Frauen mehr ist: Humor – und macht Gott und die Welt entzückend nach. Sie filmt (leider!) und tritt – hurra – hier und da in Hurenställen, soi-disant Cabarets auf, aber dann ist sie hinreißend. Ich mag gern Menschen sehen, bei deren Erschaffung der liebe Gott ganz aufgepaßt hat – bei den meisten hats draußen geklingelt, und er hat das Zeug immer halb fertig liegenlassen.

Doch – Sie habens sehr gut! Daß Ihr Hund Flöhe, Sie hier und da Grillen und die Sträucher manchmal keine Früchte haben – das darf Sie nicht anfechten. Sie da unten müßten alle mal ein halbes Jahr Berlin aufgebrummt kriegen (wovon ich Sie ausnehme, weil ich Ihnen viel Böses, aber das denn doch nicht gönne) – um überhaupt zu ahnen, *wie* gut Sies haben. Wenn in der dortigen Revolution noch eine Stelle als Nachtportier frei ist –: ich käm gleich.

Übrigens: ich habe heute an Langen geschrieben, ob er die kleinen preußischen Geschichten von damals haben will; ich habe noch eine dazu gemacht, und es sind nun sechs; «recht artige Dingelchen», wie der Geheimbderat sagen würde. Ob sie freilich einer kauft, das muß der kaufmännische Leiter beurteilen.

Hierorts ist alles beim Alten. Bei Mosse sind einem die Ellenbogen geschnürt, und im Käsblättchen, der «*Weltbühne*», kann ich zwar koppheistern, wie ich mag, aber ... na, Sie wissen: bald fehlt uns der Wein – und so. Wenns gar zu doll kommt, lese ich den alten Fontane – «*Zwischen zwanzig und dreißig*» entzückend, wie er mit den scharfen, nüchternen Preußenaugen über den Menschen Storm urteilt. «Er entschied sich für Kranzler. Ich bekenne, daß ich ein wenig erschrak. Storm war wie geschaffen für einen Tiergartenspaziergang an dichtbelaubten Stellen, aber für Kranzler war er nicht geschaffen» – es ist süß; wenn Sies nicht kennen, empfehle ichs Ihnen sehr.

Lieber Herr Doktor, grüßen Sie Frau und Hund und sich selbst; und wenn die «*Tägliche Rundschau*» den Raabe patriotisch ausschlachtet, nicht wahr, er hätte schön gelächelt? –

Mit herzlichen Grüßen Ihr alter und unveränderter

Tucholsky

Berlin W 50, Nachodstr. 12 den 27. Mai 1919

Lieber Herr Doktor,
vielen Dank für Ihren Revolutionsbrief. Ja – quid dicam, quod ... Ich habe so das Gefühl, als ob wir da mit unsern alten Vokabeln nicht mehr so recht auskämen, und ich glaube immerhin, daß Landauer – trotz allem und allem – nicht umsonst gefallen ist. (Zwar kann ich mir sehr gut einen Mann denken, der der Welt den Stern zudreht und sagt: I mag nimmer! – Aber wenn man schon einmal mittut ...) Jedenfalls ist es für uns hier schwer, aus den Berichten der Schmöcke und den Berichten der bayerischen Freunde ein richtiges Bild herzustellen.

Und Sie –? Denn fragen Sie nicht nach mir. Ich werde in dieser ††† vermaledeiten Stadt immer weniger und werde wohl nächstens ganz dahingeschmolzen sein. Das ist nichts. Bua –

Sie fragen Literarisches: Mit dem Verlagsvorschlag bei Langen bin ich abgerutscht, warum, weiß ich nicht – und nun stehe ich mit einem anderen in Unterhandlung. Eilig habe ichs mit dem Bändchen nicht. Man ist so unfroh und lustlos in dieser Zeit, daß es einen nicht treibt. Ich habe auch meine alten Tiger – aber nicht etwa die aus dem «*Ulk*» – gesammelt – und will mal sehen ...

Das mit Jacobsohn liegt anders. Ich gastiere im «*Ulk*» und bin bei ihm zu Hause. Ich erkenne die Schwächen des Blattes sehr wohl – aber er ist der einzige, der seine Leute frei von der Leber weg reden läßt. Ich weiß sonst keinen. Natürlich: für die Beschaulichkeit ist nicht viel Platz da und auch wohl nicht allzuviel Empfänglichkeit. Aber das ist ja überhaupt kein Geschäft.

Ja, das mit Raabe – – Das ist wohl selten – und bei den Deutschen ganz rar –, daß einer ein Kerl ist und seiner Zeit auch vernünftig gegenübersteht. Was hat Schopenhauer in politicis alles durcheinander gemengt! Bei aller veneratio: aber die Kapitel über Politik lese ich nie ohne einen geheimen Schauder. Freilich darf einen das nicht irre machen. Das war vielleicht für die Augen zu nah – und so wars wohl auch mit Raabe, der sicherlich in den Sozialisten seiner Zeit nur kulturlose Radaubrüder sah, die in den Kneipen schwätzten ... Und ganz falsch war das ja wohl auch nicht. Nur: zweihundert Jahre später hätte er anders geurteilt.

Inzwischen kneifen Sie nur den Daumen. Seit Jahren giftet es mich doch mächtig, daß Sie so andante vom «Lande» erzählen und schreiben. Ich glaube zwar noch nicht, daß es mir je glücken wird – aber ich strebe doch mit allen Kräften daraufhin, einen zu finden, der mich exploitiert. Dazu muß ich nur meine Ruhe haben – dann baue ich schon allerhand. Aber conditio sine qua non: die See. «*Zuflucht an die See*» – heißt ein wunderschönes Gedicht Liliencrons – es sind zwei Sonette, und sie lesen sich in der Nachodstraße ganz ulkig.

Muß ich von der Politik ...? Nein, ich muß doch wohl nicht. Meines Alters Stab ist Gussy Holl, bei der ich hier und da zu Abend sitze. Und dann singt sie, und ich hänge mit gekreuzten Beinen an ihren Lippen – das ist viel schöner als das ganze Jahrhundert. (Auch kann sie bayerische Soldatenlieder singen, von dem Landser, der seine Geliebte, weil sie gar zu viel flennt, freundlich auffordert, ihm mit «sams deim Kind» ... Sie singt das herrlich und unbekümmert. Das ist überhaupt keine Frau.) –

Alles Gute und gute Sonnenblumen und dem Hünd viel Ratten und Ihrer Frau einen wohlgeratenen Sommer! Und Ihnen belegte Stullen und eine bessere Zeit! – Dies alles wünscht Ihnen mit herzlichen Grüßen Ihr alter und dünner

Tucholsky

Berlin W 50, Nachodstr. 12 den 11. Juli 1919

Lieber Herr Doktor,
recht herzlichen Dank für Ihren freundlichen Gruß vom 3. – (Also noch immer Angerstr. 29? Ist das schon das neue Häuschen? Ja, wenn ich recht im Bilde bin.) –

Zu Raabe bekenne ich mich schuldig – diese Figur war mir nicht bekannt, und ich will das nachholen. – Ja, wenn wir lauter solche Kerle hätten – oder doch nur einen – wie es Keller war! Das war ein richtiger Bürger – der hatte doch ein gutes Stück Tüchtigkeit in sich – und wer hat die bei uns?

Aber Sie dürfen nicht schreiben, daß Sie in «die alte Suppe» wieder hinein müssen – wissen Sie denn eigentlich, *was* Sie da unten haben? Nein, das wissen Sie nicht. Aber wenn da mal einer bei Ihnen etwas recht Gemeines ausgefressen hat, dann verdonnern Sie ihn nur zu zwei Jahren Berlin – der Kerl wird sein Lebtag nicht rückfällig.

Hierorts ist es zum Ko . . .llern. Diese Stadt war ja von je mein Schwarm – aber Sie können sich nicht denken, wie widerlich sie nun geworden ist. Früher hatte sie immerhin so eine Mischung von preußischer Adrettheit und einigem – äußerlichem – Schwung – jetzt ist auch das weg, und geblieben ist ein Misthaufen übelster Observanz. Ich fingere mit allen zehn Fingern nach einer Möglichkeit, hier wegzukommen – aber vorläufig wills noch nicht so recht glücken – und obs überhaupt kleckt, steht noch dahin. – Man verkommt hier völlig. Wenn Ihnen einer erzählt, daß auch über Berlin die Sonne scheint, so glauben Sie ihm nicht. Er lügt. Hier ist kein Himmel, kein Wind, keinerlei Wetter – nichts. Nur Berliner, die immer etwas vorhaben, und zu tun haben sie! und herum laufen sie! Das ist nicht zum Blasen. Gestern kam ein Herr zu uns auf die Redaktion, ein Bayer, dem standen fast die Tränen nach seiner Ferienreise in Bayern in den Augen – und der hat auf Berlin geschimpft! Balsam fürs zerrissene Herz! Er sagte mit Recht, wie intensiv sie da unten lebten, und wieviel, wieviel unvergleichlich mehr sie vom Leben hätten wie unsereiner . . . Ach ja.

Äußerlich nichts Neues. Ich will – ich weiß noch nicht, obs was wird – die Tigeriana zum Winter sammeln, und die kleinen Geschichten kommen vielleicht auch. Wollen mal sehen. – Bei Mosse läuft es so – man wird da sachte zum Redaktionsbeamten, nur keine Aufregung, nur nichts Neues, nur keine Eile. Das ist ja recht bequem – aber sehr glücklich macht es nicht. Ich hatte mir das eigentlich anders gedacht . . .

Nun haben sie auch glücklich das schöne Kurland kaputt geschlagen – der deutsche Einfluß soll fast gebrochen sein, und das Ludendorff-Abenteuer, in das wir das schöne Land gestürzt haben, ist böse abgeloffen. Das ist wohl ein prächtiger Mann gewesen, dieser Kadett! Sie tun ihm aber nichts, wie sie ja überhaupt einen sinnlosen Spektakel gegen den Burschoah machen, aber die, die wirklich schuld gewesen sind, fein in Ruh lassen. Man nennt das «politischen Instinkt». –

Wenn Sie dieser Brief noch vor der schwäbischen Tour erreicht, alles Gute und vergnügtes Wiedersehen! und wenn er nachher kommt, willkommen in Bruck – «*O wär es doch!*» heißt ein schönes Gedicht von Liliencron – aber es ist nur leider nicht. Wenn mich mal einer fragt, was ich mache, werde ich sagen: «Ich beneide Herrn Dr. Owlglaß!» – Und die Frau Gemahlin? Und der Baubau? Und der achteckige Turm an der breiten Straße? –

Lieber Herr Doktor, kneifen Sie den Daumen, daß ich hier herauskomme und seien Sie vielmals gegrüßt und beten Sie ein Requiem für Ihren

in der berliner Hölle brodelnden
Tucholsky

Berlin W 50, Nachodstr. 12 den 6. August 1919

Lieber Herr Doktor,
vielen Dank für die hübsche Postkarte mit Baubau und Selbstporträt – «Hut mit Mann» – wenn der historische Hund in Berlin lebte, würde er nicht so verdammt vergnüglich aussehen. Aber wie schrieb einmal der alte *«Simplicissimus»*? «Was, du pflückst Blumen, kleiner Bengel? Na, warte mal – es wird eine Zeit kommen, wo dir das Blumenpflücken schon vergehen wird . . .!» –

Ihre Tour muß herrlich gewesen sein – ich möchte doch endlich einmal auf meine grauen Tage dahin kommen, auch so in der Welt herumzuschlendern. Süddeutschland ist doch ein richtiges Menschenland – hier oben ist nicht viel – die See und der Süden – was dazwischen taugt nichts, Überschrift: Berlin.

Ich fahre am 15. auf vierzehn Tage in den Schwarzwald – auf ein Häuschen bei Triberg wohin ich eingeladen bin – und dann vierzehn Tage an die Ostsee. Ich schreibe Ihnen von da aus und würde mich freuen, auch von Ihnen zu hören.

Literarisches: Der letzte *«Simpli»* hat mein Herz erfreut. Er war so frisch wie lange nicht. (Der mit dem gerupften Adlör auf dem Titelbild.) – Die Tigeriana gibt ein kleiner berliner Verlag – Felix Lehmann – heraus, mit dem ich in nähere Geschäftsverbindung treten will. Wers wohl kauft –? Und 128 Seiten? Es sind auch Erotika dabei, damits nicht gar so langweilig ist. Ich fürchte, es wird ein Fiasko sein – Flasche, Flasche! –

Also da in der Gegend liegt Langbehn? Das muß ein merkwürdiger Mensch gewesen sein – ich las mal einige kleine Menschlichkeiten, die irgendeiner von ihm ausgegraben hat – merkwürdig –! Ich kann mir kein Bild davon machen – weder von dem Buch noch von dem Mann. Was soll der Onsinn! – wie der Hamburger sagt.

Ich war auf ein paar Tage in Hamburg. Eejal dhun – wie der preußische Offizier von Roda Roda – aber das ist eine heitere Stadt. Wenn man aus Berlin kommt, ist ja nun alles heiter. Es war ganz entzückend – nicht zum wenigsten der Rotwein und eine phantastische Pfirsichbowle. Na, und die Schwiegerstraße? Ich war begeistert, als ich einen ganz dicken Mann mit einem Reiseköfferchen aus No. 9 herauskommen sah – ernst, sachlich, bestimmt und eilig – wie wenn er da seine Muster zur Offerte vorgelegt hätte. Hat er vielleicht auch. Es war zum Rollen. Weitere erotische Erfahrungen habe ich leider nicht gemacht.

Lieber Herr Doktor, ich wünsche Ihnen einen recht bunten Herbst und alles Gute! – gibt es wieder einmal ein schönes Buch von Ihnen? Wie geht eigentlich Ihr «*Lichtmeß bis Dreikönig*» jetzt? Langen soll das Ding mal inserieren – Alle Leute sind entzückt, und keiner kannte es.

Viele herzliche Grüße an Frau und Engländer und an Ihnen –

von Ihrem alten ergebenen
Tucholsky

Berlin W 50, Nachodstr. 12 den 14. Oktober 1919

Lieber Herr Doktor,
Sie haben mir natürlich gar nicht für irgendwelche Briefe zu danken – die habe ich Ihnen aus alter lieber Gewohnheit geschrieben, ohne damit eine Antwort provozieren zu wollen. Aber nun ist sie da, und das ist sehr hübsch –.

Die Erholung des lieblichen schwarzen Waldes und der freundlichen Ostsee ist längst dahin, und hier wird in einer Weise Berlin gespielt, daß es einen Hund jammern kann. Es sieht furchtbar glitzernd aus, aber wenn man in die Nähe kommt, ist es alles Quarz und Glimmerschiefer – die Soldaten hatten dafür einen etwas kürzeren und klaren Ausdruck.

Wenn Sie wieder einmal schreiben: teilen Sie mir doch bitte mit, von wem das Buch über den Selbstmord ist. Schopenhauer hat ja immer sehr ausgeklügelt gegen ihn geschrieben – natürlich turmhoch über den Optimisten, die, wie Paul Heyse in einer Vorrede zu Leopardi dem Schopenhauer vorgeworfen haben: Wenn es dir hier nicht gefällt, warum schießt du dich dann nicht tot? – Es geht mir aber wie Ihnen, ich lese diese Bücher aus lauter Freude für mich und Opposition gegen die andern sehr gern, habe aber das Gefühl, daß Zyankali keine rechte Lösung ist.

Die Tigeriana erscheinen in ungefähr drei Wochen, und Sie bekommen sie selbstverständlich. Zum Totlachen ist es auch nicht damit, hier und da ist etwas Gewachsenes darunter, immer wenn ich Zeit hatte, die Dinger ausreifen zu lassen – aber wann hatte ich die? Man soll ja nicht über sich spintisieren, und daß an mir kein übermäßig großes Talent verlorengegangen ist, weiß ich auch – aber ich glaube, ich könnte manches, besonders Kleinigkeiten, viel besser und runder machen, wenn ich Zeit hätte. (Kerr: «Wenn ich ein Genie wäre – – ich habe bloß keine Zeit.») Hilft es und stehen Sie so mit dem lieben Gott, daß es hilft, wenn Sie die große Zehe für einen Exodus Theobaldii ex urbe kneifen? Dann tun Sies bitte.

Mögen Sie Leo Perutz? Er erinnert mich (natürlich ganz cum grano salis) an Raabe – in der «*Dritten Kugel*», die ich in der «*Weltbühne*» festlich besungen habe, sowie in seinem neuen Roman im «*Tageblatt*» ist immer ein Ton, der an den Alten erinnert, nur noch naturalistisch ausgeprägter. Nichts Großes – aber etwas sehr Erfreuliches.

Wenn Sie an einem Sonntag die Kantstraße in Charlottenburg heruntergingen, würden Sie sehen, wie das Volk vor Kinotüren um Einlaßkarten ficht – und da Sie auch vermutlich wissen, wie die Gesichter der Leute aussehen, die die Filme machen, soweit man da von Gesichtern sprechen kann, so werden Sie die Frage verstehen: Was wirken wir eigentlich hienieden für die andern? Wir sollten es ausschließlich für uns tun.

Dies wünscht Ihnen mit den schönsten Grüßen an Frau, Garten und den «Engländer»

Ihr alter und ergebener
Tucholsky

Berlin W 50, Nachodstr. 12 den 7. XI. 19

Lieber Herr Doktor,
vielen Dank für das Kärtchen und den Selbstmordbuchtitel, das ich mir besorgen werde. Die Günther –? Nicht wahr, eine merkwürdige Sache – ich hatte Schwierigkeiten mit dem Buch und verdaute es nicht.

Berlin fängt an, seine reizvollsten Seiten zu entfalten – ich glaube, nun ist es bald ganz aus. Irgendein Hoffnungsstrahl ist nicht zu sehen – ich habe bisher immer noch gedacht, man werde doch einmal aufatmen können. Aber es ist fürchterlich – und wenn man nicht mittanzt, dann geht es hier nicht. Noch habe ich die Hoffnung nicht aufgegeben, doch einmal herauszukommen.

Literarisch ist zu vermelden, daß Max Reinhardt u. a. ein kleines Cabaret macht, zu dem ich ein paar Texte schreibe. Aber «*Schall und Rauch*» heißt es zwar, aber es ist es nicht mehr. Wie sollte es das heute auch –! Laune? Und Lachen? Daß i net lach!

Jetzt ist es bald ein Jahr her, daß ich Sie im Glanze meiner Kriegsbemalung aufgesucht habe. Es war alles so freundlich und still da oben bei Ihnen – ich wünsche Ihnen sehr, daß es das noch ist und auch so bleibt!

Grüßen Sie bitte traditionell Bruck und die Gattingemahlin und das Hündlein und den Achteckigen und schließlich auch sich – recht herzlich von Ihrem

alten und ergebenen
Tucholsky

REDAKTION DES ULK

Berlin SW 19, 30. XI. 19
Jerusalemer Straße 46/49

Lieber Herr Doktor,
vielen Dank für Ihre Karte, die mich sehr gefreut hat. Aber so ist es wirklich nicht. Ich habe auch in der letzten «*Weltbühne*» Sie als Papa dieses Buches angegeben – Sie glauben nicht, wie stark ich da von Ihnen abhängig bin. In allem: in der Form (die Gott sei Dank bei Ihnen so gar nicht Posen-Paris ist), in der Anschauung der Dinge, die Sie nie so ganz für voll nehmen und doch sehr ernst begucken – in dem plötzlichen Umkippen vom Spaß in den Ernst – wo wäre ich ohne Sie? Dafür und für manches andere möchte ich Ihnen sehr, sehr danken. Wie immer Ihr ergebener

Tucholsky

REDAKTION DES ULK

Berlin SW 19, 26. XII. 19
Jerusalemer Straße 46/49

Wieder haben wir einen Kalender heruntergerissen –
o mein Herr Gott, ist dieses Leben beschmissen.
Wir bekamen auch nicht einen einzigen Orden –
aber sind wir etwa auch ansonsten klüger und reicher geworden?
Es ist immer dieselbe, dieselbe Geschichte –:
es bleiben die alten Bücher, die alten Gedichte –
Von Lichtmeß bis Dreikönig und der noch und dies und das:
Ein fröhliches neues Jahr für den lieben Dr. Owlglaß! –

Herzlichst Ihr
Tucholsky

Einen schönen Gruß an die Frau Gemahlin –!

Berlin W 50, Nachodstr. 12 den 6. III. 20

Lieber Herr Doktor,
ich danke Ihnen vielmals für das Lebenszeichen, aus dem ich zu meiner Freude ersehen habe, daß Sie noch vorhanden sind.

Zu Ihrer Frage: nach dem (sehr ungünstigen) Tarifvertrage für das Zeitungsgewerbe Groß-Berlin, dessen Zurückweisung uns nicht gelungen ist, steht allerdings im § 10: «Der Redakteur ist grundsätzlich verpflichtet, seine *gesamte* journalistische Tätigkeit in den Dienst des Verlages zu stellen.» Das würde also in Ihrem Falle bedeuten, daß die bisherigen Honorare eingerechnet werden dürfen. Es läge in unser aller Interesse, wenn es Ihnen, der Sie ja an die norddeutschen Abmachungen *nicht* gebunden sind, gelingen würde, diese unvorteilhafte Abmachung zu ändern. Ähnliche Verträge bei Zeitschriften sind mir nicht bekannt; wir haben hier in Berlin zu wenig solcher Dinger, die ernsthaft wirtschaftlich in Frage kommen und die – darauf kommts an – sich solche Mitarbeiter, die zugleich Redakteure sind, halten. (Tun sies, dann sind die Betreffenden Herausgeber, und da liegts ja anders.) Auf alle Fälle möchte ich mir aber erlauben, Ihnen zu raten, sich, wenns gar nicht anders geht, einen *Höchstsatz* garantieren zu lassen, den Sie liefern müssen – was dann mehr ist, würde ich mir honorieren lassen. Es liegt ja auch im Interesse des Verlages, denn sonst brauchten Sie ja nur ganz wenig zu schreiben, ohne daß er etwas dagegen machen kann. Vielleicht gehts so auf diesem Wege des Kompromisses. –

Hierorts nicht viel Neues. Vom «*Ulk*» gehe ich zum 1. April ab – ich habe gekündigt, weil ich es nicht mehr machen wollte – Hamur herzustellen, ist eine böse Sache – wenn man aber nicht einmal einen richtigen Etat hat und solche Ängstlichkeit überall, dann machts gar keinen Spaß. Wir sind in aller Freundlichkeit geschieden – aber innerlich bin ich recht froh. Was ich nun mache, weiß ich noch nicht. – Ja, bei «*Schall und Rauch*» arbeite ich, es macht manchmal Spaß, besonders, wenns für Gussy Holl ist. Es ist nur alles so traurig: auch hier die Rücksicht auf die Konsumenten, id est Zuhörer, die meist übel sind. Ein richtiges literarisches Cabaret würde ja auch gar nicht gehen. Es ist sehr, sehr schade.

Die ‹*Frommen Gesänge*› gehen ganz gut, wie der Verleger sagt – aber auch das ist nicht der Himmel. Lieber Onkel Doktor, so gar so viel Spaß machts nicht, und ich bin ein bißchen müde. Ja – *Sie* rauchen ...

Sonst gar nichts Neues. Ich denke immer, vielleicht kommt doch noch eines Tages die Möglichkeit, aus Berlin herauszugehen und sich im stillen etwas auszudenken. Vielleicht –

Grüßen Sie bitte alles, was zu Ihrem Haushalt gehört, schließen Sie einen schönen Vertrag und freuen Sie sich, daß Sie in Bruck sitzen –!

Mit herzlichen Grüßen

Ihr alter
Tucholsky

# AN KURT SZAFRANSKI

## Brief an einen Plakatmaler

den 20. März 1913

Lieber Söderström!

Sie und die Ihrigen sind ja nunmehr am Werke, dem deutschen Kino die Kräfte zu leihen, die ihm noch gefehlt haben. Sie wollen «reformieren». Das heißt: die Plakate, die bisher irgendein Vorstadtschmierer hergestellt hat, werden Sie jetzt anfertigen, aber die Titel werden dieselben bleiben, nämlich: ‹Dreimal entehrt› und ‹Die Windmühle im Freien› und ‹Emmy, das Gorillaweibchen›. Sie werden also Ihre manuellen Fertigkeiten in den Dienst einer Sache stellen, die davon lebt, Konzessionen zu machen (und was für welche).

Sie gehören einem neuen Typ an: Sie sind der amerikanisierte Spießer.

Sie argumentieren so: Unser Film ist dreizehnhundertmal verliehen worden, eurer nur achtzigmal – also sind wir besser. Unsere Zeitschrift hat siebenhunderttausend Abonnenten, eure nur zwanzigtausend – also sind wir besser. Schon sind Sie amerikanischer als die Amerikaner, denen es nie einfallen würde, ideellen Wert und Erfolg ineinander zu verweben. Geht drüben eine Sache nicht, so ist sie abgetan – aber nur wegen des mangelnden geschäftlichen Erfolges! der Wert oder Unwert kommt nicht in Frage.

Sie sind weit gefährlicher. Zu feige, ein Ding nur um des Erfolges willen zu preisen, kleben Sie ihm Werte an, die es nicht hat – und so ergibt sich ein verdammter Mischmasch von Geldmacher und Heuchler.

Früher hätte niemand gewagt, sein Geldverdienen mit der Berufung auf eine Kulturmission zu verkleiden, und tat er es doch, so wandte man sich angewidert ab. Heute gehört es zum guten Ton, vor dem Großkapital auf dem Bauch zu liegen, aber nicht etwa, weil man müßte, sondern weil Sie und Tausende masochistisch die bloße Macht überschätzen.

Erfolg ist nur Argument in wirtschaftlichen Erscheinungen. Bewundern Sie ruhig Ullstein oder Pathé oder Scherl. In wirtschaftlicher Beziehung. Aber lassen Sie die Werte aus dem Spiel!

Sagen Sie nicht: Weil die «*Illustrierte Zeitung*» besser geht als die «*Neue Rundschau*», darum ... Folgern Sie nichts, was den Wert angeht. Der Erfolg spricht dafür nicht (die Erfolglosigkeit freilich ebensowenig). Auch die Hure genügt der Nachfrage von Hunderten. Aber sie rühmt sich dessen nicht. Es ist keine Schande, aber auch kein Ruhm.

Und jetzt bewundern Sie das Kino und entdecken «Möglichkeiten» und setzen als Schiedsrichter das Sonntagsnachmittagsausgehmädchen ein, dem Sie zu dienen bestrebt sind. Versteht sich, nur in der Öffentlichkeit. Zu Hause lesen Sie weinselig und schlapp den Hermann Hesse (den nur ein elender Zufall auf die ihm gebührende Stelle gerückt hat) und den Willy Speyer ...

Draußen handelt es sich um das, was die Leute «brauchen». Also um das, was sie ohne Anstrengung und Mühen herunterschlucken können.

Unterschätzen Sie den Einfluß dieser kleinen Dinge nicht! Der Film von heute ist verdammenswert, weil er – wie die schlechten Schwänke – «allmählich das Ethos verdirbt». Was heißt denn das: Die Tugend siegt? Doch wohl dies: nachdem wir uns einen Abend lang gar nicht schlecht über das Laster amüsiert haben und manchen um manches beneidet haben, scheiden wir in dem frohen Bewußtsein, daß es mit dem Laster nichts ist, sondern daß man noch am weitesten kommt, wenn man geruhig lebt, Kinder zeugt und sich auch sonst eines tätigen und strebsamen Lebens befleißigt ...

Das trifft zu, ob Sie einen Film mit Moral oder nur zum Gaffen herstellen.

Kunst, Niveau, Anständigkeit, Gesinnung – es ist nicht leicht!

Daß es aber mit Geld allein nicht zu machen ist, darauf können Sie sich verlassen.

Herzlichst Ihr
Ignaz Wrobel

# AN KURT WOLFF

EINSCHREIBEN! den 6. Mai 1914

Herrn
Kurt Wolff, Verlag
Leipzig

Sehr geehrter Herr Wolff,
auf die Karte vom 5. ds. Mts. teile ich Ihnen zunächst mit, daß nunmehr, wie ja auch aus den Ihnen heute übersandten Belegen hervorgeht, sämtliche Propagandabriefe herausgegangen sind.

Was die Briefe von Rilke angeht, so habe ich dazu folgendes zu sagen: Er hat nicht «eine gewisse Zustimmung» gegeben, sondern hat von dem «schönen Unternehmen» gesprochen, das «das Interesse, das Sie dafür aufregen möchten, zu verdienen scheint; ich wünsche ihm, daß es sich, zur Freude seiner Leser, völlig durchsetze». In unserem Prospekt ist sein Name einmal genannt.

Herr Rilke hat, wie alle Mitarbeiter, im März den Prospekt zugesandt bekommen; ich habe dann absichtlich auf die Äußerungen der Mitarbeiter gewartet, bevor ich die Propagandabriefe heraussandte. Nun steht sein Name nicht nur im Prospekt, sondern auch in den Propagandabriefen, und es würde natürlich für Sie kein kleiner Schaden sein, wenn er zurückträte. Denn abgesehen von dem schlechten Eindruck, den das macht, wäre ein Rücktritt einiger Rilke-Verehrer juristisch unanfechtbar. Es steht natürlich völlig bei Ihnen, was Sie Rilke auf diese Briefe antworten; ich setze voraus, daß Sie ausdrücklich betonen, Sie sprächen nur von sich aus. Denn ich kann natürlich nicht durch Sie auf Briefe, die nicht an mich gerichtet sind, antworten. Sein Versprechen mitzuarbeiten, enthält keine rechtliche Bindung.

In der Anlage gebe ich Ihnen die beiden Briefe, sowie das Jahrbuch der Gesellschaft der Bibliophilen zurück.

Ich bin

Ihr sehr ergebener

# AN DEN SIMPLICISSIMUS

den 25. Juni 1914

Lieber Simplicissimus!

Wenn ich so beim Morgenkaffee das *«Buchhändlerbörsenblatt»* durchsehe, dann wackle ich mit dem Kopf, mit der Tasse und der bemalten Pfeife, was so alles für Bücher auf der Welt gedruckt werden! Nicht nur der Fachmann legt die Erfahrungen, die er bei der Sockenfabrikation und bei dem Verschleiß edler Korsettstangen gemacht hat, in umfangreichern Wälzern nieder – und das ist nützlich – nein: Sogar der Lyrikus schmettert in alle Welt die Nöte seines angestoßenen Herzens, das nicht in azurner Schönheit dahinflattern darf, sondern auf den trüben Großstadtstraßen mühsam einherwankt. (Ein flatterndes Herz – ein wankendes Herz ... das sind so Bilder!)

Und so mag es denn vermessen sein, einen großen Verlag, einen Illustrator und vor allem Leser für ein kleines bescheidenes Talent zu interessieren, das gewiß nicht der Clou der Saison ist. Auch nicht der Erfüller. Auch nicht das keimende Genie, das uns eines Tages ... Er heißt einfach: Hans Adler, hat bis jetzt nur eine sehr schlechte Komödie geschrieben und eine Reihe der entzückendsten Gedichte im *«Simplicissimus»*. Er ist lieb und nett und warm – das wäre Österreich – aber in dem Getränke ist ein bitterer Schuß, wie wir ihn am Doktor Owlglaß lieben. In all der brausenden Freude ist ein eigentümlich herber Nachgeschmack, so, als ob einer mit einem Wertmutbecher nur eben vorübergegangen ist ...

Einmal am Fasching: «Das Leben ist schon so gemein: Wir waren gestern uns noch fremd, Und heute ist Dein Seelchen mein Bis auf das Hemd. Und morgen ruhst Du dann zuhaus Im weißen Bett, keusch und bequem, Und schläfst sanft Deinen Glücksrausch aus, Weiß Gott, bei wem.»

Und so noch oft: zu bläulichen Pierrots Lamberts, zart, der Schluß der Strophen meist wie hingehaucht, die Verszeilen werden kürzer, das Gedicht erstirbt im Reim ... Und am allerschönsten einmal im *«Eheidyll»*: «Heute ist es spät geworden. Beinah zehn. Sieh, die Hängelampe flakkert gelber, Dem Verlöschen nah, und wir selber Wollen nun schlafengehn.»

Ihr Brautbild lächelt von der Wand, die Uhr tickt, es ist die Stunde, wo auch der geduldigste Ehemann einmal «aus dem Takt» kommt; sogar dem süßen Gustav Falke ist das einmal passiert, und es ist eins seiner besten Gedichte geworden. So etwas hört immer mit Resignation auf. «Tief in deinen Augen zuckt verdeckte Glut. Willst du, ohne gute Nacht zu sagen, Mir die Zähne in die Kehle schlagen? Hättest du doch den Mut . . .!»

Aber sie sagt sicher: «Gute Nacht, mein Schatz!»

Wenn sich Woelfle und der rote Simplicissimus-Hund dieser kleinen Gedichte annehmen möchten, hätten alle die eine Freude, die so etwas lieben: eine angenehme, wenig prätentiöse Musik, ein bißchen Skepsis und ganz kleine Meditationen, wie das so mit den Dingen hienieden bestellt ist . . .

Peter Panter

# AN ELLEN TUCHOLSKY
## Genannt Hippel

Armierungsbataillon 26
3. Kompanie                                                                9. 5. 15

### Stammbuchblatt

Seiner lieben Schwester Hippel

Eia popeia – was raschelt im Hemd?
Was raschelt in den Härchen, die wo niemand nischt kämmt?
Eia popäuschen –
  Das sind wohl die lieben Läuschen –
Meine und deine –
  Haben viele, viele kleine Beine –
Eia popäuschen –
  Lieben Läuschen, lieben Läuschen –
Und eia popo!
  Ein Pulex – ein Floh! –

Dies wünscht Dir Dein Bruder
Kurt

25. 8. 15

Liebe Hippel,
so sah es da aus, wo wir waren. Aber da sind wir jetzt nicht mehr; wir laufen hier immer herum und fangen Streit an mit die Russen und die Flöhe. Schreib mal!

Dein alter Soldatenbruder
Kurt

Armierungsbataillon 26
3. Kompanie
Njemen-Armee. Osten

30. 8. 15

Liebe Hippelahn,
dies ist wohl das erste Jahr seit 1897, in dem ich Dir nicht zeitig gratuliert habe. Aber ein Weltkrieg ist schließlich auch eine Entschuldigung, und Reisevorbereitungen zu einem fast monatlichen Herumirren auch. Denn grade so um den 23. herum war Sachenpacken – alles kam in die (gar nicht vorschriftsmäßige) Kiste: das Hemd, der Strumpf, mit dem Geld, der Anziehstrumpf mit dem Loch, die Drehorgel, das Bauer für den Kanalljenvogel ... na, was so äben der Armierungssoldat benötigt. Un denn los! – Erlasse mir, teure Schwester, die Schilderungen dieser 10 Stunden-Märsche, bei denen man nachmittags um dreien (wann ist man also weggegangen?) ankommt: schmutzig, schwitzig, verdreckt und verfloht. Das ist jetzt vorbei, hier ist wieder Standort, ich schreibe, und also:

ich gratuliere

Nebst allen dazugehörigen Wünschen. («Und von morgen ab fängt mir ein neues Leben an, verstanden? Und willst Du auch Deinem lieben Bruder keinen Kummer mehr machen? Na –») Wo warst Du an dem Geburtstage? In Berlin? Wie war es? *Was wünschst Du Dir*?? !! ? ! – –

Von Fritz erfahre ich erst durch Dich. Er schreibt selten oder nicht. Thorn muß hübsch gewesen sein. Ja, so als «Schipper» zu Schiff – das hab ich auch schon hinter mir. Aber weit nach Rußland rein, und ich werde es Dir mündlich auseinandererzählen. Hier kann man die Dörfer brennen sehen, und man spricht die Verwundeten, und in der Nähe ist es alles viel weniger sympathisch als in der «Illustrierten».

Ich habe eine pickstollhe. Aberst ich schieß lieber nicht. Nachher erschrickt so ein Russe und wird krank ... Nein, nein.

Sonst nichts, Hippel. Mach bald Frieden und sei

ergebenst umgearmt
von
Dr. I. Wrobel

Armierungsbataillon 26.
3. Kompagnie.
Njemen-Armee. Osten.

26. 9. 15.

Sehr geehrte Hippel.

Obgleich ich von Dir seit Jahren nichts gehört habe, – wie geht's Dir? Was wünschst Du Dir zum Geburtstag? – einen kleinen Schreibebrief:

Mir geht es gut. Ich sitze augenblicklich in einer Küche, (aber nicht so mit Kacheln, sondern mit schmutzig-grauen Steinwänden, und weil ein Telephon drin steht, heißt die Küche Fernsprechstelle.) Es sind darinnen 8 Mann, ein Männchen (ich) und 1074 Fliegen. klapp; – jetzt sind es nur noch 1073. Läuse ... pfui, aber das ist nichts für junge Mädchen.

Manchmal schießen sie hier. Dann ist Krieg, und zwar, wie ich Dir aus sicherer Quelle mitteilen kann, mit den Russen! Was sagst Du?

Meine Tätigkeit – hm. Das ist ungefähr alles, was sich von ihr sagen läßt.

Fritz schreibt wenig, aber bezeichnenderweise war er in Warschau. Schreib doch mal, so über die innenpolitischen Verhältnisse ... und so womit, wenn man fragen darf, bringst Du die Tage hin? –

Dies wünscht Dir Dein
Bruder Rudolf.

Armierungsbataillon 26
3. Kompanie
8. Armee. Osten — den 6. Januar 1916

Liebe Hippel,
endlich ist von Dir ein großer Schreibebrief eingelaufen. Nun weiß ich doch wenigstens wieder Bescheid, was Du machst, was Du treibst, und was sich inzwischen begeben hat. Daß es nicht allzu erfreulich war, konnte ich mir denken. [...]

Von hier nichts Neues. Wir sind immer noch im alten Quartier, an der Düna, die äußeren Lebensumstände sind so günstig wie überhaupt nur möglich. Dein Bruder wird leider immer dicker und pustet derselbe so, daß nächstens noch die Russen denken, es ist vielleicht ein Zeppelin. Mit *dem* Bauch ist man aber kein rauher Kriegersmann.

[...]

Machs gut, Hippel, grüß keinen und schreib auch mal an Deinen Armierungsbruder

Kurt

Armierungsbataillon 26
3. Kompanie
8. Armee. Osten — den 29. Februar 1916

Liebe Hippula –
den großen Familienschreibebrief habe ich bekommen, daraus ersehen, daß Mama noch bei guter Gesundheit ist [...] und wieder einmal nach langen Kriegsjahren ein Lebenszeichen von Dir erhalten. Gott segne Dich! [...]

Was mich betrifft, so kann ich augenblicklich nicht klagen. Ich bin so dick, daß es eine Schande ist – aber es ist langweilig, nicht amüsant und auch nicht sehr reinlich. Gestern ... aber sags nicht weiter ... gestern habe ich eine ganz kleine, zum Essen süße, niedliche Laus gefangen. Sie hieß Anne-Marie, entfernte sich sofort und war auch durch Zureden nicht zu bewegen, zwischen meine Daumennägel, wohin sie doch gehört, zu kommen. Sie muß jetzt noch im Zimmer herumlaufen ... – Sieh mal – da kommt sie – – ! Huuuuu!!!

Krieg wird hier auch geführt. Und zwar abends zwischen 11 und 1 Uhr. Ich persönlich schlafe dann immer, und morgens ist keiner, da kann ich Dir also nicht schreiben, wie es damit ist. (Das könnte ich doch. Aber ich erzähls lieber. Es macht sich hübscher.)

Was aber glaubst Du, wird hier gesungen, wenn alle des süßen Weines voll sind? Darauf kommst Du nicht. Mein Leib- und Magenlied, und alle können es schon, und wenn wir so recht angeschwipst sind, zieht jeder einen Schreibmaschinenzettel aus der Tasche – die Obrigkeit immer mit – und dann singen sie; ich am lautesten und etwas, das ich «Tenor» nenne: «Hickupp – Schonne und Rehegeeen –» Guter Kothe – wer hätte das gedacht! –

Was das Essen angeht, so bin ich nicht schlecht dran – überhaupt ist die Verpflegung, meine Verpflegung nicht übel. Nur – so wunderbar schön war die Nachodstraße noch nie wie von hier aus gesehen. Dabei ist Kurland ein wundervolles Land. Es ist alles verlassen; hier sind auf Meilen nur Soldaten; Zivilpersonen ist das Betreten des Kriegsschauplatzes streng untersagt. (Steht auf die Tafeln.) Landschaftlich ist das hier eine Sache – wie das allerschönste Norddeutschland. Aber das nutzt einem nicht viel.

Das ist durchschnittlich alles. In meinen Mußestunden – es sind deren nicht so furchtbar wenig – treibe ich das blödsinnigste Zeug. Ich lese zum Beispiel Bücher ... ach, die Biiiichess ... aber das ist schon lange her.

Liebe Hippula – heirate einen dicken Mann mit 2 (zwei) Bäuchen, 1 (einer) Glatze und einem kleinen Sprachfehler. Das vererbt sich nicht.

Dies wünscht Dir – –

(«Gott, Junge – so kannst Du doch keinen Brief an Deine Schwester schließen!»)

Fritz hat hier und da von sich hören lassen. Es scheint ihm gut zu gehen – wenn er schlau ist, hält er sich da. [...]

Grüß alle – das heißt nicht alle – aber besonders die Tanten – und auch Dich selbst ein bißchen von Deinem

alten Armierungsbruder
Kurt

Berlin-Friedenau, Kaiser-Allee 79 16. 11. 20

Liebe Hippel,
Dein tiefgerührter Bruder muß Dir mitteilen, daß er vor lauter Schluchzen nicht imstande ist, sich gebührend bei Dir zu bedanken. Leider bist Du mit der Muffe gebufft. Wie kannst Du Dir für eine Selbstver-

ständlichkeit solche Ausgaben machen! Zum ersten Mal in diesem Monat gab es bei armen Schriftstellern Fleisch, und mein Schlingen wurde nur von kleinen Tränenanfällen unterbrochen. Gott segne Dich, Du gutes Kind!

Meine Gattin-Gemahlin läßt gleichfalls bestens danken, vor allem auch für jene Schokolade, die Du so hintertückisch auf den Tisch gestellt hast. Du hast einen sehr schlechten Charakter, aber eine sehr gute Konfektquelle.

Laß mal bald von Dir hören, damit ich über die politische Lage unterrichtet bin.

Nochmals besten Dank und viele Grüße von

Deinem Bruder
Ignaz

## AN SIEGFRIED JACOBSON

[Die Weltbühne
10. Mai 1917]

### Antworten

*Peter Panter.* Ich sitze grade weinend über der Ankündigung, daß Pallenberg im nächsten Winter den Shylock und den Franz Moor spielen wird: da kommt, mich zu trösten, Ihr Feldpostbrief. «Sie schreiben: ‹Bei der Wahl zwischen Sternheims Harpagon und Tobias Buntschuh begehre ich wieder und wieder zu schauen: Johann Nepomuk Zavadil.› Das ist so wahr! Wir haben damals alle aufgeatmet, als Pallenberg zu Reinhardt kam; wir dachten: wie gut, daß er von dem blöden Operettenkram erlöst ist! Aber eine ganz leise Angst hatte ich damals. Wie, wenn sie ihn auf dem höfisch glatten Parkett zu einem feinen Mann machten? Wie, wenn er nun das Komödienhafte, das Wilde, Spielerische verlöre? Er hats nicht verloren, weil er es unverlierbar besitzt. Aber er hat keine Gelegenheit, sich auszutoben. Sie haben ganz recht: so weinen machen können noch viele – aber wer macht uns so lachen? So: das ist, lachen bis zur völligen Ohnmacht, lachen, bis man nicht mehr lachen kann, bis man ernst sein muß. Es ist ein moralisches Lachen, ein belehrendes Lachen, ein Lachen mit didaktischem Untergrund. Er kann nichts dafür – er steht einfach auf dem Kopf. Denn er spielt ja nicht einen Menschen, nicht einmal eine Rolle. Er ist das lebendige Beispiel, wie wenig Schauspielkunst und Dramenkunst mit einander zu tun haben (worum Ihr Euch neulich gestritten habt). Gar nichts, natürlich: dieser ist einfach da, schultert einen Regenschirm, und es ist alles, alles aus. Er ist der Mann, der irgendwelche Geschichten anfängt, vielleicht das Begebnis von der lieben Frau Bernhard, die zweiundachtzig Jahre alt war und ihre Tochter dreiundsiebzig. Unterbrechen darf man ihn nicht. Sein Wort sie sollen lassen stahn. Man muß auch lachen, wenn einem der Henker die Fußsohlen kitzelt. Laß – laß – aber er erzählt immer weiter, immer weiter, unbeirrbar. Bis er dann an jener Grenze angelangt ist, die er in seinen besten Menelaus-Stunden gestreift hat, und die man nicht mehr mit Worten fassen kann. Er fraß einen Apfel, warf einen wilden Blick um sich, endlich war vergessen, daß Rock, Mensch und Zimmer zusammengehören, wie man uns gelehrt hat: das blanke Menschentier kroch aus der Schale heraus: *ecce homo – voilà un homme!* Darf ein Feldsoldat Sorgen haben um die Beschäftigung eines Heimatschauspielers? Er darf es dann, wenn dessen große Kunst ein einziges Kopfschütteln an diese nicht minder große Zeit ist.» Besten Dank für den Trost. Dem sich gleich der zweite gesellte: daß er vom ersten Juni an wieder Zavadil sein wird. Es sind zwar für die Sommerstagione noch andre Meisterwerke in Vorbereitung – aber ich bin ganz beruhigt: das Publikum der Schimeckischen wird der Direktion die Konventionalstrafen für Herrn Robert Misch und Konsorten an einem einzigen Abend ins Haus schleppen. Und meine Reisedispositionen liegen in Scherben.

den 27. März 1919

## Erinnerung

Lieber S. J., wenn ich an die zweigespaltene Rundschau-Seite denke, auf der dies stehen wird, dann wird mir ganz wehmütig zu Mute. Wissen Sie noch: unsre alte Rundschau? Ich komme mir wie ein ganz alter Mann vor, der nicht mehr richtig essen kann und sich immer bekrümelt, und der eine furchtbar zänkische Frau hat, die über den «alten unappetitlichen Kerl» schimpft ... und dabei ist es doch erst ein paar Jahre her. Es ist allerdings mancherlei geschehen, in den paar Jahren ...

Es war eine freundliche Zeit. Mancher unsrer Leser wird sich der Zweispaltigkeit noch entsinnen, und ich glaube, nicht eben ohne Bedauern. Diese kleine Rundschau enthielt so allerlei: Dinge, die für einen feierlichen Artikel zu leicht und für eine «Antwort» zu gewichtig waren; kurze Besprechungen und Stimmungsbilder aus deutschen Städten und deren Theatern; Ernsthaftigkeiten und Scherze. Was hatten wir für Sorgen! Was hatten wir alles zu tun! Du lieber alter Käfig, in den ich jeden Donnerstag hineingetrieben wurde, und den ich schweifwedelnd betrat, jedes Mal mit einer andern fetten Beute im Maul! Was brachte ich Ihnen alles angeschleppt! Marionetten und kleine Bilder und kleine Bücher und kleine Bilderbücher und Sherlock Holmes und Prince und Linder aus dem Kintopp und die five sisters Brodersen aus dem Wintergarten und die Sunshine-Girls und manchmal auch gar nichts, aber das hundertfünfundzwanzigmal eingewickelt ... Mit welcher Wichtigkeit wurde das alles abgehaspelt und dargetan! Welche Fluten von Ironie verschwendeten wir an Bagatellen und hatten unsre Freude daran! Und wenn wir einmal jemand gar zu heftig vor den Gummibauch geknufft hatten, dann kam auch wohl eine Beschwerde ...

Nie werde ich vergessen, daß sich das selige Linden-Cabaret über mich beklagte, weil ich gepantert hatte: «Ein stilles Neppen geht durch den Raum.» Und ich bat artig ab und machte Männchen ... Und wissen Sie noch: Gussy Holl? Der bezahlteste Reporter einer berliner Modenzeitung kann sich nicht ausgiebiger ausgetobt haben als ich. Sie war aber auch zu entzückend – sehen Sie, diese Liebe hat standgehalten, einen ganzen scheußlichen Weltkrieg lang ...

Und nun? Und heute? Ich glaube, wir dürfen den Zirkus noch einmal aufmachen. Wir ja. Ich glaube, wenn man jahrelang die Opposition gegen das Verbrechen des alten Deutschland so gut und scharf getrieben hat, wie die Zensur irgend zuließ, wenn man Sauberkeit verlangt, nach wie vor, in allen Wirren, und Ethos, wo andre sich mit der Geste oder mit dem Wort zufrieden geben: dann hat man das Recht, auch einmal unter uns alten Pastorentöchtern vergnügt zu sein. Ich würde mich schämen, anderswo so auf dem Kopf zu stehen und herumzuturnen wie bei Ihnen. Hier darf ichs. Ich weiß: die richtigen Leute sehen zu, und sie sehen richtig zu und verstehen uns nicht falsch, wenn wir auch einmal lachen, und verwechseln unser Lachen nicht mit dem eines Hanswursten.

Und so lassen Sie mich denn – immer mal wieder – in die Manege. Öffnen Sie die kleine Käfigtür, knallen Sie mit der großen Hetzpeitsche wie dunnemals und lassen Sie mich mit erschröcklichem Gebrüll auf die armen zitternden, zur Lächerlichkeit verurteilten Gladiatoren stürzen. In der Loge der Kaiserin sitzt Gussy I. und wirft mir den schönsten Strauß Petersilie von ihrer Brust in den Sand, die Presse hat keine Rezensentenkarten, sondern ihre Leute werden mir scharenweise zum Fraß vorgeworfen, und je kunterbunterer es zugeht, desto gemütlicher wird es. Denn wir sind – Gott sei gelobt – unter uns. Wollen wir wieder? Das Programm soll wie damals sein: ernsthaft und launig, wies grade auf dem Zettel steht.

Hören Sie? Die Kapelle hat schon angefangen, den Gladiatorenmarsch zu intonieren, draußen steht Georg Bernhard und sagt den Leuten, wie man solch ein Rundschau-Theaterchen richtig einrichtet, und die Galerie trampelt: «Anfangen! Anfangen!»

Fangen wir an.

[Peter Panter]

Die Weltbühne
Herausgeber: Siegfried Jacobsohn

*Redaktion* Charlottenburg, den 1. I. 1920
Dernburgstraße 25

Lieber S. J.,
morgen fange ich richtig an, zu arbeiten – und da werde ich dann die Erklärungen für den Prozeß entwerfen. – Was aber etwas anders in dieser Angelegenheit angeht, so erlauben Sie mir eine Bitte:

Es ist im allgemeinen üblich, daß die Kosten für solche Prozesse von den Zeitungen getragen werden, in deren Dienst der Angeklagte gearbeitet hat. (Das ging unter anderm auch aus einer Frage bei Werthauer hervor.) – Davon kann natürlich, wie die Dinge bei uns liegen, keine Rede sein. Aber – und das ist nur ein Vorschlag und eine Anregung – ließe sich bei dieser Gelegenheit und anläßlich der Siemensschen Einzahlungen eine Rückzahlung der Summe ermöglichen, die ich Ihnen damals gab? Ich überlasse Ihnen sämtliche Einzelheiten dabei und bin mit jeder Regelung, die Sie treffen, von vornherein einverstanden, auch damit, wenn Sie ablehnen. Sie würden mir nur eine große Gefälligkeit erweisen: denn der Prozeß wird an Honorar und, wenns gut abgeht, Geldstrafe und Gerichtskosten eine ganze Menge kosten, und das macht mir Schwierigkeiten. Am Honorar kann ich bei Werthauer nicht sparen – dann interessiert er sich – trotz der Reklame – nicht recht dafür, und das ist dumm, denn eine lange Gefängnisstrafe kostet mich durch den Ausfall von Arbeiten noch mehr Geld. Wenn er mich auch nicht hochnehmen wird – wir haben noch gar nicht darüber gesprochen – so wird es unter den heutigen Verhältnissen nicht billig sein. Wenn es für Sie eine Möglichkeit gäbe, mir da auszuhelfen, indem Sie auf irgendeine Weise abzahlten, wäre ich Ihnen sehr dankbar. Sie sparen Zinsen, und mir wäre sehr geholfen. –

Dies Ihrer Erwägung anheimgebend,

wie immer Dero
Tucho

den 17. IV. 20

Lieber S. J.,
maßen dergleichen mit Ihnen schriftlich viel besser zu besprechen ist denn mündlich, trete ich vor Ihnen hin.

Sie haben mir heute gesagt, daß es mit dem Verlag nicht gut geht, und ich habe mir deshalb überlegt, ob ich Ihnen überhaupt diese Bitte vortragen soll. Ich muß es aber doch. – Gibt es eine Möglichkeit, daß Sie mir anläßlich meiner Heirat jene 4000 M ganz oder wenigstens teilweise zurückbezahlen –?

Ich weiß sehr wohl, welche Schwierigkeiten dem im Wege stehen. Ich brauche Ihnen nicht zu sagen, daß von einem juristischen Standpunkt zwischen uns keine Rede sein kann, und daß das hier eine Anfrage und ein Vorschlag ist. Und ich würde ihn gar nicht machen, wenn ich nicht wüßte, wer hinter Ihnen steht, und daß das – an sich – sehr wohl ginge.

Ich wäre Ihnen dankbar, wenn Sie dieser Frage irgendwie nähertreten könnten.

Zu begründen brauche ich das ja wohl nicht ausführlich. Sie wissen, wie die Dinge augenblicklich liegen – es handelt sich da um allerhand Neuanschaffungen, die natürlich zu decken sind, aber es macht gewisse Kümmernisse, und es wäre mir eine große Hilfe, wenn Sie da etwas tun können.

Wir können das ja am Montag, wenn ich auf die Redaktion komme, besprechen.

In alter Treue
Dero

[den 3. Juni 1920?]

Lieber S. J.,
dies wäre die neue Firma – aber das Telefon ist vorläufig noch Uhland 6579. –

Abgesehen davon möchte ich mich aber bei Ihnen sehr herzlich bedanken, weil Sie mir in der Angelegenheit mit dem Geld so prompt geholfen haben. Sie haben mir damit einen kleinen Stein der Sorge vom Herzen genommen – es geht nun vieles bedeutend besser – und wenn Sie ja auch immer der Meinung sind, daß eine strohgedeckte Hundehütte grade gut genug für mich sei – wenn ich nur darin ein Gedicht und eine kleine Rundschau und einen Dialog und einen Militärartikel und einen Tucholsky mache – so mechte meine lb. Gattin-Gemahlin dagegen doch remonstrieren, und somit käuft sie allerhand ein. Es klappt das mit Ihrer Hilfe nun doch immerhin so, daß Sie, wenn Sie mal doch +++ zu uns kommen, sich in ein neues Stühlchen setzen können!

Nochmals recht vielen Dank. Ich wünsche es Ihnen zwar nicht –: aber sollten Sie jemals in eine Lage kommen, in der ich Ihnen helfen kann, dann denken Sie bitte an

Ihren dankbaren

Berlin-Friedenau, Kaiser-Allee 79 [den 14. September 1921?]

Lieber Kalwaunde,
was Du da von dem Raummangel und meinen langen Artikeln gesagt hast, das sehe ich alles ein. Und von Schimpfen ist gar keine Rede.

Aber das nutzt mir vor der Öffentlichkeit nichts. Die kennt die internen Gründe nicht und urteilt so, wie Sie – mit gewissem Recht – über Paule Graetz urteilen: er scheint abgewirtschaftet zu haben – man hört nichts von ihm. – Und grade jetzt, wo ich am Markt etwas parterre bin, möchte ich so sehr gern mit größern Sachen und nicht nur mit den kleinen Flohsachen da sein – es macht doch einen seriösern Eindruck. (Auf mich nicht – aber die Leute werten so.)

Und daß es mich deppt und mich ja doch hindert, Neues zu machen, werden Sie schließlich verstehen. Ich habe hier eine Menge Sachen vor – aber ich sage mir immer – ohne jeden Groll, denn ich weiß genau, wie schwer Sies haben –: die Dinge werden nun lange Zeit herumliegen und wenn dann grade mal alle andern Faktoren in Ordnung sind, dann kommt eines mal ran. Das drückt etwas. Von jeder Woche ist nicht die Rede – aber so ists'n beeten wenig.

Na, Sie werden das schonst machen. –

Vertrauensvoll mein Schicksal in Ihre werten Hände legend –

zeichne ich
ohne Mehranlaß für heute
Pibeins sel. Mann

[ohne Datum]

Hochgeehrter Herr!
Wir mechten wohl mal etwas besser Korrekturen läsen. Bei der vorigten standen Sie ja schon mit einer Backe im Schlafwagen – aber auch sonst ist das nicht zum Totlachen. Vor allem geht mich das zu schnell. Ich muß mich an meinem Misde wärmen, wie Sie so lieblich sagen

– ich schlage vor, daß ich alles, was nicht zum nächsten Mal gebraucht wird, ein pißchen hierbehalten darf. Dann geht mir erst die rechte Schönheit auf . . . Ja. Und denn mußtu auch gorriegieren lassen. Ich habe nu mal die Antipathie gegen alles mögliche, was Sie ja auch gar nicht behalten wollen. Aber Sie sind wie Szafranski: der verbessert nie in seinen Briefen – und wenn er mal geschrieben hat: «Ich liebe Sie» – denn geht er hin und liebt. Wollte gar nicht. Aber steht da. Und radiert wird nicht. So auch der Herausgeber. Oller Dickkopp!

August – wenn Du in den nächsten vier Wochen wagst, mich wegen Beiträgen überhaupt [noch] anzugucken, dann ist es aus, und ich schieß Dir tot. Du hast jetzt bis 1932. (Der kleiner Mann, greinend: «Ein schönes Gedicht – ein gutes Sommergedicht – achtzig Liebeweltbühnen – eine nette Erntebetrachtung – –») Ahmimoasch!

Grete [. . .] pflegte zu ihrem Mann, dem Homosexuellen [. . .] zu sagen: «Wenn ich da bin, liebst du mich – und sonst einen andern!»

1. IX. 22

Lieber Kalwunde,
ich habe nun kein aktuelles Gedicht mehr geschickt – und hier liegen auch keine neuen Gartikeln bei – und das aus folgendem Grunde:

Die Dinge haben hier ein Ausmaß erreicht, daß man nun nicht länger untätig zusehen kann. Und zwar aus zwei (2) Gründen nicht: Erscht amal geht es finanziell so nicht weiter. Nelson hat mich nicht unerheblich aufgebessert – von Ihnen weiß ich, daß Sie jederzeit getan haben, was Sie nur konnten – aber es nützt alles nichts. Ich komme nicht voran – ja, ich rutsche, wenn ich so weitermache, beträchtlich hinten runter. Nun immer wieder keinen Anzug und immer wieder nicht . . . darin denken Sie ja nun anders – aber Sie werden verstehen, daß ich nicht runterkommen will. Und das geht vor sich – wenn ich mich nicht nach einer andern Tätigkeit umsehe. Ihre Frau hat mir mit Recht mal gesagt, wir jammerten immer alle – aber [tun] täten wir nichts. Ich möchte nun doch mal.

Denn es wäre ja alles zu ertragen – der pekuniäre Kummer und das Sohingemache und das Fortwursteln –, wenn ich nicht einen bösen Zweifel an allem bekommen hätte. Von philosophischen Spekulationen sehe ich hier ganz ab – obgleich ich durchaus nicht frei davon bin. Ich sehe auch von der ökonomischen Divergenz unserer Propaganda und unserer Lebensführung ab – nicht, als ob wir schlemmten – aber da stimmt doch nicht alles. Was mich vor allem bedrückt, ist die vollkommene Aussichtslosigkeit unserer werten Bemühungen –

oder ich will mal sagen: meiner Bemühungen. Ich schreibe neben dem Leben her. Und das kann ich auf die Dauer nicht. Der Grund ist klar: die Dinge sind hier rein wirtschaftlicher Natur – das Politische tritt immer mehr in den Hintergrund. Es fängt an, langweilig und gleichgültig zu werden. Und das möchte ich nicht mehr – schriftstellerisch – erleben.

Deshalb habe ich mich entschlossen, mich ein wenig in der Welt nach Verdienstmöglichkeiten umzusehen. Das schließt ja gar nicht aus, daß ich alles, was mir aufstößt, bei Ihnen niederlege. Im Gegenteil: wahrscheinlich wird es bunter und besser werden. Nur: ich möchte das Regelmäßige aufgeben – schon, weil ich nicht die Zeit habe, mich dann sorgsam, wie sich das gehört, mit den Dingen zu befassen, alles zu lesen und überall die Nase drin zu haben – und dann, weil man auch nicht die Ruhe hat, so zu arbeiten, wie ich das bisher getan habe.

Ich denke mir das weniger radikal, als ich es hier geschrieben habe. Ich möchte zunächst ein bißchen pausieren – Sie haben ja auch noch allerhand – was ich dann etwa noch weiß und habe, das bekommen Sie natürlich in erster Reihe – denn die andern interessieren mich überhaupt nicht weiter.

Wir wollen über die Einzelheiten dann mündlich reden – aber wenn Sie die berliner Preise hier sehen werden, dann werden Sie das alles verstehen. Ich habe mich damit weit über anderthalb Jahre herumgequält – es ist schließlich mal geplatzt – und ich denke, auch darüber wird herüberzukommen sein.

Versteh das alles richtig und bewahr Dir die Schimpfkanonaden bis Berlin auf. «Ich habe es alles reiflich erwogen» – es geht nicht nur nicht anders, ich «kann es nun nicht mehr» – und das scheint mir immerhin das Wichtigere zu sein.

In alter Liebe
Dein

[den 23. 12. 1924?]

Nach vielem Hin- und Hergeschreibe habe ich den Vertrag bei Ullstein, soweit er die «*Dame*» und den «*Uhu*» betrifft, in Höhe von M 200 gelöst. Welche Wirkung das auf den Restvertrag haben wird, kann ich noch nicht übersehen. Meine Geduld habe ich bis zum äußersten gespannt. Sie haben mir ungefähr dreiviertel meiner Arbeiten nicht gedruckt, und sie haben nicht kritisiert, sondern gemeckert. Schließlich hat alles seine Grenzen, besonders dann, wenn man sich die

Kompetenz des Meckerers ansieht. Es würde mir schon keinen Spaß machen, [mir] von der «*Neuen Rundschau*» alle möglichen Kritiken gefallen zu lassen, aber da hätte man sich wenigstens zu sagen, daß eine unbestreitbare Legitimation vorliegt. Ich habe gegen den «*Uhu*» gar nichts, als daß ich ihn nicht lese, und ich hatte das deutliche Gefühl, daß der Moment gekommen war. Das tut mir sehr leid, denn 200 Mark sind kein Pappenstiel und es wäre sehr schön, wenn ich sie auf einer anderen Stelle wieder dazuverdienen könnte.

Was macht die «*W. a. M.*»? Es wäre anständiger und nutzbringender.

[6. 2. 1925]

## Bücherliste

*Arbeiterkalender* für das Jahr 1925 Ausgabe A Abreißkalender, Verlag Karl Hoym, Hamburg 8

*Lenin, Leben und Werk* broschiert, Verlag für Literatur und Politik Wien 8

*Alice Salomon* Kultur im Werden, Ullstein broschiert oder gebunden

*Franz Gottwald* Heimatbuch vom Wedding, Kribe Verlag Berlin

*Gottfried Benn* Gesammelte Werke (Verlag weiß ich nicht, ich glaube Rowohlt)

–, das letzte Werk, das im Verlag A. R. Meyer Kaiserplatz 16 erschienen ist

*Chesterton* Was Unrecht ist in der Welt, gebunden (Verlag weiß ich nicht)

*Alexander Eliasberg und Johannes von Guenther* Rußland in dichterischen Dokumenten, bei C. H. Beck in München

*Wilhelm Schäfer* Winckelmanns Ende, Georg Müller

–, Lebensabriß

*H. J. Klein* Astronomische Abende, Eduard Heinrich Mayer Verlag Leipzig gebunden

*Masaryk*, Das neue Europa, broschiert, Verl. ?

*Felix Halle* Wie verteidigt sich der Proletarier in politischen Strafsachen (Viva Verlag)

*Verlagsalmanach 1925* S. Fischer

*Sinclair Lewis* Babbitt (Kurt Wolff München, wenn möglich broschiert)

*Samuel Ornitz* Herr Fettwanst, Kurt Wolff, München

*Robitschek und Morgan* Die einsame Träne Dreimaskenverlag A. G. Berlin N 24, Friedrichstr. 129 broschiert

*F. Th. Vischer* Auch einer (Walter Hädicke Verlag Stuttgart)

*Europa* Almanach bei Gustav Kiepenheuer Potsdam

*Maercker*, Das Stahlhelm- und Vaterlandsliederbuch, Lehmannsche Verlagsbuchhandlung (Lehmann und Schultze, Dresden N 6)

*Das Verbrecherviertel von New York* Neulandverlag, Hamburg 30

*Georg Simmel* Fragmente (Dreimaskenverlag, München, broschiert)

*William McGovern* Als Kuli nach Lhassa, Scherl, Berlin SW 68

*Johannes Nohl* Der schwarze Tod, Kiepenheuer Potsdam

*Axel Lübbe* Gottesgeheimnis über meiner Hütte, broschiert Deutsche Verlagsanstalt Stuttgart Berlin

*Knut Hamsun* Gesammelte Werke, Albert Langen

*Friede H. Kratze* Die Birke von Dondangen

–, Unser Garten

*Der Franzosenkalender auf das Jahr 1925* Brunnenverlag Karl Winckler Berlin SW 68

[28. 2. 1925]

## Exposé

Der publizistische und kaufmännische Erfolg der «*Weltbühne*» beweist, daß es für die Tendenz dieser Gruppe ein kaufkräftiges Publikum gibt.

Die Mitarbeiter der «*Weltbühne*» sind, ganz abgesehen von einer politischen und kulturellen Tendenz, so ausgesucht, daß im wesentlichen Schriftsteller zu Worte kommen, die den kurzen Artikel meistern. Wenn sich für diese in Deutschland wenig kultivierte Form so viel gute Mitarbeiter gefunden haben, so wird es ein leichtes sein, für den etwas breiteren, mehr dokumentierten Aufsatz gleichfalls literarische Vertreter der Gruppe zu finden.

Im Laufe der einundzwanzig Jahre meiner Herausgebertätigkeit bilden die Bitten um ausführlichere Darstellung unserer Themen einen regelmäßigen Bestandteil meiner Post. Den Bitten kann nicht willfahren werden, weil der Raum in der «*Weltbühne*» nicht ausreicht und ihr Charakter durch 12 bis 14 Seiten lange Aufsätze zerstört würde. Nun ist aber ein Aufsatz von 15 Weltbühnenseiten bei einer Monatsschrift ein kurzer Artikel, und zu meinem größten Bedauern mußte ich immer wieder bedeutende und interessante Aufsätze nur aus diesem Grunde zurückweisen. Die Verfasser gingen damit entweder zu Monatsschriften, in den meisten Fällen blieben die Aufsätze ungedruckt, weil sie niemand zu drucken wagte. Nur in ganz vereinzelten Fällen habe ich Doppelnummern der «*Weltbühne*» veranstaltet, um wenigstens die kürzeren der Aufsätze zu retten.

Die neue Monatsschrift soll folgende Gebiete kultivieren:

*Politik.* Aktuelle historische Aufsätze, ein im Zeitalter des Fridericus-rummels besonders wichtiges Gebiet. Abdruck wichtiger politischer Dokumente (wie das zum Beispiel mit größtem Erfolge in der *«Europe Nouvelle»* geschieht), Veröffentlichung von politischen Briefwechseln und anderen Dokumentationen.

*Finanz.* Radikal-wirtschaftliche Arbeiten mit Belegen, deren Abdruck in der *«Weltbühne»* schon aus technischen Gründen nicht möglich ist.

*Literatur.* Wichtige Nachdrucke alter vergessener Literatur, vorsichtige Auswahl neuer Talente. Dieses Gebiet besonders klug ausgespart, keinesfalls sinnloser Abdruck langer moderner Dramen, die nach vier Wochen vergessen sind.

*Reisen.* Reiseschilderungen und Berichte aus dem Ausland durch fremde Korrespondenten. Dabei soll besonders auf dokumentierte Auslandsberichte Wert gelegt werden.

Übersetzungen sollen gebracht werden von unbekannter ausländischer Literatur, auch solcher, die, wie zum Beispiel die gangbaren amerikanischen Romane, den Geisteszustand einer fremden Gesellschaftsschicht aufzeigen. (Probe aus Büchern.)

Das sind einige Gebiete, die ungefähr die Arbeitsmethode des neuen Blattes aufzeigen. Das Blatt soll sich gleichmäßig von der neuen Magazinseuche und von den Glossen-Zeitschriften entfernt halten, die heute rasch modern geworden sind und ebenso rasch wieder unmodern werden.

*Für das Annoncengeschäft* kommen in erster Linie Verleger und Buchhandlungen in Frage; ich schlage vor, daß die Annoncenverwaltung sich bemüht, kleine Anzeigen eines entsprechenden Gebietes als Spezialität zu forcieren: etwa bestimmte Antiquitäten, Buchraritäten und dergleichen.

Paris XVI, 89 Avenue Mozart 9–3–25

Lieber Kalwunde,
anbei erstmal das gewünschte Exposé. Der politische Artikel ist in schwerer Zangengeburt und folgt in Kürze.

12 Stunden nachdem meine *Babbitt*besprechung an Dich weg war, hab ich den Autor kennengelernt, der für ein paar Tage in Paris war. Ein ganz außergewöhnlicher Bursche, sieht aus wie ein Sohn von Pallenberg und Giampietro, mit hohem stumpfen Zylinder, etwas versoffenen Augen. Spricht kein Wort über Literatur und sagt die himmlischsten Sachen über Deutschland, das er sehr liebt. Du weißt ja, daß

ich Dir vollkommen überlasse, welche Arbeiten Du zuerst nimmst; aber wenn Du den «*Babbitt*» nicht allzu lange liegen lassen wolltest, tätest Du mir einen großen Gefallen. Es ist immerhin möglich, daß die Literasten auf einmal in amerikanisch machen, und da möchte ich schon gern vorn liegen. Das Buch ist etwas ganz Außergewöhnliches, und ich kann Dir nur empfehlen, Dich durch seine Dicke nicht abschrecken zu lassen. Du wirst ja schon aus meinen Proben gesehen haben, daß es auf jeder Seite für uns etwas zum Abschmecken gibt.

Der «*Querschnitt*» wird in der Tat mit jedem Tag schlechter. Es scheint mir nicht ganz die Schuld Ullsteins zu sein, denn ganz abgesehen von den ewig wiederholten nackten Männern (ist's der Hinder, geh zum «*Querschnitt*»), wenn alles so ist, wie die Berichte aus Paris, so kann ich Dir nur sagen, daß das eine selten verlogene Snobgesellschaft ist. Das törichte Geprotze mit Malern fünfter Qualität, diese breslauer Angewohnheiten, alte pariser Kokotten, um die sich hier kein Mensch kümmert, als reizende Schauspielerinnen auszugeben, und die kindische Aufplusterung von allerlei Cliquen und Klatsch – schade, daß es in Deutschland nicht möglich ist, frei und heiter zu sein, ohne gleich ein dummes Programm daraus zu machen.

Geliebter Ostereierkalwunde, hier hat sich inzwischen folgendes ereignet: wie Du aus dem beiliegenden Ausschnitt siehst, befindet sich Karl Kraus in Paris. Mehring trat sehr feierlich auf mich zu und teilte mir mit, daß ihn Kraus mit folgenden Worten begrüßt habe: wissen Sie schon, daß ich mit Jacobsohn verkracht bin? – Diese wichtige pariser Neuigkeit wußte Mehring noch nicht, und jener setzte ihm auseinander, daß das auch meinetwegen sei. Mehring hat mir dann noch alle möglichen Geschichten erzählt, die ich aber wegen ihrer Kompliziertheit nicht verstanden habe. Ich wollte nun erst zu seinem zweiten Vortrag hingehen und ihn direkt stellen. Ich habe mir aber dann die Sache genau überlegt und bin zu folgendem Resultat gekommen:

Dieser Mann ist komplett meschugge. Da er im Privatleben keinen Humor hat, und es ganz ausgeschlossen ist, mit ihm über diese Nichtigkeit so zu reden, wie die Sache sie verdient, wäre er im Stande mich zu brüskieren. Das wäre mir an sich gleichgültig, aber erstens paßt mir das vor Mehring nicht und zweitens nicht vor Franzosen. Er soll – immer nach dem Bericht von Mehring – nach einem Lob des Marcel Ray (dessen deutschen Brief ich Dir schickte) im «*Petit Journal*» aufgestanden sein und gesagt haben: «Ich möchte hier feststellen, und Sie, Herr Ray, werden es mir bezeugen, daß ich Sie zwar in Wien gekannt, aber nicht gewußt habe, daß Sie einmal Journalist werden würden.» Nun muß ich Dir aber schon sagen, daß ich in Deinem Sinne zu handeln glaube, wenn ich mich in ein solches Irrenhaus erst gar nicht begebe.

Wenn er uns in der nächsten Nummer der «*Fackel*» schlachtet, so ist das seine Sache, und was Du darauf tust, ist Deine. Ich werde wohl nur antworten, wenn er ausgesprochene Verleumdungen in die Welt losläßt, der Rest ist mir wurst.

Weil es nicht möglich ist, mit ihm die Sache klarzustellen, wollen wir es doch noch einmal untereinander tun:

Ich habe Dir mitgeteilt, daß ich den Eindruck habe, Fischer sei bis an die Grenze der Möglichkeit gegangen, etwas, was Du sehr gut Doublette genannt hast. Mein Eindruck besteht auch heute noch und selbstverständlich werde ich die Sache nicht mehr aufrollen, ich bitte Dich nur, mir zu Lasten meines Gehalts die Gedichte zu besorgen, sie zu lesen und sie mir zuzuschicken, damit wir auf alle Fälle präpariert sind. Anbei der Zettel für Frl. Hünicke.

Ich habe also dem Mann einen vielleicht unberechtigten Vorwurf gemacht. Das wäre dann mein Fehler. Du hast ihm dann sofort in loyaler Weise an genau derselben Stelle die Möglichkeit zur Verteidigung eingeräumt. Er hat sich sachlich und anständig verteidigt, und damit wäre für jeden anständigen Menschen die Sache geschlossen. Das was er mit Dir dann getrieben hat, ist kompletter Irrsinn. Diese ganze schlechte Kopie von Kraus, dieser Quatsch mit den Berichtigungen, ist ja schon deshalb völlig irrsinnig, weil es ja für Dich, für mich und für Deine Leser vollkommen irrelevant ist, wann das Gedicht entstanden ist und wann Du es angenommen hast. Du hast ganz Recht; nun kann er ja auch den Tintenfabrikanten angeben. Also ich denke, daß wir über den Fall klar sind; ich bin jedenfalls nicht gesonnen, meine Zeit hier damit zu verbringen, mir diesen nervenaufreibenden Unfug von Krause versetzen zu lassen. Wenn auch nur die Hälfte von dem wahr ist, was Mehring über ihn erzählt, so hat er sich hier benommen wie ein übergeschnappter Provinzschauspieler.

Da Du nie tust, was ich Dir sage, so schicke ich Dir als kümmerlichen Ersatz für den Abend, den Du nicht bei Grock verbracht hast, sein Bild. Siemsen hat ausgezeichnet über ihn geschrieben; ich habe ihn jetzt das zweite Mal gesehen und mußte so lachen, daß mir noch den ganzen Abend das Kreuz weh getan hat. Mensch, wenn der die Klarinette vom anderen nimmt, anfängt zu blasen, absetzt, nachdenkt und sagt: Sie trinken auch Whisky! – und wenn er in den Stuhl fällt, nicht heraus kann, und der Herr Stuhl watschelt nun über die Bühne wie ein Tier und fächelt sich mit dem Stuhlsitz, weil es so heiß ist... was fang ich bloß mit Dir an, daß Du ins Varieté gehst?

Zu der letzten Nummer kann ich Dir nur gratulieren wie lange nicht. Sie ist von vorn bis hinten ganz famos gelungen, und vor allem habe ich mich kolossal gefreut, daß die Sache mit Herzog a) zu Ende ist, b) Dir zu einem Artikelchen verholfen hat, wie ihn der alte Fontane auch nicht hätte besser machen können, gratulor tibi amice. Hoffentlich hat die Gegenseite Herzog und Levy nun so viel Gefühl für Menschliches, daß sie das auch richtig versteht.

Ja, was ich nun sagen wollte. Ich habe Dir mal vor langer Zeit Stoff zu einer Antwort gegeben, wo von der «*Ere Nouvelle*» die Rede war. Hast Du sie noch, dann bearbeite sie bitte. Ich halte eine Erwähnung und ein Lob dieser recht gut gemachten Zeitschrift für sehr dienlich. Hast Du sie nicht mehr, dann sag es mir, damit ich das noch einmal machen kann.

Laß es Dir recht schön gehen und sei herzlich gegrüßt

von Deinem alten

Paris, 10–3–25

Lieber Siegfried Jacobsohn,
ich danke Ihnen vielmals für die freundliche Übersendung des Schreibens von Frau Luise Ey, das ich gelesen habe. Auf Ihren Wunsch äußere ich mich dazu wie folgt:

Der etwas merkwürdige Brief, in dem die Schreiberin sich mit meiner Kritik beschäftigt und erst auf der dritten Seite ganz nebenbei zugesteht, daß sie das Objekt dieser Kritik ist, verwahrt sich gegen die Bezeichnung ganz unzulänglich, die ich der Übersetzung von «*Stadt und Gebirg*» habe zukommen lassen.

Ich gebe Ihnen im folgenden aus der Übersetzung einige Proben:

*Seite 51.* Und im feurigen Dauerlauf der Maultiere ging es durch die Avenue du Bois und durch die Champs-Elysees, – das gewaltsam gezügelte Tempo, gegen das sie wie andre ihrer guten Bekannten unter den Maultieren vergeblich durch ein Beißen auf das Gebiß protestiert, hatte sie in eine der Verzweiflung Jacinthos vergleichbare Erbitterung versetzt.

*Seite 45.* Keine Schüssel, so verführerisch sie auch war, reizte ihn; und, da er während seines morgendlichen Umherlaufens unzählige Zigaretten rauchte, die ihm die Kehle ausdörrten, fing er damit an, daß er sich mit einem ungeheuren Glas salzsaurem oder kohlensaurem Wasser oder einer Brauselimonade, die mit sehr teurem alten Cognac vermischt und mit syrakusanischem Muskateller entsetzlich versüßt wurde, den Magen verschlemmte.

Das mag Portugiesisch sein, Deutsch ist es nicht. Sanders: «verschlemmen transitiv, durch Schlemmerei vergeuden, verprassen.» Die Anwendung des Wortes verschlemmte, ist also nicht nur ästhetisch unschön, sondern auch im Sprachgebrauch falsch.

*Seite 68.* In dieser Not strich er mit seinem Tuch über die von

Herzensangst gedörrten Lippen und bekannte sich des Frevels schuldig, den er zerknirscht einer überstürzten Improvisation zuschrieb.

Die «von Herzensangst gedörrten Lippen» sind der Zeit des Romans vorauseilend die Stilblüte aus einem Kinotext.

*Seite 73.* Ohne Zweifel auf Grund meiner Autorität in Nr. 202 ergoß sie im Vorbeigehen über mich ein Lächeln.

*Seite 15.* Drei Monate und drei Tage nach seinem Begräbnis kam mein Jacintho zur Welt.

Ein seltsames Naturereignis!

*Seite 67.* Dies Korsett, schwarz, aus Atlas, trete auf der schönen Seite der Seelenanalyse und der Leidenschaft auf, wo sie sich im Gemach des Ruy d'Alize entkleide.

Das ist vollkommen unverständlich.

*Seite 102.* Keinerlei Neugier oder Interesse zog ihm die in mutloser Untätigkeit in die Taschen seiner seidenen Pantalons versenkten Hände hervor.

*Seite 207.* Während ich ihm zwei Wochen lang in ruhefrönender Bergeinsamkeit Gesellschaft leistete, bereitete Jacintho die so viel besprochene und begrübelte Zeremonie vor, die Überführung der Gebeine der jacinthischen Urväter, der «ehrwürdigen Gebeine», wie der gute Silverio an diesem Freitagmorgen, wo er in einem staunenerregenden, mit blauer Seide verbrämten gelben Sammetjackett mit uns frühstückte, mit einer Verbeugung murmelte.

Ganz abgesehen von dieser Mißgeburt von Satz: «in ruhefrönender Bergeinsamkeit» ist töricht, denn die Bergeinsamkeit kann nicht der Ruhe frönen.

*Seite 239.* Wie alle Hütten im Gebirge war die des Esgueira cyklopisch in losen Steinen ohne Kalkanwurf aufgeführt, mit einem ungefähren Dach aus moosigen schwarzen Ziegeln.

Was ist ein «ungefähres Dach»? Sanders: «ungefähr, Eigenschaftswort, a) zufällig, etwaig ferner annähernd geltend.

*Seite 45.* Er verrenkte sich den Hals in einer abgrundtiefen Verbeugung und enteilte der Bibliothek mit Schritten, die Meilen verschluckten und auf die Raschheit der Beförderung bei ihm deuteten.

Schilderung einer Frauenerscheinung:

*Seite 284.* Aber in der sich plötzlich öffnenden Tür erschien Joanninha, rosig von der Luft und der Bewegung, in hellem Kleide, dessen Halsausschnitt den weißen Glanz ihrer Haut und das blonde Gewoge ihres prachtvollen Haares hervorhob – mit strahlendem Lächeln in ihren überraschten, leuchtend schwarzen Augen; auf dem Arm ein Kind, das, rund und rosig, nur mit einem von blauen Schleifen geschmückten Hemdchen bedeckt war.

Diese Proben lassen sich beliebig vermehren. Ich sehe ab von der häßlichen Angewohnheit, die Substantiva mit vorweggenommenen Partizipien bis zur Unkenntlichkeit zu belasten, wie der bei Wustmann oft gerügten Unsitte, das Relativpronom weit weg vom Beziehungswort zu stellen, bestehen bleibt ein Stil, der etwas aus Jankes Romanbibliothek entnommen zu sein scheint und der den mäßigsten Epigonen Spielhagens würdig ist. Das Buch ist Anfang des Jahrhunderts übersetzt worden, und um diese Zeit war die allgemeine Verschluderung und saftlose Phraseologie der achtziger Jahre bereits einem sauberen und kräftigen Stil gewichen – die Zeit ist also für die unzulängliche Leistung keine Entschuldigung. Wer nicht fühlt, daß «ich kaute eine Aprikose» häßlich ist, der soll nicht übersetzen. Die Übersetzung ist also, wie ich Ihnen gezeigt habe, unzulänglich.

Ich kann nicht Portugiesisch. Aber ich kann Deutsch. Und dies ist kein gutes Deutsch.

Der Einwand, daß ich die Übersetzung nicht besser machen könne, ist nicht der einer Publizistin sondern einer Dilettantin. Es ist mir nicht erinnerlich, daß Richter Muthe Bilder gemalt und daß Georg Brandes Dramen geschrieben hätte. Und wenn jene Dame aus Portugal, die über ihren Fachkreis nicht bekannt geworden ist, diese Übersetzung eine Verfeinerung nennt, so scheint mir das kein Kompliment für das Original zu sein.

Ich war gezwungen, unseren Lesern das Buch in dieser Aufmachung zu empfehlen, da es keine andere gibt, und es ist das so folgerichtig, wie wenn ein Dürstender unreines Wasser trinkt, das er dadurch nicht lobt. Es ist mir leider nicht möglich, ein Organ wie die *«Hamburger Nachrichten»* als kompetent für Literaturkritik anzuerkennen. Was aber die Übersetzerin für eine Vorstellung von Kunst im allgemeinen und von ihren eigenen Kompetenzen im besonderen hat, geht aus einer Stelle ihres Briefes hervor.

Daß Frau Luise Ey kein Gefühl für die Schönheit jener Liebesepisode hat, beweist ihre Übersetzung. Daß sie aber nicht nur schlecht übersetzt, sondern den Dichter verballhornt hat, gibt sie selbst zu. Sie betrachtet es als Gnade und Barmherzigkeit, daß sie die ganze Episode nicht unterdrückt habe. Sie hat ferner eine Stelle von krassem Naturalismus vollkommen verfälscht. Wenn ich *«Stadt und Gebirg»* lese, will ich José Maria Eça de Queiroz und nicht Luise Ey lesen. Die anmaßliche Schulmeisterei, Sitten, Anschauungen eines anderen Landstriches nach den engen Begriffen der eigenen Klasse zu werten, ist schon an sich unerträglich, unter keinen Umständen aber hat eine Übersetzerin das Recht «aus moralischen Gründen» Änderungen im Original vorzunehmen. Denkbar sind winzige Milderungen, ganz kleine Weglassungen von Ausdrücken, mit denen eine romanische Sprache wohl freigebiger sein mag als die unsere: im übrigen mag Frau Luise Ey von Büchern, die ihr schmutzig erscheinen, die Hände lassen. Daß sie den Unterschied zwischen der Madame d'Oriol und einem Straßenmädchen nicht begreift, mag auf ihre völlige Unkenntnis des pariser Lebens zurückzuführen sein. Streichungen sind jedenfalls eine Überschreitung ihres Übersetzungsrechtes.

Ich muß natürlich Ihnen, lieber Siegfried Jacobsohn, überlassen, ob und was Sie der Dame für unseren Nachdruck bezahlen. Wir haben das Buch empfohlen, wir haben den Verlag angegeben und ich verweise auf die dreißigjährige Praxis des «*Kunstwarts*», der so zum Nutzen der guten Literatur immer vorgegangen ist. Was Frau Luise Ey für Kenntnis vom Urheberrecht hat, mögen Sie daraus beurteilen, daß sie einen Nachdruck, bei dem der portugiesische Verfasser ausdrücklich noch einmal angegeben worden ist, als ein Plagiat bezeichnet, einen Vorwurf, den man nicht ernst nehmen kann.

Welche literarischen Sitten Portugal hat, weiß ich nicht. Daß nicht nur das Reichsgericht sondern die gesamte öffentliche Meinung Deutschlands ein ruhig ausgesprochenes tadelndes Urteil nicht als «eine moralische und materielle Schädigung» ansieht, ist gewiß, und es wird Ihre Sache als Redakteur sein, über die Forderung der Dame zu entscheiden, die da weitere Proben ihres Stils in der «*Weltbühne*» abgedruckt haben will.

Ich habe Ihnen, lieber Siegfried Jacobsohn, absichtlich die Unrichtigkeit des mir übersandten Schreibens Punkt für Punkt dargelegt, und ich stehe nicht an, Ihnen mitzuteilen, daß mir selten ein solcher Fall von kenntnisloser und leichtfertiger Antikritik unterlaufen ist.

Ich bin mit den besten Empfehlungen
Ihr

[den 16. März 1925?]

Kalwunde,
warum kriege ich eigentlich niemals
«*M. M.* und «*Tagebuch*»?
Ich verpflichte mich auch, immer nach der Lektüre «Pfui Deibel» zu rufen. Wa? Und Weinertn möchte ich doch auch lesen!

[den 31. März 1925?]

Kalwunde, was hast Du denn aus meinem Gartikel gemacht an Seeckt –? Wenn Du nicht meiner Meinung bist, dann sage es doch, Mensch –! Aber daß Du mir ausgerechnet die beiden scharf pessimistischen Stellen wegen Schwarz-Rot-Gold herausstreichst, das ist bitter. Doppelt bitter, weil sie in der Korrektur noch drin waren. Du weißt doch, daß ich mit mir reden lasse und keinen Autorenvogel habe – aber das mußt Du doch nicht machen. Der Artikel ist nicht von mir so, wie er da steht. Wenn Du aus politischen Gründen gestrichen hast, dann gibt er Deine Meinung wieder; wenn Du aus redaktionellen gestrichen hast, gar keine. Streich doch in der Korrektur! Immerhin ist mir das nicht unwichtig, zu wissen, wie *Du* über diese Sachen denkst – schon wegen der nächsten Arbeiten. Du hast das ja auch bei Zeigner und damals bei dem Gedicht Ebert und Schwarz-Rot-Gold geschrieben – und wenn ich auch nicht immer genau Deiner Meinung bin: man kann doch darüber reden. Ich habe mich mit dem Offenen Brief so geplackt, zweimal abgeschrieben und jetzt hackst Du ihm das Herz heraus. Mörder –!

[den 30. April 1925?]

Foerster hat mich aufgesucht. Seit Harden habe ich nicht ein solches Erlebnis gehabt: ein Mann und ein Mensch. (Über seine politischen Ansichten kann man diskutieren.) Aber beste deutsche Art. –

Moritz, schreib mal auf, ob ich nach Herauskramung der Pipliothek meinerseits ernsthaft an einen WB-Almanach gehen soll. Das halte ich

1) für ein gutes Annoncengeschäft
2) für eine amüsante Reklame für das Blatt
3) für kein schlechtes Sortimentsgeschäft.

Le Vésinet, 28 Avenue des Pages 19–6–25

Fräulein Hünicke!

1) die Hachette-Reklamationen habe ich dadurch erledigt, daß ich sie dem Inhalt nach an Hachette weitergegeben habe. Sollte das nichts nützen, so können Sie immer noch einmal monieren. Aber noch nicht, bitte.

2) Anbei die Abrechnung. Dem Chef ist gleichfalls eine Abschrift zugegangen.

3) Natürlich bleibt das unter uns. Sehen Sie, ich sehe diese Sache so an: Der Chef hat niemals das Glück gehabt, richtige Leute um sich zu haben. Wie Sie wissen, ist er wahrscheinlich der beste Redakteur, den die deutsche Presse hat, aber kein so großer Geschäftsmann. Er ist früher von den verschiedenen Verlagen unsäglich ausgebeutet worden und vor allem haben diese Leute niemals etwas für das Blatt getan. Da hat er sich gesagt, er wolle das allein machen. Dazu gehören natürlich gute Mitarbeiter. Die hat er – auf literarischem Gebiet, und dabei ihm wirklich ergebene Leute. Aber auf kaufmännischem fehlen ihm die. Auf Sie hält er enorme Stücke. Ich sage das nicht, um Sie in Ihren Entscheidungen zu beeinflussen – aber ganz abgesehen davon, daß es mir persönlich leid tun würde, wenn Sie gingen (weil ich weiß, was Sie da in dem Laden so sind und bedeuten) –: er vertraut Ihnen, wie er noch nie einem Menschen vertraut hat. Und er braucht Sie. Ich bin überzeugt davon, daß nicht nur im vorigen Jahr, sondern in den ganzen letzten Jahren sehr zum Schaden des Chefs gewirtschaftet worden ist. Wenn es Ihnen gelänge (endlich! endlich!) da aufzuräumen, sich so vollkommene Machtmöglichkeiten zu schaffen, daß Sie sagen können: Also das mache *ich*, und da hat mir keiner außer dem Chef hereinzureden – das wäre ideal. Sicherlich ist diese Übergangszeit ekelhaft – aber es wäre doch schon in der Geschichte des Blättchens eine große Sache, wenn man mit Bestimmtheit wüßte: vom Tage Ihres Eintritts an ist die Sache in Ordnung. Das Blatt geht, ist bekannt, geachtet – es müßte doch mit dem Deibel zugehen, wenn da nicht mehr herausspringen sollte, als daß bloß der Chef davon leben kann. Und er lebt vernünftig und bürgerlich, seine Familie auch – ich meine, das müßte gehen. – Und daß Sie dem Staat Steuern schuldig sind –: wissen Sie, Fräulein Hünicke, das ist noch kein Malheur. Da arbeiten große Betriebe noch ganz anders, wenn sie auch vielleicht nicht grade dieser lächerlichen Einrichtung noch Zinsen in den Rachen schmeißen. En tout cas: lassen Sie nicht den Kopf hängen und reinigen Sie ihm diesen Laden: er glaubt an Sie (ich auch) – und Sie tun ein gutes Werk.

Sie können sich darauf verlassen, daß diese Geschichte vertraulich bleibt.

Warum der Chef nach Berlin kommen wollte, ahne ich nicht – er hat mir nur die Tatsache geschrieben. Vielleicht stand das mit Ihren Schwierigkeiten, von denen er doch sicherlich durch Sie unterrichtet war, im Zusammenhang.

Dank für die Geschichte mit meinem Bruder, Darmstadt wird heute angemahnt.

Hermine Sterler ist eine sehr schöne Frau – sie soll herkommen, wenn sie was will.

So – das ist alles.

Nun weinen Sie nicht, Hünicke – in der Röhre stehn Klöße, Sie sehn sie bloß nicht. Mir machen an dem Blatt ganz andere Sachen Sorgen: wir haben zu wenig Annoncen. Die Annoncenakquisiteure sind ja nun nach den Filmleuten die größten Gauner der Gegenwart – aber kann man denn da gar nichts tun. Man hat mir erzählt, früher hätte mit der *«Europäischen Staats- und Wirtschaftszeitung»* ein gewisser Wilhelm Arndt zusammen gearbeitet (ich weiß nicht, ob er sich so schreibt) – das soll ein fabelhafter Akquisiteur und ein anständiger Mensch gewesen sein. Können Sie nicht mal gelegentlich feststellen, ob Sie dessen Adresse auftreiben können? (Die *«Europäische»* existiert nicht mehr.) Da *muß* doch etwas zu machen sein!

In alter Treue
Dero

[Januar 1926?]

## Almanach

Der Almanach 15 Bogen = 240 Seiten. Davon ein von Dir zu bestimmender Teil für Inserate.

Conditio sine qua non: *Illustriert.* Sonst kauft das kein Aas. Und zwar: Ein lustiges Kalendarium. (Etwa Fritz Wolff.) Monatsverse kann ich machen.

Eingestreute Bilder nach Belieben. Wichtig, wenn auch teuer, aber – nochmals – wichtig: Fotografien der Mitarbeiter. Ich brauche Dir wohl nicht zu sagen, daß ich für jedes meiner Pseudonyme eine alte Fotografie ausreichend finde und selbst gar nicht vertreten sein will – aber die andern megen, und die Leute interessieren sich für so was bannig.

Und da es der erste Almanach ist, muß er gut werden.

*Text:* Alte Beiträge, die ich Dir zusammenstelle. Ich werde dann bitten, mir die betreffenden Nummern zu schicken, nachdem Du die Liste der aufzunehmenden Beiträge genehmigt hast.

Originalbeiträge: Ich schreibe einen großen Überblick, was so alles mal im Blättchen gestanden hat – wann die einzelnen Leute angefangen haben, wer mitgetan hat, darin gebe ich viele Proben – denn es gibt Beiträge, die sind als Ganzes nicht sehr schön, aber stückweise sehr ulkig. Die kommen da herein.

Du schreibst einen großen Gartikel über das Blatt.

Ich fordere unsere guten Mitarbeiter auf und denke mir Themen für sie aus. Das mache ich Dir als Korrespondenz unterschriftsfertig.

Zeitpunkt: Ich müßte sofort anfangen, und das Ding muß am 1. Oktober fertig vorliegen. Dazu schreibst Du mir wohl im Falle eines Falles, wann das Manuskript da sein müßte.

Korrekturen lese ich mit.

Honorar: Ich möchte mit 5 Prozent beteiligt sein und 500 M bei Bestellung und 500 bei Ablieferung des Manuskripts haben.

Die Hauptsache ist aber:

Kannst Du in diesem Jahr so eine Sache wirklich anständig und gut machen. Das müssen Deine Kalkulationen ergeben. Du sollst nicht, wie bei Pinner, sitzenbleiben. Mit welcher Auflage rechnest Du?

Grade Almanache sind von der Konkurrenz gut ausgestattet, sie werden, weil so allerhand drin ist, gern gelesen und gekauft, müssen es aber mit den andern aufnehmen können. Ich rate ab, die Sache poplig zu machen. Gut, oder gar nicht. Dann lieber warten. Frage ruhig mal Deine Meiwonimse, wie sie über den Absatz denken und wie hoch. Dann entscheide.

Privat.

Anliegend Antwortenstoff. Ich führe darüber kein Buch, aber ich habe den Eindruck als ob die wenigsten der Antworten, die ich Dir schicke, gedruckt werden.[1] Das überlasse ich natürlich vollkommen Dir, nur sag mir bitte ob ich so weiter machen soll[2] oder nicht, denn da es die unangenehmste und knifflichste aller Anbeiten ist, öchte ich sie nicht gern umsonst tun.

Abgesehen davon, rate ich, die Antworten kürzer, witziger und spritzige zu machen.[3] Es sind häufig brave kleine Artikelchen, und das ist doch nicht der Sinn der Sache.[4]

1) Ein Irrtum. Sie werden zunächst einmal sämtlich gesetzt. Und dann werden sie nach und nach gedruckt. Und da sich das auf Monate verteilt und in jeder Nummer sieben Zehntel Antworten auf wirkliche Fragen von mir sind, merkst Du nicht, daß mit denen drei Zehnteln allmählich, ganz allmählich der Vorrat aufgearbeitet wird. Selbstverständlich nicht der ganze Vorrat, weil unvermeidlich ist, daß ein paar mit der Zeit stofflich veralten.

2) Ja – nur vielleicht in kürzeren Zwischenräumen, weil dann eben weniger Stücke stofflich veralten.

3) Leicht gesagt. Ich will mir Mühe geben.

4) Gewiß nicht. Aber manchmal will's die Sache, der Stoff grade so.

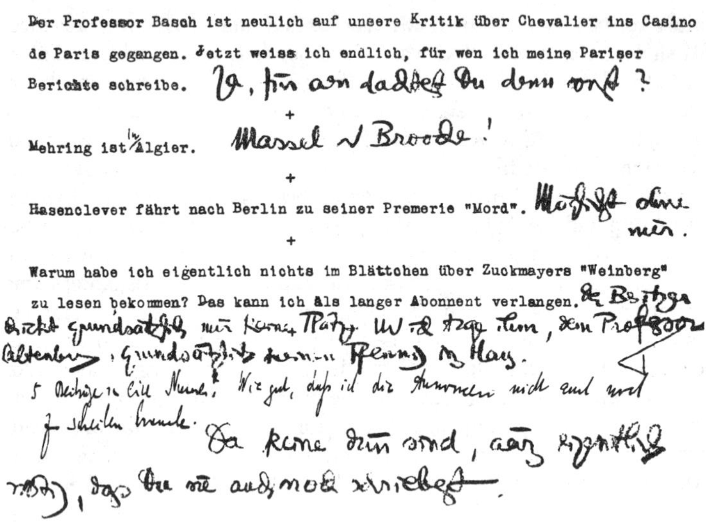
Der Professor Basch ist neulich auf unsere Kritik über Chevalier ins Casino de Paris gegangen. Jetzt weiss ich endlich, für wen ich meine Pariser Berichte schreibe. [illegible]

+

Mehring ist in Algier. [illegible]

+

Hasenclever fährt nach Berlin zu seiner Premerie "Mord". [illegible]

+

Warum habe ich eigentlich nichts im Blättchen über Zuckmayers "Weinberg" zu lesen bekommen? Das kann ich als langer Abonnent verlangen. [illegible]

[Mai 1926?]

[...] wenn ich mit Dir zufrieden bin, sag ichs den andern – das ereignet sich durchschnittlich jeden zweiten Tag. Wenn ich nicht mit Dir zufrieden bin, sag ichs Dir. Das kommt selten vor.

Was mich in der ganzen letzten Zeit so maßlos bedrückt und mir meine Laune völlig verdirbt, ist die Sache mit dem Geld. Sieh mal, die Sache liegt so:

Ich sitze hier im Ausland und muß genau wissen, worüber ich disponieren kann und worüber nicht. Deshalb habe ich mit Dir den genauen Zahlungs- und Einzahlungstermin abgemacht, deshalb habe ich an Dich einen großen Teil meiner literarischen Freiheit abgegeben. Bon. Nun hast Du mir im Februar geschrieben, was sich da mit Mertens begibt und welche Schwierigkeiten Du hast, und Du brauchst nicht erst in der Korrespondenz nachzusehen, um festzustellen, daß ich mich darauf so benommen habe, wie das zwischen uns üblich ist, nämlich vernünftig. Du hast für die Schwierigkeiten vier Wochen veranschlagt. Das war dann nicht, Du hattest noch andere Verbindlichkeiten – ich habe wiederum das Maul gehalten. Nun bleibt das aber so bei, und das geht nicht.

Was mich vor allem kränkt, ist die Melodie «Tucho brauchts ja nicht» und: «Du wirst selbstverständlich keinen Deut schlechter leben, wenn ich nicht pünktlich bezahle.» Ganz abgesehen davon, daß sich die Einkünfte von Ullstein, um 2 – 300 verringern werden, genaueres darüber schreibe ich Dir noch – ganz abgesehen davon also, daß es nicht einmal stimmt: selbst, wenn es stimmte, wäre ich nicht einverstanden. Ich arbeite fast jeden Tag von morgens bis abends, ich gebe mir Mühe, und man kann gewiß nicht mehr Skrupeln und Selbsthaß haben als ich. Aber ich verlange von meiner Arbeit, daß sie – bei ihrem Marktwert – mich in die Lage setzt, nicht von einem Pfennig auf den andern zu hüpfen, es nicht immer als ein Freudenfest zu begrüßen, wenn ich überhaupt Geld bekomme – dazu arbeite ich nicht. Ich habe über jeden Pfennig meiner Vertragseinkünfte disponiert, und das halte ich für mein Recht. Wenn Du glaubst, daß ich hier der Inflationsheld bin, so irrst Du Dich. Die Spanier, die Deutschen, jeder der herkommt, sagt: «Aber Paris ist ja gar nicht billig!» Ists auch nicht. Sicher können hier große Börsianer mit Arbitrage Geschäfte machen – aber alle Hoffnungen, durch das Sinken des Francs irgendwelche Vorteile zu haben, sind ins Wasser gefallen. Also davon habe ich nichts, und ich will ja auch gar nichts haben.

Ich will aber auch nicht jeden Monat zittern, wann ich nun wieder Geld bekommen kann. Genau das habe ich nicht gewollt, als ich mit Dir abschloß; und augenblicklich habe ich alle Nachteile eines losen Mitarbeiters und alle Nachteile eines festen. Die Voraussetzung der 10 %, der Konkurrenzklausel waren doch die Vaterschaft, die Unterhaltungspflicht durch das Blättchen. Das hatte so lange einen Sinn, als Du – beinahe zwei Jahre hindurch – wie eine Uhr funktioniert hast.

Du schreibst immer, ich brauchte keine Angst zu haben, mein Geld zu verlieren. Daran denke ich überhaupt nicht. Ich sehe nur, daß ich mit den Zahlungen, die ich hier leisten muß, in alle möglichen Bredouillen komme, daß ich nie weiß: kann ich das oder kann ich es nicht – wird gezahlt, wann wird gezahlt, wieviel wird gezahlt –? Das hemmt mich schrecklich.

Ich begreife Deine Lage durchaus.

Ich weiß, wie schwer flüssiges Geld in Deutschland zu haben ist, daß Du nicht in zwei Autos zum Geschäft fährst, daß Du selbst mächtig rechnen mußt, um uns alle durchzulavieren. Wogegen ich mich wehre, ist nur die Anschauung: Na, also der kommt zuletzt ran, denn der hat ja. [Du kennst meinen bis zur Lebensgefährlichkeit gesteigerten Mangel an Größenwahn: aber wogegen ich mich mit aller Macht stemme, ist die Anschauung, als sei in meinem Alter und bei meinem rein äußerlichen Erfolg das Verhungern, Geldpumpen, die Zahlungsschwierigkeiten – als sei alles das ein Normalzustand, über den sich hier und da eine erfreulich pünktliche Zahlung wie ein Geschenk erhebt.]

Wir haben abgemacht, daß bis zum 20. einzuzahlen ist. Du schreibst, das gelte nur in ruhigen Zeiten. Von Dir stammt der Ausspruch, daß Verträge *nur* für unruhige Zeiten gelten und grade da. Ich weiß nun genau, daß man nicht immer kann, wie man möchte – wenn Du mir also schreibst: Hör mal – dies Mal gehts nicht bis zum 20. – es wird der 25., es wird selbst der 1. – so ist darüber wie über alles andere zu reden. Es ist mir aber wirklich nicht möglich, in völliger Unkenntnis dessen dahinzuleben, was ich eigentlich bekomme. Du weißt, was das ist, ein Fremder – Du weißt auch, daß ich hier niemals bei einer Zahlung sagen kann: gedulden Sie sich. Dann wäre es aus.

[Ich berufe mich auf gar nichts, denn was ich tue, ist ja nicht nur meine vertragliche Pflicht, sondern ich erkenne darüber hinaus noch etwas anderes Dir gegenüber an. Nur mußt Du auch ein bißchen meine Lage verstehen – und nicht das Niveau, das für mich maßgebend sein soll, zu niedrig ansetzen. Ich verhungere nicht, ich will auch gar nicht verhungern – ich möchte aber von meiner Arbeit das bißchen haben, was nötig ist, um überhaupt etwas aufzubauen. Denn wie ich hierhergekommen bin, weißt Du.]

Schreib mir mal bitte, was Du davon hältst und wie wir es machen können, um beiden Teilen gerecht zu werden: Dir, der Du nicht im Golde schwimmst und schwer zu kämpfen hast – und mir, der ich gern eine gewisse Sicherheit haben möchte, die mir mehr wert ist als alle Verdienste. Sela.

Fontainebleau, 11 rue Béranger 2–12–26

Geliebter Oberkalwunde,
jadochjadoch. Da bin ich ja schon («Schon!») – Telefonieren tu ich also am nächsten Sonntag, den 5. – jedenfalls will ich es mal versuchen. Wird es nichts, dann hab ich ehmt keinen Anschluß bekommen.

Was Du mit dem ‹*Pyrenäenbuch*› schreibst . . . die Pieke gebe ich Dir zurück. Sag mal, hältst Du mich, ganz abgesehen von dem unkameradschaftlichen Verhalten, das darin stecken würde, für so dumm, daß ich Dir nicht das Beste und Lustigste aus dem Buch gäbe? Aber Du weißt mehr als ich. Seit Wochen warte ich auf Korrekturen, die mir der Verlag ausdrücklich, vertragsgemäß, versprochen hat – nichts. Zwei Möglichkeiten: man hat Dich belogen oder mich. Ist das Buch wirklich fertig, d. h. druckfertig – dann mich – ist es nur im Manuskript so, so, wie Du es kennst und hast lesen lassen, dann Dich. Vermutlich beide. Der *Schmiede* ist ausdrücklich zugesagt, daß bei

Dir Vorabdruck erscheinen wird benebst einer Selbstkritik. Und sie rühren sich nicht. Ich werde ihnen schreiben.

Hierorts nichts Neues. Frau Hessel kommt zu Besuch und nächstens auch Hasenclever und Sieburg. (Aus einem Brief Hasenclevers: «Was soll ich Dir denn mitbringen, Peterchen? Eine Urinprobe? Oder willst Du den neuen Unruh?») – Hünicke soll bald den «*Priester*» schicken, damit ich die Kritik über Satan fertigmachen kann.

Das Schloß ist gar kein Schloß. Sondern nur die Wohnhülse Deines brav weiter arbeitenden

braven
Tucho

Und was ist mit ‹*Deutsche Richter*›?

# BRIEF NACH WIEN

den 8. Januar 1920

Lieber Herr!

Wir hören hier so viel von Wien, und davon, wie schlecht es dieser sterbenden Stadt nun geht, und wie hilfsbedürftig sie geworden ist, und wie orientalisch: es gebe nur ganz oben und ganz unten, und zwischen Lumpenproletariat und gleißendem, lackiertem Reichtum zuckt eine ganze Mittelschicht in der Agonie. Aber Sie wissen doch wenigstens – bei allem Elend –, woran Sie sind. Wir wissens nicht.

Bei uns liegen die Dinge so, daß noch niemand ahnt, was aus der Entwicklung des neuen Berlin herauskommen wird. Nur: daß etwas unsagbar Scheußliches herauskommt, das wissen wir schon. Aber alles ist noch im Lauf, alles fließt, und so sieht es jetzt hier aus:

Dem Mittelstand gehts am schlechtesten. Er zehrt vom alten Ruhm, vom alten Glanz und von der Erinnerung an den alten Kempinski (der eine spezifisch berlinische Erscheinung gewesen ist und so recht ein Symbol für diesen alten luxuriösen Mittelstand). Das ist dahin. Sie laufen noch auf den alten Stiefeln – aber wie lange sollen die halten? Was dann kommt, ist die schmerzlich-bittere Erkenntnis, daß es nun aus ist mit der bescheidenen Lebenshaltung («Sechserdasein» nannte es Fontane), mit jenem kargen Leben, das aber immer noch reich war, weil man billig Butter und noch billiger geistige Werte einkaufen konnte. Und bei allem leisen Lächeln über die «*Kunstwart*»-Leute: sie haben doch immerhin ein Licht in ihr Leben hineingetragen, und wenn ich das Neue alles mitansehe, dann kann ich über die Leute von damals nicht mehr lächeln.

Denen gehts also nicht gut, und über ein Weilchen werden sie klaftertief in ihrer Lebenshaltung gesunken sein. Und die Neuen? Und die Heraufgekommenen?

Sehen Sie, lieber Herr, das ist ja das Traurige, wer da heraufgekommen ist. Wenn früher einmal solch große Umwälzungen vor sich gingen, dann stiegen vielleicht Freibeuter auf, politische Abenteurer oder starkknochige Geschäftsleute der Fugger-Zeit, deren Väter wohl noch den Pflug gelenkt hatten. War das schlimm? Für die grade Unterliegenden sicherlich. Aber es kam frisches, unverbrauchtes Blut in die Gesellschaft, es kamen neue, windumwehte Leute herein, breitbeinige Kerls, deren Söhne dann die Verfeinerung rasch weghatten, doch auch noch lange Generationen hindurch die Stärke vom Stammvater, der Muskeln wie Eisen gehabt hatte. Bei uns?

Bei uns ist ein schwacher und verbrauchter Großstadttyp heraufgekommen – Leute, die zwar viel Skrupellosigkeit, aber doch verhältnismäßig wenig Kraft aufzuweisen haben. Was sind denn das meist für Menschen, diese neuen Reichen? Bauern? Ach, wären sies! Um die reich gewordenen Bauerngenerationen ist mir nicht bange. Aber die Mehrzahl, das sind doch kleine Krämer, denen eine richtige Konjunktur die richtigen Waren in die Hände gespielt hat, und die nicht so dumm gewesen sind, die nun von der Hand zu weisen. Schlechtes Blut. Keine Rasse. Und vor allem: keine Kraft.

Und das nun bestimmt hier den Ton, das hat Geld und gibt es mit vollen Händen aus. Man sieht in den elegantesten Lokalen Berlins Gesichter mit Mündern – Münder können einem ja nichts vormachen – mit Mündern, lieber Herr, wie sie früher die Nachtportiers nicht gehabt haben. Das ist obenauf, das kauft Bilder und füllt die Logen. Noch halten die guten alten Familien, soweit sie nicht ausgestorben sind, noch halten sie Stange, noch leisten sie Widerstand, noch spürt man hier und da kleine Hemmungen. Aber wie lange wird das anhalten? Schließlich ist ja doch Geld eine Waffe, der die Gesellschaft auf die Dauer der Jahre nicht widerstehen kann – und dann? Und dann?

Dann haben wir die Verpöbelung Deutschlands, nicht nur Berlins, in vollem Maße. Denn dieses neue verbrauchte, nicht gute Blut wird natürlich in der zweiten Generation noch übler werden. Es ging mit diesen neuen Reichen allenfalls an, solange sies noch nicht waren, damals, als sie um jedes Markstück sich quälen mußten. Aber nun sehen Sie sich diese dicken, in Samt gequetschten Frauen an, sehen Sie diese blutleeren, pinselblonden Söhnchen, denen heute Vaterns Geld alles leicht macht, und die nicht mehr zu kämpfen brauchen, also noch widerstandsunfähiger werden. Und es ist nicht einmal das schöne Schauspiel einer Dekadenz: es ist einfach Schwäche, die sich hinter Frechheit verbirgt. Und stillose Schwäche.

Das Malheur kommt erst. Es ist dann da, wenn diese kurzstirnige, kleinkalibrige Rasse – ob Christen oder Juden, ist ganz gleichgültig – fest im Sattel sitzt, wenn die kleinen Unsicherheiten abgestreift sein werden, und wenn dem Sohn die kleinen faux pas, die heut alle Welt beim Vater belächelt, nicht mehr passieren. Er ißt Hummer nicht mit dem Suppenlöffel, o nein! Er weiß, was sich gehört. Mit Rilke wird er nicht ganz so richtig umgehen.

Doch er wird sich da auch ein Air geben. Aber daß diese Schiebermoral, diese Selbstvergottung, diese Anbetung des alten schlechten deutschen Geistes («Bei uns herrschte damals doch wenigstens Ordnung» – notabene: eine, die sie reich gemacht hat . . .), daß diese unbedingte Sicherheit, herrührend von der Annahme, daß zwar nicht alles mit Geld, aber alles mit sehr viel Geld zu machen sei – daß diese neue Welt die alte in Grund und Boden korrumpieren wird: darauf können Sie sich verlassen.

Unser Elend ist groß. Ob es wirtschaftlich je eure Not erreichen wird, steht dahin. Aber daß wir in dreißig Jahren eine nette Gesellschaft an der Spitze haben werden – wo sitzt heute Geld! –: das weiß ich gewiß.

Grüßen Sie Wien von mir, lieber Herr. Ich kenne es gar nicht – aber grüßen Sie es. Grüßen Sie den großen Schriftsteller und grüßen Sie die paar guten. Grüßen sie die lustige Zeichnerin Ada und grüßen Sie sich recht herzlich. Und sagen Sie allen, daß es Berlin noch nicht so schlecht geht wie Wien. Aber wir werden sehen, was sich tun läßt.

Ihr
Peter Panter

# AN THEODOR WOLFF

Berlin, den 11. Februar 1920

Sehr verehrter Herr Wolff,
ich habe den Eindruck, daß meine Tätigkeit im Hause nicht so ersprießlich für beide Teile ist, wie das wohl nötig wäre. Ich bitte Sie daher, aus meiner Stellung zum nächsten zulässigen Termin – das wäre der 31. März d. J. – ausscheiden zu dürfen. –

Indem ich Ihnen für das mir bewiesene Vertrauen danke,

bin ich in alter herzlicher Ergebenheit
Ihr

Berlin, den 29. II. 20

Sehr verehrter Herr Wolff,
erlauben Sie mir bitte, zu Ihrer freundlichen Aufforderung an mich, die Leitgedichte des «*Ulk*» weiterzuschreiben, etwas zu sagen. –

Ich habe Sie gebeten, gehen zu dürfen, weil ich in taktischer Beziehung über Satire und Angriff anders denke als Sie. Es ist viel weniger die Divergenz zwischen Ihnen und mir in politischer Beziehung als in rein literarischer und satirisch-strategischer, die mir meine Stellung als unhaltbar aufzeigte. – Nun ist es in der Tat so, daß die Leitgedichte im «*Ulk*» dem Blatt den politischen Charakter geben – ja, in ihnen steckt er – abgesehen von dem Titelbild – vor allem nach außen hin. Keineswegs ist aber das andre nur Anhängsel. Keineswegs liegt es so, daß alle kleinen Witze, die kleinen Bilderchen und schließlich auch das Unpolitische sich nur um die Titelseite und das Gedicht gruppieren. Wie wenig sies tun, ersehen Sie daraus, daß Ihnen alles andre wichtig genug erschien, meine Arbeit in diesen Gebieten als gradezu störend zu empfinden und so auch meinen Abgang aufzufassen.

Meiner Meinung nach ist es nun ein Widerspruch, wenn ich die Chefredaktion niederlege – aus den beschriebenen Gründen –, die textlich wichtigste Stelle des Blattes aber weiter ausfülle. Das geht nicht. Es geht meinetwegen nicht: denn es würde nicht meiner Überzeugung entsprechen, in einem Blatt den Ton anzugeben, dessen Ton ich in allen andern Fragen nicht bestimmen kann – es gibt da so Imponderabilien, die eben ausschließlich Sache des betreffenden Chefredakteurs sind, und die dann natürlich nicht meiner Kritik unterständen, die Stellung zur modernen Kunst, die versetzte Erotik, die Verspottung Verbummelter – das sind Dinge, die im einzelnen harmlos sind, und doch dem Blatt den Ton und das Niveau geben werden – aber nicht meins. – Es geht aber auch des Verlages wegen nicht: ich sprenge den Rahmen, wenn das Blatt nun anders geleitet werden wird, ich komme in die G-Dur-Tonleiter mit einem falschen F –: ich passe nicht dahin.

Ich möchte die Gelegenheit benutzen, sehr verehrter Herr Wolff, um Ihnen noch einmal zu sagen, daß nicht die leisesten persönlichen Gründe mich bewegen, wenn ich Sie bitte, auf meine Mitarbeit am «*Ulk*» zu verzichten. Ich habe Herrn Wiener-Braunsberg während meiner Tätigkeit als einen loyalen und durch und durch anständigen Kollegen kennengelernt, mit dem ich jederzeit zusammenarbeiten könnte – wenn ich nicht sachliche Bedenken hätte.

Wie wenig persönlich die ganze Angelegenheit mir zu sein scheint, mögen Sie aus meiner Bitte ersehen, mir die weitere Arbeit im Feuilleton des Blattes in der bisherigen Weise zu gestatten. Hier liegt Umfang und Art der Mitarbeit so, daß ich ganz frei und unbeeinflußt von allen andern schreiben kann – als einer unter vielen. Und nicht an so programmatischer Stelle wie im «*Ulk*». –

In alter herzlicher Verehrung
Ihr ergebener

# AN HANNS DOSCH

11. Okt. 1920

Sehr geehrter Herr,
Herr Siegfried Jacobsohn übergab mir Ihr Schreiben über die von mir eingeleitete Hilfsaktion für die politischen Gefangenen Bayerns.

Die Person des Herrn Ernst Ringelmann war mir nicht bekannt; ich verließ mich auf die Angabe von Herrn Erich Mühsam. Wenn ich die Gereiztheit abziehe, in der ständig zu eng lebende Menschen sich dauernd befinden (ich kenne das vom Kommiß her) – so bleibt doch eine tief bedauerliche Erscheinung übrig.

Was Sie auch von Herrn Ringelmann trennt: Sie sollten nicht vergessen, daß es eine gemeinsame Front gibt und geben muß, und Sie wissen ja am besten, gegen wen gerichtet. Vergessen Sie das nicht! Die Tatsache, daß Ringelmann Kommunist ist, scheint mir alleine nicht zu genügen, ihn von einer Hilfsaktion auszuschließen. Amüsieren Sie sich nicht zu sehr mit diesen Gegensätzen: Es gibt jemanden in Deutschland, den nichts mehr freut, als Ihre Uneinigkeit. – Wenn Herr Ringelmann wirklich, was ich nicht beurteilen kann, seine politische Gegnerschaft etwa dahin ausnutzt, daß er mit den Mitteln der Aufsichtsbehörden gegen Sie arbeitet, so wäre er ein Lump. Ich kann und will das nicht glauben.

Ich habe Herrn Jacobsohn gebeten, etwa noch einlaufende Gaben an Ihre Adresse zu schicken. Ich, der ich in der Freiheit lebe, habe kein Recht, Ihnen Lehren zu erteilen – aber ich glaube, daß es um die sozialistische Sache besser stände, wenn wir alle wüßten, daß wir uns nicht gegen einander zu wenden hätten, sondern gegen einen gemeinsamen Feind.

Empfehlen Sie mich bitte Herrn Prem. Die Redaktion der «*Weltbühne*» wird stets bemüht sein, Ihre Wünsche nach Möglichkeit zu erfüllen.

Mit vorzüglichster Hochachtung

Ihr sehr ergebener

# AN ERNST RINGELMANN

11. Okt. 1920

Sehr geehrter Herr Ringelmann,
ich habe in der berliner Zeitschrift «*Weltbühne*» eine Sammlung für die politischen Gefangenen auf den Festungen Bayerns eingeleitet. Die eingegangenen Gaben sind an den Anreger der Sammlung, Herrn Erich Mühsam sowie an die von ihm bezeichneten Gefangenen abgesandt worden.

Von mehreren Internierten wird mir nun geschrieben, daß die Verteilung solcher Gaben nach parteipolitischen Grundsätzen vorgenommen sein soll. In diesem Zusammenhange ist auch Ihr Name genannt worden. Es liegt mir ganz fern, einem Manne, der für seine Überzeugung eine Strafe erleidet, irgendwelche Vorschriften machen zu wollen. Ich bitte Sie aber, wenn Sie in die Lage kommen, Verteilungen unserer Gaben vorzunehmen, den Willen der Geber zu respektieren. Wir haben nur das Eine gewollt: Hilfe für unterdrückte politische Idealisten. Die Geber setzen sich aus den verschiedensten Kreisen zusammen: es mögen anständige Bürgerliche unter ihnen sein, Kommunisten, Syndikalisten, Anhänger der beiden sozialistischen Parteien und Farblose. Es hat mich sehr gefreut, all diese zu Gunsten der im Gefängnis sitzenden jungen Politiker vereinen zu können. Ich erwarte von Ihrer Objektivität und Ihrem Menschlichkeitsgefühl, daß Sie bei der Verteilung Ihre eigene, günstige finanzielle Lage berücksichtigen und vor allem bitte ich Sie, keine Verteilung nach einer imaginären «Würdigkeit», gemessen am Parteidogma, vorzunehmen.

Ich bin nach wie vor gern bereit, mit all meinen Kräften jedem der von der bayerischen Bourgeoisie Unterdrückten zu helfen. Ich verlange aber die strikteste Neutralität unter den einzelnen Richtungen. Ein Kommunist, der nicht einsieht, daß der Feind rechts steht und daß ihm der spießigste USP-Mann nahe stehen sollte, wenn es den gemeinsamen Kampf gilt, taugt nichts. Ein Kommunist, der seine Aufgabe darin sieht, durch lächerliche Überbetonung seiner Innung («jedermann sein eigener Skatverein»!) das schlimmste deutsche Übel zu sanktionieren, taugt nichts. [. . .]

Herrn Ernst Ringelmann
Lichtenau bei Ansbach 21. 10. 20

Sehr geehrter Herr,
das Paket der «*Weltbühne*» wurde auf Grund einer Sammlung an Sie geschickt, die wir auf Anregung von Herrn Erich Mühsam veranstaltet haben. Wir bitten Sie, die etwa noch folgenden Gabensendungen gleichmäßig an alle politischen Gefangenen verteilen zu wollen.

Ergebenst

# AN LUDWIG LEHRL

Herrn Ludwig Lehrl
Festung Lichtenau bei Ansbach 19. X. 20

Sehr geehrter Genosse,
Herr Siegfried Jacobsohn übergab mir Ihren Brief v. 11. d. Mts. Sie handeln durchaus in unserm Sinne, wenn Sie die Bücher einer Bibliothek einverleiben, die jeder inhaftierte politische Gefangene (nicht Mitglieder einer besonderen Partei) benutzen darf. Ich will gerne sehen, auch weiterhin Bücher für Sie zu bekommen.

Mit den besten Grüßen

Ihr sehr ergebener

# AN ERICH MÜHSAM

21. Okt. 1920

Sehr geehrter Herr Mühsam,
ich danke Ihnen vielmals für Ihren freundlichen Brief. Die kleine Briefschreiberei hin und her bedeutete durchaus keinen Ärger. Ich freue mich sehr, von Ihnen zu hören, daß es sich bei Ringelmann um einen lauteren und anständigen Charakter handelt.

Größere Versprechungen für die Zukunft kann ich Ihnen schlecht machen, weil ja bekanntlich das Interesse an solchen Sammlungen rasch nachläßt. Ich will aber sehen, daß ich die Angelegenheit noch aufpulvern kann, und was noch eingeht, schicke ich dann abwechselnd an Sie und an Herrn Toller. Ich überlasse Ihnen die Verteilung ganz und gar, weil ich von hier aus die Verhältnisse nicht übersehen kann; nur bitte ich Sie stets zu berücksichtigen, daß wir *alle* politischen Gefangenen unterstützen wollen, gleichviel welcher politischen Richtung, und daß wir davon nur die wohlhabenden und Verräter an der eigenen Klasse ausgenommen wissen wollen.

Ich wünsche Ihnen alles Gute und stehe stets gern zu Ihrer Verfügung. Mit den besten Empfehlungen bin ich

Ihr sehr ergebener

# AN ERNST TOLLER

31. V. 22

Sehr verehrter Herr Toller,
ich möchte Ihnen eine gute Mitteilung machen:

Ein berliner Jurist besten Rufes – ich teile Ihnen den Namen mit, wenn Sie mir bejahend antworten – hat sich erboten, Ihre Frau Mutter, von deren schlechtem Gesundheitszustand er gehört hat, in ein seiner Schwester gehöriges Sanatorium in Blankenhain im Harz aufzunehmen. Das Haus ist, soweit ich seinen Mitteilungen entnehmen konnte, für wohltätige Zwecke errichtet – Ihrer Frau Mutter und Ihnen würden also durch die Aufnahme, die sich sicherlich auf einen Monat erstrecken könnte, *keinerlei* Kosten erwachsen. Bitte teilen Sie mir doch möglichst umgehend mit, ob Ihre Frau Mutter und Sie mit diesem Vorschlag einverstanden sind; ebenso wäre ich Ihnen für die Adresse Ihrer Frau Mutter dankbar – ich werde dann alles Weitere in die Wege leiten.

Wie geht es Ihnen sonst? Haben Sie oder die andern Genossen irgendwelche Wünsche? Bitte verfügen Sie stets über mich.

Mit den besten Empfehlungen an Sie und alle andern wie stets

Ihr

[?] VI. 22

Lieber Herr Toller,
recht herzlichen Dank für Ihre Karte. Ich werde also auf Ihre Antwort warten – und dann wollen wir weiter sehen. Dazu nun ein Vorschlag:

Was wird, wenn Ihre Frau Mutter das Angebot *nicht* annimmt? Dann muß ich dem Kameraden, von dem der Vorschlag stammt, antworten, es sei nicht nötig, und er wird über die freie Stelle in dem Erholungsheim anders verfügen. Das möchte ich gern vermeiden.

Es bedrückt mich immer, wenn ich sehe, wie viele *namenlose* und nicht geistig arbeitende Genossen dort in N. sitzen, denen nicht so leicht zu helfen ist wie Ihnen, dessen Name schließlich die beste Propaganda für eine Hilfsaktion ist. Kann man da nicht einspringen? Und deshalb geht meine Bitte dahin.

In erster Linie ist es Ihre Frau Mutter, um die es sich handelt. Nimmt sie *nicht* an, dann möchte ich Sie bitten, in Gemeinschaft mit

Ihren engern Freunden, mir einen Angehörigen eines der dortigen Genossen zu bezeichnen, der in Blankenhain zur Aufnahme vorgeschlagen werden kann. (Bitte betonen Sie von vornherein ausdrücklich, daß ich nur *vorschlagen*, nicht bestimmen kann – damit es da keine Enttäuschungen gibt.) Wenn Ihre Frau Mutter zur Kur anderswohin reisen muß, dann wäre es mir lieb, wenn ich einem der Genossen, die einen kranken Angehörigen haben, für den sie nun nicht sorgen können, das Herz wenigstens *etwas* frei machen könnte. – Bitte geben Sie mir nach Entscheid Ihrer Frau Mutter Antwort, wie Sie sich entschlossen haben!

Mit den besten Empfehlungen an alle (besonders an Erich Mühsam!)

Ihr ergebener

20. 6. 1922

Lieber Herr Ernst Toller,

Ihr Brief hat mich außerordentlich erfreut. Bevor wir uns über den Fall weiter unterhalten, möchte ich noch einmal feststellen: die Stelle war in erster Linie für Ihre Frau Mutter bestimmt und nur Ihrer halben Ablehnung glaubte ich entnehmen zu dürfen, daß es Ihnen angenehm, aber nicht unbedingt nötig erschiene, um so mehr als Ihre Frau Mutter offenbar andere Pläne hat. Ich freue mich besonders, daß Sie meine Andeutung richtig verstanden haben; es ist selbstverständlich, daß ich mich bemühen würde, Ihnen jeden Wunsch zu erfüllen, aber in diesem Falle halte ich es für gerecht und opportun, wenn auch einem jener Genossen etwas zugute kommt, um die sich die Öffentlichkeit nicht kümmert, weil sie nicht «interessant» genug sind.

Zur Sache selbst: ich habe den Namen der Frau sofort weitergegeben und hoffe, daß es unserem Freund gelingen wird, die Aufnahme zu erwirken. Ich bitte Sie nochmals, [in] dem betreffenden Genossen keinerlei trügerische Hoffnungen zu erwecken, da mir nicht zusteht, über die Aufnahme der Frau zu bestimmen. Ich möchte nicht, daß der Genosse im Falle einer Ablehnung einem begreiflichen Unmut verfällt.

Übrigens habe ich immer noch einen Brief von Ihnen auf dem Gewissen, den ich im Tumult meiner Arbeit gar nicht beantwortet habe. Er beschäftigt sich u. a. auch mit dem Thema «*Masse-Mensch*». Ich weiß nicht, welche Bücher Sie hereinbekommen. Wenn es die Verwaltung erlaubt, würde ich Ihnen raten, sich einmal aus einer Bibliothek das vergriffene Werk von Robert Michels: «*Zur Soziologie des Parteiwesens*» (Leipzig 1910) kommen zu lassen. Das Buch bietet meiner Meinung nach politisch nichts Bedenkliches: es enthält eine außerordentlich scharfe Kritik der demokratischen Prinzipien. Michels, der selbst Demokrat ist, wird gerade Ihnen außerordentlich viel Aufschlußreiches zu sagen haben. Auch er predigt gerade wie Sie eine Evolutionierung des Massenbegriffes und der Massenmoral und weist ausgezeichnet die organischen Veränderungen der zu Führer gewordenen Massenglieder nach. Das Werk ist ganz wissenschaftlich und kühl geschrieben und enthält über dieses Thema mehr als die gesamte philosophische Lyrik der letzten Jahre.

Ich danke Ihnen nochmals herzlichst für Ihr außerordentliches Entgegenkommen in der Angelegenheit Ihrer Frau Mutter und bin wie stets mit den besten Empfehlungen

Ihr sehr ergebener

17. VIII. 22

Lieber Herr Toller,
ich habe inzwischen folgendes erreicht:

Ein Aufenthalt einer Genossin *mit Kindern* wird sich leider nicht ermöglichen lassen. – Dagegen ist es mir gelungen, Ihren Vorschlag einer direkten Unterstützung in die Tat umzusetzen – der Dank gebührt aber nicht mir, sondern vor allem der tatkräftigen Unterstützung unseres Gesinnungsfreundes, der in unerhörter Agilität und Tatkraft da etwas getan hat. Ich selbst bin leider völlig unbeteiligt. Also:

Ich habe 8000 (achttausend) Mark für diesen Zweck. Bitte sagen Sie, wer das haben soll. Das Geld steht Ihnen für einen solchen Zweck – Unterstützung von Angehörigen eines Inhaftierten – zur Verfügung – ich bin auch gern bereit, es selbst zu expedieren und Ihnen dann die Quittung zukommen zu lassen. Mein unmaßgeblicher Vorschlag geht dahin, damit *eine* Familie zu untersützen, damit die Leute – grade in dieser teuern Zeit – wenigstens etwas davon haben. Einer Zerzettlung würde ich widerraten. –

Inzwischen mit allen guten Wünsche an alle

Ihr ergebener

25. VIII. 22

Lieber Herr Toller,
zunächst einmal:

die Geldverteilung wird so vorgenommen werden, wie Sie es bestimmt haben. (Die Quittungen gehen Ihnen in den nächsten Tagen, eingeschrieben, zu – Bitte bestätigen Sie mir dann den Empfang, und zwar, wenn ich bitten darf, unter Aufzählung der Empfänger und der Summen. Dies der Ordnung halber.)

Ich mische mich in Ihre Verteilungspläne keineswegs herein. Wenn ich vorgeschlagen habe, die gesamte Summe nur an *eine* Familie gelangen zu lassen, so war das eben nur ein Vorschlag. Es wird also alles so gemacht, wie Sie und die beteiligten Genossen es haben wollen.

Ja, es ist natürlich nichts. Man müßte den ganzen Tag herumlaufen und sammeln. Aber Sie werden das verstehen: es gibt ja solche Sammler, denen die Gesinnung der Geber ganz gleich ist – und vielleicht haben die recht. Mir ist es nicht gegeben, von einem reichen Filmfritzen, nur so unter der Hand beim Whisky, etwas herauszukitzeln – seine Hand gibt – sein Herz ist verfettet... das ist nicht sehr schön. Wie gesagt: ich kanns nicht. Ich will aber auch weiterhin sehen, was ich tun kann. Bitte legen Sie es mir nicht als Interesselosigkeit aus, wenn ich mal eine Weile nichts von mir hören lasse oder nicht so viel Geld zusammenbringe, wie nötig wäre. Es ist sehr, sehr schwer.

Lange hat mich nichts so gefreut, wie Ihre Ablehnung dieses Aufrufrummels für Sie. Dafür drücke ich Ihnen sehr die Hand. Ich muß sagen: als ich las, daß der wackre Ludwig Fulda, sechzigjährig und überhaupt, den Aufruf mitunterzeichnet hatte, da mußte ich doch lachen. Ich kann mir ordentlich denken, was er dabei gesagt hat: «Über alle politischen Gegensätze hinweg – die Kunst, die hehre Kunst –!» Zum Kognaktrinken! Gerade das wollen wir doch *nicht*: daß diese Braven, au fond irgendeiner überlebten Überschätzung des Formalen einen unterstützen, den sie verneinen müssen. Denn wenn Sie zufällig – es ist ja auch ein bißchen zufällig – anders wirkten und nicht rhythmisch, sondern produktiv arbeitend oder kämpfend oder sonstwie für die Sache arbeiteten – dann schriebe er schlechte Spottverse auf Sie. Oder er ignorierte Sie.

Wie er die Anonymen ignoriert, die nicht «Künstler» sind. (Man muß immer an eine Samtjacke und an ein kitschiges Italien dabei denken...) Diese Proletarier gibts natürlich nicht. Und es ist kein schönes Schauspiel zu sehen, daß Wolfgang Heine für Sie eintritt, derselbe Heine, der so viele Verbrechen auf dem Gewissen hat. (Der Gute! Strafanzeige! Radau! Zitternder Vollbart!) Das ist alles nichts.

Es ist natürlich schwer, das in der Öffentlichkeit zu bekämpfen. Tut mans, dann loht drüben die Flamme auf: «Undank!» und solche Scherze – und ich schadete der Sache erheblich mehr als ich ihr durch Klarstellung nützte.

Privat will ich natürlich tun, was ich kann, um solchen Unfug von der falschen Seite her zu verhindern.

An S. J. gebe ich die Grüße gern weiter. Was Ihre sonstigen Kritiker angeht, besonders die «*Rote Fahne*» – da kann ma nix mach'n, wie bei Anzengruber steht. – Es gibt ja vorläufig ganz, ganz wenig Leute, die überhaupt begriffen haben, daß es so etwas wie ein Problem der Masse gibt. –

Inzwischen alle guten Wünsche, auch an alle andern,

von Ihrem sehr ergebenen

# AN LUKASCHEK

Herrn Landrat Lukaschek
Schlesischer Ausschuß
Breslau
Kaiser-Wilhelmstr. 24 18. 12. 20

Sehr geehrter Herr Landrat,
ich erlaube mir hierdurch, Sie auf Grund unserer Rücksprache vom 16. d. Mts. zu bitten, meine Beziehungen zu dem Schlesischen Ausschuß lösen zu dürfen. Als Termin meines Ausscheidens möchte ich den 31.12.20 wählen.

Man hat mir in maßgebenden politischen Kreisen Berlins meine Mitarbeit an der Schlesischen Propaganda aus innerpolitischen und persönlichen Gründen derart verübelt, daß schwerwiegende Angriffe auf die gesamte Propaganda sowie auf meine Person nicht ausgeblieben wären. Beide hätten meines Erachtens ein Ausmaß erreicht, das der Propaganda geschadet und mich selbst unmöglich gemacht hätte. Sie werden, sehr geehrter Herr Landrat, verstehen, daß ich es unter diesen Umständen vorziehen muß, aus meiner Tätigkeit gänzlich auszuscheiden.

Ich lege daher die mir erteilten Aufträge auf den Gebieten des «*Pieron*», des Werbedienstes und der gesamten sonstigen Propaganda in Ihre Hände zurück und danke Ihnen vielmals für das mir bewiesene Vertrauen sowie für Ihre große Unterstützung in unserer Zusammenarbeit.

Die Abwicklungsarbeiten werde ich mit Herrn Dr. Dammert, der mir nach Rechnungslegung der Kasse Entlastung erteilt, und Herrn Willi Steinert, Berlin, vornehmen. Auftragsgemäß geht das gesamte Material in die Hände des Herrn Willi Steinert über.

Mit den besten Empfehlungen bin ich in vorzüglicher Hochachtung
Ihr sehr ergebener

## AN HERBERT IHERING

Berlin-Friedenau, Kaiser-Allee 79 21. V. 22

Geehrter Herr Ihering,
wenn Sie Mittwoch, den 24. nach Christi Geburt nichts Besseres zu tun haben, wird es mich freuen, wenn Sie in meiner bescheidenen Hütte (wie die Chinesen schreiben) ein Gläschen minderwertigen Reisschnapses trinken wollen. Wir sind ganz unter uns – und ich erwarte Sie gegen 9 Uhr.

Mit den besten Grüßen
Ihr
Tucholsky

P.S. Ich habe auch kein Entwicklungsdrama «Der Vater als Onanist» in petto, lese nichts vor und will überhaupt nichts, als mit Euch, Herr Doktor, zu spazieren ...

Berlin-Friedenau, Kaiser-Allee 79

Lieber Herr Ihering,
ich danke Ihnen recht schön für Ihre liebe Karte, die mich sehr erfreut hat. Sie kennen ja diese Brüder: die Verleumdung wird mir noch lange anhängen. Viele haben die Berichtigung überhaupt nicht gelesen, und die meisten Zeitungen denken gar nicht daran, überhaupt zu berichtigen. Im übrigen gilt ja hier derjenige, der auf den Schmutz hinweist, für viel gefährlicher als der, der den Schmutz macht.

Mit herzlichem Dank für Ihr freundliches Interesse

Ihr
Tucholsky

10. 8. 22

Berlin-Friedenau, Kaiser-Allee 79 5. IV. 23

Sehr verehrter Herr Ihering,
Paul Leni und Stern und ich und noch ein paar Leute wollen in der Bellevuestraße ein kleine Cabaret auftun, dessen Name noch nicht feststeht. Wir wollen versuchen, farbig in des Wortes wahrster Bedeutung und lustig und anständig zu sein. Wollen Sie uns die Freude machen, für unser Programmheft ein paar einleitende Worte über Cabarets in Deutschland, über Theaterchen und dergleichen zu schreiben? – Das Honorar bestimmen Sie bitte selbst. –

Sie würden sehr erfreuen

Ihren ergebenen
Tucholsky

Paris, 29–11–24

Lieber Herr Ihering,
ich danke Ihnen vielmals für die freundliche Übersendung Ihrer «*Dramaturgie*», die ich mit großem Interesse gelesen habe. Ich will ein paar Worte darüber in der «*Weltbühne*» schreiben, nicht so sehr des Kampfes der Meinungen wegen als aus einem andern Grunde. Ich wünschte nur, Berlin hätte noch viel Theaterkritiker *als* wie Sie.

Lassen Sie es sich recht gut gehen und seien Sie mit nasaler Aussprache herzlichst gegrüßt

von Ihrem sehr ergebenen
Tucholsky

18–10–29

Lieber Herr Ihering,
ich habe Ihre Aufsätze im «*Börsencourier*» und im «*Tagebuch*» gelesen, die sich mit dem Deutschlandbuch befassen. Der Ton der beiden Arbeiten entspricht genau meiner Erinnerung, die ich aus S. J.s Zeiten an Sie habe: rein, sauber, klar und sachlich. Wer soviel Leute kritisch schlachtet wie unsereiner, darf nicht empfindlich sein.

Die gute Hälfte Ihrer Vorwürfe halte ich für diskutierbar (den vom «Genießer» nicht – der ist aus einer Kanone geschossen, die Sie so scharf ablehnen). Ich habe mir selbst in der «*Weltbühne*» attestiert, daß dieses Buch etwas Anachronistisches hat; es ist gewissermaßen eine abschließende Bilanz – von der Schwierigkeit, seelische Situationen mit Fotos zu belegen, ganz zu schweigen. Unter den zahlreichen Kritiken, den negativen und den positiven, die das Buch erhalten hat, steht die Ihre weitaus am höchsten. In einem Punkt aber gehen wir auseinander.

Sie gebrauchen die Worte: «Nun schreibt er immer wieder dieselben Aufsätze ...»

Lieber Herr Ihering, waren Sie in den letzten Monaten einmal auf einem deutschen Gericht oder in einer deutschen Strafanstalt? Das sollten Sie nicht versäumen. Ich habe mir im letzten Jahr vieles in Deutschland angesehen, worüber ich nirgends referiert habe; und was mich erschreckt hat, das ist die Fortdauer einer wilhelminischen Gesinnung, die zwar die Zierrate des Gardehelms abgelegt hat, aber in karger neuer Sachlichkeit brutal und kalt Schweinereien verüben läßt, schlimmer als unter dem Seligen, wo durch eine gewisse Bordeaux- oder Biergemütlichkeit manches gemildert wurde.

Natürlich wird in der Provinz und in Berlin ehrlich von links her dagegen angekämpft. Mit welchem Erfolg –?

Nicht das ist das Gefährliche, daß mich Ihre Aufsätze etwa vor der *«Deutschen Zeitung»* kompromittieren; wäre das ausschlaggebend, dann müßten wir uns ständig gegenseitig für Genies erklären, aus Angst, die Nationalisten könnten einen Tadel gegen uns auswerten. Die Gefahr steckt vielmehr darin, daß in der allgemeinen Beruhigung ein ordentlicher, glatter Nationalismus, ein sauber rasierter Kapitalismus, eine fein gebügelte Unterdrückung der Arbeiter überall zu spüren ist – also auch in den Kreisen der bürgerlichen Intellektuellen. Risiko? Mir scheint das Risiko eines «Stellungnehmenden» erheblich kleiner zu sein als das eines Schriftstellers, der hart zuschlägt – jenem erwidert höchstens der Gegner mit einem schönen Aufsatz – diesem schlagen sie, wenn sichs macht, die Knochen entzwei.

Lehnt einer diese deutsche Welt, so wie sie da ist, in Bausch und Bogen ab und tut er das noch in einer ästhetisch unbefriedigenden Form, dann steht er jenseits der «seriösen» Leute. Mir macht das nichts, und so sehr ich Ihnen recht gebe, wenn Sie schreiben, daß dem Buch der Hinweis darauf fehlt, daß es ja anderswo genauso ist, so sehr vermisse ich in Ihren Aufsätzen Gefühl für Blut und Tränen. Hören Sie das nicht? Hören Sie nicht den unterirdischen Schrei, der oft keinen künstlerischen Ausdruck findet und den man mit allen raffinierten Mitteln unterdrückt, wo man nur kann? Im Rundfunk dürfen wir nicht, in der Presse sollen wir nicht, im Kino können wir nicht – bleibt das Buch. Immer, wenn ich schreibe, denke ich an das Leid der Anonymen, an den Proletarier, den Angestellten, den Arbeiter, an ein Leid, von dem ich durch Stichproben weiß. Das wissen Sie auch – Sie müssen das wissen, und ich will lieber den Vorwurf auf mir sitzen lassen, künstlerisch nicht befriedigt oder aus Empörung über das Ziel hinausgeschossen zu haben, als ein Indolenter zu sein. Und glauben Sie mir –: wenn ich immer dasselbe schreibe, tue ich das bewußt. Es ist vielleicht langweilig, Jahr um Jahr Salvarsankuren zu machen; Kamillentee wäre vielleicht abwechslungsreicher – aber man muß das wohl. Auch die Spirochäten bleiben ewig dieselben.

Ich werde mich freuen, Ihnen während meines berliner Aufenthaltes zu begegnen, und ich bin mit den besten Grüßen

Ihr wie stets ergebener
Tucholsky

# AN MAXIMILIAN HARDEN

4. VII. 22

Sehr verehrter Herr Harden,
ich höre soeben von dem feigen Überfall auf Sie und möchte Ihnen – ohne nähere Kenntnis Ihres Zustandes, über den ich bisher nichts in Erfahrung bringen konnte – meine besten Wünsche für eine baldige Wiedergenesung sagen.

Die Tatsache, daß man in Deutschland die Lebensarbeit eines Sechzigjährigen Ihres Formats mit Schlägen auf den Kopf quittiert, überrascht nicht. Sie haben zu oft die bittere Wahrheit gesagt, und Sie haben sie wirkungsvoll gesagt, belegt mit überreichem Material und unermüdlich. Tot*schweigen* allein hilft da nicht.

Seien Sie überzeugt, daß grade wir Jüngern ganz besonders durch Ihre Arbeit der letzten Jahre unermeßlich gestützt und gefördert worden sind – uns, denen ganze Auslandsquellen verstopft sind und denen Interna verborgen sind, die Sie sehen und kennen. Ich benutze die schlechte Gelegenheit, um Ihnen unsern – und ganz besonders meinen – allerherzlichsten Dank zu sagen!

Indem ich Ihnen alles Gute für die Krankentage wünsche, bin ich
mit den besten Empfehlungen
Ihr sehr ergebener

Berlin, 9. August 24

Lieber verehrter Herr Harden,
ich bin das andere Königskind – und Ullstein ist viel zu tief. Ende Juli bin ich auf Wunsch der berliner Herren weggefahren, um ihnen hier ein bißchen zu helfen und vor dem 1. September werde ich kaum in Paris sein. Es tut mir außerordentlich leid, daß ich Sie nicht antreffe – ich kann Ihnen gar nicht sagen, wie. Ganz abgesehen davon, daß es mir eine Freude gewesen wäre, Ihnen nach allen Kräften behilflich zu sein, hätte ich sicherlich tausend Sachen und Menschen gesehen, die ich ohne Sie niemals zu sehen bekommen werde. Ich habe auch von Herrn Bird einen sehr netten Brief bekommen und bitte Sie freundlichst, ihn recht herzlich von mir zu grüßen. Es ist sehr schade, daß Sie nur einige Tage in Paris bleiben wollen, denn das habe ich mir immer lange gewünscht, einmal mit Ihnen nicht unter dem berliner Himmel zu plaudern. Wann wieder?

Hier ist es scheußlich, wie je, trotzdem werde ich mich sehr freuen, Sie in Berlin zu begrüßen, leben Sie inzwischen recht wohl und haben Sie gute pariser Tage.

Mit den allerherzlichsten Grüßen

Ihr alter und sehr ergebener
Tucholsky

Paris XVI, 89 Avenue Mozart 12–10–24

Lieber sehr verehrter Herr Harden,
ich danke Ihnen vielmals für Ihre ausführliche Karte und möchte noch vor meiner Abreise darauf antworten.

Hier ist es genau so schön wie immer. Der Herbst fängt an gutzumachen, was der Sommer versäumt hat, und abgesehen von einer kleinen Magenverstimmung, die sich auch im Stil dieses Briefes äußern wird, geht es mir recht schön. Meiner Frau bekommen die unregelmäßigen Verben und die regelmäßigen Mahlzeiten sehr gut.

Was Ihr Buch angeht, so kann ich aber nicht auf mir sitzen lassen, daß ich es erst nach 16 Monaten gelesen habe. Ich hatte es mir in Berlin gekauft, gelesen, und es ist eines von den 20 bis 30 Büchern, die ich gleich mit herüber genommen habe. Ich las es dann hier *nochmal* und kann nur wiederholen, daß es von einer erschreckenden Aktualität in der Behandlung des Grundsätzlichen ist.

Mit der «*Voss*» liegt es so: wenn ich an die Zeitungen, an denen ich mitarbeite, den Maßstab anlegen würde, den man wahrscheinlich anlegen müßte, so bliebe mir keine. Ich muß mir natürlich sagen lassen, daß darin ein Stück Schwäche liegt. Ich für meine Person weiß mir keinen Ausweg. Gerlach ist kein besonders geschickter Redakteur, über das «*Tageblatt*» ist nicht zu reden, den «*Vorwärts*» lesen wir beide nicht, und die «*Rote Fahne*» ist leider keine Zeitung. Ich kann nur immer wieder bedauern, daß Sie Ihr altes Projekt einer Tageszeitung nicht mal ausführen. Das wäre wirklich ein Segen.

Morgen soll es losgehen. Von der baskischen Provinz hat man mir abgeraten, es ist wohl schon ein bißchen spät im Jahr. Wir wollen nun in die Provence fahren, bis nach Marseille herunter. –

Ich habe versucht, Herrn Bird einmal aufzusuchen, aber leider habe ich ihn nicht angetroffen; nun will ich es nach meiner Rückkehr nachholen. – Wenn Sie die Freundlichkeit haben, mir wieder zu schreiben, so nehmen Sie bitte meine pariser Adresse, die Post wird nachgeschickt.

Ich danke Ihnen auch im Namen meiner Frau herzlichst für Ihre freundlichen Glückwünsche und hoffe von Ihnen, daß Sie sich noch lange und kräftig außerhalb Deutschlands erholen!

Und wenn Sie das nächste Mal nach Paris kommen, dann möchte ich doch gern alles wieder gut machen, was ich durch mein Fehlen gefehlt habe.

Mit den allerherzlichsten Grüßen wie stets in Verehrung

Ihr sehr ergebener
Tucholsky

14-4-26

Sehr verehrter Herr Harden,
Ihr Brief hat mich gefreut, weil ich aus ihm gesehen habe, daß nicht «alles aus ist». Darf ich Ihnen Punkt für Punkt antworten –?

In der oberschlesischen Sache habe ich damals nicht richtig gehandelt – ich bedaure heute, was ich damals tat. Daß die von mir geforderte Kommission der USP mich freisprach, beweist mir nichts – ich weiß es besser. Ich hätte das nicht tun dürfen.

Die Stelle in der *«Menschheit»* ist mir mächtig auf die Nieren gegangen, eben, weil sie nicht gehässig war. Ich bin natürlich der allerletzte, der über meine Verbindung mit dem *«Uhu»* eine Entscheidung fällen kann. Mich rief vor einem Jahr ein alter Jugendfreund, der bei Ullstein ist, in Paris von Berlin aus an: ob ich ihm nicht beim Aufbau dieses Magazins helfen wolle. Ich nahm das an. Ullstein versuchte dann, mich in Berlin als ständigen Redakteur zu halten, und das lehnte ich ab. Meine Arbeit in den fünf Wochen war fast nur technischer Natur – ich hatte das Gefühl, mich dafür nicht zu eignen.

Sonst aber identifizieren Sie mich mit Ullstein. Sie haben oft der *«Neuen Freien Presse»* Artikel gegeben, aus Gründen, die mich nichts angehn. Identifizieren Sie sich mit der Politik des Blattes? Ich habe bei Ullstein das mir sehr angenehme Gefühl: er kauft eine Ware, niemals hat eine Beeinflussung stattgefunden, niemals hat Bernhard oder irgend ein andrer jemals meine Freiheit angetastet, mir je übelgenommen, daß ich an anderer Stelle, wo ich Politik mache, genau das Gegenteil von der Politik der *«Vossischen Zeitung»* schreibe, in der selten auch nur eine politische Andeutung von mir steht. Was da steht, ist natürlich zu diskutieren.

Sie wissen besser als ich, daß vieles von innen anders aussieht als von außen. Ich halte Margueritte für keinen guten Schriftsteller und habe das auch nie gesagt. Damals, als ich bei ihm war (und sein Buch nicht kannte) schien mir sein Pazifismus unterstützenswert – seit ich das Buch gelesen habe und sein Vorleben genauer kenne, kein Wort mehr über ihn. Poincaré habe ich, als ich in Deutschland war, immer verteidigt – hier sehe ich nun alle Einzelheiten und bin der Meinung, daß seine Politik nicht gut gewesen ist. Durchaus verständlich – aber nicht gut. Schon deshalb nicht, weil er nicht einmal durchgesetzt hat, was er wollte. Daß er in Frankreich selbst unendliches Unheil angerichtet hat, scheint mir sicher. Er hat das wilhelminische Deutschland ganz richtig beurteilt – er hat niemals verstanden, welche enormen Chancen Frankreich jahrelang bei uns gehabt hat. Seine Reden sind nicht angenehm, seine Haltung so sauber wie die keines deutschen sozialistischen Ministers – aber ich mag ihn nicht.

Das kann man nun falsch finden, selbstverständlich. Aber wenn Sie glauben, daß ich das geschrieben habe, um mich «beliebt» zu machen – lieber Herr Harden, ich bin es gewiß nicht. Jedesmal, wenn ich in der «*Vossischen Zeitung*» ernsthaft radikal werde, sehe ich aus den Briefen, wie wenig die Herrschaften, die das lesen, dafür zu haben sind. Also Blumentöpfe kann man damit nicht gewinnen.

Mit Ludwig sieht das ähnlich aus.

Ich habe in der «*Weltbühne*» seinem Buch einen langen Artikel gewidmet, der fing an: «Dieses Buch ist lediglich nach seiner Wirkung zu beurteilen.» Diese Wirkung halte ich für gut. Das haben manche meiner Freunde so stark bestritten wie Sie es tun – aber ich habe nachweislich nicht einmal von Ludwig gesagt: welch ein Mann! Welch ein Charakter! Was ein Kerl! – Aber in dem Augenblick, in dem Geßler ihn per «Cohn» angriff, also genau das wiederholend, was andere Schufte mit «Isidor» getrieben haben, war ich der Meinung: nun muß man zu ihm stehen. Ich lasse mir jederzeit von einem Mann Ihres Ranges sagen: du hast geirrt, kein noch so großes Verdienst kann über die abscheuliche Kriegshaltung Ludwigs hinwegtäuschen, du irrst – es ist falsch, was du da machst. Aber nicht einmal von einem Mann Ihres Ranges ließe ich sagen: Ah – er will injeladen, beliebt, hofiert werden – er ist arriviert. Hoesch? Du lieber Gott, ich weiß zufällig authentisch, daß er mich unter die «outsider» rangiert, und ich habe niemals etwas getan, um ihn aus diesem Glauben zu wecken. Und kein Wort über die Apostel der Versöhnung? Es widerstrebt mir durchaus, Ihnen Artikel zuzuschicken – aber was ich Kerr und Mann ins Stammbuch geschrieben habe, werden sie sich kaum hinter den Spiegel stekken. Man kann es nicht deutlicher sagen: diese Bestrebungen sind sinnlos. Und das habe ich gesagt.

Selbstverständlich haben Sie ein Recht, mich zu kritisieren – und ich danke Ihnen dafür, weil ich weiß, aus welchem Loch der Wind pfeift. Bestehen bleibt eine Tatsache:

Die Tatsache, daß ich nicht nur in kommunistischen Blättern und der «*Weltbühne*» schreibe, kann mir zum Vorwurf gemacht werden.

Aber für jede Zeile, die anderswo steht, stehe ich grade.

Sie, dessen Papierkörbe mit den törichtsten Angriffen gestopft voll liegen, werden nicht verlangen, daß ich Ihnen die Mappen zeige, in denen der Unrat der Nationalisten aufgehäuft liegt. Das ehrt ja kaum noch. Aber womit hätte ich das Recht verwirkt, Ebert anzugreifen – etwa damit, daß ich Bernhard nicht angreife? Dazu sähe ich nicht einmal dann Anlaß, wenn ich nicht bei der *«Voss»* wäre. (T. W. erscheint mir tausendmal abscheulicher.) Es klafft ein Riß zwischen meinem Kampf und meiner Beteiligung an milden Blättern – aber es ist gar kein Widerspruch zwischen meinem Kampf und dem, was ich da tue.

Vieles, was Sie bemängeln, ist eine Temperamentsfrage.

Sehen Sie, als Kerr hier war und der Musterschüler Mann, bat mich S. J., ich sollte ihm alle Einzelheiten schreiben, die ich ihm nur brieflich gegeben hatte. Denn es war ja zum Heulen, wie es hier zuging. Ich habe das nicht getan. Sie kennen mich immerhin etwas: glauben Sie wirklich, ich hätte das nicht getan, weil ich bei Hoesch Kaffee trinken will? Ich tat es nicht, weil mir der kleine Klatsch, der Kleinkram für die *Sache* unwesentlich erschien. Ich habe nur gesagt: die Arbeit dieser Friedensfürsten wäre selbst dann unsinnig, wenn sie im Kriege hieb- und stichfest gewesen wären – selbst dann, wenn es ganz ehrlich dabei zuginge. Und der Meinung bin ich auch heute noch.

Das ist nun ein sehr langer Brief geworden – und ich möchte nicht, daß Sie «Uff» sagen. Mir sind aber unsere Unterhaltungen, die große Stütze, die Sie mir sachlich und menschlich in meiner schlimmsten Zeit gewesen sind, viel zu gut in der Erinnerung. Und weil sie das sind, weiß ich auch, daß ich meine Fehler wohl aus einem Grunde mache: ich lebe nicht mehr in Deutschland. Es drückt mich nicht mehr so, es lastet nichts auf mir – ich atme freier. Und nuckele oft mit dem Kopf, wo ich früher zugeschlagen hätte – weil die Sonne scheint, weil der Wein schmeckt, weil die Nerven nicht vom Nebenmann gestoßen werden. Zurückgekehrt, würde ich sicherlich härter werden.

Kommt noch dazu, daß ich das Gefühl einer negativen Sterilität nicht los werde, wenn ich den ganzen Tag umherlaufe, um mitzuteilen, daß Gerlach ein alter . . . ist, und daß der nichts taugt und jener nichts . . . Schweigen und vorübergehn ist auch eine schöne Losung.

Wir haben uns vor zwei Jahren in Paris verfehlt – und ich wäre froh, wenn Sie herkämen. (Dieses Mal können Sie, wenn Sie nur wollten, bei mir wohnen – damals hätte ich das anzubieten mich nicht getraut, so klein war meine Wohnung.) Ich bin kein interessanter Unterhalter – und höre gern zu. Aber wenn pariser Spaziergänge, die wir unternehmen, für Sie auch nur ein Tausendstel Genuß bedeuten würden wie für mich – dann werden Sie sich nicht langweilen.

Sie wissen, daß ich niemals zu Ihren «Anbetern» gehört habe – und ich glaube auch nicht, daß Ihnen an dieser Sorte etwas liegt.

Aber so wenig es jemals nötig gewesen ist, Franzosen zu sagen, wer Sie sind: mit den lieben Landsleuten habe ich hitzige Schlachten geschlagen. Es ist mir nicht gegeben, Ihnen zu wiederholen, was ich da in bezug auf Sie gesagt habe. Aber eins will ich Ihnen doch sagen:

Es ist ein Jammer, daß die «*Zukunft*» nicht mehr erscheint. Sie hätte im Ausland dieselbe Resonanz wie früher – also die einzige, die aus diesem Lande her möglich ist. Und es wäre eine Herzstärkung – denn man kann zwar mutig hinter Ihnen herschelten, weil Sie nicht zurückschlagen, aber ersetzen kann man Sie nicht.

Bitte seien Sie versichert, daß ich jede Kritik von Ihnen so aufgefaßt habe, wie sie gemeint war. Und daß ich bei manchen Namen, die Sie genannt haben, sehr, sehr nachdenklich geworden bin. Manches habe ich nicht einmal gewußt.

Im Juni und Juli werde ich wohl verreist sein. Sollten Sie aber – was ich kaum zu hoffen wage – doch herkommen wollen, dann lassen Sie es mich bitte eine Spanne Zeit vorher wissen: ich stehe Ihnen völlig zur Verfügung, und ich hoffe, Ihnen dienlicher sein zu können als das vorige Mal.

Mit allen guten Wünschen für Ihre Gesundheit und den herzlichsten Grüßen

in alter Gesinnung
Ihr Sie hochschätzender
Tucholsky

Le Vésinet, 28 Avenue des Pages 3–5–26

Sehr verehrter Herr Harden,
ich danke Ihnen herzlichst für Ihren freundlichen Brief. Darf ich dazu noch ein paar Punkte erläutern, an deren Aufklärung mir liegt –?

Den «*Uhu*» einzurichten habe ich damals eigentlich nicht so sehr des Geldes wegen, als um meiner Freundschaft willen zu einem der Verlagsmänner übernommen; er bat sehr darum, und was er mir erzählte, klang zum mindesten harmlos. Meine weitere Entscheidung kennen Sie.

Poincaré: Sie hätten neulich Lévy-Bruhl hören sollen, der Ihnen gewiß nicht maßgebend sein soll, der aber in seiner überaus heftigen Ansicht gegen Poincaré die Mittelmeinung vieler linker Franzosen während einer Tischunterhaltung gab: er habe maßloses Unheil angerichtet, er sei ein kleiner Nationalist, der die schlechten Elemente

Frankreichs in ihrer Politik bestärkt habe und so fort. Ob das richtig ist, steht dahin – aber wenn mir etwas bei meiner Beurteilung des Mannes gleichgültig gewesen ist, so war es die landläufige nationalistische Ansicht der Deutschen. Was Sie – und Sie allein über seinen Sturz sagen, stimmt auf den Punkt. (Wie man überhaupt den Eindruck hat, als lebten Sie hier und nicht in Berlin.)

Ludwig: da kann ich mich täuschen. Mein Bericht ist, wie alle meine Artikel seit zwei Jahren, im Brief abgegangen (also kein Telegramm) – und es brauchte nicht Emil Ludwig zu kommen, daß ich nach Hause über Deutsche in Paris berichtet habe – es fällt das durchaus in mein Ressort. Nun war ich der Meinung, daß die

Wirkung

des Buches günstig sei. Ich lasse mich da gern – wie in allen andern Dingen – von Ihnen eines bessern belehren; [...] ich habe immer und immer nur an die Wirkung des Buches gedacht. Irre ich mich da –?

Und nun kommt mein Haupteinwand gegen das, was Sie mir vorwerfen, und ich höre zu, wenn Sie dergleichen sagen, und nichts hat mich so gefreut wie das Zitat des bearbeiteten W. Heine mit der «unseligen Natur». Der ist freilich eine selige. Also:

10–5–26

Einen großen Teil der Fehler habe ich ja bei Jacobsohn gemacht, in der «*Weltbühne*», die mich nicht nur alles, aber auch alles sagen läßt, sondern die es gradezu und zu wiederholten Malen verlangt hat. Wenn ich *da* nicht scharf genug bin, wenn ich *da* geschwiegen habe, wo Sie zugeschlagen hätten: Ist das auch nur Konjunkturpolitik? Die hätte doch nur bei Ullsteins Sinn, also ists was anders, und ich weiß auch, was es ist.

Es sind echte und richtige Fehler, die da vorgekommen sein mögen – Fehler, die auf einer manchmal vorhandenen Vertrauensseligkeit beruhen, auf Unkenntnis, auf allem andern, auf allem – nur nicht auf dem Wunsch, irgendeiner großen oder kleinen Zeitung zu gefallen.

Und dann ist da noch ein Punkt Ihres Briefes, der einzige, dem ich auf das schärfste widersprechen muß. Das ist die Stelle, die sich mit S. J. befaßt. Ich kenne Ihre geschäftlichen Beziehungen zueinander nicht, ich kann nicht beurteilen, was Sie mit ihm vorgehabt haben. Wenn Sie aber schreiben, daß er Sie zu schädigen bemüht ist, so tun Sie ihm Unrecht. Ich weiß aus Erfahrung und langjähriger Redaktionsarbeit, daß er den verschiedensten Versuchen, Angriffe gegen Sie zu lancieren, stets und auf das allerstrikteste mit der Antwort entgegengetreten ist: «Harden wird bei mir nicht angegriffen. Wenn Sie auf diesem Angriff bestehen, muß ich auf den Artikel verzichten.» Er hat mir auch eingehend auseinandergesetzt, wie Sie damals, als alle auf ihm herumhackten, zu ihm gestanden haben, und daß er das nicht vergessen kann.

Ich habe weder Veranlassung noch Interesse, mich in eine Diskrepanz zu mischen, deren Gründe ich nicht kenne – schädigen will er Sie keinesfalls.

Habe ich richtig gelesen: Fritz Huf? und kenn ich den? Oder habe ich eine Anspielung nicht richtig verstanden? Im allgemeinen sehe ich Deutsche erfreulich wenig, ich arbeite sehr in der Stille.

Eine von Ihnen vorgeschlagene Gründung eines «Deutsch-Französischen Jahrbuchs» ist *nur* von Berlin aus zu machen. Ich brauche Ihnen nicht auseinanderzusetzen, wie wenig sich Franzosen für andere Länder interessieren, und nun gar erst, wenn sie sich geschäftlich beteiligen sollen. Dagegen sind unsere Verleger an Großzügigkeit die wahren Rockefellers. Wovon französische Literaten leben, ist mir ein Rätsel, ihnen übrigens auch.

Was die «Annäherung» anbetrifft, so habe ich mir angewöhnt, hinter jeden Satz still für mich zu sprechen: «bis zum nächsten Krieg.»

Es wäre *doch* sehr schön, wenn Sie einmal herkommen können. Für eine möblierte Wohnung können Sie mit etwa 250 Mark monatlich rechnen. Wann –?

Bis dahin in alter Verehrung

Ihr wie stets ergebener
Tucholsky

Dänemark, 12–6–27

Sehr verehrter Herr Harden,
es hat mir ganz besonders leid getan, daß es mir nicht mehr möglich gewesen ist, Sie vor meiner Abreise noch einmal aufzusuchen. Nehmen Sie bitte so schönsten Dank für Ihre freundlichen Zeilen.

Inzwischen bin ich nach Dänemark gemacht – zur Erholung, und ich werde wohl kaum zurückkommen, sondern wieder in Paris oder sonstwo im Ausland bleiben. Es hat das sachliche und persönliche Gründe. Die persönlichen hätte ich Ihnen gern mündlich auseinandergesetzt ...

Die sachlichen sind so, daß Deutschland – wie ich grade Ihnen nicht auseinanderzusetzten brauche – kein sehr freundlicher Boden ist. Ich werde da meines Lebens nicht froh, und ich fürchte, daß man das auch meinen Leistungen angemerkt hat. Wenn man nicht eitel und nicht rechthaberisch ist, macht das wenig Spaß, was ich da tun mußte – es sei denn, man fühlte die Sendung in sich. Und davon ist 1927 nicht grade die Rede. Schwierigkeiten gabs mit den Mitarbeitern wenig – ich fand, im Gegenteil, eine gradezu rührende und überall freundliche Hilfsbereitschaft und Kameradschaftlichkeit (übrigens ganz besonders von unserm gemeinsamen Berthold Jacob).

Ich habe mit Frau Jacobsohn nun einen Mitarbeitervertrag abgeschlossen, der mir dieselben Pflichten auferlegt, wie ich sie unter S. J. gehabt habe – aber ich fühle deutlich, daß mir der Mann nicht ersetzlich ist. Das hat nun gar nichts mit Überschätzung zu tun –: es ist das ein rein persönliches Verhältnis gewesen, das sehr stark an Vater und Kind erinnert, und ich glorifiziere nicht nachträglich – ich merke nur mit jedem Tag, was allein seine Existenz für mich bedeutet hat. Welchen Wert und welche Bedeutung die objektiv für andere gehabt hat, ist eine andere Sache.

Wenn Sie einmal Lust und Zeit haben, mir ein paar Zeilen zu schreiben (bitte an die Weltbühne, ich reise noch so umher) – dann wird sich sehr freuen

Ihr Ihnen alles Gute wünschender und ergebener
Tucholsky

# AN SIBYLLE SCHOEPF-WITTING

Berlin-Friedenau, Kaiser-Allee 79 26. VIII. 22

Verehrte gnädige Frau,
den alten Dichtern mit den Samtjacken verzieh man die Unhöflichkeit – stolz auf die riesigen Haartollen sagte dann die Dame von Welt, wenn jener grade wieder Fisch mit dem Messer gegessen hatte: «Aber er ist doch so schrecklich interssant –!»

Wenn aber unsereiner auf eine so freundliche, so meerbeschriebene Ansichtskarte keine Antwort schickt, dann ist er beinahe unentschuldbar. Nicht ganz: ich wußte Ihre Adresse nicht, vor allem nicht, ob Sie in Berlin seien – und erst Onkel Harden hat mir gesagt, wo und wie.

Ja, so also ist die Ostsee überall. Muß ich einer Lesefreundin sagen, wie sehr das Land dieser See gleicht –? Ich muß es nicht. Sie liest es ohnehin. Sie weiß es ohnehin.

So bleibt denn also nichts, als sie freundlich zu grüßen und zu danken (auch von der verreisten Panterin) – und um stilles Beileid zu bitten. Hier ruht (ganz kleine goldene Buchstaben) – hier ruht ein Satiriker. Gott sei seinen Versen gnädig –!

Mit den besten Grüßen an Ihren Herrn Vater, Ihre Frau Mutter, und Ihren Herrn Gemahl

Ihr sehr ergebener
Tucholsky

Verté!
P.S. Was ein richtiger Brief unter uns jungen Damen ist, so hat derselbe ein P.S. Nämlich: entschuldigen Sie bitte die Maschinenschrift. Aber meine Handschrift kann ich selbst nicht lesen, und daher tippe ich dergleichen gern. Nichts für ungut. Und nicht im Hinblick auf jene Geschichte von dem Buchhalter, der an seine Braut schrieb:

Ich liebe Dich leidenschaftlich

und dann unterstrich er «leidenschaftlich» zweimal mit dem Lineal.

D. O.

Berlin-Friedenau, Kaiser-Allee 79 13. V. 23

Liebe verehrte gnädige Frau,
herzlichen Dank für Ihren freundlichen Schreibebrief, der mir ein wahrer Trost gewesen ist. Ich habe mich freilich lange nicht gemeldet – aber ganz abgesehen von meiner banklichen Beschäftigung: so übertrieben komisch ist mir auch nicht zu Mute. Man atmet wie unter einer Käseglocke, und ich kann nicht sagen, daß man davon heiterer wird. Für wen noch das alles? –

Nun ist ja nichts ein so naturwidriger Anblick als ein trauriger Humorist – das ist fast wie ein Kellner mit Brille oder Sekt aus Tassen. Aber – nicht wahr: Sie verstehen das ein bißchen.

Liebe gnädige Frau, das vorigte Mal, als ich bei Ihnen war, habe ich gar nichts von Ihnen gehabt. (Ich konnte mich nicht zwischen Hutten und Ihnen aufteilen.) – Aber wenn ich mal zu Füßen von Herrn und Frau Generaldirektor sitzen kann, wird mich das sehr freuen. Ich bin ein schüchterner junger Herr – sagen Sie mir bitte, wann Ihnen das paßt.

Und empfehlen Sie mich bitte Ihrem Herrn Vater. Seine Ratschläge, die er mir damals gab, haben mir unendlichen Nutzen bereitet – vor allem, weil ich zum erstenmal in meinem Leben den Mund kontinuierlich halte, was ausgezeichnet bekommt –

Ihrem herzlich ergebenen
Tucholsky

P.S. Hat das Haus eine schwarz-weiß-rote Fahne oder eine solche in den Judenfarben? –

Beste Empfehlungen an den Herrn Mann –!

Paris XVI, 87 Avenue Mozart 15–5–24

Meine liebe verehrte gnädige Frau,
Ihr Brief vom April – der erste, den ich von Ihnen besitze, der ganz aus dem Herzen herausgeschrieben ist – traf mich in Berlin nicht mehr an. Das da oben mag eine Entschuldigung für mich sein, wenn ich Ihnen nicht sogleich geantwortet habe. Und wenn ich es heute erst und noch dazu auf einer kleinen Maschine, die ich nicht richtig beherrsche, tue, so nehmen Sie mir bitte beides nicht übel: den Zeitpunkt nicht, und die Maschine nicht – denn was ich mit der Hand schreibe, kann ich keinem zumuten, zu lesen.

Vor allem wäre es schön zu wissen, daß Ihnen die Reise doch ein bißchen geholfen hat. Ich weiß, daß da nicht viel zu «helfen» ist – und ich werde nicht den kindlichen Versuch machen, mit Trostsätzen zu kommen, die rational alle sehr vernünftig und richtig sind, wie, daß Ihr Herr Vater ein Leben ausgewirkt und erlebt hat, und was er doch mit Erfolg – und mit welchem Erfolg – allen, und insbesondere *uns* allen gewesen ist. Aber ich denke, das brutale und grausame Geheimnis, daß man eben *nicht* daran stirbt, sondern weiterlebt, ist eine weise Sache und eine sehr tiefe dazu. Sehen Sie, nach Jahren, nach vielen Jahren werden Sie sicherlich dahin gelangen, *mit* Ihrem Vater weiterzuleben, auch wenn er nicht da ist. Daß auf einem Grab Blumen blühen, ist eine dumme Trivialität. Aber hinter dieser Banalität liegt das andere, das, was sich kaum in Blicken zwischen zwei Menschen, ganz gewiß aber nicht in Worten ausdrücken läßt. Glauben Sie an diese Dinge ohne Materie, an Streicheln durch die Luft, Töne von weitweg, Worte, nie gesprochen und doch gehört? Ich darf Ihnen das schreiben, ohne daß Sie mich in Verdacht okkultistischer Kindereien oder blaßblauer Lyrik haben werden. Die Zeit heilt nicht – aber sie macht, wenn man Aufnahmeorgane hat, weiser.

Schreiben Sie mir bitte, Sie machen mir damit eine große große Freude – und wenn es Sie nicht belastet, dann will ich sehr froh darüber sein.

Inzwischen bin ich also weggegangen. Ich brauche mir nur Ihre Augen vorzustellen, um mir alle Erklärungen dieses Schrittes zu ersparen. Und weit, weit weg von diesen lyrischen Snobs, die vor Paris auf dem Bauch liegen, und grade so widerwärtig sind wie ihre Brüder im Geist, die auf die Welschen schimpfen: es ist ein Paradies, daß man nicht in Deutschland ist. Über Frankreich läßt sich reden – über diese Tatsache gar nicht. Also das gibt es alles noch! Es gibt Blumen, Katzen, Bücher, Frauen (die mir übrigens nicht gefallen), einen Fluß, ein Museum, aber ein richtiges, kein Kasten, keine Anschauungskaserne – und Menschen gibt es, richtige Menschen! So dumm das klingt: ich werde richtig nochmal jung. Bummeln? Die Leute sind töricht: viel, viel schöner als irgendeine mühsame bezahlte Sache ist die Tatsache, daß man hier über die Straße geht, fröhlich, vergnügt – ich muß lange zurückdenken, wann ich das letzte Mal so gegangen bin. Ich bin allein herübergegangen – ich bin geschieden.

Nun arbeite ich hier für Siegfried Jacobsohn, der der erste gewesen ist, der mir diese Reise überhaupt ermöglicht hat, ich arbeite auch noch für andere Blätter, aber vor allem für ihn, ich lerne noch französisch, ich sehe mich um – und entdecke eben, was sie mit uns in den letzten zehn Jahren getrieben haben. Großer Gott!

Wenn ich von Ihnen einen Brief bekomme, werde ich mich *sehr* freuen. Wenn Sie aber einmal, liebe verehrte gnädige Frau, nach Paris kommen sollten, dann weiß ich noch nicht genau, was ich vor Freude aufstellen werde!

Bitte grüßen Sie Ihren Herrn Gemahl und nehmen Sie einen Händedruck

in alter Ergebenheit
von Ihrem
Kurt Tucholsky

Le Vésinet, 28 Avenue des Pages 25–6–25

Liebe verehrte gnädige Frau,
seit dem vorigen Jahr liegt nun Ihr letzter freundlicher Brief in meiner Mappe, und er hat auch den kleinen Umzug aus Paris in die banlieue mitgemacht, nahe bei St. Germain. Und so kann ich die Grüße, die Sie mir an Paris aufgetragen haben, immer nur bestellen, wenn ich in die «Stadt» fahre. Aber dann tue ich es auch.

Darf ich fragen, wie es Ihnen und den Ihren geht –? Hoffentlich dringt die deutsche Woge nicht gar so nah an Sie heran – es ist wohl das letzte und gefährlichste Mittel, das uns bleibt: Isolation. (Wenn man nicht auf Kommunist neu umlernen kann und will.)

Von hier kann ich nicht viel Neues vermelden. Sie wissen ja, daß auch hier mit Wasser gekocht wird – aber es schmeckt besser, und die Nerven beruhigen sich, man lebt angenehmer.

Mit der lieben Brotkartenheimat entfremde ich mich mehr und mehr. Ich verstehe das alles gar nicht mehr: diese demokratischen Siege, die Jubiläen, das Gehample und vor allem nicht die Haltung der Leute, von denen man sich immer eingebildet hat, die wären nun wenigstens zuverlässig. Die würdevolle Gemessenheit der Thomas-Mann-Leute und die Denker und die Pazifisten ... Die sind nun ein ganz besonders schlimmes Kapitel. Was ich hier alles an übler Primadonnenhaftigkeit gesehen habe, diese geschwollene Eitelkeit der Gerlachs, die sich für etwas feiern lassen, was es gar nicht gibt ... sehr mäßig. Um einen bekannten Dichter zu zitieren: Uns haben sie falsch geboren.

Und Sie –? Nein, Sie sollten doch eines Tages hier angereist kommen, auf daß Ihr Herr Gemahl und Sie mit mir, na, sagen wir, auf den Eiffelturm führen und ich muß dann erklären: «Hier, was Sie hier sehen ...» (Zahlt er Trinkgelder?)

Bitte schreiben Sie mir doch einmal. Es wäre ein kleiner Seelentrost – wissen Sie, man wird leicht müde – nicht vom vielen Arbeiten, aber weil man es doch alles nicht mehr so glaubt.

Was Sie vor einem Jahr schrieben, aber vielleicht vergessen haben –: ich komme also bis an die Tür, gucke mal herein und nicke Ihnen zu.

Als Ihr wie immer ergebener
Tucholsky

## AN LISA VON SCHÖNEBECK

Berlin-Friedenau [1922?]

– Ja, in diesem habe ich nun also lange gelesen, und dann habe ich es auch gefunden:

*Abschlägige Antwort auf einen Heiratsantrag*
(von einem Vater)

Nein – das paßt nicht. Also etwa so:

«Mit Ihnen, verehrtestes Fräulein, kann es wahr werden!

Um jeden Anstoß Ihres freien Entschlusses zu beseitigen (Gott weiß, was das heißt!) sage ich Ihnen, daß ich noch in dieser Stunde Ihren verehrten Eltern meinen Herzenswunsch vortragen werde.

Sehnsuchtsvoll harrt Ihrer Entschließung entgegen –

Ihr treuer NN.»

Das ist schon eher etwas. Merkwürdig, wie diese Leute alle schwerfällig sind – und noch merkwürdiger, daß die Männer nicht sehen, daß Liebesbriefe ganz, ganz anders aussehen müssen! Erscht amal muß er kurz sein – denn auf sechs Seiten ... das will eine Frau nicht wissen. Sie weiß ja, was er will – das genügt. (Dieses hier ist kein Liebes- sondern ein Abneigungsbrief, liebe Liese, liebe Liese –!) Ja, und dann ein solcher Brief, bei dem jene nicht im Lesen sagt: «Prends-moi!» – na, das ist überhaupt keiner. Aber ich muß sagen, was ich so im Felde alles zu lesen bekommen habe – ich habe einmal Briefzensur gespielt – das war zwar sehr rührend, aber sehr wirksam war es höchstens durch Poststempel: IM FELDE. Ja.

Aber wie sollen sie schreiben können, da sie nicht einmal lieben können! Eine bessere Dame hat zwar einmal gesagt: «Jeder Mann bildet sich ein, er habe allein ...» Na – ja – die andern haben ja auch – aber wie wenige – ich rufe Sie zum Zeugen an! – wie wenige wissen sich seiner richtig zu bedienen? He? Also.

Übrigens sind Damens zum Kugeln. Als wir da gestern wieder in Ihren Teeladen kamen, da sah mich Baby duch und duch an – sie hatte ganz spitze, sehr prüfende Augen. Ich tat mein möglichstes – aber ich glaube, es hat nichts geholfen. Und ich hatte das freundliche Gefühl, ihr nicht unangenehmer geworden zu sein – aber lustig war es doch. «Sieh da – gucke an!» Schade ich hätte sollen meinen Preiscourant herausziehen. Aber ich bin ein feiner Mann, und da habe ich es nicht getan.

Wo lesen Sie das? In Ihrem Blumenboot? Dieses Zimmer ist zum Augenzumachen – alle Wände rufen: «Noch! noch!» Aber ja, liebe Wände. Heute ist Donnerstag – das ist ziemlich langweilig.

Gar nicht langweilig wäre, eine Gebrauchsanweisung für solche Dinge zu schreiben – Aber freilich – sie helfen ja keinem – denn «man hat es oder man hat es nicht». (Ihr Freund Fontane.) Die mehrsten haben es nicht. Merkwürdig, wie wenig Frauen wissen, daß diese lustige Mischung von wirklicher Keuschheit, die nicht im Hemd liegt, und jener verschmitzten Unanständigkeit die Suppe erst genießbar machen. Jene, die da auf der Hochzeitsreise flüsterte: «Apprends-moi des mots sales!» war eine Französin. Aber ich kann mir denken, daß ein gewisses Wort mich von den Toten noch einmal aufstehen ließe. Aber – wie unser schöner Dichter so groß sagt –: «Wer ruft mir?»

Übrigens haben wir gestern furchtbar gebildete Sachen geredet – das ist wahr. Ich habe aber dabei gesehen, daß wirklich etwas geschehen muß – sonst werde ich noch bei lebendigem Leibe vertheorisieren. Und das wollen wir doch nicht. Sie haben natürlich vollkommen recht: wenn man mitten drin ist, dann ist einem schließlich alles gleichgültig. Denn es kommt ja in der Tat nicht darauf an, zu welchem Zweck man alles macht – sondern daß mans überhaupt tut – und darin liegt eben der Spaß. Oder sollte er doch wenigstens liegen.

Jetzt klopft jemand und sagt, der Mann mit den Eiern ist da. Seufzend geht Lisa an irgendein wundervolles Möbelstück, entnimmt demselben 345 670 000 Mark und wiegt sie auf einer kleinen Silberwaage. Dann bekommt der glückliche Mann mit denen vielen Eiern seine drei Pfund Papiergeld und schiebt ab. Lisa, Du wirst nie eine sparsame Frau werden!

Abgesehen von allem andern: Haben Sie es auch so gern, wenn man in der Dunkelheit – nachher – nur noch die kleinen Feuerklümpchen von den Zigaretten sieht und alles so laß und müde und gleich ist ... Das ist sehr hübsch – man erzählt sich da die hübschesten Sachen. (Aber nicht so, wie das königl. preußische Schema dafür vorschreibt: ER: «Wars schön, Schatz?» – SIE: «Hast du mich auch wirklich lieb?» – Nunee – denkt er dann.) Aber die Welt sieht nachher immer noch einmal so freundlich aus – die Wolken sind doppelt Wolken, und der Wind erst ein richtiger Wind. Hab ich gelesen ...

Jetzt, dickste aller Lisas, sind es noch 48 Stunden. 1, 2, 3, 4, 5, 6, 7, ... Und morgen früh sind es bloß noch 36. Und wenn mein Reichspräsident nicht wegen der Ruhrbesetzung einen Trauerstreik der Uhren anordnet, dann wird es ja wohl auch einmal herumgehen. Im Kriege hatten wir einen, der ging einmal vor mir her und sagte: «Heute bei mir große Heeres- und Mai-Schärfe». So ist es.

Ja – und nun werden wohl Damens kommen, die begästet werden müssen. «Ach, guten Tag, liebe ... Nein, das ist aber nett! Wie gehts denn – –!»

Ich will nicht stören. Die Damen werden sich gewiß etwas mitzuteilen haben. Ich bekomme noch einen Blick – so einen – vierzehnkarätigen – um die Ecke – und wenns Glück gut ist, auch einen ganz leisen Händedruck. Und ich, ingrimmig fluchend, packe meinen seidengefütterten Überzieher zusammen, ergreife meinen achtzigtausend-Mark-Hut und wackle auf die Straße. Und noch unten auf der Treppe hole ich aus tiefstem Herzen heraus, was in mir drin ist – ein Wort, ein kurzes Sätzchen – mein Wort – *das* Wort:

«Na warte –!»

Dies wünscht Ihnen (und sich)

Ihr dicker Briefsteller
Theobald Peter Tiger

Berlin-Charlottenburg, Windscheidstr. 34 9. VII. 23

Sehr geehrte Frau Ziegenberg,
's war halt Pech (Anfang auf neckisch, daher 50% Zuschlag) – halt Pech, daß Ihnen nicht am Fernsprecher richtig fernsprechen konnte, indem die Bank darum herumstand und Kulleraugen machte, was da wird. Na, und dann so laut vor dem Büropersonal sagen: «Na, Schatz, ist das Bett wieder ganz?» das wollte ich auch nicht. Wegen fein.

Liebe Staupe, wie gut Sie es haben, das ahnen Sie gar nicht, Berlin spielt «Sommer» – so mit heißem Wind und Gestank und Rauschen in den getrockneten Pferdeäpfeln – kurz: hervorragend. Und ick immer mittendrin.

In der Bank ist ein Glasdach, auf das brennt die Sonne – da arbeite ich drunter.

Liebe Staupe, Aftermieterinnen nehmen wir aber nicht mehr auf, nicht wahr? Wir wohnen unsere schönen Zimmer alleine voll – denke ich.

Liebe Staupe, das Lehm ist ein escalier de poules – aber sprechen Sie nicht darüber. Hör mal – da gießt über mir einer seinen Balkon, damit die lieben Pflanzen, die da wachsen müssen bezw. dürfen, gut gedeihen. Die Leute selbst wohnen in Schiebkästen und werden – die Männer – nicht begossen. Die Frauen ... aber dieser Brief ist für Billux, und die fragt nachher wieder so dämlich. Hat sie noch eine goldene Maschine im Mundwerk? Sie ist eitel wie eine echte Schönebeck . . . das hat sie von ihrer Mama (Lied mit Orchester. Gesetzlich geschützt).

Schönebeck, natürlich – Du kannst ja auf dem Mist faulen. Faulst Du? Aber *da* bilden Sie Ihnen nur nichts ein:

Hier auf zwei Tage nach Balin kommen, und Peter denn auf dem Bahnhof, mit Hurraflagge und Jungfernsträußchen und gutem Anzug und denn im Triumpfzug nach Hause «geleitet» – und denn hurrehurrehopphopphopp – und Blumen und Konfekt und alle die teuern Sachen und zwei Tage lang immer «Nur du –!» – und Tränen, wenn Abfahrt und Winkewinkewinke mit dem letzten heilen Taschentuch und Wegwischen der Trauerpopeln . . . nein, da faul lieber. Das ist mich bequemer.

Liebe Staupe, nun komman bald bald. Liebe Staupe, wennste klug bist, denn bleibste da. Hier ist –: Bealin.

Na – komm man *doch*.

Hochachtend mit allen guten Erholungswünschen

Dein lieber Mitschüler und Pensionsfreund
Peter Panter
Bankgeselle

P. S. Habe genau denselben Brief auf andersrum an die andere geschrieben. Bin neugierich, wer zuerst darauf hineinfällt. Gott, man hat ja seinen Tscharm.
N. B. Die andere ist knochig, aber lieb.
X. Y. Z. Die andere ist teuer.

Berlin-Charlottenburg, Windscheidstr. 34 8. 8. 23

Liebe Frau von Schönebeck,
so war das gar nicht. Sondern es war ganz anders –:

1) habe ich eine halbe Stunde gewartet.

2) habe ich sofort von einem Automaten aus angeklingelt – da hieß es bei Ihnen zu Hause, Sie seien weggegangen. Wohin, weiß nicht. Ich habe nichts gesagt, weil das dumm ausgesehen hätte.

3) Habe ich mich mächtig geärgert, denn ich hatte mich auf den Abend ebensosehr gefreut wie Sie.

4) Ich bin ein guter Junge.

Meine Mätresse hat mir Ihren Zettel gegeben, Frollein – aber weder aus ihm noch aus Ihrer Fotokachte habe verstanden, *was* Sie eigentlich an diesem Nachmittag angestellt haben. Ich vermute, Sie sind offenbar ununterbrochen mit einer Pferdedroschke für mein Geld zwischen Kaiserhof und meinem Schloß in Charlottenburg hin- und hergefahren, bis sich der Kutscher sachte umgedreht hat, mit dem Peitschenstiel auf das tot zwischen den Strängen dahintrabende Tier deutete und sagte: «So – liebe Frau – nu steigen Sie man aus und ziehen *Sie*!» Was dann aber, aus mangelnder Liebe, nicht getan haben. So – und nun singen wir alle den Choral: «*Ich* kann ja auf dem Mist ...!»

Den Wrobel-Requiem muß ich erst besorgen – ich habe keinen. Aber schicke einen.

Hochverehrte Staupe, wie, glauben Sie, geht es hier zu? Hier geht es berissen zu – das sage ich Ihnen, weil ich ein Bankfachmann bin. Halten Sie Ihre Papiere, und wenn Sie Devisen bekommen können – aber nur dann – dann verkaufen Sie die davon, die keine Valutapapiere sind und wechseln Sie um. Aber nur, wenn das sofort, ohne Zeitverlust geht – und nur Devisen.

Liebes Fräulein Staupe, traue mir gar nicht, Ihnen nahezutreten, wegen daß Fräulein sind. Teile aber mit, daß mich sehr freuen, wenn wieder nach Berlin kommen und bitten darum. Und ich bin jetzt bei meine Firma in Sekretariat, direkt bei Chef – und dann kannstu schon raufkommen – da grinsen nur die Prominenten. Und das sieht gut aus ...

Gehab Dich wohl, Du treues Weib! –

Eewig Dein bis in den Tod (exklusive) getreuer
Peter Panter
Privatsekretin

# AN HANS SCHÖNLANK

Berlin-Friedenau, Kaiser-Allee 79 10. I. 23

Lieber Herr Schönlank,
vielen Dank für Ihren freundlichen Schreibebrief. – Ja, das ist nun so eine Sache. Und die Sachen wollen wir uns zuerst begucken.

Kunst ist Überschuß. Ein ökonomisch so zugerichteter Boden, der in erster Reihe Nahrung haben muß, ist nicht die Basis für kritische Untersuchungen über den Expressionismus. Bei diesem Volk ist die untere Grenze sehr rasch erreicht – die Leute haben sich hier eigentlich immer nur aus Übermut mit geistigen Dingen beschäftigt – auf Sonntag. Das ist vorbei. Sie haben keine Butter, sie haben keine Zeit, sie haben keinen Kopf für unsereinen.

Kommt dazu, daß der «Desillusionierungsprozeß» auch bei einigen andern rasch fortschreitet – die Dinge zerbröckeln einem unter den Händen – es ist der Tod der Nuance, was Sie hier sehen.

Für wen schreibe ich –? Für Sie. Das heißt: für eine Schicht sehr freundlicher, mir sehr nahestehender (siehe unten), der Sache sehr gewogener Leute. Der Sache: id est – diesem Brodem aus Selbstironie, Skepsis, Anmut, Niveau, Distance – was Sie wollen. Aber ich schreibe nie und nimmer für die *tätigen* Leute hierzulande. Es ist kein Zufall, daß unsere Leute entweder nix to seggen haben, oder aber ihre praktische Tätigkeit streng von unsern Erkenntnissen getrennt halten. Haare apart – und Bouletten apart.

Also für wen sollte ich eine Zeitschrift machen –? Eine Zeitschrift, die nun ohne Subventionen und böse Geldkompromisse überhaupt nicht mehr zu kalkulieren ist (wie das der kleine Mann macht, ahne ich nicht – darum kümmere ich mich nie –), eine Zeitschrift schließlich, die ja nichts bewirkt – durch die niemals etwas anders wird.

Sie müssen nicht vergessen: dieses Land ist durch und durch krank. Unterernährt (in der Stadt) – alle haben vergessen, wie das ist: sorglos mit ihr Boot zu fahren, ohne nach Preis und Wert zu fragen – geistig blockiert – lesen Sie spaßeshalber vier Seiten Storm, und Sie sehen, was geworden ist. Und es ist nicht das geworden, was die Bespötteler dieser «bourgeoisen» Kunst sagen: es ist ja *nicht* das marxistische Zeitalter hereingebrochen, sondern vielmehr das des wild gewordenen Bürgers. Sie wissen, wie ich, wie tief das Bürgertum in die Arbeiter hineingreift, die ja fast alle nur verhinderte Bürger sind. Die Jugend – –?

Auf Wiedersehn.

Ich habe Erfolg. Aber ich habe keinerlei Wirkung. Und darum mache ich keine Zeitschrift.

Soweit ad rem. Ad personam:

Lieber Herr, seit ich bei Ihnen war und mit Ihrer Eisenbahn spielen durfte, und seit Sie mich – als Sextaner besuchten – (ich besinne mich noch genau auf eine ebenso lächerliche wie nicht sehr feine Einzelheit, die ich nicht aufschreiben kann –), seitdem habe ich Sie kaum vergessen. Ich muß also bedauern, sehr geehrter Herr Schönlank, Ihnen einen Grund mitteilen zu können, aus dem ich Sie meide oder dergleichen. Ich bin faul, ähnlich geartet wie Sie – (das verjagt Freunde, zieht sie aber nicht an) – und es ist nichts wie die morbus Berolíniensis, die zwischen uns getreten ist. Ihr de profundis, das irgendeinen nicht sehr freundlichen Grund haben muß, ist mir etwas nahe gegangen. Ich will gern einmal mit Ihnen unter möglichst wenig Augen zusammen sein. Vielleicht rufen Sie mich an.

Bis dahin –

Ihr alter
Tucholsky

Kopenhagen, 13–6–27

Lieber Schönlank,
Sie hatten die große Freundlichkeit, mir Ihre Hilfe bei dem Sammelband, den ich für Rowohlt mache, zuzusagen. Ich bin schamlos genug, das ernst zu nehmen. Könnten Sie wirklich die große Güte besitzen (bitte, das steht so in meinem Briefsteller) mal im *«Vorwärts»* nachzusehen, was ich da so um 1913 – 1914 herum verbrochen habe? Das wäre sehr, sehr nett. Ein Ruhmesstein in meiner Grabeswandelhalle ist Ihnen gewiß. Wünschen Sie einen Fensterplatz?

Hier ist Dänemark. Na – so. Kopenhagen, eine kleinere Provinzstadt von freundlichen Aspekten – fett und viel wird gefressen, aber nur mittelgut – die Mädchen sehen nicht so nett aus wie man es sich denken möchte. Mutter ist nach Riga gemacht, und ich habe mich hier auf einem kleinen Landkrug hingesetzt und bastele still vor mich hin. Da wird er nicht dümmer von.

Was tun Sie? Zucken Sie nicht mit den Achseles – so schlimm ist es gar nicht. Hatten Sie nicht erst vorgestern dieses reizende Freibillett zum Heba-Palast, wo wir noch so lachen mußten, weil Karla über die Treppe hinfiel? Na also.

Bitte grüßen Sie Ihre Frau von mir und sagen Sie ihr ... nein, sagen Sies ihr lieber nicht.

Mit allen schönen Grüßen

ein Kind aus Ihrer Klasse:
Max Kischkat

Hamburg, den 20–7–27

Lieber Schönlanke,
alllllllerhäzlichsten Dank für die freundliche Übergesendung und die große Mühe, die Sie sich genommen haben! Es war wirklich fubbe nett.

Ich will mal sehen, *was* man damit machen kann. Es ist ja man 'n büschen unbeholfen, wenn auch löblich. Ja – Quintett und Musik – das ist ja sehr hübsch, aber es ist doch eben nicht von mir – so gebildete Sachen weiß ich ja gar nicht! (Auf «Quintessenz» sind wir alle nicht gekommen – ist aber vergeben.) Aber ich lasse Maman schön danken!

Ich hamburgere noch ein bißchen umher und dann mache ich nach Paris. Das Buchchen wird vielleicht zu Weihnachten herauskommen.

*Sehr* vergnügte Ferien und alles Gute und nochmals vielen, vielen Dank

von Ihrem Klassenkind
Tucho

# AN KATE KÜHL

10–5–24

Kulicke, Sie fehlen mir hier *sehr*. Paris ist eine schöne Stadt – aber *nie* singt hier einer: *‹Schiff ahoi!›* Das hat sich wohl noch nicht rumgesprochen. Wann kommen Sie zu Ihrem alten

Tiger

Post: Weltbühne 3–7–25

Wertes Frollein,
habe Sie als Cleopatra in «*Charleys Tante*» gesehen und bin gradezu hingerissen von Ihrem Vortragstalent und Ihrer Kunst. Als Theaterkenner kann ich Ihnen nur zu Ihrer Leistung gratulieren. Wollte daher mal anfragen, ob wir nicht öfter zusammen sein könnten. Ich selbst bin Mitte vierzig, Fabrikant in Chemnitz (in Fa. Pottschappel & Pottschappel, Seidenstrümpfe en gros – Sie haben sicher von meinem Hause schon gehört), mittelschlank, blond und Christ. Würde Sie nur zweimal wöchentlich bemühen. Ihrer werten Rückäußerung entgegensehend –

Abgesehen davon aber geht es mir gut, und bedanke ich mich auch schön für den freundlichen Schreibebrief. Aber, Kulicke, ein Bild haben Sie mir da übermacht, das treibt einen allerdings in die Arme des Briefträgers! Haben Sie keinen anderen –?

Ernsthaft: im Treppenhaus meines Palastes (ein kleines Häuschen bei Paris) hängen alle Männer, die ich gern habe, Rosa Valetti – aber Sie fehlen. Haben Sie kein Konterfey für mich? Am liebsten: «Immer abgelehnt» – wegen Erinnerung. Ich nehme aber auch einen guten Kopf. Sie täten mir so kurz vor meinem Tode einen rechten Gefallen.

Was tun Sie –? Die Prellwitzen habe ich zufällig unter alten Broschüren gefunden, das ist überhaupt eine dolle Nummer. So: Seelenhysterie mit versetzter vagina – sehr heiter.

In Ihren markanten Schriftzügen – Größe achtzehn – war auch zu lesen: «Couplets kriege ich ja doch nicht!» – Da gibt es ein sehr gutes Mittel: bestellen Sie sich welche.

Ausnahmsweise ernsthaft: Ich habe hier mit Jarosy über Sie gesprochen, das ist ein Musiker, der auch für den «*Blauen Vogel*» gearbeitet hat (von ihm ist die Musik zu «*In der Bar Jazz*») – und kaum hatte ich seinen Flügel unter den Fingern, so spielte ich still besoffen: «*Blauhau-baart*» und versank in Reminiszenzen ... Gedacht habe ich an: Schiffsgallion – die Figur mit Brüsten, die die Fischer früher vorn an die Schiffe zu nageln pflegten – so etwas läßt sich, mit zwei Brettern und Ihnen dazwischen, leicht aufbauen – und «Nachts auf Notre-Dame» – was man den Berlinern wohl nahe bringen kann – weil es einfach der nächtliche Rundblick über eine große Stadt überhaupt ist. Soweit die Geschäfte.

Sonst aber ist hier nichts los. Eine große Enttäuschung habe ich hinter mir: Isa Kremer, eine durch Amerika berühmt gewordene Jüdin aus Odessa, sie hat hier ein Konzert gegeben. Na – schrecklich. Jüdisch, alles hat nach Grieben geschmeckt, altmodisch – a Zustand. Ne, Kate – Du bist doch Mutterns Beste.

Ihr wertes Bild habe auf Klo gehangen. Ferkel. Ich mecht ein *schönes* von der beliebten Vortragskünstlerin.

Schreiben Sie mir *jemals*, wer von wem geschieden ist und wessentwegen? Trägt es nicht der liebe Wind auf meinen Tisch – von Ihnen höre ich ja nichts. Aber der Herr aus der Potsdamer Straße muß doch seine Qualitäten haben.

In alter Dicke –

Ihr dicker Alter
Theobald

Paris, den 11–2–26

Lieber Kulicke,
antwortlich Ihres sehr Geehrten:

Herzlichen Dank für Brief, Vertrauen und alles. Die Sache ist nicht ganz einfach, und ich hoffe, Sie wollen von mir keinen süßen Schmus hören, sondern etwas, was ich für die Wahrheit halte. Die sieht für mein Gefühl so aus:

Paris interessiert sich zunächst überhaupt nicht für Fremde. Das ist also genau umgekehrt wie in Berlin. Ob Sie hier als Deutsche auftreten können, ist mir zweifelhaft – es gibt doch noch weite Kreise – besonders in der zahlungsfähigen Bourgeoisie, die noch nicht so weit sind. Sie werden Sie nicht herunterschießen – aber schon der Direktor tuts nicht. Gut – das könnte man arrangieren. Aber was wollen Sie nun singen?

Apaachen? Die gibts erstens längst nicht mehr, und auch die Mode, sie stilisiert auf die Bühne zu bringen, ist längst vorüber. Außerdem können Sie das nicht. (Entschuldigen Sie bitte die Unbedingtheit dieses Satzes – aber ich werde Ihnen das erklären.) Was dächten Sie von einer Schottin, die nach Berlin kommt und als Zille-Mädchen berlinert? Selbst wenn sie es kann, was kaum möglich ist –: *Sie glauben es ihr nicht.* Es fehlt da etwas, irgendein Ton, die Gesten – es geht nicht.

Vergessen Sie bitte ferner nicht, daß Sie – selbst bei bestem Französisch – hier von vorn anfangen müssen, und zwar aus folgendem Grunde:

Ich schrieb Ihnen ja schon vor längerer Zeit (als ich noch gar nichts von Ihrem Plan wußte), daß die französischen und auch die pariser Cabarets Sie maßlos enttäuschen würden – wenn Sie nach unserm Maßstab messen. Die Männer sind mitunter charakteristisch – die Frauen durchweg unbegabt. Manche haben eine gewisse Drolerie, Leichtigkeit ... aber Können –? Nicht in die Düte. Die Leute würden unsere, also Ihre Vortragskunst einfach nicht verstehn –!

Wenn Sie es versuchen wollen – – Ich brauche Ihnen wohl nicht zu sagen, Kulicke, daß ich hier nicht den alten Pariser mache, der den andern einreden will, es sei wer weiß wie schwer, hier zu leben. Hier zu leben, ist gar nicht schwer, dazu gehören nichts als die Mittel. Hier Geld verdienen – das sieht schon ganz, ganz anders aus. Und daß es mich privat mächtig freuen würde, wenn Sie hier sind, versteht sich. Meiner Ansicht nach gibt es zwei Wege:

1.) Herkommen, einfach so, und hier mal einen Monat zusehen, wies gemacht wird. Das ist immer nützlich. Aber hier was *werden* – dazu bedarf es vieler Empfehlung. Ich kenne – wie in Berlin – wenig Geschäftsleute dieser Gattung; um hier etwas zu werden, brauchen selbst die großen Stars: Schlafzimmerkisten (wie überall) und entsetzlich *viel* Geld für Reklame und Bestechung, *viel, viel mehr* als in Berlin. Gar kein Vergleich. Ob das ein kleiner Bums auf dem Montmartre ist oder die Oper –: sie unterscheiden sich nur durch die *Höhe* dieser Summen. Das kostet also viel. Bar und Geduld. Anders gehts nicht über ein gelegentliches Engagement an einem kleinen Ding heraus. Und die zahlen unter aller Sau – 600 – 800 Francs (130 M) den Monat.

2.) Von Berlin aus vorarbeiten. Das scheint mir – vielleicht nach einem kurzen Aufenthalt in Paris – besser. Etwa so:

Gehen Sie zur Guilbert und machen Sie ihr etwas vor und sprechen Sie mit ihr. Sie soll sehr nett sein – ich kenne sie leider nicht persönlich. Versuchen Sie, französische Agenten und Direktoren *in Berlin* heranzukriegen – da *sehen* die Leute Sie in *Ihrem* Milieu, sehen, wie Sie geschätzt werden und was Sie wert sind. Sprechen Sie doch mal mit Nelsons Verleger Brüll, der kennt Paris und diese Theaterkreise sehr gut. *Dann,* womöglich mit einem Engagement auf Probe in der

Tasche, sieht Paris schon anders aus. Unter keinen Umständen können Sie anfangs auf ernsthaften Verdienst rechnen – niemals mit solchen Summen, wie Sie sie gewöhnt sind. Davor warne ich Sie ausdrücklich – das gibts nicht. Und wenn Sie schreiben, daß in Berlin alles abgestanden ist – und ich fühle Ihnen das nach, und wie! – dann machen Sie sich keine Illusionen: das pariser Cabaret ist längst nicht mehr, was es gewesen ist – es ist sehr, sehr abgestanden – und es wird Ihnen bei näherer Prüfung sicherlich rückständig erscheinen.

Als kleine persönliche Erfahrung kann ich Ihnen sagen, daß ich hier etwa 40 Vorträge gehalten habe, und ich spreche immer frei. Das ist natürlich kein Theater. Aber bei mir haben die Leute nicht bezahlt, sind also nachsichtiger – und doch war es entsetzlich schwer, an sie heranzukommen – und was ich in Berlin in jeder Volksversammlung im Handgelenk habe, machte mir hier die größten Mühen. Oft gelangs daneben. Und das ist nicht nur meinem Französisch zuzuschreiben – sondern eben dem «andern» – dem, was man nicht sagen kann – dem andern Geist – die Leute lachen nicht über unsere Witze, sind da nicht pathetisch, wo wir es sind – sie sind eben *anders*.

Besonders die Bürgerschaft – und wenn Sie nicht in einem Sektbums vor Fremden auftreten wollen (die ganz gewiß keine Deutschen haben wollen) – sehe ich die Sache als schwierig an. Was über eine leicht stilisierte Hurerei hinausgeht, setzt sich entsetzlich schwer durch. Auch große Leute habens schwer. Ich kenne *keinen* deutschen Künstler, der hier sofort mit offenen Armen empfangen werden würde.

So – jetzt habe ich mir alles von der Seele (!) geschrieben – Sie dürfen ruhig schimpfen und mich einen alten Pedanten nennen.

Grüßen Sie Baldessari schön – ich finde ihn nett und sympathisch. Gurlitts habe ich hier gesehen – im allgemeinen bin ich für andre durchreisende Berliner, die sich auf dem Buhlewacht det Monokel einklemmen «und sich mal den Zimt hier besehn» – nicht zu sprechen.

Immerhin: eine, entschuldigen Sie das harte Wort, Spritztour lohnte sich hierher schon. Wenn Sie aber im «Café du Dôme» sitzen (im hiesigen «Romanischen») – dann ist es mit der Freundschaft aus. Die jungen Damen, die Sie suchen, heißen «gousse» – aber sagen Sie das nie in guter Gesellschaft.

In alter deutscher Treue

Ihr dicker
Tucho

Post: Weltbühne 10–8–26

Liebe Kulicke,
als Ihr Brief ankam, war ich längst über alle Berge. Ich habe aber von der Bretagne aus, wo mich Ihr lila Schreiben erreicht hat, noch einmal an die große Frau geschrieben – hoffen wir das Beste. Ich fahre sicherlich noch einmal zu Reinhardt und werde auch da noch einmal mein Sprüchlein aufsagen.

Was tutt sich in Bealin –? Wie sieht es in der Wohnung aus? Warum schickt die beliebte Künstlerin mir *nie* ein Bild als blauer Matrose oder als Schiffermädchen, wo ich aufhängen kann? Und wenn die Leute fragen, wer diss iss – denn ick: «Eine gemeinsame Tschulfreundin . . .»

In alter Hochachtung
Dero dicker
Tucho

Post: Weltbühne 28. 9. 1926

Sehr geehrte Dame,
habe Ihren werten Konterfei erhalten und teile Ihnen mit, daß mir sehr gut gefallen. Weniger gut gefallen hat mir aber, daß ich beinah Tag für Tag bei Ihnen angerufen habe, ohne Sie jemals anzutreffen. Liebe Kulicke, es ist außerordentlich bedauerlich, daß Sie schon wieder à la carte wohnen! Ich fahre heute abend nach Paris zurück und bin Ihnen nun nicht an den bebenden Mädchenbusen gesunken. Es ist möglich, daß ich noch einmal nach Berlin zurückkomme und sollte aus der Revue was werden, so will ich selbstverständlich das Nötige für Sie tun. Nicht nur wegen des blauen Lichts, sondern wegen Könnens.

Ade, ade es hat nicht sollen sein!

In alter Treue
Ihr dicker
Tucho

P. S. Was ist mit einer kleinen Blonden?

Paris XVII, 1 Place de Wagram
(bitte nur für Sie!) 18–2–1928

Liebe Kulicke,
Dank für Ihren lieben Brief. Ich wäre gern zum Tee gekommen, aber ich bin schon wieder weg; es waren nur ein paar Tage zum Auspusten der Nase, die verstopft war. («Aber Herr Doktoohr!» –) Ich habe Ihnen wirklich und wahrhaftig gehört – das Gedicht von Brecht ist, mit Ausnahme von zwei Worten, die ich nicht mag, eine einzige Köstlichkeit. Sie machen es sehr gut, genau so sentimental-unsentimental, wie es gebracht werden muß. Lene Levi gehört, wie dargetan, zu meinen schönsten Gugenderinnerungen.

Wenn Sie mir die neuen Texte in der Abschrift schicken können, machen Sie mir damit eine große Freude. Ich verspreche Ihnen auch, damit *nicht* in Paris aufzutreten. Ich bin sehr neugierig, und wenn ich sie lese, höre ich sie, bestimmt. Bei dieser Gelegenheit: besitzen Sie den Text des alten, niemals öffentlich gesungenen Chansons von Schiffer «*Blaubart*»? Wenn ja, dann lassen Sie mir es doch bitte abschreiben – ich höre das immer von Ihnen, was am herrlichen Refrain und an der sehr starken Musik W. R. Heymanns liegen mag, aber wohl auch noch an anderm.

So baß erstaunt über das Sätzchen? Es war überfällig und soll nicht das letzte sein.

Grüßen Sie Hamburg schön von mir – und lassen Sie sich mit Fahrstuhl auf den Turm der Michaelis-Kirche herauffahren (das gibt es!). Hamburg von oben ist nicht ohne. Und schicken Sie dem Alsterbassin einen Kuß – Sie glauben nicht, wie das morgens um halb sechs, in, verzeihen Sie, blauer Beleuchtung, vom Fenster eines Hotels gesehen, aussieht ...

Dem goldigen Hund ein entrüstetes Miau. («Mensch, det dürfste nicht schreihm. Du vermasselst dir damit die janze Tuhr! Lern mir die Weiber kenn!» – Wenn ich aber keine Hunde leiden mag! – «Eenjal. Halt Schnauze und laß den Hund jrießen. Willste mit die Frau jut stehn oder nich?» – Natürlich will ich stehn, sehr gut sogar. – «Also. Laß dem Hund jrießen. Hör uffn alten Mann. Ick sahre et dir zun letzten Mal!» – Meinst du wirklich? Ich mag keine Hunde. – «Alter Döskopp. Laß dem Hund jrießen!» – – –)

Liebe Katinka, ich schicke Ihrem lieben Hund recht herzliche Grüße –!

Ihnen aber auch –

und ich bin immer
Ihr alter, dicker und getreuer
Tucho

Paris XVII, 1 Place de Wagram 2-3-1928

Liebe Katinka,
das Bild gefällt mir sehr (weil es so schön blau ist) – und ich habe es mir lange angesehen – es ist da etwas darin, das ich an Ihnen nicht kenne; sind das Verse von Brecht oder ist es ein Stück? (Verzeihen Sie einem Landfremden die Unbildung.) Ich wage noch gar nicht, mich darauf zu freuen, und ich will es aufhängen, wie Sie ja schon mal in der Vorhalle in Fontainebleau gehangen haben.

Die 2 Worte bei Brechts Wolkengedicht sind mächtig harmlos; mich stört der Ausdruck «ungeheuer oben» – das habe ich als literatenhaft und Papier und konstruiert empfunden; hat er gar nicht nötig, der Mann ist doch ein richtiger Dichter.

Auf die Texte freue ich mich sehr – ich sehe mich schon morgens beim Turnen mit einem Tuch um die Schultern, dieselben leise vor mich hinheulend ... es wird *sehr* schön.

Nase und alles andere geht gut – es war ein stecken gebliebener
oho! wenden
*Schnupfen*, und das hat nicht gut getan. Ich habe keinen niedrigen Diwan und keine Kissen, dies auch nur nebenbei.

Ja, Katinka, hier bricht nun langsam der Frühling ins Land hinein, beinah wäre ich nochmal in die Provence gemacht, aber es wird wohl nichts werden, weil ich so viel klappern muß. Warum kommen Sie *nie* nach Paris –? Wenn Sie keine romantischen Ambitionen haben (Sie sind ja viel romantischer als der ganze Laden), dann könnte es sehr heiter werden. Wenn man nichts von der Stadt erwartet, was der Berliner immer hier haben will und was sie nun mal nicht hat, dann ist sie sehr entzückend.

Dies auch von Ihnen erhoffend, küsse ich Sie sanft und ungeheuer oben auf die Stirn

und bin
Ihr alter und dicker
Tucho

Kivik, mit Verlaub zu sagen 25. 8. 28

Liebe Kulicke,
Sie haben mir mit der Übersendung des Chansons eine beinah so große Freude gemacht wie mit Ihrem Brief, und das will etwas heißen. Also:

Das Chanson ist Nummer eins. Man könnte ein Kolleg darüber lesen, auch über das, was dagegen zu sagen wäre – aber statt des Kollegs möchte ich es vorziehen, längelang auf den Boden zu schlagen vor Begeisterung. Der Refrain, erste, aber auch allererste Nummer – so etwas würde ich *nie* zustande kriegen! Nebenbei hat es die Wirkung gehabt, daß ich mich verhältnismäßig irrsinnig in Sie verliebt habe; bitte suchen Sie sich aus, ob das ein Kompliment für B. B. oder für Sie ist.

Ich habe nun keine Ahnung, in welchem Zusammenhang das gesungen wird, wie Sie aussehen, was Sie da machen – und ich will mich auch nicht in Dinge mischen, die mich nichts angehen. Aber wenn ich Ihnen raten darf: übertreiben Sie ja nicht! Wenn Sie: «Du Hund» sagen, so ist das schon schlimm genug; ich kenne von Ihnen von der Bühne her und aus dem Leben leise Neins, die ganze Kavallerie-Regimenter umbringen konnten, also ja nicht: Film, mit Geknirrrsch und Gebrüll, sondern nur: Kate Kühl. Ist viel besser.

Das marseiller Erlebnis ist zu machen, und zwar höre ich eine ganz bestimmte Tonart heraus ... Für wen wollen Sie denn das?

Kulicke, ich kann Ihnen gar nicht vernünftig schreiben, *so* hat es mich. Wenn es die Zuschauer so hat, dann kann es ja ganz heiter werden. Gott weiß, wann ich nach Berlin komme, also sehr unspekulativ: Du bist doch das allerbeste Stück Erde, Kulicke, das ich jemals gesehen habe. Händedruck.

Alles Gute und *Böse* zum 31. Beinbruch, Halsweh. Kropf! ... so muß man ja wohl sagen, damits gut geht!

Nochmals
Ihr alter
Tucho

Bitte fragen Sie doch Brecht, ob ich das Ding für die «*Weltbühne*» – nach der Premiere – haben kann; natürlich gegen Honorar.

Paris XVII 17–12–28

Liebe Kulicke,
was also die beiden Könnixkinder betrifft ... sowie Ihren werten Brief:

Nein, meine Verehrte, Sie haben Papan *nicht* geantwortet, und weil ich wirklich dachte: «Die hat Dir abgehängt!» so habe ich mucksmäuschenstill geschwiegen. Wenn das Gedicht erscheint, soll natürlich Ihr Name dabei stehen.

«*Dreigroschenoper*» gesehen; was Sie da machen, ist sehr gut – ich hätte Ihnen nur noch viel, viel mehr Songs gewünscht, von denen ja ein paar Perlen drin sind.

Mit Nelson bin ich noch nicht einig. Die Berliner bestellen immer alles viel zu spät – «Ablieferungstermin: gestern» – und so kann ich nicht, indem ich ein Bedächtiger bin.

Natürlich werde ich Kate-Kühl-Platten kaufen. Kulicke, Du bist eine Tulpe, daß Sie *nie* nach Paris kommen. Wär doch sehr heiter! Wann daß ich nach Bealin mache, weiß ich noch nicht; mir steht nicht, mit Verlaub zu sagen, der Sinn danach. Und schreiben tun Sie nur, wenn so ohnanständige Wörter auf der «*Weltbühne*» stehen? Wenn wir mal im Fegefeuer braten, dann werde ich Ihnen, Kessel an Kessel, erzählen, wie es alles auf der Erde gewesen ist. Sie werden staunen. Und werden sagen: «Ja, warum haben Sie mir denn das nicht *gesagt* –? Helf er sich.

Zurück zum Ernst des Lebens:

Komme ich mit Nelson ins reine, dann stoße ich ihn auf Sie; ich schriebe gern wieder einmal etwas für Sie, und das mit «*Victoria*» und der geraubten Miss habe ich auch noch aufbewahrt und nicht vergessen.

Ihnen auch nicht.

In alter Treue wie immer Ihr dicker
Tucho

Prost Weihnachten –!

Fjalltorp Läggasta
Schweden

16–9–29

Liebe Kulicke,
schönen Dank für den netten Brief und Dank für den Dank. Na – vajessen hab ick Ihnen nicht. Also da ist es so:

Ich sitze hier oben in der Stille und arbeite – darunter auch Chansons. Ich habe noch kaum etwas herausgeschickt ... ich weiß nicht einmal, ob ichs überhaupt tun soll, Selbstamusement ist auch ganz schön. Ich muß Ihnen eine Beichte ablegen:

Vom Cabaret habe ich mich – wie vom Theater – fast ganz zurückgezogen und zwar aus einem ganz bestimmten Grunde. Es ist nicht nur die Sache mit der «Marie» – obgleich sie mich dicken, gutmütigen Mann nun wirklich dahin bekommen haben, nur noch gegen Kasse (prae) abzugeben – ich brauche wohl nicht hinzuzusetzen, daß das nichts mit uns zu tun hat. Nein, das Geld und die Unzuverlässigkeit allein ist es nicht.

Es ist vor allem dies:

Ich gebe einen Text heraus. Ich höre ihn, sagen wir: leise, gedehnt, ganz zart, fein. Nun kann der Schauspieler sagen: «Also das will ich nicht. Ich mag solche Texte nicht – außerdem ist der da mißglückt.» Das ist sein *Recht*. Noch niemals habe ich mich mit irgendwem zerzankt, weil er was von mir nicht hat haben wollen. Soweit gut.

Aber nehmen, Kulicke, und denn komm ick hin: und da steht einer und hat sich vielleicht eine Ritterrüstung angezogen und bläst den Text durch ein Megaphon ... ich muß schon sagen ... Und *darum* mag ich kaum noch.

Immerhin: An was haben Gnädige Frau denn gedacht? Sie haben mir schon oft gute und wirkungsvolle Tips gegeben – manchmal genügt ein einziges Wort – und es sitzt. Wenn Sie wieder so was haben – dann her zu mir.

Wenn Sie «Herr Doktor» schreiben – höre ich das mit Ihrer schönsten, tiefsten Stimme ... Mitte Oktober komme ich in die Residenz – da wollen wir doch einmal einen heben – wie gehabt: bei Türke. Oder heißt das gar nicht mehr so –?

Mit vielen schönen Grüßen

wie immer
Ihr alter
Tucho

Die Staatsanwälte? Die reagieren ihr Liebesleben im Gerichtssaal ab.

24–9–29

Liebe Kulicke,
ich habe ihm. Im vorigen Jahr schickten Sie mir einen Zeitungsausschnitt – das haben Sie vergessen, ich habe ihn aber aufbewahrt. Nun ist allerdings etwas ganz andres daraus geworden, als er zu vermelden hatte. – Ein Gegenstück zu «Angelehnt» ist heute zur Welt gekommen (das Kind muß noch gepudert werden) – der Refrain ist ein Wort, das Sie einmal, in einer dicken Depression, gesagt haben. Nun: ich bin Mitte Oktober in Berlin, ich führe Ihnen das vor.

Bis dahin

mit vielen schönen Grüßen
wie stets Ihr
Tucho

## AN GEORGE GROSZ

Paris XVI, 89 Avenue Mozart 11–3–25

Lieber bezw. guter Golle,
ich danke Ihnen recht schön für Ihren freundlichen großen Brief vom 4. März.

Die «*Knüppel*» sind auch angekommen und ich bedanke mich schön a) für die Übersendung, b) für die Illustrierung meines Gedichts, c) für das angekündigte Nachdruckshonorar.

Lieber Golle, ich weiß ja, daß ich mit Ihnen über diese Sachen offen reden kann, denn Sie verstehen es ja richtig. Also zunächst mal die letzten Nummern. Die Bilder finde ich zum großen Teil ganz ausgezeichnet, manches ist nicht ganz geglückt, na, das ist ja immer so bei einem Witzblatt und kann nicht anders sein. Wenn ich nun an dem Text herumnöckere, so brauch ich Ihnen wohl nicht zu versichern, wie wenig da «ästhetische» Bedenken maßgebend sind. Ich meine nur so: es besteht kein Anlaß, ein kommunistisches Organ aus lauter Verachtung für die Bürgerlichkeit zum Beispiel mit lauter Druckfehlern zu setzen, und wenn dann einer kommt, der darauf aufmerksam macht, etwa zu sagen: «Sauber setzen können Sie bei Ihren Luxusdrucken aber nicht bei uns!» So ist das auch mit dem Text. Ich will mich ja gern bekehren lassen, daß in einem solchen neuartigen Witzblatt vieles eindeutig gesagt werden muß, obgleich ich mir eine lustigere Satire vorstellen kann, als das uralte allegorische Schema, wo auf einer Wurst draufsteht: «Hypothekenzinsen» und auf einer Nachtigall «Stresemann». Aber unter keinen Umständen will ich glauben, daß die Unterhaltung der beiden Totenköpfe Satire ist. Zwei zerfaulte Köpfe – bon. Die Anspielung auf Ebert – gut. Daß aber «Haha! Hehe! Ksss Kss!» irgend etwas einer Pointe Ähnliches darstellt, das will mir aber gar nicht in den Kopf. Das ist nicht einmal schlecht – das ist überhaupt nichts. Und so noch viele Mal.

Das scheint mir nun auf das engste verbunden mit einer Auffassung, die ich gar nicht teile. Warum seid ihr nicht einfach naturalistischer? Ich habe mir hier wieder eine Menge «*Assiette au beurre*» gekauft, und ich muß Ihnen schon sagen, daß dieses durchaus bürgerliche Witzblatt tausendmal frecher, witziger, schärfer und einprägsamer ist, als alles, was ich bei uns bisher gesehen habe. Warum? Weil die Leute instinktiv begriffen haben, daß eine begriffliche Satire überhaupt Quatsch ist. Um die Korruption der bürgerlichen Presse zu kennzeichnen, ist die Übertragung des rein literarischen Gedankens: Presse = Fusel absolut ungeeignet. Drei Reservoire mit den Aufschriften: Lüge, Haß und Verrat – das ist leer, Abstraktion, prägt sich nicht ein. Die «*Assiette au beurre*» hat immer begriffen, daß am meisten dasjenige Eindruck macht, was man mit den Sinnen wahrnehmen kann. Das wäre also die naturalistische Episode, schärfer als bei Thöny aber durchaus noch aus dem Leben. Deshalb fand ich die Zeichnung von Schlichter so gut (Ihnen brauch ich wohl keinen Honig mehr auf die Backe zu schmieren). Ich meine, daß sich diese neue kommunistische Satire häufig in der Zeichnung und immer im Text viel zu weit von ihren Opfern entfernt. Sie können schließlich nicht alles alleine zeichnen, und die Schieber und die Richter der anderen sind nicht etwa nur schlecht gesehen, schlimmer, es gibt sie überhaupt nicht.

Und das hat einen tiefen Grund. Es hat seinen Grund in der vollkommenen Instinktlosigkeit der meisten Kommunisten, die nicht einsehen wollen, daß man zwar eine Revolution von sich aus machen kann, daß man aber niemals und unter gar keinen Umständen vor der Revolution Bürgerliche anders bekämpfen kann, als mit deren eigenen Waffen.

Dazu gehört, daß man sie kennt. Und die meisten kennen sie nicht.

Sie können sie nicht kennen, weil man ihnen die Mittel nicht gibt, in diese Kreise einzudringen. Und wer, glauben Sie, ist ein gefährlicherer Feind gegen das Bürgertum: John Förste, der in seiner Stube sitzt, sich mit einer gewissen Intuition der Begabung ein gewisses Bild von den Bürgern macht, oder Radek, der sie kennt, kennt wie seine Westentasche, der in allen Salons herumtrudelt, und dessen Beschreibung eben sitzt. (Ich rede jetzt nicht von seinem sonstigen Wert.) Sie haben da in dem Brief an mich die Geldfrage angeschnitten, und ich bin sehr froh, daß Sie es getan haben. Sehen Sie, die Sache liegt doch so:

Jedes linke Blatt, aber jedes, das ich bisher getroffen habe, meckert, es könne nicht zahlen, und es sei doch eine Sache der Gesinnung und überhaupt. Und jedes linke Blatt ist infolgedessen schlecht geschrieben, langweilig, man mag es nicht lesen, und es geht auch nicht. Aber obgleich es kein Geschäft ist, bezahlen doch alle ihre Arbeiter und ihr Papier, so wie sich das gehört. Daher sind alle Blätter zum mindesten korrekt gedruckt, und manche sogar besser.

Die Folge für den Schriftsteller sieht so aus: er kann keinen Aufwand machen, sieht nichts von der Welt und bleibt ein ungeladener Revolver, oder er macht – wie ich – einen Zwangskompromiß mit bürgerlichen Blättern, um überhaupt was von der Welt zu sehen. Glauben Sie, daß ich einen Artikel, wie den mit Hölz, der Ihnen gefallen hat, von den Honoraren der Linksblätter hätte schreiben können? Die schicken mich nicht nach Marseille, bei denen langts kaum bis Halle.

Ich weiß, daß Sie mir nicht den Vorwurf der Geldgier machen, ich weiß auch, daß der «*Knüppel*» keinen Villenbesitzer ernährt – darin sind wir uns ja einig. Aber lieber Golle, das sage ich Ihnen ernsthaft als Freund und Kameraden, es ist ganz ausgeschlossen zu arbeiten, wenn irgendwann einmal ein Beitrag abgedruckt wird, und dann nach weiteren sechs oder acht Wochen 20 Mark angekleckert kommen. Dabei kommt gar nichts heraus. Sie kennen Paris; Sie wissen auch, daß ein Schriftsteller nicht wie ein Maler seine Originale verkaufen kann, und Sie wissen vor allem, daß, wenn man nicht Ihre Brille aufhat, die durch Häuserwände sieht, es vollkommen unmöglich ist, der Modelle zu entbehren. Und die brauchen sogar Sie. Die Kenntnis dieser Modelle kostet Geld, sogar viel Geld, und wenn ich das mit meiner Schreiberei nicht verdienen kann, dann muß ich eben aufhören.

Ich habe Ihnen das so ausführlich auseinandergesetzt, lieber Golle, damit ich von Ihnen und den Freunden richtig verstanden werde. Mitarbeiten am «*Knüppel*» kann ich schon; ich habe Ihnen da auf einem Zettel aufgeschrieben, wie ich mir unser Verhältnis denke, und ich glaube, daß sich ein gutes Blatt, das man auch lesen kann, bezahlt macht. Aber solche Sachen können nicht von weltfernen Literaten, und seien sie auch noch so gesinnungsfest, geschrieben werden.

Bums – das war alles. Hier ist es nach wie vor. Alles, was Sie über Frankreich gesagt haben, und besonders, was Sie bei Kiepenheuer geschrieben haben, stimmt leider Gottes. Ich wünschte sehr Sie hier zu haben. Außer Masereel ist ja kaum ein Mensch, mit dem man über so was sprechen kann. Wir wollen im Frühjahr eine Fußtour durch den Süden machen, damit man auch die Bauern aus der Nähe sehen kann. Hier in Paris habe ich inzwischen eine Menge interessanter Leute kennengelernt; wirklich in diese Kreise einzudringen, so tief, wie ich gern möchte, fehlt es mir an Geld und Wohnung.

Lassen Sie es sich recht gut gehen, lieber Golle, und grüßen Sie Muttern recht schön. Frau Grosz, hast Du nicht eine unanständige Ansichtspostkarte für mich? Ich möchte gern mein wissenschaftliches Werk beenden, «Der Geschlechtsakt bei den Hypothekenmaklern im alten Rom».

Dies wünscht Euch mit den besten Grüßen

Euer alter

## AN ALFONS FEDOR COHN

Paris XVI, 89 Avenue Mozart 12–4–25

Sehr geehrter Herr Andersen,
meine Ostereier lege ich zu Hause, Herr! Oder wollten Sie ein französisches Treeptoff mit mir aufführen, wo man keinen Kaffe und ein überfülltes Kupeeh kriegt –? Mitnichten.

Nu paß mal auf, Du jüdischer Caesar. Bis Mittwoch versinke ich in Besorgungen, die ziemlich scheußlich sind: Vakuumbriefkästen und Teppichnägel und einen Eimer für Geflügelknochen und Schatullen für Edelsteine, die meine Frau Gemahlin wegwirft . . . und was so ist. Aber dann melde ich mir, und Sie müssen bitte nicht böse sein – aber eine Wohnung einzurichten, wenn man Geld hat – das ist schon komisch. Aber wenn man *kein* Geld hat: das ist eine Frechheit –! Und wer von uns beiden ist denn vortragender Unrat in der Pressekanzlei? Sie oder Sie –? Na also.

Bitte grüßen Sie *ganz* besonders die Dame aus kopenhagener Porzellan! Sie hat mir den Glauben an die Menschheit wiedergegeben. Ich hatte schon ganz vergessen, wie richtige Frauen aussehen und sich bewegen – Mensch, ich *kann* die Damens hier nicht fressen. Die von Ihnen mitgebrachte Dame hingegen ist so vital, daß ich noch in der Erinnerung langsam und idiotisch vor mich hinlächle . . . Sie soll man ja auf die Eröffnung der Ausstellung hier warten – bis 100 zu gesund!

Dies wünscht Dir

Ihr treuer Sie antelefonieren werdender,
Dr. iur. Léman
Vertreter erster Organe im Ausland
Mitglied mehrerer stattlicher Vereine
Inhaber des Kriegsverdienstkreuzes
Bekannter hoher und allerhöchster
Reichsbeamter

## AN EDITH JACOBSOHN

10–11–25

Liebe Verlegerin,

auf Ihren Brief vom 31. X.:

Zunächst besten Dank für den Dolittle, den ich mir nun, wo ich mit der großen Arbeit fertig bin, zu Gemüte führen werde. Ich schreibe Ihnen dann ganz offen, ob ich damit etwas anfangen kann.

Zum Fall Wendriner:

Man müßte meines Erachtens unter allen Umständen Farbe bekennen und einen bestimmten klarumrissenen Typus zeichnen. Das ist schon richtig, daß sich ihn jeder anders vorstellt, aber dann könnte man nie illustrieren, denn jede Illustration ist eine Beschränkung der Phantasie. Verkennen Sie aber nicht, daß Don Quichotte von den Illustratoren als Typus geschaffen worden ist. Der Mann von Starke kommt so, wie er ist, überhaupt nicht in Frage. Einerseits weil er viel zu jüdisch aussieht (so sieht Wendriner nicht aus) und zweitens weil er ein Vorkriegsmann ist. Ich habe Ihnen das Bild nur bezeichnet, um an einer Analogie zu erklären, was ich meine.

Die Hemmungen, die Sie verspüren, verstehe ich durchaus, aber ich glaube, daß man einen solchen Band scharf machen soll oder gar nicht. Zwischen guter Charakterisierung und antisemitischer Streitschrift gibt es noch viele Nuancen.

Ich glaube nicht, daß Fritz Wolff, den ich sehr schätze, für diese Aufgabe geeignet ist, und ich möchte ihn aus folgendem Grunde nicht haben. Er macht lustige kleine Puppen, ich will aber eine große böse haben.

In Frage kommt meiner Ansicht nach in erster Linie Starke und dann Grosz oder Schlichter. Grosz ist, glaube ich, für diesen Fall nicht liebevoll genug, denn es ist doch ein Stück Idylle daran. Ich möchte vorschlagen, Starke (immer wenn Sie das für richtig halten) aufzufordern und ihn zu bitten, erst einmal 6–8 Skizzen zu machen, wie er sich den Mann vorstellt. Damit Sie sehen, was ich meine, schicke ich Ihnen ein Blatt mit, um dessen Rückgabe ich Sie bitte, weil ich es nur anzusehen brauche, um zu wissen, was Wendriner sagt. Mit einer einzigen Ausnahme, die ich angekreuzt habe, sind alle anderen Gesichter nicht so prononciert und außerordentlich charakteristisch. Ein Zeichner wird mit Leichtigkeit den Mitteltypus dieses Menschenhaufens finden.

12 Geschichten sind natürlich aller allermeist. Als Vorwort habe

ich mir gedacht «Herr Wendriner liest Herrn Wendriner» (und kommt zu dem Resultat «Solch einen Kerl gibt es gar nicht!»).

Mit den 15% der Auflage und dem Preis bin ich einverstanden; ich pflege gewöhnlich mit fünf Auflagen Vorschuß abzuschließen (und habe es auch jetzt wieder getan). Bitte exploitieren Sie meine Nachgiebigkeit, mit mir reden zu lassen, nicht allzusehr.

Ich fange mit Wendriner in der allernächsten Zeit wieder an, und es wäre sehr schön, wenn wir uns inzwischen über den Illustrator geeinigt hätten.

Mit den besten Grüßen
Ihr

Paris, 29–12–25

Geliebtes Weib,
ich wünsche Dir zunächst ein fröhliches neues Jahr sowie auch dem himmlischen Kind, und möchte der Verlegerin etwas vorschlagen, von dem ich glaube, daß damit ein bißchen Geld zu verdienen ist.

Der kleine Mann war wieder einmal ganz besonders nett und hat mir zu Weihnachten alle Weltbühnenbände geschenkt, die mir fehlen. Um die fehlenden festzustellen, habe ich in meinen Beständen geblättert, und dabei festgestellt, daß neben andern schönen Sachen, aus denen man, wie ich schon jahrelang sage, unbedingt einen Almanach machen sollte, etwas ganz besonders verkümmert: das sind die ausgezeichneten Witze.

Ich bin also bereit ein kleines Bändchen «Liebe Weltbühne!» zusammenzustellen, das Vorwort zu schreiben, die Witze ein bißchen zu klassifizieren und das Ganze darf höchstens drei Bogen stark sein, und soll wenig Geld kosten. Dafür möchte ich bei Ablieferung des Manuskripts 200 Mark haben und dann weiter nichts. Da ich weiß, daß Du mich liebst, und ich Sie für eine anständige Geschäftsfrau halte, bitte ich Sie, das Geschäft nicht mit jemand anders zu machen. Illustrationen halte ich nicht für notwendig, dagegen ein gutes Umschlagbild.

Wendriner wird in diesem Jahre regelmäßig und mit besonderer Sorgfalt verarztet werden, und wenn Starke geantwortet hat, schreiben Sie mir doch bitte.

Mit den allerschönsten Neujahrsgrüßen
Ihr alter

Fontainebleau, 11 rue Béranger 2–12–26

Geliebtes Weib,
anzüglich Deines werten Schreibens vom dasigen:

Also paß mal auf – mit dem Affenbuch ist das so:

Es ist sehr ulkig, aber ich bin vielleicht selbst ein zu großer Affe, ich weiß nicht recht, wie ich das anpacken soll. Mir sagt das nicht viel, was keine Kritik ist. Du wirst das mit dem allgemein gültigen Ausruf: «Der Tucho is ja bleed!» beantworten – das muß ich dann schon einstecken und es zu dem übrigen legen.

Dolittleln schon eher. Das will ich mindestens versuchen und auch binktlich abschicken. Sag mal, ganz unter uns: versprichst Du Dir denn so viel davon?

Also, weine man nicht – ich mache schon. Und schnautz mir nicht gleich so furchtbar an – das tut schon der Chef, aber der mit Liebe, mein Kind. Und Du –?

Eurer reihenweise Hingabe sehe ich freundlichst entgegen. Hier wird furchtbar wenig hingegeben, es ist ein Jammer. Wann kommzu her? Seh es Dir man an, bevor ich wieder anderstwo wohne – denn so was Verdrehtes hast Du lang nicht gesehn. Du dürfst auch hier loschieren. Der kleine Mann will im Mai kommen, und ich freue mir mächtigtig. Wir reden dann den ganzen Tag, was wir in die nächste Nummer tun – und er kettet mich an die Maschine.

Gedenke mein, Du meine duftende Liebe! Doch, diss is wahr, diss tust Du.

Mit frdl. Gruß von Schloß zu Haus
Dein alter Schulfreund

# AN EDUARD PLIETZSCH

21–11–25

Lieber Herr Jan Plietzsch,
Ihr großer Brief ist schon ganz verstaubt, aber meine Freundschaft nicht. Indem ich zwei Monate in den Pyrenäen gesteckt habe – daher habe ich Sie zur Abwechslung wieder nicht getroffen, als Sie in Paris waren – und als ich wiederkam, als ich wiederkam, mußte ich fubbe doll an einem Buch über dieses Gebirge klappern. Das ist nun vorbei, und beehre ich mich, Ihnen den Empfang desselben anzuzeigen und wie folgt zu beantworten:

Der Reihe nach:

*«Babbitt»* scheint mir nicht humoristisch, sondern doch pessimistisch zu sein. Herr Lewis war mit einer lallenden deutschen Grammatik behaftet und macht einen herrlich angesoffenen Eindruck. Auch spricht er überhaupt nicht über Literatur, nun schon gar nicht über seine eigene – und er hat mir nur durch Wolff mitteilen lassen, diese Kritik sei . . . usw. Nach allem, was ich über ihn höre, weiß er gut, was er macht. Den Schluß fand ich wie Sie, ein bißchen zu leise und unbestimmt.

Ich bin entsetzt, daß Sie entsetzt sind, daß ich entsetzt über den *«Kleinen Gast»* bin. Nun sind Sie wieder dran.

Wenn Sie nochmal schreiben, von wem

achselzuckt der Vogel Specht

ist, werde ich wohl Ihre Frau Gemahlin entführen müssen. Im übrigen ist es gar nicht von Niethschke, sondern von Hoffmann von Fallersleben.

Raquel Meller habe ich natürlich verpaßt – Sie wissen doch, daß man in Berlin manchmal jahrelang Thielscher nicht sieht. Wenn sie wieder singt, mache ich gleich hin.

Thomas Mann würde von mir noch viel mehr auf den Kopf kriegen, wenn alle Leute nicht so eine gräßliche Achtung vor ihm hätten. Was in doppelter Hinsicht blödsinnig ist: die Franzosen haben ruhig Witze über France gemacht, ohne ihn gleich zu verunglimpfen, und außerdem scheint mir dieses Männchen in den letzten Jahren sinnlos überschätzt zu werden. Dieses völlig funkenlose Produzieren . . . schrecklich. Es ist außerordentlich typisch, daß die Deutschen auf jeden hereinfallen, der ihnen etwas zum Denken vorwirft. Dann haben sie keine Zeit mehr, sehen nicht auf, knabbern und fressen das Denkfutter und grübeln . . . Ich kann so ein Zeug überhaupt nicht lesen.

(Bevor ich weiter antworte: Kafka, *«Der Prozeß»*, scheint mir eine ganz dicke Sache zu sein. Mir ist es immerzu den Rücken herauf- und wieder heruntergelaufen. Lesen Sie das mal, bitte.)

Über Ihre ausverschämte Anpflaumung von wegen einer Vermissung des jubelnden Aufschreis, in Paris leben zu dürfen, habe ich Ihnen, der Sie mir von Poincaré bezw. Lord Grey bezahlt zu sein scheinen, an anderer Stelle unter strenger Wahrung der deutschen Belange geantwortet. Sie bekommen das noch.

Die Alte ist wahr- und wahrhaftig aus dem Baltikum. Paß mal auf, damit ist es so:

Als wir alten 26er aus Polen nach Kurland einmarschierten, habe ich mich auf den Hintern gesetzt. Mensch, das ist das schönste Land, das es gibt. Von einer Reinheit in den Farben, einer Musik in der Bodenstruktur ... na, was brauche ich Ihnen diese Vokabeln aufzuschreiben. Sie werden verstehen, wenn ich sage: Deutschland, wie man es träumt. Es ist ganz und gar bezaubernd. Nota bene: damals kannte ich die meinigte noch gar nicht, es kann also keine verdrängte Hemmung mit abreagierter Fraternitätsreizung gewesen sein. (Finden Sie die Freud-Terminologie onanierender wiener Judenjünglinge auch so albern?) Nein, ich habe mich in das – damals völlig leere – Land verliebt. Dann lernte ich die Leute kennen.

Ich halte die Balten für die Apotheker Europas. Jeder mit einem vollkommenen Sparren behaftet, lebten sie bis zum Jahre 1914 in einem – Deutschland von 1835 und waren auf höchst amüsante Weise reaktionär – amüsant nur nicht für die Letten, die sie schlimmer als die Haustiere behandelt haben. (Heute wundern sie sich egalweg.) Ich weiß das alles – aber wenn mir einer baltische Geschichten erzählt – und es gibt deren herrliche – dann geht mir das Herz auf, obgleich ich da niemals im Frieden gelebt habe. Man hätte das als Naturschutzpark erhalten sollen. Der Baron, der sich vom Kutscher jeden Abend die Bibel vorlesen läßt und immer sagt: «Wenn der nich jefällt, räiß aus!» und der reißt auch ein Blatt nach dem andern aus, bis gar nichts mehr drin ist – die besoffnen Junker, die das lettische Personal im großen Saal eine Feuerspritze anbeten lassen – der Junker, der zum erstenmal in Riga einen Parkettfußboden sieht und sagt: «Sach, wie machst de die Figuren?» – diese unglaubliche Tradition, die immer epigonenhaft, aber niemals verkalkt war ... ich brauche Ihnen wohl nicht zu sagen, daß es mit Recht untergegangen ist. Und die Schwulität, die Degeneration, die Unfruchtbarkeit ... ich weiß das alles und überschätze da keinen. Aber wenn ich in Hans Voss «Baltischen Bilderbogen» Peterchens Jugendzeit lese, dann beneide ich diese Leute. Welch eine festgefügte Welt! Die Keyserlings waren Literaten, seit Jahrhunderten – das war so. Diese Familie reiste und jene kümmerte sich nur ums Land – das war so. Zum Kugeln. Was sie produzierten, war in jeder Hinsicht gleichgültig. (Mit Ausnahme des einen einzigen Eduard von Keyserling.) Was sie *lebten*, war transeuntibus, für den Besucher – himmlisch. Laß mir meine Balten – ich laß Dir Deine Altenburger.

Übrigens, die Burschen haben nicht nur das Teutschtum verteidigt, sondern – tragischerweise – ein Deutschland, das es gar nicht mehr gab oder wohl nie gegeben hat. (Bezeichnend das Entsetzen der Balten, wenn sie vor dem Krieg nach Deutschland kamen. Nein, das war nicht das Deutschland, für das im Jahre 1905 in Dorpat eine ganze Burschenschaft nach der Ansprache eines russifizierenden Beamten aufstand und «O Deutschland hoch in Ehren!» sang. Sie wurden sämtlich relegiert.) Und noch bezeichnender ist, daß die deutschen Offiziere, diese Esel, mit dem baltischen Adel sehr schlecht standen, und daß bei der Eroberung Rigas die Frauen den Pferden um die Hälse fielen, und was sie mit den Leuten machten, wollen wir gar nicht aufschreiben. Nach einem Jahr machten sie einen Bogen, wenn sie nur eine deutsche Uniform sahen. Und später bei den Abenteurerzügen der Eisernen Divisionen benahmen sie sich alle zusammen so charakterlos wie alle Grenzvölker. Und ich habe eine heimliche Liebe zu dem Land – das es nicht mehr gibt. Laß mir.

Nun gehe ich noch schnell dazu über, Sie zu fragen, ob ich Arno Holz lieben und schätzen muß, und dann erzähle ich von Paris.

Seit etwa zehn Tagen gehe ich erst wieder unter Leute – die vorigten Wochen habe ich die ganze Zeit zu Hause gesessen, und Paris war weit. Jetzt ist es wieder nah. Theater wie immer gleichgültig – kleine Revuen wie immer champagnisierend und zauberhaft und lebenserneuernd. Mein Nachbar, der ein Belgier ist, sagt: «Engländer gewinnen bei näherer Bekanntschaft – Franzosen verlieren. In Frankreich muß man leben – aber mit den Bewohnern soll man nichts zu tun haben.» Falsch wie alle solche Dikten – nicht ganz falsch wie alle solche Dikten. Zum Beispiel ist die Unzuverlässigkeit des französischen Kaufmanns ... vielleicht ist Unzuverlässigkeit nicht das rechte Wort. Aber seine «T'en fais pas»-Gemütlichkeit geht mitunter ein bißchen weit, auch, merkwürdigerweise, wenn man *kauft*, wenn er also verdienen kann. Er will gar nicht, mitunter. Ich möchte jedenfalls noch lange hier leben, aber nicht gern hier mein Geld verdienen müssen. Im übrigen: nur runde Ecken. Lob und Preis – da haben Sie ganz recht. Nun, an anderer Stelle.

Ich lese jetzt wieder viel französisch, verstehe vieles nicht – zum Beispiel gar nicht den neuen Akademiker Paul Valéry, das ist für mich chinesisch – und auch mit Proustn kann ich unkultivierter Esel nichts anfangen. Aber sonst gibt es doch reizende Sächelchen.

Wann kommen Sie her –? Nun will ich aber doch mal gemütlich mit Ihnen und Ihrer Frau zusammensitzen – nicht immer nur in den Bars bei der dicken Negerin, die aussah wie eine Kommerzienratsfrau. (Ich war mal später wieder da, sie besann sich noch ganz genau auf uns – und ich habe überhaupt den Eindruck, als ob man schon mal ein Stößchen mit ihr reden könnte. Ich habs aber nicht getan. Wegen doof.)

[. . .]

Lieber J. A., kommen Sie bald her. Denn ich mag vorläufig nicht nach Berlin kommen. Mir sind die Rummelleute so unsympathisch – ich spiele mir hier gewiß keine Idylle vor – aber mir ist das alles so fremd, so scheußlich fremd.

Immerhin danke ich Ihnen, daß Sie einmal an mich gedacht haben – und wenn Frau Kunsthändler da ist, grüßen Sie sie bitte von mir, und sie möchte Sie ermahnen, doch noch hier und da einmal zu schreiben. GOTT sey mit Ihnen!

Mit allen schönen Grüßen – auch von der Baltin – und auch von mir an Mutter Altenburg –

dero alter
Tucholsky

## AN BERNHARD WIEDEHÖFT

Le Vésinet den 19. April 1926

Siegfried Jacobsohn übergibt mir Ihren Brief, den ich mit dem größten Interesse gelesen habe.

Alles, was Sie schreiben, ist richtig. Auch, daß Sie sagen: «Ihr Intellektuellen drüben.» Aber:

Die SPD und die KPD machen meines Erachtens einen schweren, unverzeihlichen Fehler. Wenn die Proletarier mit vollem Recht sagen: Du bist nicht unser – du hast nicht, wie wir, als Junge geschuftet, daß du vor Müdigkeit wie ein Sack ins Bett fielst – du kennst unser Leiden aus Büchern, aber nicht aus dem Erleben –, so stimme ich mit ein. Man hat mir tausendmal vorgeworfen: «Kritik üben kann jeder – so geh doch und führe Du die Proletarier.» Ich habe stets geantwortet: Nein. Das kann ich nicht. Ich bin nicht so groß wie Lenin oder Lassalle – ich werde immer ein Fremder sein, da ist etwas, das mich trennt. –

Ich halte also den Durchschnittstypus des deutschen Intellektuellen – mich eingeschlossen – nicht für den berufenen Führer des deutschen Proletariats.

Aber warum benutzt ihr uns nicht mehr?

Warum ist es so entsetzlich schwer, selbst bei bestem Willen, auch nur die gutgemeinte Mitarbeit beiden Parteien zur Verfügung zu stellen? Wieviel Mißtrauen, wieviel Hochmut auf dem Wege! Der weiße Kragen ist wie ein Schandmal.

# AN A. KLEMICH

Herrn A. Klemich
Goethest. 28
Halle/a.S. 13–10–26

Sehr geehrter Herr,
Siegfried Jacobsohn übergibt mir Ihren Brief vom 20. September, der sich mit meinen Ausführungen über das Reichsbanner befaßt. Ton und Takt dieses Schreibens bewegen mich, Ihnen zunächst für das Interesse zu danken, das Sie an den Tag legen, und Ihnen zu antworten: wie ich hoffe, ebenso ritterlich und unpersönlich, wie Sie mich angegriffen haben. Ich brauche Sie also nicht zu bitten, die Schärfen der nachfolgenden Zeilen nicht anders aufzufassen, als sie gemeint sind: nämlich sachlich.

Sie schreiben, das Reichsbanner trage die Farben der Republik ins kleinste Dorf. Das ist richtig. Der Satz setzt aber stillschweigend voraus, als sei das bereits ein Verdienst – während doch Millionen von Arbeitern sich mit Recht fragen: «Was hat uns, den Unterdrückten, die Republik Besseres gebracht? –» Gerechtigkeit statt Justiz? Nein. Saubern Schulunterricht statt Verdummung? Nein. Änderung der deutschen Denkart? Nein. –

Erlauben Sie also bitte einem Zweifler, die «Farben der Republik» als eine oft begrüßenswerte Sache anzusehen, weil nämlich die Gegner mitunter schlimmer sind – aber nicht als mehr. Diese Republik ist nicht die meine.

Ich verachte die Verfassung dieser Republik nicht – ich verachte aber jene, die da glauben, dieser Lappen Papier würde irgendwo in Deutschland auch nur annähernd befolgt. In Wahrheit ist diese Verfassung weniger als eine Polizeiverordnung – sie hat den praktischen Wert einer moralischen rein abstrakt gebliebenen Vorschrift, durchdringt aber nirgends Judikatur, Verwaltung, Exekutive. Vielleicht lesen Sie einmal die Rechte der Deutschen daraufhin durch – können Sie das ohne bittres Lächeln, wenn Sie das Leben um sich herum sehen?

Hat der Deutsche seine sogenannten verfassungsmäßig begründeten Rechte wirklich?

Und daß diese kümmerliche Republik nach dem Kriege auf das schwerste gefährdet war, wie Sie schreiben, ist leider nicht richtig. Von wem hätte sie das sein sollen? Sie war es leider nicht von den betrogenen

Arbeitern, die von ihren Führern verraten worden sind – keine Geschichtsklitterung kann aus der Welt schaffen, daß Fritz Ebert mit den Generalen, Noske mit den Offizieren, Heine mit den übelsten Reaktionären gemeinsame Sache gemacht haben, aus Angst, aus Charakterlosigkeit, aus Unfähigkeit, zu begreifen, was eigentlich «Revolution» ist. Revolution ist: Luftreinigung – ist: von vorn anfangen – ist: «wohlerworbene Rechte» über den Haufen werfen – ist genau das Gegenteil von dem, was diese Republik in der Nachkriegszeit hat tun lassen. Und gegen die paar Leute, die sich – oft mit falschen Mitteln – dagegen aufbäumten, hat sie Maschinengewehre auffahren lassen – und ich weiß, daß viele der SPD-Schlafmützen, die damals versagt haben, heute noch der Meinung sind, sie hätten den Staat gerettet. Das haben sie auch.

Für wen –?

Für eine regierende Kaste, die längst begriffen hat, wie harmlos, wie artig, wie ungefährlich die Republik ist und daß es sich ganz gut mit ihr leben läßt.

Was «konstruktiver Pazifismus» ist, ahne ich nicht. Vermutlich ein schönes deutsches Wort. Wenn er aber bedeutet, heute noch von ausgebeuteten und betrogenen Menschen, die für den Stumpfsinn von 1914 ins Verderben getrieben worden sind, als von besondern Wesen, als von Frontsoldaten zu sprechen –: dann lehne ich ihn ab und bleibe bei meinem radikalen Pazifismus.

Eben das, daß der Angehörige einer Gruppe nach diesem blutigen Bankrott des wilhelminischen Zeitalters schreiben kann: «Das Reichsbanner wird sich niemals vorschreiben lassen» – beweist, daß sich nichts gewandelt hat. Hier will ja niemand vorschreiben – aber was ist das für eine Denkart –, die die sog. «Selbständigkeit» der Gruppe für das höchste hält!

Dies allerdings scheint mir ein Punkt, dessen Erörterung den Angreifer leicht in die Rolle des Bekämpfers der Hexenprozesse drängt: ein ganzes Land starrt ihn fassungslos an und versteht nicht.

Sie glauben an den Sieg des republikanischen Gedankens? Sagen Sie, was ist das eigentlich: der republikanische Gedanke? Daß es keinen König geben soll? Als ob es darauf ankäme? [...] Liegt die Republik nicht machtlos *unter* dem wirtschaftlichen Finanzkoloß, der sie bedrückt – kann sie denn überhaupt etwas tun? *Kann* sie denn Fürsorgeerziehung, Schule, die überflüssige Reichswehr, die Landgüter, die Schande der polnischen Saisonarbeiter, die Gefängnisse, die verbürgerten Amts- und Landrichter – *kann* sie das alles bessern? Ja, *will* sie denn überhaupt? Züchtet sie nicht neuen Gruppenstolz, nimmt sie nicht den Faden genau da auf, wo ihn der Ausreißer aus Doorn hat fallen lassen? Hat nicht nur das Vokabularium gewechselt?

Ich hoffe, daß ein so aufrechter und sachlich debattierender Mann das noch erleben wird – und ich hoffe es um so mehr, als Sie ein uninteressierter Kämpfer sind, der ja nichts will, der wahrscheinlich nur Unbequemlichkeiten und Arbeit von seiner anständigen Gesinnung hat. Der aber zu viel erwartet, der optimistisch ist, und, halten zu Gnaden: kein Revolutionär.

Hochachtungsvoll

# AN HANS HARTMANN

Die Weltbühne
Begründet von Siegfried Jacobsohn
Herausgeber: Kurt Tucholsky

*Redaktion* tu/s

Charlottenburg, den 8. Februar 1927
Königsweg 33

Herrn
Pfarrer Liz. Dr. Hans Hartmann
Solingen-Foche

Sehr geehrter Herr Doktor!
Ich danke Ihnen sehr für Ihren Beitrag, der mich außerordentlich interessiert hat. Ich möchte die Arbeit sehr gern bringen, und bitte nur um einige Änderungen im folgenden Sinne:

Das Publikum der «*Weltbühne*» ist – leider – über das, was in der protestantischen Kirche vorgeht, wenig unterrichtet. Ich möchte es aber unterrichtet sehen, denn ich halte diese Vorgänge, wie auch die im katholischen Klerus, für außerordentlich interessant und wichtig.

Nun hätte ich Ihren Aufsatz gern konkreter, möglichst mit Namen der Beteiligten (also nicht «ein Generalsuperintendent»). Ich brauche Ihnen wohl nicht zu sagen, daß Sie dabei so scharf schreiben können, wie Sie es selbst für richtig und angemessen halten. Ich habe also überhaupt keine Einwendungen taktischer Natur zu machen, nur etwa solche strategischer. Ich möchte gern unsern Lesern möglichst Konkretes geben, also nicht so sehr Betrachtungen, die ja wiederum nur jemand versteht, der tief in der Sache drinsteckt.

Ich hoffe, recht bald von Ihnen zu hören und bin bis dahin mit den besten Empfehlungen

Ihr sehr ergebener
Tucholsky

Paris, den 6–5–28

Lieber Herr Hartmann,
es ist ganz besonders freundlich, daß Sie so nett an meinen persönlichen Kram gedacht haben, während doch gewiß anderes in Ihrem Kopf auf einer so schönen Reise herumgeht ... Dankschön!

Ja, nun habe ich bereits mit den hiesigen Schweden wegen einer Freikarte verhandelt; aber das schließt ja nicht aus, daß man nach einigen schwedischen Touren wirklich nach Norwegen geht. Ich suche allerdings eine mittlere Landschaft, die mich nicht allzu stark ablenkt – sind die Fjorde dafür nicht *zu* großartig? Das kann ich nicht beurteilen. Es sind mir allerhand kleine Nester empfohlen worden – daß Sie Ihre Bekannte nicht in Anspruch genommen haben, weil sie mit Rosenberg gut bekannt ist, finde ich durchaus richtig; nach hiesigen Erfahrungen mit dem deutschen Botschafter ist mein Bedarf an dieser Menschensorte reichlich gedeckt. Das wollen wir also beiseite lassen, wohin es gehört.

Wenn Sie das Maß Ihrer Freundlichkeit vollmachen wollten, so schreiben Sie mir doch auf einem Kärtchen gelegentlich dieses:

Die Adresse des Herrn Ole Olden (auf alle Fälle)

und: ob es in Schweden die Möglichkeit gibt, sich artig auf ein *Pastorat* zu setzen, natürlich gegen anständige Bezahlung. Ich denke mir das nur sehr still und friedlich – Komfort und feines Essen brauche ich nicht – wenns nur sauber ist und Obst gibt. Das genügt mir. Oh, wo bette ich mein müdes Haupt –?

Viele schöne Grüße und nochmals besten Dank!

Sieht man sich da oben? Oder sind Sie schon wieder fort, wenn ich im Juni einlaufe? Ich freue mich mächtig, mal ganz was andres zu sehen – Herr, Ruhe tut not; die Post frißt mich hier auf!

Ihnen alles Gute wünschend,

bin ich
Ihr Sie herzlichst grüßender
Tucholsky

## AN «KARLCHEN» UND «JAKOPP»

Berlin-Charlottenburg, Königsweg 33 15-3-27

Sehr geehrte Beide,
häzlichen Dank für alle Zettel, Briefe und ohnflätigen Kachten. Meine Maschine ist kapott, das macht aber nichts, es sieht ein büschen seekrank aus, ist aber auch recht schön.

Ihr ssauft immerzu, und das ist nicht schön, weil ich nicht dabei bin, ich will aber auch dabei sein. Ich habe nun hier noch einige dicke Verhandlungen wegen endgültiger Übernahme des Blattes, das wird noch einen harten Kampf geben ... und wenn das fertig ist, dann komme ich. Zur Zeit wohne ich noch klein und möbliert – meine Alte ist noch in Frankreich und löst den Laden ja wohl auf. Mir ist hervorragend mies – ich mag hier nicht leben und fühle mich sehr unglücklich. Wie soll das werden –?

Sobald ich also Luft habe mit den Verhandlungen, komme ich für einen Sonnabend, Sonntag und Montag auf Eure Kosten herüber, auch einen kleinen Reisepfennig hätte ich gern auf Wegzehrung. Ich muß schon deshalb kommen, weil ich einen ganzen Waschkorb voller Witze weiß – so den: Der Großfürst Dimitrij fährt in der Bahn. Gegenüber eine sehr schöne Dame. Der Großfürst: «Fahren Gnädige nach Warschau?» – Die Dame: «Nein.» – «Fahren Gnädigste nach Krakau?» – «Nein.» – Der Großfürst: «Genug geflirtet! Zieh dich aus!»

Kallchen, was schenkst Du mir eigentlich zu Deiner Bestallung? Du Schwein.

So – Männer – nu will ich mal weiterarbeiten – damit das Blättchen erscheinen kann. Es ist ein †. Es geht ja ganz gut, es haben wenig abbestellt, aber ich will das ja alles gar nicht.

In tiefer schiefer Trauer
Euer trauriger
Fritz – [...]

# AN EMIL LUDWIG

Berlin-Charlottenburg, Königsweg 33 — 17. März 1927
tu/s

Herrn Emil Ludwig
Ascona/Schweiz

Sehr geehrter Herr Ludwig!
Der Herr, was bei mir möbliert wohnt, hat dauernd Weinkrämpfe und liegt unter dem Bett. Wenn ich ihn hervorziehen will, schreit er und sagt, er kommt nicht, bis man ihm die Karte vorgelesen hat, die Sie ihm geschrieben haben. Er kann sie nämlich nicht lesen. Er möchte sie aber gern lesen. Wo er sie doch aber nicht lesen kann?

Tun Sie mir einziger Gefallen, und schreiben Sie dem Mann unter dem Bett schleunigst, was Sie ihm geschrieben haben. Denn es muß einmal aufgefegt werden im Zimmer, und ein möblierter Herr neben dem Nachttopf – ein pures Ding der Unmöglichkeit.

In höchster Verzweiflung
Ihre ergebene
Martha Knautschke
bessere Tage gesehen habende Zimmerwirtin

Post ab 20. Mai: Berlin-Charlottenburg
Kantstraße 152 — Paris, den 5–5–28

Lieber Herr Ludwig,
dies schreibe ich eigentlich nur so vor mich hin – mehr, um mich mit Ihnen zu unterhalten … besonders Dringliches ist nicht drin. Es ist nemmlich so:

Als ich Sie zum erstenmal gesehen und gesprochen habe, da saßen Sie mit mir im Claridge (und ich habe immer heimlich Ihre Frau von der Seite angesehen; na, besser ist besser, «I», dacht ich … «wirst sie mal ansehn …») und da haben wir uns über Paris unterhalten und auch über die Botschaft.

Bei Leuten, die ich – padong! – gern habe, merke ich mir immer alles, was sie sagen, und ich weiß noch ziemlich jedes Wort. Sie sagten: «Na, hier öffnen sich Ihnen doch alle Türen!» und: «Warum machen Sie keinen Journalismus!» und dann sprachen Sie auch über Hoesch. Bei dieser Unterhaltung oder einer der folgenden fiel mir der leicht ironische Ton auf, mit dem Sie Hoesch behandelten – Sie sagten wörtlich: «Er fing die Unterhaltung mit mir gleich mit einem Fehler an» – und ich braves Kind, das hier immer *für* die Botschaft eingetreten war, staunte «Bauklötzer», wie man in Berlin sagt.

Wer aber hat recht behalten? *Sie.* Ich lobe keinen Wittelsbacher mehr.

Als Hoesch im vorigen Jahr krank war, brach eine kleine Hetze der «*Frankfurter Zeitung*» gegen ihn los – Simon hatte sich über ihn geärgert. Ich hatte auch in diesem Fall geglaubt, es läge an Heinz Simon ... und als etwas wirklich Unzutreffendes gegen den Dienstbetrieb der Botschaft zu lesen war, griff ich ein und nahm für Hoesch Partei. (Ich habe ihm das nie gesagt, nie zugeschickt, nichts.) Nun ist hier folgendes geschehen:

Ich hörte zufällig, daß Poincaré die Absicht habe, sich mit deutschen Journalisten zu unterhalten. Er gibt zwar keine offiziellen Interviews, aber das ist ja nur eine Frage der Geschicklichkeit. Ich griff das auf, paukte mich eine Woche mit allen möglichen Vertrauensleuten und Vermittlern herum und bekam es. Für mich. Nun habe ich so kalkuliert: mache ich mit diesem Aktenmenschen, der sofort heraus hat, daß ich seine Akten nicht so gut kenne wie er, allein ein Interview in der «*Weltbühne*», so mechte das schon aus dem Grunde nicht gut gehen, weil dann die ganze Rechte heult: «Also ist Poincaré der Mann der deutschen Radikalen – schon deshalb muß man ihn ablehnen!» Das Opfer war schwer, aber ich habe es gebracht – ich gab die Sache der «*Voss*». Stahl, der ein vorbildlich anständiger Kollege ist, schlug vor, daß wir *beide* hingehen sollten: er den politischen Teil, ich das Drumherum. Bon.

Die Franzosen verlangten Vorlage unserer Berichte, das wird zugesagt – und zum Schluß kommt als «pure formalité»: die Botschaft solle ihren Segen geben. Wird beantragt. Hoesch: Stahl ja – Tucholsky nein. Es vergehen sehr peinliche Tage, die Franzosen werden an mir irre, schließlich wird die Sache mit Mühe und Not beigelegt. Wir waren also bei Poincaré, haben mit ihm eine Stunde gesprochen und werden höchstwahrscheinlich entsprechend loslegen. Nachher habe ich Hoesch gestellt. Schade, daß Sie nicht dabei waren.

Diese Ungeschicklichkeit, diese deutsche glatte Unhöflichkeit, diese Verachtung (vor mir hat er keine Angst – vor der «*Kölnischen Zeitung*» hat er sie), die trübe Rolle, die Journalisten da überhaupt spielen: er klassifizierte «erstklassige» und andere, sagte die unglaublichsten Taktlosigkeiten, und ich weiß nicht einmal, ob er gewußt hat, was er sagte. Ich schlug sehr munter zurück, und wir schieden unversöhnt, aber süß-höflich, nach angeregtem Geplauder. Ich weiß nicht, ob ich da recht gehandelt habe: ich finde es immer ein bißchen komisch, wenn einer «aufsteht und rausgeht» – aber vielleicht versteht ein Saxo-Borusse keine andere Sprache? Wie auch immer dieser Korpsbruder des Herrn Domela im Innern beschaffen sein mag –: mir ist das eine heilsame Lehre gewesen. Nie wieder Rücksicht. Ich hatte sie die ganze Zeit geübt, ohne etwas davon zu haben, denn ich verkehre kaum in der Botschaft, Informationen hole ich mir nicht von den Deutschen, sondern von den Franzosen, und Hoeschn habe ich noch nie gebraucht; und ich werde ihn auch nicht mehr brauchen.

Warum ich Ihnen das schreibe –? Aus dem kameradschaftlichen Gefühl der Zusammengehörigkeit einer Kaste gegenüber, der Heinrich Mann und Sie und noch ein paar die Wahrheit gesagt haben. (Unnötig zu sagen, daß man daraus öffentlich nichts «machen» kann – das wäre ein dummer Fehler.) – Ich habe nur sehr an Sie gedacht, wie recht Sie mit Ihrer ersten Beurteilung hatten – und auch daran: so etwas vertritt nun unser Land – denn es ist ja unsers so gut wie seines, er glaubt, er habe ein Monopol! – und wie mag der einem Mann wie Poincaré gegenüber bestehen! Er sagte übrigens in bezug auf Poincaré sehr unvorsichtige Sachen, aus denen hervorgeht, daß er sich da ein paar ordentliche Niederlagen geholt haben muß – so gereizt ist man nur, wenn man Prügel bekommen hat. Er versteht ihn gar nicht. Sieht den neuen Poincaré nicht und lebt noch immer in der Ruhrbesetzungszeit. Das kann ziemlich heiter werden.

So – jetzt habe ich Sie so lange aufgehalten, unten stehen gewiß schon die Amerikanerinnen und bitten um Autogramme, die Frau schwingt in der Küche den Kochlöffel und bittet in den Platin-Speisesaal (na wat denn! Rowohlt gibts ja gern!) – die deutschen Kritiker der katholischen Provinzpresse bringen Ihnen einen Fackelzug – –

da will nicht länger stören

Ihr alter und Sie und die Gemahlin
schönstens grüßender
Tucholsky

Post, ab 25. Weltbühne — Paris, 19–5–28

Liebe Frau Ludwig,
lieber Herr Ludwig –
liebe Beide!
Allerschönsten Dank für Ihre lieben Briefe, die mir Balsam aufs blutende Herz . . . nein, so schlimm ist es nicht gewesen, was mich so verwundet hat, ist nicht etwa «Nichtachtung» gewesen – auch war meine

Eitelkeit nicht im Spiel, ich fühle und denke da genau so, wie die Dame des Hauses mir geschrieben hat. Nein, was mich so getroffen hat, war das Unerwartete. Ich hatte das Visier hoch geklappt und sprach mit dem Mann, trotzdem er mir die Unannehmlichheit eingerührt hatte, immer noch wie mit einem von uns, wie mit einem geistigen Menschen. Auf einmal kam der Stallknecht heraus, der verkappte, gut gewaschene, wohlhabende ... aber doch: «Heda! Anspannen!» Als ich das Visier herunterließ, war es schon zu spät. Wenns im Kampf gewesen wäre ... das geschieht mir alle Tage und ist mir wurscht. Aber es war wie ein Überfall.

Nun, ich habe ein sehr gutes Gedächtnis, im guten wie im bösen auch.

Liebes Paar, es ist furchtbar nett – aber ich weiß noch gar nicht, wohin daß ich machen tue. Ich möchte mich gern in einem Sanatorium auskurieren lassen, weil ich mich um ein weniges überarbeitet habe, auch finde ich mich zu dick, um schönen Frauen den Hof zu machen (jetzt wen meint er damit?) – und ich bedanke mich aber schrecklich für die freundliche Einladung. Darf ich mir die aufbewahren? Und, wenns mal sehr regnet, herunterkommen? Nichts wäre mir lieber, als ins Ludwighäuschen zu kommen – Herr! es ist kein Rowohlthäuschen – da mechts heute noch nicht stehen!! –

Inauguraldissertation über Fendriner? Nicht eben unübel. Besehen Sie sich ihn vom theologischen oder vom wüchtschaftspolitischen Standpunkt aus? (Ich habe beim Niederschreiben dieser Modewörter immer das Gefühl, als müßte einem dabei der Mund schäumen.)

Grüße an die gelben Rosen. Ich will auch ganz gewiß eines Tages vor ihnen stehen, ein furchtbar dummes Gesicht machen, das ich gern als gute Sitte auszugeben pflege, und sagen: «Das sind gewiß Roseolae anachreonienses?» Kurz: es wird so fein wie in einem bessern Heft der «*Eleganten Welt*». Ich komme aber nur, wenn Ludwig mir verspricht, morgens durch den Garten zu rufen: «Jean! Wecken Sie den Herrn Türkischen Botschafter und Gerhart Hauptmann, geben Sie den Windhunden die Hühner, die Herr Tucholsky gestern nicht gegessen hat, und stellen Sie Viktor Hahn in die Sonne!» Verspricht er –?

Mit Händedruck und Dank und vielen schönen Grüßen

der von sich hören werden lassende
Tucholsky

Paris, den vorletzten
Post: Weltbühne den 24–5–1928

Lieber Meister,
«Nu aber raus –!»
Sehr geehrter Herr Doktor,
(– «Sahrn Sie mal – Ihnen piekt er woll?»)

Lieber Emil Ludwig,
schönen Dank. Aber würklich – mir müssen sie mal durch die Milz pusten ... so geht das nicht mehr weiter, und wenn Sie auch mondäne Hunde, Lustknaben, Verleger und andere Gegenstände des Vergnügens haben: Pappa möchte mal den Motor überholen lassen. Seit Dezember geht das wie bei einer Hure: rein ins Bett, raus aus Bett – auf die Dauer ist das nicht sehr komisch. Ich bin zu fett, immerzu erkältet – kurz: es muß was geschehen. Wenn sie mich wieder à jour gebracht haben, melde ich mich.

Schönen Dank für den Neid. Sie mir –? Ich Ihnen, Herr. Indem es nämlich nicht so wunderschön ist, was ich da aufführe: viele Pollutionen, aber kein Kind. *Sie* sind ein Bücher-Familienvater ... ich vergeude, wie mir scheint. Aber das hat mir S. J. beigebracht, das Ganz-oder-gar-nicht – und wenn es auch natürlich nur alle Übertag glückt, die Hälfte also daneben geht –: die Anstrengung ist immer gleich groß. Wem sage ich das –!

Lieber Herr Moscius, anbei einen Brief, den ich erhalten habe, den aber nicht lesen kann.

Bitte drücken Sie sogar den Hundchen die Hände (neulich hat ein wunderbarer Mann aus meinem Panoptikum gesagt: «Ich traf einen Hund – er ging, mit den Händen auf dem Rücken ...» sehen Sie ihn gehen?) – sogar den Hundchen die Hände, küssen Sie der Gnädigen dieselben und seien Sie allerschönstens begrüßt und gegrüßt

von Ihrem 20 Pfund zu schweren, sportfaulen,
Original-Mitarbeiter
Tucholsky
Feldpolizeikommissar a. D.
Inhaber verschiedener hoher armer Ritter p.p.p.
Mitglied des Reichsverbandes

Hotel Hessler
Berlin-Charlottenburg 1–6–28

Lieber Meister,
falls wir uns nicht mehr sehen sollten, zunächst *allerschönsten* Dank für alles, was Sie wieder einmal für mich tun! Ich habe leider meine Reise, die nicht von mir allein abhängt, nicht mehr aufschieben können – daher dieses Aneinandervorbeifahren...

Mit dem Buch ist es so:

Der Plan ist allerersten Ranges. Er hat mich nur auf den Buckel geworfen, weil ich mit einer Satire schwanger gehe, seit zwei Jahren – und die wollte ich in Schweden herstellen. Und nun das –! Aber es ist gut, und ich glaube, daß da etwas zu machen ist.

*Dagegen* spricht wenig – *dafür* sehr viel.

Dafür: Sensation; 10 Jahre Revolution; Möglichkeit der Satire; kleines Kulturbild an Hand der Ferschten – glänzend geführter Schlag gegen den Monarchismus.

*Dagegen:* Ich habe keinen Schimmer von Hofluft und habe nie unter den Leuten gelebt, sehe also vieles von außen an. Lampenfieber. Und das Schlimmste: die Eile. Denn, halten zu Gnaden, ich bin Sie nämlich ein Langsamer, und wenn mir ganz schwindlig vom Fahren ist, dann bleiben mir nur vier Wochen zur Fertigstellung, dieser Eid will jeschworen sind!

Kurz: wenn Sie mich wirklich in den Niagarafall stoßen, reiten werde ich schon können.

*Ein Jammer:* daß *Sie* das Buch nicht machen!

Mit Händedruck

immer Ihr alter
Tucho

Paris XVII, 1 Place de Wagram 20–1–29

Lieber Emil Ludwig,
wenn *Sie* das sind, der mir diesen netten Brief mit dem grünen Blatt geschickt hat, so bedanke ich mich erst mal sehr schön – obgleich ich zugeben muß, daß ich mit der Schreibenschrift Ew. Gnaden fast so viele Schwierigkeiten habe wie mit meiner, die um etwa 3 Karat schlechter ist. Dann liegt da vor mir ein weiterer Brief der p. Wels, die ja eine wirklich selten kluge und vernünftige Frau ist – und die schreibt mir da etwas von einer Weltreise, die zunächst in Portofino zu beginnen hätte.

Um Gottes willen –: ich habe ganz vergessen, Prost Neujahr zu wünschen! Prost Neujahr.

Ja, also hier war nun vier Wochen schwere Grippe und innerhalb selber habe ich mir so allerhand überlegt, ganz ohne Fieber. Und da ist mir denn aufgestoßen, daß dies nicht ewig so fortgehen kann. Ich fühle langsam eine Biegung des Weges kommen, eine Steigung oder irgend etwas Neues . . . und, halten zu Gnaden und ohne Honig auf die Backe, weil Sie einer der wenigen sind, zu denen ich mich seit Jacobsohns Tode freundschaftlich hingezogen fühle, wegen: Vertrauen – so sage ich Ihnen das – ohne mir nun aber furchtbar kompellciert vorzukommen. Es ist einfach so:

Ewig so weitermuddeln ist nicht gut. Bringt allerhand ein (nicht genug), ist aber nicht gut. Zwei Möglichkeiten:

a) Weltreise. Sicher ist das zu machen. Was kommt da raus –? *Noch* ein paar lustig aufgeklebte Adjektive, die Perlmuttschale in Port Said, die Sache mit den Pflaumenkuchen in Cadix; das «Propplem der Meerenge von . . .» ich denke, daß das so nicht geht. Ein festes Weltbild – wie etwa das katholische – nenne ich nicht mein eigen, wo sollte das in diesem Getriebe auch herkommen? – und nach der Lektüre von etwa zwanzig französischen und deutschen Reisebüchern muß ich sage: man will das nicht. Auch dann nicht, wenn es etwas besser gemacht ist – man will es nicht. Lieber E. L., Sie halten mich für einen viel bessern Journalisten, als ich verdiene – *Sie* können das, sagen Sie nichts, Sie können es wirklich und haben es bewiesen, zuletzt noch in Amerika – *das* ist guter und großer Journalismus. Je ne.

b) Einkapselung in die Stille. Dagegen:

Es kann schief gehen. Man wird vergessen. Man verliert den Faden.

Dafür: Man wird wieder ganz ruhig. Die Töne klingen wieder ganz rein.

An ein «großes Lehmswerk» habe ich dabei nie gedacht – ich bin kein Zweibändeschreiber. Aber ich glaube, da könnten allerhand Dinge aus mir herausklettern, die nur aus der Stille kommen können . . . und da ist denn die Frage, ob das geschäftlich lohnt, ob es tragbar ist, ob man das finanzieren kann . . . das weiß ich nicht. Rowohlt ist ein guter Mann; ein Verleger aber ist kein Mäzen.

Nun schreibt mir die Welsine, daß Sie vielleicht die Absicht hätten, im Februar hierherzukommen – ich kann Ihnen gar nicht sagen *wie* nett das wäre, wenn Sie einen Abend für mich frei hätten. Ich möchte mich gewiß nicht an Ihrem gefl. Männerbusen ausweinen – aber beichten schon ganz gern. Und nur etwas, eine Prise Ihrer Meinung haben – dann weiß ich schon weiter.

So nun habe ich Sie lange genug mit diesem Zimt aufgehalten; und nichts for ohngut, wenn ich nicht da hinuntermache – aber die 4 Wochen

Arbeitspause muß ich aufholen, hier geht zur Zeit alles drunter und drüber, *so* viel Papier liegt hier, und die Zeitungen sind nicht versorgt, und der Schornstein muß rauchen – Paris ist auch eine schöne Gegend – ich freue mich sehr auf Sie.

Dank für das grüne Blatt – kennen Sie das Stormsche grüne Blatt? Das ist ein schönes Gedicht.

Mit vielen schönen Grüßen, auch an Madame,
Ihr derzeitiges Beichtkind
Tucholsky
Ehrenmitglied des Reichsbundes der Jarosys

22–5–32

Lieber Emil Ludwig,
schönen Dank für Ihren Brief vom 13. d. M. Ihren Entschluß in Sachen Naturalisation verstehe ich durchaus; Dank für die Antwort.

Den Beitrag Hegemanns habe ich vor dem Druck nicht gesehn. Wie ich zu Ihnen stehe, wissen *Sie* – *Sie* wissen auch, daß ich mich Ihnen dankbar verbunden fühle, und daran wird nichts etwas ändern.

Eins finde ich nicht richtig: daß Sie ein Blatt danach bewerten, wie es zu Ihnen steht. Das haben Sie nicht nötig – sowenig wie das Zittern beim Gedanken an diesen Artikel. Ich habe den Artikel nicht hier und kann nun nicht mit einzelnen Nachweisen dienen – aber Tücke und Dolchstoß . . .? Lieber Emil Ludwig, eine Fahne der WB gibts nicht, und ich halte dergleichen nicht flatternd in der Faust, vielleicht hat Hegemann geirrt. Sollen die Dohlen dich nicht umschrein . . . Wer Ihr Werk getan hat, soll sich nicht über Resonanz wundern.

In durchaus alter Gesinnung herzlichst Ihr

Kurhaus Tarasp 14–7–32

Lieber Emil Ludwig,
da liegt noch immer Ihr Brief vom Mai, und ich habe mir nun den Hegemannschen Artikel kommen lassen.

Es fällt mir nun nicht ganz leicht, etwas darüber zu sagen – Ossietzky sitzt im Gefängnis, ich kann mich mit ihm darüber jetzt nicht verständigen, und ich hätte vor meiner Antwort an Sie gern gewußt, wie *er* dazu steht. Ich weiß, daß Ossietzky Ihnen niemals bewußt eine böse Suppe hat einbrocken wollen.

Ich hätte den Artikel nicht gebracht. Ich hätte Herrn Hegemann nämlich gesagt, und das ist mein Haupteinwand gegen seine Arbeit: «Was willst du eigentlich von dem Mann? Willst du ihn veräppeln, dann such dir ein andres Datum aus. Und willst du ihn veräppeln, dann tu es vor allem einmal klar und deutlich und sage, was du willst. Und dann nicht bei uns.»

Denn ich muß zu meiner Schande gestehn – und nun werden Sie mich noch für ganz verdummt halten –: ich habe nicht alle Spitzen verstanden. Das wirkt zum Teil wie ein Stank unter Klubkameraden (die Sie beide gewiß nicht sind). Die Spitzen sind so intim – bin ich so weit fort von diesen Dingen, daß ich auf einmal nicht mehr lesen kann? Ich kann natürlich genau die Stellen anstreichen, wo etwas ist – aber ich weiß nicht immer, was er Ihnen eigentlich vorwirft. Es ist wie eine naß gewordene Rakete: es zischt, riecht nicht gut und dann kommt gar nichts.

Es muß da etwas sein, was Sie getroffen hat, und das bedaure ich sehr. Ich wäre froh, wenn Sie jenen zu den übrigen legen könnten.

Mit herzlichen Grüßen
wie stets
Ihr

# AN WALTER MEHRING

Paris XVI, 5 Avenue du Colonel Bonnet 3-8-27

Sehr verehrter Herr Strafanstaltsdirektor,
möchte Herrn Direktor mal schreiben, weil seitdem ein viel besserer Mensch geworden, seitdem bei Herrn Direktor mein lebenslänglich abgebüßt habe. Fühle mich seitdem wie im Himmel und kann dasselbe jedermann nur aufs wärmste empfehlen.

Abgesehen davon:

1.) *Sie* müssen mehr haben; denn ich will hooptsächlich Kuhplehs machen und nur hier und da etwas Szene.

2.) Condotion sine que non: Urheberrecht wird nicht übertragen, so daß sie also nichts ändern können, wenn wir nicht wollen. Verlagsrecht auch nicht.

3.) Jach hab mer gedacht, 3000 Mark. Das ist *vorher* zu bezohlen. Begründung: *wir* haben unsere Zuverlässigkeit seit Dschahrenden bewiesen – der Rendant des neuen, noch nicht einmal bestehenden Theaters hat das erst zu tun. Kein Mißtrauensvotum gegen Piscator – äußerstes Mißtrauen gegen alles geschäftliche Drumherum eines neuen Unternehmens. Haben wir das, dann ärgern wir uns nicht mehr. (Ausprobiert.)

4.) Der Herr müßten aber schon herkommen. Sieh mal, Großer, anders ist nicht. Und zwar müßten Sie herkommen, wenn Sie schon was haben. Und ich auch was. Über das Grundsätzliche kann man sich einig werden. Es brroocht Ihnen nicht gesagt zu werden, daß die eigentliche Arbeit dann erst losfangt. Wa?

Post: Weltbühne 23-3-29

Lieber Walt Merin,
ich bin zwar schon ganz rammdösig vom Tippen – aber das wollen wir doch nochmal. Item:

Schönen Dank für Ihren Brief. Um Gussys Anblick hab ich Sie sehr beneidet – ich hoffe immer noch im stillen, daß die heilige Familie hier raufmacht, wo ER ungeheuer pompulehr ist – dann führe ich sofort nach Stockholm.

Ja, Bronnen. Also Sie sollten, wenn man überhaupt soll – daran knabbere ich noch. Nicht etwa wegen Rowohlts; der ist darin sehr anständig, er weiß, daß ich das Buch ablehne. Nein – wegen des Helden selbst. Ist das eine Reklame für ihn? Im Waschzettel «Ein umstrittenes Buch»... Andererseits: mich juckt es furchtbar. Meine Notizen sind in Ordnung, aber ich weiß noch nicht. Daher kann ich nicht so ohne weiteres Ihnen zuraten – obgleich Sie das besser machen als ich: Sie haben für diese Fälle eine pfeifende, tödliche Ironie, die in meinem Fett nicht wohnt – da bleibt dann aber wirklich kein Auge trocken. *Wenn* Sie es tun, dann schlagen Sie zu, daß die Fetzen fliegen. Sie brauchen nicht lange zu suchen – das Buch besteht nur aus «Stellen» – es ist beispiellos aus innerer Verlogenheit; an Gemeinheit; an sexueller Schweinerei – [...] Eine tolle Nummer.

Ich fand Kerrs Angriff gegen diese ganze Gesellschaft prachtvoll; bei allen Einwänden – er ist ja doch einer. Was ist das für eine Umfrage, bei der Sie auch geantwortet haben? Kann ich die mal haben – ich schicke sie sofort zurück.

Daß Brecht Sie vernichten will, ist in Ordnung. Ich hoffe, in Ihrem Sinne gehandelt zu haben – ich habe mal meinen ganzen Kummer herauslaufen lassen. Sie kommen natürlich auch drin vor.

Was ist das nun –: mir hat nie einer was getan; der Doktor Klein hat mich geschäftlich äußerst korrekt behandelt, sogar mehr als das; von Piscator und Gasbarra bekomme ich nur durchaus diskutierbare und anständig gemeinte Vorschläge ... und ich kann nicht. Ich danke immer dem lieben Gott, daß ich kein Talent fürs Theater habe – es wäre mir unmöglich, auch nur zwei Stunden mit diesen Menschen zusammenzuarbeiten. Nicht nur wegen der pekuniären Unzuverlässigkeit – aber diese Atmosphäre von Betrug, Hysterie, Wahnwitz, Weiberkram – also ich nicht. Mein Leben verläuft anders. Jeder seins.

Und Ihr –? *«Kaufmann von Berlin»*? Geht das Buch bei Fischer gut? Was tut sach sonst?

Das teile mal an einem schönen Sommerabend mit

Ihrem ergebenen
Mitglied des Reichs-Wildschützen-Vereins
[...]

## AN WILHELM SPEYER

Paris XVII, 1 Place de Wagram 16–10–27

Lieber Speyer,
Ihr Brief hat mich sehr erschreckt.

Zunächst haben Sie mir überhaupt keine satirische Grobheit geschickt, sondern eine außerordentlich lustige Anmerkung, der man, da sie ja dazu noch von Hulle mitunterzeichnet war, sofort ansah, wie Sie sie gemeint hatten: nämlich gut.

Ich habe Sie weder lächerlich machen noch mit einer Ungezogenheit kränken wollen, wozu ich auch nicht den leisesten Anlaß wüßte; ich habe die Stelle nochmal überlesen und sehe jetzt ein, daß Sie sie als verletzend auslegen konnten. So war diese Neckerei aber tatsächlich nicht gemeint. Mir tut es aufrichtig leid und ich bedaure, Sie auch nur unwesentlich gekränkt zu haben.

Ich wünschte nur, daß unsere guten Beziehungen darunter nicht litten, und ich wäre sehr froh, wenn Sie mir Ihre Hand wieder so freundschaftlich geben wollten wie früher.

Unverändert herzlichst
Ihr alter

# AN PISCATOR-BÜHNE

Paris XVII, 1 Place de Wagram 16–2–28

Piscator-Bühne
Berlin W 30
Nollendorfstr. 11/12

Lieber Gasbarra,
schönen Dank für Ihren Brief und die freundliche Einladung. Damit sieht es so aus:

Ich bin grundsätzlich nach wie vor gern bereit, an einer Revue für Piscator mitzumachen, und auch das vorgeschlagene Kollektiv ist mir recht – mit Brecht ist durchaus zu arbeiten, er quillt vor Ideen und behagt mir als Mitarbeiter sehr. Aber –:

Die Zeit ist zu kurz.

Ich bin ein breiter und dicker Mann und ein sehr schlechter Improvisator – alles, was ich mir so zurechtkoche, liegt ziemlich lange und wird sehr lange am Feuer gewendet. Es wäre unverantwortlich, Ihnen einen Vorschuß herauszulocken und, was schlimmer ist, die Erwartung zu spannen, wenn ich genau weiß, daß meine Veranlagung mir unmöglich macht, in fünf Wochen und noch dazu in Berlin etwas herunterzuhauen. Dazu müßte ich mit Chansons, Entwürfen, ganzen Szenen nach Berlin kommen, die dann im Kollektiv durchgearbeitet werden müßten – und das hätte ich vor drei Monaten wissen müssen. «Nachtglocke zum Dichter» . . . es geht wirklich nicht.

Ich war beinah ein Vierteljahr krank und bin nun mit allen meinen Arbeiten sehr im Rückstand, das kommt noch dazu.

Bitte verstehen Sie meine Absage genau so, wie sie gemeint ist: ich will anständige Arbeit liefern und selbst, wenn Sie mir ein paar Wochen mehr gäben, geht es nicht, weil ich sofort gar nicht abkömmlich wäre.

Wir wollen so verbleiben: wenn Sie im nächsten Winter so etwas vorhaben, schreiben Sie mir es bald, dann arbeite ich im Sommer daran, und das sieht dann ganz anders aus. Dann kann ich Ihnen noch eine sauber gearbeitete Sache versprechen.

Ihnen alles Gute für die Revue wünschend, mit den besten Grüßen an die Herren Piscator und Brecht –

wie immer
Ihr sehr ergebener

Paris, XVII, 1 Place de Wagram 14-3-28

Piscator-Bühne
Berlin W 30
Nollendorfstr. 11/12

Lieber Gasbarra,
schönen Dank für Ihren freundlichen Brief vom 10., den ich aufmerksam gelesen habe.

Als Einleitung bemerkt, hat es mir sehr leid getan, daß ich Sie in Berlin nicht aufsuchen konnte – aber mir ging es gesundheitlich nicht zum Besten, und so habe ich fast niemand von den Freunden sehen können.

Nun wollen Sie also wissen, wie ich zu der Auseinandersetzung «*Weltbühne*» – Piscator stehe.

Dazu muß ich zunächst sagen, daß ich die ersten Vorstellungen nicht gesehen habe, sondern nur den «*Schwejk*»; ich bin also kaum berechtigt ein Urteil abzugeben, und was ich da sage, ist mehr grundsätzlicher Natur.

Ich habe auch aus diesem Grunde nicht eingegriffen: ich kann nicht Partei nehmen, wenn ich das Objekt so unvollkommen kenne.

Dies voraufgeschickt, brauche ich Ihnen zunächst nicht zu sagen, daß ich auch im Falle eines Irrtums einem Kritiker wie Kahn nicht in den Arm fallen kann. Wenn man einmal jemand sein Vertrauen gegeben hat, ist es nicht gut möglich, von Fall zu Fall zu schulmeistern – ich ließe mir das keinesfalls gefallen, und wie ich Kahns Temperament und Gefühl für Rechtlichkeit und Unabhängigkeit kenne –: er auch nicht. Ich habe das, was Ossietzky geschrieben hat, nicht als Frontalangriff empfunden, und ich weiß auch, daß er es nicht so aufgefaßt wissen will. Wir haben auch nicht das leiseste Interesse, Ihnen, grade Ihnen, Schwierigkeiten zu machen – aber andererseits stellt Ihr Eure Stücke heraus, also müßt Ihr Euch gefallen lassen, zu hören, was die Leute darüber sagen und wie es ihnen gefällt.

Was wollt Ihr –? Ein reines Gesinnungstheater machen? Dann habe ich das leise Gefühl, daß der Ort nicht sehr glücklich gewählt ist. Im Augenblick, wo sich dergleichen in der Bötzowbrauerei begibt, ist jeder Einwand gegen die «künstlerischen Einstellungen» Unfug: da soll gewirkt werden und fertig. Dazu scheint mir aber Piscator viel zu bedeutend zu sein. Er will mehr. Schließt nun die Gesinnung jede Kritik aus? Sie sagen selbst, natürlich: Nein. Ich bin fest davon überzeugt, daß ich niemals mit Ihnen Streit bekäme, wenn ich zum Beispiel über den «*Schwejk*» sagte: «Ich sehe so ein Stück naturalistisch von hinten bis vorn. Ich will den sauern Muff der Kneipe und den Staub der Amtsstuben – ich will nichts Stilisiertes, ich will Erde riechen. Über die Figur Pallenbergs brauchen wir uns nichts zu erzählen – über die grandiose Leistung Piscators ebensowenig. Aber ich sehe das anders. Ich empfinde die Härten, Frechheiten, die Stiche, die Schüsse, die da losgelassen werden, als nicht zur Sache gehörig – ich meine, daß der sanft blödelnde Schwejk eine viel stärkere, eine tödliche Waffe ist – die Schärfe der Satire in *diesem Fall* eine schwächere.» Ich bin dagegen geschützt, etwa als Kompromißler angesehen zu werden – es ist das eine, halten zu Gnaden, künstlerische Frage. Ich glaube, daß darüber eine Diskussion möglich ist.

Eure Gesinnung ist die meine. Die *Mittel*, mit denen Ihr dieser Gesinnung zum Ausdruck verhelft, sind nicht immer die meinen. Da wird gesagt, diese Mittel folgerten «zwangsläufig», wie das so schön heißt, aus der Gesinnung. Dann wäre es mit der Gesinnung sehr trübe bestellt. Sie haben gewiß den ausgezeichneten Aufsatz von Guilbeaux im «*Neuen Rußland*», wo dieser gewiß unverdächtige Mann bestreitet, daß aus Rußland eine neue Kunst hervorgegangen sei. Darüber kann man streiten. Worüber man aber nicht streiten kann, ist die Behauptung, der Künstler zähle *nur* nach dem Grad seiner sozialen Erkenntnis – das ist einfach ein Unding. (Sie haben das nicht behauptet.) Und wenn ein Arbeiter mit seinem Blut Lenin an die Mauer malt und dann fällt, so steht dieses Bild, was die Gesinnung betrifft, über allen, die es gibt – was aber nicht hindert, daß jemand, an achter Stelle, unter anderm das Urteil abgeben darf: «Übrigens ist das linke Auge verzeichnet.» Um wieviel mehr erst darf er das, wenn keiner fällt und keiner blutet, sondern, wenn Kunst geboten, gemacht, gewollt, prätendiert wird! Da scheint mir anständige Kritik erlaubt – auch dann, wenn sie von Euerm Standpunkt abweicht.

Über die Möglichkeit, die Plätze zu verlosen, kann man diskutieren. Weniger diskutabel erscheint mir die Behauptung, daß die Vereinsmeierei des Kollektivs, von der Sie erfreulicherweise sehr offen schreiben (was natürlich unter uns bleiben wird) – daß die lediglich auf der imaginären Linken zu finden sei. Lieber Gasbarra! Ich will nicht bitter werden, aber wenn ich den Parteirummel mitansehe, dann wird mir bitter. Also das ist nun eine allgemeine deutsche Eigenschaft, und da Sie wissen, daß ich nicht auf die Präsidentenstelle der «I.L.» (Imaginären Linken) ehrgeizig bin, so erlauben Sie mir, zu sagen, daß man sich auf vernünftige Leute immer stützen kann. Wenn die sich dämlich benehmen, dann müssen sie eben von einem Führer zusammengerissen werden, was gewiß nicht konterrevolutionär gemeint ist. Kurz: es gibt bei jeder Kunst – auch bei der revolutionären, grade bei der revolutionären – einen Streifen, den man dogmatisch nicht beackern kann.

Bitte seien Sie davon überzeugt, daß ich für mein Teil zu Piscator stehe, auch, wenn ich ihn jemals kritisieren sollte.

Mit den besten Grüßen wie stets

Ihr sehr ergebener
Tucholsky

## AN MAX BROD

Kivik, 26-7-28

Lieber Max Brod,
ich möchte ja nicht in die Abteilung Ihres Herzens gucken, in dem ich einmal eine Kammer gehabt habe, weil ich Furcht hätte, mich dort nicht mehr anzufinden. Lieber, Ihre Briefe vom 14. 6. und vom 7. 7. fand ich nach sechswöchiger, mir selbst auferlegter Briefpause in Hamburg vor – und jetzt erst sitze ich hier in der Stille und arbeite alles auf, was ich im Sommer habe liegen lassen müssen. Bitte, bitte verzeihen Sie mir, wenn Sie, was ich durchaus begreife, böse gewesen sind – die «*Weltbühne*» ist in diesem Fall unschuldig, denn sie dürfen meine Briefe nicht öffnen. (Haben Sie übrigens Ihr Honorar bekommen? Ich habe gleich moniert.)

Die Aphorismen gehen mit gleicher Post an das Blättchen, und ich gebe auch dort Anweisung, daß das Honorar und die andern Kosten so bezahlt werden, wie Sie das angegeben haben. Bitte schreiben Sie mir auf jeden Fall, daß alles in Ordnung ist; die Aufzeichnungen sind so schön, daß ich gern mehr davon haben möchte. Am liebsten solche allgemeiner Natur – ich habe einmal eine Seite Aphorismen Kafkas gelesen, von denen mir ganz angst geworden ist. Man fragt sich immerzu: «Wer war das? Was ist das?» Es gibt, wie mir scheint, überhaupt ein «Kafka-Gefühl», ein Gefühl, das man *nur* beim Lesen seiner Werke hat. Über «*Amerika*» schreibe ich bestimmt noch – das Buch hat eine ganz große Wirkung bei mir hinterlassen, größer noch als das «*Schloß*» – es sind einige ganz vollendete Seiten darin. Ihr Nachwort herrlich – sehr gut der Vergleich mit Chaplin; Kafka hat es fertig bekommen, noch zarter zu sein, ohne den Amerikaner wahrscheinlich jemals gesehen zu haben. Aber es ist genau das; ist der gemeinsame Grundzug jüdisch? –

Nach unserer Zusammenkunft habe ich wochenlang bei Weidner gesteckt; gefehlt hat mir nichts, aber ich wollte mich einmal gründlich ausruhen. Es hat wundervoll gewirkt, und jetzt arbeite ich hier wie ein kleiner Wasserbüffel. Hier ist sozusagen gar nichts: zehn Badegäste und ein paar Holzhäuschen und See und Busch und Himmel. Aus. Ich will hier bis zum September arbeiten, und dann: Paris. Wo ich Sie aber doch einmal zu sehen hoffe!

In alter Freundschaft
wie immer herzlich grüßend
Ihr Tucholsky

Paris: 24–5–31

Lieber Max Brod,
ich danke Ihnen herzlichst für Ihre freundlichen Worte und für die freundlichen Zeilen im Blatt. Über die kleine Szene à trois müßten wir uns einmal unterhalten – zu grob ist sie ja wohl nicht, und haben Sie etwas gegen die Realität solcher Dinge?

Und die Wiener ... Lieber Max Brod, so bös ist das natürlich nicht gemeint. Ich hätte mich vielleicht etwas schärfer ausdrücken sollen – und dann hätten wir uns gleich verstanden: es geht da gegen eine Sorte Intelligenz, die mir genauso peinlich ist wie Ihnen sicherlich auch – diese ewigen Zerschwätzer des Lebens, die dabei so mächtig *lügen*. Sie kennen diesen Typus – er ist grauslich. Vielleicht war die geographische Bezeichnung «Wiener» nicht glücklich gewählt – es gibt sie ja wohl überall.

Wo und wann sind Sie aufhältlich? Ich noch eine Woche in Paris und dann in England. Ich würde mich wirklich sehr freuen, mit Ihnen plaudern zu können.

In alter Treue
Ihr herzlichst ergebener
Tucholsky

# AN WILHELM STAPEL

Stockholm, 10–4–29

Das Deutsche Volkstum
Hamburg

Sehr geehrter Herr Doktor Stapel,
es ist in Deutschland üblich, daß sich politische Gegner nicht umeinander kümmern – der Satz «Ich grüße ihn nicht mehr» ist bestimmt zwischen Maas und Memel entstanden. Ihre kleine Glosse «*Eine Offerte*» veranlaßt mich, über den Abgrund hinweg Ihnen ein Wort zu sagen.

Sie machen sich darüber lustig, daß eine Konzertdirektion eine Offerte herausgehen läßt, in der ein Vortrag von mir angeboten wird.

Halten Sie es für eine Schande, daß ein geistiger Arbeiter von seiner Arbeit lebt? Wird nicht auch das «*Deutsche Volkstum*» verkauft? oder geben Sie es umsonst ab? Sehr, sehr häufig habe ich – vor Arbeitern – gesprochen, ohne auch nur einen Pfennig zu erbitten – darf ich nicht in allen andern Fällen meinen Preis machen? Wo ist da der Punkt, an dem ein Kulturkritiker den Hebel ansetzen könnte? Ich sehe ihn nicht.

Was den Stil der Glosse angeht, so bin ich nicht kompetent – es muß da eine Art unbeschnittenen Gemauschels geben, dessen Grammatik mir ewig dunkel geblieben ist.

Ich meine: man kann sich auch auf saubere Art bekämpfen.

Ich bin mit den besten Empfehlungen

Ihr sehr ergebener
Tucholsky

# AN KURT HILLER

Post: Weltbühne 22–4–29

Lieber Doktor Hiller,
schönen Dank für Ihre freundlichen Worte. Es stimmt schon: gefühlsmäßig, besonders bei rein ästhetischen Wertungen, steigt mir verschiedenes hoch. Gibt es einen, der Rausch oder so heißt? (Als Beispiel.) Dann möchte ich mir immer einen Weiberhut aufsetzen und vor den Herren herumtanzen, unter lautem Gejaule ... so zuckrig und so himmelblau und himbeerrosa wird mir dabei zu Mute. Im Augenblick aber, wo sich der Staat erdreistet, da hereinzureden, bin ich ohne jede Einschränkung auf der Seite der Barrikade, auf die wir nun einmal gehören.

«*Rote Hilfe*» mir aus dem Herzen!

Alles Gute und viele Grüße Ihres
Tucholsky

Post: Weltbühne 14–7–29

Lieber Doktor Hiller,
aus dicker Arbeit: wir sind einverstanden, ganz besonders im Moralischen. Sehr erfreut hat mich Ihre Stellungnahme im Krieg Kerr/Kraus, der wirklich ein böses Ding ist. Ganz Ihrer Meinung – auch ich spiele da nicht mit. – Gegen Programm keine Bedenken. / Über Fr. W. F. werden wir einmal reden, wenn ich in Berlin bin. Es ist ein ganz schwerer Fall. Meine Begabung langt nicht, um die Gesellschaft abzuschütteln, in die ich käme, wenn ich je gegen ihn Stellung nähme. Eine bittere und zweischneidige Sache.

Verzeihen Sie die Kürze – ich versaufe hier in Arbeit.

Mit vielen schönen Grüßen wie immer Ihr

Tucholsky

Post: Weltbühne 24–9–30

*Vorruf*

Durch diese Postkarte sollen keinerlei ernste Diskussionen zuckrigerweise aus der Welt geschafft werden.

*Mittelruf*

Lieber Doktor Hiller, ich möchte Ihnen die Hand dafür drücken, daß Sie in Ihrem Artikel über die Judenfrage endlich, endlich mal das gesagt haben, was mich seit Jahren zu sagen juckt: nämlich daß die Herren halb so interessant sind wie sie glauben. Die sind auch halb so klug – die andern sind bloß dümmer. Und es ist wirklich ein Labsal gewesen, das zu lesen!

*Nachruf*

Hurra!

Herzlichst Ihr ergebener
Tucholsky

# AN HANS REICHMANN

Post: Weltbühne 4-5-29

Herrn
Dr. Hans Reichmann
Berlin

Sehr verehrter Herr Doktor,
ich danke Ihnen verbindlichst für Ihr freundliches Schreiben vom 27. IV., das erst heute in meine Hände gelangt; bitte verzeihen Sie die Verzögerung meiner Antwort.

Sie schließen aus meinem jahrelangen Schweigen den erwähnten Angriffen gegenüber, daß ich nicht antworten *will*. Bei antisemitischen Attacken verhalte ich mich besonders schweigsam – denn hier liegt noch ein besonderer Grund vor.

Mich hat die Frage des Judentums niemals sehr bewegt.

Sie ersehen aus meinen Schriften, daß ich höchst selten diesen Komplex überhaupt berühre; meine Kenntnisse auf diesem Gebiet sind nicht sehr groß, ich weiß nicht, ob die Zionisten recht oder unrecht haben, und ich schweige.

Die Leute, die in mir den Juden treffen wollen, schießen zunächst daneben. Mein Herzschlag geht nicht schneller, wenn mir jemand «Saujud» nachschreit; mir ist das so fern, wie wenn er sagte: «Du Kerl fängst mit einem T an – was kann da an dir schon gutes sein.» Ich sage nicht, daß ich damit *recht* habe; ich stelle dieses Gefühl fest, und nicht einmal öffentlich.

Mich bewegt die Frage nicht.

Ganz etwas anderes ist es, wenn die Gruppe den Anspruch stellt, ich solle sie nicht kompromittieren.

Sie sind der erste Mensch, der mir in sechzehn Jahren Arbeit begegnet, der diesen Anspruch stellt, ohne das aus bourgeoiser Furcht zu tun. Bitte lassen Sie mich Ihnen dafür danken.

Bisher ist es immer so gewesen, daß alle diese besitzenden Juden abgerückt sind; ich besinne mich noch aus der Redaktionszeit meines verstorbenen Freundes Siegfried Jacobsohn, daß er mit dem Central-Verein Zusammenstöße hatte, die auf dieser Basis entstanden waren. Mir ist die patriotische Haltung des Central-Vereins nicht angenehm; ich greife ihn aber nicht an, aus den Gründen, die ich oben dargelegt habe.

Wenn ich mich nun an einer Rundfrage über meine Arbeit in einem jüdischen Kreise beteilige, so sieht das aus, als erkennte ich dieses Gremium an, als wolle ich mich rechtfertigen, und erlauben Sie mir bitte zu sagen: das möchte ich nicht. «Wer Kegel schiebt», hat der alte Philosoph Mendelssohn gesagt, «muß sich sagen lassen, wie er geschoben hat – auch vom Kegeljungen.» Es ist das volle Recht der Juden aller Richtungen, meine Arbeit zu kritisieren, sie zu verdammen, sie zu ignorieren – da darf ich mich nicht beklagen. Aber mittun ... ich kann nicht recht sehen, was dabei herauskommen soll. Mit den jüdischen Radikalen werde ich mich sehr rasch verständigen; mit den andern kaum – wir sprechen wohl zwei Sprachen.

In der *Sache* sind wir einig. Auf das von Ihnen erwähnte Schreiben eines Mitgliedes des Central-Vereins habe ich scharf antworten müssen: es war der typische Aufschrei eines gekränkten Bürgers, der für sein Geschäft fürchtet, eine peinliche Mischung von Angst und Ungeistigkeit. Es sind das jene Leute, mit denen ich gar nichts gemein haben möchte – nicht einmal den Boden einer Diskussion: jene, die vom Deutschen alle schlechten Eigenschaften angenommen haben. Aus dem Brief ging übrigens eine Stellungnahme des C.-V. hervor, die ich zurückgewiesen habe – dies zu Ihrer Information.

In dem Antwortbrief habe ich die Frage fast mit denselben Worten beleuchtet wie Sie; auch ich bin der Meinung, daß die Gruppierung «Juden-Christen» unzureichend ist und uns alle gar nicht trifft. Die Grenzlinien laufen ganz anders.

Wenn Sie mein Gedicht, dessentwegen ein Verfahren wegen Gotteslästerung schwebt, den von Ihnen vorgeschlagenen Personen vorlegen wollen, so kann ich das nicht hindern, ich möchte mich nicht beteiligen, weil ich in eigener Sache nicht scharf sein kann – und die Antworten der Gesetzestreuen kann ich Ihnen vorher aufschreiben.

Denn sie werden «abrücken», wie sie von Liebknecht, wie sie von der Luxemburg, wie sie von andern Juden abgerückt sind, die aus Galizien kommen und noch nicht assimiliert sind – Sie kennen diese Kurfürstendammtypen wie ich; wie stolz sind sie, wenn die Söhne Reserveoffiziere werden, wenn sie einen «richtigen Amtsrichter» in der Familie haben – und die pflegen dann germanischer zu sein als Hitler. Von der Rolle der Rabbiner im Kriege zu schweigen.

Wenn Sie mir die Adresse des Pfarrers geben, so will ich ihm gern schreiben, ich will ihm sagen, daß der Central-Verein für mich nichts kann, und daß auch unter seinen Leuten Goethe und Haarmann zu finden sind, was nicht das geringste über diese Religion aussagt. Aber öffentlich ... da werde ich Leute ohne soziologische Kenntnisse nicht in zwanzig Zeilen über die Struktur unserer Erde belehren. *Ich* trags leicht, was dann kommt. Und wenn ich – ohne es zu wollen – jenen deutschen Juden schade, denen ich aufs Konto geschrieben werde, so ist das ein Begleitumstand meiner Arbeit, der mich nicht hindern kann, sie fortzuführen.

Ich danke Ihnen für die freundliche und sachliche Art, in der Sie an die Frage herangegangen sind, und bin

mit den besten Empfehlungen
Ihr sehr ergebener

# AN BERNHARD SCHEICK

Post: Weltbühne — Darmstadt, den 24–11–29

Herrn
Bernhard Scheick
Bad Kreuznach (Rheinland)
Traubenstr. 34

Sehr geehrter Herr Scheick,
schönen Dank für Ihren Brief vom 22. d. M.

Was sagten Sie wohl zu einem Mann, der also spräche:

«Der Herr Scheick ... hm. Soll ja unterschlagen haben – der Mann. Ich habe da mal so etwas gehört. Da hat einer gesagt, er soll es getan haben. Irgendwo hat das gestanden. Hm. Sehr mit Vorsicht zu genießen.»

Ich weiß, was Sie da sagten.

Nun: dasselbe sage ich auch.

Ich halte es wie Karl Kraus: ich lasse mir meine Themen nicht von außen vorschreiben; die bestimme ich lieber selber. Und was die literatische Gesinnungspolizei angeht, die die Herren da auftun – ohne mich. «Karl Kraus soll gesagt oder geschrieben haben ...» – «Pfemfert behauptet ...» was ist denn das? Seit wann liegt meine Ehre in solchem Geschwätz? Nein, lieber Herr; wer daran glaubt, den will ich gewiß nicht hindern.

Was man mir *nicht* vorgeworfen hat, nämlich meine Beteiligung an der Propaganda in Oberschlesien –: die habe ich ebenso freiwillig wie klar öffentlich bereut. Denn das ist ein Fehler gewesen. Im Kriege aber – – da gibt es ein paar dumme Verse, und alles andere, was ich sonst gemacht habe, müßte doch in erster Linie von den Kameraden, die dabei gewesen sind, enthüllt worden sein – denn die haben es ja alles miterlebt. Das ist nun bald zwölf Jahre her – aber bisher wars damit nichts.

Ich werde also auf diese Behauptungen nicht eingehen. Kraus ist leichtfertig: im Fall Kerr ist er schwer hereingefallen. Und die *«Aktion»* vermag unserem Blatt keine Themen aufzuzwingen. Ich muß jedem Gesinnungsfreund, der diesen Namen verdient, überlassen, wie er das beurteilt. An meiner Haltung können die beiden nichts ändern, es ist auch nicht richtig, daß «Tausende von Lesern» auf eine Verteidigung warten. Das wissen Sie gar nicht. Sie sind der Erste.

Schade, daß der Zwischenrufer in Frankfurt nicht besser «informiert» gewesen ist. Ich hätte doch etwas Neues gelernt.

Zusammengefaßt:

Ob ich mich verteidige, steht dahin. Daß ich mich nicht gegen vages Gerede verteidige, ist sicher. Sie tätens auch nicht.

Mit bestem Dank für Ihren freundlichen Brief bin ich

Ihr ergebener
Tucholsky

# AN WALTER B. MEYER

Post: Weltbühne Dresden, 27–11–29

Herrn
Dr. Walter B. Meyer
Wiesbaden

Sehr geehrter Herr Doktor Meyer,
man hat mir erzählt, Sie seien am Abend meines wiesbadener Vortrages mit mir verwechselt, von nationalsozialistischen Rüpeln angefallen und verletzt worden. Ich weiß nicht, ob diese Geschichte wahr ist – hoffentlich ist sie es nicht.

Sollte sie jedoch zutreffen, so erlauben Sie mir, dem eigentlich Schuldigen, Sie um Verzeihung zu bitten und Ihnen die Hand zu drücken. Mir ist dieser Vorfall deshalb so unangenehm, weil ich gern meine Taten allein ausbade – ich hatte im Künstlerzimmer noch zu tun, und als ich herauskam, stand die ganze Straße auf dem Kopf. Mich haben sie nicht erwischt . . . es gilt ja in jenen Kreisen als tapfer, einen Sieg zu feiern, wenn die Partie 200 : 1 steht.

Nochmals: alles Gute für Sie!

Mit den verbindlichsten Empfehlungen bin ich

Ihr sehr ergebener
Tucholsky

# AN «DIE LINKSKURVE»

Februar 1930

Sehr geehrte Herren,
Sie zitieren einen Bericht über einen Vortragsabend, den ich in Breslau veranstaltet habe, und fragen: ob ich meinte, daß Karl Kraus erlaubte, daß man in der Pause seiner Vorlesungen eine Modenschau veranstaltet.

Ich möchte Ihnen antworten:

Natürlich nicht.

In Breslau hat nach allem, was ich weiß, keine Modenschau an meinem Abend stattgefunden; niemand hat um die Erlaubnis einer derartigen Veranstaltung nachgesucht; ich hätte den Frager ausgelacht.

Kein Bericht, kein Leserbrief erwähnt diese «Modenschau». Ich glaube, daß Sie den Satz in dem Bericht so aufgefaßt haben, wie er gemeint ist. Wahrscheinlich ist es so gewesen, daß einige Damen in neuen Kleidern herumgegangen sind und andere diese Kleider bewundernd glossiert haben, ein Vorgang, der mich nichts angeht und den Sie in jedem Theater beobachten können.

In der Pause, wo dies geschehen sein soll, waren Gesinnungsfreunde bei mir, mit denen ich über Politik gesprochen habe. Nachher habe ich mich allen «Einladungen» pp. entzogen, um auch nicht von weitem den Anschein zu erwecken, als seien meine Abende gesellschaftliche Ereignisse.

Was das Programm angeht, dessen Auswahl der Kritiker bemängelt, so kann ich als Autor nicht entscheiden, was «meine besten Sachen» sind. Wenn aber der Kritiker glaubt, ich hätte dem Publikum zuliebe gemildert, so tut er mir Unrecht. Nach meinen Notizen habe ich jenes Programm, das in Wiesbaden einen großen Krach hervorgerufen hat, in Breslau *verschärft*. Es gibt gewisse Gedichte und Aufsätze, die ich niemals öffentlich lese, weil ich mir nicht zutraue, sie wirkungsvoll zu lesen; andere, weil sie für das Auge und nicht für das Ohr geschrieben sind. In keinem Fall aber habe ich jemals Rücksicht auf das Publikum genommen, nie sind politische Schärfen irgendwelcher Art von mir bei den Vorlesungen unterschlagen worden.

Mit den besten Grüßen bin ich

Ihr sehr ergebener
Tucholsky

## AN JAKOB WASSERMANN

1–3–31

Sehr geehrter Herr Wassermann,
ich habe zwischen der Lektüre Ihres offenen Briefes in der «*Deutschen Rundschau*» und diesem Brief absichtlich etwas Zeit verstreichen lassen, damit es nicht so aussieht, als «müsse nun etwas geschehn». Es muß gewiß gar nichts geschehn. Ich habe der Öffentlichkeit ein Buch vorgelegt, Sie haben Ihre Meinung dazu gesagt, und bis dahin ist der Vorgang völlig in Ordnung.

Da Sie nun zu den wenigen Menschen gehören, an deren Meinung mir liegt, so möchte ich Ihnen durchaus unter vier Augen etwas mitteilen.

Das Blatt «*Tiere sehen dich an*» ist nicht von mir. Es stammt von dem Bildermann John Heartfield, der das Buch ausgestattet hat.

Herr Heartfield hatte, was vereinbart war, auch selbständig einige Bilder mit Unterschriften montiert, wie man sagt – und als ich die Druckbogen bekam, war noch nicht alles fertig. Dann hielt ich das fertige Buch in der Hand, sah jene Seite und bekam einen Klaps vor den Magen.

Mein erster Gedanke war: «Schade, daß dir das nicht eingefallen ist» – mein zweiter war: «Hm . . .» und dabei ist es denn bis jetzt geblieben.

Das ist nicht meine Satire. Es ist mir zu klobig; ich habe mit Ihnen nicht das leiseste Mitgefühl für die dargestellten Typen, die mir in ihrer Wirksamkeit hassenswert erscheinen – aber ich hätte das nie so formuliert. Die Beleidigung der Tiere schmeckt mir nicht, und das *trifft* es auch nicht: unter «tierisch» verstehe ich in solchem Zusammenhang etwas Dumpfes, Animalisches – also etwa einen brutalen Henker . . . nicht diese da.

Ich habe den Sturm, den dieses Bild seit Jahren erregt, ruhig über mich ergehen lassen, und ich gedenke auch weiterhin die Sache zu dekken, und nicht mit einem Protest an die Öffentlichkeit zu gehen. Daher bitte ich auch Sie, diesen Brief durchaus als eine private Meinungsäußerung aufzufassen. Ich habe Ihnen das geschrieben, weil ich vor Ihnen gern richtig dastehen möchte: also nur mit den Fehlern, die ich wirklich begangen habe.

Mit den besten Wünschen für Ihre Arbeit bin ich

in alter Verehrung
Ihr ergebener

## AN FRANZ HAMMER

5-5-31

Sehr geehrter Herr Hammer,
ganz besonders schönen Dank für Ihren freundlichen Brief und für die Übersendung der Broschüre, die ich aufmerksam lesen werde.

Das, worum mir manchmal so bange ist, ist die Wirkung meiner Arbeit. Hat sie eine? (Ich meine nicht den Erfolg; er läßt mich kalt.) Aber mir erscheint es manchmal als so entsetzlich wirkungslos: da schreibt man und arbeitet man – und was ereignet sich nun realiter in der Verwaltung? Bekommt man diese üblen und verquälten, quälenden invertierten Anstaltsweiber fort? Gehen die Sadisten? Werden die Bürokraten entlassen ...? Das bedrückt mich mitunter.

Da ist mir denn so ein Brief wie der Ihre eine große Freude. Vielleicht mache ich mir diese Gedanken, weil ich den größten Teil des Jahres sehr einsam und in der Stille lebe und selten nach Deutschland komme.

Mit allen guten Wünschen für Sie und die Kameraden

Ihr ergebener
Tucholsky

## AN ALFRED STERN

6–5–31

Liebe Leser,
schönen Dank für Ihren freundlichen Brief, der mir viel Freude gemacht hat. Werde ich Sie enttäuschen –?

In den langen Wintermonaten, in denen ich mich mit *‹Gripsholm›* beschäftigt habe, hat mir nichts soviel Mühe gemacht, wie diesen *Ton* des wahren Erlebnisses zu finden. Außer einem etwas vagen Modell zum Karlchen und der Tatsache, daß es wirklich ein Schloß Gripsholm gibt, in dem ich nie gewohnt habe, ist so ziemlich alles in dieser Geschichte erfunden: vom Briefwechsel mit Rowohlt an bis zur (leider! leider!) Lydia, die es nun aber gar nicht gibt. Ja, es ist sehr schade.

Die Intensität der Schilderung muß groß genug gewesen sein: denn mein alter Kollege Fritz Engel vom *«Berliner Tageblatt»* hat sich die schriftliche Zusicherung geben lassen, daß diese Frau Adriani auch wirklich nicht existiere – denn sonst täte sie am Ende einen Prozeß anfangen. Die Zusicherung konnte ich leicht geben. Ihnen zu gestehen, daß dieses alles aus den Fingern gesogen ist, fällt mir schon schwerer.

Übrigens haben Sie ganz recht: Beschränkung als Kunstmaxime. Wenns am schönsten schmeckt, soll man aufhören. Man muß, sozusagen, den Rahmen richtig setzen, der das Bild gut abschneidet – fast alle Autoren schreiben zu lang. Ich habe von S. J. die Kunst des Streichens gelernt – und ein halber Blaustift bei *‹Gripsholm›* ist drauf gegangen. Ich habe es viermal geschrieben, und jedesmal wurde es kürzer.

Nun ist das Büchlein wohl bald da – das kleine Bild auf dem Titelblatt ist nach einer Fotografie angefertigt und einigermaßen ähnlich.

Und Dank für alle netten Worte über *‹Rheinsberg›*: ich denke, daß in diesem Jahr das 100. Tausend erscheint.

«. . . Dieses glaubte dir nicht vorenthalten zu dürfens . . .» das ist selbst im früh-rheinsbergischen nicht richtig. Hochrheinsbergisch etwa: «Den sagen bimikn bessücklisch ohne Vorbihalz.»

Mit schönen Grüßen an die guten Kinder,
die verkrüppelte Sprache
und die hoffentlich unverkrüppelte Liebe
Ihr ergebener
Tucholsky

## AN EMIL JANNINGS UND GUSSY HOLL

Wychling Over Westwell
Ashford Kent England 17–8–31

Liebe Mamma
lieber Aemil,
sowie auch lieb Kind ichhabeaufmeinermaschinekeine
Dank für Euern Schrieb vom 12. hujus. Mamma, ich habe aus Berlin nur einen Schreibmaschinenbrief bekommen, den ich soforts beantwortet habe – war der von Dir? Von Dir war da aber nichts inne. Ist etwas verloren gegangen?

Ich will erst das Geschäftliche schreiben.

Hasenclever hat mir also geschrieben, daß Reinhardt etwas sucht: er hat für sich angefangen, Notizen zu machen und Material zu sammeln und will – eventunnell – hierherkommen. Ob man ihn nun eliminiert oder nicht (sehr anständig wäre das nicht), das ist die sekundäre Frage.

Ich meine so:

Sprich bitte mal mit Kommer, Emil. Daß bei Dir die Sache in richtigen Händen ist, weiß ich. Was wir alle noch nicht wissen, ist: wie macht man es, daß einem die Herren die Idee nicht klauen? Denn schließlich habe ich Herrn Columbus nicht erfunden, der ist da – und was ich machen will, ist eben nicht Shaw und nicht Offenbach, sondern mit Hilfe der Anachronismen wie Telefon und so etwas andres. Die einzige Gefahr, die ich sehe, ist also die, daß sie ablehnen und die Sache durch jemand anders machen lassen. Du hast aber volle Legitimation, zu verhandeln, wie es Dir richtig erscheint. Du weißt ja, er soll mir nicht mit riesigen Telegrammen kommen und «Hin- und herkommen» und alles auf meine Kosten, das mache ich nicht mit, dazu habe ich keine Zeit und kein Geld. Ehrlich und richtig – oder gar nicht. Das Häuschen hier habe ich bis zum 15. Oktober gemietet – man kann hier himmlisch arbeiten, Klavier und alles ganz richtig und ganz totenstill. Das wärs. Wenn es für jenne furchtbar eilig ist, ich habe auch ein Telefon, das heißt Charing 61.

Ich kann *nur* an dieser Sache arbeiten – das ist möglich.

Lieber Aemil, sie haben hier gedruckt, Du kämest her und spieltest Biszeniss is biszeniss – aber das scheint also nicht wahr zu sein? Ich möchte brennend gern Deinen Falstaff sehn und mal nicht den Filmkäse, sondern eine richtige anständige Rolle. Gott gebe es.

Ich danke Dir sehr für die Einladung – nun will ich mal abwarten was es alles gibt und was Du schreibst.

Filmmanuskript ist fertig – vorläufig telegrafieren sie natürlich, wie das in Schöneberg so üblich ist, und den zweiten Zaster müssen sie ja nun bald zahlen. Hopfentlich kriege ich ihm. Ich habe kein Drehbuch abgeliefert, sondern eine Szenenkette, im Präsens erzählt, ich glaube: manche Einfälle sind brauchbar. Das Thema war gegeben, sehr schwer zu lösen. *Das* wäre eine Rollle für Mamma . . .

Mamma, wie ist es denn alles –? Du weißt doch, wie es mit den letzten Versen ist – zwei graue Versche . . . Hier regnet es *jeden* Tag, seit 6 Wochen, und so ist alles. Vielleicht habe ich mich da in was hineingeredet – also ich kann es nicht mit England. Es ist nichts für mich, ich gehöre hier mitnichten her, und es geht mich alles gar nichts an. Aber das muß wohl so sein.

Emil, wenn ich was über Eduard den VII. finde – das ist doch also der letzte, der dicke, der mit Willyn sein Onkel? Und kein historischer . . .? Bon – das werde ich sehn. Und ich sehe eben in Deinem Brief: wenn Bernauer nicht zu alt ist . . . dann gern. Ich mag ihn.

Ich habe Euch alle furchtbar lieb und wir wollen nunmehr dazu übergehn, alles *gelb* zu streichen. Was hat Lore zu dem Artikel gesagt?

## AN ALMUTH NIEMANN

Post: Weltbühne 19–11–31

Sehr geehrter Herr, liebe Dame!
ja, dafür gibt es ja allerdings keine Entschuldigung – daher bitte ich gehorsamst um eine solche. Als mildernder Umstand mag dienen, daß mich seit langen Wochen ein Katarrh quält, mit Mandeloperation und allem Komfort und da ist denn wohl die Korrespondenz ein bißchen durcheinander geraten. Peccavi.

Dank für Ihr hübsches Bild. Wenn Sie die ganze Woche so lachen, dann können Sie lachen. Mögen Sie übrigens Fitgern? . . . hm. Kroch dem Kaiser in die Gedärme, wenn ich nicht irre – das ist doch der?

Natürlich gibt es nicht nur Privatsekretärinnen – übrigens (sagen Sie es keinem weiter): wenn Sie Lydian meinen, die gibt es nicht. Sie ist zur Gänze erfunden, es existiert auch kein Modell, nichts.

Guten Tag. Herr Niemann!

Mit den besten Grüßen
Ihr ergebener
Tucholsky

# AN ANNETTE KOLB

29–2–32

Liebe Kolbannette,
Du hast mir mal im Sommer geschrieben, was es denn nur mit dem *«Simplicissimus»* wäre, und es wäre doch ganz erschröcklich. Ich habe mir also das Blatt genau angesehen und schließlich an den Herrn Redakteur geschrieben. Von dieser Korrespondenz gebe ich Dir Kenntnis – bitte schicke sie mir nach Lesung zurück.

Damit wir uns recht verstehn:

Ich bin kein Aufsichtswart deutscher Zeitschriften. Der *«Simpel»* kann schreiben, was er lustig ist. Aber ich halte im übrigen diesen Briefwechsel für sehr bezeichnend. Wie reden wir doch lieblich aneinander vorbei –!

Daß kluge und anständige Menschen nicht fühlen, wie zeitabhängig sie sind! Wie wir es alle sind. Ich halte mich nicht für den lieben Gott – der Schoenberger glaubt aber, seine Haltung und die Heines, Schillings pp. sei «*der* gesunde Menschenverstand». Dabei sind diese Leute nicht einmal gut informiert, was ja die erste Bedingung für eine gute Satire ist. Das ist im großen ganzen *«Münchner Neuste Nachrichten»* – vor allem in außenpolitischer Hinsicht. Das arme gute Deutschland, das unschuldige Kind! Keiner Maus tut es etwas zuleide! Und das böse Frankreich! Und der blöde Völkerbund – natürlich ist er blöde und machtlos – aber:

Wer hat ihm denn Macht übertragen –?

Kurz: es ist ein Jammer. Die Sache liegt hier so verzweifelt, weil hier bestimmt nicht irgendeine Aktiengesellschaft dahinterliegt. Die großen Verleger, die heute umfallen –: das ist einfach. Es ist ein Geschäft. Sie werden entweder von der Regierung direkt bezahlt oder von ihrer Angst mittelbar getrieben, das ist in Frankfurt und in Berlin so. («So übel ist doch der Hitler eigentlich gar nicht ...») Aber hier hast Du das deutsche Bürgertum: ahnungslos, genau wieder so ins Unglück taumelnd ... der Mann da in München wäre höchst erstaunt, wenn man ihm sagte, daß er mithilft, den nächsten Krieg vorzubereiten.

Meine Liebe, es ist ziemlich aussichtslos.

Wenn ich an Deutschland denke, bin ich zwar nicht um den Schlaf gebracht, aber es freut einen nicht mehr. Wenn es nicht in die Hölle kommt, so nur, weil es ein paar bezaubernde Schriftsteller gehabt hat. Darunter meine allerbeste und geliebte und gute und ewigjunge [...]

# AN IRMGARD KEUN

16–7–32

Sehr geehrte Frau Keun,
ich danke Ihnen für Ihren freundlichen Brief, und ich habe auch richtig verstanden, daß Sie bisher nicht geschrieben haben: ich hätte genau so gehandelt.

Ich will versuchen, Ihnen die Sache so auseinanderzusetzen, wie ich sie ansehe.

Als ich das «*Kunstseidene Mädchen*» zum erstenmal gelesen habe, spürte ich an Vorbildern: die Lausbubengeschichten; Anita Loos «*Gentlemen prefer blonds*»; dazu eine leise, innere Verwandtschaft zu Sätzen, die ich oft geschrieben habe, aber nie so gestaltet wie Sie. (Freundlich-ironische Betrachtung des balzenden Mannes.) Diese Vorbilder, von denen das meine am allerschwächsten für Sie gewesen ist, empfand ich als legal; jeder von uns ist beeinflußt, soll beeinflußt sein: es ist ein großes deutsches Unglück, daß jeder vermeint, ganz für sich von vorn anfangen zu können. Ich hatte vor, das Buch ausführlich zu besprechen; diese Vorbilder hätte ich genannt, aber in durchaus positivem Sinne.

Da erfuhr ich von dem Plagiatsvorwurf. Ich habe nun erst die «*Karriere*» gelesen. Ich muß den Vorwurf für richtig ansehn.

Liebe Frau Keun, was haben Sie da nur gemacht –!

Ich habe Bert Brecht jahrelang verfolgt, weil er etwas gemacht hat, was ich für unverzeihlich halte: er hat einen *Ton* gestohlen. Bei Neumann steht das alles wie bei Ihnen: die nicht beendeten Sätze, wenns die Dame so eilig hat; die merkwürdige Stellung von «sagt er ... sage ich ... sagt er ...»; genau dieselbe Technik, wie das Mädchen ihre Kokettiergeheimnisse enthüllt; einmal sogar das Motiv mit dem Mantel; das verquatschte Deutsch – und dann eben dieser Ton. Wie da alles Intime als bekannt vorausgesetzt wird, wie vierzehn Sachen mit einemmal erzählt werden ... alles, alles wie bei Neumann. Ich bin ganz entsetzt gewesen, als ich das gelesen habe.

Die Vorwürfe, die man mir gemacht hat, sind nicht von schlechten Eltern. Unkenntnis der deutschen Literatur ... und so fort. Und nun frage ich mich und Sie –:

*Warum* in aller Welt haben Sie das gemacht? *Sie haben doch* dergleichen gar nicht nötig! Sie sind eine hochbegabte Schriftstellerin – ich habe gegen manches Einwände, aber Sie können bereits etwas, und, was mehr wert ist: Sie sind jemand. Und nun das da –!

Die Aufregung ist berechtigt, wenn man von den Neidhämmeln absieht. Sie dürfen nicht fragen: «Ich habe doch nur zwei kleine Bücher geschrieben . . . also was ist?» Es ist eine richtige Regel, daß man auf absolute Sauberkeit bei uns hält. Steht unter einem Titel «von I.K.», dann muß es auch allein von ihr sein. Hätten Sie ein verfehltes Buch geschrieben, dann dürfen Sie verlangen, daß wir auf das nächste warten. Aber das da . . .

Ich trete für neue Leute ein, wo ich nur kann, und daß ich kein Literaturpapst bin, wissen Sie auch. Aber bitte glauben Sie mir: hätte ich *«Karriere»* gekannt und wäre das Buch nicht von Ihnen gewesen, so hätte ich daraus einen bösen Casus gemacht.

Da das Buch von Ihnen ist, so werde ich mich nicht einmischen; das mag, wenn er will, Herr Neumann tun.

Ich für mein Teil kann nur wünschen, daß Sie bei neuen Arbeiten genau trennen, was an literarischen Erinnerungen und was an eigenem vorhanden ist. Ich maße mir nicht an, Ihnen fromme Ratschläge zu geben – ich wünsche nur. Und die Sache ist um so fataler, als allemal da, wo Sie ernst sind, Sie Neumann überlegen sind. Er hat da eine Stelle, wo sein Mädchen auf die Dünen klettert . . . da hörts eben auf, das kann er nicht – bei Ihnen sind die ernsten Stellen, wie etwa die, wo das Mädchen dem Blinden Berlin erzählt, die allerbesten. Aber: Neumann hat diese Art Monolog in deutscher Sprache zum erstenmal gemacht, Sie durften das nicht zum zweitenmal machen. Daß Sie nicht abgeschrieben haben wie ein kleiner Junge, Neumann unter der Bank, das weiß ich. Aber man darf sich so nicht erinnern – man muß trennen.

Sie haben Humor wie ein dicker Mann, Grazie wie eine Frau, Verstand, Gefühl, Herz – mußte das sein –?

Ihnen alles Gute für die nächste Arbeit wünschend,

Ihr ergebener

Post: Weltbühne 4–8–32

Sehr verehrte Frau Keun,
ich hatte Robert Neumann angefragt, ob er sich zugleich mit Ihnen bei uns in der *«Weltbühne»* über den Plagiatsvorwurf äußern wolle. Er hat mir darauf geantwortet:

«Sehr geehrter Herr T., haben Sie Dank für Ihren Brief. Die Aktion der ‹öffentlichen Meinung› gegen Frau Keun habe ich nicht angekurbelt – und sehe auch weiterhin keine Veranlassung, aus dieser bewußt bewahrten Reserve nun etwa gar in einem kontradiktorischen Verfahren vor dem Forum der ‹*Weltbühne*› hervorzutreten. Will sagen: solange Frau Keun ihr Plagiat nicht außer Streit stellt, fehlt die Basis für eine Beilegung, und ich kann unter Wahrung meiner Schweigsamkeit die literarische Beweisführung wider Frau Keun der Kritik – und die materiell-rechtliche Beweisführung wider den Verleger der Frau Keun meinem Verleger überlassen. Auf beiden Gebieten steht, wie ich zu wissen glaube, der jungen Kollegin noch Schmerzliches bevor.

Dennoch – ich will, besonders in Ansehung Ihrer Intervention, dieser begabten Frau wegen ihres frisch-fröhlichen Wagemutes keinen allzudicken Prügel zwischen die Beine werfen. Stellt sie in einem offenen Briefe an mich, der etwa in der ‹*Weltbühne*› erscheinen könnte, das erfolgte Plagiat außer Streit, so will ich ihre Erklärung in einer für sie nicht demütigenden Form quittieren und den diversen rollenden Rädern in die Speichen fallen. Nur – das müßte sehr bald geschehen, sonst kann ich nichts mehr für sie tun. Modus procedendi: sie übermittle mir durch Sie als Treuhänder den Entwurf eines Briefes; befriedigt mich dieser, so geb ich ihn samt einer Antwort zwecks Veröffentlichung beider Schriftstücke an Sie zurück.

Seien Sie bestens gegrüßt von Ihrem sehr ergebenen

Neumann.»

Ich gebe Ihnen, sehr geehrte Frau Keun, diesen Vorschlag zur Kenntnis. Bitte seien Sie überzeugt, daß ich mich hier *nicht* als Schiedsrichter in einen Streit einschalten möchte, der mich juristisch gar nichts angeht. Ich sehe aber, was hier heraufzieht, und es wäre schade. Ich stelle Ihnen ganz anheim, mir einen solchen Brief zu schicken; die «*Weltbühne*» steht Ihnen zur Abgabe einer Erklärung immer zur Verfügung.

Mit den besten Empfehlungen

Ihr wie stets ergebener

## AN VERLAG FELIX BLOCH ERBEN

Felix Bloch Erben
Inhaber: Fritz Wreede
Verlag und Vertrieb für Bühne, Film und Rundfunk
Redaktion des «Charivari»
Berlin-Wilmersdorf 1, Nikolsburgerplatz 3

G/R 6. 9. 32

Herrn
Walter Hasenclever
Berlin-Wilmersdorf
Laubenheimerplatz 3

Sehr geehrter Herr Hasenclever,
Von Herrn Tucholsky erhalten wir heute folgende Zuschrift: «Mit einer Uraufführung am Schauspielhaus in Leipzig bin ich einverstanden, wenn Herr Hasenclever keinen Einspruch erhebt. Was den *Stil* der Aufführung angeht, so bin ich anderer Meinung als Herr Direktor Werther. Ich halte es für ganz und gar unrichtig, humoristische Stoffe stets auch in der Ausstattung von vorn herein als ‹humoristisch›, also als nicht ernsthaft zu charakterisieren. Diese zwei Humore heben sich leicht auf; auch wird ein solches Stück sehr leicht zum Bierulk degradiert. Der leichte und satirische Stil des *‹Columbus›* liegt in der Gesamtauffassung, es ist nicht nötig, ihn anders auszustatten als jedes andere Stück auch, also normal, einfach, ohne Prunk, aber ja nicht betont naiv.

Diese meine Auffassung soll kein Protest sein, insbesondere keine conditio sine qua non. Ich warne nur: Ich kenne die Kritik des deutschen Publikums, das ohnehin in jeder lustigen Sache eben ‹nur› etwas Lustiges sieht – wozu soll man das noch unterstreichen! Die Leute werden schon merken, daß es lustig ist.»

Mit vorzüglicher Hochachtung

## AN HERMANN HESSE

24–10–32

Lieber und verehrter Herr Hesse,
Ihr Brief ist mir eine freudige Überraschung gewesen. In den letzten Jahren war ich einige Male in Lugano – ich habe niemals gewagt, Sie zu stören, weil ich solche Überfallbesuche kenne: man ist ja sehr angenehm berührt von der Aufmerksamkeit, aber dann ist es doch schön, wenn die fremde Heeresmacht wieder abgezogen ist.

Was Sie über die Schluderei in der deutschen Sprache schreiben, ist mir aus dem Herzen geschrieben. Bei jedem Franzosen, bei jedem Engländer ist es leicht möglich zu sagen, er spräche ein gutes Französisch oder ein gutes Englisch. Wer spricht gutes Deutsch –? Man mag gar nicht mehr hinhören, alles ist wie aus dem Warenhaus, und alle sagen dasselbe. Und wie sie nun erst schreiben –! Bei mir steht es damit faul: ich arbeite lange, bis es so klingt ... Fontane hat das einmal «bummlig» genannt, und Gott weiß, wie er sich damit geplagt hat.

Dank für alle Ihre freundlichen Worte. Ich habe Rowohlt gebeten, Ihnen einiges andere zu schicken, und ich darf ausdrücklich hinzusetzen: nicht zu Rezensionszwecken. Und ich antworte auch gern und gleich, weil ich nicht so ein städtischer Mann bin, wie Sie denken. Ich lebe seit langen Jahren in Schweden auf dem Lande, bin dem Betrieb fast ganz entrückt und, ohne mich mit Ihnen vergleichen zu wollen, habe ich gleich Ihnen eine heftige Abneigung gegen den Rummel der Märkte.

Ich habe sehr bedauert, Sie in Zürich nicht gesehn zu haben. Ich hatte gehört, daß der Pen-Club Ihnen einen Abend gegeben hat, aber ich konnte nach einer Operation nicht ausgehen, sonst wäre ich gern gekommen, um Sie einmal zu sehn. Ich hätte Sie manches über Ihre Bücher gefragt: den *«Steppenwolf»* kenne ich, und über dieses wie über einiges andere hätte ich gern einmal mit Ihnen gesprochen.

Wenn ich jemals wieder in Ihren Breiten bin und wenn Sie es erlauben, will ich mich gerne bei Ihnen melden und Ihnen die Hand drücken!

In alter Verehrung und mit Dank für Ihre Freundlichkeit bin ich

Ihr sehr ergebener
Tucholsky

# AN «DIE WELTBÜHNE»

den 17. Januar 1933

Liebe Weltbühne!
Hier in Basel ist in einer Vorstadtstraße ein ganz kleines Lädchen, das gehört einem alten Fräulein, darin verkauft sie Socken und baumwollene Damenstrümpfe und Leibchen und allerlei brave Stricksachen.

Weil wir nun aber die Konkurrenz der großen Warenhäuser haben und weil der Mittelstand auch leben will und weil das Leben überhaupt sehr schwer ist, so hat sich das alte Fräulein eine gradezu amerikanische Reklame ausgedacht.

In ihrem Schaufenster steht, mit Watte umrahmt, ein Schildchen. Auf dem ist zu lesen:

DAS KÖNNEN SIE AUCH BEI MIR HABEN!

Dies wünscht Dir

Dein treuer, aber noch nicht gesunder
Peter Panter

# AN HEINZ POL

Zürich, hauptpostlagernd 31–3–33

Lieber Herr Pol,
ich danke Ihnen schön für Ihren Brief vom 28. d. M. und vor allem: ich gratuliere Ihnen sehr schön, daß es gut gegangen hat! Ich habe mich mächtig gefreut, wir haben hier oft von Ihnen gesprochen, und ich war oft in großer Sorge, ob nun alle die Geschichten, die man sich erzählt hat, grade bei Ihnen wahr gewesen wären oder nicht. Die Hauptsache ist jedenfalls, daß Sie heraus sind.

Die Adresse von Frau Jacobsohn ist: p. Adr. Leopold Heidrich, Spiegelgasse 21, Wien I. Die Adresse des Blattes haben Sie ja gewiß: Kohlmarkt 10, Wien I.

Es tut mir ganz besonders leid, daß Sie Ihr Weg nicht über die Schweiz geführt hat. (Sicherlich war das viel schwerer.) Ich hätte grade mit Ihnen gern und ausführlich über alles Vorliegende gesprochen. Ich bin zwar immer noch arbeitsunfähig, weil ich noch krank bin und nichts tun kann – aber da gäbe es doch eine Menge zu bereden. Das Blatt halte ich in seiner jetzigen Form nicht für sehr aussichtsreich, ich stehe seiner Entwicklung skeptisch gegenüber und habe das auch Frau J. gesagt. Die Artikel Schlamms halte ich seit dem 30. Januar für großartig. Was dann um ihn herum steht, ist weniger schön. Nun . . .

Ich wäre Ihnen dankbar, wenn Sie nach einer etwaigen Reise nach Wien mir schreiben wollten, wie Ihre Meinung über alles das ist, und was Sie zu tun gedenken. Ich bin grade an diesem Punkt sehr interessiert.

Ihnen alles Gute wünschend, bin ich

mit vielen Grüßen
Ihr
Tucholsky

Zürich, hauptpostlagernd 7-4-33

Lieber Herr Pol,
ich danke Ihnen schön für Ihren Brief vom 3. d. M. Vor allem nochmals meine besten Glückwünsche, daß es verhältnismäßig gut abgelaufen ist. Im einzelnen:

Für den Augenblick ist sicherlich Prag das richtige. Wie sich das dort politisch weiter auswirkt, können wir nicht übersehn. Frankreich soll sich besonders nett und gastfrei benehmen. Was die Schweiz angeht, so ist Ihre Vermutung richtig. Daß sich das Land gegen einzustellende Arbeiter schützt, ist zwar traurig, aber verständlich. Daß es sich aber vor Angst in die Hosen macht, wenn einer der Asylisten auch nur ein Wort gegen Hitler sagt, ist weniger schön. Diese Praxis ist übel und illoyal.

Dank für die Nummern des «*Aufrufs*». Was die WB treibt, weiß ich nicht, denn ich höre aus Wien gar nichts. Ich glaube nicht, daß diese Art, über die sich so ziemlich alle beschweren, die ich gesprochen habe, das richtige für das Blatt ist. Ich kann im Augenblick nicht mittun und kann daher auch an Herrn Bill, den ich zu grüßen bitte, nichts schikken – mein Gesundheitszustand ist noch nicht in Ordnung, und ich will auf keinen Fall mit schwachen Arbeiten nach so langer Pause wiedererscheinen, und zu guten langts noch nicht. Ich bin zu müde und schwach. Schade, ich kann noch nicht reisen – es wäre so vieles zu sagen. Zum Beispiel:

Ich spüre aus Ihrem Brief heraus, daß auch Sie gegen das geistige Emigrantentum sind – das ist das allerschlimmste, was uns überhaupt geschehen könnte. Entweder aktiv mittun oder weg von Deutschland – aber ja nicht mit der Träne im Auge von draußen weiter machen. Das wirkt so kläglich.

Man sollte doch auf die würdelose Haltung der deutschen Juden hinweisen, die beispiellos ist. Wird man bedroht, so darf man schweigen – ich habe einen dicken Bauch und bin kein Märtyrer. Bon. Aber daß die Kerle noch die Bänke bemalen, auf die man sie überlegt ... ich habe da Briefe bekommen und gesehn, das ist gradezu schamlos. Man hat mir erzählt, daß man Ullstein gezwungen habe, sich im Auto selbst in eine SA-Kaserne zu fahren, dort habe man ihn verhauen. Hoffentlich ist das wahr. Denn diese Schamlosigkeit, den Patrioten zu mimen, wenn nur der Betrieb und die eigene Person gerettet werden, das sollte der liebe Gott doch entsprechend belohnen. Wie die hier Ankommenden übereinstimmend sagen, glaubt man, daß diese blöde Taktik den Betreffenden – genau wie der SPD – nicht einmal etwas nützt: man wird diese Burschen zum Schluß wohl herausschmeißen.

Wichtig erscheint mir ferner: die Haltung Rußlands gegenüber

Deutschland. Wäre ich Kommunist: ich spuckte auf diese Partei. Ist das eine Art, die Leute in der Tinte sitzen zu lassen, weil man die deutschen Kredite braucht? Die «*Tat*» nennt das: russische Staatsraison. Und dafür die Beherrschung aus Moskau, diese jammervolle Führung, ich meine doch, man dürfe nicht einfach weiter machen, nicht so tun, als sei nichts geschehn. Es ist etwas geschehn. Die Arbeiterbewegung hat die entscheidende Niederlage erlitten, und die Linken hätten alle Grund, erst einmal bei sich auszuräumen. Ich für mein Teil bin keinesfalls gesonnen, weiterhin zu allem zu schweigen – aus einer Rücksichtnahme, die einem kein Mensch angerechnet hat.

Bitte lassen Sie von sich hören. Theodor Wolff ist hier, auch der selige Breitscheid, aber wer will denn die sehn.

Mit vielen schönen Grüßen und allen guten Wünschen für Sie und alle Kameraden

herzlichst Ihr
Tucholsky

Zürich, hauptpostlagernd 20–4–33

Lieber Herr Pol,
Dank für den «*Aufruf*» und für Ihren freundlichen Brief. Dazu:

Daß sich die «*Weltbühne*», die natürlich niemals hätte ihren alten Namen ändern dürfen, mit dem «*Aufruf*» nicht vereinigt, ist mehr als schade. Hier wäre nun die Möglichkeit gewesen, außerhalb der Parteien etwas Gemeinsames zu schaffen. *Sehr* schade. Herr Schlamm ist ein sehr guter Leitartikler, erfreulicherweise nicht das, was wir uns unter einem Wiener vorstellen – ob er der Redakteur ist, der dem Blatt eine über die Grenzen *eines* Landes hinausgehende Bedeutung geben kann, wird man abwarten. Vorläufig sieht das nicht sehr heiter aus: sehen Sie, hier kennt man doch alle internationalen Zeitungen, und man will nicht 60 Rappen ausgeben, um zu erfahren, was die «*Times*» gesagt haben. Sehr gut fand ich den Artikel über den SA-Mann. Was allein zunächst interessiert, sind *Fakten*. Danach eine gute prinzipielle Klärung.

Zu der wird die Stellung zu Rußland gehören. Ja . . .

Ich weiß alles. Die Rücksicht. Das habe ich mir seit langen Jahren gesagt, und ich bereue das heute. Lieber Herr, wenn der Vater Radek in seinen Blättern in Moskau «siegt», dann lügt er: er ist viel zu klug und viel zu gebildet und viel zu witzig, um nicht zu wissen, wie er lügt. Was ist? Die KPD hat in Deutschland . . . was? Die KPD hat in Deutschland von vorn bis hinten dummes Zeug gemacht, sie hat ihre

Leute auf der Straße nicht begriffen, sie hat die Massen eben nicht hinter sich gehabt. Und wie hat sich Moskau dann benommen, als es schief gegangen ist? Nach einem Bündnis mit der Reichswehr nur die kalte Schulter, weil irgend etwas nicht «richtig» gewesen ist? Also ich mache das nicht mit. Ich muß grade Ihnen wohl nicht schreiben, daß ich inzwischen nicht in einen Textil-Trust eingetreten bin, daß ich nicht umgelernt habe – ich bin so frei wie immer. Aber das da nie wieder. Ich pfeife darauf, ob es «richtig» ist, daß die deutschen Kommunisten so zu Grunde gegangen sind. Und dann haben die Russen nicht einmal den Mut, aus *ihrer* Niederlage – denn es ist ihre Niederlage – zu lernen? Auch Sie werden nach bittern Erfahrungen eines Tages einsehn, daß es nichts ist mit:

der absoluten Totalität der Staatsherrschaft;

mit dem einseitigen vulgären Materialismus;

mit der frechen Dreistigkeit, die ganze Welt über einen Leisten zu hauen, der nicht einmal Moskau paßt.

Welcher Mangel an Instinkt! Jetzt, grade jetzt mußte dieser Prozeß stattfinden! Das mußte sein, wie? Grade jetzt, wo England gegen Hitler aus Gründen des Gefühls steht, aus Gründen also, von denen die Russen nichts verstehn, weil das nicht in ihren Büchern steht. Ich rate keinem KPD-Funktionär, mir etwas davon zu erzählen, daß ich nur ein Intellektueller sei. Ich werde ihm antworten, daß er ein entlaufener Intellektueller ist, und ein Esel dazu. Denn meine Voraussagen sind eingetroffen, die der «*Roten Fahne*» aber samt und sonders nicht. Blättern Sie nach: was da steht, ist falsch. Sie hat auch diesen Faschismus deshalb nicht vorausgesagt, weil sie jeden Tag immerzu einen vorausgesagt hat, und immer einen andern. Welche Schwäche! Welche Instinktlosigkeit! Welche Unbildung! Ich nicht mehr.

Entschuldigen Sie, ich mußte mir das einmal vom Herzen schreiben. Sonst aber stimme ich Ihrem Brief in herzlicher und 46 % Melancholie zu: was die Herren Emigranten angeht. Lieber Herr Pol, das jetzige Regime sieht stabil aus, es hat viele Voraussetzungen für sich – ob es hält ... Und wenn es nicht hält: wer soll das ablösen? Diese Linke da? Kann einpacken und müßte renoviert werden. Ich bin kein politischer Führer, aber mit denen da ... das ist wohl nichts. Bliebe also, da es kein Sowjetdeutschland geben kann, die Monarchie. Ich empfehle Ihnen sehr die Artikelserie Helseys im «*Journal*». Der versteht Deutschland besser als die «*Rote Fahne*».

Wenn ich gesund bin, will ich ein Buch hinmalen.

Mit schönen Grüßen an alle und guten Wünschen für Sie

herzlichst Ihr
Tucholsky

Zürich, poste restante 7-5-33

Lieber Herr Pol,
ich habe mich zunächst bei Ihnen zu entschuldigen, und ich bitte Sie, diese Entschuldigung auch an Frau Mosse weiterzuleiten.

Ich habe über eine Woche im Bett gelegen, weil ich eine kleine Operation hinter mir habe, und daher ist es mir nicht möglich gewesen, Frau Mosse zu sehn. Mir tut das leid – ich hätte ihr gern geholfen, so gut ich das hätte tun können. Wenn noch einmal ein Abgesandter des «*Aufrufs*» in die Schweiz kommt, will ich das gern nachholen. Bitte entschuldigen Sie, daß ich versagt habe.

Dank für Ihren zweiten Brief. Von Herrn Schlamm habe ich lange nichts gehört – ich weiß nicht einmal, ob Frau J. noch Besitzerin ist. Schade: das läuft nun alles so auseinander ... Ich habe das seit langem vorausgesehn und mich zurückgezogen.

Über die Russen ist kein Wort zu scharf. Noch die letzten Auslassungen der offiziellen moskauer Presse sind eine einzige Schande. Große Liebe und Freundschaft für Deutschland, das die Kommunisten krumm und lahm prügelt – «Rußland ist der beste Kunde Deutschlands» – die «*Voss*» jubelt und höhnt die deutschen Kommunisten ... es ist der gemeinste Verrat, den man sich denken kann. Jahrelang Weisungen und Parolen ausgeben – dann passiert etwas, durch die Schuld Moskaus, da gibts nichts! – und dann: wir kennen uns nicht mehr. Hier kann es nie wieder eine Annäherung geben. Ich für meinen Teil wünsche mit keinem dieser Leute jemals wieder etwas zu tun zu haben. Mir tut jeder Satz leid, den ich aus falsch verstandenem Mitgefühl gegen Rußland unterdrückt habe. Dieser nationalistische Dreck verdient genau denselben Fußtritt wie Hitler auch. Schade – schade um jeden einzelnen Kommunisten, der heute in den Lagern malträtiert wird! Die Sache hats verdient. Rußland nicht.

Und Rußland ist nicht mehr die Sache, für die der Proletarier kämpft – es ist nicht mehr der Hort des Klassenkampfes. Ein Petroleumstaat wie jeder andere auch.

Wenn ich gesund bin, will ich Ihnen Bescheid geben – dann wäre dies und jenes zu sagen.

Alle guten Wünsche für den «*Aufruf*»!

Mit den herzlichsten Grüßen
Ihr
Tucholsky

P.S. Der Schritt der Liga für Oss war sicherlich richtig – ich hatte davon erst durch den «*Aufruf*» erfahren. Ich brauche Ihnen nicht zu sagen, daß ich alles mitmachte, was in dieser Sache unternommen wird. Man hatte mir geraten, nichts zu tun – es könnte sein Schicksal nur noch erschweren. Was halten Sie davon –?

T.

4-7-33

Lieber Herr Pol,
da will ich denn feurigen Anthrazit auf Ihr Haupt sammeln und *gleich* antworten, wegen fein.

Dank für Ihren Brief. Nein, auf dem Posten bin ich immer noch nicht: ich muß noch inhalieren und mich pinseln lassen, und es ist ein rechtes ... die Maschine hat kein Kreuz, sagen wir: Davidsstern.

Daß sich die Emigrantenliteratur so entwickeln wird, habe ich kommen sehn, und es ist ein großer Jammer. Es hat jemand im «*Blauen Heft*» in Paris darüber sehr hart und sehr gut geschrieben – ich habe einen Augenblick an Goll gedacht, ich weiß nicht, ob er der Autor war. Der sagte auch: anstatt *ein* gutes Journal zu gründen, gründet sich jeder seins, und natürlich werden sie alle miteinander eingehn. Es ist sehr schade. Auch vermisse ich in der gesamten Zeitschriftenliteratur dieser Art zweierlei:

Erstens eine gute, grundsätzliche Abrechnung mit der Vergangenheit, aus der man lernen kann. Also nicht nur: ha, die Verrääter – sondern eine Aufstellung der Fehler, die, in gutem Glauben oder nicht, begangen worden sind. Wie sehr das fehlt, zeigt die Frechheit Breitscheids, der es wagt, noch den Mund aufzumachen. Dem steht *wieder* keine Einheitsfront gegenüber, wieder zerfällt alles in Klickchen, Cafés, Zeitschriftchen ... Es ist ein Jammer. So hart und roh es klingt: ich wünsche zwar diesen Leuten allen, daß sie einen fetten Nebenberuf finden – aber wenn dergleichen literarisch und politisch untergeht, so ist das nicht schade.

Zweitens hat keiner, aber auch keiner, von den Nazis propagandistisch etwas gelernt. Dabei gibt es da ein paar ganz simple Grundregeln, die S. J. und abgeschwächt ich, schon immer benutzt haben – sie lernen es nicht. Und sie wollen es auch nicht lernen, sie wissen gar nicht, was das ist: Publikum. Nun, ich bin nicht der präceptor Germaniae et Judaeorum.

«*Weltbühne*» sieht in der Tat frischer aus. Aber viel Neues erfahre ich von ihr auch nicht. Ich lese regelmäßig den «*Temps*», neben den andern französischen und englischen Blättern, die mir erreichbar sind: da steht das alles, gebildeter, schärfer und viel besser formuliert. Außer Schlamm kann da kaum jemand schreiben. Schade.

Die Beurteilung Deutschlands ist natürlich bei unsereinem sehr der

Stimmung unterworfen. Ich sehe das noch immer als sehr stabil an, aber dafür habe ich keine Unterlagen. Nur: *wo* sind die Gegenkräfte? Daß neulich ein christlicher Bankier aus Mannheim hier gesagt hat, sie hofften doch sehr auf die Juden, «weil doch das eine internationale Frage sei» – das hat mein Herz erfreut.

Was die Herren Juden angeht: am schuftigsten sind eigentlich die, die auch noch mitmachen. Daß jemand unter diesen Umständen in Deutschland schweigt, selbst, wenn er vorher zu uns gehört hat: das kann und darf man keinem übel nehmen. Schweigen unter dem Druck des Gummiknüppels: vielleicht täten wir das auch. Aber mitmachen? Einer der übelsten Beispiele ist dafür unser Freund S[. . .]. Seine Blätter verherrlichen ja das Regime – und der Mensch ist Jude. Ich weiß, ich weiß . . . ich kenne seinen Charakter länger als Sie. Nun fehlt also nur noch, daß er sich an Pogromen beteiligt. Er kommt aus der Konfektion. Er hätte sie nie verlassen sollen. Er hat sie nie verlassen.

Gebe Gott, nein, der ist ja auf der andern Seite – gebe also der blaue Himmel, daß Sie recht behalten, und daß die Hitlerleute in einen wirren Kleineleute-Bolschewismus rutschen!

Wenn Sie etwas Neues hören, dann sagen Sie es Ihrem

Sie bestens grüßenden
Tucholsky

Wenn ich an Oss denke und ich denke immerzu an ihn: warum, warum, warum ist er so lange drin geblieben? Das werde ich nie verstehn.

20–7–33

Lieber Herr Pol,
Dank für Ihren Brief.

Man kann über die Zeitungspilze verschiedener Meinung sein: meine, die dahin geht, eine Zusammenfassung in wenige *große* Organe wäre besser, und der Ansicht, daß die vielen kleinen Nadelstiche auch etwas Gutes tun. Wenn es sich nur hält. Allerdings . . . eine B. Z. zu gründen – also das hat schon etwas Rührendes. Es erinnert ein bißchen an das kleine Paris, das sich die Amerikaner auf ihrer Weltausstellung in Chicago aufgebaut haben.

Über die Grundregeln der Propaganda müßte man sprechen – ein paar stehen bei Hitler, andere muß man Woche für Woche in die Praxis umsetzen.

In Sachen Oss werde ich selber also nichts unternehmen, dagegen habe ich versucht, andere Leute dafür zu interessieren, so daß ich gar nicht in die Erscheinung trete. Ich denke immer und immerzu daran – dieses Opfer ist so sinnlos, die Kerle sind es nicht wert.

Ich fahre gelegentlich hier ab, wahrscheinlich in den Süden. Falls Ihnen jemand etwas von der schweizer «Gastfreundschaft» erzählt, lachen Sie ihn nur ruhig aus. Ich kann mich für mein Teil nicht beklagen – aber was ich so höre, ist wenig erfreulich. Ein Hoteliervolk.

Mit vielen schönen Grüßen an Sie und die Kameraden

herzlichst Ihr
Tucholsky

18–2–34

Lieber Herr Pol,
schönen Dank für Ihren Brief vom 29. I. und für die Nummer 1. Na ja, also erste Nummern . . .

Was O. angeht, so hatte ich an Steed geschrieben. Wir werden ja sehn. In den «*Times*» stand etwas – aber ob das hilft? Ich meine, *ihr* sollt nichts machen, das kann ihm schaden.

Herbe Kritik? Nein, lieber Herr – es gibt nur positive Mitarbeit. Aber ein paar Anregungen will ich gern geben – machen Sie damit, was Sie wollen.

Als Zeichner empfehle ich Ihnen Herrn Elsen, einen Holländer, dessen Adresse das «Rire» weiß. Das ist die alte naturalistische Schule, wie mir scheint, kann er was. Ich kenne ihn; er wird sicherlich mittun. Zu meiner Zeit wohnte er 36 rue du Dragon, Paris VI, Tel: Fleurus 51–05, aber ob er da noch wohnt, weiß ich nicht. Die Zeichnungen können Sie behalten.

Ja, ob es wohl sehr gemein wäre . . . da wäre nun ein Zwiegespräch zwischen Wels und Bauer zu schreiben. «Na, Otto, da bist du ja endlich . . .!» Ich weiß, es ist hart und bitter – aber sollte man nun nicht endlich einmal mit diesen faden «taktischen» Rücksichten aufräumen? Denn was nützt es, wenn Sie alles vereinigen, «was links ist», wir haben ja gesehen, was dabei herauskommt. Ohne in Dogmatismus zu verfallen: man muß gerade in der Satire wissen, was man will und was man nicht will.

Neulich habe ich im «*Lu*» gesehn, daß Sie den MacDonald mit einer Ballonmütze am Beginn seiner Wandlungen abgebildet haben. Falsch. *Nicht* etwa, weil das klobig ist – in der Satire kann es gar nicht klobig und deutlich genug sein. Aber die Enttäuschung über den Mann nimmt da einen falschen Ausgang an: er hat die (durchaus deutsche) Ballonmütze nie getragen – der englische Sozialismus ist immer etwas andres gewesen als der deutsche, und so kann den, der beide Nummern kennt, die Karriere MacDonalds nicht wundern: er hat sich gar nicht gewandelt.

Wenn Sie irgend können, arbeiten Sie mit *Fotos*. Das wird zwar die Zeichner mit Schmerz erfüllen – aber wenn Sie gute und nun gar verbotene Bilder bekommen, dann heraus damit! Ein Foto mit einer klaren und kräftigen Unterschrift: das zieht immer.

Ein Objekt sollte das Blatt nicht auslassen –: und das ist der Herr Ratti aus Rom. Ich machte daraus eine stehende Figur, von vorn und von hinten, von unten und von oben. Und zwar nie gegen die Kirche, sondern immer mit ihr – nie gegen die Katholiken, sondern für die Jungen unter ihnen, die maßlos Enttäuschten, die im Stich gelassenen. Die große Fresse, die der böse alte Mann gegen Stalin hat –, das ist wie bei Ullsteins: Stalin inseriert nicht. Gegen Hitler traut er sich nicht. Das würde ich egalweg bebildern. Sie werden sich damit viele Freunde erwerben.

Bei einem Abdruck von Goebbels' Elaboraten vergessen Sie nie: Tadel ist auch Reklame.

Na, damit Gott befohlen. Vom Blättchen höre ich lange nichts mehr; ich bin auch ganz verkrochen und möchte meine Ruhe haben, zur Zeit.

Mit allen guten Wünschen für Ihre Arbeit und herzlichen Grüßen

stets Ihr
Tucholsky

Bitte geben Sie mich nicht unter Ihren Mitarbeitern an. Ich heiße weder Döblin noch Thomas Mann, und wenn ich mich neben Sie gegen die da in Deutschland stellen soll, dann allemal. Aber literarisch soll das sauber sein. Ein Witzblatt hat viele anonyme Beiträge – und schließlich tue ich doch gar nicht mit.

# AN CARL SEELIG

26–5–33

Herrn
Carl Seelig
Zürich
Mühlebachstr. 17

Sehr geehrter Herr Seelig,
ich danke Ihnen bestens für Ihren Brief vom 25. d. M.

Zu Ihrer uneigennützigen und kameradschaftlichen Arbeit, unter den heutigen Umständen deutsche Schriftsteller in der Schweiz zu Wort kommen zu lassen, kann man Sie nur beglückwünschen.

Was mich angeht, so liegt die Sache so:

Mit Rücksicht auf deutsche oder schweizer Faschisten ein zahmes Programm zusammenzustellen, ist mir nicht möglich. Wenn ich heute vor meine Leser trete, so habe ich das Selbstverständliche zu tun: für meine in Deutschland geschundenen und wirtschaftlich ruinierten Gesinnungsfreunde einzutreten und gegen ihre Peiniger. Eine andere Haltung kann ich nicht einnehmen – sonst will ich lieber schweigen.

Ich danke Ihnen verbindlichst für Ihre freundliche Aufmerksamkeit und bin mit den besten Wünschen für Ihre Arbeit

Ihr sehr ergebener
Tucholsky

## AN THOMAS THEODOR HEINE

21–1–34

Sehr verehrter Herr Heine,
ich danke Ihnen verbindlichst für Ihren freundlichen Brief vom 31. 12. vorigen Jahres. Bitte verzeihen Sie die verspätete Beantwortung: mein Gesundheitszustand erlaubt mir nicht einmal, Briefe so pünktlich zu beantworten, wie sich das gehört.

Ihre Mitteilungen haben mich sehr interessiert. Ich werde zunächst nirgendwo mitarbeiten, weil ich krank bin. Aber mit Ihnen bin ich der Meinung, daß es mehr als bedauerlich, daß es verhängnisvoll ist, wenn unter diesen Umständen geschäftliche Erwägungen vorangehn, und nun noch in der Form, von der Sie schreiben. Das ist bitter. Man müßte wohl mit der Satire ganz anderswo anfangen, als die meisten Menschen glauben.

Mit allen guten Wünschen für Sie

bin ich in alter Verehrung
Ihr ergebener

# AN BERTHOLD JACOB

Zürich: 20–6–34

Lieber Berthold Jacob,
vielen Dank für Ihren Brief vom 16. 6.

Ich nehme an, daß Sie inzwischen meine Antwort erhalten haben – alle Ihre Briefe sind von mir beantwortet worden.

Zur Sache selbst:

Für diesen Kampf scheide ich aus. Es ermüdet mich schon, einen Brief zu schreiben – für eine solche Kampagne, die vor allem eines, nämlich Elan, erfordert, bin ich zur Zeit nicht in der richtigen Gleichgewichtslage. Wird so etwas matt gemacht, stumpf und lasch, dann schadet sie wirklich. Und zu mehr langt es bei mir augenblicklich nicht. Drei Operationen und langwierige Kuren haben mich ziemlich matt gesetzt.

Mit vielen Grüßen
Ihr

Zürich: 22–6–34

Lieber Berthold Jacob,
schönen Dank für Ihre Briefe vom 19. und 21. 6.

Sie schreiben mit Recht, daß man sich für eine so schwerwiegende Sache mündlich beraten müsse, da bin ich ganz Ihrer Meinung. Ich kann zur Zeit so wenig reisen wie Sie, und was die Unterschrift unter den Begleitbrief angeht, so sieht das so aus:

Mir ist – sicherlich wie Ihnen auch – seit Jahren nichts so dumm erschienen wie die Manifest-Indianer, die alles unterschreiben und nichts tun. Diese Kampagne wird, wie Sie mit guten Gefühl voraussehen, mancherlei Zwischenfälle hervorrufen. Gebe ich die Unterschrift, muß ich nachher richtig mittun, und das kann ich jetzt nicht. Ich bin müde, fast stets krank und ganz außerstande, auf Angriffe, die ja nicht ausbleiben werden, so tatkräftig wie früher zu reagieren. Sie werden begreifen, daß ich mir keine Niederlagen holen möchte. Hier gibt es nur ein Entweder-Oder. Entweder ich mache mit: dann muß ich erst einmal zu Ihnen fahren, alles genau mit Ihnen vorbereiten und dann, Schritt für Schritt, überwachen, mitarbeiten, dreinhauen und die ganze türkische Musik. Oder ich fühle mich zu schwach – dann muß ich schweigen. Und das möchte ich tun, im Interesse unsres Freundes, dem mit einem schwachen Helfer geschadet wird. Da ich mit diesem Brief nicht mitlaufen kann, so betone ich ausdrücklich, daß ich, wiederum gleich Ihnen, keinerlei «taktische Rücksichten» habe. Ich hätte einmal einen Brief an die Norweger unterschreiben können, aber für ein Eingreifen, wie es dieser Redaktionsbrief ist, langt es nicht.

Bitte lassen Sie also meinen Namen fort.

In der Korrespondenz gehen Sie ja mächtig heran, bravo!

Ich habe große, große Furcht, daß bei einer Umwandlung der Hitlerei in eine dicke, gute altpreußische Reaktion, das Ausland begeistert sein wird – wie immer die Engländer an der Spitze. Dann werden die Anleihen nur so schneien. Man müßte den ollen Napoljum aus dem Grabe kratzen – *der* hat England so genommen, wie es wirklich ist.

Mit allen guten Wünschen immer
Ihr

# AN MIA LECHE-LÖFGREN

Visby Box 59 8–9–35

Frau Mia Leche-Löfgren
p. Adr. «Dagens Nyheter»
Stockholm

Sehr verehrte Frau Leche-Löfgren,
erlauben Sie bitte, einem alten Kampfkameraden Carl von Ossietzkys Ihnen für Ihren mutigen Artikel in *«Dagens Nyheter»* vom 6. d. M. herzlichst die Hand zu drücken und Ihnen zu danken.

Ich habe mit Ossietzky die *«Weltbühne»* sieben Jahre lang zusammen herausgegeben, nach dem Tode des Begründers der Zeitschrift habe ich ihn zum Nachfolger vorgeschlagen, und sein Schicksal liegt mir sehr am Herzen.

Soweit ich sehe, haben Sie das Material meines verstorbenen Gesinnungsfreundes Herrn von Gerlach und das der Frau Milly Zirker benutzt, und die Art, in der Sie es für die Schweden präsentiert haben, wird hoffentlich seine Wirkung tun. Was so unendlich schwer ist, ist dies:

Einem Nicht-Deutschen klar zu machen, daß der tägliche Kampf gegen den Militarismus in Deutschland einen Kampf für den Frieden in sich eingeschlossen hat – Ossietzky war kein Freund von großen Worten und hat selten so schöne Ansprachen gehalten wie, sagen wir, Herr Henderson – er hat aber wie Nobel das von einem zu krönenden Friedenskämpfer verlangt, in der idealsten Weise für den Frieden gekämpft. Wer nimmt sich die Mühe, in der langen Reihe der alten Weltbühnen-Jahrgänge das nachzulesen?

Sie kennen nun sicherlich die skandinavischen Verhältnisse besser als ich. Wenn Sie es für ratsam halten, daß ich noch einmal nach Norwegen schreibe, so wäre ich Ihnen für nähere Angaben dankbar. An das Komitee habe ich mich bereits im vorigen Jahr gewandt. Was die Engländer, diese Freunde der Deutschen, angeht, so sieht es da wohl nicht heiter aus: Norman Angell schrieb mir, er habe für jemand andern gestimmt. Der Mann, der da in Papenburg auf der Pritsche liegt und krank ist, wie die letzten schlimmen Nachrichten besagen, leidet für uns alle, die wir diesen Kampf mitgekämpft haben – ich halte es deshalb für meine Pflicht, für meinen Freund und Gesinnungsfreund alles zu tun, was nur möglich ist.

Taktik ist gewiß eine schöne Sache. Gibt es aber denn keinen in Norwegen, dem man so schreiben kann, wie Karlfeldt das ausgedrückt hat –:

Lägg tung och fast din hand i bordet,
och som ett lejon kungligt ryt,
och säg det rätta, vissa ordet
manhaftigt utan flärd och skyrt!

*Sie* wenigstens haben das getan, und dafür wollte ich Ihnen danken. Ich bin mit den besten Empfehlungen

Ihr sehr ergebener

## AN WALTER HASENCLEVER

Le Vésinet, 28 Avenue des Pages 28–2–26

Liebe junge Generation,
Ihr wertes Drama gelesen und höchst interessant gefunden. Da Sie kein Esel, sondern keiner, möchte mich gern einmal mit Ihnen darüber unterhalten. Lassen Sie es mir noch ein bißchen, ja? – ich will daran allerhand höchst kuriose, aber lehrreiche Bemerkungen knüpfen, indem ich über vieles tatol anderer Ansicht bin. Was Ihnen schnurz sein kann. Gedenfalls ist es was, und beglückwünsche ich Ihnen dazu.

Ich habe Herrn Dompropst Reber und Frau Dompropst gebeten, am 14. Sonntags eine Tasse Kaffe zu trinken, und zwar hierorts. Was halten Sie davon? Sind Sie da noch da? Wenn ja, komm man her. Mit den Auto fahrstu im Gachten spazieren, da brauch ich ihm nicht zu pflügen. Reber soll sein Kind mitbringen, das fahren wir dann tot.

Champs-Elysées wird gemacht. Danke schön.

Habe Ihren werten Kopf in der verdammten Judenzeitschrift «*Berliner Illustrirte*» gesehen. Was haben Sie denn dafor jejehm? Aber so wirds gemacht. Unsereiner, der Verfasser von «Geschichte des Christentums in den westlichen Berliner Vororten» (3 Bände) verreckt inzwischen ungekannt und ungenannt. Aber so ist es im Lehm.

Alleschönste Grüße

von Ihrem lieben
Tucho

Hier unten kannste noch Tantièmen berechnen.

*Einnahmen* *Ausgaben*

*Außenstände*

*Soll* *Haben*

*Mecht gehabt haben*

Le Vésinet, 28 Avenue des Pages 13-4-26

Sehr verehrtes gnädiges Frollein,
Sie, als Schwester des verstorbenen Hasenclever, sind mir immer willkommen, und ich freue mich mächtig, Sie Sonnabend zu sehen. Der Selige war ein Aast. Ich habe ihm etwa 300mal geschrieben – aber wenn ihm was nicht paßt, tut er sich dicke mit Swedenborg, dem Erfinder der Streichhölzer, und sagt: «Ja!» sagt er, «morgen nachmittag habe ich nicht kommen können – da habe ich Visionen.» Er hat aber gar keine Visionen, sondern 1 Vogel.

Daß er Sie seine Korrespondenz auf so eigentümliche Art erledigen läßt, ist auf intensiven Verkehr mit Unruh und Viktor Hahn zurückzuführen.

Ich persönlich bin mit demselben fertig – ob er hierorts Kafffe bekommt, ist mehr als fraglich. Auch soll er mir das Haus nicht umfahren. Tantièmen sind mitzubringen.

Herzlichst Ihr

tiefgekränkter
Tucholsky

P. S. Ich warne, ihm irgend etwas auf meinen Namen zu borgen, da für nichts aufkomme.

Berlin W 57 Datum des Poststempels

Fräulein
Marquita Hasenclever
Paris

Sehr geehrtes Fräulein,
wir hören soeben vom Abscheiden Ihres Herren Bruders und erlauben wir uns, Ihnen zu demselben unser ganz ergebenstes Beileid auszusprechen.

Wenn wir uns gestatten, Sie in Ihrem tiefen Schmerze mit Geschäften zu behelligen, so geschieht das lediglich in *Ihrem* werten Interesse. Und zwar gestatten wir uns, Ihre gefl. Aufmerksamkeit auf unsere Firma

*Literaria Mors*

ergebenst hinzulenken.

Wir berechnen billigste Preise und führen wir Begräbnisse von Literasten in drei Qualitäten aus.

1.) *Einfache Ausführung.* Die Leiche geht selbst nach dem Friedhof, Leichenwagen mit schlichten jüdischen Emblemen geschmückt, im Leichenzuge bemerkte man u. a. Rehfisch (doch kann dies bei sofortiger Barzahlung vermieden werden). An Musikstücken wird durch ein Sterndampferorchester ergreifende Weisen gespielt. Nur Pferdedroschken; am Grabe spricht Piscator über die Inszenierung seines nächsten Stücks. Dumpfe Trauerglocken 5.80 – Aufschlag.

2.) *Mittlere Ausführung.* Leiche prunkvoll aufgebahrt, und zwar so, daß die Züge des Verblichenen ein intelligentes Aussehen zeigen (Original-Patent). Sehr viele Autos; prima Damen der Gesellschaft tupfen sich diskret die Augen aus; man hört unter ihnen murmeln: «Von mir hat er das jedenfalls nicht!» Allererste Kritiker im Frack; Blasorchester der Vereinigten Geldgeber der Reinhardt-Bühnen (Trauermarsch: «Wir werden Ihnen was blasen!») – Kerr und Ihering sinken sich an dem Grabe gerührt in die Arme. (Original-Patent.) ff. Leonhard-Aphorismus bei der Leichenfeier.

3.) *Feine Ausführung.* Hohenzollernwetter. Leiche langt im allerletzten Augenblick im Flugzeug von Paris an, was sich am Geruch schon vorher bemerkbar macht. Auf dem Wege zum Friedhof zerreißen sich achtundsechzig Jungfrauen ihre Gewänder (die Gestellung der Jungfrauen wird von der Kinderklinik der Charité übernommen). Geistige aller drei Konfektionen sprechen durcheinander: Orschester: 23. Inf. Reg. z. Pferd. Der Adjutant Hindenburgs legt einen Kranz nieder und wirft drei Armvoll Erde nach. Kranzinschrift: Komm wieder! – Schauringen des Pinneberger Kriegervereins mit drei Salven! Die Teilnahme von Ernst Deutsch kann nicht in Aussicht gestellt werden, da ein neuer Schub Damen aus Amerika in Berlin angekündigt wird.

Wir ziehen Ihre werte Aufmerksamkeit auf unser gefl. Unternehmen und werden uns erlauben, noch vor der Verwesung Ihres von uns so sehr betrauerten Herrn Bruders Ihnen unsern Vertreter, Herrn Kaplan Pinkussohn, ins Haus zu schicken.

Mit deutschem Leichengruß
*Literaria Mors*
pp Jonas Hode

Paris XVII, 1 Place de Wagram 27–3–28

Sehr geehrter Herr,
frage mich seit Jahren, wie daß Sie es machen pour joindre les deux bouts. (Das wird nun Leonhard für eine Schweinerei halten – es ist aber keine, erklären Sie es ihm.) Frage mich, wie daß Sie es zuwege bringen:

1 Auto
1 tschicke Tschwester (kost nich billich)
5 - 6 Abendmaitressen, darunter 1 für Männer mit Prothesen
2 Lustknäben
1 Leonhard
1 Appartemah
1 Reise nach Longdong
usw usw

Jetzt aber weiß ich, wie daß Sie es machen.

Sie verkaufen schuckssessive unsern Columbus. Zum Beispiel an das *«Tagebuch»*:

Sollten Sie in der nächsten Zeit – wie es der Zufall so mit sich bringt – eine Zeitschrift *ohne* Klumbumbum sehen, so haben Sie doch die Freundlichkeit, mir das wertvolle Stück zu übersenden.

Ich bin mit der Ihnen gebührenden Achtung

mit doitschem Gruß
Horst Preßsack
Brauereilehrling
und Mitglied des Schwarzen Fußes

Deutsche, denkt an Südtoril!
Das gute Riebeck-Bier.

Post: Weltbühne 15–10–30

Verehrter Korsar und Heyrathsschwindler,
Dank für Ihren werten Schrieb aus Emörreka. Wenn es noch eines Zusatzes bedurft hätte, daß Sie meinem werten Herzen näher rückten (Konjunktiv), so ist es die Tatsache, daß Sie diese Kerle dadrüben daneben schätzen. Ach – tut mir das wohl! Ich sah schon manchen enden, der kam zerrick und hatte vergessen, wie man europäisch spricht und sah uns alle gar verächtlich an und hatte es mit der «Neuen Welt» . . .

Amen.

Ich hoffe und erwarte (wie unser Felllll im Kriege in einer Silbe zu sagen pflegte), daß Sie viele, viele $ $ $ mitgebracht haben.

Amen.

Daß es Ihnen juckt, ich meine, mit dem Klumbumbus, das kann ich verstehen. Hier ist es nun inzwischen so:

Da Sie doch mit Scheintode abgegangen waren und es ganz ungewiß war, was mit Ihnen ist und ob und wann je Sie zurückkommen, so habe ich mich – bisher ohne nähere Bindung – mit einem Theatermann in ein unzüchtiges Verhältnis eingelassen. (Übrigens: nicht Rehfisch, überhaupt nichts aus diesem Lager.) Besprungen hat er mich noch nicht; während ich dieses schreibe, räucht es aus vollen berliner Hosen bis hierher, niemand weiß, was da wird – Sie kommen in einem ulkigen Zeitpunkt retuhr – und daher ist diese Sache vorläufig nur Projekt. Wenn Sie nun da sind, wollen wir mal sehen. Ich hatte mit dem Mann für Anfang November etwas verabredet – er soll geschickt sein. Mir ist Theater zum Kotzen schlechthin – also was das wird, weiß ich nicht.

Ich selbst habe mich in allerlei Arbeiten gefangen, da sitze ich nun und schaffe Menschen nach seinem Ebenbilde, und so sind sie denn auch. [. . .]

Lieber Klever, Gott sey etwas mit Ihnen! ich sitze in der schwedischen Einöde, woselbst es mir herrlich gefällt. Sie sollten, auch wenn wir gar nichts zusammen (literarisch) machten, mal hierher kommen, damit wir uns wieder ordentlich ausquatschen können. Es hat sich viel angesammelt. Wo ist denn der Dauersprecher Leonhard abgeblieben . . .? Ich seh ihn noch immer bei Sieburgn, roten Kopfes, im Zimmer umherrollen und erzählen, wie er es so zu treiben pflegt. Er hielt sich an einer Zigarre fest und schmeckte es alles nach. Das war recht schön.

Indem von Ihnen erhoffe, was immer erhofft habe, daß Ihren lb. Eltern viel Pfreude machen und auch 1 - 2 Kinder,

verbleibe
mit der Ihnen gebührenden. –
(gez.) Tucho
Pazifist der Res.
Inhaber des eisernen Davidsterns sowie
des silbernen Grundeises

Amen.

Zürich, Florhofgasse 1 den 28. 2. 33

Lieber Max,
Diesen Brief diktiere ich, weil ich eine kleine Mittelohrentzündung eingelegt habe, und sie ist noch nicht ganz vorbei.

Anbei die für Sie eingelaufenen Papiere. Ich glaube, daß ich Ihnen alles brav mitgeteilt habe, mit Ausnahme des letzten vom 13. Februar. Der vom 9. Februar ist für Sie zu beantworten.

Ich freue mich sehr für Sie, lieber Max, daß Sie noch beizeiten aus dem Affenstall herausgekommen sind, und ich wünsche Ihnen für Frankreich alles Gute. Lieber Freund, ich fürchte, jetzt kommen die sieben magern Kühe und wir werden an ihren Brüsten liegen müssen und das Gift der Drachenmilch in den Zahn der Zeit beißen. In meinem Ohr rauscht es viel zu sehr, als daß ich Ihnen den fälligen politischen Leitartikel schreiben könnte. Sie wissen ja selbst, was los ist. Die in Deutschland wissens zum Teil noch nicht. Noch am Laternenpfahl zappelnd sind alle stinknational und passen Sie auf: nach den sehr bösen Monaten, die nun kommen werden (Standrecht, ein bis zwei Todesurteile, sinnloser und unterdrückter Putschversuch von Arbeitern, noch ein oder zwei «Reichstagsbrände») wird Totenstille eintreten. L'Ordre règne à Varsovie. Und dann wird sich die Klammer im Laufe der Jahre langsam lockern, und dann wird das Schlimmste vom Schlimmen kommen: «Ich weiß gar nicht was Sie wollen, so schlimm ist es doch gar nicht!» Und dann wird die Tatsache, daß ihre Rassegenossen nicht vom Trottoir heruntermüssen, wenn ich vorbeireite, als Liberalismus gelten. (diktiert, als ich noch keine Details wußte)

Lieber Max, an was arbeiten Sie jetzt heran? Wo gehn Sie hin? Was macht der sausende Webstuhl der Zeit? Haben Sie an der Stühlin gewoben? Lieber Max! ich bin hier bei Freunden zu Gaste, und daher ist es billiger als in Paris, auch kann ich in meinem jetzigen Zustand nicht unter Leute gehen. Aber das wird sich in 4–5 Jahren sicher ändern.

Lieber Max, schreiben Sie mir mal, ich will es auch tun, und bis daher verbleibe ich als Ihr sehr lieber

nein – lieber Freund, nicht mal
im Spaß mag ich den Vornamen
Walter schreiben:
Tucho

Zürich, Florhofgasse 1 4-3-33

Lieber Max,
schönen Dank für Ihre beiden Schreiben vom 28. 2. und vom 2. 3. Entschuldigen Sie meinen letzthinnigen diktierten, ich war ganz herunter und hatte solche Ohrenschmerzen, daher war er so unpersönlich. Item:

Krankheit geht so, Dank der Nachfrage. Ich mache noch eine Inhalationskur, die besonders billig ist, man muß sehr viel Geduld haben. Nochmals, gehe ich so, schwach und schwer gehandicapt, unter Leute, dann mache ich mir alles kaputt. Lieber abwarten, anderswo wachsen jetzt auch keine goldenen Blümlein. Ich hoffe aber doch sehr, daß wir uns denn doch einmal in Mitteleuropa in die Arme sinken werden. Ich habe nicht genau lesen können, wohin Sie nach Paris gehn. Südfrankreich? Mentone? / Natürlich ist die Schweiz *kein* erfreuliches Land. Die Ostschweizer sind wie die Boches, sehr hochmütig, ekelhaft saturiert, grauslich. /

Jetzt muß ich aber vor Rührung einen Absatz machen.

Lieber Max, daß Sie mir da Ihre Hilfe in dieser schweren Zeit anbieten, hat mich auf das tiefste gepackt. Es wird nicht erforderlich sein, daß ich sie annehme – aber daß Sie es überhaupt tun, das werde ich Ihnen nicht vergessen. Händedruck, alter Bursche.

Das Haus in Schweden habe ich noch, ich will auch, wenn auch nur leise hergestellt, zurück und da arbeiten. *«Weltbühne»* ... da ist die Frau J. in Wien, berät, ob Wien oder Zürich. Hierzu wie zur ganzen Lage:

Ich glaube nach wie vor nicht an extrem blutige Sachen in Deutschland. Es kann aufflackernde kommunistische Putsche geben, die werden blutig unterdrückt, 80 Tote, und 80 nutzlose Tote. Dann aber Totenstille. Dann setzt etwas viel, viel Schlimmeres ein: nach dem Spiel «Das dürfen die Leute ja gar nicht!» kommt das Spiel: «Ich weiß gar nicht, was Sie wollen – so schlimm ist es nun auch wieder nicht!» Das möchte ich nicht mitspielen, und ich werde es nicht mitspielen.

An einer etwa einsetzenden deutschen Emigrationsliteratur sollte man sich unter keinen Umständen beteiligen. Lieber Max, erstens wird es keine große Emigration geben, weil, anders wie damals bei der russischen, 1917, Europa nicht aufnahmefähig für solche Leute ist. Sie verhungern. Zweitens zerfallen sie, wie jede Emigration, und nun noch deutsche, in 676 kleine Grüppchen, die sich untereinander viel mehr bekämpfen werden als etwa alle zusammen Adofn (dem wir das *L* nun endgültig wegnehmen wollen, wir brauchen es ja für Eckner, Hei Adof!). Drittens sollte man es nicht tun, weil es den Charakter verdirbt, man bekommt Falten um die Mundwinkel und wird, bei allem Respekt, eine leicht komische Figur. Lieber Freund, ich kann das nicht vergessen, wie damals im Salon der Frau Ménard-Dorian das ganze durchgefallene Europa da war: der unsägliche Kerenski, Nitti, Karolyi, die Italiener – und alle hatten recht, nur leider eben bloß im Salon. Und da fragte jemand den Nitti: «Qu'est-ce que vous faites à Paris, Monsieur Nitti?» – Und da sagte der, und der Satz ist mir als Lehre eingebrannt: «J'attends.» Und wenn er nicht gestorben ist, dann wartet er heute noch. Und das wollen wir nicht mitmachen.

Ich brauche Ihnen nicht zu sagen, lieber Max, daß ich nicht inzwischen die «aufbauwilligen Kräfte im Nationalsozialismus» entdeckt habe. Ich werde nie einen Finger breit abgehn. Aber ich muß nicht meine Kraft und meine Arbeit an eine Sache setzen, die mir nicht einmal in der Negation wert ist, mich nach ihr herumzudrehn. Ich habe dazu kaum noch Beziehungen; es ist möglich, daß ich nichts mehr zu fressen habe, aber daß ich mich mit den Konvulsionen von Kru-Negern abgeben soll, also ich nicht. Die Leute wollen das ja so, im Grunde. Die letzte Tat des Reichsbanners ist ein Werbemarsch für den Wehrsport gewesen, die SPD versichert heute noch, sie sei doch aber patriotisch und ruhrkämpferisch, fast alle erkennen die von Adof gesetzten Kategorien an und streiten sich nur um ihre Einordnung, niemand hat den Mut zu sagen: Der Wert eines Menschen hängt nicht von seinem Soldbuch ab. Und damit soll ich mich befassen? Nein, lieber Herr. Mich geht das nichts an, nur eben als Zeichen der Zeit, in der wir ja leben. Aber sonst – ohne mich.

Vorgestern haben wir hier einen Radio installiert und Adof gehört. Lieber Max, das war sehr merkwürdig. Also erst Göring, ein böses, altes blutrünstiges Weib, das kreischte und die Leute richtig zum Mord aufstachelte. Sehr erschreckend und ekelhaft. Dann Göbbeles mit den loichtenden Augen, der zum Vollik sprach, dann Heil und Gebrüll, Kommandos und Musik, riesige Pause, der Führer hat das Wort. Immerhin, da sollte nun also der sprechen, welcher . . . ich ging ein paar Meter vom Apparat weg und ich gestehe, ich hörte mit dem ganzen Körper hin. Und dann geschah etwas sehr Merkwürdiges.

Dann war nämlich gar nichts. Die Stimme ist nicht gar so unsympathisch wie man denken sollte – sie riecht nur etwas nach Hosenboden, nach Mann, unappetitlich, aber sonst gehts. Manchmal überbrüllt er sich, dann kotzt er. Aber sonst: nichts, nichts, nichts. Keine Spannung, keine Höhepunkte, er packt mich nicht, ich bin doch schließlich viel zu sehr Artist, um nicht noch selbst in solchem Burschen das Künstlerische zu bewundern, wenn es da wäre. Nichts. Kein Humor, keine Wärme, kein Feuer, nichts. Er sagt auch nichts als die dümmsten Banalitäten, Konklusionen, die gar keine sind – nichts.

Ceterum censeo: ich habe damit nichts zu tun.

Marginalie: Ossietzky unbegreiflich. Man hat mir erzählt, daß man ihm seinen Paß nach Tegel gar nicht wiedergegeben habe. Ob das wahr ist, weiß ich nicht – er schreibt ja keine Briefe. Dieser ausgezeichnete Stilist, dieser in der Zivilcourage unübertroffene Mann, hat eine merkwürdig lethargische Art, die ich nicht verstanden habe, und die ihn wohl auch vielen Leuten, die ihn bewundern, entfremdet. Es ist sehr schade um ihn. Denn dieses Opfer ist völlig sinnlos. Mir hat das mein Instinkt immer gesagt: Märtyrer ohne Wirkung, das ist etwas Sinnloses. Ich glaube keinesfalls, daß sie ihm etwas tun, er ist in der Haft eher sicherer als draußen. Nur bei einem wenn auch mißglückten Attentat auf Adof kann etwas passieren, dann würde die SA die Gefängnisse stürmen und von den Wärtern an nichts gehindert werden. Sonst aber kommt er nach zwei, drei Wochen, denke ich, heraus. (Wenn nicht Konzentrationslager gemacht werden!)

Kurz: ich lebe in keinerlei Panik. Und mein Pessimismus setzt genau da ein, wo der der andern aufhört, etwa zu dem Zeitpunkt, wo das Zentrum mitmacht. «Es wird ihnen die Kanten abschleifen!» sagen die falschen Propheten. An Schmarrn. Dann, erst dann, ist diese neue Herrschaft ganz totensicher fundiert, dann ist gar nichts mehr zu machen. Und wer wird und soll etwas machen? Man kann für eine Majorität kämpfen, die von einer tyrannischen Minorität unterdrückt wird. Man kann aber nicht einem Volk das Gegenteil von dem predigen, was es in seiner Mehrheit will (auch die Juden). Viele sind nur gegen die Methoden Hitlers, nicht gegen den Kern seiner «Lehre». Und wenn es die Opposition nicht von innen her geschafft hat, so werden wir es nie schaffen, wenn in Paris ein paar Käsblätter erscheinen. Ich werde das nicht mitmachen.

Ceterum censeo: Ihr Hindenburggeburtstags-Artikel sollte von den Kanzeln verlesen werden.

Lieber Max, hoffentlich lassen sie Rutchen heraus, er ist so schön und dick, und wir wollen ihn noch ins Krematorium tragen, wenn er tot ist, und dann trinken wir mit der Leiche einen Apéritif.

Hallo, lieber Max, das ist ein langer Brief geworden. Nie wieder Korreschpondanx. Kommt noch solche nach Hindås? Ich habe inzwischen nichts bekommen. Mögen Sie –!

[. . .] lesen Sie auf alle Fälle *«Voyage au Bout de la Nuit»*. Es lohnt sich.

In Treue fest

Ihr alter Mitkolumbus
Edgar, formalz Adof.
Verfasser broschierter und gebundener Werke.
Ehemal. Mitglied der deutschen Republik
aufgehörter Dichter

Böse Enttäuschungen werden wir nun an unsern berliner Freunden erleben. Es wird *sehr* übel werden.

5–3–33

Lieber Max,
Coda zu meinem letzten Brief: bitte grüßen Sie Mehring recht herzlich. Sein Gedicht vom Großen Krebs war eine merveille. Das ist ein begabter Hund.

Der erste Brief aus Berlin ist da, des Inhalts: «. . . möchte dich bitten, mir nicht auf Weltbühnenpapier zu schreiben, damit die Leute sehn, daß unser Briefwechsel doch harmlos ist . . .» Ich kann es den Leuten nicht verdenken, verstehe alles – aber glauben Sie mir: Diktaturen verderben den Charakter.

Oui, mais si je la. . .

In Züchten Ihr
Edgar
ehem. Adof & Co.

Zürich, Florhofgasse 1 4–4–33

Lieber Max,
Dank für die Kachte – aus welcher entnommen, daß glücklich an dem blauen Strand der (eigentlich deutschen) Riviera angekommen.

Lieber Max, na, also da wären wir nun. Ich brauche Ihnen keine langen Leitartikel zu schreiben. . . Sie wissen ja alles. Nur ein paar Details:

Kisch ist heraus und hat u. a. in der *«Wiener Weltbühne»* einen gradezu erschütternden Bericht gegeben. Es muß furchtbar sein. Auch andere Berichte sagen dasselbe aus: Helldorf, der Jraf und Obergausaf oder so etwas, hat gewütet wie ein böses Tier, die Leute, besonders natürlich die kleineren Leute, sind entsetzlich verprügelt worden. Man hat die faschistische Rizinuskur gemacht, manche hat man gezwungen, schweißige Socken zu fressen – und andere Scherze mehr. (Diese Einzelheit steht übrigens nicht bei Kisch.) Gerlach ist hier (nur für Sie!!) – ich höre von allen Seiten, daß maßlos geprügelt und geschunden wird. Dann hinterher die Erpressungen, nichts auszusagen. Und die meisten flehen noch, man solle doch nichts sagen: man prügelt sonst Familienangehörige.

[. . .]

Daß die Nazis [. . .] Ewers aufgesessen sind! Ich nehme an, daß jeder anständige Autor aus dem Schutzverband heraus ist – sie haben ja ihrerseits welche «ausgeschlossen», darunter Kisch und Kerr. Das ist wohl nichts für uns.

[. . .]

Lieber Freund, ich glaube beinah, wir haben recht gehabt vierzehn Jahre lang – und die Realpolitiker vielleicht nicht ganz so recht.

Dies wünscht Ihnen in alter Bundestreue

herzlichst Ihr
Edgar

Zürich, hauptpostlagernd 11–4–33

Lieber Max,
Dank für Ihren Brief vom 7. hujus. – In diesem hier steht nichts Eiliges, Sie können ihn also an der Plahsch lesen, wenn Sie Zeit haben. Ich möchte mich auf diesem Wege nur ein bißchen mit Ihnen unterhalten.

Der Anwaltsbrief, den ich Ihnen geschickt habe, ist keine Ausnahme. Die Juden haben sich nicht nur gedemütigt, sondern sie haben . . . also man kann das mit keinem appetitlichen Bild sagen, was sie getan haben. Und nun kommt die Hauptsache: es nützt ihnen gar nichts. Das *«Berliner Tageblatt»* ist expropriiert – Lachmann-Mosse hätte also auch in Schönheit zu Grunde gehn können. «Ich bin stolz darauf, daß ich a Jud bin – wenn ich nicht stolz bin, bin ich auch a Jud – da bin ich schon lieber gleich stolz!» – Nichts davon.

[. . .]

Greul: natürlich laufen viele alte Waschweiber herum und übertreiben. Insbesondere ist die Sache auf ein falsches Geleis geschoben: wer protestiert eigentlich für die zahllosen, zerschlagenen und eingesperrten Arbeiter, die an die Sache geglaubt haben und die nun dafür büßen, daß sich Rußland um sie einen Dreck kümmert? Kein Mensch. Alle Welt spricht nur von Herrn Josefson. Anbei einiges Material. Vieles wird wohl wahr sein. Aus der wiener *«Arbeiter-Zeitung»* und der prager Presse geht hervor, daß Arbeiter systematisch geprügelt worden sind – es war also alles darauf eingerichtet: Prügelzimmer, Prozedur, zum Schluß schriftliche Erklärung: «Die Behandlung war gut.» Dann haben sie manchem dieser armen Luder noch eine Mark für Verpflegung abgezogen.

Was nun kommt, wird entsetzlich. Nämlich keine Greultaten. Es wäre viel besser gewesen, man hätte die 600 000 Juden exmittiert, das wäre klar und rein gewesen. Nun wird es schrecklich. Diktatur des Mittelstandes: halb vernünftige Maßregeln, wie Kampf gegen das römische Recht, ganz sinnlos durchgeführt, alles affektüberbetont, ganz grauenhaft. Daß unsere Welt in Deutschland zu existieren aufgehört hat, brauche ich Ihnen wohl nicht zu sagen. Und daher:

Werde ich erst amal das Maul halten. Gegen einen Ozean pfeift man nicht an. Die *«Weltbühne»* erscheint, und zwar unter dem Titel *«Die neue Weltbühne»* in Prag. Das *«Tagebuch»* soll dort auch erscheinen. Die tschechische Regierung hat an diesen Blättern zur Zeit Interesse – sie bilden ein Gegengewicht gegen die Hitlerpropaganda unter den Sudetendeutschen. Gut. Aber zunächst können also diese Blätter von ihrem Pazifismus gar keinen Gebrauch machen, wenn es sich um tschechische Sachen handelt, und es gibt da allerhand. Das wäre noch erträglich. Wieweit da finanzielle Bindungen bestehen, weiß ich nicht. Noch bestehen sie wahrscheinlich nicht, aber dazu wird es kommen, und dann ist es aus. Auch gefällt mir die Atmosphäre nicht. Ich kann mir nicht denken, daß aus dieser Luft heraus irgend etwas Internationales kommen kann; das ist eine Empfindungssache, aber ich glaube das nicht. Dazu kommt, daß die WB mit einer Kapitalrente überladen ist, die ich für viel zu hoch halte – Sie wissen vielleicht, wie das da geht. Dazu kommt, daß ich diese Glossenform für etwas völlig Überholtes halte. Die *«Tat»*, die falsche Prognosen hat und überhaupt lächerlich ist in vielem, hat doch einen ganz andern Anstrich (20 000 Auflage) – da finden sich lange und gut fundierte Aufsätze, *gearbeitet,* nicht bloß im Affekt hingenuddelt. *Das* will man heute lesen. Dazu kommt, daß die kleine Glosse einer einflußlosen Gruppe, die gar keine Aussicht hat, jemals zur Macht zu kommen, sinnlos ist – sie haben es ja nicht geschafft, als sie alle Möglichkeiten hatten, wie sollen sie es denn von außen schaffen!

Daß ich so wenig wie Sie umgelernt habe, wissen Sie. Aber auf keinen Fall kann man in unserm Alter etwas Sinnloses tun, und das da wäre sinnlos. Man muß die Lage so sehn wie sie ist: unsere Sache hat verloren. Dann hat man als anständiger Mann abzutreten. Deshalb können Sie Stücke schreiben, deshalb kann ich ein Buch schreiben – aber das da ist aus. Und dieses törichte Weitergemache nur, «weil man doch leben muß» . . . also je n'en vois par la nécessité. Ich habe einmal in Paris einen weißrussischen Gottesdienst mitgemacht, da kamen alle die russischen Generale in ihren alten Uniformen, es war gespenstisch. Also das nicht.

Ich plane also zunächst gar nichts. Gäbe es irgendwo eine Gruppe *junger* Menschen, die antifaschistisch sind, so wollte ich wohl mittun. Aber mit der alten Equipe – niemals.

[. . .]

Lieber Freund, uns haben sie falsch geboren.
Dafür haben wir Goebbels zum Propagandhi ernannt.
Verbleibe mit achtungsvollen Grüßen

allemal Ihr alter
Edgar, vormals Adof
Verfasser der Seite 43, 6. Zeile oben
von «Christoph Klumbumbus» oder die
«Entdeckung des Dreimaskenverlages».
Revolutions-Teilnehmer

[ohne Datum]

Lieber Max,
schönen Dank für alles. Ich male der Reihe nach auf:

[...]

Gesundheit hierorts nicht gut. Darüber erst Näheres, wenn ich jemals hochkomme.

[...]

Die Korrespondenz mit Deutschland ist so gut wie abgebrochen. Sie werden beinah alle umfallen, es wird für uns sehr, sehr schwer werden. Hierzu sowie zu dem beiliegenden Aufsatz Leonhards sowie überhaupt:

Gegen den Aufsatz Leonhards habe ich zunächst einen Einwand: er ist nicht wirkungsvoll. Er kracht vor Ressentiment, und das Ressentiment als Motiv soll man fast immer verstecken. Und was soll ein Franzose mit alledem anfangen? «Ein Angriff», schrieb Schopenhauer an seinen Freund Dr. Asher, «ein Angriff, der mich nicht umwirft, stärkt mich.» Dieser wirft nicht um. Die Anekdote aus dem Kapp-Putsch ist gar nicht verständlich: was soll er da gemacht haben? Der Vorwurf mit den «poules» ist eine Lächerlichkeit und völlig unmöglich. Es bleibt zum Schluß gar nichts. Was fehlt, ist vor allem der Vorwurf gegen die Franzosen: Wie konntet ihr! Was habt ihr aus dem Mann gemacht! Wie konntet ihr! – [...]

Was das angekündigte Autodafé angeht, dem wir nun zum Opfer fallen sollen, so sagt dazu der olle Goethe in *«Dichtung und Wahrheit»*:

«Wir mußten Zeugen von verschiedenen Exekutionen sein, und es ist wohl wert, zu gedenken, daß ich auch bei Verbrennung eines Buchs gegenwärtig gewesen bin. Es war der Verlag eines französischen komischen Romans, der zwar den Staat, aber nicht Religion und Sitten schonte. Es hatte wirklich etwas Fürchterliches, eine Strafe an einem leblosen Wesen ausgeübt zu sehn. Die Ballen platzten im Feuer und wurden durch Ofengabeln auseinander geschürt und mit den Flammen mehr in Berührung gebracht. Es dauerte nicht lange, so flogen die angebrannten Blätter in der Luft herum, und die Menge haschte begierig darnach. Auch ruhten wir nicht, bis wir ein Exemplar auftrieben, und es waren nicht wenige, die sich das verbotene Vergnügen gleichfalls zu verschaffen wußten. Ja, wenn es dem Autor um Publicität zu thun war, so hätte er selbst nicht besser dafür sorgen können.»

Mit diesem letzten Satz aber sieht das heute anders aus.

Wenn ich hier so die aufgescheuchten berliner Juden sehe, die in unbeirrbarer Stupidität die B. Z. und das Acht-Uhr-Blatt lesen, weil sie sich von dem Druckbild nicht trennen können, dabei übersehend, daß sie ihren schlimmsten Feinden noch Geld in den Rachen werfen: so habe ich immer wieder ein eigentümliches Gefühl. Nämlich dieses: die meisten Leute wissen gar nicht, was geschehn ist. Sie glauben es nicht. Sie haben alle zusammen den festen Glauben, es werde sich das alles schon wieder irgendwie arrangieren. Es gibt auch tatsächlich Juden, die freiwillig wieder nach Deutschland zurückgehn. Der ihnen innewohnende westeuropäische Geist kann es noch nicht glauben. Und wenn noch die schlimmsten Übeltaten aufhören, so werden sie sagen: «Also – so schlimm ist das ja alles gar nicht!» Sie akzeptieren also als Grundsatz und primäre Lebensbedingung, daß man den Juden, den Arbeitern und den Pazifisten den Stiefel in den Hintern tritt, und wenn das nicht geschieht, bejubeln sie das als Liberalismus und Humanität. Das ist so würdelos.

Die Konzentrationslager werden aufhören – das Spiel für uns ist aus. Ich glaube an eine Qualität Hitlers, an eine einzige: an seine Sturheit. Das hat mich noch nie getäuscht.

Gottfried Benn hat im Rundfunk einen Vortrag gehalten: die Zeit des Literaten sei vorbei, die Zeit des Führers sei gekommen – und so. Seit ich ihn einmal bei Kiepenheuer en chair et os gesehn habe, habe ich ihm nie mehr getraut. Ein Stück Weichkäse. Fällt auch morgen, wenn die Chinesen Deutschland erobern, auf die nächste andere Seite und läßt sich einen Zopf stehn.

Hans Zehrer beklagt sich in der «*Tat*», daß wir uns nicht rührten. «Egon Erwin Kisch versucht in Prag eine neue Weltbühne herauszugeben, Emil Ludwig reist durch die Welt und hält Vorträge, Herr Tucholsky wird wahrscheinlich Feuilletons schreiben. Keiner aber findet den Weg zur Überzeugung des großen: Ich klage an!» –

So siehst du aus. Wie feige und wie dumm. Wo sollten wir denn antreten – unsere Verträge sind offiziell gebrochen, Geld darf nicht heraus, meine Bücher werden, wie ich hier erfahre, nicht mehr ins Ausland ausgeliefert – es ist auf Vernichtung abgesehn. (Ich erwidere das entsprechend: ich kaufe mir kein deutsches Blatt, keine Tube Pebecco, nichts Deutsches, und es geht sehr gut. Die deutschen Blätter lese ich in einem Lesesaal, und es ginge auch ohne sie.) Also: Vernichtung. Und wen sollte man anklagen? Ein Elementarereignis? Und verteidigen?

Etwa ich mich? Den Hintern hinhalten – das vielleicht. Et encore. Ich entnehme diesem Aufsatz «*Das Ende der Links-Intelligenz*», daß sie uns vermissen. Habe ich keinen Feind, dann suche ich mir einen. «Komm, spiel mit mir!» Das fällt mir nicht ein, und Ihnen sicherlich auch nicht. Ich für mein Teil gehöre nicht mehr dazu. Aus ist aus. Ich werde nie mehr zurückfinden. Und als Herr Zehrer dieses geschrieben hatte, da verboten sie ihm seine «*Tägliche Rundschau*» bis zum 31. Mai. Übrigens ist er mit einer Jüdin verheiratet. Es muß gar nicht leicht sein in Deutschland. Neger.

Dieser Brief hat wieder keinen Schluß. Gutes Wetter! [...]

In Züchten Ihr
Edgar

Zürich 20–4–33
an Edgars
Geburtstag

Lieber Max,
schönen Dank für Ihren ganz besonders netten Brief vom 15. hujus. Lieber Max, ich wünsche Ihnen vor allem, daß die amerikanische Sache Sie nicht tangieren möge – das gebe Gott.

Dies voraufgeschickt, beeile ich mich, Ihnen dies und jenes zu schreiben. Ich erwarte von Ihnen nicht, daß Sie mir darauf langatmig antworten – ich freue mich, wenn ich Ihnen etwas erzählen kann, weil ich weiß, daß Sie die Kommata husten hören und die Obertöne und Untertöne ebenso fühlen wie ich. Daher kann ich mir die etwas kurze Form des Paradox hier und da erlauben – Sie wissen ja, daß nichts so scharf gemeint ist wie ich es der Kürze halber hinmale. Item:

Dank für Ihre freundlichen Worte. Ja, also ich habe ja 14 Jahre lang genügend auf den Kopf bekommen dafür – und selbst meine freundlichsten Leserinnen sagen mir hier Ähnliches wie Sie: «Wir haben doch manchmal gedacht, daß es doch etwas überreizt und übertrieben ist...» Ich habe diese Leute aus tiefstem Herzensgrunde gehaßt, ich habe sie gefürchtet, mir war ihr Geruch fatal, dieser Typus pinselblonder Frauen (nicht unsere netten Berlinerinnen), alles das war mir gräßlich. Ich habe aus dem Bauch geschrieben. Heute hasse ich sie nicht mehr. Ich höre, daß der kleine Goebbels, dem ich seinen Klumpfuß unter die Nase gehalten habe, sich gar nicht genug tun kann: im Radio und in den Blättern hat er es immer wieder mit mir. Ich weiß warum. Aber weder er noch seine Leute bringen mich auf – mir fallen kaum noch Witze dazu ein, so unendlich gleichgültig ist mir das alles. Aber eines, lieber Freund, will ich Ihnen sagen:

Mit genau derselben Unerbittlichkeit, mit genau derselben Kraft und Stärke, mit der man in Deutschland unsere gemeinsamen Freunde drillt, einsperrt, erniedrigt, sie das Horst Wessel Gebrüll singen läßt, plagt und verhungern läßt – mit genau derselben ruhigen Unerbittlichkeit lehne ich es ab, mit irgendeinem Deutschen am Tisch zu sitzen, der mir nicht ganz hasenrein ist. Da kann er nun heißen wie er mag. Sie kennen mich und haben mich in vielen Milieus beobachtet: zu meinen Fehlern gehört der nicht, im Salon politische Leitartikel aufzusagen und andere Leute mit Gewalt zu «bekehren». Aber hier hört es nun auf. Ich habe es mir zum Gesetz gemacht, keine deutsche Zeitung zu kaufen, keine deutsche Ware, mit keinem Deutschen zu verkehren, von dem ich nicht vorher genau weiß, wie er zu der Sache steht – und ich *sage* das auch ganz offen und mit Rücksichtslosigkeit in jedem Milieu. Wir sind viel zu lange still gewesen. Wer hat auf uns Rücksicht genommen? Und ich meine: grade jemand wie Sie, oder in kleinerem Maßstabe ich, wir sollten, wenn wir als *Kunden* auftreten, den Leuten unsern Willen aufzwingen. Das ist die einzige Sprache, die diese Boches verstehen. Keinen Krach, keine Ohrfeigen, keine Szenen. Sondern: «Sie sind für die Nazis –?» Stehn lassen. Nichts kaufen. Ruhig stehn lassen. Nur so. Die da müßten uns verachten, wenn wir es anders machten.

Natürlich kommt der Krieg. Nun hat der Hitler (der übrigens auf allen Bildern einen merkwürdig bedrückten Eindruck macht, so sieht kein glücklicher Mensch aus), nun hat er Pech gehabt. Vielleicht ist er in der Hand der Erpresser Göring und Goebbels, vielleicht aber schiebt er sie nur vor, um als der «Gute» zu gelten. Und so eine Legende ist in Deutschland schon im Umlauf. Er hat Pech: er hat nun zuerst mal stimmungsmäßig alles gegen sich. Davon wird ein Kern bleiben – und wir können im kleinen dafür sorgen, daß viel bleibt. Ich habe hier mancherlei gehört: die Leute seien wie gelähmt. Die Arbeitslosen *wissen*, daß er gar nichts geben kann – sie wagen das auch unter sich zu sagen –, aber sie tun nichts. Es ist alles aus. Das Positive ist seine Unbedenklichkeit: in der Frage der Zentralisierung des Reichs . . . wenn Sie wüßten, wie man uns im Examen mit diesen Tiftelfragen: Reich und Länder geplagt hat! Auf einmal gibts das alles nicht mehr. Das ist achtunggebietend. Aber wirtschaftlich ist das nichts, kann das nichts sein. Er weiß nichts, woher denn? Er weiß nicht weiter, sozialisiert wird nicht. Die Spitzelei soll entsetzlich sein. Die Rechtlosigkeit der Juden vollkommen. An ausgestochene Augen habe ich nie geglaubt. Sie auch nicht. (Ein paar Morde, ja.) Aber nach den ersten Körperverletzungen («Du Sau wirst den Korridor runtergeprügelt!»), nach diesen Dingen, die sich legen und schon gelegt haben, bleibt die absolute Rechtlosigkeit von unsern Leuten: sie werden sich umbringen, verhungern, heraus dürfen sie nicht – und deshalb habe ich es satt, in Gesellschaft ein freundliches Gesicht zu ziehn und «Sehr interessant!» zu murmeln, wenn mir Herr Doktor Pitsch oder Platsch auseinandersetzt, daß er zwar nicht, jedennoch ... Ich nicht. Dann soll er auf meine Gesellschaft verzichten. Und daß ich nochmal ein deutsches Produkt im Hause habe, ist ausgeschlossen.

[...]

«*Neue Weltbühne*» geht an Sie. Hm, hm, hm ...

Ja, was sollen wir tun – Ich will immer noch gesund werden, noch habe ich es nicht aufgegeben. Damit mag ich Sie nicht langweilen. Werde ich es, kann ich mir ein episches Werk vorstellen – irgend jemand wird das drucken, irgend jemand es lesen –, eine publizistische Wirkung auf einen ganzen Volkskörper in Deutschland haben wir nicht mehr. Mitarbeit an fremden Blättern in Frankreich nur, wenn man mir erlaubt, mit voller Schärfe alles zu sagen. Und ich weiß nicht einmal, ob ich von dieser Erlaubnis Gebrauch machte. Man kann nicht schreiben, wo man nur noch verachtet.

Sie aber sollten nach einer Pause sich einen dichten – dergleichen ist nie verloren. Lieber Herr, Sie bewahren schließlich ein Stück Kultur. Ich kenne von Ihnen Zeilen oder Stücke, bei denen ich Ihnen nicht folgen kann – ich kenne von Ihnen keine Zeile, bei denen ich jenes fatale Gefühl hätte wie bei den vielen deutschen Schriftstellern. Lassen Sie das nicht verloren gehn.

Schweden ist meine Riviera – mehr nicht. Dänemark habe ich immer nicht gewollt, wegen zu nah an Deutschland. Nun haben sie den Krakeel. Ob ich in Schweden bleibe, hängt von ganz äußerlichen Dingen ab. In diesen kleinen Staaten bildet sich auch manche Front des Mittelstandes – und ich sitze in Schweden in einer besonders übeln Ecke. Es ist nicht ausgeschlossen, daß da mal etwas schief geht.

Die Herren Flüchtlinge sind stellenweise wie die kleinen Jungen, die Indianer spielen. Und sehr ungeübt in solchen Sachen – das können, wie so vieles, die Hitlerleute besser. Naiv sind unsere Leute ...!

Die Gesinnungslosigkeit in Deutschland schreit zum Himmel. Daß Gulbransson mit umgefallen ist, wundert keinen, der seine Kriegshaltung kennt. [...] Im übrigen spiele ich mit jedem, der das in meiner Gegenwart lobt, das Spiel: «O pardon, ich dachte, Sie, Sie wären ein Mensch ...!» Im Ausland kann man das. Und die paar Groschen, die wir auszugeben haben, die wollen wir unter gar keinen Umständen bei denen ausgeben, die uns, wenn sie könnten, in ein Konzentrationslager brächten. Da lauten übrigens die Berichte scheußlich. Dieser Brief hat keinen Schluß. Meine Ajehmheit auch nicht. Nur die Seite hat einen.

Herzlichst Ihr
Edgar

Zürich, 17-5-33

Lieber Max,

schönen Dank für Ihren Schrieb vom 11. d. M. Ja, so ist das:

Anbei ein Brief meines Bruders, der aus Deutschland hat fliehen müssen. Sie haben ihn, Angestellten der Stadt Berlin, herausgeschmissen, weil er mein Bruder ist, und sie haben das auch publiziert. Nun wollte er heraus. Das haben sie nicht erlaubt. Er soll eben hungern. Er soll leiden. Ich finde das so niedrig.

Der Brief Ihres Bruders ist prachtvoll – so mutig, anständig und sauber und ehrlich. Da kann man Ihnen nur gratulieren. Ihr Hasenclevers seid doch ein guter Verein, es lebe auch Marita!

Was die in dem Brief Ihres Bruders ausgedrückten Meinungen angeht, so halte ich sie samt und sonders für unrichtig. Bitte entschuldigen Sie das – der Mann macht einen wundervollen Eindruck, aber Sie wollen doch von mir keine Salonbriefe haben.

Ihr Bruder ist Musiker und ein naiver Mann. Gut. Aber was mich so aufbringt, das ist die von ihm erlernte Theorie, die ich nun nicht mehr hören kann, denn die materialistische Geschichtsauffassung, einst eine notwendige Reaktion auf bürgerliche Romantik, ist heute, rein angewandt, eine Absurdität. Ganz abgesehen davon, daß nichts davon, was da steht, eintreffen wird – ich kann es nicht mehr hören, wie die Kommunisten, die Ihren Bruder leider beeinflußt haben, es alles wissen. Ich mag nichts mehr von der Selbstbewegung der Geschichte hören, wie «es» sich bewegt, wie sie alles wissen, wie sie die Weltgeschichte in der Tasche haben – (nicht Ihr Bruder – die dogmatische Lehre). In der «*Weltbühne*» stand einmal: «Es ist die Aufgabe des historischen Materialismus, darzutun, warum alles so kommen mußte. Und wenn es nicht so kommt, darzutun, warum es nicht so kommen konnte.» Es stimmt ja alles nicht. Weder gibt es jetzt eine «Periode» von vier Jahren, noch gibt es nach dieser Periode ein Depressiönchen, denn es ist da schon eine Depression, die der Hitler vorläufig nicht wegbekommen kann. Und woher stammt eigentlich die Deduktion dieser «ewigen» marxistischen Gesetze? Da hören wir immer wieder zwei Beispiele: Ihr Bruder zitiert den ewigen Napoleon den Dritten, und Marx die Französische Revolution, und die Russen den Murat, und Otto Strasser die Russen, und dann ist es aus. Aber das sind drei oder vier mitteleuropäische Vorgänge. Hunderte von andern bleiben bei der Untersuchung unberücksichtigt. Das klassische Bild eines Scharlachs aber kann erst dann geschrieben werden, wenn der Schreiber Hunderte von Fällen gesehn hat. Aus dieser pseudowissenschaftlichen Geschichtsklitterei ist entsetzliches Unheil entstanden – der Marxismus registrierte eigentlich nur einen «gesetzmäßigen» Ablauf, und nun wundern sich alle furchtbar. Das Bürgertum ist mobil, brutal, munter und gemein – eigentlich und wissenschaftlich betrachtet ist es ja tot, aber das kommt davon, daß alle diese Leute ihren Marx nicht gelesen haben. Kurz: Wenn schon Moskau – dann Rom.

Das soll mich nicht hindern, Ihrem Bruder von jetzt ab regelmäßig den *«Temps»* zu schicken – schreiben Sie ihm *nicht* meinen Namen, dann bekommt er Unannehmlichkeiten, sagen Sie einfach, das wäre eine schweizer Freundin. Hoffentlich kommen die Zeitungen an, ich schicke nächste Woche das erste Paket ab.

Gesundheitlich geht es noch immer nicht gut.

Natürlich soll man nicht verbittert sein. Nun, auf die Schauspieler habe ich nie gezählt, das sind doch Berufs-Psychopathen, ob die nun Kommunisten spielen oder Hitlerleute, das ist ja gleich wertvoll. / Der Umfall der Geistigen ist kläglich – diese völlige Unfähigkeit, einmal beiseite stehn zu können. Gottbehüte nicht dabei zu sein – es ist grauslich.

Kerr habe ich neulich hier auf einen Momang gesprochen. Er ist jetzt wohl in Paris.

Unsere Bücher sind also verbrannt. Im Buchhändlerbörsenblatt ist eine große Proskriptionsliste für in vierzehn Tagen angekündigt. Dieser Tage stand an der Spitze des Blattes im Fettdruck: «Folgende Schriftsteller sind dem deutschen Interesse abträglich. Der Vorstand des Börsenvereins erwartet, daß kein deutscher Buchhändler ihre Werke verkauft. Nämlich: Feuchtwanger – Glaeser – Holitscher – Kerr – Kisch – Ludwig – Heinrich Mann – Ottwalt – Plivier – Remarque – Ihr getreuer Edgar – und Arnold Zweig.» In Frankfurt haben sie unsere Bücher auf einem *Ochsenkarren* zum Richtplatz geschleift. Wie ein Trachtenverein von Oberlehrern.

Nun aber zu Ernsthafterem. Wenn die umliegenden Völker mehr Würde haben als die meisten Emigranten, die es nicht lassen können, deutsche Zeitungen und deutsche Produkte weiter zu kaufen, statt resolut auch das kleinste deutsche Stück Ware abzulehnen, wenn also wirklich boykottiert wird, kann sich Hitler *in dieser Form* wirtschaftlich nicht halten. Von «Zusammenbruch» ist gar keine Rede – bitte glauben Sie nicht, daß ich in den üblichen Emigrantenfehler verfalle. Aber gar nichts zu fressen . . .? Da besteht am Horizont die leise Möglichkeit einer Abwandlung dieser Diktatur in eine Monarchie. Vielleicht nach einem sehr kurzen blutigen Übergangstadium, aber das ist nicht nötig. Übersteht Hitler den nächsten Winter, dann werden wir mit ihm begraben. Übersteht er ihn nicht, also irgend etwas wie eine Monarchie. [. . .] Sie werden dann etwas von Treue an das angestammte Herrscherhaus erleben . . .! Das ganze Bürgertum würde erleichtert aufatmen. Denn:

Sie haben es *so* nicht gewollt. Gespräch mit einem hiesigen Buchhändler, ennem Sachsen, gleene verschmitzte Augen, naduralisierdr

Schweizr. Vermögender Mann. Erst: «Glauben Sie, daß man diese ausrangierten Werfel, Wassermann und so weiter ersetzen kann – hat die nur die Presse gemacht?» – Ich: «Darf ich mal die letzten Börsenblätter sehn?» – Bitte. Und ich lese. Da kommen sie nun aus allen Löchern gekrochen, die kleinen Provinznutten der Literatur, nun endlich, endlich ist die jüdische Konkurrenz weg – jetzt aber! Will Vesper in seiner *«Neuen Literatur»*: immer feste! (Ich werde nun langsam größenwahnsinnig – wenn ich zu lesen bekomme, wie ich Deutschland ruiniert habe. Seit zwanzig Jahren aber hat mich immer dasselbe geschmerzt: daß ich auch nicht einen Schutzmann von seinem Posten habe wegbekommen können.) Binding ist ein großer Mann. Dann: Lebensgeschichten der neuen Heroen. Und dann: Alpenrausch und Edelweiß. Mattengrün und Ackerfurche. Schollenkranz und Maienblut – also Sie machen sich keinen Begriff, Niveau null. Obgleich Vesper so anständig ist, gegen Ewers vorzugehen, hat der *«Horst Wessel»* von diesem 90 Auflagen (*«Hitler»* 383). [...] Na gut. Ich sage zum Buchhändler: «Werden Sie das hier in der Schweiz los werden?» – Er: «Nein. Ich nicht.» – Und nun gings los. Er wäre ja erst Feuer und Flamme für Hitlern gewesen, abr nu schbizdz es sich che immer mähr zu ... kurz: Revolution ja – Aufschwung ja – Juden – immer feste – aber, aber: Geschäfte! Und nun keine Geschäfte ... Die können, soweit ich das sehen kann, auch nicht heute und morgen kommen. Woher denn? Es heißt: panem *et* circenses, nicht: panem aut circenses. Da sehe ich die Möglichkeit, daß der Stern Adofs verbleicht. Ich brauche Ihnen nicht zu sagen, daß das, was wir einmal die deutsche Linke genannt haben, nicht mehr wiederkommt. Und mit Recht nicht. Was mit mir wird, weiß ich nicht. [...] Und sie werden sich feiern lassen. [...] Und sie werden sich rühmen, wie sie durchgehalten haben! Sie, Herr Hasenclever, waren unterdes an der Riviera, aber wir hier ...! Und Rowohlt wird ein Buch herausgeben: «Vier Monate im Konzentrationslager», und es wird überhaupt alles herrlich sein. [...]

Das Würdeloseste ist doch [...] der kleine Mittelstand. Nicht etwa, weil er *jetzt* nichts tut – jetzt kann man nichts tun. Wenn man uns den Revolver an die Stirn hält, die Wohnungen zerhaut, uns einsperrt und verprügelt und bedroht –: was sollten wir denn da tun! Aber daß er nichts getan hat, als wir ihn gewarnt haben. [...]

Die bürgerliche Presse z. K. Der berliner Berichterstatter der *«Basler Nationalzeitung»*, Behrens, wird in Berlin aus dem Bett geholt, krank, bedroht, er solle gefälligst besser schreiben. Tut er. Das Blatt rührt sich nicht. Keiner rührt sich. Aber sie schreiben dann: gewiß seien diese Judenverfolgungen, doch ... jedennoch andererseits ... und Kerr, Feuchtwanger, Ludwig und ich seien an der Gesamtsituation mitschuldig. Amen.

Ich glaube, abschließend seis gesagt, daß wir alle zusammen dem Hitler nicht soviel schaden können, wie er sich selber.

[...] Ich habe eine lange aufgespeicherte Wut in meinem Herzen verwahrt: Kaufleute sind spezifisch dumm. [...] Grauenvoll. Ich weiß, daß es Hosenhändler geben muß – aber wir wollen sie doch nie mehr in geistigen oder gar politischen Dingen hören – nur eben als Ausdruck ihrer Interessensphäre. Welche Anmaßung! Sie sollen Hosen verkaufen, weiter nichts.

Die Leute in Berlin, unsere Leute, wissen nichts voneinander, leben wie auf Inseln und haben entsetzliche Angst. Das Telefon wird genau überwacht. Es muß heiter sein.

Den Zustand, den einzigen, in dem Deutschland möglich ist, werden wir leider nicht erleben – eher das Gegenteil.

Womit ich zu verbleiben die Ehre habe. Machs gut, alter Bursche [...] Vive l'Angleterre, ausnahmsweise.

Sie sollen auch leben. Und wenn Sie herausschwimmen, dann denken Sie auch mal an Ihren alten und getreuen

Edgar

Zürich, 11–6–33

Lieber Max,

[...]

Die Aussichten für uns halte ich nach wie vor für null. *Wenn* Hitler den Winter nicht übersteht (ich glaube, daß er ihn überstehn wird), dann kann es nur eine Militärdiktatur mit monarchistischer Spitze geben. Die hat wirtschaftlich leider keinen Erfolg. Hätte sie auch nur den Schimmer eines Erfolges und wäre der Kronprinz nicht ein hirnloses Wesen: welche Fluten von Popularität wären da zu schöpfen! Denn vielen Kleinbürgern ist die *Form* dieser Diktatur, mit deren inhaltslosem Inhalt sie durchaus einverstanden sind, zuwider – und würde das durch die altüberlieferte Form der Monarchie abgelöst, so liefe ganz Deutschland und halb Europa über. Immerhin ... ein Herr ... Aber ich glaube nicht recht daran, und was da weiter vor sich geht, hat mit uns eigentlich nichts mehr zu tun. Sie können sich vom Inhalt der Literaturzeitschriften keine Vorstellung machen. Die Leute vergessen aber eines: sie haben nicht nur den jüdischen Produzenten, sie haben vor allem das aufnahmefähigste, weil neugierig-nervöse Publikum Deutschlands kaputt gemacht. Die Herren Johst und Co werden sehr bald unter sich bleiben. Laß sie.

Wenn Sie schreiben, Sie dichteten sich eines – aber cui bono, so halte ich das nicht für richtig. Tibi bono. Da Sie jetzt nicht aufpassen müssen, ob das auch einer nimmt, so können Sie sich zunächst mal dichterisch ganz frei auslassen, und das kann gut anschlagen. Ich weiß, daß ein Dramatiker eine Bühne, also Dritte braucht – aber es kann doch gut sein. Ich wünsche Ihnen das von Herzen.

[. . .]

Ihr guter
Edgar

Zürich, 18–6–33

Lieber Max,
neulich, als ich versonnen im Badewasser schwamm, dachte ich an Ihnen: «Der schreibt nun auch nicht mehr» – dachte ich und weinete bitterlich. Ihr Brief ist gut tombiert und hat Wärme in mein Herz gegossen.

[. . .]

Briefe auf Wunsch vernichtet, soweit hier. Die andern sind in dem Moyahaus, und wenn ich dorthin komme, verbrenne ich sie unten im Kamin (starrt wehmütig in die Flammen).

Über Kamillentee und ähnliches nächstens mehr, hoffentlich erfreuliches. Sonst:

a) *Grundsätzliches.* Über «*Weltbühne*» Ihrer Meinung. Ich finde den *Ton* meist anständig, die Motive sicherlich auch – aber wie steril ist das alles! Und dann ist da auch keiner, der die Dessous der Bewegung in Deutschland auch nur ahnt. [. . .]

Nach genauer Lesung mancher Dinge, vielen Gesprächen mit Leuten aus Berlin und nun auch noch nach Lektüre Ihres Briefes [. . .]: die Komponente des Nationalbolschewismus ist größer als man denkt. Nicht nur die Nebenregierung der Horden, die natürlich auch. Aber die Tendenz, wirklich zu sozialisieren, ist da – ob sie sich, vor allem gegen die Agrarier, auswirken kann, ist mir mehr als zweifelhaft. Tut sie es, so wäre das die größte Ironie des Schicksals: Hitler als Vollstrecker der Marxschen Ideen. [. . .]

Bericht über Oss sehr übel, sein Gesundheitszustand soll schlecht sein, jemand hat ihn dort in der Krankenabteilung gesehn. Der Tagesplan schlimmstes Militär. Auf dem Transport von Spandau nach Sonnenburg SA; die Gefangenenwärter, die sich für die Gefangenen einsetzten, wurden mit ihnen verhauen. Dabei soll Oss verletzt sein. Näheres nicht zu ermitteln. Es ist mir gelungen, für das Kind Ossens eine Freistelle zu bekommen; wir wollen sehn, ob es gelingt, es herauszubekommen.

Der deutschnationale Oberfohren soll erschossen worden sein. / Die

Hysterie der Hitlerleute vor den Wahlen soll darauf zurückzuführen sein, daß, wie aus einem Protokoll des ermordeten Oberfohren hervorgehn soll, Blomberg von der Reichswehr erklärt haben soll, wenn die Regierung in irgendeinem Sinne gegen die Deutschnationalen geändert werde, so werde er Hitler und Göring wegen Brandstiftung verhaften lassen. Relata refero. Ich war nicht dabei. Unstimmigkeiten innerhalb der Sache enorm: jeder Minister hat sein besonderes schwarzes Schaf.

[. . .]

c) *Scherz, Ironie, Satire und Vermischtes.* Ein Jude begegnet einem total verbundenen andern. «Moische! Was ist? Was haben sie mit dir gemacht?» Darauf jener, aus seinen Verbänden, mummelnd: «Alles, was mir passiert ist, ist gelogen!» / Die Wilhelmstraße ist jeden Morgen von acht bis neun Uhr abgesperrt, weil Hindenburg da auf dem Damm Kreisel spielt. / Telegramm einer kleinen Stadt in Ostpreußen an Göring: «sendet sofort zwei juden da boykott sonst unmöglich.» / Die neuen Pg's heißen: die Märzgefallenen. / Einer hat ein Spiel erfunden. Sie wissen doch, daß viele deutsche Volkslieder mit einer Frage anfangen. Nun also so: «Was kommt dort von der Höh?» – Natürlich die Juden. «Wer hat dich du schöner Wald?» – Natürlich die Juden. Und so in infinitum.

Stütze der Sache: die widerwärtigsten Kleinbürger. Stütze der SA: massenhaft Kommunisten, die da hereingegangen sind. Dazu die Berührung der äußersten Flügel: Bombenbauern und SA. Nach wie vor, trotz gelegentlicher Anfälle, halte ich das Ganze für stabil. Die Anfälle habe ich – nämlich: das wackelt, das bildet sich um . . . aber dann ist es doch nichts.

Theater kaputt. Buchumsatz etwa auf 25% zurückgegangen.

So, das wärs. Ja, lieber Freund – ich glaube, man sollte «warten, ohne zu hoffen» – kurz: da wir beide keinen Vogel haben, und uns nicht der Haber sticht [. . .] – so kann uns nicht sehr viel passieren. Wir haben es stellenweise sehr gut gehabt, das kann uns keiner wegnehmen, hungrig nach Glück sind wir nicht mehr so sehr, ich halte es nicht nur für klüger, sondern auch für würdiger, sich diese Sache gelassen anzusehn, was die innere Haltung angeht. [. . .]

Mit schönen Grüßen an Wolffs Ihr

Edgar

Karl Kraus soll über die Deutschen in Österreich gesagt haben: «Die Ratten betreten das sinkende Schiff!»

Zürich, 12–7–33

Lieber Max,
schönen Dank für Kachte und Brief. Möge Ihr Wiegenfest der Aufkackt zu großen Ereignissen in Ihrer Laufbahn sein, deren Einweihung ich hier mit diesem Hammerschlage feierlich vornehme oder so ähnlich. Jedenfalls wünsche ich Ihnen alles Gute – vor allem, daß Ihre Arbeit etwas ergibt, was *für Sie* förderlich ist. Auf das Popplikom kommt es zunächst nicht an.

Antwortlich Ihrer geehrten:

Den Rat, den Ihr Thomas Mannen gegeben habt, halte ich für richtig. Taktisch richtig und für diesen Zeitpunkt richtig. Für später ... das weiß ich nicht. Viele von uns denken, sagen oder meinen, es gäbe da so etwas wie eine «ewige Idee» Deutschland, die sich, dem Sternenhimmel gleich, über diesem Pack da wölbe – wie wenn das da eine Episode sei. Dann freilich soll man ausharren. Die Frage ist nur: ist das eine Verirrung, oder haben die Leute heimgefunden? Viele Reisende aus Deutschland sagen: die Masse will es *nicht*. Das klingt nicht paradox, denn in Italien ist es bestimmt nicht anders, und in Rußland – wenn Leonhard es nicht hört –, da wird es auch nicht viel anders sein. Wächst sich das aber ein: dann soll man sauber und konsequent abziehn. Verleugnen können wir nie, daß wir dort aufgewachsen sind – ich werde nie in einer andern Sprache schreiben können, und die Versuche, die jetzt in Paris gemacht werden, sind tapfer, aber belanglos. Von Ausnahmen abgesehn (Chamisso, Conrad, Green) geht das ja nicht. Also ich werde mich nie als alten Franzosen gerieren. Aber als Deutschen ...? Wissen Sie noch, wie wir vor einem Jahr die Russenkolonien besucht haben? Das gab mir schon damals sehr zu denken. Und so ähnlich wird es ja wohl werden, wenns *gut* geht.

Sicherlich hat die Schweiz Mann das Bürgerrecht angeboten. Den Leuten gegenüber, die grade nicht diesen lächerlichen Nobelpreis haben, zeigt sie sich weniger magnanim. Mir hat sie gar nichts getan, ich höre aber viel Böses. Eine Welle von scheußlichstem Boche-Patriotismus geht durch das Land und grade Zürich ist in dieser Beziehung eine wahre Bochie. Unangenehme Leute – ein Hotelvolk. Sie sind nicht für Hitler – aber es sind Emmenthaler Faschisten.

Das «*Neue Tagebuch*» ist famos. Die erste Nummer besser als die zweite – hoffentlich hält es sich. Es ist viel besser als die WB (deren letzte Nummer brauchbar war). Schlamm ist meist gut, das Drumherum nicht. Wenn sie nur nicht siebzehn Blätter nebeneinander machen müßten! Und wenn sie sich alle zusammen von der «Glosse» fernhalten wollten! Ich habe – nach dem sel. «*März*» – diese Form sehr propagiert – ich täte das heute nie. Man will entweder Aufsätze mit dem langen Atem oder *Fakten*. Nur nicht diese Entrüstungsglosse, mit dem Schmus drumherum. Roth, ganz Ihrer Meinung, Schwarzschild ausgezeichnet, der hat sich sehr entwickelt.

[...]

Für Ihren Büchertisch: «*Lu*» lesen Sie ja wohl – es ist tendenziös, aber gut gemacht. [...] Wenn Sie es gerade bekommen, lesen Sie – *Sie* am besten englisch: Lockhardt. Deutsch heißt sein Buch «*Vom Wirbel erfaßt*» und so ist es auch übersetzt. Eine sehr gute Sache. Beinah so gut wie mein Liebling Krieglstein (Kennen Sie den eigentlich? «*Zwischen Weiß und Gelb*» und «*Im Lande der Verdammnis*». Knauer. Nummer eins). Jules Renard, der alte gute, ist immer eine Freude, weil er so herrlich verspielt und verrückt ist, wie es Franzosen sonst gar nicht sind. «*Histoires Naturelles*» und «*La Lanterne Sourde*» und so. Furchtbar lachen muß ich über den dicken Daudet seine Lebenserinnerungen. Das ist, wie wenn ein dicker Mann beim Essen mächtig schmatzt und schlürft und pustet und dabei Klatsch erzählt. Er ist eine Sau schlimmster Observanz und außerdem total verrückt, aber die Erinnerungen sind von einer maßlosen Komik. Es gibt viele Bände. Er hat Ausdrücke, die sogar uns erröten machen.

Das nächste Buch des Herrn Céline wird ein Reinfall werden.

Ja, und sonst ... Befinden nicht gut. Aussichten: ich halte die Sache für ganz und gar stabil. Eine witzige Ähnlichkeit zwischen Rom und Moskau: beide ermutigen die deutschen Anhänger, und beide lassen sie stumm und diskret im Stich, wenns zum Klappen kommt. Feine Herren. Und beide: dumm. Denn beidemal ist es nicht etwa ein Schachzug, sondern eine blanke, dicke und schöne Niederlage, über die kein theologisches oder kommunistisches Geschäft hinwegtäuschen kann.

Ich gehe allen Kompatrijoten aus dem Wege – nicht aus Verachtung, aber aus Furcht vor Langerweile. Man kann das auswendig.

Das wärs. Richtig: bekommt Ihr Bruder die Zeitungen? Ich schicke ihm jede Woche den «*Temps*», der ja in Deutschland nicht verboten ist. Aber die Frage ist: bekommt er das? Absender ist nicht angegeben, meine Schrift auch nicht.

Gehabt Euch wohl, Padrone! [...]

Ihr getreuer [...]
Edgar
ehem. Mitarbeiter erster Blätter [...]

25-7-33

Lieber Max,

Dank für Ihren hochwerten vom 19., den – wegen Hitze und Langerweile – gleich beantworten möchte. Item:

[. . .]

Kriegspsychose. Wissen Sie, so eine echte rechte Psychose war das bei mir nie. (Ich weiß schon, was Sie sagen wollen.) Ich meine aber noch heute wie damals: wer sehr viel Geld hat, soll den albernen Quatsch mit den Börsen lassen. Er soll sich im Wald auf einer Höhe ein Haus bauen, mit Keller und sehr vielen Vorräten, Petroleumlampen und Wasserquelle – und da soll er sitzen. Dem wird am wenigsten passieren. Ich sehe übrigens keinerlei Weltenkrieg. Ich glaube an einen im Osten Europas mehr oder minder lokalisierten Krieg, den die Rüstungsindustrie vorbereiten läßt (laisser und faire zugleich). Und das schrecklichste ist: diesen Krieg kann Deutschland auch noch gewinnen. Heute nicht – in vier Jahren durchaus. Die Polen . . . das ist nichts, wenn sie allein sind. Das bedeutete, genau wie der Sturz Österreichs, wenn er käme, den Anfang einer mitteleuropäischen Bochie – wir haben dann wohl nicht mehr so sehr viel zu melden.

Daran sind die Franzosen nicht unschuldig. Leider, leider sind die guten Köpfe, soweit vorhanden, bei denen auf der rechten Seite, und von denen ist ein Teil auch noch kapitalistisch begrenzt und borniert. Links . . . Ich finde das alles ganz trostlos. Nicht etwa, weil die Sozialisten Kriegskredite bewilligen – die bewilligte ich mit. Sondern weil es nur kleine Schlaumeier sind – und gar kein großer Mann darunter, keiner, der wirklich einmal ausspricht, was ist, keiner der zu sagen wagt, was alle wissen und was jedes Café de Commerce besser weiß und klarer sagt. Leider ist das so.

Daß sie sich zu uns anständig benehmen, davon bin ich überzeugt. Viel anständiger jedenfalls als diese hier, die vor Angst vergehn, das wackere Gebirglervolk. Das sind Hosenscheißer! Sie tun sich vor den deutschen Flüchtlingen gar groß auf – Hitler und Mussolini gegenüber tun sie das weniger. Hoteliers.

Wolfe: Der Anfang großartig. Nachher zerläuft es für meinen Geschmack wie ein Pudding. Mir behagt die Mischung des amerikanischen Naturalismus und einer fast wassermännischen Lyrik nicht –: Hölderlin, geb. Ford. Außerdem glaube ich, daß diese Seiten, angefüllt mit Schilderungen von Gerüchen oder den Schicksalen einer ganzen Straße, nun langsam Fleißaufgaben geworden sind – das kann ja beinah jeder. Auch die von Joyce erfundene Art, seine Assoziationen laufen zu lassen . . . mir schmeckt das nicht.

«*Tagebuch*»: Wenn sich das nur so hält. Schwarzschild sehr, sehr gut. Die Nachrichten und Glossen gut. Nur, eben (wofür Schwarzschild nichts kann): *Was soll nun werden?* Wir wollen uns über diese Publikationen nach einem Jahr wiedersprechen.

Ich schicke Ihrem Bruder erst wieder Zeitungen, wenn Sie Nachrichten von ihm haben. Ich habe Furcht, ihm Unannehmlichkeiten zu bereiten.

Anbei etwas, *das ich zurückerbitte.* Ich bin nicht gekränkt. J'en ai vu bien d'autres. Aber das sind jene, die noch an das «bessere Deutschland» glauben – «Hörn Se mal – so kann man das nicht – schließlich ham wa doch nu mal die bessern Wasserklosetts...» Daß die Seite *«Tiere sehen dich an»* mit den Generalsköpfen gar nicht von mir ist, nebenbei – ich muß natürlich die Verantwortung tragen. Sie stammt von John Heartfield, und er hat sie knapp vor der Drucklegung eingefügt, er hatte das Recht, es zu tun. Und das Buch ist als künstlerische Leistung klobig. Und schwach. Und viel zu milde.

*«Weltbühne»* schwach, bis auf Schlamm. Und Trotzki, der prachtvolle Sachen schreibt, die ja durch die Weltpresse gehn und nicht der WB gehören. Neulich ein *«Porträt des Nationalsozialismus»*, das ist wirklich eine Meisterleistung. Da stand alles, aber auch alles drin. Unbegreiflich, wie das einer schreiben kann, der nicht in Deutschland lebt. Konklusion: Krieg oder Revolution. Ich weiß das nicht ... er weiß mehr und kann mehr, der Trotzki. Aber wie nun, wenn es sich lange, lange Jahre als Mießigkeit dahinschleppt. Mit einer Duldung Europas, die übrigens dieser grausliche Henderson durchaus anstrebt. Wie man überhaupt die tiefe Entrüstung der Engländer, die durchaus echt ist, nicht mit ihrer Politik verwechseln darf. Die geht trotz aller Unterhausreden auf Arrangement. Ich fürchte das. Und gerade das brauchen die Deutschen. Sie sind eben nicht fertig. Wie auch nur ein vernünftiger Mensch solche Schweinerein machen kann wie François-Poncet in Berlin, der die französischen Austauschschüler begrüßt, jetzt, vor einer Woche – wie dieses lächerliche Institut de la Coopération Intellectuelle, die alle mit den Deutschen an einem Tisch sitzen und Kommissionen bilden – wie man das mitmachen kann, ist mir unverständlich. Nun, sie machen es alle mit. [...]

Was ist mit Célines neustem Buch? Da muß ich irgendeine Anspielung nicht verstanden haben.

Gott ist groß, mir zu groß. Hier ist es heiß. Wie ist es dort?

[...]

Gott mit Ihnen, junger Mann. [...]

Dies wünscht Ihnen Ihr getreulicher
Edgar

Mensch, Mensch – der Oss.
Und wenn sie ihn freilassen – was ist das dann für eine Freiheit! Ich denke immerzu daran.

Zürich, 8–8–33

Lieber Max,
es trifft sich gerade so, ich sitze am Schreibklavier, es gehet mir auch heute etwas weniger beschimmelt denn sonst ... da will ich gleich antworten.

Tack för den vom 6. hujus.

[...]

Das höre ich auch, daß sich ein Teil der Herren Juden ganz albern in Paris benehmen. Schade – es ist nicht gut. Wie hat neulich jemand gesagt: «Da exportieren Sie nun unsern schönen deutschen Antisemitismus nach Frankreich!» Ein richtiger Instinkt hat Sie davor bewahrt, dort zu leben.

Was mich nicht hindert, Sie zu fragen, ob Sie im September vorübergehend dort sind. Ich vielleicht. (Es macht Ihnen doch nichts, wenn ich überall erzähle, ich führe zu Ihnen nach St. Tropez oder sonst eine Phantasieadresse?)

[...]

Wolfe – da haben Sie recht: die Stelle ist schön. Das Ganze ist leider geradezu schweinemäßig übersetzt – es wimmelt von Anglizismen, ganz schauerlich, «sie schürzte die Lippe» – wie kann man das als thematischen Satz stehen lassen. Und «mein Honig» dürfte wohl auch nicht das richtige sein. Ein Jammer.

Nein, ich schreibe noch gar nichts – langsam fühle ich manchmal, daß es geht, dann wieder geht es gar nicht, ich will keine schwankenden Arbeiten herausgehen lassen. Schreiben ist, wie mir scheint, Kraftüberschuß. Und der ist noch nicht da.

Wir haben doch damals, als Sie mir in der Badewanne der Emeraude den Tod Doumers verkündeten, sofort an den Konsul nach Berlin telegrafiert. Er hat sich daran erinnert, als er meiner Mutter das Visum gab: «mais votre fils et Monsieur Hasenclever, ce sont des amis de la France» und so. Na also.

Hitler spielt mit Röhm Dame, hörte ich.

Merkwürdig: viele Leute, meist die Juden, haben diese Hoffnung, beinah mehr als das: Monarchie oder Militärdiktatur. Ich habe das immer verlacht. Jetzt erzählte jemand, man spräche darüber, daß sich das *mit* Hitler abspielen sollte. Die Bösen seien Goebbels und Göring – nicht aber der gute, edle, weiche Schlawiner. Das ist so deutsch: die heulende Sentimentalität nach allen diesen Verbrechen. Ich halte die Kombination für einen Wunschtraum und für wenig wahrscheinlich – es ist nur so himmelschreiend dumm, daß es eine Aussicht auf Realisierung hätte.

[...]

Und es wird wieder auf Kosten der Arbeiter gehn. Gott segne dieses Land.

Trotzki mit gleicher Post – *bitte zurück*, ich habe ihn nur ein Mal. Das «*Tagebuch*» ist glänzend. Schwarzschild hat einen Instinkt, eine Witterung – ganz famos. Er schreibt auch immer besser und entwickelt sich großartig. Auch seine kluge Haltung den Franzosen und den Engländern gegenüber ist brillant. *Kurz*: es ist eine ungetrübte Freude. Ich empfehle das Blatt überall.

[...]

Ihr getreuer
Edgar

17–8–33

Lieber Max,
schönen Dank für den Ihrigen vom 14. hujus.

Selbstverständlich werde ich also Ihren Namen mit Reiseplänen nirgends in Verbindung bringen. Ich werde auch meine gesamte Post noch einmal auf alles durchsehn. Seien Sie ganz beruhigt, ich verstehe Ihre Bedenken sehr gut.

Ich denke, daß ich etwa vom 8. bis 25. September dort aufhältlich sein werde – es wäre ganz wunnerbohr, wenn Sie da wären. Haben Sie die Adresse eines Dritten, an den ich schreiben könnte, zwecks Meldung, daß ich da sei? Sonst immer hierher – ich bekomme alles nachgeschickt.

Paule war hier. Na ... also er ist ja ein tippanständiger und braver Kerl, aber vollkommen verrückt. Es ist etwas anstrengend. Er nannte Zahlen über seinen Verbrauch, die mich erschreckten, aber das geht uns ja nichts an. Sein Blick ist oft ganz scharf, er sieht gut und richtig, aber alles falsch, was ihn angeht. Er ist sich sehr im Wege. Als meine Lobrede über «*Kulissen*» erklang, hatte er das nicht so gern; er nannte das Stück «ungütig» und redete dann genauso weiter wie sein Ebenbild in der Rolle. Ich mußte herzlich grinsen. Er wehrt sich mächtig, sucht überall Beschäftigung und überschätzt vielleicht seine Bedeutung in der «goldenen» Zeit sanft, aber energisch. Er nannte uns alle unzuverlässig, weil wir nicht seinen Ruhm genügend geblasen hätten ... sagen Sie mal: reden wir eigentlich auch immerzu dasselbe? Das muß furchtbar sein.

Was er über die Herren Juden sagte, war Nummer eins. Er erkennt sie richtig, bewahrt seinerseits eine Art Würde, was offenbar viele andere nicht tun. Unsere Juden sind verbocht.

Auflösung der SA – das halte ich für einen Mordskrach. Es wäre bildschön. Aber er wird das nicht durchsetzen.

Ich glaube nicht, daß Hitler kippt. Warum auch? Europa sieht, wie gelähmt, zu, wie der neue Krieg vorbereitet wird – die Kriegsindustrie hat zu tun, Herr Daladier ist taktvoll, das Foreign Office eiskalt, und so kommen die drei Jahre zustande, die jenner braucht, um loszulegen. Meine Überzeugung, daß er diesen Krieg gewinnt, wächst immer mehr. Dann sollten wir vielleicht sehn, was in Bali frei ist – denn ein Europa, in dem die Deutschen als stolze Sieger herumlaufen . . . das wohl lieber nicht.

Inzwischen habe ich aus wohlassortierter, aber sicherer Quelle dieses gehört: da sitzt doch der alte Otto Braun unten in Lugano und züchtet Tomaten. Gut. Der hat eine Frau, die ist auch in Lugano. Die hat ein Vertiko und andere Möbel, und das Vertiko ist noch in Deutschland. Jetzt ist doch diese Frau Ministerpräsident wirklich und wahrhaftig nach Deutschland gemacht, weil man doch die guten Möbel nicht . . . Also das ist wahr. Zurückgekommen ist weder sie noch das Vertiko, und ich frage mich, ob sie jetzt wohl beide beieinander sein werden. Und genau so war denn auch die gesamte Politik dieser Partei.

[. . .]

Inschrift am Reichstag: BRENNENDES GEHEIMNIS Oder: EIGENER HERD IST GOLDES WERT

Dies wünscht Ihnen Ihr getreuer
Edgar

Zürich, 25–8–33

Lieber Max,
Dank für den Ihrigten vom 21. hujus.

[. . .]

Frau Braun ist auf alle Fälle richtig. Die SPD hat da immer von drei Pfeilen gesprochen, das war ein Irrtum. Ihr Wappen ist das Vertiko.

[. . .]

Toller war hier und hat mir sein neues Buch gezeigt. Seine Lebensgeschichte. Ich halte das für sehr wirksam. Es hat nichts von diesem hohlen Pathos, das man ihm manchmal vorwirft – es ist sauber, klar, und hat vor allem etwas, das mir doch sehr imponiert hat: er gibt die bayerische Geschichte in politischer Hinsicht glatt preis. Also das hat mir gefallen. Eine Sache, die so viel gekostet hat – und dann sagen: ich habe mich geirrt . . . das ist brav. Ich glaube, daß das Buch Erfolg haben wird.

Er sprach auch von einer Tournee durch England, die ihm, wie ich denke, das Leben kosten kann. Er ist sehr tapfer. Programm, Dogma,

Thesen – da sehe ich nicht klar. Et après? Ich weiß es nicht. Er wohl auch nicht.

Von Mary bin ich geschieden. Da ich weiß, mit welcher kameradschaftlichen Diskretion Sie solche Sache zu behandeln pflegen: das ist kein Geheimnis. Im Gegenteil. Ich halte es für gut, wenn die Leute wissen, daß da nichts mehr ist – eben, damit sie nun nicht mehr belastet ist. Sie hat nun viel mehr Chancen im Geschäft. Die Sache ist selbstverständlich in aller Freundschaft vor sich gegangen. Sie ist ein tadelloser und anständiger Mensch, ich tue da mein Möglichstes.

Sie sind zu bescheiden und sprechen nie von Ihrer Arbeit. Was ist es –? Sind Sie zufrieden?

Daß es mir etwas besser geht, wage ich nicht hinzuschreiben – aus Furcht. Es schwankt noch sehr, ich kann nicht rauchen, die erste Pfeife wird feierlich angezeigt. Aber dann ... Ich kann mir das noch gar nicht denken. Seit «*Kolumbus*» habe ich keinen guten Tag gehabt.

Die Adresse für Paris war nur für den Fall, daß wir beide dort sind und uns erreichen wollen. Ich will versuchen, etwas später zu fahren, aber – ohne Sie mit Details zu langweilen – es ist nicht ganz leicht. Es wäre ja wunnerbor, wenn wir uns dort einmal aussprechen könnten. Ich möchte sonst das Heer der Wichtigtuer und nun gar der Kaufleute durchaus vermeiden. Unser Kreis wird klein, alter Mann. Es muß doch aber irgendeine Grenze nach unten geben. Daß ich jemandem die Hand gebe, der das toleriert, glaube ich nicht. Ich bin kein alter welfischer Major, der mit keinem Preußen spricht, vierzig Jahre hindurch nicht – aber es gibt da wohl so etwas wie, mit Verlaub zu sagen, Würde. Wer nicht will, daß ich mit ihm im gleichen See bade (Wannsee) – also ich nicht. Ich gehöre der älteren Rasse an; mit Negern ja, mit Boches nein.

[...]

Ihr getreuer
Edgar

29–8–33

Lieber Max,
schönen Dank für den Ihrigten vom 26. hujus. Ihre Fragen will ich alle beantworten:

1.) Ich glaube *nicht* daran, daß gleiches Schicksal uns allen blüht. Ich möchte dickst unterstreichen, daß ich damit nicht sagen will, ich sei ein Staatsfeind I. Ordnung, und die andern nur II. Ich empfinde diese Sache weder als Orden noch als Diffamierung, sondern als Unbequemlichkeit, die mir Lauferein machen wird. Daß etwa allen Schriftstellern oder Linksleuten das aberkannt wird, glaube ich nicht. Leider nicht – denn wenn die Leute, was sie zum Beispiel im Falle der Frau Jacobsohn getan haben, den Paß nicht verlängern, ohne die Staatsangehörigkeit abzuerkennen, so ist das mindestens so unangenehm. Für Sie sehe ich gar keine Gefahr: bis 37 hat sich manches entschieden. Eine Notifizierung an die verschiedenen Staaten wird kaum erfolgen, und *nur* dann ist der fremde Staat verpflichtet, davon Kenntnis zu nehmen. Sie haben also gar nichts zu befürchten, vorläufig gewiß nicht.

2.) Ich werde nichts unternehmen, was Deutschland angeht. Hier liegt keine gesetzliche, sondern eine revolutionäre Maßnahme vor und gegen die habe ich gar nichts. Gesetzlich deshalb nicht, weil der oberste Rechtsgrundsatz: «Nulla poena sine lege» durchbrochen ist. Das Gesetz stammt vom 14. Juli dieses Jahres. Seither aber haben Hölz, ich und andere nichts gegen das Regime unternommen – wir werden also rückwirkend bestraft, was im Gesetz nicht angegeben ist. Das gibt es nicht. Jeder Schritt dagegen aber sähe so aus, wie wenn ich darauf Wert legte, Deutscher zu bleiben, und darüber brauchen wir wohl nicht zu sprechen.

3.) Der Paß gilt noch – bis ich die Möglichkeit habe:

4.) Nansenpaß oder eine andere Staatsangehörigkeit zu erwerben.

Mich regt das wenig auf: daß ich in den Ländern, die für uns in Frage kommen, und zu denen nicht die Schweiz gehört, ausgewiesen werde, weil das erfolgt ist, halte ich für ausgeschlossen.

Deswegen schaukele ich diese Sache sehr gemütlich und langsam ein – zu verlieren ist da nichts mehr. Also wozu Aufregung –?

Wenn aber diese Rache des kl. goebbeles dazu dient, unsere Entrevue in Paris auf die Beine zu bringen, mit anschließender Zigarre Ihrerseits, dann sei er gepriesen. Ich werde etwa gegen den 8. dort sein – dies ist *nur* für Sie, ich will nach Möglichkeit dem Schwarm aus dem Wege gehn. Das wird zwar nicht glücken, aber ich will es doch versuchen. Außerdem kann ich schön Nein sagen, daran werden sich die Leute eben gewöhnen müssen. Es wäre famos, wenn Sie da wären – ich schreibe meine Adresse nach dort herunter. Spitzel? Wissen Sie, in meinen Briefen steht nichts mehr drin – wenn ich das alles so lese, habe ich das Gefühl, wie nach bestandenem Abitur oder in jener Epoche, wenn wir acht Wochen vor Ostern wußten: «Wir bleiben ja doch sitzen – nun hat es keinen Zweck mehr!» *Ich habe das nicht mehr auf* – das ist mein Eindruck. Und daß die Kerle einen ermorden lassen, halte ich zunächst für unwahrscheinlich. Wenn es ihnen Freude macht, mir straßauf, straßab nachzugehn – mir solls recht sein. Ich glaube nur, daß ich außer Ihnen und wenigen Leuten kaum mit Boches zusammen sein möchte – auch nicht mit den deutschen Juden. Ich habe damit nichts mehr zu tun.

Mensch, kommen Sie! Auf daß wir beim eiskalten Burgunder die Sache bereden können. Wirklich und wahrhaftig: wer weiß, wann wir uns dann wiedersehn!

In Züchten:<br>
Edgar<br>
ehemaliger Cimbrer<br>
Ex-Teutone

«Man ist in Europa<br>
ein Mal Inländer und<br>
22 Mal Ausländer.<br>
Wer weise ist: 23 Mal.»<br>
K. T.

[Paris]<br>
Bureau de Postes 123<br>
rue d'Anjou

9-9-33

Lieber Max,<br>
wenn nicht noch Post von Ihnen via alte Adresse nachkommt, dann scheint mir, Sie hätten vielleicht meine letzten Briefe nicht bekommen. In einem lag die kleine Foto einer Dame.

Sollten Sie herkommen, so wäre das prächtig. Ich weiß, daß Sie nicht so blindlinx alles hinwerfen können, und das ist auch gewiß nicht nötig. Bitte sagen Sie niemanden, daß ich hier bin. Ich habe zwar einen getroffen, aber dem habe ich erzählt, ich führe Montag wieder davon. Wahrlich, ich sage euch: dieses ist eine – trotz allem – eine himmlische Stadt. Mensch, als ich diese Luft, gemischt aus Staub, Metall, Sommerwind, Benzin und Frauen wieder gerochen habe ... also das gibts ja wirklich nur ein Mal. Das erste Abendessen, durchaus mittlerer Natur, war eine Erlösung.

Man sollte vielleicht einmal sich gründlich ausklatschen.

Mit entsprechendem Gruß

Ihr<br>
Edgar<br>
aufgehörter Deutscher

Paris
Bureau 123 poste restante 14-9-33

Lieber und von mir hoch geschätzter Max,
Dank für Ihren freundlichen Brief vom 1. hujus. Es ist mehr als schade, daß wir uns hier nicht zu sehen bekommen – das Wetter ist himmlisch, mir ist hervorragend mau, weil ich mich nicht gut fühle, und so hätte ich gern mich an Ihrer Vitalität [...] ergötzet. Amen.

Sie haben natürlich mit dem, was Sie sagen, recht. Wenn es späterhin gefährlich sein sollte, dorthin zu gehen, so hängt das sehr von Ihnen ab. Außer Ihnen weiß kaum jemand davon. Ich brauche Ihnen wohl nicht zu sagen, daß ich alles getan habe, pour dépister tout le monde. Ich lebe «zur Zeit in der Schweiz».

Ich sehe hier wenig Leute, zum Glück. Daß ich hier bin, wissen einige – das macht aber nichts. Schwierigkeiten habe ich bis jetzt nicht gehabt.

Dank für Ihre Diskretion in Sachen Adresse. Anbei zurück. Ich habe das beantwortet.

Das Braunbuch kenne ich. Wenn die Nachbarstaaten so weiter machen, dann macht Adof eine *gute* Außenpolitik. Er ist nämlich nicht von Europa oder von uns angestellt, sondern von Deutschland. Und wenn er sich das erlauben kann ...! Man denke sich einen Sozialisten, der so mit den Katholiken umzuspringen gewagt hätte! Man muß offenbar eine gewisse Gattung, zu denen auch die elenden Stalinleute gehören, vor den Arsch treten – dann erst geben sie nach. *Also* hat Adof recht. So sehe ich das an. Politik ist die Kunst des Möglichen.

Sie haben recht: es ist nicht Sibirien, es ist Belgien in Deutschland. Nämlich: Grausamkeit plus Kälte plus: «Dienst is Dienst. Da kann man nischt machen.» Es ist sehr greulich. Und, was ich immer seit Jahren gewußt habe: diese Opfer scheinen umsonst dargebracht zu werden. Märtyrer? Gut – aber nicht in einem leeren Zirkus. Das bringt dem Christentum keinen Nutzen.

Neulich habe ich auf einem Straßenschild gelesen:

rue de Christophe Clomb

und das hat mich sehr melancholisch gemacht.

Lieber Max, sehr viel Freude macht mir das alles nicht. Alsberg ist ein Anfang (Lessing wohl nicht). Wir werden eine ganze Strähne Selbstmorde erleben. Viele Juden *glauben* es nicht, was ihnen geschehn ist – sie haben keine Phantasie. [...]

Grüßen Sie alle und seien Sie selbst schönstens gegrüßt

von Ihrem alten, dicken und etwas vermauten
Edgar

15-9-33

Lieber Max,
Dank. Der Ordnung halber die Karte zurück – die Sache ist ganz belanglos.

Leider werde ich nicht so lange hier bleiben können, was mein Herze schmerzt, aber es läßt sich beim besten Willen nicht machen.

Schmeckt Ihnen der Gegenprozeß in London? Wenn da nicht noch die ganz dicke Enthüllung kommt – – ich habe mächtige Angst, daß das wieder so gemacht ist, wie alle Verlautbarungen dieser unsäglichen Linken gemacht werden: schlecht organisiert, Unterschriften großer Tiere, die entweder nicht kommen oder wenn, dann nur, um in der Zeitung genannt zu werden ... Was soll das? Wen verhört man da? Was kann Toller aussagen? Das ist doch Blödsinn! Er weiß doch gar nichts über die Sache. (Es ist sehr tapfer von ihm – er riskiert sein Leben.) Aber so geht das nicht. Wenn die Leute nicht einen SA-Mann haben, der schriftlich oder mündlich gesteht, dann sollen sie es lieber lassen.

Hier ist himmlisches Wetter – mein Befinden ist es weniger.

Das wärs. Machs gut, Alter – das Leben ist nicht rosa.

In Züchten Hochdero
Edgar

Brautbild dankend erhalten.

14-12-33

Lieber Max,
[...] abgesehen von allem andern, zwei Dinge.

Das eine ist, daß Sie – wenn Sie irgendwo Ruhe haben, also nicht in Paris, langsam und sorgfältig, «*Le Roi dort*» von Charles Braibant lesen könnten. Mensch – das ist ein Ding! Na, lieber Freund. *Das* ist Epik; Sauberkeit, Gelassenheit – endlich mal ein Buch, dessen Autor nicht aufgeregt ist. Und Frankreich ist darin – Mensch, es ist eine Herrlichkeit. Es kommt an Hamsun heran – es ist sehr merkwürdig. (Ganz anders; aber man lernt die Franzosen nie auskennen.)

Das zweite ist: wie tut sich das «*Pariser Tageblatt*»? Geht das? Mit so viel Kautelen, wie die Geldgeber und die politische Situation erheischen, mit Verlaub zu sagen. Na, vielleicht geht das. Hm.

Feuchtwangers «*Oppenheims*» werden ein gutes Werk tun. Künstlerisch ist es ganz schlecht – strohig, aus Pappe. Ich halte den Mann für sinnlos überschätzt. Das ist gut genug für Engländer. Seine Haltung ist leider tausendmal anständiger als die Thomas Manns. Von Döblin nicht zu reden. Nun, mich geht das nicht mehr so sehr viel an.

Ernstchen sein neues Buch kennen Sie? Es sind hübsche Stellen drin. Besonders da, wo es gar nicht politisch ist. Was er damit *will* ... also da bin ich sehr skeptisch. Was er zeigt, ist sehr hübsch. Und mutig – er rückt nämlich von alten Idealen ab; dazu gehört Sauberkeit.

[...]

Mit vielen schönen Grüßen

allemal Ihr getreuer
Edgar

Es wäre mir ganz besonders lieb, wenn meine Adresse – auch nicht unter dem «Siegel der Verschwiegenheit» – nicht weitergegeben würde.

[...]

5–1–34
und folgende Tage

Lieber Generalobermax,
[...] was da heraufzieht, ist bitter. Wenn der Krieg lange auf sich warten läßt, dann folgt auf diesen entsetzlichen I. Akt, den ich «Das dürfen die Leute ja gar nicht!» getauft habe, der II. Und der heißt: «Ich weiß gar nicht, was Sie wollen – *so* schlimm ist es nun aber gar nicht mehr.» Das wäre grauslich, eine scheinbare Mäßigung im äußerlichen. Kommt der Krieg – ja, ich kann nicht so weit sehen, aber ich lasse mich seit zwei Jahren von allen ernsten Männern auf die Schultern klopfen, wenn ich etwas sage, was keiner von denen sagt: «Ihr denkt nie an die Möglichkeit, daß dieser Krieg lokal begrenzt sein könnte!» Alle Voraussetzungen sind gegeben. Die Polen, schielen wie immer, kokeln anscheinend und scheinbar mit Deutschland. Das kann, (kann) dahin führen, daß die Franzosen trotz des investierten Geldes das Interesse verlieren. Außerdem erlaube ich mir die kleine Nebenfrage:

Helfen? Gut – aber *wie kommt man dahin* –? Durch Deutschland? Ich glaube nicht, daß man die Franzosen für den Korridor in die Uniformen bekommt. Sie tun es nicht, ich glaube das nicht. Man kann Geld schikken, aber Leute und Tanks? – Bleibt der Krieg aber lokal, dann gewinnt ihn Deutschland mit Pfeifen und Trommeln. Was das für einen Schlag für unsere westliche Kultur bedeutet, das brauche ich Ihnen nicht zu sagen. Das kann eintreten. Die Töne aus Deutschland, in dem ich ja seit Jahren nicht gewesen bin und zu dem ich kaum noch Verbindungen habe, klingen allerdings für ein Regime von 12 Monaten merkwürdig schrill, solche hohen Kopftöne sind kein Zeichen von Kraft – aber was dahinter steckt, kann ich nicht beurteilen. Sicher ist nur dies:

Die These Heinrich Manns und auch Tollers ist falsch. Hitler ist Deutschland. Zum mindesten, wenn sie das nicht sind, so darf man sagen: sie können auch so. Sie sind amorph. Und das da kommt ihnen sehr nahe. Jeder, der überhaupt Gefühl hat, fühlt: stirbt der Mann morgen, dann machen die entsprechend weiter. Es gibt dann Zickzacks, ein Durcheinander – aber, wie Oss schon sagte, «was er angerichtet hat, bleibt». Also ist es dumm, das arme getäuschte Deutschland zu bedauern, und es ist Unfug, dem Ausland einreden zu wollen, das sei alles gar nicht so – Deutschland sei vielmehr ... ja, was? Wer? Kisch? Die emigrierten Juden? Ich? Sie? Nein, nein, es hat schon seine Richtigkeit: die da zu Hause sind janz richtig, und man muß es ablaufen lassen. Nebeneditionen gibt es nicht.

Daß die nicht in der kläglichen Emigrantenpresse liegen, wissen Sie ja. Ich mache mich darüber nicht lustig – die Leute wollen leben, und etwas anderes können Sie eben nicht. Aber abgesehen von der Torheit der Kommunisten, die wirklich nicht wissen, wo Gott wohnt, und die nichts, nichts gelernt haben, nicht einmal aus jener Literatur, die zwischen der guten Soziologie und der guten Psychoanalyse liegt, eine Literatur, die ihnen verdammt unbequem ist, weil sie skeptisch ist, wie jede Erkenntnis, also die Tat aufhält ... abgesehen von denen da stellen wir uns nie diese Frage:

Möchten Sie sich von unsern Intellektuellen regieren lassen? Ich nicht. Es gibt da Ausnahmen, famose Kerle, die wirklich reiten können. Aber der Rest ...? Ich meine das nicht boshaft, um so weniger, als ich mich nicht ausnehme. Ich habe mich im Krieg als Beamten gesehn – eine reine Freude war das auch nicht. Was in meiner Schreiberei Güte war, ist in der Realität Schwäche – was Witz, wird Inkohärenz – die Herren überschätzen sich zumeist. Und wenn einer nicht eine neue *Lehre* zu geben hat, dann mag er ein ganz guter Schreiber sein – aber eben diese lebendige *Kraft* fehlt ihm so oft, und mit der wirds nun mal gemacht. Mit Gehirn hat das wenig zu tun, und wenn die da noch so brüllen. Ich muß wohl nicht hinzusetzen, daß ich inzwischen nicht an das «Dynamische» zu glauben gelernt habe oder solchen Quatsch – mir ist der Faschismus genau so widerlich wie Ihnen. Nur, wenn ich ihn bekämpfte, dann, scheint mir, erwiese ich der Sache einen größeren Dienst, wenn ich die lebendigen Kräfte, die in ihm und unter ihm liegen, trotzalledem, erst mal richtig erkenne und dann erst loshaue. Die Schreiber da pusten alle verachtungsvoll durch die Nase ... aber so wird das nichts.

Pardong – dieses war ein Kolleg. Ad personam:

Hoffentlich ist Ihrem Bruder nicht viel geschehn. Ich habe noch die Briefstelle von Ihnen in Erinnerung (es wird alles von mir vernichtet, leider), wo Sie schrieben: «Sehn Sie – es gibt doch auch noch andere Leute da!» Und ich habe mir damals gedacht: Wie lange, du großer Gott! – Hat man ihm Ernsthaftes angetan? Drucksachen kann man ihm nun wohl nicht mehr schicken? Geht er nicht heraus?

Grausige Einzelheiten über die Lager in der «*Aktion*».

Klever, daß Sie sich mit Rutchen ausgesöhnt haben, hat mein Herz mächtig geschüttelt. Ich finde das I a von Ihnen, Sie sind wirklich ein famoser Kerl. Sie haben ganz recht: man kann ihn zausen, aber sich jetzt im persönlichen voneinander abzukehren, wenn man sich so lange gekannt hat, das wäre unwürdig. Famos. Und meine Grüße an den Dikken.

Ihn und Sie wiederzusehn, das liegt nicht aus dem Bereich aller Möglichkeiten. Mir geht es nicht gut – ich mag Ihnen keine Bulletins schicken, aber es ist eben noch nichts. Ich würde also vielleicht doch noch einmal zu einer Schwefelkur fahren, vielleicht in die Pyrenäen, ich weiß noch nicht. Das schriebe ich Ihnen – vielleicht sind Sie irgendwo am Wege.

Sagen Sie nicht, daß Sie im luftleeren Raum arbeiten. Das täten Sie nur, wenn Sie «aktuell» aufdrehten. Der weise Kracauer hat mal geschrieben: «Wer sich zu tief mit der Zeit einläßt, altert geschwind.» Das tun Sie längst nicht mehr – und ohne ihr den Rücken zu drehn. Prosa? Sehr gut. Wenn ich mir erlauben darf, als Reinigungsbad der Seele viel Hebel (mit einem b), Kleist und Schopenhauer zu empfehlen – das fegt die Ecken aus.

[. . .]

Übrigens habe ich hier ein paar Liebesbriefe Görings gesehn, im Original, 1920. Mensch, das ist trostlos. Wir wissen doch, was man alles zusammenschreibt, wenn man eine haben will – aber so etwas von Koofmich, von Liftboy und Rennfahrer an Niveau . . . das ist bitter. Ich habe sie nicht abgeschrieben, mir ist das fern und ekelhaft. Ich besinne mich nur auf einen Satz: «Abends bin ich viel allein zu Haus und denke über das Leben nach.» Mit bekanntem Resultat. Die lyrischen Stellen in den Briefen rochen nach ganz süßem Bonbonparfum und Hosenboden. Finster.

Ihre Charakteristik der berliner Mädchen in Paris war himmlisch. Machs gut, Alter. Gruß und Kuß an Marita. Gruß an die Küste und die Dame. Ich läse viel. Und denke an Ihnen und bin allemal Ihr ewig alter

Edgar

*P.S.1.* Mögen Sie den Etappen-Bolschewisten Ehrenburg? Ich meeg das nicht.

*P.S.2.* Vielleicht haben wir den beiden Fräulein Nietzsche doch etwas Unrecht getan. Die Alte hat zwar dem Adolf den Spazierstock ihres Bruders verliehn – aber der Nachlaßband (von Bäumler herausgegeben, 1931) enthält die ungeheuerlichsten Dinge gegen die Boches.

[Juli 1934?]

Lieber Max,

[. . .]

Es ist alles wahr, was Sie pfestgestellt haben, und ich nehme alles zurück, mich mit, ich habe wollen so lange warten, bis ich ganz gesund bin, und Ihnen dann schreiben wie ein strahlender Meteor am Waldesrand, aber leider bin ich das mitnichten. Um das erst mal zu erledigen: ich sitze an der See. In einem Bauernhaus, Fjord, Privatbadebucht, Salzwind und langer Geduld. Qui vivra, nous verrons.

Guter alter Mann, ich bin über Ihnen mehr als froh, a) daß Sie mit einer netten jungen Dame zusammenleben, die ich herzlich zu grüßen bitte. Ferner lache ich Sie überhaupt nie aus, und b) gewiß nicht wegen Roman. Ich halte es für ein Glück und einen Segen, daß Sie arbeiten und sich nicht mit einer sterilen Negation aufhalten, wie jene Galerie der entsetzlichen Tiere im Caféhaus, von denen Sie schreiben. (Speyer ist ein netter Kerl und einer der wenigen *weisen* Deutschen, die ich kenne. Theodor Wolff hat in der Schweiz ein Buch veröffentlicht: es hat aber einen falschen Titel, es sollte heißen «Die Mitschuldigen».)

Bitte schicken Sie mir Ihr Stück – welches genau und aufmerksam geläsen wird. Kritisiert nur auf Wunsch. Besteht irgendeine Chance, das ins Französische zu übersetzen –? Deutschland doch wohl nicht möglich.

Persönliches: Gesundheit also nicht sehr gut. Pariser Aufenthalt ganz kurz und fruchtlos, dann Challes in der Haute-Savoie – diese Kur hat nichts geholfen. Dann Schweiz – dann hier.

Das große Erlebnis des Jahres heißt . . . also erst Hamsun und dann ein Franzose.

«*Weder Jahr und Tag*» – da bin ich, wie so oft, ganz Ihrer Meinung. Es ist mir unbegreiflich, wie das ein Siebzigjähriger hat schreiben können. (Denken Sie sich unsern jetzt bereits 108jährigen Thomas Mann mit siebzig.) Die Szenen der Mutter mit dem Zigeuner, die Szene in der Räucherkammer, wo er, weil jemand kommt, hervorstößt: «Schilt mich aus!» – da ist es mir kalt über den Rücken gelaufen. Es ist unfaßbar und ein Wunder. Sagte mir jemand, das sei bei Hamsun im Garten gewachsen, so glaubte ich das – aber den Vorgang, wie das auf Papier geschrieben worden ist, den begreife ich nicht. Ich habe mir eine norwegische Biographie Hamsuns gekauft – da ist ein Bild darin, er als dreißigjähriger *Tramway-Kondukteur* in Amerika – lieber Herr, das ist toll. Er scheint übrigens, sobald er nicht schreibt, ein nicht sehr angenehmer und provinzieller Herr zu sein – wenn er schreibt, kann man nur in die Knie sinken. Man möchte dann nie mehr eine Maschine aufklappen. Die Figur Augusts – das ist – zum Teil – die Gschaftlhuberei des Koofmichs aller Zeiten.

Der Franzose heißt Péguy. Lieber Max, es kann sein, daß Sie da meinen Enthusiasmus nicht teilen. Ich müßte Ihnen, wenn Sie das wollen, die Stellen bezeichnen, mit denen man anfangen soll – unter Schutt, schreibt einer seiner Biographen, liegt da das Edelgestein. (Notre jeunesse. L'argent.) Ich habe Frankreich noch nie so gut begriffen, und unsere Zeit noch nie so gut. Das ist ein großer Kerl – und wenn die Herren Marxisten, die ja alles wissen, weil sie es alles schriftlich haben, darüber lächeln, so lächle ich gar nicht, sondern habe dazu nichts zu sagen. Er hat so vieles vorausgeahnt, wie sonst nur noch Nietzsche, wenn der gerade nicht gelogen hat. Ein großer und wie mir scheint, ein die Jahrzehnte überdauernder Mann.

Meinem Französisch habe ich mit vielen Grammatiken auf die Beine geholfen, schreiben kann ich das noch nicht, dazu müßte man wohl Kurse nehmen und einen Lehrer haben. Aber es geht viel besser, und nun verstehe ich beinah alles, auch in schwierigen Büchern. In einer Nummer des «*Temps*» fehlen mir nur noch etwa 20 Wörter.

Von Deutschland weiß ich nicht viel. Kommt der Kerl durch, dann hat er Glück gehabt – kommt er nicht durch, hat Europa Glück gehabt. Es ist *nicht* das Verdienst der andern, wenn er stürzt, es ist nur seine unfaßbare Dummheit. Immer stärker bis zur Gewißheit ist in mir: *det sind sie.* Es ist nicht wahr, daß das arme Volk unterjocht ist, daß sie es nicht gewollt haben, es ist nicht wahr. Die paar Beispiele der äußersten Charakterlosigkeit, die ich in Briefen bekommen habe, haben mir das nur bestätigt, überrascht war ich nicht. («Wir können nicht in zwei Richtungen denken» und, bis vor kurzem noch Generalmelodie: «So schlimm ist es gar nicht».) Die innere Akzeptation, vor allem auf Seiten der Juden, ist das ärgste. Jeder häkelt sich eine kleine Anschauung, wonach ihn das alles nicht trifft, und wonach seine innere Mitschuld, die in allen, allen Fällen vorhanden ist, nicht gilt. Ein jüdischer Ohrenarzt hat zu einer Christin gesagt, als die ihn fragte, wie er denn nach den Pogromreden noch da bleiben könne: «Aber, liebe gnädige Frau, das wird doch alles nur fürs Volk gesagt!» (Der Mann, der den Kopf zum Coupéfenster hinausstreckt, auf den Ruf, ob Herr Lehmann da sei, ein paar hinter die Ohren bekommt und grinst. «Sie grinsen noch?» – «Ich heiße doch gar nicht Lehmann.») Würde lernt sich nicht – man hat es, oder man hat es nicht.

Bleibt es, so haben wir da nichts mehr zu melden. Bleibt es nicht, so kann es nur abgelöst werden von andern, die das ja mitgemacht haben, die nur gewisse böse Formen ablehnen, und zu denen soll ich zurück? – Nach der Melodie: «Na, da sind Sie wohl froh, daß Sie das nicht mitgemacht haben? Was wir hier ausgehalten haben . . .» Oder, gröber, was durchaus im Bereich der Möglichkeit liegt: «Seien Sie froh, daß ich Sie nicht in meinem Konzentrationslager gehabt habe!» Und auf alle Fälle: «Na ja – aber diese alten Taktlosigkeiten hören nun auf – Sie *dürfen* hier bleiben, aber nur, wenn . . .» Ohne mich. Das ist aus und vorbei. Wobei einem dann immer, taktvoll, wie man sie hat, gesagt wird: «Wovon wollen Sie denn leben?» Als ob das ein Grund wäre, Dreck zu fressen.

Das also nicht mehr. Deutsche habe ich nicht gesehn, ich möchte auch nicht. Ich gehe ihnen systematisch aus dem Wege, hoffe, eines Tages die Paßfrage zu lösen, und verstehe leider auf Reisen gar kein Deutsch. Totalitär bin ich auch.

Stimmung in der Schweiz nach Wunsch. Echter Warenboykott (aus Überzeugung, nicht wegen Autarkie): Ablehnung der Kaufleute, was mir das wichtigste zu sein scheint («Deutschland als Vertragspartner existiert nicht mehr») – ich bin so skeptisch wie nur möglich, buche das aber. Die Angelsachsen, wie stets geneigt, das noch zu stützen, um den Kunden nicht zu verlieren. Bei dieser Gelegenheit: aus meinem Besuch in England ziehe ich keine Lehren, denn ich habe nichts gesehen und nichts sehen wollen. Es ist eine Gefühlssache, meine Ablehnung, die Schäumerei in den Leitartikeln will ich erst glauben, wenn das Foreign Office eine andere Politik macht. Baldwin alleine macht noch keinen Sommer – die Labour ist der letzte Dreck. Sie feiern heute noch ihren Henderson. Ich mag sie nicht – sie sind der Verderb Europas.

Frankreichs Linke von vorvorgestern, Barthou ein schlauer Routinier, vielleicht nicht ganz falsch. Wichtig: L'Ordre Nouveau, eine neue Doktrin, einer ihrer besten Männer, Dandieu, ist leider mit 36 Jahren gestorben. Hat ein herrliches Buch geschrieben «*La révolution nécessaire*». Ich bin kein Moskaumann, eine Einladung nach dorthin habe ich abgelehnt. Was für uns noch kommt? Besinnung, wie mir scheint, aktives Eingreifen sehe ich nicht mehr. Mit der sog. Emigration habe ich gar nichts zu schaffen, ich finde das alles so ärmlich und dumm und mager. Jammervoll. Ohne Kritik im einzelnen, ich lese das kaum noch. Alles, was geschehen ist, ist ja ohne sie geschehen. Das begreift einer, der aktiv gewesen ist, sehr schwer. Goebbels tut den Leuten viel zu viel Ehre an – wie dumm ist er doch!

Kurz und toute réflexion faite: mit mir und denen ist es aus. Sie sind Rheinländer, und Sie denken also eleganter und liebenswürdiger. Ich bin zu stur, um mich zu wandeln, und ich will es auch gar nicht. Wüßte ich, daß mein Freund Karlchen, der letzten einer, mit denen ich noch etwas zu schaffen habe, mitmachte, so bräche ich. Er macht übrigens nicht mit. Aber es ist mir schon unangenehm, mit den Menschen zusammen zu sein – ich bringe das nicht mehr über mich. Dies ohne jede Ausnahme gesagt, sie fangen an, mir körperlich unangenehm zu werden. Ich weiß, ich weiß . . . aber ich mag nicht mehr.

Das wärs. Jean ist in Nizza – sie hat sich in Paris so taktvoll, so unendlich nett benommen, wir kennen doch die Französinnen, und sie ist gewiß keine strahlende Ausnahme. Aber sie hat mich gekannt, schwellend vor Geld, und nun heute – und nicht ein Achtelton ist anders. Das kann ich ihr nicht vergessen. Sollten Sie durch irgendeine Vermittlung ihr behilflich sein können, so täten Sie mir damit eine große Freude.

Das wärs, lieber Max, ich finde, im Gegensatz zu den brilligen Marxistinnen, diese Zeit mitnichten interessant, und es ist eine dumme und falsche historische Koketterie, sie als «unerhöört» zu nehmen. Wenn man ein bißchen Geschichte liest, sieht das ganz anders aus.

Schade übrigens, daß der Papst kein Katholik ist.

Werter Freund und Mitgenosse – gedenke noch oft der schönen Stunden, wo ich meine Inspirationen die Treppe heruntergebrüllt habe. Schade, schade, daß sie uns in diesem lächerlichen Lande geboren haben, das ja nun hoffentlich einmal auseinanderfallen wird. Wenn das geschehen sollte, so dürften wohl Ihre engeren Landsleute mit Brüning den Anfang machen. Das aber nur, wenn bei der Saar nicht die alte deutsche Sangtimangtalität durchbricht. «Eigentlich» ist ein sehr deutsches Wort.

Ich wünsche Ihnen [...] gute Nächte und helle Morgen. Max, uns haben sie falsch geboren.

Was die Anekdoten angeht, so wäre nur zu melden, daß Valentin gesagt hat «I sag gar nix – dees wird ma doch noch sagn dürfen!» und die von dem Mann, der an der Kaiser Wilhelm Gedächtnis-Kirche Flugblätter verteilt hat. Der Schupo: «Was machen Sie hier? Was? Zeigen Sie mal! Da steht ja nichts ... und auf der Rückseite auch nichts! Was soll denn das heißen?» – Der Zettelverteiler: «Die Leute werden schon verstehen.»

[...]

Ihr allzeit getreuer
Edgar
Collaboratör a. D.

27-7-34

Lieber Max,
ebenso prompt wie Sie möchte ich und ebenso hurtig antworten. Und zwar vor allem dies:

Lieber Max, daß in diesiger Zeit einer an einen denkt – also da schmilzt mein hartes Fischerherz. Ich danke Ihnen aller-allerherzlichst für Ihr Angebot, hoffe, es nicht annehmen zu müssen (vorläufig überhaupt nicht) und vermerke es eingegriffelt in meinem Gemüte. Ernsthaft: es widerstrebt mir durchaus, Ihnen Liebeserklärungen aufzuschreiben, aber das vergesse ich Ihnen nicht. [. . .]

Gratuliere zu Aachen. Meine Adoptivstadt Hamburg hat sich gleicherweise ohne Katholiken so gut gehalten. Jedennoch: ich nicht mehr. Es war zu viel.

Hamsun hat sich zu dieser Frage nie geäußert. Ich glaube nicht, daß er das mitmacht. Er ist politisch ahnungslos, aber das wohl doch nicht.

Unser Ilja Ehrenburg erteilt der ganzen Welt Zensuren. Jüdische Oberlehrer sind keine reine Freude.

Mensch, es gibt natürlich nur (bei allem Respekt vor guten Frauen, die wir ja kennen), wirklich nur Männerfreundschaften. Ich kann es auch heute noch nicht besser formulieren als damals: der Witz dabei ist, daß man sich die Hauptsachen nicht mehr zu sagen braucht. Bei Ihnen schätze ich mit vielen 10000%, wie Sie die Verrücktheiten Ihrer Freunde respektieren, das ist beinah schon französisch. Man kann wohl überhaupt nur miteinander leben, wenn man nicht mit Plattfüßen in alle Gebiete hineinpatscht. Funken springen nur über Entfernungen. [. . .]

Ich lese viel und arbeite französisch und dann noch etwas, was mit Literatur gar nichts zu tun hat – aus Aberglauben möchte ich davon erst schreiben, wenn ich einen Erfolg sehe.

Aus Memoriam zu Ihnen habe ich die *«Landstreicher»* nochmal gelesen. Man kann sich ja nicht die Bücher verschmieren, man müßte alle Stellen mit einem Mal anstreichen. – «Ist dir schlecht?» fragte er. «Nein», sagte Eduard und erbrach sich. – Und so in infinitum.

Halten Sie nur ja in Ihrem Roman den langen Atem. Die Leute lieben das, und es entspricht auch dieser Literaturgattung. Nur nicht hurrehurrehopphopphopp, sondern – Flaubert, Storm, Tolstoi und nochmals Tolstoi als Vorbilder. Und nicht (mit Ausnahme der großen Szenen) den heißen Feueratem – Stufe auf Stufe, und legen Sie Pfennig auf Pfennig, dann wird das. Alle großen Werke sind geduldig.

Alter Mann, zur Zeit habe ich Damenbesuch, nett und freundlich, wir sprechen viel von Ihnen. Habe aber ordentlich gesagt, was Sie für ein treuloser Windhund sind. Es kann eben nicht jeder Friedrich heißen.

Von den deutschen Obbosidionellen höre ich gar nichts – ich fange statt dessen Quallen.

Mäxchen, wenn es mal regnet und Frau Edith schnurrt, dann schreiben Sie mal ausführlich von sich und denen opera und von allem

an Ihren alten und getreuen
Edgar

[. . .]

6–9–34

Lieber Max,
Dank für das Stück, das ich in einem Sitz abends durchgelesen habe, wie einen Kriminalroman, um zu wissen, «wies weiter geht». Item:

Wird dieses Stück in einem aufnahmebereiten Deutschland aufgeführt, können Sie Ihr Vermögen verdoppeln.

Es hat eine Leichtigkeit, eine Anmut, Witz und Drolerie, einen seiner selbst sicheren Geschmack, der mit todsicherm Instinkt an den fettigen Stellen vorübergleitet, die jeder andere Autor hier hineingeschmiert hätte – es ist ganz entzückend. Wie stark es auf mich gewirkt hat, können Sie daraus sehn, daß ich, während ich es noch einmal durchblättere, beinah auf jeder Seite weiß, wo ich gerade bin, fast jede Einzelheit sitzt und hat sich mir eingeprägt. Das Auftreten Bernhardinens aus einer Muschel heraus ist einer der reizendsten Einfälle, die ich gelesen habe, das ist dichterisch und wirksam zugleich, was, wie Sie wissen – hélas! – nicht immer zusammenfällt. Hier fällt es zusammen.

Der Alte eine Figur, ein Kerl und eine Bombenrolle. Ich muß nachdenken, welcher Schauspieler wohl die letzte Szene spielen könnte – die rostige Stimme Klöpfers, die durch das Stück grölt und poltert, scheint mir dazu nicht fähig. Das muß ein *Mann* spielen, einer, der ausnahmsweise weich ist, weil er sonst seinen Mann steht. Sein letzter großer Ausbruch ist ganz großartig – weniger das, was er sagt, als das, was dahinter klingt. Wer soll das spielen – (jeder kann das spielen) – aber wer könnte das zu Ende spielen, vor allem diese eine Stelle, bei der ich (aber dafür möchte ich von Frau Edith nicht ausgelacht werden) einen kleinen Zahn voll geheult habe: «Ich danke dir, mein Kind, für alles – auch für den Schmerz, den du mir angetan hast . . .» Einer der schönsten Sätze, die Sie geschrieben haben.

Die von Ihnen erfundenen Geschichten des Alten sind so, wie wenn sie aus der Sammlung herausgenommen wären, natürlich sind sie das nicht – aber sie sind genau, genau in seinem Sinn.

Mein Lob ist vorbehaltlos – die nachfolgenden Anmerkungen resultieren mehr aus unserer alten Zusammenarbeit.

Der Schluß des 2. Aktes ist wohl bewußt nicht als Bravourfinale gemacht. Reicht er aus –? Das kann ich nicht beurteilen. Die Liebesszene zwischen Werner und Bernhardinen in ihrem Boudoir ist die einzige, bei der mein Herz nicht höher schlägt – aber der Mann soll wohl solche Gemeinplätze reden. Sonst sitzt das ganze Ding wie die allerbeste Maßarbeit: ich kenne Sie, und Ihre Art, zu arbeiten – es ist ganz ausgeschlossen, daß Sie die Fülle von Einfällen im ersten Elan geschrieben haben, das gibt es nicht. Also ist es gearbeitet – aber wie ist das gemacht! Es ist ganz fugenlos, man merkt keine Hilfslinie mehr, keine Fäden, an denen das aufgehängt war, als es im Bau war – es bewegt sich. Es lebt. Eine Stelle wie (S. 39): «Ich lüge zum ersten Mal in meinem Leben nicht» – «Sie sollen aber lügen, Herr von Münchhausen» ist allerbester Hasenclever vom feinsten Jahrgang. Die Logenszene ein einziges Entzücken an Grazie und Charme – das, mit Musik, geht einem ein wie Sauternes.

Würde ich, in der ersten Etage in H. sitzend, überkorrigieren sollen, so riete ich, das Wort «Scheiße» durch Entendreck zu ersetzen – ich weiß schon, Sie haben da an «Nur ungern» gedacht, aber es ist etwas hart. Seite 31 höre ich so: «Brünn, laß es bleiben. Du kriegst den Schnupfen. Wer hat nachher die Schererei? Ich.» Sonst kann ich den Bleistift weglegen.

Wenn das nicht aufgeführt wird und zwar nicht überall, dann sind die Theater noch verkommener als sie es meiner Meinung nach schon sind. Es kann überhaupt nichts geschehn – das erfordert keine besondern Kunststücke, keine besondern Schauspieler, das beleidigt keinen, das freut alle – es müßte mit dem Donner zugehen, wenn das nicht glückt. Die Stellen über Deutschland werden ein leises Rauschen im Parkett hervorrufen – es sind, was gar nichts mit Ihrer Leistung zu tun hat, die einzigen, mit denen ich nicht mitgehe. Die große geht noch an – «Möge es auferstehen im Geiste» – das ist wirksam, ein guter Wunsch. Sie glauben an das dahinterliegende Deutschland. Die zweite – «Deutschland ist Münchhausen» – riefe, wenn ich das Stück öffentlich kritisierte, einen Artikel von mir hervor. Deutschland ist Münchhausen? Vous voulez rire, Monsieur. Sie schildern den Mann mit richtigem Gefühl als einen gutmütigen Polterer, vor allem als einen Fresser, einen, der aus der Fülle lügt, nicht aus Not. Er ist verschuldet – aber er glaubt keineswegs, daß sich die Gläubiger gegen ihn verschworen hätten, und könnte er, er bezahlte alles zurück. Er ist kein Hysteriker, kein Feigling und kein Saurer. Er lügt, weils ihn freut, nicht, um jemanden zu belügen. Er ist *warm*. Ziehen Sie die Parallele. Ihr Gefühl ehrt Sie, und vielleicht haben Sie, wie immer die Dichter, für die Jahrhunderte recht. Für unsere Lebenszeit und für diese Generation da gewiß nicht. Aber dies nur nebenbei.

Für die Engländer, die ja die Figur kennen, ist das Stück sicherlich denkbar. Ich weiß nicht, ob die damals englisch erschienenen Erinnerungen in der englischen Literatur noch etwas bedeuten – wenn ja, haben Sie große Chancen, schon wegen des Kostüms und der netten Unaktualität. Ob es etwas für Franzosen ist, steht dahin. *Wenn* Sie an eine Übersetzung denken, ändern Sie den Namen, den kein Franzose über die Zunge bringt. Die entsprechende französische Figur heißt Monsieur de Crac.

Ceterum censeo: Das ist eine Meisterleistung. Um so größer, als ich ja weiß, in welcher Stimmung sie wohl stellenweise geschrieben sein mag. Nichts, aber nichts deutet darauf hin, die Wehmut ist echt, aber es ist eine Lebenswehmut, kein weinerliches Gesabbel eines armen Emigranten. Das Stück wirkt viel ernster, als man seinem Stoff nach denken sollte – man freut sich, aber es ist wirklich ein Schauspiel, keine Komödie. Es hat auch nicht die etwas hektischen Stellen, die mich – in den Jachtszenen – bei «*Sinnenglück*» etwas gestört haben, ich konnte da nicht ganz folgen. Hier ist der niederdeutsche Humor, die Grazie, der Witz und das echte Gefühl – I a. Ist «Frau Bachmann» eine Ehrung Ihrer berliner Haushälterin? Ich brauche das für die Biographie.

Gratulor, Plaudite, amici, Risum non teneatis – mehr Latein weiß ich nicht. Auf deutsch: Max, das hast Du großartig gemacht!

Sie haben neulich nach Hamsun gefragt. Also lieber Max, es ist bitter, aber wohl wahr: das scheint richtig zu sein. Ich werde einen schwedischen Artikel darüber bekommen und ihn für Sie übersetzen lassen. Es scheint, daß er sich *nach* dem 30. Juni *dafür* ausgesprochen hat. Es ist ganz und gar unbegreiflich. Wer in aller Welt hat das von ihm erwartet? Niemand verlangte, daß er etwa protestiert, mitmacht, sich beteiligt. Er, Ausländer des Daseins, wohnt auf dem Mond. Konnte er nicht das Maul halten? Er weiß doch von diesen Dingen überhaupt nichts. Er kennt Deutschland kaum, kann sicherlich nur ein paar Worte deutsch (er spricht englisch) – er ist überhaupt kein Politiker. Himmelarsch- und zwirn. Viel Enttäuschungen können mir hienieden nicht mehr begegnen, ich eskomptiere so viel Schlechtes – aber das da war eine, und sie hat gesessen. Ich hatte mir sein Altersbildnis besorgt, um es ins Schlafzimmer zu hängen – ich weiß nicht, ob ich das noch kann. Das wird ihm gleich sein, aber mir nicht. Ich habe allerdings aus seiner Biographie des hamburger Privatdozenten Berendsohn den Eindruck gewonnen, daß er, sobald er seine Werke verläßt, ein kleiner, etwas sauertöpfischer Provinziale ist, ein Zänker (merkwürdigerweise), kleinlich, übelnehmerisch und gar nicht der große Mann. Aber das da –! Er darf reaktionär sein, von mir aus – aber das da! Der Schwede, so oben erwähnt, sagte mit Recht, das Erstaunliche daran sei der Mangel an Instinkt. Wie ist das möglich –! Mich hat das niedergedonnert.

Zum Schluß eine Kleinigkeit, die Sie interessieren kann. Es gibt da in der französischen Literatur ein Sonett, das Sie sicher kennen, es ist sehr bekannt. Es ist von einem gewissen Arvers (erste Hälfte des neunzehnten), und das Merkwürdige ist, daß der Mann nur mit diesem einen Sonett auf die Nachwelt gekommen ist. Ich lege es Ihnen bei. Wenn Sie es nicht gebrauchen können, werfen Sie es ruhig fort – Sie finden es jederzeit in jeder französischen Literaturgeschichte wieder. Es ist, bis auf die dreimalige Wiederholung des «fait», auch in der Form vollkommen. Ich schicke es Ihnen, weil sich darin etwas bewegt.

Das ist zwar kein Dramenstoff, aber es ist wie der Zug aus einem Stück, es ist irgend etwas wie ein zu verwertender Einfall. Es könnte möglich sein, daß das in Ihnen fortarbeitet.

Mon âme a son secret, ma vie a son mystère:
Un amour éternel à un instant conçu.
Le mal est sans espoir, aussi j'ai dû le taire,
Et celle qui l'a fait n'en a jamais rien su.

Hélas! J'aurais passé près d'elle inaperçu.
Toujours à ses côtés, et pourtant solitaire,
Et j'aurais jusqu'au bout fait mon temps sur la terre,
N'osant rien demander et n'ayant rien reçu.

Pour elle, quoique Dieu l'ai faite douce et tendre,
Elle ira son chemin distraite et sans entendre
Ce murmure d'amour élevé sur ses pas;

A l'austère devoir pieusement fidèle,
Elle dira, lisant ces vers tout remplis d'elle:
«Qu'elle est donc cette femme?» et ne comprendra pas.

Womit einen schönen guten Tag zu wünschen ich die Ehre habe. Gut Nizza! Gut Edith! Gut Roman!

Allemal Ihr getreuer
Edgar

26–9–34

Lieber junger Freund,
[. . .]

Mit unserm Freund Hamsun ist es leider sehr übel. Er macht da einen Klub dafür und benimmt sich überhaupt wie ein Verrückter. Geld –? Ich kann es mir nicht erklären und bin mehr als betrübt darüber. Lieber Gott, als ob wir so viele hätten!

Den Entendreck werde ich gebührend mikroskopieren.

Es freut mich, daß Sie die Sache nun auch für «aus» halten. Ich weiß nicht, woraufhinauf unsere Freunde aus den Caféhäusern Morgenluft wittern. Ich wittere keine – übrigens auch dann nicht, wenn es umfällt. Für mich ist in diesem Stück nie mehr eine Rolle. Amen.

Ich bin sehr fleißig – vor allem im Französischen. Es geht nun doch besser. Ich werde es nie schreiben können – aber in der Aufnahme habe ich nun bloß noch für die Verse Schwierigkeiten. Unüberwindlich ist das. Übrigens habe ich vergessen, zu sagen, daß mich die *Prosa* Péguys so begeistert. Sie finden bei der N.R.F. einen Auswahlband «*Morceaux choisies*», die große Ausgabe gibt es nur in Bibliotheken. Selbe ist ein einziges Entzücken.

Max, uns haben sie falsch geboren. Gott segne Ihre Aktivität!

Die Nazis haben in Schweden bei einer Wahl im ganzen 8600 Stimmen bekommen, das ist ein Trost.

Daher umarme ich Sie ergebenst und bin

Ihr getreuer
Edgar

7–10–34

Lieber Max,
meinen Schrieb mit der Frage, ob ich meine Bemerkungen über Ihre Arbeit *jetzt* schicken soll, werden Sie ja wohl bekommen haben. Dieser Brief hier enthält nichts Eiliges, nichts, was uns beide betrifft – auch will ich Sie gewiß niemals in Ihrer Arbeit stören. Lesen Sie das alles, wann Sie Lust und Zeit haben – was ich hier schreibe, kommt aus dem mit Verlaub zu sagen Bedürfnis, mich mit Ihnen auszuquatschen. Jetzt gehts los.

Anbei ein Pröbchen aus meiner schwersten und schmerzlichsten Enttäuschung der letzten Jahre. Das ist nur ein Steinchen aus diesem Bruch, es gibt mehr und schlimmeres. So geht das schon seit langer Zeit – und viele norwegische und schwedische Kritiker haben ihm das auch zum 75. bescheinigt. Die Kümmerlichkeit der deutschen Version entspricht, soweit ich das kontrollieren kann, der Kümmerlichkeit des norwegischen Originals. Es ist keineswegs so, daß dem Mann ein jüdischer Kaffeehändler in Oslo über die Leber gelaufen ist – dies ist viel schlimmer. Ein solches Maß von tierisch-dumpfer Dummheit, von Niedrigkeit und Uninformiertheit, von Rundfunkgehirn ... also, lieber Max, Sie haben ja, wie ich denke, auch schon einmal einer geliebten Frau nachgetrauert, und Sie wissen, daß man dann ja im Grunde sich selbst nachtrauert. Die ganze Liebe, die ich in diesen Mann seit zwanzig Jahren gelegt habe, ist fort. Das Werk besteht, natürlich. Aber die rot angestrichene Stelle, die ironisch gegen den Diskussionsgegner und ernst als Ganzes gemeint ist, die die Worte des Herrn Paasche, die der gegen Hitler gebraucht hat, nun gegen das Deutschland wendet, dem wir angehört haben –: das ist zu viel. Ich habe seine Bilder von den Wänden genommen, ich mag ihn nicht mehr sehen, und seine Bücher kann ich nun für lange Zeit nicht mehr lesen. Maßen ich nämlich meine:

In dieser Frage kann es für uns nur eine eindeutige und klare Entscheidung geben. Ich sehe ganz ab von allen politischen Erwägungen, und ich frage mich immer nur eines: Was wäre mit uns beiden geschehen, wenn sie uns gekriegt hätten? Wir haben beide genug Phantasie, um uns das genau vorzustellen. Standrechtliche Erschießung? Man kann nicht verlangen, daß ich dazu Beifall klatsche, aber das wäre schließlich eine Maßnahme, über die man diskutieren kann. Aber sehen Sie sich, mein Lieber, in einem solchen Lager? Ich mich sehr genau. Und nun meine ich:

Wer das bejaht, der faßt mich, entschuldigen Sie schon, an die Menschenwürde. Und da mache ich nicht mehr mit.

Der Herr Hamsun wird es ja wohl überleben, daß ich ihn nicht mehr mag – sicherlich. Ich brauche aber einem alten Svedenborgianer wie Ihnen nicht zu sagen, daß es bei einem Unglück immer und vorwiegend auf die geistige Haltung ankommt, die man einnimmt – die zieht Kräfte an. Und ich für meinen kleinen Teil, dessen Reichweite ich sehr genau kenne, sie ist nämlich heute null, ich für meinen Teil also lehne jeden, aber auch jeden ohne Ausnahme radikal ab, der das bejaht, der dort mitmacht, ja, schon den, der dort leben kann. [. . .]

Dieses harte Herz bewahre ich mir, ohngeachtet ich diese Sache da für stabil halte. Sie wissen: Prognosen sind immer eine faule Sache. Nun, ich schäme mich keineswegs, mich von Ihnen in zwei Jahren auslachen zu lassen, wenn inzwischen weiß Gott was passiert ist, was uns freuen könnte. Ich habe in den letzten Jahren viel gelesen, und gar nichts aus Deutschland, sehr wenig über Deutschland und so gut wie nichts von der Emigrationspresse. Ich habe Geschichte gelesen, Philosophie und etwas Soziologie, etwas in der Richtung Pareto, wenn Ihnen das etwas sagt. Und glaube so:

Das, was dort geschieht, entspricht zum Teil den tiefsten Instinkten des deutschen Volkes. Hitler hat recht, wenn er sagt: Die Opposition bei der letzten Abstimmung weiß nur, was sie nicht will, aber sie weiß nicht, was sie will. Der Mann hat, wie mir der zürcher Theologe Ragaz einmal gesagt hat, «eine Leere besetzt». Fällt er, so ist nichts andres da. Der Sozialismus? Daß i net lach. Wer die materialistische Geschichtsauffassung als «nicht idealistisch» ablehnt, ist genau solch ein Esel wie ein beschränkter Materialist; diese beiden Anschauungen (nur rosenrot und nur Bankkonto) sind einander wert. Man muß diese Lehre Marxens passiert haben, man muß sie teilweise und kritisch anzuwenden verstehn. Als Religionsersatz ist sie fürchterlich.

Das, was dort geschieht, ist im tiefsten deutsch. Von Tacitus bis heute über Luther hinweg finden sich erstaunliche Belege – die Parallelen bei [. . .] dem Luther sind geradezu merkwürdig aktuell. Und ich sehe so, und wenn ich denke, daß ich mich öffentlich nur ein Mal, vor dem Kriege, in der Frage des Kinos, grundlegend geirrt habe, und daß ich 1918/19 in meinem Kopf nicht richtig verstanden habe, was vorging, daß ich aber sonst kaum danebengehauen habe, so traue ich mich schon. Item:

Das hält sich, obgleich es pleite ist. Die Verfilzung der Koofmichs ist viel zu groß, als daß es sich nicht hielte. Glückt es, dieses System zu halten, bis Japan soweit ist, so ist Rußland geliefert. Was ganz vergessen wird, ist die Tatsache, daß das bedeutsamste historische Geschehnis unsres Jahrhunderts, nämlich daß die Japaner auf das asiatische Festland herübergeklettert sind, auch dann erfolgt wäre, wenn in Rußland der Zar herrschte. Japan hätte dem zaristischen System den fernen Osten genauso abgenommen, wie es den Bolschewiki den fernen Osten abnehmen wird. Nun regieren aber heute die Stalinleute, und so bekommt die japanische Intervention einen innerpolitischen Akzent, der künstlich aufgeklebt wird. Nicht nur, daß die weißen Russen emsig mitmachen. Sondern eine Niederlage der Russen im fernen Osten, die ich für unabwendbar halte, ist zugleich eine Niederlage der bolschewistischen Idee. Hunderttausend Arbeitgeber werden aufatmen, alle jene, denen die Existenz der Sowjets ein Albdruck ist. Und hier liegt die Bündnismöglichkeit für etwas, was dann als Kreuzzug ausgegeben wird. Polen, Ungarn, ein Teil des Balkans – Deutschland ist in der richtigen Gesellschaft. Und schlägt es in dem Augenblick zu, wo die Russen in Wladiwostok, das sie aus dummer Eitelkeit nicht heute räumen, Krieg führen müssen –: dann ist das gar nicht so ausgeschlossen, daß Adof I. in Moskau einzieht – unter dem ungeheuern Jubel einer Welt. Es ist ein Irrtum, zu glauben, daß dann eine Weltrevolution ausbricht – das glauben nur die in den Caféhäusern. Es bricht sich gar nichts. Die paar Schüsse, die auf den pariser Boulevards knallen, werden rasch erstickt werden – schließlich kann die französische Regierung dann nicht ganz zu unrecht sagen, daß sie es für keinen Grund zum Bürgerkrieg ansieht, wenn andere Mächte gegen Rußland Krieg führen, besonders dann kann sie es sagen, wenn sie aus dem Spiel bleibt. Und das wird sie tun. Aber nicht fühlen, daß sie das nächste Opfer der Deutschen sein wird. Und die hier und da aufflackernden Unruhen finden bald ihr Ende. Ave, Moskau.

Ich bin kein Bolschewik, und doch empfinde ich das Ende dieses russischen Baus als etwas Tragisches und Schreckliches. So sehr man kritisieren kann, sogar was den Fond angeht, so sehr man davor warnen kann, eine Wiederholung des Experiments Peters des Großen nicht für etwas Revolutionäres zu nehmen, weil es ja in der Tat nur die kollektive Einholung der letzten in Rußland versäumten hundertundfünfzig Jahre ist, während für uns noch eine Gummischuhfabrik und noch eine und noch eine nicht das Heil bedeutet –: es ist und bleibt etwas Furchtbares, daß es diesen Kommißstiefeln gelingen soll, das kaputtzuschlagen, um was zu machen –? Eine miese, korrumpierte Militärbürokratie – jeder Deutsche ein Aassessor! Das ist schrecklich.

Es geht hier die Mär um, Adof wolle eine Koburg-Gothaerin heiraten. Das ist recht gleichgültig – nicht gleichgültig ist, daß die Welt solche Dinge nicht so auffassen wird wie wir, die wir wohl beide glauben, die Kaiserwürde (falls es so etwas noch gibt) verliere genauso viel dabei, wie Adof dabei zu gewinnen glaubt. Aber für unmöglich halte ich das alles nicht. Und vor allem glaube ich, daß hinter dem jetzt heruntergelassenen Vorhang, wo man nur un bruit de bottes ... de bottes hört, ein Stück vorbereitet wird, das großen Applaus vor einem feineren Parkett hat – und leider auch vor der Galerie des völlig verrotteten Kleinbürgertums aller Länder. Das wird eine großmächtige Premiere.

Über die Deutschen kein Wort mehr. Die vagen Proteste des Protestantismus beruhen auf einem Irrtum: die beiden Kräfte gehören viel mehr zueinander als beide ahnen – und abgesehen von einigen übereifrigen Beamten, die ihre Stellung gefährdet sehen, ist der Kampf, der da geführt wird, inkonsequent. Ein Protestant muß, seinem Glauben nach, Staatsanbeter sein. Daß die Katholiken mitmachen, von denen mir unser eingesperrter Freund einmal im Dome von Würzburg gesagt hat: «Schade, daß die deutschen Katholiken seit dreihundert Jahren protestantisch sind!», daß die Katholiken mitmachen, ist geradezu pervers. Gott segne diesen Papst!

Die Jugend aber, die Mädchen, viele junge Leute, sind trotz aller Kritik, trotz der Enttäuschung, trotz vielen Wenn und Abers für uns völlig verloren. Wir sind denen gegenüber ci-devants, ich für meine Person habe damit gewiß gar nichts mehr zu tun. Und wenn das fällt –: wäre denn das ein Fortschritt, wenn sich das ganze Land, waren- und kredithungrig wieder mit den amerikanischen Banken einließe? Das wäre also das, wofür wir gekämpft haben? Wohl nicht ganz. Die prophetischen Worte unseres Freundes sind richtig (geschrieben im Januar 33): «Ob diese Partei die Macht erringt oder nicht, ist gar nicht so wichtig. Was sie angerichtet hat, wird für lange Zeit bestehen bleiben.» Das ist richtig. Es ist ein Irrtum, zu glauben, daß die politische Form, unter der ein Volk lebt, die Quintessenz seines innersten Wesens ist – das ist sehr selten. Sie ist nur der Ausdruck dafür, was es erträgt. Und schlüpfen die inneren, anonymen Kräfte einer Nation in diese Form, dann lebt diese Form eben, dann ist sie organisch angewachsen, dann ist dazu nichts mehr zu sagen. Man stellt sich nicht unter einen Kirschenbaum und fleht ihn an, Äpfel zu tragen. Man kann sie abpflücken, die Kirschen, oder hängen lassen – aber kritisieren kann man nicht. Das hilft nicht.

Die Leute, die Sie sicherlich sprechen, und die Ihnen (ich kann diese Dialoge auswendig und führe sie deshalb nicht mehr), die Ihnen also erzählen, so sei das alles nicht, sehen immer nur die 54, die ins Büro fährt. Das Land ist auf einer Bahn, einer schrägen, aufwärts oder abwärts, die aus den Gefilden herausführt, in denen wir aufgewachsen sind. Die Welt, der wir angehört haben, ist tot. Man muß das mit Anstand zu tragen wissen.

Schreib auch mal! – Sie heißen, wenn verschnupft, Bax. Ich heiße

Edgar

Die Nobelpreis-Aussichten für jenen scheinen vorhanden. Ich habe kräftig nachgestoßen.

14–10–34

Lieber Max,

Tack für die Bostkatze vom 9. (Lieber keine offenen Karten in dieser Sprache direkt. Man hört so mancherlei.) Es scheint also, daß mein Brief mit dem Vertagungsvorschlag nicht verloren gegangen ist – um so besser.

Was ich über U. geschrieben habe, streiche ich also wieder durch – es tut mir leid, daß ich diesem Gerücht Glauben geschenkt habe. Seine Literatur ist mir immer sehr unangenehm gewesen, aber wenn seine Haltung so ist, wie Sie sagen, so muß man das anerkennen.

Ihr durchlebt ja da unten jetzt heiße Tage. Ich enthalte mich allen brieflichen Kommentars, nur so viel: ich halte die kommende Einführung des Frauenstimmrechts für eine schwere Dummheit. Das Stimmrecht ist heute so sinnlos geworden wie etwa eine Generalversammlung einer Aktiengesellschaft, dort wird nichts beschlossen, was nicht eine kleine Gruppe wirklich Mächtiger will. Alle diese sogenannten «demokratischen» Einrichtungen dienen heute nur dazu, den herrschenden Finanzklüngeln Gelegenheit zu geben, sie seufzend und unter vielen Kosten zu umgehen. Aber umgangen werden sie. In Frankreich wird eine Verstärkung des katholischen Einflusses durch die Weiber kommen – und wo die curés stehn, wissen wir ja. Leider nicht auf Seiten Christi, sondern auf Seiten Finalys. Amen. [. . .]

Ihr getreuer
Edgar

1–11–34

Lieber Max,
Dank für Ihren Schrieb vom 22. 10. Die zweite Adresse, die ich manchmal benutzen werde, ist notiert.

Daß Ihnen Italien nicht gefallen hat, war ja zu denken. Italien, diese dekorative Pleite, hat jetzt in Frankreich eine wunderbare Presse, warum, wissen Sie ja. Es ist ein Jammer. Dieses ganze Europa hat so etwas Verkotztes, Verlogenes, wie lange nicht. Vielleicht haben wir es nur früher nicht so gesehn.

Was macht die Arbeit –? Schreib auch mal.

Anbei eine Parodie auf das neulich geschickte Sonett. Das alles nur zum Spaß und als Anregung – oder Babbierkorb.

Na, da lassen Sie auch mal von sich hören!

Mit Achtung
Hochdero
Edgar

Mon âme est sans secret, ma vie est sans mystère.
Mon amour banal fut comme un autre conçu.
Le mal est réparé: pourquoi donc vous le taire?
Celle qui me l'a fait l'a tout de suite su.

Non! Je n'ai point passé près d'elle inaperçu,
Toujours à ses côtés et jamais solitaire,
Et j'aurais jusqu'au bout fait mon temps sur terre
N'ayant rien demandé, mais ayant tout reçu.

Pour elle, qui n'est point très douce, ni très tendre,
Elle suit son chemin et se fiche d'entendre
Un murmure d'amour élevé sous ses pas.

A l'austère devoir constamment infidèle,
Sans avoir lu ces vers où je n'ai rien mis d'elle:
«Mais, c'est moi!» dira-t-elle, et ne comprendra pas.

Jules Renard

15–12–34

Lieber Max,

[...]

Sie haben neulich gefragt, warum ich solche Briefe, wie ich sie an Sie schreibe, hier nicht publiziere. Nun, erstens ist mein Mitteilungsbedürfnis gleich null, und zweitens: Sie überschätzen Schweden. Ich wüßte nicht, wer das hier drucken sollte. Sehen Sie, hier ist vorherrschend die Idee des *Monopols*. Jeder hat eins, und der Staat hat deren mehrere – darauf sitzen sie, und wehe, wer das antastet. Sie sind nicht faschistisch, aber das hindert nicht, daß sich gegen die Möglichkeit der Zulassung des Gynäkologen Z [...] 1000 (in Worten: eintausend) schwedische Ärzte gefunden haben, die da sagten, es gebe doch auch genug schwedische Ärzte ... Worauf Herr Z [...] (der übrigens nicht der beste Bruder ist) verzichtete. Sie sind satt hier und von einer recht aufdringlichen Bescheidenheit. «Schweden ist doch ein kleines Land ...» Und im Augenwinkel: das aller-allerbeste. Nein, hier nicht.

Daß Sie die Prosa liegen lassen, halte ich für glücklich und gut. Ihr Kunstgeschmack ist viel zu fein und kultiviert, als daß Sie nicht merkten, was da los ist. Das schließt ja nicht aus, daß dergleichen reift – ich halte das für möglich. Auf diesem Gebiet ist mit Arbeit sehr viel zu machen. Was ist mit «*Münchhausen*»? Ich fürchte, die Theaterdirektoren spielen «Hannemann – geh du voran!» und wenn der berliner Erfolg nicht da ist ... Die machen doch nichts, sie machen nur alles *nach*. Ich halte es für ausgeschlossen, daß ein Stück wie «*Amphitryon 38*» von Giraudoux jemals in Stockholm aufgeführt werden würde, wenn Paris nicht voranginge. Dazu sind die Thespisse viel zu feige. «Sie haben», wie Speyer von Ullstein sagte, «nicht einmal die Sicherheit ihres schlechten Geschmacks.» Amen.

[...]

Was mich für mein Leben von diesen Sachen entfernt hat, ist nicht diese oder jene politische Einzelheit. Es ist etwas andres.

Die Welt, für die wir gearbeitet haben und der wir angehören, existiert nicht mehr.

Wie diese toten Demokratien die Schandtaten, die da überall geschehn, aufnehmen, richtet sie. Abgesehen von der häßlichen Formulierung bejahe ich diesen Satz aus dem «*Gänsemännchen*»: «Es geht nicht ums Können, Daniel Nothafft, es geht ums Sein.» Daß diese Kerle so *sind*, daß sie das ertragen können; daß man – genau wie bei den deutschen Juden – einen Boykott, der dann doch nichts Rechtes wird – erst vorschlagen und organisieren muß, statt daß er spontan entsteht –: alles das ist so, wie wenn man unsereinem erst sagen müßte: «Da faßt einer Ihrer Frau an die Beine, sie wehrt sich – nun müssen Sie hingehn und das verhindern.»

Wenn man das erst sagen muß, muß mans nicht mehr sagen. Hier ist etwas tot – es ist aus.

Mit den Rußlandfreunden ist nicht zu rechten. Mystisch wie die ersten Christen und orthodox wie die alten Juden leben sie ihrer Doktrin; sie wissen es ganz genau, was «richtig» ist, und sie haben schon längst gesiegt, die andern wissen es nur noch nicht. Das muß, wie schon bei Sorel zu lesen steht, zum Türken-Fatalismus führen, und es führt auch dazu. Sie haben keine Achtung vor dem Lebendigen, sie wissen gar nicht, was das ist. Radek ist eine sophistische Leiche, [...] Sonst dominiert sein Verstand, dieser schreckliche, nach Bocksleder riechende Verstand, mit dem man nicht mal Dampfmaschinen konstruieren kann, denn die kommen aus der Intuition, wie jeder große Techniker weiß. Aber wir sind wohl Lyriker unser Leben lang, und die andern haben «recht».

Sicherlich macht Deutschland eine gute Außenpolitik. Daß ein so kluger (und meist nichts als kluger) Mann wie Kurt Hiller sagen kann, in ein paar Monaten werde auch der dümmste Nationalsozialist die Erfolglosigkeit der Außenpolitik Adofs sehn, ist gewiß belanglos – aber wie kann man! Es stimmt doch gar nicht. Sie schlagen mit der Faust auf den Tisch, der Tisch ist keineswegs bezahlt, aber sie dürfen Rechtens sagen: «*Das* ist die Sprache, die die Welt versteht!» In jener großen Aussprache, die in Genf oder anderswo auf Betreiben der Engländer 1935 zustande kommen wird, haben die Deutschen alle Trümpfe in der Hand. Meine schwerste Enttäuschung ist Frankreich.

Daß sich die Franzosen im einzelnen, besonders deutschen Spitzeln gegenüber, in den Teilen, wo das, was man früher «Linke» nannte, dominiert, anständig benehmen, glaube ich wohl. Aber im großen ganzen ... Das konnte wirklich, verzeihen Sie den Kalauer, Hitler nur einem Goi erzählen, was er da erzählt. Ich hätte nie geglaubt, daß die demagogische Schmetterphrase, «Die alten Frontkämpfer müssen die Versöhnung in die Hand nehmen ...» in Frankreich jemals Erfolg haben könnte. Nun, Sie sehn ja ... Das Mißverständnis ist vollkommen. [...] Aber die Frage ist doch gar nicht, ob in den Konzentrationslagern Leute zu Tode gefoltert worden sind, so optimistisch bin ich schon lange nicht mehr, sondern die Frage ist doch für Frankreich die: Ist Deutschland ein ernsthafter Partner, dem man vertrauen kann? Man kann ihm nicht vertrauen. Jetzt zappeln sich die armen Franzosen nach Bundesgenossen ab, lügen sich immer wieder vor, die Engländer gehörten dazu, die Engländer, die im allertiefsten immer noch eine größere Bindung zu Deutschland verspüren als zu Frankreich – und die Franzosen merken nicht, wie sie langsam, aber sicher zu einer Macht zweiten Ranges herunterrutschen. Kein Wunder: so zentripetal kann man eben nicht Außenpolitik machen. Es interessiert doch die Franzosen viel mehr, was Herr Dupont zu Herrn Durand gesagt hat als ganz Europa zusammen. Es ist, wie wenn sie ihren Instinkt verloren haben. Ich habe ja gar nichts gegen Kompromisse – aber was ich Ebert, Theodor Wolff, Laval, Briand, Baldwin und allen vorwerfe, ist, daß sie gar keine Kompromisse machen. Das sind keine Kompromisse. Es fehlt nämlich das, was man für seine Nachgiebigkeit einhandelt. Nach Hause kommen und sagen: «Ich habe diesen Punkt aufgegeben und jenen – jenen und diesen – *aber* ich habe heimgebracht . . .» das ist ein Kompromiß. Das andere ist Hosenscheißerei und eine Niederlage. Ich hatte mir mal erlaubt, das zu benennen: Judas ohne Silberlinge.

Lieber Max, wir haben uns mal in Lavandou die Russenkolonie angesehn. Keineswegs «wußte ich schon damals» . . . das wäre nachträgliche Lügenkorrektur, wenn ich das behaupten wollte. Aber ich weiß noch, daß ich ein merkwürdiges Gefühl hatte – nicht mehr, keine Voraussicht. Es war, wie wenn da alles aus Schlacken und Asche gebaut war. Ich meine nur.

Und was mich besonders an Sie bindet, in dieser Sache bindet, ist zweierlei: Erstens Ihre absolute Unnachgiebigkeit und zweitens Ihre Ruhe.

Ich verabscheue nichts so sehr, wie diese literarische Gesinnungspolizei, die jeden andern genau auf den Rrrradikalismus prüft. Unser Radikalismus sitzt ja ganz anderswo. Aber daß Sie eine gewisse und Ihnen gut stehende rheinische Liebenswürdigkeit nicht auf diese Schweinerei anwenden, daß Sie *unbedingt* ablehnen –: das erfreut mein Herz. In diesem Zusammenhang: genau, wie es mich erfreut, zu hören, daß Ihre Schwester dort nicht mehr ist. Ich habe da nicht zu kritisieren, ich kenne doch den Mann überhaupt nicht – aber ich hatte immer so ein Gefühl, bevor ich das wußte: «Sie kann es also aushalten – hm –» und nun weiß ich, daß sie es eben nicht kann, und das finde ich ganz famos. Und daß Sie nicht gesonnen sind [. . .], das zu «erklären», sondern aus dem tiefsten Grund Ihres Wesens abzulehnen und zu verachten – das, mein lieber Max (folgt eine längere Liebeserklärung, die mit Rücksicht auf Frau Edith gestrichen ist).

Das andere ist, daß Sie nicht «Chaos» prophezein. Ich halte das für übermenschlich dumm. Es chaost sich gar nicht. Was nun kommen wird, wird eine Reihe übler, *lokalisierter* Kriege sein, an die man sich rasch gewöhnt, zu denen man seine Reporter hetzt, Gas- und Bakterien-Angriffe, gewiß, ein schönes Thema für Fernfotos, aber Schiffe gehn unter, Kontinente mitnichten. Was längst untergegangen ist, ist gar nicht Europa, ein dummes Wort, sondern unsere Welt.

Über Furtwängler absolument d'accord. Ich schrieb Ihnen wohl das himmlische Wort einer Freundin: «Umsonst geleckt». Das paßt auf so viele.

[. . .]

Aber die Menschen lernen nichts, und nichts dümmer als diese dümmliche Idee vom «Fortschritt», der allgemein mit Wasserklosé verwechselt wird. In Schopenhauers Eristischer Dialektik findet sich schon alles, was jetzt in Deutschland getrieben wird – und diese kleine Abhandlung ist nur eine Wiederholung ganz alter Prinzipien. Ich für mein Teil kann dem nur noch zusehn.

Der Nobelpreis war für mich nur eine Überraschung – daß ihn unser Freund nicht bekommen hat, war ja vorauszusehn. Aber daß man solche Mißerfolge haben muß, wie dieser nicht ganz unspekulative Henderson, solche hohen Einnahmen aus seinem «Idealismus», so viele falsche Prophezeiungen, solche Schlemiehlhaftigkeiten . . . das habe ich nicht gewußt. Es ist alles ein Pack. Gott segne Großbritannien. Das ist keine Manie von mir, lieber Max, ich sehe nur, was mit dieser Politik angerichtet wird. Kennen diese Leute die Deutschen nicht? In diesem Poker wird doch zunächst nur geblufft, aber das Geld, das sie damit gewinnen, ist kein Bluff, sondern Realität. Jeder Kenner weiß, daß die deutsche Reaktion im Innern andauernd zu schlagen war: 1918; nach dem Kapp-Putsch; noch damals als Severing abging – daß sie dann weiter zu schlagen war, wenn die Engländer 1933 gesagt hätten: Nein – nie – mit euch nicht. Aber zu dieser Entschiedenheit hatten sie sich nur einmal aufgeschwungen: als es galt, die Republik fallen zu lassen. Da waren sie tapfer. Gott segne sie.

[. . .]

Ihr
Edgar

Und 1 gutes neues Jahr tout-de-même!

25–1–35

Lieber Max,
ich danke Ihnen recht herzlich für Ihren letzten Schrieb und auch Frau Edith für ihren vorletzten. Ich schreibe Ihnen noch ausführlich. Bitte geben Sie mir etwas Zeit – ich mag an Sie nicht so schreiben wie an irgend jemanden, und für einen ausführlichen, langen und dicken Brief langts zur Zeit nicht. Ich hoffe, Ihnen bald besser schreiben zu können. Darüber noch ganz genau.

Was die Bolletik angeht, nur soviel:
«Am Ende», sagt Fontane einmal, «ist doch alles gerecht.» Nun, wenn da gerecht soviel heißt wie juste, nämlich nicht nur gerecht, sondern auch richtig, dann stimmts schon. Die wollen das so, und sie brauchen das, und soweit klappt es auch. Die Saarboches, und die Herren Eng-

länder, über die ich keine Schimpfwörter mehr weiß, und die Franzosen, die Gott geschlagen hat, denn die armen Hunde fallen doch eines Tages dabei herein. Zur Zeit verlieren sie den nächsten Krieg, vielleicht ohne ihn je zu führen. Das gibts. Aber das kann ihnen jeder sagen, nur unsereiner nicht – diese Position ist nicht zu halten. Ich kann schweigen.

Wenn ich das Mäu wieder aufmache, dann solls ein langer herzlicher Brief an Ihnen sein. Max, muß ich noch alle Briefe vernichten? Ich tus ungern.

[. . .] allemal Ihr
Edgar

10–2–35

Hochgeschätzter Max,
Tack för Ert brev vom 6. hujus. Ich will ihn gleich wenn auch nicht beantworten, so doch seine Ankunft anzeigen. Sie schreiben viel besser Maschine als ich – ich habe mir, da es bei Manuskripten nicht so darauf ankommt, eine maßlose Schluderei angewöhnt, die ich nicht mehr los werde. Es geht alles mächtig fix, aber nachher ist es nicht so sehr sauber. Ich gratuliere Ihnen *sehr* zur Maschine. Übrigens habe ich beinah immer alles lesen können, was Sie geschrieben haben.

Nizza charakterisieren Sie genau, aber genau so, wie ich es stets gesehn habe. Es muß fürchterlich sein. Sicher ist es in den kleinen französischen Provinzstädten besser, aber ich kann mir denken, daß Sie es da nicht aushalten. Übrigens geht etwas in Frankreich vor, was mir merkwürdig bekannt vorkommt. Man muß nicht immer Parallelen zu Berlin ziehen, jedes Land macht seines. Aber die Sprache, die der de la Rocque führt, die Schlappheit und Schlaffheit des Parlaments . . . alles das zeigt, wohin das geht. Ses vertues sont d'hier, ses défauts d'aujourd'hui. Es ist sehr, sehr bitter. Aber nicht mehr meine Sorge.

Über Nase und alles andere kommt ein ausführlicher Bericht, wenn es mir besser geht, was ich kaum noch erhoffe; nur noch in einer Ecke der Nase glimmt ein Hoffnungsfünkchen.

London? Ich sehe Sie dort – lachen Sie nur – eines Tages gut verheiratet. Und ich gratuliere sehr herzlich.

Daß unser blonder Freund etwas gefunden hat, freut mich von Herzen – bitte grüßen Sie ihn und die Frau recht sehr!

Was ihn anbetrifft und was Paule anbetrifft, die Sie ja beide vielleicht sehn: meine Adresse ist natürlich Zürich. Ich habe Paulchen nie etwas anderes geschrieben, und ich möchte nicht (Sie kennen ihn ja aus «*Kulissen*»), daß er schreit: «Ha, Verrat! Mir vertraut er nicht!» Natürlich vertraue ich ihm, ich habe das aber ganz stramm durchgehalten. Machen wirs weiter so. Möglich, daß durch ein dummes Versehen eines Schweden in Paris etwas durchsickert, aber ick dementiere mir einfach durch den Poststempel. Also, allen gegenüber soll es dabei bleiben: Schweiz. Manchmal Paris.

Im übrigen zeigt das Barometer:

Der Sozialismus, der den Arbeitern viel Gutes gebracht hat, hat in dieser Form seine Rolle ausgespielt. Eine kommunistische Gefahr für Europa gibt es nicht mehr. Die Trümmer sind nur ein Anreiz für die kräftig erwachte Unternehmerschaft und die kleine Bourgeoisie, die sich, nach dem Wort einer klugen Freundin, mit 250 francs Monatsgehalt die Sorgen Rockefellers macht. Die Faschisierung geht trocken und unaufhaltsam fort. Je eher das, was man heute Sozialismus nennt, untergeht, desto besser – sein Grundsatz ist sowieso falsch, das haben gerade wir immer gewußt. «Das Sein bestimmt das Bewußtsein», das ist ungefähr so intelligent, wie wenn einer sagt: «Der Zustand der Zähne bestimmt den Gesundheitszustand des Menschen.» Der Sozialismus wird erst siegen, wenn es ihn nicht mehr gibt.

Das auszusprechen ist deshalb so gefährlich, weil dann die Ullsteine und Citroëns jublieren. Die aber gehören zu dem alten – Moskau und Chicago sind nur zwei Seiten der gleichen Medaille.

Rußland wird den fernen Osten verlieren; Deutschland mit frdl. Unterstützung Englands durchkommen, mit oder ohne Adof, wahrscheinlich mit ihm.

Übrigens hat Hamsun den boches zur Saar gratuliert, und wie!

[...]

Habe ich Ihnen geschrieben, daß Karl Valentin gesagt hat, donnernd: «Heil ...» und dann ganz leise und verlegen: «Wie heißt er doch gleich?» –

Kurt Hiller berichtet, [...] sicher echt und wahrhaftig, [...] seine Erlebnisse. Es ist unvorstellbar. Es ist so unvorstellbar, daß ich für mich niemals daran denke: Lieber hier als da. Es ist mir zu weit – so weit reicht meine Phantasie nicht. Neger. (Pardon, die Herren Neger.)

Bitte vergessen Sie nicht, mir auf alle Fälle Ihre

*Adresse*

zu geben.

Ich bin Ihr gewogener und wohl affectionierter

Nasenbesitzer
Edgar

[?]

Lieber Max,

das ist schon keine Briefschuld mehr: – das ist ein Debet. Hoffe aber, daß dasselbe zu würdigen wissen, in Anbetracht der weiter untig aufgeführten Umständlichkeiten und bitte sehr allerwertest um Ihre Verzeihung! Dieselbe als gewährt voraussetzend, zerfällt unser heutiges Evangelium in zwei Teile, und zwar a) in einen persönlichen und b) in einen sehr sachlichen.

Werte Gemeinde! Der Grund meines Schweigens war einfach oder vielmehr ist leider zwiefach: einmal habe ich inzwischen eine Kolik übernommen, die gut funktioniert, und was der Magen anrichtet, wissen Sie ja aus unserer sel. Spittelzeit, die nun auch bald vier (4) Jahre her ist, alter Mann. Daran laboriere ich noch immer, es ist nicht lustig. Das andere ist da oben abgebildet. Sie hätten schön gelacht, wenn Sie das mitgemacht hätten! Es hat in diesem Winter 5 (fünf) Operationen gegeben, jede etwa eine Stunde – eine zwei. Fazit: es waren ganz schwere Verwachsungen, die man vorher nicht hat sehen können – man hat die Keilbeinhöhle aufgemacht (tout au fond du couloir à gauche), und ich bin wenig stolz, daß ich «recht» gehabt habe: Geruch und Geschmack sind wieder da. Es war ganz munter. Zum Schluß hatte ich so ein Training, daß ich mich während der Metzelei mit dem Veterinär, der sich übrigens wie ein Engel, inkl. Rechnung, benommen hat, über Greta Garbo unterhalten habe. Es war weniger Tapferkeit als Wurstigkeit. Wenn die Knochen herausbullern, tut es ja im Grunde doch weh – so tief kann man nicht betäuben. Aber es hat geholfen, ich habe nicht nachgegeben und so lange in den Arzt hineingebohrt, bis er das getan hat, was ich wollte. Den Kern hat meines Erachtens ein Boche gefunden, ein Kerl aus Dresden, namens Jung. Dessen Aufsatz gab mir der hiesige Mann zum Lesen – Sie können sich denken, wie mir war, als ich daran klitzelklein meine Zustände zu lesen bekam, alles ganz haargenau, mit dem freundlichen Zusatz: «Diese Kranken sind zu bedauern, denn weil man nichts findet, werden sie entweder mit Brom auf Neurasthenie behandelt oder als Simulanten angesehen.» Und dann eine große medizinische Auseinandersetzung, die mehr Ihren Schwager interessieren würde, aber nicht uns. Kurz und klein: dieses Kapitel ist abgeschlossen. Bleibt der Magen und eine grauenvolle Müdigkeit, die sich ja nach dem Ausgestandenen erklären läßt – denn viel schlimmer, als die fünf Schlachten war das: «Hat es nun geholfen oder nicht? Wieder nicht. Himmelarsch, von vorn . . .» und so. Dieser Winter war nicht lustig.

Max, Sie sind also nicht böse, daß ich so lange nicht geschrieben habe, wa –? Ich kann an Sie einfach nicht konventionelle Briefe schreiben, und also mich nicht verstellen, wenns mir dreckig geht. Und das klingt dann so verstimmt und beese – was sollen Sie denn da denken! Nehmen Sie mir diese ungeheure Pause nicht krumm.

Ich sitze zur Zeit auf Gotland, welches in der Ostsee liegt und mir demzufolge gut tut. Mensch, die Ostsee ist eben anders – sogar die Herren Schweden (inkl. Mädchen!) sind hier erträglicher als im Westen. Alle viel offner, netter, freier, freundlicher – nicht so verkniffene Schnauzen und dünne Lippen.

Hier ist es unwahrscheinlich billig – 3.50 den Tag mit allem, also sagen wir 4 und dafür Sonne und Bad und kein Mensch und allein im Häuschen und überhaupt goldrichtig.

Jetzt will ich mal erst in Ihre Briefe hineingucken und Ihnen antworten, was da zu antworten ist.

Ich freue mich vor allem, daß Sie es so gut getroffen haben – das haben Sie mit der allergrößten Klugheit gedreht, sich nach 2 Seiten hin orientiert zu haben: Land und große Stadt. Nur auf diesen Polen kann man leben. Ich finde es klug, würdig und famos, was Sie da arrangiert haben, und hoffentlich fühlen Sie sich in London so wohl, wie da bei den Fischern. Wie gern käme ich auch mal hin – aber ich komme nur unter der Bedingung, daß ich auf den Felsen Notizbücher vorfinde, auf denen ich während der Promenaden notieren kann, daß die Möwen über dem Meer aussehen wie Möwen über dem Meer, denn ich bin Sie nämlich ein Lyriker.

Schreiben Sie doch bald wieder, wie es da zugeht – und grüßen Sie Marita mit Mann recht herzlich! Sind sie schon Jugoslaven? Und was machen Sie in dieser Hinsicht?

Daß die Brüder da dies und genes, wie die Hannoveraner sagen, von Ihnen konfisziert haben, ist ja gleichgültig – in der Hauptsache haben Sie das Spiel gewonnen, bei alledem getan, was *Sie* wollten [...] Das walte Gott.

[...] Ich habe dafür einen Kater Iwan engagiert, welcher aber in Geschäften seiner Fortpflanzung weggeloffen und totgeschossen worden ist. Worauf ich vor dem Hause eine Schüssel mit Milch sehe. Ich, zum Dienstmädchen: «Für wen ist denn die? Der Selige ist doch nicht mehr da.» Sie, etwas schämig: «Nein, aber da ist eine Katze – ich glaube, das war seine Freundin!» (auf schwedisch etwas, was soviel wie «Gesellschaft» heißt), «und sie hat wohl Junge von ihm und da habe ich ihr die Milch herausstellen zu müssen geglaubt.» So habe ich denn zum erstenmal für einen Kater Alimente bezahlt.

Ja, ich stoße noch brummend manchmal in die Heizung – aber zum April mache ich da fort, darüber schreibe ich noch.

Dank für die nachgewiesene Tolstoistelle – sie entspricht genau, genau meiner Geschichtsauffassung, die sich in dem Buch von Behrens (*«Politischer Aktivismus»*), über das ich Ihnen vielleicht einmal geschrieben habe, gleichfalls, theoretisch begründet, findet. Merkwürdig: Ich hatte mir die Stellen bei Tolstoi angestrichen: ich fand meine Bleistiftstriche vor, als ich nachlas, was Sie mir da aufgemalt hatten.

[...]

Soweit das Persönliche, ich fühle mich nicht wohl, das ist wahr, und Sie werden aus dem sowie aus dem, was nun folgt, begreifen, daß mich es nicht juckt, zu schreiben. Für wen –? Und was –? Ohne jede Leierkastenmelodie: ich nicht.

[...] Wir hören nunmehr, liebe Gemeinde, die Worte unsres politischen Evangeliums.

Ja, also, lieber Mann – da gehen wir, wie bereits oben gesagt, bis ins letzte einig, soweit man das auf so weite Entfernung beurteilen kann. Was hierbei wichtig ist, scheint mir das Grundgefühl zu sein – wir sind ja keine Marxisten, die es schriftlich haben. Item: Es ist möglich, daß ich mich hier und da Ihnen gegenüber wiederhole, was ich zu entschuldigen bitte. Das liegt daran, daß ich keine Durchschläge meiner Briefe an Sie habe, und daß ich seit etwa einem Jahr kaum etwas Neues auf diesem Gebiet denke – ich befasse mich mit andern Dingen. Deutschland ist mir nicht wichtig, und die Entwicklung in Europa liegt klar – man kann sich ruhig chloroformieren lassen und nach anderthalb Jahren aufwachen – viel Überraschendes wird inzwischen nicht passiert sein.

[...]

Daß die deutsche Republik, daß die von Ihnen damals in Lavandou so gut bezeichneten «Novemberverbrecher», die keine gewesen sind, daß alle diese versagt haben, das ist eine Enttäuschung, über die ich längst hinweg bin. Aber da ist eine andere Enttäuschung, und die, das muß ich gestehen, hat sich mir nicht in die Kleider gesetzt.

Ich hatte jahrelang geglaubt, gedacht: «Ja, das könnt ihr mit den boches machen – aber kommt mal heraus, da werdet ihr etwas erleben.» Und nun erleben *wir* etwas. Daß die nämlich draußen genau so sind. Wie sind ...?

Es hat sich mir, analog dem «großen Krummen» aus dem *«Peer Gynt»* eine Schreckensfigur gebildet, die mich gradezu verfolgt, die ich überall, überall sehe: sie ist zusammengesetzt aus Herriots dickem Bauch mit Uhrkette, Kindheitserinnerungen, Lavals fettiger Schläue ... es ist die Figur von Onkel Guido.

Onkel Guido ist der Mann in der Familie, der «vermittelt». Er sagt: «Mein liebes Kind, ich werde das mit deinem Vater ordnen!» Er ordnet aber gar nicht. Er hat Angst. Er sagt: entweder und oder. Und einerseits, andrerseits, vor allem andrerseits, denn es ist das Charakteristikum Onkel Guidos, daß er sich immer den Kopf der andern zerbricht. Und nachdem er «geordnet» hat, kommt er, um in der Atmosphäre des

*«Sohn»* zu bleiben, zu diesem Sohn und sagt: «Ich habe mit deinem Vater gesprochen – Du mußt schließlich auch bedenken, daß ...» Und dann bleibt alles beim alten. Schlimmer: durch Scheinzugeständnisse ist die Rolle des Sohns eine noch scheußlichere geworden. Europa wird von alten Männern regiert, die alle Guido heißen, oder von aufgeregten Opportunisten, die ihren Opportunismus «Dynamik» nennen, aber von schwarzen Hemden wird das auch nicht besser. Onkel Guido beruhigt uns – es ist alles nicht so schlimm. Und bis zum nächsten Krieg stimmt das ja auch.

Die Deutschen haben Glück: ihnen fliegen die gebratenen Engländer ins Maul. Die tun das *nicht* aus Gemeinheit, *nicht* aus cant – das heißt sie ganz und gar verkennen. Bei diesem Volk haben in den Gehirnen zwei Dinge nebeneinander Platz, die sich bei andern Leuten ausschließen – es ist die Tragik Europas, daß sie sich um europäische Politik kümmern, denn sie sind keine Europäer und sind es nie gewesen. Der einzelne Engländer steht sicherlich in vielen Fällen als Freund und *Mann* hoch über Herrn Dupont, das ist wahr. Beginnt aber der Geist ihres Volkes aus ihnen zu sprechen, dann ergreift mich ein Gefühl der Übelkeit, und die kommt nicht aus dem Magen, so widerlich sind mir diese Kerle. Die Unterstützung des Stahlhelms durch d'Abernon damals in Berlin; das leise Augenzwinkern: «Wenn ihr gegen Frankreich aufrüstet und nicht zur See, haben wir nichts dagegen»; die Saar; und jetzt die Kolonien, das ist mit marxistischen Gründen nicht zu erklären. Sicherlich will die City Geschäfte machen, und deswegen werden die Deutschen zunächst in Form von Garantien der englischen Bank bei den englischen Lieferanten verhüllte Anleihen bekommen, und mehr: die Kolonien. (Melodie: «Wenn Deutschland *das* noch bekommt, dann wird es doch Ruhe geben!» Onkel Guido.) Dergleichen erklärt sich nicht nur aus Wirtschaftsinteressen. Man darf schon sagen: «die Engländer und ihre deutschen Freunde», noch vor fünf Jahren hätte ich das nicht hingeschrieben. Sie gehören zusammen, trotz der kreischenden Weiberproteste ihrer lächerlichen männlichen und weiblichen Friedensfreunde, die der Sonntagsschule entlaufen sind. Und was sie alle, alle eint, den Engländern unbewußt, ist die schwerste, die tödlichste, die beinah physische Abneigung gegen die Franzosen. Sie wissen es selbst nicht, aber es ist so.

Wen haben die Deutschen denn gegen sich –?

Die Juden zählen nicht: [...]. Die Emigranten? Ihre geistige Kapazität ist schwach: denn da ist kaum einer darunter, der tabula rasa machte, der auch nur begriffen hätte, was denn da vor sich gegangen ist – sie hoffen fast alle nur auf den Augenblick, wieder bei Dobrin zu sitzen und ... «Na, was *wir* durchgemacht haben!» – «Das ist gar nichts. Ich bin eines Tages bei dem Polizeipräsidenten von Budapest gewesen und habe ihm gesagt ... Tag, Brodnitzer!» Das sind wackre Revolutionäre. Also wen?

Die Russen. Die Russen?

Es muß etwas geben, das in Europa grassiert: das sind Judasse ohne Silberlinge [...] Stalin hat immer nur russische und nichts als russische Politik gemacht, was gewiß kein Vergehen ist. Ein Verbrechen aber ist es, die europäischen Arbeiter diesen russischen Interessen zu opfern, von ihnen zu verlangen, daß sie alle Schwenkungen mitmachten, die gerade in Moskau de rigueur sind, bis zu jenem Zynismus, der sie heute erklären läßt: Nur der ist ein guter Kommunist, der sich nicht als solcher gibt, sondern der wacker sein Jahr abdient, alle Gasschutzübungen mitmacht und überhaupt staatstreu denkt. Trotzki, den ich für eine echt tragische Figur halte (mit seinen Irrtümern, grade mit ihnen), Trotzki kann bitter lachen, wenn er das noch kann. Denn dieser Verrat an dem besten von dem, was aus Moskau gekommen ist, und was eben *nicht* jene tausendfach falsche Lehre gewesen ist – dieser Verrat wird ihnen nicht nützen.

Die Lehre ist im Kern verkehrt. Lesen Sie, wenn Sie Geduld haben, Dandieu, der den Franzosen jung, zu jung gestorben ist – Sie werden daran vieles finden, für das uns bisher nur der konkrete Ausdruck gefehlt hat. Der Mensch ist eben *nicht* ein homo oeconomicus und nichts als das – sondern er ist ein ganzer, runder Mensch – was bisher nur die Faschisten begriffen haben, die nicht konsequent sind, deren Doktrin mitunter bis zur Unkenntlichkeit von der Methode zugedeckt wird, die vielleicht gar keine feste Doktrin haben – und die doch die Jugend aufziehen. Rußland ist Rußland. An keiner Stelle in Europa hat das echte Wurzeln geschlagen. Im Gegenteil: das Wort «Internationale», das, tausendmal seis gesagt, keiner Realität entspricht, ruft die schärfsten, die besten Gegenkräfte auf der Gegenseite hervor, die Bourgeoisie springt an und bekämpft einen Gegner, der alles im Schaufenster, aber so blutwenig im Laden hat. Die Arbeiter haben ihr Prestige eingebüßt – jetzt wissen die Arbeitgeber, daß man sie zusammenschlagen kann, und kein Marxismus, natürlich nicht, hat ihnen Klassenbewußtsein eingeimpft, sie haben es nicht, weil es keine Realität ist, sondern das hegelsche Produkt eines Professors. Sehen Sie die kleinen Angestellten überall! Was tun sie? Sie tragen die Sorgen Rockefellers, nicht etwa ihre eignen. Die Prrroduktion muß erhöht werden; wenn das die Volksschullehrer aussprechen, schäumt ihnen das Maul (nur nicht in Frankreich), und begeistert retten sie die Güter ihrer Zivilisation. Es wird den Arbeitern erst wieder gut gehen, wenn es keinen Marxismus mehr gibt. Eine begreifliche Reaktion gegen den idealistischen Romantizismus – gewiß. Beides Irrlehren. Und heute ist, was aus Moskau kommt, blutbringend, aber das Blut fließt auf den Straßen. Wer spricht noch von Wien und den Dollfußmorden? Europa sieht aus und fühlt wie eine illustrierte Zeitung, bunt und stumpfsinnig.

Und wir –? Ich glaube, daß Sie da ähnlich denken wie ich: nur kein Pen-Club. Was Sie da für sich arbeiten, wenn Sie arbeiten, das ist eine Tätigkeit, die für die geistige Zucht gut ist – wieweit das noch heraus ans Licht kann, ist eine andere Sache. Ich für meinen Teil habe kein Mitteilungsbedürfnis mehr; für welches Publikum! Man kann für kein Parkett schreiben, das man verachtet. Und ich kenne meine Pappenheimer – selbst unter den Emigranten sind viele, die nur Verhinderte sind, ich nenne Ihnen keine Namen. Ich habe mit alldem nichts mehr gemein und muß mir, wenn ich das einem andern als Ihnen schriebe, die intelligente Frage gefallen lassen: «Na ja, aber wovon leben Sie denn?» Und das wäre ja denn auch freilich ein Grund, zu schreiben. Also: taceo, philosophus sum . . . aber das ist wohl unbescheiden.

Anbei einiges. Erstens ein schöner Schmus-Artikel über Thomas Mann, dessen Haltung ich skandalös finde. Wir dürfen schweigen – er durfte es nicht. [. . .] Der Stil der «*Neuen Zürcher*» ist so wie damals unsere Parodie für die «Frankfurter». Ich habe das einzige Wort unterstrichen, das man auf diesen Menschen nicht anwenden darf. Zweitens aus dem weitaus trostreicheren schweizer Blatt, der «*Basler Nationalzeitung*», ein Artikel, der mir zu fett geschrieben ist (wie aus Sieburgs Küche: wo andere Öl nehmen, gibt es gleich Mayonnaise) – aber im Sinn ist das ganz gut. Ich habe das beinah mit denselben Ausdrücken, nur milder, vor einem halben Jahr an eine Freundin geschrieben, leider besitze ich den Brief nicht mehr.

Na, und so laßt uns denn vernehmen, was unser aller Karl Valentin gesagt hat. [. . .]

«Wir haben Schweres durchgemacht. Erst war da der Kaiser und die Monarchie. Na, und was hatten wir dann? Den Krieg. Und dann war da die Revolution. Und was hatten wir danach? Die Inflation. Und dann war da die Republik. Und was hatten wir dann? Die Arbeitslosigkeit. Und dann der Nationalsozialismus. Und was haben wir heute?

Donnerstag.»

In alter Treue, trotz der Briefpause von Jahrenden

Ihr
Edgar
ehem. Mitarbeiter

Brief von mir geöffnet u. wieder geschlossen. E

9–11–35

Lieber Max,

[...]

Ich bin ein bißchen schuld, das ist wahr. Wieso – ersehen Sie aus dem glücklich wieder in meine Hände gelangten Schrieb an Sie sowie aus der Tatsache, daß ich drei Wochen im Spittel gelegen habe, es geht mir aber nicht besser. Sie kennen ja diese Scherze. Nun aber zu ernsterem.

Ich würde mich *mächtig* freuen, wenn Sie kämen. Allein oder doppelt. Sie können, wo immer Sie wollen, schlafen – wenn doppelt, in meinem Zimmer, woselbst die gepolsterten Wände die leisen Schreie der Lust pp. Es wäre ganz wunderbar herrlich, denn: Aus Gründen, die ich Ihnen sagen werde, möchte ich nicht gern da herunterfahren. Es ginge – macht mir aber einen Haufen Schreiberei, den ich gewiß nicht aus Faulheit auslassen möchte. Es wäre mir also viel angenehmer, wenn Sie kommen könnten – wann immer, wie lange immer, das alles ist zu regeln. Ich müßte es nur etwa 14 Tage vorher wissen, damit es keine, wenn auch unwahrscheinlichen Kollisionen gibt. Es wäre wirklich gut – ich habe eine Aussprache *sehr* nötig. Es ist nichts Besondres, ich habe Ihnen nichts vorzujammern, auf keinem Gebiete, sondern ich möchte mich mal richtig mit Ihnen über die Welt ausquatschen, was mich viel mehr interessiert als alles Persönliche. *Ihr* Persönliches dagegen möchte ich gern hören.

Na, denn man los mit dem guten alten Onkel da unten; bin neugierig, was das Popplikom sagt, wenn er seinen kleinen Zopf tanzen läßt. Ich meine: das ist eine bombensichere Sache und ein großer, großer Erfolg. Aber ich verstehe ja nichts vom Theater.

Hierorts nichts Neues. Was ich tue, wenn ich nicht Kierkegaard lese? Anbei eine Probe – aber das ist *nur* für Sie, ich will das nicht publizieren, ich mache das auch nur, um mich zu üben, nämlich in der andern Sprache. Sie fängt an zu gehen. Ein langweiliges Volk – wenn Dänemark nicht so nah dran läge, *das* wäre eine Kultur, die aufzunehmen sich lohnte. Aber diese Zündholzschachteln mit Vorhängeschlössern dran, das ist nicht recht was für uns. Mehlwürmer.

Die Literatur, mit ein paar Ausnahmen, genauso. Die Ausnahme, soweit mir bisher bekannt: Frank Heller; die Briefe des ollen Tegnér, Bellman, ein älterer Mann namens Almquist und der beigelegte Mann, namens Fröding, der entsetzlich unter dem hiesigen Ullstein zu leiden hatte und zerstört starb. Ein starkes Talent, das meiste unübersetzbar, weil Dialekt.

[...]

Ich freue mich ganz tief aus dem Bauch heraus, wenn Sie kämen, bitte die jeweilige Liebe zart zu grüßen, und umarme Sie – falls Sie Wert darauf legen – in allen Unehren.

Med många hjärtliga hälsningar

Er tillgivne
Edgar

29–11–35

Mon jeune riche,
allerschönsten Dank für Ihren werten vom 23., den mit ungeahnter Schnelligkeit beantworten möchte, wegen so lange nicht von mir gehört habens. Item:

Zunächst mal meine häzlichste Gratulation für die Kollaboration nach Maß. Für diese Art gibt es nur einen Gradmesser: den Erfolg. Daß ich Ihnen den wünsche, brauche ich wohl nicht erst hinzuschreiben – daß er komme, und daß er anhalte. (conj.) Darf ich eine Abschrift haben, wenns fertig ist, denn es wird doch wohl eine deutsche Fassung existieren? In Gottes Ohr.

Anläßlich *«Münchhausens»* möchte ich Sie wirklich gern sehen. Ich gehe vielleicht im Frühjahr an die Ostküste, wo Landschaft und Volk mir mehr zusagen – deshalb wollen wir doch noch Frollein Greete im alten Heim spielen.

Über Krankheit mündlich. Dieses Spittelgerede ist ja nicht lustig. Da Sie aber einen Punkt berührt haben, den ich mit flammender Lanze zurückweisen muß, komme ich auf denselben zurück. Nämlich:

Sie fragen, warum ich schwiege und fügen hinzu, was mich noch die Daitschen angingen. Gar nichts. Wenn Sie hier wären, fragten Sie das nicht, sondern wären in dieser Beziehung sehr mit mir zufrieden. Ich habe seit Jahren keine deutsche Zeitung mehr in der Hand gehabt. Das ist keine Metapher, sondern die Wahrheit. Ich lese deutsch nur: die Klassiker, die Romantik und griechische und römische Leute, die durch die Übersetzung ins Französische noch mehr verlieren als im Deutschen. Die modernen Engländer, soweit sie übersetzt sind, schwedisch. Sonst nur französisch. Dazu schwedisch – Strindberg ist gar nicht so veraltet, wie man denkt (*«Tschandala»* ist eine Meistersache). Von den Deutschen weiß ich nichts mehr, ich habe nicht einmal mehr die nötigen Personalkenntnisse, um Witze zu machen. Käme morgen der sel. Schleicher wieder –: mich sähe Berlin nicht mehr. Von 10 boches sind 3 Spitzel, 2 Sadisten, der Rest Feiglinge. Zur Emigration habe ich keine Beziehungen, deren Blätter sehe ich nicht. Ich kenne sie alle: die Unentwegten, die – gespenstisch! – weiter machen, wie wenn nichts passiert wäre – neulich las ich im Buchladen auf der Rückseite des nicht gekauften *«Tagebuchs»* eine Anzeige, über eine Heftsammlung, darunter Rutchen, *«Rückkehr aus der Emigration»*, eine Komödie; da soll man nicht stören – die berliner Schieber sind mir so fatal wie Ihnen, und die andern, die mit der einen Hand das Ausland angebettelt haben und mit der andern, greinend, Grenzschmach und Patriotismus gemacht haben, ohne zu sehen, daß man auf dieser schiefen Ebene nicht stehen bleiben kann, also jene, die diesen Weg geebnet haben –: alles das kenne ich auswendig und wende mich nicht einmal davon ab, es ist gar nicht mehr da.

Also . . .? Warum ich nicht schreibe –?

[. . .] Ich fühle mich müde und krank. Jeder hat ja seinen Vogel bei der Produktion. Bei mir ist das so, daß ich morgens die Augen aufschlage und weiß: Heute wirds was. *Was* ich dann anfasse, ist ziemlich gleichgültig – ob einen Brief, eine Frau oder einen Artikel –: das wird dann und hat jenen Schwung, den ich mit meiner Marke signieren kann. Heute weiß ich – Nerven? Galle? Hals? – daß es nichts wird. Man soll in seinen besten Stunden schreiben, nicht in seinen schwachen.

Dazu kommt, daß *Sie* leicht zu übersetzen sind, Sie sind ein Dichter und gestalten Menschen. Ich bin ein Schriftsteller und *wie* ich meins sage, ist oft besser als das, *was* ich sage. In der Übersetzung geht das verloren. Dazu kommt, daß die deutsche Sprache, wie jede andere, will man sie gut handhaben, in steter Berührung mit dem Volk bleiben muß. Jemand hat einmal von Nietzsche gesagt, seine Sprache sei auf Draht gezogen, sie habe keinen dialektischen Anklang, und das ist richtig. Das gibt nicht, wie die Privatdozenten meinen, deren er ja einer gewesen ist, den feinen Stil, sondern den leeren Stil. Keller hat fast alles rein schwyzerdeutsche unterdrückt, aber es schimmert ständig durch, es ist eben echt, was er gemacht hat. Ich spreche nicht mehr deutsch, wie man heute deutsch spricht, und für einen, sagen wir, Humoristen ist das ein schweres Hemmnis. Dies nur zur rectificatio. – Ich bin totaliter von Deutschland seit etwa fünf Jahren frei. Würde ich noch einmal richtig gesund, so schriebe ich, vielleicht – aber niemals wieder das, und niemals wieder so. Lasset uns abwarten.

Max, was nehmen Sie für die Galle? Ich mache mir darüber seit einem Jahr Gedanken, gefunden hat man nichts, das besagt aber nichts. Ich habe bei einer Schwedin in einem kleinen Gläschen einen Gallenstein gesehen, der hieß Hieronymus, den haben sie ihr herausgeschnitten. Die Röntgenbilder ergaben nichts, alle Untersuchungen waren negativ, und der Arzt hat aus Intuition operiert.

[. . .]

Sonsten tue ich viel läsen. Ich will nicht sagen, daß ich davon klüger geworden bin, aber dümmer wird man davon auch nicht. Was ich aus den Memoiren, die mir so in die Hand fallen, herauslese, ist: die

Menschheit ändert sich nicht, sie ist immer so gewesen wie heute. Es gibt bei Rivarol, bei den klugen Franzosen um 1800, bei den älteren Essayisten die klare Bestätigung alles dessen, was wir heute erfahren: die Masse ist immer stumpf gewesen, und nimmt alles so hin, ein paar erkennen, und einige handeln. Was mich von allem am meisten bekümmert, ist die Haltung des Papstes. [...] Er, der seine Leute in Deutschland verrät und der in Italien sich zum Knecht des übelsten, ältesten und faulsten Imperialismus macht, wäre die einzige geistige Macht, die in Europa, eben weil die Katholiken nirgends territorial interessiert sind, etwas tun könnte. Wir haben uns so lange nicht gesehen, und ich möchte nicht, daß Sie glauben, ich ginge hier mit einem Weihrauchkessel herum. Nichts ist mir fataler. Aber die Klarheit des Verstandes, der im Gebäude der Kirche verankert liegt, ihre Folgerichtigkeit im Denken; ihre Unbeirrbarkeit – wo ist das alles? Bei Kierkegaard, dessen deutsche Übersetzung leider eine Schande ist, und den ich dänisch nicht lesen kann, steht eine unsterbliche Seite über den Dichter, der über sich hinaus möchte und der es nur zur religiösen Sehnsucht, nicht zur Frömmigkeit selber bringt. (Brentano hats dazu gebracht, auf Kosten seiner Begabung.) Ich fühle das genau so: noch nicht und nicht mehr. Das ist nicht der Augenblick, zu schreiben.

Apropos katholisch: gestern las ich den Aufsatz eines schwedischen Arztes über die Abtreibung. Darin erzählt er, er habe einmal einen katholischen Arzt gefragt: «Was tun Sie, wenn Sie abtreiben müssen, um wenigstens die Mutter zu retten?» Er antwortete: «Ich ziehe einen protestantischen Kollegen zu.» Ganz Rom in einem Satz.

[...]

Ich hatte an die Gräfin und Sie gemeinschaftlich einen Schreibebrief geschrieben, hat sie Ihnen den geschickt –? Sie ist wirklich ein famoser Kerl. Sie werden bemerkt haben, daß die Frau wirklich so etwas hat wie seelische Scham oder sagen wir: délicatesse. Das hat gar nichts mit sexuellen Dingen zu tun – Französinnen können ja die unmöglichsten Sachen sagen oder nackt durchs Zimmer tanzen, deshalb hat man sie noch lange nicht. Was mich immer wieder an ihr fesselt, ist genau das Gegenteil von dem, was Bürger in Frankreich suchen. Sie ist manchmal ein kleines Vögelchen, das friert und dem man es nett machen möchte, und dann und immer wieder ein anständiger Kamerad. Ihre Liebesgeschichten sind ganz echt, ich höre ohne masochistische Triebe begeistert zu, wenn sie das erzählt. Dazu hat sie, was bei Frauen selten ist, eine Art Humor.

Das wärs. Nächstens schreibe ich Ihnen wieder vernünftig – heute nur ein Lehmszeichen.

[...]

Selber Kamillendämpfe! Hier gibt es einen älteren Benediktiner, über den sich reden läßt. Was macht übrigens Toller –? Ist er verheiratet? Und wo –?

Dies wünscht Ihnen mit einem schönen Kratzfuß

Ihr Interpunktions-Mitarbeiter
Edgar
aufgehörter Schriftsteller

Dieser Brief geht mit einem direkten Boot. Die Schiffe hierher sind, glaube ich, größer als die nach Ejsberg.

[ohne Datum]

Max!
Also jetzt habe ich das erst begriffen, daß Sie in Longdong sind. Trotzdem schreibe ich Ihnen nach mit Verlaub zu sagen unten, wegen sicher. Nun sagen Sie:

Wollen Sie über mich zurückfahren? Sie sind jederzeit herzlichst willkommen! Ablehnung braucht nicht motiviert zu werden – das ist jetzt alles nicht so einfach, das weiß ich. Ich sags nur. Auch *mit* Frau Edith – j'arrangerai cela. Ich würde mich *mächtig* freuen –!

E.

# AN FRITZ TUCHOLSKY
## Genannt Kohn

Post: Weltbühne 18-1-31

*Juda, verrecke –!*

kann man da nur sagen.

Lieber Kohn,
schönen Dank für Deinen großen Schrieb, den ich gern ebenso ausführlich beantworten will. Zu Beginn:

Ich gratuliere Dir schön zu Deiner Verlobung und wünsche Dir alles Gute dazu!

Juda verrecke, deswegen, weil Du mich vor langer Zeit einmal angehauen hast, was Du im Falle eines Falles machen solltest. Daraufhin habe ich Dir geschrieben, daß ich einen Reservefond für Dich anlege – und dann hast Du nie mehr geschrieben. Du bist ein kolossaler Kalbskopf.

Ebenso steht das mit meiner Adresse. Du alter Bock, ich lasse an alle Leute, die ich in irgend einer Form kompromittieren könnte, meine Post von *Berlin* aus abgehen – und wenn, was ich keinesfalls glaube, Du nun wirklich mal in die Zwangslage kämst: «Geld oder Leben – wo ist Ihr Bruder?» dann gibt es keinen Gewissenskonflikt und gar nichts – sondern Du kannst ehrlich sagen: ich weiß es nicht. Haste das kapiert? Mensch, manche sind so doof – wenn die so lang wärn wie sie doof sind, da könnten sie aus der Dachrinne saufen. J'ai dit.

So – also nun zu Deinem Brief.

Was Du über das Blättchen schreibst, ist im Endeffekt richtig. *Für* die Redaktion spricht die ungeheure geistige Verwirrung, die allenthalben herrscht – gegen sie spricht vieles. Ich kann es von der Fremde aus nicht ändern. Und ich will mich nicht nach Berlin setzen – vielleicht werde ich mein Leben an ein fremdes Unternehmen verströmen – das fällt mir gar nicht ein. Also müßte ich mich an dem Blatt wirklich beteiligen, und das will ich aus vielen Gründen auch nicht.

Wenn nicht, warum nicht? Sag es keinem weiter: weil mich das Ganze nicht mehr interessiert. Ich habe es satt. Was Du ja aus meinem permanenten Schweigen zu einigen dicken Aktualitäten gesehen haben wirst. Ich werde keinen «Verrat» begehen – ich habe weder die Absicht, katholisch zu werden, noch zu Goebbels zu gehen oder sonst etwas Fulminantes zu machen – ich habe es satt. Du glaubst nicht, wie das Land von außen aussieht: ein Haufen neurasthenischer Irrer, die samt und sonders, jeder für sich, unrecht haben. So etwas von Mißverständnissen, von Nebeneinanderher, von Aneinandervorbeireden ... nein, mein Lieber, dazu bin ich nicht auf der Welt. Ich richte ja auch nichts aus. Mein Weg führte unbedingt in das Liebknechtschicksal – ich bin nicht feiger und nicht mutiger als Du auch – ich mache meinen Stiebel, wenns sein muß – aber ich will das gar nicht. Schlügen sie mich heute tot: was wäre dann? Dann kriegte ich einen Nekrolog, und den kann ich mir auch alleine schreiben. Es lohnt nicht.

Der Versuch, die KPD und die SPD im Hinblick auf die Faschisierung zusammenzukriegen, halte ich für aussichtslos. Man hat das ja wiederholt probiert; sie sind ja aber alle so im Apparat befangen – sie sehen immer nur ihren Parteikram – was hat unsereiner dabei zu suchen?

Das klingt sehr resigniert – ist es aber gar nicht. Ich bin Schriftsteller – kein Parteiführer. Und mich interessiert weder das Land genügend noch seine Nöte – wo ich mit meinem Herzen stehe, weißt Du – aber mit meinem Verstand – das kannst Du nicht verlangen. Trott von Gefangenen im Hof – so ist mein Leben nicht.

Ergel habe ich mich an einer kleinen Geschichte versucht, die im April erscheinen wird – man wird ja da sehen. Und ich werde an ein dickes Buch herangehen, was natürlich dauert. Ich schmeiße nichts hin, mache meinen Kram, so gut ich kann – aber ich bin nicht mehr 22. Im übrigen lerne ich ein bißchen englisch, sitze in der Stille, habe erst eine Grippe gehabt und lese sehr viel. Im Frühjahr werde ich mich auf die Achse setzen und rollen: sicherlich nach Paris, und dann irgendwohin, vielleicht England, um da zu arbeiten. Das kostet nur das Reisegeld, denn auf dem Land stille sitzen ist nirgendwo teuer. Und ich habe es mit den Städten leicht über.

So – das von mir.

[...]

Ja, das wärs. Nach der Fertigstellung des kleinen Buches, dessen Korrekturen mir noch drohen †††, habe ich etwas pausiert, und nun gehts wieder los.

[...]

Ja – det Buch kriecht Ihr. Es kommt auch, wenn Goebbels inzwischen nicht regiert, ein neuer Auswahlband heraus – den kriegt Ihr auch – aber erst in der zweiten Hälfte des Jahres.

Na – denn mit vielen schönen Grühsens

hochachtend<br>
Euer ehemaliger Bruder<br>
Kurt

Post: Weltbühne 6–4–31

Lieber Kohn,

[. . .]

Woher kennt Deine Braut meinen hamburger Freund? Er hat nicht nur einen Herzanfall gehabt, sondern er ist gestorben, mit 42 Jahren, der böseste Schlag, der mich seit dem Tode S. J.s betroffen hat. Es ist sehr bitter – neue kommen doch nun nicht mehr dazu . . . Hm.

Na, also vor allem gratulier ich Dir herzlichst. Ich werde ja nun allerdings nicht in Berlin sein können – denn gegen Pfingsten bin ich schon in Paris; ich kann das leider nicht mehr umschmeißen. Schade, daß ich das nicht früher gewußt habe, Kohn. Ich glaube, daß Du richtig handelst – es ist doch immer gut, zu wissen, wohin man gehört. Grüße bitte Deine Braut von mir recht schön und sag ihr, sie soll Dich so streng halten, wie Du es nötig hast – und wenn Du den kleinen Tyrannen markierst, dann soll sie Dir auf den Schnabel hauen – das täte uns Tucholskys ganz gut, wenn es eine kluge Frau macht . . .

Schick mal bitte ein Bild von ihr.

Ich schreibe weiter für Ullstein; Mosse hat nur die kleine Geschichte erworben – Du bekommst die Buchausgabe im Mai. Sie ist schon im Druck.

Sonst wäre nichts als viel Arbeet, daß es nur so knackt. Kann sein, daß ich zu Jannings auf seinen Besitz nach Österreich fahre, ich habe jetzt sieben Monate stille Einsamkeit hinter mir – nun möchte man wieder mal Leute sehn. Zum erstenmal nicht mehr über Hamburg, das möchte ich für lange Zeit nicht wiedersehen.

Hatché, Kohn – schreib mal –

Deinem ehemaligen Bruder
Kurt

11–7–33
Papas Geburtstag

Lieber Kohn,

wenn Dein unnumerierter Brief als 4 zählt, ist alles in Butter.

Zu Deinem letzten:

Na, da sieh mal zu, ob es nicht doch was wird. Natürlich wäre die Sache mit dem Reisebüro gut. Bei dieser Gelegenheit: Du schreibst da, man habe Dir ein Buch mitgebracht, das Dir sehr dienlich sein wird. Gut. Aber wie machen die Leute das? Ist die Überwachung also nicht so streng? Merkwürdig.

Daß der Zusammenschluß zwischen den beiden Blätter nichts wird, ist eine Erzkapitalsdummheit. Hätten alle diese Kreise *ein* Blatt, so hielte sich das jahrelang. Durch die Zersplitterung wird nicht, wie sie meinen, das Interesse geweckt, sondern gelähmt. Nach einem Jahr, wenn das keine Sensation mehr ist, wird man alle diese Publikationen beiseite schieben. Na, laß sie.

Abdruckshonorar von Wendriner mag ich nicht reklamieren. Das wäre in Anbetracht des kleinen Honorars und weil es auch nur ein Nachdruck ist, bei dem die Hammel leider die Jahreszahl der Entstehung – 1930 – nicht hinzugesetzt haben, also das wäre eine Kriegserklärung, und dazu habe ich keine Veranlassung. Ich stehe zu den Leuten in gar keiner Verbindung mehr.

Was K's angeht: natürlich habe ich nicht an landwirtschaftliche Arbeit gedacht! Was fällt Dir ein! Aber nach wie vor hielte ich einen solchen Posten für viel besser, eben, weil da kein Mensch ist. Es gibt dort reiche Juden, die Schnaps verkaufen oder sonst etwas handeln – wenn die Dich als Buchhalter nähmen oder für die deutsche Korrespondenz – das wäre eine große Sache, die jeder Stellung in Prag vorzuziehen ist. Natürlich nimmst Du das erste, was sich Dir bietet – das ist ja klar.

Über die Haltung von Rußland kann es nur ein Wort geben: sie ist genau so schäbig und im tiefsten dumm wie die des Vatikans. Natürlich ist der Papst törichter als [die] Russen, er hat Angst vor ihnen, sie aber nicht vor ihm. Wie aber beide ihre Anhänger erst dirigieren, die große Fresse haben und dann sitzen lassen – ich finde das ekelhaft. Und noch ekelhafter, uns jetzt vorreden zu wollen, diese russische Schweinerei entspräche realpolitischen Gründen. So realpolitisch bin ich noch alle Tage. Ich brauche die Russen nicht, liebe sie nicht und kümmere mich nicht um sie. Da soll mir kein Kisch etwas hineinreden. Ich habe auch auf eine moskauer Umfrage gar nicht reagiert.

[. . .]

Sonsten geht es mir dreckig.

Dies wünscht Dir keinesfalls –

Dein ehemaliger K.

Halte mich stets über Deine Adresse auf dem laufenden.

5-8-33

Lieber Kohn,
Himmelarschundwolkenbruch – was ist das für eine verdammte Schweinerei, nicht die Adresse auf den Brief zu schreiben! Jetzt weiß ich nicht, wo Du bist – sicherheitshalber lasse ich das über den «*Aufruf*» gehn. Numeriert hast Du auch nicht. Alter Kaffer. Schreibe mal gleich – etwas Geld kann ich Dir schicken, viel nicht. Wohin?

[...]

Den Herrn mit dem Bart, den Du für einen Spitzel hältst, kenne ich auch nicht. Dank für die Warnung. Keine Sorge: es ist schon früher nicht leicht gewesen, an mich heranzukommen – jetzt ist es beinah unmöglich. Ich bin sehr reserviert, und was mir nicht gefällt, gedeiht nicht lange bei mir. Da ist nichts zu befürchten. Ich glaube überhaupt, daß die meisten dieser Leute nur deshalb gefährlich werden können, weil sie Beziehungen von uns nach Deutschland ausnutzen und ausspähen können und *dann* die Leute drinnen für uns büßen lassen. Und diese Beziehungen habe ich nicht. Ergo kann man mir.

[...]

«*Simpel*» und die andern Blätter, die mich auffordern: es geht mir wirklich nicht sehr gut. Ich kenne die Epochen meiner Schwäche sehr genau – es fällt mir gar nicht ein, mit schwachen Sachen herauszukommen und mir dann sagen zu lassen: «Ach ...» Das schadet auch der Sache. Und obs ihr überhaupt etwas nützt, also, darüber habe ich so meine eigenen Gedanken. Wir wollen uns über alles das in einem Jahre wieder sprechen.

Sage mal – hast Du denn gar nichts in Palästina in Aussicht? Du mußt um Gottes willen nicht so handeln, wie wenn Du etwas Bestimmtes haben müßtest – dann kriegst Du nie etwas. Lieber Kohn, ich kann Dich nicht durchhalten – wenn Du auch nur das leiseste siehst, dann pack zu. Es bleibt gar nichts andres übrig.

Sonst wäre nicht viel. Ich lasse mich ab und an in der Nase brennen, damit die Zeit besser vergeht. Und so ist mir auch.

Das «*Neue Tagebuch*» ist journalistisch sehr gut gemacht. Trotzki in der WB ganz Nummer eins – Schlamm meist gut. Der Rest so langweilig, wie wenn das Blatt doktrinär wäre – es hat aber keine Doktrin. Also müßte es amüsant sein. Ich glaube nicht an alle diese Wege –

Schreib schnell Deine Adresse. Du Fatzke – und sei schönstens gegrüßt

von Deinem ajehmsten
K.

31-8-33

Lieber Kohn,
schönen Dank. Ich denke, daß ich Dir nochmal eine Kleinigkeit schicken kann. Dann aber wird es faul: ich verdiene keinen Pfennig und sehe nicht, wie das weiter geht.

Auf die Straßen, die Du geschrieben hast, kann ich mich nicht mehr besinnen – ich weiß nicht, was Du damit meinst.

Na, also das mit dem Programm war ein Spaß, ich habe nur so gefragt, denn es hat ja keiner eines. Schadenersatzforderungen haben keine Aussicht: übrigens fände ich es leicht komisch, wenn zum Beispiel ich das täte. Ist mir denn Unrecht geschehn? Krieg ist Krieg – ich halte alle Maßnahmen, die gegen mich gerichtet sind, für revolutionär erlaubt. Es ist nur schade, daß wir sie nicht angewandt haben. Ganz etwas anders ist es mit den Lagern und den Judenverfolgungen, sowie mit der ekelhaften Demütigung gegen Leute, die einmal anderer Gesinnung gewesen sind. Das ist unsittlich, was da gemacht wird. Aber welcher Gerichtshof sollte da entscheiden? Solange die Staaten (inkl. Rußland) an der absoluten Souveränität festhalten, was sie mehr als je tun, so lange ist gar nichts zu machen. Es gibt ja keinen internationalen Gerichtsvollzieher. Die Bourgeoisien aller Länder sind an der kommenden Aufrüstung viel zu interessiert, sie werden Deutschland nicht hindern, diesen Krieg da vorzubereiten. Im Gegenteil. Daher die Gelähmtheit, die Angst, die Mattigkeit – die Arbeiter sind müde, und die Bürger sind im allertiefsten Grunde auf Hitlers Seite. Was ihnen mißfällt, sind gewisse Schroffheiten der Methode. Vorläufig sehe ich nicht, daß die tatsächlich vorhandene tiefe Abneigung gegen das Kulturelle politische Folgen haben wird.

Die Sache mit dem Anwaltsbrief ist in Ordnung: die Scheidung ist inzwischen ausgesprochen worden. Hoffentlich läßt man die Frau nun in Ruhe. Es sind solche Schweine – sie hat viel auszustehn gehabt.

[. . .]

Neues wäre nicht. Mir geht es schlecht, wie immer – ich werde diesen Katarrh nicht mehr los, es ist nichts.

[. . .]

Wegen der Staatsangehörigkeit werde ich nichts unternehmen. Ich bin eher froh darüber. Es wird mir Laufereien machen – aber in der Sache selbst ist nichts zu sagen. Es klärt.

Hatché. Laß es Dir jedennoch gut gehn.

Mit vielen schönen Grüßen hochachtungsvoll
K.

21-1-34

Lieber Kohn,
schönen Dank für Deinen allerwertesten vom 7. 1.

[...]

Dank für alle guten Grüße und Wünsche. Ja, das ist nun so – vielleicht schaffe ich es nochmal, ich habe noch im Sommer eine Kur vor, das ist so ziemlich die vorletzte Hoffnung. Dann will ich es auch an der See versuchen – *mal* muß das ja weichen. So jedenfalls ist an Arbeit überhaupt nicht zu denken. Natürlich noch aus einem andern Grunde.

Es ist ganz und gar ausgeschlossen, die alte Rolle weiterzudrehen. Erstens will ich es nicht und kann ich es nicht – und dann: ja, haben denn diese ganzen Kerle auch nicht für einen Sechser Selbstbesinnung? Man kann unterliegen, das ist gewiß keine Schande. Aber man muß sich doch fragen: *Warum* ist das so gekommen? Haben wir nicht vielleicht dicke Fehler gemacht? Es mag ein gutes Zeichen sein, unentwegt, trotz aller Niederlagen, an der alten Anschauung festzuhalten – aber dies hier ist keine Stärke. Es ist Sturheit, Stumpfsinn, dummtrotzige Eitelkeit. Ich sehe an keiner Stelle irgendwelche Zeichen von innerer Einkehr, und das wird also dazu führen, daß diese Sache – *mit Recht* – untergeht. So geht es eben nicht.

Es finden sich solche Anzeichen in Frankreich bei jungen Franzosen. Natürlich schreiben die blöden Linksblätter sofort von «Faschismus», wenn sich einer erlaubt, nachzudenken und mitzuteilen, daß die alten Formeln ihren Sinn verloren haben. Und die jungen Gruppen sind gewiß nicht das Ideal. Aber sie sind wenigstens nicht verrostet, und wir verkennen immer noch, daß gerade auf unserer Seite der Staub drei Zentimeter hoch liegt.

[...]

Unsere Briefe werden sich kreuzen. Unsere Grüße auch!

Schönstens wie immer
K.

24-2-34

Lieber Kohn,
schönen Dank für Deinen Brief vom 4. Februar. Es tut mir sehr leid, daß ich Dir jetzt gar nicht helfen kann – aber Du weißt ja, was hier los ist. Es will und will nicht. (Na, und wenn es wollte ... die Aussichten sind doch trübe.)

Nein, es ist gar nicht unmenschlich viel verlangt, daß einer in sich gehen soll. Natürlich sollen die Leute nicht ihre ganze Vergangenheit desavouieren, das tue ich ja auch nicht. Aber *lernen* sollte man. Und offen sagen: Das und das ist falsch gewesen. Man kann, man soll auch noch vom Feinde lernen. Man brauchts ihm nicht zu sagen, aber lernen soll man doch. Und nicht nur vom Feinde – auch sonstwo steht das. Aber ich bin immer wieder entsetzt. Schon bei Heine steht, als er von den sagen wir Marxisten spricht, von einem Judenknäblein zu lesen: «Er bildete sich ein, die Onanie erfunden zu haben, und wollte nun nach Warschau fahren, um sich das patentieren zu lassen.» So eng, so ungebildet, so kindisch sind sie immer gewesen. Nicht einer dieser Kerle diskutiert auch nur die Grundlagen der Anschauungen, in deren Namen das doch alles geschieht. Keiner kommt darauf, mal ein bißchen nachzusehn, ob das auch alles richtig bei ihnen im Keller ist. Sie sind so von sich überzeugt. Und die Theorie ist eben falsch – ich bin nie «Marxist» gewesen. Was die andern darunter verstehen, ist ja Blödsinn. Aber ich halte die Anfänge Marxens für genial, seine Lehre für eine notwendige Reaktion auf einen Idealismus, der ebenso blödsinnig gewesen ist wie der reine Materialismus, und wer nur in diesen beiden Kategorien denken kann, der hält eben da, wo die heute halten: im luftleeren Raum ihrer Abstraktionen.

Österreich ist eine Tragödie. Schade um jeden Mann.

Das Blättchen kaum noch lesbar – völlig ins Getto abgesunken. Das geht mich nichts mehr an.

[. . .]

Na, machs gut und schreib auch mal Deinem hochgeehrten

K.

25–5–34

Lieber Kohn,

Dank für Deine beiden Briefe vom 29. 4. und 12. 5. Ich schreibe Dir heute nur ganz kurz als Gruß und als Bestätigung: ich bin nun im Begriff, meine Quellenkur zu machen, ich bin mächtig down, nervös und verdrießlich. Da ich nicht mag, daß sich solche Sachen auf unsere Korrespondenz überträgt, nur ein paar Worte.

[. . .]

Lieber Freund, sehr rosig ist das hier auch nicht. Enfin . . . Ich bin ganz steril, das einzige, was Fortschritte gemacht hat, ist das Französische – aber davon kann [ich] auch nicht leben. Wenns mir besser geht, melde ich mich.

Bis dahin viele Grüße

Deines ergebenen
K.

7-6-34

Lieber Kohn,
Dank für Deinen Brief vom 27. 5. – Übrigens habe ich Dir nicht zu Deinem verwichenen Geburtstag gratuliert, was ich hiermit, nachträglich, aber nicht minder herzlich, nachhole. Na, Mensch: Möge –!

Ich habe so lange nicht geschrieben, ich mache eine Kur, vielleicht hilft sie, während der Kur kann man nichts sagen. Wir werden ja sehn.

[...]

Wenn Du über Zürich fährst, dann sage es rechtzeitig – ich weiß nicht, ob ich dann da bin – auf alle Fälle möchte ich es rechtzeitig wissen, damit ich Dir melden kann, wenn ich nicht da bin. Was sein kann.

[...]

Hierorts nichts Neues. Die Deutschen sind ziemlich pleite, was also die Kaufleute der ganzen Welt nicht hindern wird, ihnen weiterhin zu borgen. *Das* sollte mal ein sozialistisches Regime machen! Nun, also ich werde mich gewiß um diese Dinge nicht mehr kümmern, das ist vorüber.

Wenn es mir besser geht, schreibe ich Dir dies und jenes Sachliche ausführlich, persönliches gibt es nichts zu melden.

Dies nur als Meldung, daß es mich noch gibt.

Schönstens Dein ergebener
K.

Zürich, 15-4-35

Lieber Kohn,
schönen Dank für Deinen Brief vom 16. 3. Ich gratuliere Dir herzlich zu Deinen Affen-Davids, und hoffentlich glückt es. Es tut mir verdammt leid, daß ich Dir nicht behilflich sein kann – noch vor zwei Jahren wäre es gegangen.

Ich glaube, daß Du es drüben nicht leicht haben wirst, und trotzdem halte ich es für das einzig wahre. Ich sage Dir nur eines: lerne englisch, lerne englisch, wenn irgendmöglich, verschaffe Dir ein deutsch-*amerikanisches* Lexikon – amerikanisch ist eine Sprache, keine Abart des Englischen. Beide Völker machen sich dementsprechend auch herrlich übereinander lustig. Als der Maler Whistler von Wilde gefragt wurde, was es denn neues in Amerika gebe, antwortete er: «Nothing, safe the language.»

Präpariere genau Zeitungen, immer eine nach der andern, bis Du sie wie Wasser lesen kannst. Dann wird es noch ein halbes Jahr dauern, bis Du die Kerle verstehst, die ja alles durch die Kiefer murmeln. Das ist aber die Vorbedingung. Du mußt auch genau sehen, ob New York oder sonst eine ganz große Stadt das Glück ist, ich weiß das nicht und kann das von hier auch nicht übersehen. Es kann auch eine Provinzstadt sein. Vor allem: eine Position, *feste* Positionen gibt es drüben nicht, aber zunächst irgendeine. Du hast hier nichts verloren, und Du wirst nach der unumgänglichen Übergangsperiode der großen Fremdheit und des Gefühls: «Also hier bin ich nun gänzlich verloren», Dich doch noch akklimatisieren. Dann wirst Du vor jedem Europäer ein großes Prae haben. Hier ist nichts mehr.

Wenn Du durch Zürich kommst und das Zusammentreffen, das ich ebenso wünsche wie Du, macht sich nicht, so sei bitte nicht böse. Ich werde Dir das ganz genau nach drüben erklären, Du wirst das auch sofort verstehen, diesem Postweg möchte ich das nicht anvertrauen.

[. . .]

Deine Charakterisierung der «Bonzen ohne Masse» ist prima. Genau das ist es. Schlimmer: sie ahnen alle gar nicht, daß gerade das, worüber «man doch überhaupt nicht mehr zu diskutieren braucht», daß gerade das ganz brüchig geworden ist: nämlich die Doktrin selber. Unnötig zu sagen, daß ich inzwischen weder katholisch noch faschistisch geworden bin – ich habe nur nachgedacht, gelesen, zu verstehen versucht und ich sage Dir: diese Art Marxismus hat seine Rolle ausgespielt. Selbst die ausgezeichneten Versuche de Mans (der von den Bolschewisten natürlich als Faschist verbrüllt wird) sind vergeblich – das ist aus. Die Russen haben es übrigens nötig, jemanden Vorwürfe zu machen: sie pumpen Deutschland an. Lächelnd wird man erwidern, wie es bei Andersen immer heißt: «Das ist ja eben gerade das Feine an ihnen.» Ach nein, das ist eine blanke Schufterei, und wenn sie einen wieder zu einem Kongreß einladen, müßte man erwidern: «Offenbar ein Mißverständnis. Ich bin Antifaschist, und ich muß befürchten, auf dem Kongreß ihre Geschäftsfreunde zu finden.» Aus und vorbei. Die Anleihe ist nicht der Hauptfehler.

Ich bin sehr froh, daß Du nicht nach Südamerika gegangen bist – das ist nichts für Dich. Aber gar nichts. [. . .]

Bulletin: Bis jetzt waren es im Winter 4 Operationen; nun muß ich abwarten. Es gibt noch die Möglichkeit zu einer fünften. Jetzt kann ich es schon sehr schön; wenn es wehtut, räuspere ich mich bloß noch. Ich bin Sie nämlich e großer Held.

Laß von Dir hören!

Schönstens Hochdero
Kurt

28–5–35

Lieber Kohn,
schönen Dank für Deinen Brief vom 26. 4. und für Deine Postkarte – und auch viele Grüße an Tata!

Antwortlich Deines geehrten:

Die Hauptsache zuerst. Die Zusammenkunft wird sich zerschlagen, besorge Dir das Visum nicht. Ich brauche Dir wohl nicht zu sagen, Kohn, daß ich Dich sehr, sehr gern sprechen möchte, mehr als das – denn wir wissen ja gar nicht, wann wir uns nochmal zu sehen bekommen, wenn Du, was ich Dir aber sehr wünsche, da rüber machst. Es geht nicht – und ich schreibe Dir das Nähere nach drüben. Es ist ganz einfach, nichts Geheimnisvolles, aber ich will es nicht nach Prag schreiben. Du wirst, wenn Du es erfährst, sofort verstehen, so simpel ist es. Ich bitte Dich kameradschaftlich und herzlich, das nicht schief aufzufassen – mit uns hat es gar nichts zu tun.

[...]

Hippels Adresse habe ich nicht. Bitte gib sie mir.

Es tut mir verdammt leid, daß ich Euch beiden nicht helfen kann. Es geht mir nicht sehr gut – ich habe in diesem Winter 5 (fünf) Operationen gehabt, im ganzen waren es acht. Eine Besserung ist da – ich fange an zu riechen, was ich seit vier Jahren nicht gekonnt habe, der Kopfdruck ist weg. Der Arzt, ein Engel an Geduld, sagt, man müsse da mit sehr langer Zeit rechnen, bis sich die Nerven wieder erholen. Vorläufig gibt es noch kleine Verwachsungen, die mich unendlich plagen. Die Operationen selbst machen mir nichts mehr, es ist jetzt so, daß ich sagen kann: «Ach, warten Sie doch mal eben – ich gehe nur mal rauf, mir die Nase schneiden zu lassen.» Wie beim Friseur. Nun habe ich noch einen Darm-Katarrh dazu gelegt, der mich niederdrückt, also Du kannst Dir denken, wie einem dann ist.

[...]

Lerne englisch! Lerne englisch! Laß nicht ab, präpariere immer wieder Zeitungen, auch mal einen leichten Roman, aber stets so, daß Du kein Wort, kein einziges Wort ausläßt, ohne es nachgesehen zu haben. Keine Vokabelbücher anlegen, keine Vokabeln pauken – nur immer wieder nachsehen, das prägt sich schon ein. Wenig Grammatik – viel Formenlehre – immer wieder, bis es ganz automatisch abläuft. Auch dann noch wirst Du sehr große Mühe [haben] zu verstehen, was sie sagen – sie sprechen entsetzlich. Aber es geht dann viel leichter. Sprache ist das A und O.

Wenn Du in New York bist, kannst Du George Grosz, den Maler, aufsuchen und von mir grüßen. Ich habe seine Adresse nicht, aber die Kunsthändler wissen sie oder der «*New Yorker*», eine Zeitschrift. Er ist ein anständiger Kerl.

Grüß Deine Frau besonders herzlich und schreib wieder!
Leicht angeknockt, wie ihr alten Amerikaner sagt,
yours truuli ist das eine Sprache!
bien à vous das ist eine Sprache!

K.

3-6-35

Lieber Kohn,
vielen Dank für Deinen Schrieb vom 15. 5. Dazu:

Ich rate Dir, so widerwärtig das ist, *zur größten Geduld*. Sei nicht unterwürfig mit diesem Burschen, das nützt nichts, aber bestimmt, höflich und freundlich. Versuche nie, ihn über das Blödsinnige seines Tuns aufzuklären, das nehmen diese Menschen krumm, und es hilft Dir gar nichts. Expertus scio, ich weiß es aus Erfahrung: ich habe zweimal bei den Franzosen leise darauf hingewiesen, daß ich meinen jetzigen Status schließlich auch dadurch erlangt habe, daß ich mich jahrelang für sie eingesetzt habe. Nichts. Achselzucken. Kalte Höflichkeit. Schwierigkeiten – wenn ich nach Paris wollte, einmal für 24 Stunden, hätte ich sollen ein Gesuch mit 3 Fotografien ... worauf ich ihnen etwas geschossen habe. Aber zu machen ist da gar nichts. Das einzige, das allen diesen Kerlen und Ämtern imponiert, ist Geld. Wenn Du da hereinwillst und sagst: Hier sind 34 Millionen, dann sollst Du mal sehen, wie das flutscht. So aber ist man machtlos, und ich habe es immer für klug gehalten, niemals an Käfigstangen zu rütteln, deren Festigkeit man kennt. Dixi.

Es wird Dir dabei wie mir gehen: es sind nicht bloß die Schwierigkeiten, die einen so ärgern, sondern man fühlt sich so gedemütigt, machtlos, man spürt die Albernheit, die rein kapitalistische Tücke, die hinter alledem steckt. Hat man kein Geld und kann man ihnen publizistisch nicht so schaden, daß sie das unangenehm vermerken, also *Angst* haben, dann ist gar nichts zu machen.

Du kommst mit Höflichkeit (nicht Untertanenhaftigkeit), mit Ruhe, nochmals Ruhe und nochmals Ruhe am weitesten. Sage Dir immer: das dauert nochmals drei Monate. Und nimm es *niemals* ernst, ich meine innerlich nicht. Darin sind alle Völker ohne jede Ausnahme gleich; ich kann hier nicht mal meine Abneigung gegen die Angelsachsen abladen. Meine einst hochgeliebten Franzosen schlagen auf diesem Gebiet jeden Rekord an Stumpfsinn, Unhöflichkeit und Bürokratie. (Übrigens sieht die Entwicklung in diesem Lande sehr mau aus, und ich bin froh, dort nicht zu leben.)

[...]

Mensch, laß den Mut nicht sinken! Argentinien ... ich habe Dir keine Ratschläge zu geben, denn ich kann Dir nicht helfen. Aber tu es nur im äußersten, im alleräußersten Notfall. Es ist ein grausames Land, viel, viel schlimmer noch als die Staaten – grausamer noch als Frankreich. Das Ideal wäre, wenn Du nach England kämst. Aber wie soll man das machen!

Laß von Dir hören – ich möchte wenigstens wissen, wie das läuft.

Hochachtend

K.

16–7–35

Lieber Kohn,

Dank für Deinen Brief vom 18. 6. Na, da kann man nur wünschen, daß Du es doch noch erreichst. Ganz sicher ist es ja nirgends; die Amerikaner arbeiten natürlich heftig gegen alle Eingewanderten, wollen sie heraushaben und so fort – trotzdem rate ich Dir sehr, das mit aller Gewalt zu verfolgen. Von Südamerika rate ich nach wie vor auf das stärkste *ab* – tu das nicht, tu das nicht. Du hast vielleicht gelesen, daß sie diesem lächerlichen MacDonald, dem Flüchtlingskommissar (gutes Geschäft!) dort geraten haben, er solle die deutschen Emigranten nur schicken, wenn sie ein bis auf 10 (zehn) Jahre zurückreichendes polizeiliches Führungszeugnis anbringen. Das ist blanker Hohn, und es zeigt, wie wenig der Mann für seine Aufgabe geeignet ist, daß sie ihm das zu bieten wagen. Was kann an einem schon dran sein, wenn ihn amerikanische Weiber-Organisationen vorschlagen!

An Hippel habe ich geschrieben,

Mir geht es nicht gut. Die Operationen sind vorbei – ich habe noch einen dicken Katarrh und muß abwarten, ob ich es herausbekomme. Ich merke ja nun doch, da[ß] es vier Jahre so gegangen ist – man hat mich bis ganz zuletzt falsch behandelt – Gott segne die Herren Ärzte. Ich bin sehr müde.

[...]

Ich wünsche Dir sehr, daß Du da herauskommst. Es muß nicht sehr erbaulich sein. Das, was ich da zu lesen bekomme, ist kindlich: Rußland – Anbetung der dümmsten, aber auch schon der allerdümmsten Sorte; das Doktrinäre verstaubt wie ein alter Boden, und die allgemeine Haltung bemitleidenswert. Gewiß, die Leute haben es nicht leicht, und die meisten sind in ihrer Art anständig. Aber welcher Mangel an Haltung! Was sie gegen Deutschland schreiben, ist so arm – die Leute in Berlin werden nicht schlecht grinsen. Nun, ich bin damit fertig.

Nochmals: geh nicht nach Südamerika – MacDonald hat gar nichts erreicht als miese allgemein gehaltene Versprechungen, und die lateinischen Südamerikaner sind nicht mal unzuverlässig – da ist einfach ein Loch. Verlaß Dich ja nicht auf dieses Geschwätz. Es sei denn, Du hättest *vorher* eine feste Anstellung, mit von dort beglaubigten Papieren, und das ist ja beinah unmöglich.

Alles Gute – wenn es mir besser geht, melde ich mich.

Schönstens wie stets
K.

19–8–35

Lieber Kohn,
schönen Dank für Deine beiden Briefe – der eine war vom 5. 8. Ich konnte nicht früher antworten. Dank auch für den Anschrieb der Dame, die ich allerherzlichst zu grüßen bitte.

Ja, wann fährst Du –? Das einzige, was mir daran so wenig wie Dir gefällt, ist, daß Du ohne Geld wegfährst. Ich täte das *nicht* – das ist nicht in die Luft geschrieben, ich denke mir etwas dabei. In Prag tun sie Dir immerhin nichts – drüben aber sind sie entsetzlich streng, gerade in solchen Sachen.

Tu das *nicht* – ich halte das für direkt gefährlich. Sie sind imstande und sperren Dich auf Long Island ein, bis Dich einer auslöst. Erbarmungslos.

[. . .]

Wenn Du über Zürich fährst und mich nicht triffst, so ist das *kein* böser Wille. Ich habe auch nicht, wie jener alte Jid in der Posse, «mei Grind»; es ist nur ein einziger Grund, ganz simpel, den schreibe ich Dir, wenn Du drüben bist, weil es mir so sicherer erscheint. Vielleicht kannst Du ihn raten, er ist ganz einfach.

[. . .]

Sonst: die Operationen haben mir den Geruch und Geschmack wiedergegeben, aber dafür habe ich es jetzt mit den Nieren oder mit dem Magen und das sieht böse aus. An Arbeit ist gar nicht zu denken. Ich bin recht müde von alledem.

Gerlach habe ich hier noch einmal gesehen, im vorigen Jahr. Ich habe ihn, solange er sich nicht mit Politik befaßte, recht gern gehabt – das war ein Herr, ein Mann, ein ganzer Kerl. Er hätte verdient, in einem andern Lande geboren zu sein.

So – nun wünsche ich Dir, wenn es soweit ist, gute Überfahrt und alles, alles Gute!

Papa hat sich das wohl mit uns allen dreien anders vorgestellt, aber wir werden ihm das dann später im Himmel (Abteilung T) erklären. Machs gut!

Allemal Dein ewiger
K.

5-9-35

Lieber Kohn,
schönen Dank für Deinen Brief vom 17. 8. Inzwischen hast Du sicherlich eine ausführliche Antwort von mir auf Deine vorigen Briefe bekommen – ich bitte Dich, nochmals, zu entschuldigen, wenn ich immer so spät antworte – es geht mir nicht sehr gut. (Magen. Nase ganz geheilt. Es scheint nicht mehr so recht zu wollen.)

Ja, fährst Du nun? Und so ganz ins Ungewisse und vor allem ohne Geld! Kohn, bedenke immer, daß sie Dir *da* in Prag wenigstens nichts direktes tun, so mies es auch ist. Dort aber sind sie *unbarmherzig*; Du kannst gut und gern, wie eingesperrt, auf Long Island sitzen und warten, bis Dich wer auslöst. Nicht ungefährlich.

Ich kann Dich in Zürich nicht sehen – darüber bekommst Du eine genaue Auskunft, Rechenschaftsbericht, Antwort und überhaupt, wenn Du drüben bist. Du wirst dann sofort verstehen und gewiß nicht böse sein, sondern höchstens grinsen.

[...]

Na, dann wollen wir mal weiter warten, was uns der liebe Gott noch beschert. Bis jetzt ist es etwas dünn – seit vier Jahren keinen guten Tag ... Ich tät Dir gern helfen, Kohn – mir fällts verdammt schwer, es nicht tun zu können.

Eine gute Überfahrt, wenns soweit ist! [...]

Machs gut – in alter Gedrücktheit meinerseits

allerschönstens
K.

5-12-35

Lieber Kohn,
Dank für Deine Karte – ich habe Dir vor etwa drei Wochen nach drüben geschrieben; hoffentlich hast du diesen Brief bekommen.

Vor allem einmal meine herzlichsten Glückwünsche – hoffentlich war die ††† Seekrankheit nicht gar so schlimm, und jedenfalls ist das ja nun überwunden.

Was Deine Aussichten angeht, so glaube ich auf das bestimmteste, daß es klappen wird. Deine ganze Natur ist – viel besser als etwa Hippels und meine – für drüben geeignet; Du hast inzwischen die Ruhe weg, einen Vogel hast Du auch nicht, also denke ich, daß, wenn Du nicht grade die alten berliner Dummheiten machst, es gehen wird. Ich fand Dich die letzten berliner Jahre viel besser als früher – Du hast inzwischen auch das nötige Selbstvertrauen bekommen, und Du kannst stolz sein, daß Du wenigstens die Überfahrt aus eigener Kraft, wenn auch mit Hilfe, durchgesetzt hast. Das ist sehr viel – Du weißt, wie skeptisch ich in allem bin –, in diesem Falle sehe ich die Zukunft in hellem Licht. Sehr vernünftig und klug ist es gewesen, daß Du nirgends anderswo hingegangen bist – die Staaten sind sicherlich für Dich das beste. Vor allem bin ich froh, daß Du aus diesem prager Getto heraus bist.

Na, und nun hätte ich endlich einen großen Dank und eine Aufklärung zu schicken. Dank dafür, wie nett und anständig und kameradschaftlich Du das aufgenommen hast, daß ich nicht dort am Bahnhof gewesen bin. Du hast keinen Muck geschrieben, Du hast nicht übelgenommen, und nun will ich Dir das erklären. Ich konnte nicht gut kommen, ich war nämlich gar nicht da.

Ich lebe seit Jahren in Schweden. Inzwischen bin ich viel gereist, und als Deine ersten Briefe aus Prag kamen, war ich in der Tat in der Schweiz – dazwischen auch in Frankreich. Dann bin ich wieder nach Schweden zurückgefahren, und *Dir* hätte ich das auch gern mitgeteilt, aber mir schien dieser Postweg und diese brodelnde, üble Umgebung da in Prag nicht sicher, und daher habe ich stets über einen Umweg geschrieben. Nimm mir das nicht übel. Im Gegensatz zu allen meinen Freunden und Dir und Hippel habe ich niemals etwas befürchtet – in der Schweiz, 1933, hat man mir niemals etwas getan (man merkt solche Anzeichen, ich wenigstens merke sie) – da war nie etwas. Und später auch, mit Ausnahme von einigen Briefen Unbekannter, die ich nicht beantwortet habe, auch nichts. Es ist also nicht Furcht, die mich bewogen hat, mich vollkommen auszuschalten – fast niemand weiß meine Adresse. Es ist ganz etwas andres, und ich schreibe Dir das alles ausführlich, weil es auch Dich angeht.

Ich bin mit allen diesen Dingen fertig, ich will mit keinem dieser gefallenen Größen mehr etwas zu tun haben, und ich rate Dir sehr: tu dasselbe. Ich glaube, daß wir beide über diese Sachen gleich denken. Nämlich:

Das Schicksal der deutschen Juden und der deutschen Linken ist keine Tragödie – es ist verschuldet.

Über die Juden kann ich nur im Ton der tiefsten Verachtung sprechen. Ich weiß, daß Dir welche geholfen haben, das ist ja sehr brav. Aber es handelt sich nicht um Almosen. Wie weit sie darin zusammenstehen, ob mehr, ob weniger als andere –: das finde ich nicht so wichtig.

Was ich stets, seit meinem Austritt aus diesem Laden im Jahre 1911, empfunden habe, ist dieses: *es ist ein Sklavenvolk.* Daß sie jahrhundertelang im Getto gelebt haben, ist keine Ursache, keine Erklärung, kein Grund – es ist ein Symptom. Ein Herrenvolk zerbräche bei dieser Behandlung – sie aber tun sich noch etwas zu gute, daß sie durchkommen. «Er ist arriviert», sagt einer in einem französischen Stück. «Ja, aber in welchem Zustand!» antwortet ein andrer. Was sie mich anpissen läßt, das ist ihre geistige Haltung. Sicherlich waren die deutschen Juden die übelsten – denn sie haben alle schlechten Eigenschaften der boches übernommen. Nicht die Deutschen sind verjudet – aber die Juden sind verbocht. Und wie angemessen ihnen das Getto ist, kann man daraus ersehen, daß dieselben Männer, denen es 1870–1918 nicht sehr schlecht, und denen es dann 15 Jahre ganz erträglich gegangen ist; daß dieselben Menschen, die in der Presse, im Theater und im Anwalts- und Ärztestand die erste Geige gespielt haben, daß die das Getto akzeptiert haben. Dieselben. Sie machen mit. Sie spielen in streng geschlossenen jüdischen Theatern, isoliert wie Leprakranke, und ich höre bis hierher: «Jetzt werden wir ihnen mal zeigen, daß [wir] das bessere Theater haben!» Sie hören nichts. Sie sehen nichts. Sie merken nichts. Andere Juden in Frankreich meinen, man müsse vor denen, die da in Deutschland geblieben sind, noch den Hut ziehen – man muß sie mit Füßen treten, und alles, was ihnen geschieht, geschieht ihnen recht. Sie haben sich ihre Freiheit nicht erkämpft – die Französische Revolution hat sie ihnen geschenkt. Sie sind nicht frei.

Ich verstehe sie nicht, und ich wünsche sie auch nicht mehr zu verstehen. Ich verstehe sie deshalb nicht, weil ich mir zwar vorstellen kann, daß einer auf das, was ich Würde nenne, bläst, und dann sagt: «Ach, Zimt. Hier, ich habe mein Vermögen gerettet, es geht mir gut – und aus den Fußtritten mache ich mir nichts.» Also bon. Aber stelle Dir einen dieser Kerle vor, denen man im Jahre 1932 für sein Unternehmen das geboten hätte, was sie heute – 1935 – tatsächlich bekommen, also einen Bruchteil des tatsächlichen Wertes. Und den in Sperrmark, und die stehen 1/3 der gewöhnlichen Mark. Und dann eine Abgabe von 25% Kapitalfluchtsteuer. Und so geschunden, tritt Herr Silberstein ins Ausland.

Dafür kann man auch ein Held sein.

Diese gespreizten Handflächen; diese Ausrufe: «Was soll man tun?»; diese trostlosen Rabbiner, von denen nicht einer begriffen hat, daß hier eine große Stunde geschlagen hatte («Aber der große Moment fand ein kleines Geschlecht»); diese Armseligkeit, die für den einzelnen irgendeine kleine Sonderstellung herausholt, selig über jeden Fußtritt, der nicht kommt, und damit diesen Fußtritt eben als das Primäre, als das ihnen angemessene annehmend –: alles das veranlaßt mich, zu sagen: Nie wieder.

Was die beklagte Republik angeht, so meine ich: es ist dasselbe. Man muß nicht nur auf die einzelnen Sozialdemokraten schimpfen, nicht Herrn Bums und Herrn Bams anklagen. Ich habe mir für meine Prophezeiungen 15 Jahre lang auf die Schulter klopfen lassen «Lieber Freund ...» – und ich weiß: das ist nichts als der schwächere Teil Deutschlands, nämlich jener, der nicht herrschen kann. 1848 waren sie genau so. Das, was da jetzt ist, das ist Deutschland. Die Uniform paßt ihnen – nur der Kragen ist ihnen zu hoch. Ich hasse sie nicht mehr, ich wünsche ihnen nichts Gutes und nichts Böses – sie sind nicht mehr in meinem Leben.

Das wünsche ich Dir. Wenn ich Dir einen Rat geben kann, nicht als ehemaliger großer Bruder, sondern als ein politisch denkender Mensch, so ist es der: Kümmere Dich dort auf keinen Fall um irgendwelche politischen Dinge –!

Für Deutschland kämpfen, das ist nicht Deine Aufgabe. Du würdest Dein Leben vertun, wie ich es getan habe. (Wofür war das alles?) Amerikanische Politik kannst Du erst begreifen, wenn Du jahrelang dort gelebt hast – dann hast Du inzwischen hoffentlich das Bürgerrecht bekommen, und dann sieht das schon anders aus.

Ich brauche Dir wohl nicht zu sagen, daß Du den Kommunisten aus dem Wege gehen sollst. Ich habe dieser Partei nie angehört, stets hat mich ein Mißtrauen abgehalten, mitzumachen, und mein Instinkt hat recht behalten. Es gibt nur noch einen Burschen, der seine Anhänger so schamlos verrät wie Stalin – und das ist der Papst. Die Ähnlichkeit ist erstaunlich: in beiden Fällen die Forderung auf absoluten Gehorsam, in beiden Fällen, wenns zum Klappen kommt, in der Zentrale dieselbe Geste: «Leider ... wir können nicht ... Grade der Kompromiß ist das feine an uns ...» Also nicht mit mir. Die armen Hunde, die an diese Kerle geglaubt haben.

Das alles soll Dir hoffentlich bald wie eine verklingende Stimme aus einer andern Welt vorkommen – laß das liegen, und sorge für Dich und benimm Dich anständig, tu keinem Menschen, wenns nicht grade sein muß, Böses, aber sorge für Dich. Und laß die Affen hier kokeln. Es soll Dich nichts mehr angehen. Machs wie ich: lies nie eine deutsche Zeitung; lies von deutschen Büchern nur noch große Männer, wenn Dich das reizt, und im übrigen laß Dein ganzes Verstandes- und vor allem Dein ganzes Gefühlsleben in Amerika aufgehen.

Die Wandlungen, die Du dabei durchmachen wirst, müssen Dich nicht erschrecken – sie sind normal. Die Krisis, sagen wir, im zweiten Jahr, mit diesem «Hier werde ich mich nie einleben!» – die Fehler, die man begeht, irgendeine Dammligkeit auf das ganze Land zu schieben (die Nettigkeiten auch), alles das wirst Du auch exerzieren. Das geht vorbei. Nach vier, fünf Jahren wirst Du das Land drüben besser verstehen, es wird sein wie alle andern auch, schwarz und weiß, und da Du kein Philosoph bist, sondern Geld verdienen sollst, so zerbrich Dir den Kopf darüber, ob das besser oder schlechter als Europa ist, erst, wenn Du Geld hast. Ich bin nie drüben gewesen, ich habe in der Theorie sehr viele Einwände, die sich auf Reflexionen gründen, und nicht auf diesen Reiseabhub, den wir hier drüben kennengelernt haben, der beweist nichts.

Kurz: ich wünsche Dir alles Gute.

Vom Krankenschauplatz nichts Neues. Es geht mir egal dreckig, es ist nicht herauszubekommen, was es ist. Ich mag Dich damit nicht langweilen.

[. . .]

Ich lese viel, bin bei einer neuen Sprache, die ich fließend lesen, vaguement verstehen und notdürftig sprechen kann. Ich bin aber in der Grammatik ganz firm, und wäre meine Gelangweiltheit nicht, neue Menschen kennenzulernen, wäre ich viel weiter. Das Volk ist nicht grade interessant.

Na, nu schreib mal ganz ausführlich, wenn Du Zeit hast [. . .]

Mach gut, Kohn. Lustig ist das alles nicht – ich glaube: Du hast den bessern Teil erwählt.

Herzlichst
K.

8–12–35

Lieber Kohn,
ich schreibe Dir gleich noch einen hinterher [. . .]

Uneilig, aber gelegentlich zu läsen:

Erfahrungen soll man weitergeben. Gewöhnlich will ja jeder die seinen selber machen, das sehen alle Eltern bei ihren Kindern. Ich habe mir aber mal ein paar Artikel eines im übrigen mäßigen Schriftstellers aus der Zeitung herausgeschnitten, er schrieb: «Jede dieser Erfahrungen hat Lehrgeld gekostet» und begann ganz schlicht: «Man lasse sich vor jeder großen Reise die Zähne reparieren.» Das will ich Dir grade nicht schreiben, aber was andres.

I

Niemals – weder im Betrieb noch sonst – über jemanden etwas Böses sprechen, wenn man nicht die Macht hat, das Böse zu verwirklichen, oder wenn die Bosheit nichts bewirkt. Es fällt immer – immer – auf Dich zurück. Es wird immer hinterbracht, Du machst Dir einen Feind, und

Du bist immer der Dumme. Damit empfehle ich keine Duckmäuserei, sondern ganz etwas andres. Ich habe nicht bei den schrecklichen berliner Juden, sondern zum erstenmal im Krieg unter ganz andern Menschen gelernt, was für eine ungeheure Macht *Schweigen* ist.

Der alte Fontane klagte einst einem noch älteren Freunde: «Ich komme fast aus jeder Gesellschaft nach Hause und sage mir abends beim Schlafengehen: Nun habe ich wieder dies und jenes herausgeschwabbelt, was besser ungesagt geblieben wäre.» Und der andere erwiderte: «Ich bin 65 Jahre – und das passiert mir noch heute.» Man soll sich kontrollieren und es besser zu machen versuchen.

Stumpfsinnig überhaupt nie etwas sagen ist natürlich dörflich oder idiotisch. Aber der Schweiger genießt großes Ansehen – man weiß nämlich nie, was sich dahinter verbirgt. Der Mensch, schrieb einst ein großer Italiener, hat 2 Ohren, aber nur 1 Mund – er richte sich danach. Und das ist wahr. Und bei einem Schweden steht, daß ein alter Oberst, der sich außerhalb des Militärischen als blöd empfand, einen Freund um Rat fragte. Der sagte: «Laß sie sich alle ausquatschen. Dann kommt ein Moment, wo die Gesellschaft des Stoffes müde wird. Wenn man dich dann fragt: ‹Na, und was meinen *Sie* dazu?› so fürchten alle: Mein Gott, jetzt fängt der auch nochmal an! – Dann sagst du: ‹Ja, meine Herren, dazu ließe sich in mancher Beziehung viel sagen.› Und dann sagst du es nicht. Dann werden dir alle sehr dankbar sein.»

Schweigen, Schweigen, Schweigen.

## II

Sprachen lernen. Nimm Dir jeden Abend, auch wenn Du noch so zerstreut bist, eine Zeitung und lies sie mit dem Lexikon. *Jedes* Wort nachsehn. Die deutschen Bezeichnungen herüberschreiben. Was Du nicht verstehst, rot unterstreichen und jemanden fragen. Intelligent fragen: «*Warum* heißt das so? Heißt das nur hier so oder immer? Darf ich das im Gespräch sagen? Ist das gutes Amerikanisch?»

Der Anfangserfolg dieser Methode ist null. Man merkt erst gar nichts. Nach etwa drei Monaten geht alles viel leichter, man liest über vieles als selbstverständlich hinweg, und selbst, wenn Du keine Grammatik lernst, wird das langsam. Dann nimm *gute* klassische Bücher und mach dasselbe. Es lohnt sich. Bei tausend Gelegenheiten ist der, der die Sprache fließend und mühelos spricht, im Vorteil, dem Stammler gegenüber.

Lern ein etwas zu gutes Amerikanisch und nicht nur Slang. Auch, wenn alle Slang sprechen. Ich kann nur sagen, und zwar in Berlin: «Kack ma jahnich denken!» Das kann unter Umständen und zu einer gewissen Stunde komisch sein. Sagt es aber ein Fremder, der nicht geradezu herrlich deutsch spricht, dann ist das dumm und peinlich. Spricht der Fremde sehr korrekt deutsch, ohne geziert zu sein, so fühlt man sich – warum? – geschmeichelt. Das ist so. Man achtet den Fremden deshalb höher. Lerne also wie ein Gebildeter sprechen, das lohnt.

Und machs gut

Hochachtend
K.

Meine Adresse ist für jeden andern – hörst Du: für *jeden*! – die alte.

[. . .]

## AN ARNOLD ZWEIG

Paris XVII, 1 Place de Wagram 16–12–27

Lieber Herr Zweig,
verzeihen Sie, wenn ich gleich mit einem Bukett in die Tür stolpere.

Ich bin nun fünfzehn Jahre bei diesem charmanten Beruf – aber noch niemals habe ich einen solchen Brief bekommen, und auch noch nie einen solchen Brief eines Kritisierten an den Kritiker gesehen (der sich ja häufig einbildet, er sei dem andern überlegen, nur deshalb weil er ihn kritisiert hat). Händedruck.

Zur Sache:

Ich fürchte, daß ich nicht wiederschießen kann. Hier scheint nämlich die Grenze meines Wesens zu liegen, oberhalb die ich nicht gucken kann – da hörts auf, es beginnt ein Bezirk der Kunst, der mir fremd ist, und weil ich vom kleinen Mann gelernt habe, ehrlich zu sein, so fehlts da einfach. Es ist wahrscheinlich das, was bei den großen deutschen Musikern echtes Pathos ist – für das ich gewiß nicht, wie Sie wissen, unzugänglich bin, aber mir wird da leicht schwindlig, ich sehe nicht recht und klettere dann schnell wieder auf die Erde herunter. (Daher glatt Fehlanzeige bei Dostojewski.) Das für den Kern Ihrer Ausführungen, in dem ich Ihnen nicht widersprechen kann; es ist einfach eine Geige und eine elektrische Lampe zusammengeloffen, und wenn das keinen Ton gibt – dafür kann keines von beiden.

Wir sind uns ganz und gar einig, daß die propagandistische Wirkung im tiefern Sinne bei Ihnen natürlich stärker ist als je anderswo: natürlich um so stärker, als wirklich die Hauptkerle anständige Leute sind. Daß ich sie anders sehe, steht auf einem andern Blatt. Zunächst einmal ist nicht gesagt, daß ich recht habe: ich kenne die Brüder allerdings sehr, sehr genau, ich habe mit ihnen zusammen gesoffen, auch mit höhern Chargen, etwa bis zum Generalmajor – (das war in Rumänien bei der Verwaltung) –, aber gegen meine Auffassung und für die Ihre spricht zum Beispiel, daß mir vorgestern hier die Frau eines solchen deutschen Generalmajors, adlig, sagte, *wie gut* die Typen in Ihrem Roman getroffen seien. Sie sehen . . .

Über Naturalismus ist zu diskutieren. Ich bade so gern in der dicken Suppe des feuchten Humors, da, wo es Blasen gurgelt und gluckert – das ist freilich sehr subjektiv.

Eine Sache allerdings ist mir völlig, aber auch völlig unverständlich, und da stehe ich nun allerdings mit offenem Maul davor.

Das ist die Technik Ihrer Arbeit.

Wie man so etwas *diktieren* kann; wie man das in noch nicht zwei Monaten rein äußerlich bewältigt, das ist mir auch dann ein Rätsel, wenn ich nicht wüßte, wie sorgfältig Sie wahrscheinlich die Fahnen beackert haben. Davor stehe ich wie vor einem Mirakel. Es kommt also nun heraus, daß *ich* der Bößler bin; den Grischa-Artikel habe ich mit Gott dreimal umgeschrieben, und was ich mit meinen kleinen Spaßgedichten mache, das schäme ich mich, Ihnen zu schreiben. Die sauberste Lückenlosigkeit, die Akkuratesse des Handwerks, die nietenlosen Stahlfugen – wie ich das gelesen habe, daß so ein Werk in 63 Vormittagen diktiert ist, da habe ich einen mächtigen Schock bekommen. Dann steht also bei unsereinem Bemühung und Resultat in keinem richtigen Verhältnis (na, ohne Komplimente, ich weiß schon, was los ist) – es ist eine gradezu bewundernswerte Leistung.

Bitte lassen Sie mich nochmals sagen, daß ich mich wie ein kleiner Junge gefreut habe, als ich gelesen habe, wie richtig Sie meine Ausstellungen in der Melodie verstanden haben und daß es also geht: zu jemand Ja und Nein [zu] sagen und nicht gleich zu hören: «Du bist ein reaktionärer Kunstlump!» oder was man dann so sagt.

Ich wünsche Ihnen alles, alles Gute für die nächsten Arbeiten, die unter vielen andern einen sehr aufmerksamen Leser haben werden – und wenn ich Ihnen in Frankreich hier irgend etwas glätten kann, dann verfügen Sie bitte immer über mich!

Alles Gute für die Festtage.

Immer
Ihr nahentfernter

Zürich, 15–12–35

Lieber Arnold Zweig,
ich danke Ihnen herzlichst für Ihren Brief vom 13. 11. Dank für alle freundlichen Worte – und wenn Sie mir neben «*Verdun*» auch die «*Bilanz der Judenheit*» schicken lassen wollten, so wäre ich Ihnen sehr dankbar. Daß ich erst heute antworte, liegt an meinem Gesundheitszustand: es geht mir nicht gut.

Ja, da wäre also einiges zu sagen.

Sie sind, lieber Zweig, einer der so seltenen Schriftsteller, die eine Kritik (damals über Grischan) so aufgenommen haben, wie sie gemeint gewesen ist: nämlich freundschaftlich. Das habe ich Ihnen nicht vergessen. Deshalb möchte ich Ihnen etwas schreiben, das wenig mit Ihrem Werk, viel mit Ihrer Anschauung zu tun hat – es richtet sich gar nicht an Sie, aber ich spreche zu Ihnen.

Ich bin im Jahre 1911 «aus dem Judentum ausgetreten», und ich weiß, daß man das gar nicht kann. Die Formel vor dem Amtsgericht lautete so. Sie wissen, daß damit keine Konjunkturriecherei verbunden gewesen ist – ein Jude hatte es im Kaiserreich erträglich, ein Konfessionsloser nicht. (Militär, vadächtiger Hund, vadächtiga.) Warum also tat ich das –? Ich habe es getan, weil ich noch aus der frühsten Jugendzeit her einen unauslöschlichen Abscheu vor dem gesalbten Rabbiner hatte – weil ich die Feigheit dieser Gesellschaft mehr fühlte als begriff ... Wendriner war damals noch nicht geboren. Doch – aber er hatte noch keinen Namen. Also heraus.

Antisemitismus habe ich nur in den Zeitungen zu spüren bekommen, im Leben nie. Mit dem feinen Instinkt, der die boches auszeichnet, haben mich viele Leute nicht für einen Juden gehalten, was ich nicht gemeichelt anmerke, sondern belustigt. In dreieinhalb Jahren Militär: nichts. Zuletzt war ich Polizeikommissar – auch nicht die Spur eines Hauches einer Idee. Ich habe mit den Kerlen im Kasino gesoffen, was mir eine gute Kenntnis des Milieus für später ermöglicht hat – nichts war zu spüren. Ich spreche also nicht aus Ressentiment.

Auch gehöre ich nicht zu den bekannten jüdischen Antisemiten.

Über Palästina erlaube ich mir keinerlei Bemerkung –: ich kenne die Verhältnisse nicht. Zweierlei fällt mir auf:

Das ist kein jüdischer Staat, sondern eine englische Kolonie, in der die Juden – wie unter Pontius Pilatus – eine Rolle spielen, die mir nicht schmeckt und wohl manchen Juden dort unten auch nicht. Zweitens: die deutschen Juden, die Geld hatten, durften nur heraus, wenn sie statt ihres Geldes eine Abmachung mit herausnahmen, bei der Palästina mit deutschen Waren überschwemmt wird.

Doch ist das Sache der Zionisten, und da ich nicht mittue, nehme ich mir wenig Recht, zu kritisieren. Wohl aber darf ich Ihnen sagen:

*Was* sind Sie –? Angehöriger eines geschlagenen, aber nicht besiegten Heeres? Nein, Arnold Zweig, das ist nicht wahr. Das Judentum ist besiegt, so besiegt, wie es das verdient – und es ist auch nicht wahr, daß es seit Jahrtausenden kämpft. Es kämpft eben nicht.

Die Emanzipation der Juden ist nicht das Werk von Juden. Diese Befreiung ist den Juden durch die Französische Revolution, also von Nicht-Juden, geschenkt worden – sie haben nicht dafür gekämpft. Das hat sich gerächt.

*Sie* sagen: Ja, es gibt Wendriners, ich nehme sie aus, sie sind mir fatal – aber ... *Ich* sage: Es gibt auch anständige Juden, ein paar, wie die Emigrationsziffer zeigt, noch nicht 10% – ich nehme sie aus – ich habe die größte Achtung vor ihnen, vor ihrem stillen Leiden – aber ... Aber –? Der Rest taugt nichts.

Es ist nicht wahr, daß die Deutschen verjudet sind. Die deutschen Juden sind verbocht.

Mir hat schon diese faule und flaue Erklärung nie gefallen, mit der man mir erzählt hat: Die Gettojuden im 16. Jahrhundert *konnten* nicht anders, sie waren bedrückt, man ließ sie ja nichts andres tun als schachern. Nein, lieben Freunde. Getto ist keine Folge – Getto ist Schicksal. Eine Herrenrasse wäre zerbrochen – diese da «müssen doch leben». Nein, so muß man nicht leben, so nicht.

Aber lassen wir die mittelalterlichen Juden – nehmen wir die von heute, die von Deutschland. Da sehen Sie, daß dieselben Leute, die auf vielen Gebieten die erste Geige gespielt haben, das Getto *akzeptieren* – die Idee des Gettos und ihre Ausführung. Ich sehe diese Schweinekerle bis hierher – ohne mich um sie zu kümmern, ich lese keine deutschen Zeitungen und so gut wie gar keine Emigrationsliteratur – ich sehe sie. Man sperrt sie ein; man pfercht sie in Judentheater mit vier gelben Flecken vorn und hinten, und sie haben (wie ich das höre!) nur einen Ehrgeiz: «Nun werden wir ihnen mal zeigen, daß wir das bessere Theater haben!» – Pfui Deibel. Und sie spüren es nicht. Sie sehen es nicht. Sie merken es nicht.

Ich füge Ihnen einen Ausschnitt aus einem londoner Brief bei, der nur in halb spaßiger Form das äußerliche und doch auch das innerliche gibt. Es ist noch viel schlimmer – das ist nur eine Illustration. Es ist so:

Der Jude ist feige. Er ist selig, wenn ein Fußtritt nicht kommt – ihn so als primär annehmend, als das, was ihm zukommt. Er duckt sich. «Nur Geschäfte!» – aber das ist es nicht allein. Es ist noch ganz etwas andres – es ist das absolute Unvermögen, zu begreifen, was Heroismus überhaupt ist. Ich kenne die Einwände alle, ich kann sie im Schlaf – nur im Schlaf – aufzählen: «Was haben Sie denn für heroische Taten vollbracht – haben Sie vielleicht ...» Das ist der Refrain, den ich heute zu hören bekäme, wäre ich schamlos genug, vor einem Parterre voll Dreck aufzutreten – so wie ich früher zu hören bekommen habe: «Was haben Sie davon? Haben Sie das nötig?»

Aber der große Moment fand ein kleines Geschlecht.

Wie! Nicht zu begreifen, daß im März 33 der Augenblick gekommen war, in umgekehrter Proportion auszuziehen – also nicht wie heute einer auf zehn, sondern einer hätte da bleiben müssen, und neun hätten gehen müssen, sollen, müssen. Hat sich auch nur *ein* Rabbiner gefunden, der der Führer seines Volkes gewesen ist? Auch nur ein Mann? Keiner. In Nürnberg wohnte eine so reiche und einflußreiche Judengemeinde – dort ist der Herr Streicher groß geworden. «Lassen Sie doch den Mann! Nur ka Risches!» Und habe ich nicht mit eigenen Augen gelesen, daß die Gemeinde in Frankfurt, als die ersten Pogrome, ich glaube 1931, einsetzten, den Gläubigen empfahl, nach dem Gottesdienst gleich nach Hause zu gehn und Ansammlungen auf der Straße – auf *ihrer* Straße – lieber Zweig – zu vermeiden? So war es.

Wohin unsere Warnungen gefallen sind, wissen Sie. Und dann war es zu spät – es war vielleicht noch eine Sekunde Zeit – und was war dann?

Dann taten die Leute etwas, das mir immer das Wort Beer-Hofmanns, das er einmal zu mir gesagt hat, ins Gedächtnis zurückruft: «Der Jude ist gar nicht klug. Die andern sind, in manchen Gegenden, nur dümmer.» So ist es.

Hätten Sie dem Durchschnitts-Juden im Jahre 1933 gesagt, er würde Deutschland unter Bedingungen verlassen, wie sie ihm das Jahr 1935 ff. bieten, er hätte Sie ausgelacht. «Ich kann doch nicht weggehn! (und nun, wie ein Spieler) Ich bin doch im Verlust! Was meinen Sie – mein Geschäft ...» Und jetzt schleichen sie heraus, trübe, verprügelt, beschissen bis über die Ohren, pleite, des Geldes beraubt – *und ohne Würde.* (Sich aber besser dünkend.)

Heroismus war hier nun auch noch das bessere Geschäft. Also warum haben sie diesen Weg nicht gewählt? Weil sie nicht heroisch sein können; weil sie gar nicht wissen, was das ist.

Es steht bei dem großen Péguy, den ich Ihnen gar nicht genug empfehlen kann, eine Stelle, in der es ungefähr heißt: Die Juden hören nicht gern auf ihre Propheten, denn sie wissen, was das kostet. Ihre jahrhundertelange Erfahrung ... und so fort, recht philosemitisch. Das ist wacker und brav – aber es ist nicht wahr.

Wer die Freiheit nicht im Blut hat, wer nicht fühlt, was das ist: Freiheit – der wird sie nie erringen. Wer das Getto als etwas von vornherein gegebenes akzeptiert, der wird ewig darin verbleiben. Und hier und nur hier steckt das Versagen der gesamten deutschen Emigration, aus der ich keine Judenfrage machen möchte – hier ist ihre Schuld, ihre Erbärmlichkeit, ihre Jämmerlichkeit. Das ist nichts.

Das klingt nun so, wie wenn das gegen den gerichtet wäre, an den ich diesen Brief richte – aber mit Ihnen hat das nur sehr mittelbar zu tun. Ich kann Ihnen zwar nicht folgen, wenn Sie die Jüdin loben, weil sie Eigenschaften hat, die ich bei andern genauso sehe («Sie weiß auf Gartenfesten schön zu sein» – aber das kann Minchen Müller auch) – aber ich weiß, daß *Sie* nie einen Daumenbreit nachgäben. Ich klage vor Ihnen – ich belle Sie nicht an. Ich klage die Gesinnung der Juden an, und viel weiter gehend, die Gesinnung der sog. «deutschen Linken» und hier darf das Wort nebbich angewandt werden.

Man hat eine Niederlage erlitten. Man ist so verprügelt worden, wie seit langer Zeit keine Partei, die alle Trümpfe in der Hand hatte. Was ist nun zu tun –?

Nun ist mit eiserner Energie *Selbsteinkehr* am Platze. Nun muß, auf die lächerliche Gefahr hin, daß das ausgebeutet wird, eine Selbstkritik vorgenommen werden, gegen die Schwefellauge Seifenwasser ist. Nun muß – ich auch! ich auch! – gesagt werden: Das haben wir falsch gemacht, und das und das – und hier haben wir versagt. Und nicht nur: die andern haben . . . sondern: wir alle haben.

Was geschieht statt dessen? Statt dessen bekommen wir Lobhudeleien zu lesen, die ich nicht mag – Lob der Juden und Lob der Sozis und der Kommunisten – «sie sitzen da und hochachten einander» heißt es einmal im schwedischen. Und das ist keine Sache der Partei. Eine Geißlung so einer Schießbudenfigur wie Breitscheids vorzunehmen oder Hilferdings oder sonst eines – das ist ja Leichenschändung. Doch haben weder die noch irgendein andrer, wenigstens ist mir kein Beispiel bekannt, überhaupt begriffen, was ihnen geschehen ist. «Ohne Hören, ohne Sehen, stand der Gute sinnend da, und er fragt, wie das geschehen und warum ihm das geschah.»

Statt einer Selbstkritik und einer Selbsteinkehr sehe ich da etwas von «Wir sind das bessere Deutschland» und «Das da ist gar nicht Deutschland» und solchen Unsinn. Aber ein Land ist nicht nur das, was es *tut* – es ist auch das, was es verträgt, was es duldet. Es ist gespenstisch, zu sehen, was die pariser Leute treiben – wie sie mit etwas spielen, was es gar nicht mehr gibt. Wie sie noch schielen – wie sie sich als Deutsche fühlen – aber zum Donner, die Deutschen wollen euch nicht! Sie merken es nicht.

Das ist Deutschland. Die Uniform paßt ihnen – nur der Kragen ist ihnen zu hoch. Etwas unbequem – etwas störend – so viel Pathos und so wenig Butter – aber im übrigen? Wie sagt Alfred Polgar: «Der Umfall beginnt damit, daß man hört: Eines muß man den Leuten lassen . . .» Und sie lassen ihnen das eine und das andere und dann alles.

Das ist bitter, zu erkennen. Ich weiß es seit 1929 – da habe ich eine Vortragsreise gemacht und «unsere Leute» von Angesicht zu Angesicht gesehen, vor dem Podium, Gegner und Anhänger, und da habe ich es begriffen, und von da ab bin ich immer stiller geworden. Mein Leben ist mir zu kostbar, mich unter einen Apfelbaum zu stellen und ihn zu bitten, Birnen zu produzieren. Ich nicht mehr. Ich habe mit diesem Land, dessen Sprache ich so wenig wie möglich spreche, nichts mehr zu schaffen. Möge es verrecken – möge es Rußland erobern – ich bin damit fertig.

Ich glaube Sie als Schriftsteller zu kennen – es ist möglich, daß Sie sich hiermit auseinandersetzen. (Es wäre mir in einem solchen Falle lieb, *sehr lieb*, wenn Sie meinen Namen fortließen; ich will nicht einmal als Diskussionsbasis über deutsche Dinge dastehn – vorbei, vorbei.) Aber ich kann nicht unrecht haben –: die Tatsachen sprechen für mich. Die Tatsache, daß es ein Volk gibt (Juden und die schwächliche deutsche Bourgeoisie, die sich als links ausgab oder es zum kleineren Teil auch gewesen ist), ein Volk, das Demütigungen einsteckt, ohne sie zu fühlen. Sie haben eine Frau – Sie haben Kinder, glaube ich. Nun ...

– – «Dabei sensible Naturen, die es vielleicht nicht so schroff empfanden, wenn ein Knote ganz bieder am Versöhnungstage einem Herrn mit Gebetbuch ‹Verfluchtes Judenaas!› nachrief; oder wenn ein Major von den ‹Elfern› vorn auf der Straßenbahn offen erklärte: ‹Wieviel schwangere Judenweiber man sieht – 's ist zum Kotzen!› Nicht das war verletzend. Sondern wenn aufgeklärte Freunde, Wohlwollende, schonend sagten ‹Die jüdischen Herrschaften› – das traf.»

Das ist von Kerr. Wie soll das also erst bei einem mindern Menschen aussehen.

Nein, mein Lieber – das ist nichts und das wird nichts. Diese Frage sehe ich weit über das Jüdische hinaus – ich sehe eine Sozialdemokratie, die erst siegen wird, wenn es sie nicht mehr gibt – und zwar nicht nur, weil sie charakterlos und feil und feige gewesen ist (und wer war denn das anders als eben wieder Deutsche) – sondern die die Schlacht verloren hat, weil die Doktrin nichts taugt – sie ist falsch. Glauben Sie bitte nicht, ich sei inzwischen zu Blut und Boden oder sonst etwas übergelaufen – ich empfehle Ihnen von Dandieu et Aron *«La révolution nécessaire»*, ich empfehle Ihnen die Hefte des *«Ordre Nouveau»*, eine der belangreichsten Sachen, die mir je untergekommen ist, ich empfehle Ihnen à la rigueur auch den *«Esprit»* (Paris) – und Sie werden sofort begreifen, was ich meine.

Man muß von vorn anfangen.

Man muß ganz von vorn anfangen – «Ford, c'est Descartes descendu dans la rue» heißt eine der Formeln Dandieus – (Er ist leider, viel zu jung, mit 36 Jahren gestorben.) Man muß von vorn anfangen – nicht auf diesen lächerlichen Stalin hören, der seine Leute verrät, so schön, wie es sonst nur der Papst vermag – nichts davon wird die Freiheit bringen. Von vorn, ganz von vorn.

Wir werden das nicht erleben. Es gehört dazu, was die meisten Emigranten übersehen, eine Jugendkraft, die wir nicht mehr haben. Es werden neue, nach uns, kommen. – So aber gehts nicht. Das Spiel ist aus.

Nihilismus –? Lieber Zweig, ich habe in den letzten fünf Jahren viel gelernt – und wäre mein schlechter Gesundheitszustand nicht, so hätte ich dem öffentlich Ausdruck gegeben. Ich habe gelernt, daß es besser ist, zu *sagen*, hier sei nichts – als sich und andern etwas vorzuspielen. (Was Sie nie getan haben.) Aber das Theater der Verzweiflung, die noch in so einem Burschen wie Thomas Mann einen Mann sieht, der, Nobelpreisträger, sich nicht heraustraut und seine «harmlosen» Bücher in Deutschland weiter verkaufen läßt – die Verzweiflung, die dieselben Fehler weiter begeht, an denen wir zugrunde gegangen sind –: es nämlich nicht so genau mit den Bundesgenossen zu nehmen – dieses Theater kann ich nicht mitmachen. Und hier ist das, was mich an der deutschen Emigration so abstößt –: es geht alles weiter, wie wenn gar nichts geschehen wäre. Immer weiter, immer weiter – sie schreiben dieselben Bücher, sie halten dieselben Reden, sie machen dieselben Gesten. Aber das ist ja schon nicht gegangen, als wir noch drin die Möglichkeit und ein bißchen Macht hatten – wie soll das von draußen gehn! Sehn Sie sich Lenin in der Emigration an: Stahl und die äußerste Gedankenreinheit. Und die da –? Schmuddelei. Doitsche Kultur. Das Weltgewissen ... Gute Nacht.

Ich enthalte mich jedes öffentlichen Schrittes, weil ich nicht der Mann bin, der eine neue Doktrin bauen kann – ich bin kein großer Führer, ich weiß das. Ich bin ausgezeichnet, wenn ich einer noch dumpfen Masseneinsicht Ausdruck geben kann – aber hier ist keine. Entmutige ich –? Das ist schon viel, wenn man falsche und trügerische Hoffnungen abbaut. Ich glaube übrigens an die Stabilität des deutschen Regimes – es wird von der ganzen Welt unterstützt, denn es geht gegen die Arbeiter. Aber stürzte das selbst zusammen –: die deutsche Emigration ist daran unschuldig. Ich sehe den Referenten im Propagandaministerium: er muß sich grinsend langweilen, wenn er das Zeug liest. Es ist ungefährlich.

Das ist ein langer Brief geworden – halten zu Gnaden.

Ja, wenn Sie herkommen und ich bin grade in der Schweiz, wirds mich freuen, mit Ihnen zu plaudern. Ich bin ein aufgehörter Schriftsteller – aber mit Ihnen sprechen, das wird immer ein kleines Fest sein.

Alles Gute für Sie. Und vor allem für Ihre Augen!

Herzlichst Ihr getreuer
Tucholsky

# AN MARY GEROLD-TUCHOLSKY

den 13. 11. 17

Mein sehr verehrtes gnädiges Fräulein,
ich glaube nicht, daß es eine Gelegenheit für einen strafenden Blick war. –

Ich weiß sehr wohl, daß der kleine Zettel für geordnete Verhältnisse eine Unmöglichkeit war – daß es nicht angeht, einer Dame zu winken, so wie der Großsultan seiner Favoritin das seidene Taschentuch zuwirft, was dann soviel bedeutet, wie: «Komm!» – Aber Sie wollen bitte bedenken, daß Autz kein Salon ist und die hiesigen Verhältnisse nicht mit denen in einer großen Friedensstadt verglichen werden können. Der Zettel war ein bißchen gradeaus – aber er war der einzig denkbare Ausweg im Augenblick.

Sie sagen, es liege kein Grund für dergleichen Geschichten vor. Ich weiß doch nicht. (Sie auch nicht.) Sie sagen, ich kenne Sie nicht. Das ist ein Fehler, der behoben werden kann. – Und erlauben Sie mir, Ihnen zu sagen, daß es noch keine Herabsetzung für ein junges Mädchen ist, wenn man ihr sagt, es liege einem daran, sie kennenzulernen. Und ich will hiermit feierlich und ein wenig reumütig (mit dem bewußten Spitzbubengesicht) die ganze Einladung zurücknehmen. Bis auf die «lustigen Augen» – davon kann ich nichts ablassen – das steht einmal geschrieben und ist schon so. –

Und so bitte ich Sie denn, mir heute abend zu erlauben, Sie zu fragen, ob Sie dem festen, aber bösen Vorsatz, heute abend ganz und gar solide zu sein, nicht für zwanzig Minuten untreu sein wollen. Wir wollen die lange Friedenspfeife rauchen und ich glaube, ein kleiner Gang auf dem östlichen Kriegsschauplatz wird manches wieder gut machen, was in einer unbedachten, aber fröhlichen Minute geschrieben wurde.–

Mit einer formvollendeten Verbeugung, die auch vor den Augen der strengsten Großtante bestehen würde –

der bekannte Unbekannte

Manche gehen ja niemals in die Leihbibliothek . . .

13. [11. 17] abends

Mein sehr verehrtes gnädiges Fräulein,
Sie haben mich gefragt, was man denn um Gottes willen von Haus zu Haus schreiben könnte, und noch dazu ein – wildfremder Mensch dem andern. Doch einiges.

Ich schreibe diese Zeilen ganz frisch unter dem Eindruck des kleinen Nebelspazierganges, der so hübsch zu den Gesprächen paßte: die Konturen aller Dinge waren ein bißchen verwischt, man konnte nicht genau erkennen, was eigentlich einem entgegenkam, man ahnte es nur . . . Der Nebel verwischte alles. Ich liebe dieses Wetter. Es ist so schön unbestimmt.

Und nur ein Tolpatsch tappt bei Nebel – wir andern wissen auch dann uns zu bewegen, und es ist viel amüsanter, zum Ziel zu kommen, wenn das Gestein ein wenig schlüpfrig ist und die Luft undurchsichtig, behängt mit kleinen Regentropfen und dick wie Watte. Wer die Richtung im Blut hat, braucht keine Augen.

Ich denke, ich habe sie. Und ich bin sehr einverstanden, dieses Spiel mit Ihnen zu spielen – es erinnert an große Stadt, Friedensmenschen, Frauen, wie sie sein sollen . . . alte Erinnerungen tauchen auf. Es ist eines der feinsten Spiele, und es wird mit den Fingerspitzen gespielt.

Nun – der Spaziergang. Ich habe, soweit das in der Dunkelheit möglich war, erkannt: Temperament, kein Blut in den Adern, sondern Gott sei Dank und endlich einmal Champagner, kribbelnde Nerven, Gefühl für Rhythmus – Sie tanzen gut – und im ganzen jemand, der nicht den üblichen Liebhaber verdient, der nach der ersten Nacht recht gnädig: «Na, mein Kleinchen –!» sagt. (Sie würden ihn auch sofort abschütteln.) – Resultat?

Resultat: nein, «ich liebe Sie» – das sind nicht die richtigen Worte. Aber: ich möchte gerne lernen, Sie zu lieben. («Aber Sie wissen ja gar nicht – –» wollen Sie nun sagen.) Doch, ein bißchen weiß ich. Zum Beispiel: daß wir uns schon deshalb niemals zanken werden, weil Sie dazu ein zu guter Kamerad sind. Daß ich den Rhythmus, der in einem Wippen Ihrer Beine ist, so tief im Blute habe, daß es mitzuckt, daß Sie mit Recht eine bis zur Raserei gehende Abneigung gegen handgreifliche Liebenswürdigkeiten haben – die zwischen uns wegfallen – nein: wir zanken uns nicht.

Sie meinen, ich sollte mich demaskieren? Den Galanteriedegen ablegen und endlich sagen . . . Sie wissen schon, was? Ich habe keine Maske abzulegen, me voilà – ich kann mich nur höflich verbeugen und beim Aufsehen lächeln. Lächeln – und nun nicht – Herrgott! wenn Sie sich *das* abgewöhnen wollten, zu glauben – lächeln, nicht aus einer vermeintlichen Überlegenheit heraus – ich dächte, wir sind uns gleich – sondern, weil ich froh bin, einen Partner gefunden zu haben, der mitspielt. Der Nuancen empfindet. Der halbe, viertel Töne hört. Der Nerven hat.

Ernst machen? – Wenn es Ihnen recht ist, lassen wir die bunten Bälle ein Weilchen hin und her fliegen – wir wollen warten. – Wenn ich Ihnen aber sagen darf, daß ein Zimmer angenehmer ist als eine schmutzige Straße, und daß Sie, gerade Sie, auch in dem abgeschlossensten chambre séparée sicherer sind als jede andere – dann werden Sie nicht wieder böse sein, wenn ich Sie zu mir bitte. Sie überrumpelt man nicht.

Ich bin mir genau bewußt, am Anfang eines sehr steilen, sehr schwierigen Weges zu stehen. Weil ich aber weiß, daß am Ende etwas sehr Hübsches liegt – allons! Ich will ihn gehen, und Sie erlauben es sicherlich

Ihrem ganz ergebenen
Tucholsky

18. 11. 17 abends

Mein sehr verehrtes gnädiges Fräulein,
ob das nun immer so bleiben wird, daß ich mich jedesmal, wenn wir zusammen waren, hinsetze und etwas für Sie aufschreibe – das weiß ich nicht. Aber ich möchte Ihnen danken.

Eigentlich für nichts weiter, als daß Sie da gewesen sind – es wurde doch gewiß kein böses Wort gesprochen, und das kleine Dickerchen hatte sich ganz umsonst gefürchtet. (Hatte sie gedacht, daß es um ihre Tugend ginge?) – Wenn aber manch freundlicher Blick, der aus den Augenwinkeln herüberflitzte, auch nur ein wenig von dem halten würde, was er andeutete (oh! Sie dürfen nicht dazwischensprechen!) – dann würde mir zum ersten Mal, das ich im Felde draußen bin – und das ist schon eine ganze Weile –, durch eine Frau etwas luftiger werden. Wir sind wohl nicht so verschiedener Ansicht, wie Sie immer betonen: ich muß fast alles anerkennen, was Sie über dies und das sagen – aber Sie dürfen mein Tempo nicht übereilt finden. Ich will – also lachen Sie mich nicht aus! – ich will nur Zeit sparen. Ich will die schöne kostbare Zeit nicht vertrödeln – was wäre das für eine Oper, in der die Ouvertüre zwei Stunden dauerte ...

Nun ist ja richtig: das Schönste, beinahe das Schönste: ist die Ouvertüre. Welch herzklopfender Augenblick, wenn die Bläser und Streicher ihre Instrumente stimmen, und der große riesige Vorhang bauscht sich ein wenig – noch weiß man nicht, was dahinter ist – der Kapellmeister wirft seine Locke zurück, hebt die Arme und – der erste Akkord setzt ein. Das Licht im Theater ist auf halbmatt gestellt, man liegt wohlig im Sessel und überdenkt, was nun wohl kommen möge ...

Das ist beinahe der schönste Moment im Theater. Aber ich weiß doch, was kommt. («Sie wissen gar nichts!» – Trotzkopf.) Es ist nicht das langweilige Bedürfnis nach physischer Zärtlichkeit, das macht, daß ich Ihre Hand streicheln will. Es ist etwas ganz anderes. – Ich habe Sie heute abend ein paar Mal ganz artig und bescheiden von der Seite angesehen, immerzu, bis ich dachte: jetzt merkt es das Dickerchen, und damit mußt du aufhören – es ist mir so schwer gefallen, ruhig auf meinem Stuhl sitzen zu bleiben und nicht hinzugehen: und zu sagen: Herrgott, Du bist ein vernünftiges und famoses Mädel – komm! Wir sprachen von Turgenjew – der Mann, der da bei einem seiner Gutsbesitzer sitzt und nur immer seine geliebte Frau ansieht, war mir aus der Seele geschrieben. Ich besinne mich noch genau, wie er betonte: der Mann konnte nichts dafür, er wollte nichts weiter, er konnte nichts weiter – das stak so in ihm drin, das schrie in ihm. Und er nahm sie.

Gewiß: die Kinderstube. Ich werde niemals aus der Balance kippen, und Sie haben natürlich nie etwas zu befürchten. («Ich fürchte mich nicht!» – Das weiß ich.) Aber wenn der ganze Höflichkeitsklimbim vorbei ist, wenn ich Sie morgen fragen werde, ob Sie gut nach Hause gekommen sind, und ob das Mannweib, die Baronesse, auch nicht mit dem Stiefelknecht geworfen hat, und ob das Dickerchen seinen großen Schreck überwunden hat, und ob es Ihnen gut bekommen ist –: dann wird doch als Bodensatz stärker als je eines zurückbleiben. Das kann man nicht aufschreiben, man kann es kaum sagen.

Und ich küsse dankbar – ob ichs darf oder nicht – eine liebe Hand

Ihr
Tucholsky

am 21. [11. 17] abends
5 Minuten *nach* dreiviertelneun ...

(ohne Überschrift)

– – und weil es denn nun einmal so zwischen uns eingeführt ist:

Also was nun? – («Gaaarnichts – nichts!») – Sie stehen am Kreuzwege, halten den Muff wie immer vor die lachenden Augen (die lügen – ja, ich weiß!), und der Wegweiser streckt seine beiden Arme aus und darauf steht: JA und auf dem andern NEIN.

Der NEIN-Zeiger zeigt ins dürre Land, und es ist nichts darin. Wenigstens nichts, was uns anginge.

Und der JA-Zeiger? –

Der Ja-Zeiger zeigt in einen fröhlichen Winter. Der Ja-Zeiger zeigt in seelenvergnügte Monate mit kleinen Zettelchen und großen Verabredungen, mit Geschichten und Geschichtchen. Da sind lange Winterabende, draußen mit Schneegestöber, im Ofen sitzt das Hausgespenst Jakob (es hat einen grünen Kittel und zwei Glasaugen) und heult und stöhnt, daß Sie sagen: «Hach, ich werde hier noch ganz nervös!» – ein Fensterladen klappert, draußen rieselt der Schnee, unaufhörlich. Es ist ganz warm und still. Sie rauchen und sehen einmal ganz schnell zu mir herüber – ich sage nichts. Der Engel geht durchs Zimmer: wozu dann sprechen? Einmal sitzen Sie da und essen, ganz furchtbar und müssen dazu schrecklich lachen, weil Sie soviel essen, und dann essen Sie noch viel mehr. Einmal gibt es einen neuen Wein zu trinken, den wir in der Großstadt noch nicht gehabt haben – und Sie spukken und wollen lieber den alten. Einmal lesen wir über ein Buch gebeugt:

Kleine Erinnerung

Im Schneegestöber mag die Stadt ertrinken,
Was kümmerts mich, ich sitze warm und trocken.
Bemerklich kaum hör ich die Türe klinken,
Und hinter mir schleicht irgendwer auf Socken,
Um raschen Sprungs an meine Brust zu sinken.
Ich tue wild und grenzenlos erschrocken.
Sie lacht wie toll, die weißen Zähne blinken,
Auf ihren Backen schmelzen noch die Flocken.

Dahin zeigt der JA-Zeiger. Er zeigt auf graue Nachmittags-Spaziergänge, die Wolken hängen ganz tief, und auf einen richtigen verliebten Mondscheinspaziergang mit knirschendem Schnee und bläulichem Widerschein. Dumme Tage, an denen man sich nicht sieht, und lustige Tage. Und heiße Tage ...

Weiße Schultern, die sich emporziehen können, wenn sies fröstelt, wie eine Katze buckelt – das deutet auf Sturm – und auch das muß sein und ist.

Was nun? – Da sind die beiden Zeiger – Sie haben freien Willen – Ich kenne den Weg und ich kenne das Land. Sie kennens auch. Es wäre so schade, wenn einer, von falschem Mißtrauen vertrieben, achselzukkend den einen Weg ginge. Er täte es, wenn er müßte.

Er ginge aber gemeinsam mit jemandem lieber den andern, den lustigen, den unterhaltsamen, den hübschen und – den lieben.

Gnädiges Fräulein: da ist der Weiser, da sind die Wege.

Ich warte.

Ihr
Tucholsky

[12. 1. 18]

Jemand fragt – nach einem Gewitterchen und einem Mißverständnis –, ob er einer jemand wieder die Hand drücken kann. Es wird vorgeschlagen: Waffenstillstand –!

Guten Appetit! –

[16. 1. 18]

Für Mary

Quadrille

Es gibt in diesem großen Gesellschaftstanz – (den man in Deutschland nur noch bei Hofe tanzt und auf ganz kleinbürgerlichen Hochzeiten, wo der Brautvater schwitzend einen Gehrock aus der Zeit Kaiser Wilhelm des Großen schwingt) – es gibt in diesem Gesellschaftstanz eine entzückende Figur. ER tanzt nach rechts, ganz allein, und SIE tanzt nach links, ganz allein – aber doch nach demselben Rhythmus, nach derselben Musik. Kaum, daß sie sich sehen können ... Und nachdem das einmal so im Kreise herumgegangen ist, verschlungen mit andern, an Fremden vorbei, durch sie hindurch – nähern sie sich (fast immer lächeln die Frauen in diesem Augenblick), reichen sich die Hände und sind wieder beisammen.

Ich weiß nicht mehr, wie diese Figur heißt – unser Tanzmeister, ein Original, sprach ein selbstverfaßtes Französisch – wenn auch durch die Nase – und so ist mir ewig verborgen geblieben, wie man wohl bei Louis XIV. an dieser Stelle kommandierte – aber das ist doch schließlich gleich. Sicher ist: Wiedersehen nach einem Abschied ist schöner als das Vorher.

Nach einem Abschied? – Kleister ist nicht mein, nicht unser Fall – man soll, wenn wirklich ein Graben da ist, nicht nur eine Holzbrücke darüber legen, sondern ihn ausfüllen. Abschied? Sagen wir: Schreck. («Aber es bleibt ein Knoten zurück!») Lösen wir ihn auf.

Wenn Herr Romeo seligen Andenkens auf einer Strickleiter zu Fräulein Julia ins Balkonzimmer klettert, so ist das alles andere als gesellschaftlich fein. Aber echt ist es. Wenn er morgens die Dämmerung wittert und noch bei ihr ist und «Wart – geh noch nicht» sagt sie – «Es ist die Nachtigall, und nicht die Lerche» – sie will noch nicht, daß es Morgen ist, es soll immer Nacht sein, diese Nacht – so ist das wirklich nicht fein. Aber wahr ist es. («Wir leben nicht auf der Bühne» höre ich jemanden sagen.) Wir leben nicht auf der Bühne. Aber was da auf dieser Bühne gelebt wird, das sind wir – das ist nichts Ausgedachtes – diese Morgenszene zwischen den beiden gibt es tausendmal, jeden Tag auf der Erde. («Ganz gleich –» höre ich jemanden sagen –) Nicht ganz gleich.

Wir sind uns darüber klar, daß Formen nötig sind, um den Verkehr zwischen Menschen überhaupt erträglich zu machen. Ohne sie geht es nicht. Aber sie sind nicht das Ursprüngliche, nicht das, für das sich zu leben verlohnt. Es ist eine Frage der Zeit, wann zwischen Menschen, die sich schätzen – Freunde, Geliebte, Liebende – wann zwischen ihnen der Schleier fällt. Man wird ihn immer wieder aufheben (also nicht auf der Straße zärtlich sein), aber der Mensch kann dem andern nicht im Zylinderhut nahetreten. Den setzt er unterdessen ab.

Nun – man kann trotzdem in der Sache selbst beim «Nein» verharren – aus tausend Gründen. (Weil man den nicht mag. Weil man Angst hat. Weil man nicht weiß, was auf dem andern Ufer blüht. Weil man einen andern hat. Oder auch aus einer Caprice heraus.) Aber man darf dem Mond nicht böse sein, daß er scheint. Das ist – gewissermaßen – sein Beruf. Und hat eine Frau nicht auch einen – Beruf?

Ich weiß von jemandem ein Wort, das mir merkwürdig geklungen hat, als es mir erzählt wurde: «Mir ist es gleich, mit wem ich gehe – heiraten tut mich ja doch keiner!» – Wirklich? Käme es darauf und nur darauf an? Dürfte es nicht doch zwischen dem Standesamt und dem toten Gretchen aus dem «*Faust*» einigen Raum geben? Muß gleich eine Tragödie aufgeführt werden mit einem fluchenden Vater, einer haarausraufenden Mutter und derartigen Requisiten eines dummen Kinos? Ich dächte nicht. –

Im Gesellschaftstanz der Quadrille gibt es eine entzückende Figur. ER tanzt nach links, ganz allein, und SIE tanzt nach rechts, ganz allein – aber wenn sie sich die Hände reichen, ist doppelt stark was vorher war. Denn nichts lehrt so, den Wert des andern erkennen, als seine Abwesenheit. Und nach der Leere, nach dem Fremden, nach allem Intermezzo wird doppelt erkannt: es tanzt sich viel, viel besser zu zwein.

– t.

[17. 1. 18]

Für Mary

## Sehnsucht

Das ist wohl das am ärgsten mißbrauchte Wort der deutschen Sprache. Puh –! Es wird einem ganz himmelblau und honigsüß zu Sinn – «Sehnsucht», wie ein schlechter Kandisbonbon – jeder dumme Dichter hat sich an dem Wort die Finger abgewischt. Und doch –

Einmal tanzte der russische Tänzer Nijinskij. Es ist ja sonst immer ein bißchen lächerlich, wenn ein Mann tanzt und Luftsprünge macht, so etwas Geziertes liegt darin, etwas Schwächliches. Dieser war aber anders. Er war ein Faun – «*Der Nachmittag eines Fauns*» hieß die Pantomime – und er belauschte die Nymphen, die im Walde badeten und tanzten. Und brach dann hervor hinter seinem Baum, in tierischer Wildheit. (Famos machte er das.) Die Nymphen flohen. Einer entfiel ein Schleier. Das späte blutrote Sonnenlicht eines heißen Nachmittags lag im Walde. Nijinskij stand verloren vor dem Schleier und wartete. Dann nahm er, vorsichtig, zärtlich, fast prüfend, den Schleier hoch. Er wehte im Luftzug. Er bewegte den Schleier, der Schleier folgte. Und dann tanzte er mit dem Schleier.

Es war ein armseliges Stück Musseline, ein Stückchen Gewebe, nichts weiter. Aber da er ihn in die Hand nahm, war es eine Frau, er nahm Gestalt an, der Faun sehnte sich nach der Entflohenen, und ihr Kleid wurde sie selbst. Das war kein Schleier mehr: sein Sehnen bekam Körper, Leiblichkeit, Duft. Und ich sehe noch heute jene fabelhafte Geste, mit der er an dem Schleier herunterstrich, als der zu Boden flatterte, seine Augen schlossen sich halb, er legte sich zu dem Schleier –

Nur der kann sich sehnen, dessen Sehnsucht so Gestalt annehmen kann. Es kommt auf die Stärke an. «Tag und Nacht denke ich an dich, Geliebte!» – Der lügt. Das gibt es gar nicht. Aber ein anderes gibt es:

Im Unterbewußtsein, den wachen und geschäftigen Gedanken kaum bewußt, ruht etwas, schläft nicht, ruht – Und in jeder freien Minute – mitunter auch übermächtig in anderen – in Stunden, die still sind, taucht es auf und hebt das Haupt und sagt: Ich bin noch da.

Es ist noch da. Es ist immer da und möchte und will und muß ans Tageslicht. Verhelfen Sie ihm dazu. –

t.

[18. 1. 18]

Für Mary

Gibst du dich keinem –? Bist du nur blond und kühl?
Demütigt dich ein starkes, heißes Gefühl?
Wir sind allein. –

Jeder ist so vom andern durch Weiten getrennt,
daß er nicht weiß, wo es lodert und flammt und brennt –
Wir sind allein. –

Selten nur springt ein Funke von Blut zu Blut,
bringt zur Entfaltung, was sonst in der Stille ruht –
Wir sind allein. –

Aber einmal – kann es auch anders sein –
Einmal gib dich, – und, siehst du, dann wird aus zwein:
Wir beide –
Und keiner ist mehr allein. –

Einen Gruß –!

25. 1. 18

Liebe Blonde,
jetzt bin ich ganz allein zu Hause – denn Du bist nicht gekommen, wahrscheinlich hast Du nicht mehr genau gewußt, wann und wie ... kurz: Du bist nicht da. Doch. Du bist da.

Wir sind uns ja darüber einig, daß Liebesbriefe eine ziemlich törichte Einrichtung sind – trotzdem –

Du bist da: Dein Kopf liegt an meiner Schulter, ich sehe Deine Haare im Licht zittern, ich streichele Deine Hand. Ich empfinde Dich ganz deutlich, so nahe, so nahe, ich fühle die Wärme Deines Körpers – und ich möchte immer das eine: Du sollst immer da sein.

Du alter Zappelphilipp, Du Strampeltante: ich küsse Deine liebe Hand und freue mich, auf Sonntag abend. –

Morgen – wenn Du das liest, ist es «heute» – wollen wir uns die Bilder begucken: ob er Dich getroffen hat? Vielleicht siehst Du gar nett und vernünftig aus? Ich habe es immer gesagt: diese Fotografen lügen furchtbar! – Alte Schrumpelhexe, warum bist Du heute abend nicht gekommen? –

Führ Deinen Rapport schön; jetzt bist *Du* die Frau Wachtmeister! –

Der allein gelassene

K.

Anbei zwei Dinge zur gefälligen Verwertung! –

[13. 2. 18]

Lieber Matz, man kann – die Blätter sind abgegriffen und verschmutzt, weil ich sie lange im Felde mit herumschleppte – man kann zu diesen Sätzen edelsten Deutschs kaum etwas sagen. Doch, eines vielleicht:

Hier ist ganz das, was ich als «Vertrautheit» zwischen Mann und Frau bezeichnen möchte. Sie sind eins. Durch Liebe, durch die Körper, durch die Gewohnheit – durch alles. Diese fabelhafte Stelle: «So blickte er wieder ganz nahe in dies Gesicht – –» ist ein Höhepunkt davon. «Länger als in alle anderen Menschengesichter –» wie wahr ist das. Und ich glaube nicht, daß der ein Schwächling ist, der dann – nach allen Erfahrungen, allen turbulenten Flirts, allem Spaß und allem Spiel – die andern nicht mehr braucht, sondern das Ganze nur in der Einen sieht. –

Und die Eine soll alles empfangen, was er zu geben hat. –

[22. 2. 18]

Guten Morgen! – Dies aber ist die Stelle aus der Tschechow-Besprechung:

Ja, inmitten der Sintflut, mitten im Weltgebebe wächst in manchem der Wunsch: ein Einzelglück zu durchkosten – das von keiner Flut erreicht wird, von keinem Brand, von keinem Erzittern, von keiner dunklen Zukunft.

Eine Stunde kann mehr schenken, . . . als die Furcht eines Jahrzehntes bedrohen darf.

Jeder Mensch bekommt sein Glück von einem Menschen.

(Sein Unglück von niemanden. Aber sein Glück von einem Menschen.)

Und als er dies las, hat er an jemanden gedacht.

k.

[25. 2. 18]

## Das Mädchen und die große Stadt

Da ist also nun Louison, und sie ist entzückend und frisch wie je. Literarisch eine Lappalie – in der Erkenntnis von menschlichen Beziehungen keineswegs. So das Ganze, die Luft, die da weht: die Anknüpfung, die Intimität im 80 km-Tempo, und, was das Merkwürdige bleibt, die Ehrlichkeit im Spaß – das ist ganz echt und fabelhaft gut getroffen. Es wimmelt von schönen Situationen: wie er mit dem Fes im Bett liegt, und die Mütterlichkeit Louisons, und – habe ich es nicht immer gesagt? – die hübsche Stelle «wir gingen friedlich umeinander herum» – (nachher, Matz, nachher!) – und dann – immer muß ich lachen, wenn ich die Sätze lese – wie er vor dem Feldbett Napoleons steht, und das Bett ansieht, und Louison ansieht – und – aber nein, es geht doch nicht... Auf so reizvolle Unanständigkeiten kommt man doch nur, wenn man vor Glück ganz und gar übermütig geworden ist. Und bis zum Abschnitt IV mit dem wirklich schönen Schluß, diesem Abgesang der Liebe, ist es ganz echt und voll.

Es rutscht nachher in Ironie ab. (Was nicht minder spaßhaft ist und voll von kleinen Einzelzügen, einer immer lustiger und schärfer als der andere.) – Aber das ist doch nur Spaß und mit Verstandesschärfe und Kühle gesehene Welt. Das Eigentliche liegt in den ersten vier Abschnitten.

Das Eigentliche für den Großstadtmenschen, das ist: dieses Sichverfressen in eine Frau, dieser Drang, ganz in sie hineinzukriechen, sie ganz zu haben (also viel mehr als nur ihren Körper), ganz, ganz, ganz auszukosten, was die Stunde bietet und der Tag und auch die Nacht.

Es ist aber schön, wenn man einer begegnet, die ebenso fühlt – ich streiche ihr über die Hand und weiß, was sie denkt; ich höre ihr Herz klopfen und weiß: es ist meins, das da schlägt. –

t.

[4. 3. 18]

S./l. Gletscher aufgeschrieben –!

Frühling im Hochgebirge

«Die Blonden sind sehr kalte Leute,
die Liebe macht sie niemals heiß.
Was sonst die Damen so erfreute,
das läßt sie kalt. Sie sind von Eis.»

So spricht mein kluges Kind. – Indessen
ich glaube nicht, was sie da meint.
Man will und kann es nicht vergessen:
wie ists denn, wenn die Sonne scheint?

Im Schatten liegen Gletscherspalten
dumpf, finster und unnahbar da.
Man friert im Mark. In jene kalten
und frostigen Höhlen niemand sah.

Man friert im Mark . . . Da blasen Winde
die Wolken fort, die Sonne ruft –
leis tropft es schon, geschwind, geschwinde –
am Gletscher weht ein warmer Duft.

Ein warmer Duft aus andern Landen –
Es taut. Es schmilzt mit einem Mal:
Und was so lange widerstanden,
das schäumt als Quelle nun zu Tal. –

k.

[11. 3. 18]

Gute Nacht, Matz! –

Mit einem Schächtelchen

Das ist das tiefste Wesen aller Frauen:
sich in das eigene Bildnis zu versenken,
sich spiegelnd zu genießen und zu denken:
Ich bin, ich wirke, und ich darf mir trauen –

Ich will dir einen kleinen Spiegel schenken.
Du sollst dich rasch-kokett darin beschauen;
wie prüft so schnell ein Blick aus deinen blauen
und lustigen Augen (die den Durstigen tränken)!

Du bist es anders, aber noch einmal.
Dich grüßt dein Bild – ganz kann es dir nicht gleichen –
wo rechts ist, ist dort links – und doch der Strahl
der so geliebten Linien, Züge, Zeichen ...
Du Bildnis meiner selbst, du sollst nicht weichen:
Denn du bist ich, nur anders, noch einmal. –

tu

[14. 3. 18]

Für Mary

Valse

Chopin Opus 69,2

Erst suchten wir eine Weile unter den Noten, bis wir das grüne Heft fanden. Dann blätterte der Flugzeugführer lange, lange – er fand den Walzer nicht. Er sagte, es gäbe ihn überhaupt nicht, hierin seien alle Walzer, die Chopin jemals geschrieben hätte, enthalten – bitte, ich sollte doch nur einmal die Anfänge durchsehen, gäbe es vielleicht einen solchen Walzer? Lächerlich. Tütütititüt – ja, ich sollte nur pfeifen – es gäbe ihn gar nicht. Und er blätterte weiter.

Doch, es gab ihn. Ich wußte bestimmt, daß es ihn gab. Da war ein Wechsel von Dur und Moll, unvergeßlich – den mußte es geben. Eine Achtelfigur – –

Hrmhm – machte der Flugzeugführer etwas kleinlaut. Ob er dies vielleicht sei –? Und begann.

Es fing ganz harmlos an. Der bewußte Chopinsche Walzer – von den jungen Mädchen immer etwas getragen und sanft-buttrig vorgetragen – die ewige Trauerweide. (Was er gar nicht war.) Die üblichen Walzertakte, mit Variationen und all dem – – Aber dann kam *mein* Satz.

Es war wirklich eine Achtelfigur, in Dur, gewiß in Dur. Aber nichts konnte darüber hinwegtäuschen, auch die spitzesten Viertel nicht, wie traurig das Ganze war. Es war ein Grabmal im hellsten Sonnenschein. Und als ob der Spieler dies empfunden hätte, als ers erfand, faßte er die Figur noch einmal und stellte sie in Moll noch einmal auf. Da war sie schön, Moll, wie es im Buche steht – aber die wiederholte sich in Dur, und war trauriger als je. Es war eine männliche und fast starke Trauer – so eine Art gekrampfter Lustigkeit war dabei – es schnitt einen durch und durch. Und die Melodie kletterte von Dur zu Moll, von Moll zu Dur – und es zog und zog und lockte: Sehnsucht.

Der Flugzeugführer hatte geendet. Schön hatte er gerade nicht gespielt. Was kümmerte mich das? Nichts kümmerte es mich. Denn durch den Walzer, durch diese Dreivierteltakte, durch sie wie durch alle Musik der letzten Wochen klang ein anderes, was nicht in der Musik lag, was ich hineinlegte. Stieg etwas auf, undeutlich erst und verschwommen wie eine Vision, dann klarer und endlich scharf zum Greifen, so daß eine Hand darüber hinstreichen möchte: ein Gesicht. –

k.

[27. 3. 18]

Für Mary

Der Tyrann

Der fette Oberkönig Peter
sitzt stolz auf seinem Atlasthron;
der Bauch: ein dicker Gasometer,
das übrige: du weißt es schon.

Der Hofstaat flüstert: «Seine Hoheit
sind heute ganz besonders satt.
Es wäre eine Herzensroheit,
ihn zu bewegen. Er ist matt.»

Der fette Oberkönig Peter
bohrt sinnend in der Nase Grund.
Der Frühstücksschweinebraten, steht er
ihm schon am Hals? (Wie ungesund!)

Da rauscht durch eine Tür die Gattin,
ein Zepter poltert aufs Parkett –
und schwuppdiwupp! – die Blonde hat ihn
ganz aufgebracht aus Ruh und Fett.

Der fette Oberkönig Peter
schnauft emsig aus dem Herrscherbau.
Und klein, bescheiden, artig geht er
im Park an ihrer Seite später – –
Ich sag es ja: die Frau, die Frau ...!

k.

[29. 3. 18]

## Karfreitag

Dies ist ein ernster Tag der Buße,
des Rückwärtsschauns, der Runzelstirn;
ich überdenke mir in Muße
die letzte Zeit in meinem Hirn.

Was war denn da? Vielleicht ein Sündenbabel?
Ein Teufelsdienst? Ein Satanskult?
Ein Haß, wie Kain einst dem Abel
den Bauch zersägt in himmlischer Geduld?

Ein Mord? Ein Diebstahl? Eine Lügenzunge?
Ein Feuerbrand –?
Ach, gar nichts solcherlei.
Er war so brav, der gute dicke Junge,
und nur ein helles Mädchen war dabei.

Wir haben leider keine Kirchenglocken.
Und ohne sichtbar-güldenen Heiligenschein
läut ich mir froh in blonden Locken
mein ganz privates Ostern ein! –

k.

[31. 3. 18]

Dem lieben Matz alles Gute! –

Ostern

Da ist nun unser Osterhase –!
Er stellt das Schwänzchen in die Höh
und schnuppert hastig mit der Nase
und tanzt sich einen Pah de döh!

Dann geht er wichtig in die Hecken
und tut, was sonst nur Hennen tun.
Er möchte sein Produkt verstecken,
um sich dann etwas auszuruhn.

Das gute Tier –!
Ein dicker Lümmel
nahm ihm die ganze Eierei
und trug beim Glockenbammelbimmel
sie zu der Liebsten nahebei.

Da sind sie nun. Bunt angemalen
sagt jedes Ei: «Ein frohes Fest!»
doch unter ihren dünnen Schalen
liegt, was sich so nicht sagen läßt.

Iß du das Ei! Und laß dich küssen
zu Ostern und das ganze Jahr . . .
Iß nur das Ei! und du wirst wissen
was drinnen in den Eiern war –!

k.

Berlin W 50, Nachodstr. 12 27. 4. 18

. . . zunächst einmal einen ersten Gruß herüber aus Berlin, das hell und frühlingshaft ist. Die Fahrt war kein voller Genuß, wäre es auch nicht gewesen, wenn die Leute nicht wie Heringe aufeinander gesessen hätten. –

Was machst Du? Hast Du Dir auch fleißig die Ohren gewaschen? Und die Füße? (Nein, Füße braucht man nicht.) Lieber Matz, morgen geht es los mit dem «Toben» – heute kommt die Schreibmaschine und dann klappere ich Dir etwas. –

Eine kleine praktische Anregung. Wir wollen diese Briefulein numerieren – damit man weiß, daß alle ankommen. Man muß aber dabei aufpassen und sich die Nummern notieren! Biest.

Und dann – ich danke vielmals für das, was in dem kleinen Kuvert drin war. Nur ein Wort hätte ich, wenn es nicht mit der lieben Schrift geschrieben wäre, ausgestrichen. «Verlassen»? – Nein. Drin liegt: nie wieder. Wenn Du Dich verlassen fühlst, schreib: «allein gelassen», darin steckt: für eine Spanne Zeit. Und es ist nur, nur, nur eine Spanne Zeit, kleine Mély! –

Grüß keinen Menschen, sondern nur Dich allein

von dem

Berlin W 50, Nachodstr. 12 den 29. April 1918

Nr. 1

... jetzt sitzt Du ganz brav in Deiner Kassenverwaltung und führst den so wichtigen Rapport, in Deine unaufgeräumte Schublade scheint die liebe Morgensonne, und ich muß hier so weit von Dir weg auf dem angekommenen Klapperkasten aufschreiben, was es so ist im Leben.

Berlin hat sich sehr zu seinen Ungunsten verändert. Es ist ja niemals eine mondäne Großstadt gewesen, aber jetzt ist es durch Materialknappheit aller Art, Aufeinanderplatzen der Gegensätze zwischen Knallprotzen und Hungerleidern widerlich. Früher waren doch selbst in Berlin gewisse Dinge selbstverständlich: daß man etwas zu essen hatte, und daß man etwas anzuziehen hatte und dergleichen – jetzt sieht jeder dem andern in den Bauch, was drin ist, und woher er das viele Mehl hat, und ob er noch Stiefel hat – es ist eine große Zeit. Es stehen sich so merkwürdige Dinge gegenüber: man hat kaum genug Brot, aber Bücher und Theater werden überzahlt, eine scheußliche Schicht von Mitbürgern kommt hoch, das Geld regiert nicht, es rast und tyrannisiert. An den Krieg denken nur die, dies unbedingt müssen.

– Auf dem Kurfürstendamm gehen die Judenmadams spazieren. Ihre Fettkinne sagen: «O bitte, *wir* haben noch zu essen!» – sie haben ganz kurze Röckchen an, furchtbar breite Hüften und eine mondscheingroße Basis («Das Salz der Rede» höre ich jemanden sagen –). Merkwürdig, wie wenig Kraft in ihnen steckt. Du hast im kleinen Finger mehr als sie. Es ist alles so abgebraucht und lasch und gleichgültig – Rasse ist nicht viel dabei. Nein, diese Frauen mag man gar nicht ...

Jedenfalls: der von Dir mit recht so geschätzte preußische Unteroffizier ist schon fast weg. Heute ist das erste Mal, daß ich wieder

Uniform trage, weil ich einige offizielle Sachen vorhabe – aber der Zivilwind fegt den Kram, der sich so angesetzt hat, rasch fort. Gestern war ich bei einem Redakteur, ein Mann aus dem Reichswirtschaftsamt war noch da – ich streckte mich, obgleich die Unterhaltung wirklich nicht des Notierens wert war, wie in einem warmen Bade. Es war doch nicht ganz Autz – wo der Gipfel der Geistigkeit erklommen war, wenn einer mit schmierigem Lächeln verblümt andeutete, daß Männer und Frauen unterhalb der Tischplatte doch nicht so ganz gleich wären. (Aber das wissen wir schließlich.) – Und merkwürdig: weißt Du, ich hatte die ganze Zeit die Empfindung, Du paßtest famos dazu und würdest sicher dasitzen und erst Deine großen Kinderaugen machen und still zuhören und sehr rasch lernen und Dich noch rascher anpassen. Sie haben ja so wenig vor Dir voraus. Nun ja, die paar Namen und die Beziehungen und das ganze Drum und Dran – aber wie schnell ist das gelernt! Laß mir meine kleine private Manie, Blonde, Dich zu allem, was ich vor die Augen bekomme, in Beziehung zu setzen – es wäre wie beim Tanzen: Du schmiegtest Dich in den jeweiligen Takt und Tanz ein. Nur: Du bist nicht da.

Es weht ansonsten ein scharfer Wind. Man kann ja noch gar nichts sagen, was es alles wird – aber ich muß sagen, mich reizt es, wieder in eine Atmosphäre zu kommen, in der man sich anstrengen muß, um sich durchzusetzen, endlich sind doch wieder Leute da, mit denen man richtig zu kämpfen hat, wenn man sie unterkriegen will. Über die Äußerlichkeiten des Transports nach unten habe ich noch nicht viel erfahren – dagegen schon ein Empfehlungsschreiben an die deutsche Gesandtschaft, und ich denke – (das ist so ein Vorgefühl, und Du weißt warum) – und ich hoffe und will ganz einfach, daß es klappen soll. Natürlich: Du mußt den Daumen und vielleicht noch den linken großen Zeh drücken.

Ja, Lieber, das ist so alles. Nein, doch nicht alles. Lassen wir den schriftstellernden Peter Panter in diesen Briefen ruhen: aber die Einfahrt in Berlin war eine merkwürdige Sache. Der Zug fährt über die sogenannte Stadtbahn, durch Bahnhöfe und Strecken des inneren berliner Verkehrs. Tausend Erinnerungen werden da sonst wach: da bist du zur Schule gegangen, da haben wir einmal gewohnt, hier hattest du ein Rendezvous, hier gingst du zum Kolleg – – Diesmal nichts. Aber nichts. Mochte es daher kommen, daß sich die Gedanken vierundzwanzig Stunden fast ununterbrochen um denselben Klotz gedreht hatten: nichts. Nur dies: sie müßte da sein. Sie müßte mit dir sein und das alles sehen und sie sollte da über die Straße gehen und (wippend natürlich! womit? . . . frage nicht! denn sage ichs, dann haust Du, und dann haue ich wieder – und bei Deinem Zustand –!) sie sollte da sein. Sonst fehlt dem Ding etwas. Und so gehts dauernd und mit allem, und am stärksten im Theater (ich schreibe noch und schicke Dirs) – und so ist es bei jedem kleinen und anderen Erlebnis. Dicker – ich bin doch ganz ruhig, sieh nur, wie gleichmäßig meine Schrift ist! – es ist doch keine schwüle Mondnacht: aber ich denke an Dich, immerzu.

Guten Morgen, kleine Mély – die Du nicht, nicht, nicht verlassen bist, du blonder Ignorant! – puuuhle nicht (das andere von Dir so geliebte Wort bringe ich nicht über die Schreibmaschine) und untersteh Dich nicht noch einmal, meinem Personal mit Bestechungsversuchen nahe zu treten (na! also ich weiß alles!) und erlaube, daß ich Dir ganz leise die Haare und die Fingerspitzen küsse.

Liebe Mély, ich habe Dich sehr lieb.

Dein

[. . .]

Berlin W 50, Nachodstr. 12
Nr. 4 den 6. Mai 1918

[. . .]

Also wie war es nun in Riga? Ja, daß Deine Mutter gehört hat, Du machtest Dir nichts aus mir draus (das ist eine rigaische Satzbildung – es muß heißen, «ich mache mir nichts aus ihm» nicht draus «Quattttsch!»), das also betrübt mich zu hören. Vielleicht ist es wahr? Und schmieren schmierst Du allerdings über die Maßen – darin muß ich Deiner Mama recht geben – ich möchte (aber ich traue mich nicht) am liebsten Deine geliebte Handschrift ††† an einen Graphologen schicken, aber ich denke, er schickt mir eine solche Lastertabelle zurück, die Dir anhaften, daß ich es lieber lasse ... Hast Du Dich in Riga etwa schön abgerackert? Und dann sagt Er, ich solle nicht toben –! Ich tobe nicht, und niemals so, daß ich nachher «tot» bin – wie Frauen, wenn sie Besorgungen gemacht haben. Ach ja – es ist ein liebes Geschlecht!

[. . .]

Hierorts gab es dann weiter nichts Bedeutendes. Ich war zur Vorlesung eines wiener Schriftstellers, Kraus – es war ein Gipfelpunkt. (Ein polarer Gegensatz zu einem feschen Aviatiker oder zu einem, der auf einem Pferd nackt am Strand galoppiert – ein Büchermensch, etwas verwachsen, altmodisch, im schwarzen Rock – aber Blut, Temperament, Sturm und Feuer.) Er las am Schluß einen Aufsatz gegen die Lyriker, die hinten sitzen und den Krieg verherrlichen – so ungefähr stelle ich mir jene vor, die beim Barrikadenkampf in einer Revolution die Leute entflammen. Aber es war ganz präzis und nicht etwa wie die russische Swoboda*, so mit allgemeinen nebulosen Phrasen – er ist klar und schreibt ein herrliches Deutsch. Er las fabelhaft. –

Das war aber auch alles. Sonst ist Berlin unentwegt scheußlich. Ich bin richtig froh, wenn ich erst wieder im Zug sitze. Das will man hier alles gar nicht. –

Im Wintergarten, dem Varieté, war ich – aber es ist nicht mehr der Schatten von früher. Ganz dumm und platt. Eine Nummer erinnerte an die gute alte Zeit: wie einer ganz oben auf Tischen, Stühlen und Käsefässern seine Zeitung las und immer beinahe herunterfiel. (Dabei ein paar himmlische Einzelheiten: erstens war oben ein Schild «Lesezimmer im 5. Stock» und dann bekam er es mit der Angst und holte sich ein ganz großes rotes Herz aus den Hosen unten heraus, weil es ihm darein gefallen war . . . Es war sehr hübsch.)

[. . .]

Gestern war ich mit einem Mann zusammen, – ich glaube, ich sprach Dir einmal von ihm – dessen Geliebte kürzlich gestorben ist. Ich habe noch nie einen Mann so herzlich und fein von einer Frau sprechen hören. Mir ging ordentlich das Herz auf. Er sagte so – dabei ist er nicht mehr jung, 44 Jahre – wie seine ganze Entwicklung an ihr gehangen habe und wie es jetzt aus sei und was sie ihm gewesen ist und wie er mit ihr gereist sei und was sie für schöne Hände gehabt habe –

Wie man denn von einer Frau meist gar nicht das verlangt, was Frauen immer am wertvollsten an sich dünkt: die Nacht – sondern vor allem den Tag. Ich will mich mit der ganzen Welt herumhauen – aber ich will wissen, wofür, und daß mir abends eine die Hände über die Augen legt und sagt – aber sie braucht nichts zu sagen. Wenn sie nur da ist. Es ist wie eine stille Insel, zu der die Gedanken immer wieder zurückkehren: nach all dem Kram und Lärm und Geracker – zurück zu ihr. Und das hat mit der Intelligenz gar nichts zu tun – obgleich ganz dumme Frauen, die nun gar nichts wissen, übel sind – das hat mit der Schönheit nichts zu tun – das ist allein Sache der Lebenskraft. Und noch von etwas. Ich fand beim Lesen Liliencronscher Briefe an seine Freunde (die übrigens erschütternd wirken, denn es ist ihm Zeit seines Lebens sehr schlecht gegangen) ein Wort, das er mehrere Male von seiner Frau braucht. Und da er seine Worte zu setzen verstand, so ist nicht anzunehmen, daß es bloß so hingeschrieben ist. Und genau eben dieses Wort ist mir in Autz, wo ich den Briefband nicht hatte, nie aus dem Kopf gegangen. Er sagt: sie hat Herzenstakt –

Liebe kleine Mély, Liebende, die sich eeewige Treue schwören, sind eine etwas lächerliche Angelegenheit. Denn die Zeit ist mächtiger als man ahnt. Aber wenn nicht alles täuscht: wollen wir dabei

* Swoboda (russ.) = Freiheit

bleiben, zusammenzugehören? Ich meine ja. Weißt Du «jedem Untertan in'n Schoß» Du hast dann immer gelacht, und es war ja auch zum Lachen. Aber so ganz zu Hause, so ganz geborgen ... – es wäre – sehr vorsichtig ausgedrückt – wohl für beide kein Schade, wenn es sich verwirklichen ließe. Es: das ist immer zusammen zu sein.

[...]

Polizeistelle Turn-Severin
Deutsche Feldpost 310
Nr. 7 den 20. Mai 1918

... dies wird nun endlich wieder einmal ein vernünftiger Brief, wie er sich gehört. Guten Tagg – wünsch ich – bittä schön – und wie geht es Ihnen denn? – Ich aber setze mich artig auf meinen Plüschstuhl und berichte:

Heute morgen bin ich hier in T.-S. angekommen und habe zunächst folgenden Eindruck: die Stadt sehr schön – an der Donau und der serbischen Grenze gelegen, mit wunderschönen Blicken in die Berge. Typus: kleinere Landstadt. Das Leben ungefähr das in der Sommerfrische. Ich arbeite bei meinem Bekannten, der diese Stelle leitet. Wohnung noch bei einem Mann, der in Urlaub ist, ich werde wahrscheinlich ein anständiges Quartier erhalten. Essen: in Zivil (wie überhaupt der ganze Dienst) im Offizierskasino. Soweit ist also alles in Ordnung.

Was nun die Aussichten betrifft: im großen und ganzen scheint es mein prädistiniertes Schicksal zu sein, in diesem Kriege überall ein Jahr zu spät zu kommen. Die Sahne in Rumänien ist weg – die hätte man kurz nach der Okkupation – wie überall – abschöpfen können. Aber ich denke mir, wenn ich eingearbeitet bin – pekuniär liegt es jetzt schon mit Tagegeldern und dem allem übrigen so, daß ich kaum etwas dazuzulegen brauche – dann werde ich mich nach einer Stellung vor allem mit Rücksicht für später umsehen. Das dauert eine Zeit. Warten wirs ab.

Lieber Dicker, diesen persönlichen Kram habe ich notgedrungen an den Anfang gesetzt, weil ich bei Dir ein (sagen wir für 5 Kopeken großes) persönliches Interesse voraussetze. Viel fesselnder sind andere Dinge.

Es ist ein widerliches Land. Weißt Du, äußerlich habe ich ja meine Ruhe, aber man will die Leute gar nicht. Stell Dir vor, die Letten gingen nach Paris – aber nein! das trifft es alles gar nicht. Es sind die Affen Europas. Sie haben keine Kraft, nicht einmal die zum Laster. Es sind uninteressante Lumpen. Es gibt Bauern – aber proletarische Bauern, ausgesogene Bauern, fast Leibeigene. Die kommen für die Kultur des

Landes überhaupt nicht in Betracht. Dann gibt es – – keinen Mittelstand – wenigstens nicht in unserem Sinne einen, der erwirbt. Dann – Industrie ist nicht – Politiker. Man kann auch Schieber sagen. Man kann auch Advokaten sagen. (So nennen sich alle.) Man kann auch Gauner sagen. Sie sitzen tagsüber in den Kaffeehäusern herum, arbeiten hat sie noch kein Mensch gesehen, sie beziehen manchmal aus dunklen Quellen viel Geld, manchmal gar nichts, sie haben einen gebügelten Anzug und Lackschuh auf sicherlich ungewaschenen Füßen ... [...], was sind diese Leute ungepflegt! Es riecht – auch in den besseren Wohnungen – muffig und nach nicht sehr appetitlichen Sachen. Und alles, aber auch alles ist auf Glanz und Tünche und äußeren Glanz gearbeitet. Wundervolle Hausfassaden, aber innen schmutzige sagen wir appartements secrets und keine Badezimmer und alles vernachlässigt. Es ist ganz widerlich. Was bei dem Franzosen noch einen Schimmer von Charme und Grazie hat, das ist hier plumper Schwindel. Bei Engländern ist die gute Eleganz, so geistlos sie ist, doch wenigstens konsequent durchgeführt, und man kann darauf schwören, daß der, der die guten Hosen trägt, auch gebadet hat, bevor er sie anzog. Hier nicht. Und die Frauen –! Es kann nun sein, daß ich besonders parteiisch bin, aber das ist gräßlich. Dies ist alles nicht aus Erfahrung niedergeschrieben, es ist durch kurzen Augenschein bestätigtes Vorurteil und genau nach den Aussagen der Kenner bei der Polizei. Nein, die Frauen! Dabei ist zu berücksichtigen, daß die Blüte dieser Fauna gar nicht hier ist, die sitzen geflüchtet in der Moldau. [...] Also – mit den Zigeunerinnen in Bukarest – ach nein! Und Bukarest! Welches Geschrei haben diese Affffen davon gemacht! Und was ist? Ein paar Straßen – drei oder vier, die ganz nett sind – der Rest Provinzstadt und Panjebuden. Unausgeglichen, wie alles auf dem Balkan. Aber das alles ohne Größe, ohne Schwung, ohne Verve – nur einfach faul und schlapp und ä-bä. –

Nun, m'en fiche. (Was Du nie sagen darfst. Denn es ist nicht sehr fein!) – Ich denke, ich weiß, was ich hier unten will – aber zum Totlachen ist es nicht, was das Land und die rumänischen Leute angeht, – nun, man muß den dicken Kopf trotz allem durchsetzen.

Na, Dikkkkkker, und Du? Von Dir sind natürlich noch keine Nachrichten da, das kann ja auch noch nicht sein, – aber ich bin sehr begierig. Was – vor allem – macht der gewaltige Z.? Und was machst Du den ganzen Tag? Ist es schon sehr heiß? Und – ist Er auch manchmal bisoffen? – Dies teile mir mit.

Die Briefe werden meiner Schätzung nach 8 Tage gehen – aber die Verbindung soll zuverlässig sein.

Was hat Er Pfingsten gimacht? Hier beginnt nun bald der rumänische Sommer – ich trage heute noch einen dunklen Anzug – aber ich muß nun bald zu den hellen und dann zu den Badehosen (mit kleinem Pelzbesatz) übergehen. Und dann –? Ach ja, das sind so Sorgen.

Gestern im Offiziersheim – da aß ich nur den ersten Tag, solange ich in Uniform war – eine sehr nette Gesellschaft. Das Ganze bewegte sich dank der Anwesenheit der holden Weiblichkeit in Gestalt mehrerer Schwestern, die da den Laden schmeißen, auf dem Niveau einer Sonntagsnachmittagskindergesellschaft bei Konsistorialrats. Süß (bitte lispeln!). Dafür war aber eine der Schwestern – also, mir gefallen immer dieselben Frauen. Sie ist schon gar nicht mehr jung – aber ganz vernünftig und überlegen und gescheit und kühl. Als Frau nichts – aber als Mensch eine Freude. Eine andere junge war da, ach! man möchte den jungen Damen immer zurufen: «Laß doch! das ist alles überholt was du da machst!» Dieses ganze Gemache und Geziere und Getue – sie können ja alle nichts geben. («Immer schimpfen!») – Nein, Dicker, immer nicht. – Ich habe die fatale Unsitte des Vergleichens auch wieder ausgeübt – lieber Matz – ich überschätze schon nicht. – Dafür küsse ich alles Blonde und schreibe klein und bescheiden hin: guten Tag, liebe Méli! –

Dein

Polizeistelle Turn-Severin
Deutsche Feldpost 310
Nr. 9 den 24. Mai 1918

Liebes Matzlein,
noch habe ich keine Post von Dir, was ja auch nicht gut anders sein kann. Die erste berliner Post kam heute – Briefe aus Autz, die mir nachgeschickt wurden. Darunter auch einer von H., der allerhand Krimskrams berichtete, harmloses Zeug, und dabei immer Deinen Namen «Märri» schrieb – man denkt an «plärren» – ich fand eigentlich Mary ein kleines bißchen hübscher ...

Hierorts hat sich nichts Neues ereignet. Es fängt an, satanisch heiß zu werden. So nachmittags gegen 4 oder 5 Uhr schwindet jede Lebenskraft, und schlaff und matsch hängt dieser über einen Stuhl gelehnt und denkt an kühle Zitronenlimonaden (die natürlich gar nichts helfen würden). –

Wenn ich meine ersten Briefschulden beglichen habe, dann will ich versuchen, ein wenig zu arbeiten – Zeit genug ist da, wenn es nur nicht allzu heiß wird.

Was hast Du immerzu gimacht? Mély pai-painka? – (Bitte: der Nungo war noch nie so wenig unana wie augenblicklich; es ist krankhaft.) Ich freue mich sehr auf die ersten autzer Berichte, und wie es in den letzten Tagen noch in Riga gewesen ist und wie jetzt in der Residenz Autz die Luft weht und so dergleichen. Aber das wird ja wohl alles unterwegs schwimmen.

Erlebt habe ich gar nichts. Doch: ein Buch von einem Franzosen Barbusse (auch Bücher kann man erleben). Es ist künstlerisch nicht sehr wertvoll, weil zu lang, heißt *«Le Feu»* – ich habe es deutsch gelesen – und behandelt eine Spanne Zeit aus dem französischen Schützengrabenleben. Ungeschminkt, sehr friedensfreundlich und deshalb bei den Franzosen in den Bann getan. Es fehlt die Arbeit und die Literatur, es ist einfach eine Fotografie des Lebens – als Tendenzwerk ausgezeichnet. Wirklich gut ist nur der Schluß; sie, die französischen Soldaten, liegen da alle im Dreck, voller Blut und Schmutz, unter Verwundeten und Gefallenen und den im Granattrichter Ersoffenen, und beim Morgengrauen sprechen sie über den Krieg. («Weißt du noch, das Weib in der Stadt, wo wir vor kurzem waren, wie sie vom Angriff sprach, daß ihr die Spucke heraustropfte, als sie sagte: Ein schöner Anblick muß das sein –!») Und wie sie dann die aufzählen, die schuld an dem unermeßlichen Elend sind, die Professoren und die Hetzer und die Eitlen und die Verdiener und die Phrasenmacher ... «Es gibt solche, die sagen: ‹Wie ist das alles schön!› – Und solche, die sagen: ‹Die Rassen hassen einander!› Und solche, die sagen: ‹Ich werde fett vom Kriege, und mein Bauch wächst dabei!› – Und solche, die sagen: ‹Es hat von jeher Kriege gegeben, also wird es auch fürderhin Kriege geben!› Dann gibt es solche, die sagen: ‹Ich sehe nicht weiter als meine Nasenspitze und verbiete den andern, weiter zu sehen!› – Es gibt solche, die sagen: ‹Die Kinder kommen zur Welt mit roten oder blauen Hosen am Hintern!› – Es gibt, fluchte eine heisere Stimme, es gibt solche, die sagen ‹Schlagt die Augen nieder und glaubt an Gott!› –»

Es reicht auf keiner Seite an die ungeheure Gestaltungskraft und den starken Gottesglauben Tolstois in *«Krieg und Frieden»* heran, keine Szene ist darin (kann auch nicht darin sein, weil es das zum zweiten Mal nicht gibt), die etwa an die Stunde heranreicht, in der der Fürst verwundet bei Tolstoi auf dem Schlachtfeld liegt und die Wolken ansieht, und das Menschliche ist weit, weit unter ihm, und es wird alles so leicht und verständlich – – Das nicht. Aber es ist sauber und offen und anständig, das Buch von Barbusse, und das ist auch etwas wert.

Du dikkkkkkker Mann – Geschichten hört man so aus diesen Gefilden – hier haben sich Leute in Wochen so viel Geld «verdient», daß man damit bei bescheidenen Ansprüchen ein Leben lang hätte auskommen können. Sie haben dann natürlich in ein paar weiteren Wochen nichts mehr. Aber es ist ganz unglaublich. Davon machen wir harmlosen Mitteleuropäer uns keine Vorstellung. Und es ist noch eine andere Korruption wie bei den Russen, wo meist Gewalt der Behörde gegen die dumme Trägheit machtloser Untertanen steht. Hier nutzen sich häufig Gauner gegenseitig aus und das so schamlos, so gigantisch und offen, daß man aus dem Staunen nicht herauskommt. Manches ist reizend; wie Bürgermeister, wenn es ihnen schlecht ging, einfach ein Theater oder ein Hebammenheim oder einen Park anlegen ließen – und wenn es dann soweit war, dann war zwar das Bauwerk nicht fertig, aber der Bürgermeister hatte das Portemonnaie voll. Wobei er sich aber nicht mit Prozenten begnügte, sondern den Hauptteil einzustecken pflegte. Damit ist es ja nun vorbei – aber im kleinen mag noch manches gespielt werden.

Was es für ein Volk ist, kannst Du aus dem Ausspruch eines Polizeibeamten ersehen, der auch in Kurland gearbeitet hat. Er sagte: «Ja, die Letten! das waren doch wenigstens noch Kerls, die hatten Mut und waren dickköpfig, und man hatte vielen Kummer mit ihnen – die Rumänen sind schlappe Kerls!» – Nun stell Dir das vor: die Letten als kraftvolle Helden –!

Ja, Frau Hilfspolizeibeamtin, das wäre so alles. Jetzt ist es schon spät am Vormittag, der Himmel ist ganz weiß, und die Hitze brütet auf dem großen Platz. Die Schwalben zanken sich mit den Spatzen um den Futterplatz – es gibt hier viele kleine Schwalben auf den Straßen – die Fliegen summen die Musik des Sommers – und einem wäre beträchtlich wohler, wenn Herr Matz auf dem Schreibtisch sitzen würde, beinebaumelnderweise und eine Zigarette rauchte und noch eine und nicht verfehlen würde, nach jeder zu erklären, nun müßte sie aber bestimmt gehen – und man könnte sich etwas verzählen und sich Bücherchens ansehen und sich – immerhin – in die Beine kneifen – kurz: à deux.

Dies soll aber sein. [. . .]

Polizeistelle Turn-Severin
Deutsche Feldpost 310
Nr. 10 den 26. Mai 1918

[. . .]

Sonst hat sich hier nichts ereignet. Gestern war ich . . . aber nun kommen wir an einen sehr heiklen Punkt dieser Briefe. Nein, nicht an den – denn gerade darüber würde ich Dir, weil Du ein verständiger kleiner Mensch bist und weil ich Dich lieb habe, sehr offen schreiben – nein, nichts mit Frauen – aber ich möchte Dir so gern über Land und Leute und Menschen und die Deutschen hier unten manches sagen, weil ich weiß, daß Du dafür Verständnis hast – aber das meiste hängt so sehr mit dem Dienst zusammen, daß ich es nicht gern schriftlich niederlege. Nun sind das ja alles keine Staatsgeheimnisse, aber so ein Brief könnte doch einmal aufgimacht werden, und dann hätten wir beide allerhand Kummer. Und das wollen wir doch lieber vermeiden. Nur soviel: es macht sehr viel Spaß, die Welt auch einmal von unten anzusehen, und man erfährt eine ganze Menge. Ich war bei einem rumänischen Beamten, einem fetten Mann mit schwarzen Knopfaugen und Hängebacken (im Gesicht) – und mein aber schon sehr eingerostetes Französisch mußte herhalten, denn sein Deutsch war na, so ungefähr wie das Rigaische, ja ... Sein Balkanfranzösisch – es war nicht zum Totlachen – ging mir mühelos ein, ich selbst habe abscheußlich viel verlernt und werde lange wieder sprechen müssen, bevor ich auf der alten Höhe bin. Er erzählte allerhand – und es ist schade, daß wir nicht das sind, was die Engländer bei den Franzosen sind: gehaßt, gefürchtet, heimlich bewundert und kurz: überlegen. Ach nein, aber schon gar nicht. Und das kann man eben nicht alles aufschreiben. –

Heute ist ein Sonntag, Du dicker Matz, Du fürchterlich dicker Matz, und ich bin sehr neugierig, zu wissen, was Er heute anstellt. Fährt Er hinaus auf den Friedensschauplatz? Es wäre doch wesentlich hübscher, wenn erst wieder Krakelbriefe von Ihm da sind. Ich habe heute nachmittag Dienst, ich muß einen Bericht bauen – –

Aber nun sitze ich schon hier und schreibe an Dich. Es ist nach Tisch, und wir haben unter lieblichem Musikgetön gespeist. (Die Kapelle war so ungefähr 5. autzer Besetzung – aber schön laut.) Und bei Tisch war es heute aus irgendeinem Grunde sehr heiter – wir tranken, aber nicht so viel wie Du bei solchen Gelegenheiten zu trinken pflegst – und der Dr. D. erzählte gefährliche Geschichten. So, wie er mit seiner Frau einmal spazieren ging, und auf einmal, «wissen Sie, ich hatte traumverloren meine Frau ganz vergessen, stieß ich ein bißchen auf. (Aber nun mußt Du ihn aufstoßen hören – ich sage Dir, die Bäume zittern!) Und meine Frau kehrte einfach um, und ging nach Hause, und ich – wie ein kleiner Hund, der ... gemacht hat, hinterher. Ach ja!» – Oder, wie er mit Bekannten im bremer Ratskeller saß (und die bremer Gesellschaft ist als ganz besonders steif und fein und étepetéte bekannt) und an einem benachbarten Tisch saßen ein Regimentskommandeur und dessen Frau und sein Adjutant. Und der Adjutant zieht im Laufe des Abends – ringsherum die patrizischen Gesellschaftsmitglieder und überhaupt feine Leute – zieht sein Taschentuch heraus und dabei fällt ein kleines Kästchen auf den Boden und heraus rollen – nun sagen wir – eine ganze Menge Dingelchen aus Gummi. Es soll einer jener Momente gewesen sein, wo sich die Erde für den Beteiligten öffnen möge, um ihn zu verschlingen. D. sagte, man habe genau feststellen können, welche von den jungen anwesenden Damen gewußt hätten, was da rollte, und welche nicht. Und die Frau des Kommandeurs –! Ein Gesicht wie eine Zitrone. («Feine Geschichten – einen sehr feinen Freund hast Du –» Ja.)

Lieber, aber über alle Maßen dicker Matz – nun möchte ich gern, daß ich nicht so ins Hellblaue schreibe, sondern daß auch wieder Briefe von Dir da sind. Es macht sich hübscher, weißt Du? – Denn es gibt so ein untrügliches Zeichen für diese Dinge – und solange das anhält, ist es gut, und ich denke mir, so skeptisch ich darin bin, vorläufig, es wird, sagen wir, eine ganze Weile anhalten: alles, was man tut und sagt und erlebt, sagt und tut und erlebt man immer mit dem andern zusammen. Er muß immer – und wenn auch imaginär – dabei sein. Wenn das nicht ist, dann stimmts nicht. Na – Du bist zur Zeit dauernd in Rumänien, auch wenn Deine Mama es gar nicht weiß und es sicherlich nicht erlauben würde. Aber da kann ich ihr nun nicht helfen.

[. . .]

Polizeistelle Turn-Severin
Deutsche Feldpost 310
Nr. 11 den 28. Mai 1918

[. . .]

So? Und ich soll Ihm keine Briefe schreiben mit «wippen» und so – und was müssen meine portweintreuen Kinderaugen bei Ihm lesen? «Die Unaussprechlichen passen –» Habe ich Ihn erstens danach gifragt? Schickt sich das zweitens für ein feines junges (wenn auch sehr dikkes) Mädchen aus den besseren kurländischen Kreisen, an einen ganz fremden Mann von seinen – huch! Ich bin recht rot geworden (auf der Nase) – und Er ist ein verworfener Charakter.

[. . .]

Abgesehen davon und was Deinen Flaischlen angeht: ja, ich weiß nicht recht. Ich besitze von ihm kein Buch. [. . .] Ich weiß nicht . . . Er ist brav und ordentlich – allerdings nicht jetzt im Krieg, da hat er böse Sachen von sich gegeben – aber es brennt und lodert nicht. Ich weiß nicht, wer die Frau ist, die er da hat; ich weiß nur, daß er ein Bürger ist. (Hast Du die «*Buddenbrooks*» schon aus der Leihbücherei gelesen? Tus; Hanno wird Dir ein guter Freund für Lebenszeit werden, und dann wirst Du da auch lernen, was das ist: Bürger.) Er ist ein Bürger; bei einem Schriftsteller ist ja nicht das das Wesentliche, wovon er ausdrücklich schreibt – sondern die ganze Luft, in der er und sein Kopf leben, das, worüber er nicht mehr schreibt, weil es ihm selbstverständlich erscheint, so seine ganzen Anschauungen von Welt und Dingen . . .

Und da habe ich bei Caesar – ach, er ist kein Caesar! – das Gefühl, er hat ein Leben gern ohne große Aufregungen, mit einem Schutzmann in der Mitte und Ordnung und mittags Kalbsbraten und eine Frau, aber alles hübsch der Reihe nach ... Dabei sind manche Sachen seiner jüngeren Zeit nicht unübel – das Gedichtchen *«Nun regnet es sich langsam ein –»* das mit den Rosen «es werden wohl die letzten sein» ist gar nicht schlecht – aber er gehört meiner Ansicht nach zu denen, die Gedichte machen und Gedichte – und wenn man hundert davon geschrieben und weitere hundert gelesen hat, dann ist es noch so und nichts ist anders. Bei Liliencron ist das nicht so. Mit dessen Augen sieht man die Welt. Aber da hats auch gebrannt, daß die Funken stoben.

[...]

Polizeistelle Turn-Severin
Deutsche Feldpost 310
Nr. 14 den 3. Juni 1918

[...]

Hier haben sich verschiedene Sachen begeben, die ich Ihm später einmal erzählen will. Ich möchte dergleichen nicht aufschreiben. Es betrifft mich nicht, sondern ich war nur Zuschauer. Und außerdem ist Er vielleicht dazu noch zu jung ...? («Hach! Es ist ja zum Lachen –!») Na, ich weiß doch nicht.

Was viel interessanter ist: ich habe ein Büchelchen von Catulle Mendès gefunden – *«L'Art d'Aimer»* – ich will Ihm etwas bei Gelegenheit daraus übersetzen und schicken. Ein Kapitel *«Après le baiser»* ist drin – (und dieses Kapitel interessiert mich, solange ich darüber denken kann, das, was nachher ist –) das ist recht hübsch. Erstaunlich, wie auch ein mittlerer Schriftsteller bei den Romanen so etwas heraus hat. Es ist eben eine andere Rasse, und sie würde Dir sicher gefallen. Sie hat ihre schweren Schattenseiten – die sieht eine Frau spät oder gar nicht; Du vielleicht eher, weil Du innerlich sehr giwaschen bist – aber sie haben etwas, einen Charme, irgendein Unausdrückbares, das man ihnen nicht nachmachen kann. Wie wäre sonst möglich, daß die Yvette Guilbert, die Liedersängerin – ich zeigte Dir einmal ein Lied, das sie gesungen hat, das von dem Herzen, das der Junge seiner Mutter für ein Weib herausschnitt und das er fallen ließ und das Herz: «T'-as-tu fait mal, mon enfant?» – daß also die Guilbert öffentlich ein Ding singen konnte, wie es hier auf einem Klavier gelegen hat! Der Inhalt ist derartig unverschämt, daß er sich auch nicht einmal andeuten läßt; aber sie sang dieses Chanson, das weder literarisch noch musikalisch besonders wertvoll ist, vor allen Leuten – und sie soll dergleichen nach den Beschreibungen so entzückend frech und unbeteiligt und grandios gemacht haben, daß keiner sich schockiert und jeder nur amüsiert fühlte – und wie ich Ihnen kenne, Sie hätten ganz ein bißchen – und natürlich nur ins Taschentuch – gilacht . . .

[. . .]

Gestern wurde bei den Bayern im Kasino Betrinken gespielt. Nein. Was Du denkst, ist diesmal nicht. Ich hatte drei Pillen Chinin im Bauch und bekam daraufhin einen Zustand, ich denke mir, so ungefähr muß einer Mutter von Drillingen zu Mute sein. Es geschah aber mit mir nichts dergleichen . . . («Na! Hört Er nun bald auf!») – Ja. Und ich begab mich still und leise um 1/2 9 ins Bett, woselbst es mir nicht sehr heiter erging. Es greift das Herz an; ich muß das mit dem Chinin anders anpacken. Ich habe es schon heraus, und heute gehts wieder gut – Dies, was meinen Lebenswandel betrifft.

Den äußerlichen. Und den innerlichen –? Lieber Dicker, das ist nun gar nichts für die Schreibmaschine, und wohl überhaupt nichts für einen Brief. Wenigstens nichts für einen Mannsbrief. Frauen dürfen – – Doch. (Denn wenn sie allzu zurückhaltend sind, so müssen sie sich nicht wundern, wie sies doch getan haben, wenn man nachher nicht weiß, was gespielt wurde.) Aber nun weiß ichs immerhin. –

[. . .]

Peter Panter [den 5. Juni 1918]

## Der Deutsche in Indien

Wir hatten das schon einmal: als Hermann Hesse in Indien war, schrieb er das Seinige auf, und es wurde doch, so hübsch es sich auch anließ, Franken mit etwas bunteren Kulissen als sie südlich des Mains zu finden sind.

Waldemar Bonsels hat sich in seiner *«Indienfahrt»* (bei Rütten & Loening) dem fremden Erdteil schon mehr hingegeben. Gott sei Dank verzichtet er ganz auf die Gelehrsamkeit, auf die falsche Bildung, auf die Präparation, die einer Reise voranzugehen hat – er wählte die Eichendorffsche Art, zu reisen: alles hinnehmen, träumen und betrachten.

Um das weniger Gelungene vorweg zu nehmen: manches ist Literatur. So einige Träume und das trunkene Gespräche mit dem Affen und ähnliches. Aber das sind Schönheitsflecke in diesem hübschen Buche.

Bonsels, eine eigentümliche Mischung von Norddeutschland, Schwäche, Kompliziertheit und Schlichtheit (er hat sadistische Mathematik wie

«*Kyrie eleison*» und ganz innerliche Kindergeschichten geschrieben, mit derselben Hand) – Bonsels hat Humor. Und das ist für eine Reise etwas sehr Wichtiges. Aber nicht diesen gräßlichen Hamur, der die heimische «Lektrische» mit einem Rikscha vergleicht, sondern so ein stilles Schmunzeln über diese bunte Welt. Das ist gar nicht englisch und auch ganz unromanisch, das ist der Deutsche: wie er sich, den Kopf wiegend, noch freut, wenn irgendeine Unternehmung gänzlich schief geht, der Bootsführer ist unpünktlich, der Reis ist angebrannt, in den Zimmern toben die Ratten – er sieht sich das alles an. Und dann ist da so eine Luft in den Gesprächen zwischen ihm und seinem Diener Panja, das ist Ironie, aber von der feinsten und bei uns ach! so seltenen Sorte. Ganz entzückend in ihrem leisen Selbstspott, so fein, so fein, als ob nur gerade jemand mit einer Pritsche vorbeigegangen ist, klingt die Geschichte, «ein bedauernswertes Ereignis dieser Zeit», wie er in einem Dorf austrommeln läßt, er sei bereit, für Schmetterlinge oder Käfer je eine Kupfermünze zu bezahlen. «Am Morgen nach dieser Kundgebung weckte mich in aller Frühe ein seltsames Geräusch vor meinem Hause, das ich anfänglich vergeblich zu erkennen trachtete, bis ich endlich herausbrachte, daß es ein Volksgemurmel war. Erschrocken trat ich ans Fenster und erkannte nun eine auffallend geordnete Reihe von Menschen, Kindern, Greisen, Frauen mit Säuglingen auf den Hüften, Männern und Jünglingen, auch fehlte es nicht an Bettlern, Straßendirnen und Landstreichern. Die Reihe machte gehorsam den Bogen des Gartenwegs mit, schlängelte sich durch die offene Pforte und ging dann auf Cannore zu. Es war nicht abzusehen, wie lang sie war; diese Erfahrung blieb mir anfänglich erspart, wie es das Leben bei harten Schicksalsschlägen seinen Opfern zuweilen dadurch erleichtert, daß es nicht sofort die ganze Fülle des Ungemachs offenbart.» Das ist ganz Busch. Es ist der stille Humor Niederdeutschlands; wie sich dann sein Affe still ins Haus zurückzieht, «weil dieser Anblick ihm neu war» – und wie auf einmal der ganze Spaß versinkt, und etwas Wunderschönes auftaucht: ein Kind, das einen bunten, zerdrückten Schmetterling anbringt. Und wie er in die Augen des Kindes sieht, erkennt er plötzlich, daß man durch Anhäufen und Sammeln den Dingen nicht näher kommt und gibt sein Geld den Kindern und Armen und entläßt sie alle.

Solcher Episoden und Geschichten sind viele in dem Buch, von dem man möchte, daß es recht viele läsen. Wegen des Spaßes und wegen des Ernstes: und auch – Du wirst das verstehen, wenn Dus liest – wegen der Schilderung der englischen Beamten und ihrer Art, mit den Eingeborenen umzugehen. Ja, ich weiß, daß die Engländer das Land aussaugen.

Am schönsten aber ist die Geschichte, wie der Reisende eine eingesperrte Frau in einem Käfig vorfindet, die klagt. «Ist es ein Tier?» fragt er erst. Nein, es ist eine ungetreue Geliebte des Königs. Sie sitzt in einer Art Hundestall, hinter einem Holzgitter, vernachlässigt und allein. Und der Deutsche tut etwas, was er auf der ganzen Reise sonst nicht getan hat: er greift in den Gang der Dinge ein und zwingt den König, die Gefangene frei zu lassen. (Der König glaubt übrigens, der Reisende sei ein Engländer.) Und nun ist die Frau da, und Bonsels will sie mitnehmen, um sie ganz in Freiheit zu setzen. Aber der Diener kommt und meldet: «Sahib, die junge Frau bittet dich, sie zurückkehren zu lassen.» – «In ihr Gefängnis?» – «Ja, Herr. Sie hat die Hände auf ihr Herz gelegt und den Namen des Königs genannt.» –

Und als ich dies las, ließ ich das Buch sinken und dachte lange an Dich.

Ein ungedruckter Panter, weil schon ein anderer über das Buch (das Du noch bekommst) geschrieben hat.

Polizeistelle Turn-Severin
Deutsche Feldpost 310
Nr. 17 den 10. Juni 1918

[...]

Gestern und vorgestern und die ganzen Abende: Storm. Na, den muß Er lesen, wenn Er ihn noch nicht kennt und seiner habhaft wird. (In der Bibliothek ist er nicht, weil es ihn jetzt nicht zu kaufen gibt, deswegen steht er auch noch nicht in Seiner Bibliothek.) Das ist eine Sache. Der Novellist ein klein wenig Limonade, in den schwachen Stücken; meisterhaft in den guten und ganz groß in den Gedichten. «Noch einmal fühl ich eines Herzens starken Schlag – An einem juniheißen Sommertag –» und immer erschütternd, wenn er sagt, daß er alt ist und «Noch einmal!» (Darüber hat er auch seine stärkste Novelle geschrieben *«Späte Rosen»*.) Und dann das, was ich so gern an Frauen habe (es gibt nur so wenige wertvolle, mit denen man so stehen kann, ohne sich zu erniedrigen –): so eine innerliche Wärme. Leidenschaft auch – aber das haben ja viele – aber dann, wenn das vorbei ist – dann so eine Güte von Mensch zu Mensch, nicht mehr von Mann zur Frau allein. Es ist ganz herrlich, und in der Wortkunst heute noch vorbildlich, obwohl viele Sachen fünfzig Jahre alt sind. Er kann es – und wenn er auch immer nur an seine gedacht hat: man muß gleichfalls den Versen eine Vorstellung zu Grunde legen: sie.

[...]

Polizeistelle Turn-Severin
Deutsche Feldpost 310
Nr. 19 den 14. Juni 1918

[...]

Natürlich hat Er recht, was Er von den Kriegsgefangenen schreibt. Man darf nur niemals – was Du ja nicht tust – sagen: die armen Russen! sondern man muß sagen: die armen Menschen! In dem Buch von Barbusse «*Le Feu*» sind so ein paar Szenen – das Tierische kommt da ganz deutlich durch. Ich habe mal in einem russischen Nest einen Verbandsplatz gesehen, da lagen die Leute – Deutsche und Russen – auf Stroh – wie Tiere. Glanzlose Augen und stumpfsinnig und verdreckt... Und das war noch nicht das Schlimmste, denn es fror nicht, und man konnte ihnen zu trinken geben. Nun geht es ja bei dem einen schneller als bei dem andern: einmal aßen oben auf dem Boden des Stabsgebäudes [...] zwei Russen aus unserem großen Suppennapf, in dem wir damals Essen holen ließen – sie hockten am Boden und schmatzten und stöhnten vor Genuß – ich bin weggegangen. Ich kann Leute leiden sehen, aber dies war eine schreckliche Erniedrigung, und man mußte sich sagen: und wie würdest du selbst aussehen? – Bei den Russen gehts vielleicht rascher, daß sie vertieren, bei den Deutschen wirds auch nicht übermäßig lange dauern, der Engländer scheint bis zuletzt standzuhalten... Die Leute mit den «großen Ideen», die die Welt beglücken (aber nicht selbst mitkämpfen, versteht sich), sagen, es sei trivial, in solchen Fällen zu sagen: auch der hat eine Mutter! und eine, die ihn liebt, und welche, für die er der Mittelpunkt ihrer kleinen Welt ist – – es käme nicht auf den einzelnen an, sagen sie. Es kommt nur auf den einzelnen an. Das Volk, und das Ganze, sind eingebildete Dinge, die wir uns gemacht haben. Aber dieser Jammer gehört vielleicht nicht in einen Brief...

Dicker, wie ich von Ihm weggegangen bin, da habe ich genau gewußt, daß man Ihm richtige Briefe schreiben kann, weil Er das versteht, und daß Er nach dem dritten, wenn Er sentimental-süßlich wäre, gelangweilt auf die Straße schauen würde. Das kommt ja auch gar nicht in Frage, zwischen uns beiden. Aber – das muß Er mir schon erlauben, zu sagen – aber so lange ich nun von Autz bin, und das ist ja nicht lange, das ist wahr, habe ich eine richtige fixe Idee. (Denn der wahre Ausdruck ist mir zu pathetisch.) – Es kann nun sein, was es will: etwas Persönliches, oder eine Landschaft oder eine spaßige Situation oder ein schönes Buch oder ein Bild oder irgend etwas... ich muß immer denken: was würde sie dazu sagen? Und: das müßtest du ihr eigentlich zeigen? Und: sie muß überall dabei sein. – Es ist ja gar nicht das, daß ich glaube, Du müßtest nun immer das Beste und Klügste dazu sagen, das ist ja Unsinn – Du bist jung, und ein Mädchen, und es ist gar nicht Deine Sache. Aber das ist der Zusammenklang, und das Gefühl: sie gehört dazu, und wenn sie es nicht miterlebt, dann macht es dir keinen Spaß.

Das kann man nicht aufschreiben. In dem, was ich hier und da für Dich drucken lasse, ist auch nicht ein Hundertstel davon. Ich scheue mich kaum – aber man kann das nicht. Das Gefühl quillt über die Druckseiten, und das ist dann nachher Sache des Herzens, aber nicht mehr der Literatur. Und es geht nicht einmal ganz – obgleich ich mir einbilde, deutsch schreiben zu können, in den Briefen. Wahrscheinlich überhaupt nicht in Worten.

[. . .]

Polizeistelle Turn-Severin
Deutsche Feldpost 310
Nr. 23 den 24. Juni 1918

[. . .]

I sieh mal an! Also alle gehen nach Finnland? Bei vielen ist das wohl so eine Art Taumel, die der fremde Name in ihnen hervorruft – denn ich sehe es immer wieder, welche Lüge es ist, wenn die Deutschen sagen: Rumänien und Finnland und Serbien . . . Es ist gar nicht wahr. Es ist überall dieselbe Kaserne, die meisten leben eingekapselt im Dienstbetrieb und sehen und hören nichts von dem Fremden: Dirnen sind schließlich international, und viel mehr bekommt der gewöhnliche Soldat vom Land nicht zu sehen. Und der Offizier will oder kann nicht mehr sehen. Du müßtest hier bei Tisch einmal die Urteile und Aussprüche über Rumänien hören – nicht das Einfachste wissen sie. Sie behandeln alles – und sie machen es sicher mit den Balten nicht anders, soweit nicht ein Großgrundbesitzer mit dem andern sympathisiert – wie «Panjes», so recht von oben herunter. Und die «Panjes» rächen sich – heute noch leise und fast unhörbar, in zwanzig Jahren dann wieder so wie 1916 – und alles staunt über die Unbeliebtheit der Deutschen im Auslande. –

[. . .]

Draußen rauscht der Regen. Es gibt wohl für alle Leute ein Wetter, das ihnen ganz und gar adäquat ist, bei dem sie sich am wohlsten fühlen. Sonnenschein bei dem einen, Sturm bei dem andern. Ich habe mehrere Wetter, die mit dem niedrigen Barometerstand und am liebsten einen frischen Regen und einen klärenden Wind. Aber – Sie entschuldigen schon – Wetter ohne Mädchen ist auch nicht das Richtige.

Dicker, es ist doch überall dasselbe. Heute morgen beim Kaffeetisch erzählte eine Schwester aus dem Offiziersheim, der Etappenkommandant habe ihnen das «Flirten» verboten. Der Begriff soll noch nicht festgelegt sein. Nun muß man die Schwestern sehen: eine, ein klein dummes deutsches Bürgermädchen; die, die mir das erzählte, eine ältere, über allen Zweifel erhabene adlige Jungfer, dann eine alte verheiratete Frau – das sind so die Objekte. Ach Gottchen – der gute Kommandant. Gott segne seine Menschenkenntnis.

Worauf Er denn in Seinem Brief No. 16 – von Ihm ist übrigens noch keiner verlorengegangen – schreibt, man könnte doch zwischen den Zeilen lesen. Kann man. Man muß gewiß nicht alles sagen, Meli. Man kann nicht einmal alles sagen. Aber soviel, daß Er mit dazugehört, und daß es keiner Versicherungen bedarf, für die auch Tinte nicht der Stoff ist, um diesen hier wissen zu machen, daß es mit ihm ebenso ist. Es gibt viele Frauen, die man küssen kann – aber es gibt immer nur eine, mit der man sagen kann: Wir. Ich weiß eine.

[. . .]

Polizeistelle Turn-Severin
Deutsche Feldpost 310
Nr. 27 den 30. Juni 1918

[. . .]

Was ich noch sagen wollte: ach! man soll niemals seinen Illusionen zu nahe auf den Leib rücken. Wir sahen hier immer eine Rumänin herumlaufen, die erste schöne Person, die ich hier unten gesehen habe. Auffallend, fast blendend schön. Gestern abend sprachen wir sie an. Ich ging ein Stück mit ihr und ihrer Schwester, einem kleinen Mädchen. Kein Französisch, sehr schlecht deutsch. Und so faul und phlegmatisch. Nichts. Heute morgen sahen wir sie wieder. Nun trug sie gestern abend ein rumänisches, silbergesticktes Nationalkostüm – und heute . . . Au! sie hatte einen großen Kaffeefleck auf dem Schlips und die Knöpfe saßen schief und der Puder hatte die Haut runzlig gemacht . . . Es war nicht heiter, und nach zwei Straßenecken zogen wir unseres alleinigen Weges. Es ist nichts mit diesen südlichen Frauen – –

(Große Klammer. Aber wenn was mit ihnen wäre [. . .]: dann wäre auch nichts mit ihnen. Ich habe jetzt ein Buch vor von einem, der lange in Rußland gefangen war, der schreibt dergleichen auch seiner Frau. Ich werde Dir Buch und die Besprechung, die ganz für Dich ist, dann schicken. Man kann ja gar nicht. Ich kann mir denken, daß das Natürliche mit einem durchgeht, aber ich kann mir keine menschlicherotische Beziehung zu einer andern Frau denken. Das sind nun durchaus keine fein ausgedachten Unterschiede: denn wenn man wirklich einmal bewußt und kräftig über die Stränge haut – von dem Mädchen weiß man am nächsten Morgen nichts mehr. Ich brauche auch das kaum – untreu sein, das wird wohl nicht gut gehen. Es gibt doch nur dies oder das: entweder aus – oder aber Du bist da, und dann gehörst Du dazu, und dann kann man doch nicht einer andern Frau Dinge sagen, die nur Du hören sollst. Und so alt ich in allen andern Dingen bin, in diesem einen Punkt muß Er mir erlauben, daß ich komme und meinen Kopf in Seinen Schoß lege. Er braucht dann gar nichts zu sagen – wenn Er mir mit der Hand über die Haare streicht, weiß ich alles. Tut Er das –?) Und dann will ich diese große Klammer wieder zumachen.

Dr. Blaich, der mit seinem Schriftstellernamen Dr. Owlglaß (so viel wie Eulenspiegel) heißt, hat mir heute geschrieben, daß er Dir durch L. das Gedichtbuch geschickt hat, von dem ich Dir schrieb. Hoffentlich kommts an. Da ist ein Gedicht drin *«Daheim»* – na, Dicker, nun lies es nur und dann sage, ob es nicht für alle Liebenden geschrieben ist. Und ich wünschte so sehr, daß wir erst in dem kleinen blauen Häuschen, sagen wir, wären . . .

[. . .]

Polizeistelle Turn-Severin
Deutsche Feldpost 310
Nr. 30 den 10. Juli 1918

[. . .]

Jetzt kaue ich mir auch am Federhalter, wie Er damals, in alten Sommertagen – denn es ist so ereignislos gewesen, daß ich nachdenken muß, was ich Ihm alles zu sagen habe. Ach, so viel – – aber dicke Leute müssen mit dem Gefühl sparsam umgehen, sonst schmelzen sie bei der Hitze. Puh –

Einen Kapitän habe ich hier gesprochen – (daß ich alle meine Decken und Kissen vergessen habe, beim Umzug, und daß sie nun weg sind, das traue ich mich gar nicht aufzuschreiben –) einen Kapitän also, der in der Welt weit herumgefahren ist – mir gefiel er. Ein roher und rücksichtslos brutaler Durchschnittsmensch – aber was er über die Deutschen im Ausland sagte, und besonders über den deutschen Kaufmann, der die andern immer unterbietet und nun auch in der Lebenshaltung nicht mitkommt und so unangenehm auffällt – das war mir aus dem Herzen gesprochen. Er war nicht dumm, und er glaubte auch – was so viele gute Leute glauben – daß wir leider nichts dazu gelernt haben, daß das alles beim schlechten alten bleiben werden wird. Ach ja, es ist eine große Zeit. Aber wenn nichts aus ihr herausgekommen wäre als die Bekanntschaft mit Herrn Schrumpelsoffke, so wäre das auch schon allerhand. –

Hier ist etwas Merkwürdiges passiert, und ich erzähle Ihm das auch nur, damit Ers nachher richtig versteht: ich habe hier – es ist eine Ewigkeit her, seit es geschah – seit Jahren wieder ein ernstes Gedicht gemacht. Schuld ist jemand, von dem ichs nie geglaubt hätte: der kleine, aber krummbeinige Ludolf. Jacobsohn riet mir, unter allen Umständen meinen vollen Namen darunterzusetzen. (Ich hatte nur K. T.) Und ich kann nicht. Sonst ist mir nichts zu frech – erst wollte ichs nur Dir schikken. Nein, der ganze Name – es geht nicht. Es wird wohl bei den zwei Buchstaben bleiben. Weils letzten Endes keinen angeht, außer jemanden. Und der weiß schon.

[...]

## Briefbeilagen von Peter Panter

[Die Weltbühne
11. 7. 18]

### Der Tscheinik

Der Kunstschriftsteller Julius Meier-Graefe hat die Erlebnisse in seiner russischen Kriegsgefangenschaft aufgeschrieben und das Buch (das bei S. Fischer erschienen ist) *«Der Tscheinik»* genannt. So heißt ein Kessel, in dem sich die Russen ihren Tee kochen.

Meier-Graefe hat hitzige Freunde und hitzige Feinde. Die Feinde warfen ihm vor, daß es ihm mit seiner Kunstbetrachtung nicht ehrlich gewesen sei: er habe an Böcklins Tempel herostratisch brandgestiftelt, er sei ein pariser Impressionist, und die neuen Herren Expressionisten gar nennen ihn einen alten überholten Papa. Es muß gar nicht leicht für ihn sein. Ich weiß das alles nicht. Ich muß – wie ein Herr aus seinem Buch – so einfach dahinsagen: Ich verstehe nicht viel von der Malerei. Aber wenn nun Meier-Graefe wirklich nur ein schreibendes Luder wäre, ein Radaumacher, ein Mann mit der letzten Sensation im Füllfederhalter: ihm müßte alles verziehen werden um dieses *«Tscheinik»* willen. Denn das ist ein gutes Buch, und was mehr ist: ein Menschenbuch.

Die Sache ist die, daß sie den freiwilligen Sanitätskolonnenführer Meier-Graefe auf einer Autofahrt gefaßt haben, ins Innere Rußlands befördert, bis nach Sibirien hinein; nach langer Zeit wurde er ausgetauscht.

Wie ist diese neue Welt betrachtet! Man muß ja nun sagen, daß es für ihn nur ein Leben zum Spaß war, es war nicht Ernst; er wußte genau: zu Hause ist das Eigentliche, das, wofür zu leben ihm bisher verlohnt hatte, dies war nur Schauspiel, unangenehme Beigabe – aber wie ist diese neue Welt geschildert!

Der verstorbene Rosegger hat die Erde mit den Augen der Güte betrachtet. Man kann sie aber auch durch das Einglas der Ironie betrachten. Eine so graziöse, eine so beschwingte, eine so entzückende Ironie wie in diesem ist in wenigen deutschen Büchern. Es ist ja nicht wahr, daß man fremde Gegenden unbefangen auf sich wirken lassen kann. Man bringt doch immer die Heimat, man bringt sich selbst mit. Und das ist hier viel: eine Intelligenz aus Stahl, eine Beobachtungsgabe, rasend schnell wie die Linse eines fotografischen Apparates, und vor allem also – kaum im Zwinkern der Augen zu merken – eine himmlische Ironie. Nur einiges ist ein bißchen zu sehr Breslau.

Es ist ewig zu bedauern, daß das Buch nicht «Der Teekessel» heißt. Die eine einzige Probe – es sind nur anderthalb Seiten –, wo eine Morgentafel bei einem deutschen Stab geschildert wird, ist derart erschütternd, daß es einem in der Seele weh tut, neben dem gedruckten nicht auch noch den erzählten Tscheinik zu kennen. (Allein dieser eine Satz enthält in nuce die Psychologie jedes preußischen Kasinos einer höhern Dienststelle: «Alles ist harmlos und fidel und paßt auf wie Schießhunde.») Nun, er hat sich jedenfalls nach Rußland mit gebracht; er sagt selbst einmal: Ich blase mir auf die Fingerspitzen und bin in meiner Welt ... Wie rasch er alle Leute einsortiert! Und sie liegen immer gleich in dem richtigen Kasten. Ein paar Andeutungen, ein kleines Etikett: und da ist der blonde Vollbart und der Hauptmann mit den Vorschriften und der Mann mit der Zuckerseele – alle Vögel sind schon da. Und er hat für alle ein freundliches Wort, das sie bis aufs Hemd auszieht. Es ist nur schade, daß er sich nicht einmal selbst in Rußland begegnet ist.

Die Erlebnisse –? Ja, Erlebnisse hat er auch gehabt. Aber das ist doch ganz gleich. Und wenn er nichts erlebt hätte, wenn er nicht in diesen stinkigen Eisenbahnzügen wochenlang gefahren wäre, wenn er nicht einmal beinahe von einem Soldaten totgeschossen worden wäre, so aus Spaß, im Suff – der ließ erst davon ab, als ihm Julius die Zunge raussteckte –, wenn das alles nicht wäre: das Buch hätte die spinnewebleichte Grazie, verzeihen Sie, der Franzosen.

Am Schluß läßt es etwas nach. Ein alter Bilderkenner muß es mir altem Bücherbeurteiler lassen: diese Geschichte mit dem Drama ist nicht so übermäßig fesselnd. Die erste Hälfte ist schwerer schwarzer Kaffee – in der zweiten ist etwas Milch.

Auf Seite dreißig in der Mitte kommt zum ersten Mal Sie vor. Sie taucht auf, ist auf einmal da, und es kann kein Zweifel sein, wen er damit meint, wenn es plötzlich heißt: «Am Morgen dieses Tages wurde mir klar, daß du bereits vom Stab unterrichtet sein mußtest.» Ganz unvorbereitet steht das da. Und verläßt das Buch nicht mehr. Ich schrieb Dir neulich bei der Besprechung des Kriegsbüchleins von Victor Auburtin, wie zusammengehörig der von seiner Frau spräche. Dies hier ist viel mehr. Auch wenn nicht von ihr gesprochen wird, wird von ihr gesprochen. Sie ist immer da. Er ist nie allein.

Manche kommen durch Leid zur Religion, manche zu sich selbst – dieser offenbar ganz tief zur Frau. Das ist echt. Ich weiß genau, wo die Technik aufhört und das andre anfängt, das, was man nicht machen kann. Wie schön ist die Stelle, wo er schreibt, jetzt sähe er erst, wie ihn seine Arbeit von ihr weggebracht habe. «Das habe ich dir abzubitten, nur das.» Keine Spur von falschem Heldentum vor ihr. Er weiß genau, daß viele es schlechter haben. Nur tiefe Erkenntnis. Und diese Synthese ist so schön, weil er jahrelang, jahrzehntelang vorher analysiert hat. Und nur der darf endlich, endlich erlöst und still sagen: Ich liebe dich, der weiß, wie weit man von einander ist, und was Mann und Frau trennt. Er ist ja gar nicht romantisch: er weiß, er weiß. Er weiß, wie es sein wird, wenn er nach Hause kommt: «Am ersten Tage würde ich so herumsitzen, weil es unanständig wäre, nicht so herumzusitzen, nachdem man ein Vierteljahr nicht zu Hause war. Am zweiten Tage tut man schon etwas, halb im Spaß. Du kommst aus Versehen herein, findest mich am Schreibtisch. Schon! denkst du und gehst wieder.» Er weiß. Und wie groß muß eine Liebe sein, die dann doch – nach so viel Krampf und Erkennen und Ernüchtern und Zuneigung quandmême, nach all diesem Rumor und Dissens, Treffen und Verfehlen – die nach all dem auf die einfache Plattform steigt und den Kopf und die Hände senkt. Deswegen ist es ein Buch, das uns alle angeht.

Ob es etwas nützt, dergleichen aufgeschrieben zu haben? Ich besinne mich, in diesem dummen Buch *«Der Flieger von Tsingtau»* (das den Vorzug hatte, das erste einer Reihe von gleich schlechten gewesen zu sein, und deshalb gelesen wurde) mich immer gefragt zu haben: Wird etwas von ihr drin stehen, wenn er zurückkommt? Ja, es stand etwas drin. Eine Klischeephrase von einem Paar blauer Augen. Vielleicht kann Herr von Plüschow nur nicht schreiben. Aber ob eine Frau überhaupt und jemals weiß, was der Mann empfindet, wenn sie auseinander sind? «Ob er treu ist –» Wie wenn ein Uhrmacher ein Werk mit dem Dampfhammer reparierte ...

Ich glaube, sie verstehen es nicht. Er erlebt in Rußland, in Frankreich, überall auf der Erde seine Welt noch einmal, immer ist sie nahe, immer da. Aber Frau von Plüschow und Frau Auburtin und Frau Meier-Graefe und Du – ihr wißt alle gar nicht, wie lieb man euch hat, und wie man euch lieb hat.

Polizeistelle Turn-Severin
Deutsche Feldpost 310
Nr. 31 den 12. Juli 1918

[...] Er ist ja nur («Nur?» – Nur) eine Frau, aber das mit den Deutschen hat Er schon richtig empfunden. Nur: Er weiß nicht, woran es liegt. Ich empfinde es immer wieder. Sie sind – bei allen den vielen guten Eigenschaften, die man immer erst merkt, wenn sie einmal fehlen – sie sind so formal und kleben am «Verfahren» und das Wie geht ihnen allemal weit dem Was voraus. Daß einer erschossen wird oder daß ein Dampfer in Seenot nicht gerettet wurde oder daß eine Sache schief gegangen ist – interessiert sie nicht so sehr, als die wichtige Frage ob auch alle in Betracht kommenden Behörden unterrichtet waren, und ob es auch alles ganz vorschriftsmäßig dabei zugegangen ist und dergleichen. Und mit dieser fanatischen Buchstabenverehrung mag auch manches andere zusammenhängen, das Er so getadelt hat.

[...]

Polizeistelle Turn-Severin
Deutsche Feldpost 310
Nr. 32 den 14. Juli 1918

[...]

Gestern hatte ich ein Gespräch mit einem Hauptmann aus unserm Kasino – allerdings ein selbst für die Süddeutschen und vor allem für die jetzige Zeit selten anständiger Mensch. Er ist verheiratet, und wir sprachen so über allerhand. Er las mir die Worte aus dem Herzen. Er sagte etwas von Treue – das war menschlich so anständig und sauber, und so fern von allem falschen Pathos, so mit «ewig» und so – daß mir ganz warm wurde. Er sagte, es sei doch gar nicht schwer und durchaus kein Kunststück, untreu zu sein – aber er könnte seiner Frau nicht in die Augen sehen, wenn ers gewesen wäre. Es sei eine Vertrauenssache. Man findet solche Menschen selten – die andern meinens nicht bös und sind keine Wüstlinge, aber es ist ein wenig schmuddelig, und es kommt bei ihnen nicht so genau darauf an. Worauf er aus seiner Zeit vor der Ehe ein paar Geschichten erzählte, aus denen hervorging, daß er durchaus kein Tugendheld und Schwächling gewesen war. Aber er sagte: das ist nun ad acta. Er muß seine Frau sehr lieb haben.

[...]

Polizeistelle Turn-Severin
Deutsche Feldpost 310
Nr. 34 den 15. Juli 1918

[...]

Daß ich so gar nichts über später schreibe, das muß Er ein für allemal entschuldigen: ich mag es nicht, wenn man über halbfertige Dinge spricht. Ist es dann schief gegangen, gibts eine Enttäuschung – ist es gutgegangen, dann kann man immer noch mit der fertigen Sache kommen. Ich möchte das Letztere.

Er ist so zurückhaltend, weil es so in Ihm drin liegt – aber es wäre hübsch, wenn Er einmal das Türchen ein bißchen aufmachen tun täte:

will Er? Es ist ein dicker Rückhalt, wenn man beim Arbeiten – und ich klappere hier nicht zum Vergnügen, den ganzen Tag – weiß, daß eine da ist, die das gleiche will. Ich weiß – und Du weißt es auch – daß Du frei bist, und wenn heute ein kurländischer Prinz kommt, – nein, ein livländischer, oder ganz ernsthaft: eine gute Partie – Du bist erwachsen genug, um zu wissen, was Du machst. Nur: ich wüßte es gerne. Damals haben wir gesagt: wir wollens versuchen – wenn auch einer erst gar nicht schreiben wollte – heute glaube ich zu wissen, daß ich gutwillig nicht mehr wiche, weil ich mich festgebissen habe. Und Du –?

So geht ein Tag nach dem andern hin – so weit ich bis jetzt übersehen kann, war es kein Fehler, daß ich da weggegangen bin. Ich hätte es nicht getan, wenn mir auf der Bank die Millionen schlummerten, und ich nach dem Kriege nur zu winken brauchte. Aber so nicht. Möglichkeiten sind da – in Autz waren sie sicher nicht. Und nur zum Spaßmachen – das liegt mir nicht. Ich will etwas schaffen.

Die Leute, die so in der Etappe sitzen, sind alle von einer Sorglosigkeit, die verblüffend wirkt. Sie denken sich gar nichts. Erst hielt ich das für Mut. Es war aber Gedankenlosigkeit, die nicht weiter sehen will als bis zur eigenen Nasenspitze. Und wie soll es später in Deutschland – und schließlich überall – werden! Denn das Schlimmste kommt noch. Ich bin ganz und gar nicht kleinmütig, und gewiß keine Unke, weil ich immer die Kraft verspüre, mit all dem fertig zu werden – aber es sieht sehr ernst aus. Vor allem stehen die Materialfragen derart traurig, daß man nur den Kopf schütteln kann. Was wird, wenn die Leute einmal die alten Bestände in der Kleidung und in allem andern aufgebraucht haben? Und das ist nicht mehr lange hin. –

Es wird eine Bullenbeißerei werden, wenn man zu etwas kommen will. Ich kann und will beißen, nur: ich möchte gerne wissen, für wen. Für mich? Was ich für mich brauche, ist schnell da, und ich habe die Neigung, still mit den Händen übern Bauch gefaltet dazusitzen – wenn ich allein wäre. Bin ichs aber nicht, wartet jemand ernsthaft darauf, daß ich eines Tages komme und sage: Guten Tag! ich bin so weit – dann würde das meine Kräfte mehr als verdoppeln. Und was ich – fern von allen wirtschaftlichen Fragen – dabei empfände, das will ich diesmal, einem freundlichen Beispiel folgend, nicht aufschreiben. Aber ich weiß es. Du auch –? [. . .]

Polizeistelle Turn-Severin
Deutsche Feldpost 310
Nr. 35 den 17. Juli 1918

[...]

Hierorts ... es fängt so sachtecken an, mehr zu tun zu geben, was mir lieb ist, weil es weiter bringt. Außerdem ists nicht uninteressant. Im Grunde ist es ja immer dasselbe: die Deutschen ... na, das habe ich schon so oft geschrieben ... Du weißt schon. Übermorgen fahre ich wieder aufs Land – wenn ich da einmal einen Brief auslasse, weißt Du, warum. – Ach, und richtig: Peter Panter hat etwas an Ihn zu bestellen. Er, der Panter, wird anfangen, selbständige kleine Arbeiten zu veröffentlichen, die nicht ‹*Briefbeilagen*› heißen werden. Wenn wir nun zusammen lebten, würde das in zwei Worten abgemacht sein. Weil aber ihm, dem Panter, daran liegt, daß Er das nicht mißversteht, deswegen sagt er Ihm, daß es nicht etwa langweilig geworden ist, ‹*Briefbeilagen*› zu schreiben, sondern er hat damit pausiert, weil es nicht angeht, eine Idee, und sei sie noch so lustig, künstlerisch zu Tode zu hetzen. Das langweilt – die andern. Ihn, den Panter, nicht. Ainsi soit-il.

Seine Hände stehen vor mir auf dem Schreibtisch, und ich kann sie immer ansehen.

Wenn der Rapport fertig ist, mag Er nur «*Buddenbrooks*» lesen. Es steht alles darin. Bis auf die Erotik – Mann ist ein merkwürdig unerotischer Mensch – gibt es wohl keine menschliche Beziehung, die nicht darin ist. Wie es möglich ist, daß ein Vierundzwanzigjähriger ein solches Buch schreiben konnte, wird unerfindlich bleiben. Zu erklären ist es kaum; man kann nur daran denken, daß kaum ein Zug erfunden, aber alle abgeschildert sind – und daß es der Niederschlag einer alten Familientradition ist. Das wäre nicht verwunderlich. Was so erstaunlich bleibt – und das Buch wird nicht alt – ist, daß das Lübeckische und das Persönliche so zum Allgemein-Menschlichen vertieft ist, daß es alle angeht. Hannos Schulzeit ist unser aller Schulzeit. Tonys Ehen leider viele Ehen, der alternde letzte Buddenbrook ein stiller Held, wie es viele gibt, die sich, ohne je zu sprechen, verbluten. Der Humor darin ist ganz norddeutsch, von der besten und tiefsten Sorte. (Hoffentlich machen die paar plattdeutschen Stellen Dir keine großen Schwierigkeiten. Man kann viel raten.) Seitdem er das schrieb – in Rom – sind viele Jahre vergangen. In Lübeck gab es einen großen Skandal; die guten Bürger faßten das Ganze verkehrt auf und die Exemplare der lübecker Leihbibliotheken sollen über und über mit Randbemerkungen versehen sein; auch sind die richtigen Namen aller Personen an den Rand geschrieben. (Es gibt fast alle.) Und das Haus mit der Inschrift «Dominus providebit» (der Herr wird sorgen) steht da und alles, alles. Nachdem der Spektakel, der sehr lustige Blüten trug (ein Onkel annoncierte etwas von dem «Vogel, der sein eigenes Nest beschmutzt»), verklungen war, kam etwas anderes, Ernsteres. Es zeigte sich, daß Mann sich fast ausgegeben hatte. Es gibt dann noch ein paar sehr feine Novellen (*«Tristan»*) – und dann ists aus. Alles, was dann noch kam und kommt und kommen wird, ist reine Verstandesarbeit, – und damit ists beim Künstler nun einmal nicht getan. –

Ach, das ist ein literarischer Aufsatz geworden. Und Er wird schon ungehalten sein und von einem Bein auf das andere trippeln.

[. . .]

Für Mary

Auf einen Ring

Ring einer Frau, du funkelst an meiner Hand,
grüßt du herüber von ihr, aus dem weiten Land?
Zauberring, ich drehe dich nur ein Mal –
und da steht deine Herrin vor mir im Saal.

Zauberring, ich trage dich Nacht und Tag,
und wir lauschen auf jeden langsamen Glockenschlag.
Was ich las und lebte und sah und litt,
alles liest und erlebst und siehst du mit.

Peitscht der Hagel und pfeifen die Winde ums Haus,
gab ich hochatmend das Letzte der Kräfte aus,
fühl ich nur deinen kantig geschliffenen Stein,
und du läßt mich ruhig und ganz geborgen sein.

Einmal aber geb ich dich ihr zurück.
Was ist dann? Eine Ehe? Ein blondes Glück?
Du bist da und das, was ich nie verlor.
Tiefer glüht dein Rot, hell blitzt dein Gold empor.

K.

Polizeistelle Turn-Severin
Deutsche Feldpost 310
Nr. 37 den 21. Juli 1918

[. . .] vor allem: in Brief 27 steht, es sei keine Post angekommen. Heute kommen mit einem Male 26 – 28 an; wahrscheinlich wirds da ähnlich gestockt haben. Ist nun alles da –? Das walte Gott.

Ich habe dieses Mal eine kleine Briefpause machen müssen – gestern sind wir erst vom Lande hereingekommen. Und da liegen Seine freundlichen Sanatogen-Kartenbriefe! Und vielen Dank für die Bilder! – Eines gebe ich gutwillig zurück – aber die andern möchte ich doch behalten, vor allem das, auf dem Er drauf ist. Wie kann Er nur sagen, «die Bilder würden belästigen» – manchmal ist Er zu putzig. Also, bitte, nicht zum Anbegucken, sondern ganz und gar. (Ich meine die Bilder . . .) Und was ist hingegen «bibi»? Das habe ich vergessen – oder nie gewußt, und ich bitte um Aufklärung. Nachher gebrauche ich es wieder am falschen Fleck . . . Und – ich bin nicht zufrieden mit Ihm. Nein, wirklich nicht. Er schreibt da, Er habe sich bei der Grippe nicht ins Bett gelegt! Aber, Matzlein, sei doch ein bißchen schlau. Und «denk» nicht, davon wirds nicht besser. Es ist das Klügste, was man tun kann, wenn man sich schont – dabei braucht man noch lange nicht verwöhnt («verpimpelt» nennt man das) zu sein. Bitte das nächste Mal nicht wieder.

Und, bevor ich weiter erzähle: ich habe diese ganze Zeit hindurch, mit Ausnahme der letzten Tage, jeden zweiten Tag geschrieben. Und falls Post ausgeblieben ist, so bin ich (ausnahmsweise) unschuldig.

Liebes Dickerchen, auf dem Lande wars sehr schön. (Von Nahrungsmitteln und Seinem gefangenen Bruder schreibe ich nichts mehr. Ich nicht.) Es war heiß und hell – der Himmel blau wie auf einem Abziehbild. Und ich war erzvergnügt, ich weiß nicht, warum. – Er hat ganz recht, wenn Er schreibt, daß man sich einfach freut, weil die Sonne scheint und weil man jung ist und weil es eine Lust ist, zu leben. Das Äußere ists ja alles nicht. Nicht die Enten, die palawernd (Palawer heißt Beratung bei den Wilden) am Brunnen stehen und miteinander schwätzen – und plötzlich werden sie vertrieben, weil eine ungeheure Sau erscheint. Indigniert mit den Schwänzen wackelnd gakkert die ganze Gesellschaft ein Stückchen weiter, leise und unendlich vornehm schwappernd . . . Und die kleinen Schweinchen sind es nicht, die huppelhuppelhuppel hinter der Mama hertrappeln, nicht die Katzen und nicht die bunten Bauern, die uns grüßen und mit denen wir sprechen (es ist immer ein Dolmetscher dabei) und nicht die Berge, die weit verblauen. Es ist einfach die Lebensfreude – Er hat ganz richtig empfunden. Und nur – na, ich kann nichts dafür – ich fühle einmal so

– es macht mir allein keinen Spaß. Ich möchte jemanden daneben im Wagen sitzen haben, mit dem ich es mir erzählen kann, dem ich es alles sage und mit dem ich alles noch einmal sehe: die Landschaft und die Wolken und die Menschen und die Tiere. Aber Er ist nicht da. –

Hier sieht es im Zimmer aus! Ich habe von der «*Weltbühne*» viele Pakete mit Büchern bekommen, zum Durchsehen und überhaupt und so – und jetzt aale und siele ich mich in Büchern und Heften und Broschüren. Wenn wir einmal verheiratet sind, muß ich mich, glaub ich, immer in mein Zimmer einschließen; denn ich höre dann nichts und sehe nichts und bin wie ein richtiger alter Büchernarr mit einer goldenen Brille auf der Nase, die er immer auf die Stirn hochschiebt, wenn er liest. Arme Meli –!

Er sagt immer «Dicker» zu mir – zugegeben: auf dem Lande gab es sehr heiter zu essen. Die deutschen Zeitungen haben manchmal den rumänischen Ministerpräsidenten – Marghiloman heißt er – heftig kritisiert; sie sollten das nicht tun. Vielleicht hat er politisch nicht alles richtig gemacht – aber dieser geniale Staatsmann hat einen café Marghiloman erfunden, für den er bestimmt in den Himmel kommt. Denke Dir: es gibt hier den sogenannten türkischen Kaffee; der wird richtig gikocht, wie eine Suppe, und da gibt es einen dicken, breiigen Bodensatz, und darauf schwimmt eine dünne, wunderbar aromatische Brühe – die trinkt man. Nun hat Marghiloman – Ehre und Preis sei seinem Andenken! – erfunden, mit dem Kaffee zusammen Kognak zu kochen; und nun hat das Ganze einen unendlich feinen Geschmack nach Alkohol. Aber nicht mehr, als ob eben ein betrunkener Mann unter leichtem Schlucksen am Haus vorbeigegangen ist . . . eine dünne Brise von Sprit.

Aber jetzt denke ich daran! Schon seit vier oder fünf Briefen wollte ich das an Ihn schreiben, und immer habe ich es vergessen. Nämlich, was mir mein Freund hier von seiner heidelberger Studentenzeit erzählt hat und vom Dienstmann Muck. Der Dienstmann Muck, erzählt er, war eine stadtbekannte Persönlichkeit, und er hatte drei riesige Nasen – kupferrot. Und eines Tages wurden zu Heidelberg die Studentenmensuren verboten. Und da wickelten sie denn den guten Muck in ungeheure Binden und weiße Bandagen, und also angetan begab er sich auf den Bummel – durch die belebtesten und beliebtesten Straßen, und jeder Schutzmann dachte erst: Halt! da kommt wieder so ein verfluchter Student, der sich geschlagen hat – na warte! und dann war es Muck. Der Dienstmann Muck. – Und einmal füllten sie ihn bis obenan mit süßem Biere und Weine voll, so daß es ihm schon etwas über den roten Eichstrich hinaus stand, und dann kauften sie ihm eine Loge im Stadttheater, die erste links. Und da saß er und folgte voll Interesse und Alkohol den Vorgängen auf der Bühne. Manchmal wankte und wackelte er etwas auf seinem vornehmen Sitz. Und die Korps wachten eifrig darüber, daß «der Herr» ja nicht hinausgeschmissen wurde – denn sie hatten bezahlt. Bitte. Die Stimmung soll im Zuschauerraum, obgleich auf der Bühne ein Drama vor sich ging, an diesem Abend recht heiter und zerstreut gewesen sein . . .

Da neben mir liegen alle Seine blauen Kartenbriefe, und es macht mir keine Freude, daß Er so lange keine Post bekommen hat. Bitte schreib Er doch in solchen Fällen immer, was los ist – damit ich doch weiß, daß der Draht nicht zerrissen ist. Wenn Er mir nach ein paar Tagen wieder schreibt, Er hat nichts bekommen, dann schicke ich probeweise an einen andern als an L. Aber an dem wirds auch nicht liegen. Ach – das ist ein Kreuz.

Nr. 38 und 39 sind keine Briefe.

Unterwegs, auf dem Lande, las ich Kielland. Das ist ein Däne – die habens mir angetan. Ich schicke was, wenn ich selbst was habe. Er hat keine weltbewegenden Sachen geschrieben, aber die Dinge sind meisterhaft in der Technik, und dann hat er so etwas ganz Nordisches, so etwas Verhaltenes, nur nicht sagen, und wenn ich sterbe, nur nichts sagen, lieber die Zunge abbeißen . . . Das gibts . . . Einmal, in einer Geschichte: ein Postillion kommt in ein Dorfgasthaus und verführt da das Dienstmädchen . . . er ist aber verheiratet, also nichts, das ist eine ganz banale Sache – – Aber wie da die Hingebung *nicht* erzählt wird, sie starrt wie ein unheimlicher weißer Fleck durch die ganze Geschichte –! Und wieviel so an der Übersetzung liegt. In einer reizenden Idylle heißt es zweimal, und vornehmlich am Schluß: «Auf dem Hügel, wo er sie viele, viele Male küßte» so sagt der eine Übersetzer, und man liest darüber weg. Und der andere sagt: «Wo er sie geküßt hatte – viele Male». Und man hat einen Nachhall, ein Klang zittert nach . . . So viel liegt an Worten. – Meli, manchmal möchte ich diese Briefe, die ich mit allem möglichen anfülle, nur mit dem einen nicht, unterbrechen, und das eine schreiben. Es geht mir aber wie Dir: ich kanns nicht. Das Letzte nicht. Weil man das nicht einmal sagen kann. Nur: zusammen schweigen. –

Erlaube, daß ich etwas einmal sage: Er sagt immer, ich sei frech. Nun bin ich literarisch bewußt sehr frech, und menschlich im allgemeinen nicht schüchtern. Bei Dir kann ich nicht frech sein. Ich mag die Männer nicht leiden, die ihre Frauen zu Heiligen machen – die fallen dann herunter von dem Sockel, und dann geht gewöhnlich etwas kaputt – und ich bin Mann genug, um genau zu wissen, daß es bei jeder Frau eine kleine winzige Stelle gibt, in der Seele, die Spaß an diesen und jenen Dingen hat und ein bißchen ins Lächeln kommt – ein ganz klein bißchen. Und ich habe daran ein viel zu lausejungenhaftes und aufrichtiges Vergnügen, um dann still zu sein. Aber: zugegeben, daß wir Menschen sind – und das kann man ja nicht vergessen, sonst lügt man – ich kann nicht frech sein. Ich erstarre gewiß nicht in Heiligkeit und bleibe ganz natürlich: aber zum Frechsein langts nicht. Aber zu etwas ganz, ganz anderem. So – nach allem Spaß und den kleinen spitzbübischen Späßen und allerhand Krimskrams – habe ich dann so das feste Gefühl, das keine Frechheit aufkommen läßt, weil sie nicht hinpaßte –: sie gehört mit dazu. Sie muß da sein. Und du mußt sie in deinen Armen halten, sonst ist alles nicht richtig. – Ich weiß, daß ich Dir gewiß noch manchen Spaß erzählen werde und Dir – aber die Stunde muß danach sein – manches ins Ohr sagen werde, wofür ich einen kleinen Klaps bekomme (aber lachen mußt Du doch dabei!) – aber, kleine Meli, Du kannst viel mehr als eine Geliebte. Und ich glaube, und das mußt Du mir schon erlauben, zu glauben, es ist so selten, so ganz selten, daß eine Frau einmal beides zugleich ist: Gefährtin und Geliebte. Die Geliebten können keinen Kaffee kochen, und die Gefährten vernachlässigen sich nach dem ersten Kind, weil ja keine Konkurrenz mehr da ist, wie sie denken. Und ich bin sehr froh, einmal eine gefunden zu haben, die – immer, ja? – beides ist und sein wird: eine liebe Gefährtin am Tag und – das andere.

[. . .]

Polizeistelle Turn-Severin
Deutsche Feldpost 310
Nr. 42 den 26. Juli 1918

. . . so, nun ist wieder alles in Ordnung, ich bin wieder wohlauf, und kann nun vor allem einmal recht schön für die freundlichen Bildchen danken, die Er mir da geschickt hat. – Nein – das «r» kann er allerdings nicht so gebildet aussprechen, und wenn Er «Rollen» sagt, dann klingt es russischer als alles andere. Aber das schadet nichts. – Was die *«Antworten»* in der *«Weltbühne»* angeht, so sind sie zur Hälfte von mir, und zum größten andern Teil von Jacobsohn und mir zusammen – die wenigsten schreibt er allein. Ich schicke ihm gewöhnlich von hier aus den Entwurf und er ändert dann nach Geschmack. Die meisten sind fingiert, das heißt, kein Mensch hat gefragt: wir haben aber diese Form gewählt, weil man so allerhand Krimskrams bequem und nett unterbringen kann. – [. . .]

Nachdem also dieser zur Abwechslung zwei Tage im Bett gelegen hat, raucht er wieder, Gott sei Dank, und schreibt es alles auf. Das ist aber nicht viel. Der Dienst nimmt mich jetzt mehr in Anspruch, ich tippe so allerhand . . . Die Hitze strahlt, gegen Mittag liege ich sine-sine auf meinem Bettchen und gucke in die Luft, bis ich einschnarche ... Das ist kein schönes Klima.

Ich habe über unsern Freund Löns etwas geschrieben, aber es wird nicht gedruckt, weil ich Löns in der allerschärfsten und schroffsten Form gegen die Österreicher, die ich nicht leiden kann, ausgespielt habe. Jacobsohn hielt das für ungerecht. Mag sein. Ich habe kein Komma zurückgenommen und den Artikel warf ich sanft in den großen Waschkorb, der mir als Papierkorb dient. Nein, dann gar nicht. Der Teufel hole die Kerls von der blauen Donau –! («Wie kchchchchchchannnnn man!») Na – man kann schon.

Und mir tut es nur leid, weil ich die Verse, diese einfachen, nicht sehr tiefen Verse, mit denen Du mir untrennbar verknüpft bist, mit hereingesetzt hatte: es braucht kein Mensch zu wissen ...

[...]

Habe ich Ihm eigentlich mitgiteilt, was sie hier mit einem großen ehemaligen Deutschenfresser getan haben, der in die Moldau geflüchtet ist? Hopfentlich erzähle ich Ihm diese traurige Geschichte nicht doppelt. Der Mann hatte hier in Turn-Severin eine große Villa. Und da haben sie ein ... sagen wir ... Damenpensionat hereingelegt. Der wird wohl kein sehr erfreutes Gesicht machen, wenn er wiederkommt. Es ist das jedenfalls der einzig gute Witz, den wir hier aufgeführt haben.

Sonst geht es alles seinen alten Gang. Was ich aus Berlin und Deutschland höre, ist so ungünstig wie möglich. Ich sehe sehr schwarz – und nicht nur für Deutschland. Denn die Frage mit den Rohstoffen steht ja nicht nur auf dem Papier. Heute hat dieser und jener [...] seine «Beziehungen» – paß auf, es wird gar nicht so doll damit sein! – und wenn die auch einmal leer sind? Was dann? Ich glaube, ich glaube, es wird so eine Art Kulturniveau herauskommen, wie wir es in den Geschichtsbüchern auf der Schule in den Schilderungen der Zeit nach dem 30jährigen Kriege gelernt haben. Wollte Gott, ich irrte mich. –

Manoli linksherum – mein holder Abendstern – das ist aber Berlin 1912 – na, Du wirst ja bald zu andern, noch lieblicheren Ausdrücken übergehen. Bist Du vielleicht ein feines Mättchen? Mitnichten.

Dicker, das geht mir ebenso, daß ich allerhand Späße und Kleinigkeiten in die Briefe stopfe, genau wie Er. Ich wundere mich nicht darüber, weil ich genau fühle, was das ist und was dahinter steckt. Ich weiß, daß es nichts weiter ist, als das Bedürfnis, sich mit jemandem auszusprechen, jemandem, alles, auch das Letzte, einfach alles zu sagen. Man muß so einen Menschen haben. Manche haben ihre Mutter, aber da ist bei einem Mann vieles, was ihr der Junge noch erzählte, der Mann aber nicht mehr. Manche haben einen Freund – und manche – das ist selten, daß es einmal klappt – eine Frau. Ich, der ich bekanntlich überschätze, habe Ihn. So: gewissermaßen als Beichtbüchse. Nein, wohl mehr. Es ist eine halbe Sache, wenn Er etwas nicht weiß. Das hat mit Vertrauen nichts zu tun – das ist viel mehr.

[...]

Polizeistelle Turn-Severin
Deutsche Feldpost 310
Nr. 46 den 2. August 1918

... heute ist gar kein Brief von Dir angelaufen gekommen – und ich plaudere und tippe also ins Violette. Na – los:

Inzwischen – um mit dem Unerquicklichen anzufangen – haben sie Herrn Generalfeldmarschall Eichhorn in Kiew totgeschossen, was nicht nur menschlich eine Schweinerei, sondern politisch ein Fanal ist. Wollte Gott, ich behielte mit meinem Schwarzsehen unrecht. Mir ist hervorragend mau zu Mute –: dabei habe ich gar keinen Anlaß, ich weiß auch kaum mehr als das, was in den Zeitungen oder in den Korrespondenzen steht – – aber mir gehen die schlimmen Gedanken nicht aus dem Kopf. Und es ist nicht nur mit Rußland – die ganze Angelegenheit sieht seit einigen Wochen so außerordentlich trübe aus, so, nach va-banque ... Du weißt ja, daß ich keine schwarz-weiß-rote Badehose trage – aber schließlich sind wir beide, Du und ich, leider zu sehr mit dem Ausgang aller Dinge verknüpft, und wir leben doch nicht bei den Fidschiinsulanern, so, daß ich zu der kleinen Mama – während Bimbo (so würde Ludolf dann heißen) – in der Kokoshängematte schläft, sagen könnte: «Kiwi, dein Lendenschurz hat sich verrutscht. Wir müssen neue Nüsse einkaufen. Übrigens soll in Europa bei den weißen Männern Krieg sein.» – Schade, daß es leider nicht so ist. Wir rutschen wohl in eine eklige Epoche herein, und diese Rrrösser freuen sich noch gegenseitig wie die kleinen Kinder, wenn sie wieder ein großes Schiff versenkt haben und wenn wieder und wieder Werte kaputt gegangen sind, an denen Tausende gearbeitet haben. Überschrift: DIE GROSSE ZEIT.

Na, Dickerchen, und Du –? Ich denke es mir manchmal (manchmal?) aus, was Er alles macht. Ich glaube, Er lebt in einer Großstadt – im Vergleich zu mir. Hier ist es so still, so still, daß man seinen eigenen Hausfloh huppen hört. Ab und zu packen wir ausgelassene Butter in Flaschen ein und schicken sie nach Hause – sonst sitze ich unentwegt da und murksele meinen Dienst und tippe für mich.

Augenblicklich lese ich allerhand; so ein sehr amüsantes kleines Buch über Börsengeschäfte (das Dich sonst nicht interessiert, sonst hättest Dus längst), darin steht der himmlische Satz: «Ein armer Idiot ist idiotisch; ein reicher Idiot ist reich.» –

Bei unserm (halben) Freund Löns findet sich einmal ein Lied angedeutet, ein «Schelmenlied», wie ers nennt, das fängt an: «In der Lüneburger Heide» – und da hört er auf. Mein Chef, der aus dieser angenehmen Gegend stammt, weiß es weiter. Es lautet:

«In der Lüneburger Heide
geht es rauf und geht es runter.
Bruder, leih mir deine Liebste,
denn die meine ist nicht munter.»

Es ist ein ganz altes Lied. («Er ist maßlos frech.») –

Na, und dann? – Na, dann gar nichts. Weißt Du, jetzt bin ich doch fast ein ganzes Vierteljahr hier, aber die Male, wo bei Tisch ein vernünftiges Wort gesprochen wurde, die sind zu zählen. Es ist, als ob die Leute eine Abneigung haben, über grundsätzliche Dinge – und einmal nicht über Einzelfälle – zu sprechen; sie bewegen sich dann mühsam auf dem glatten Eis der Büldung, und sind froh, wenn sie wieder herunter sind und munter bewegt plätschern sie in dem Meer der Trivialität. Nun muß man gewiß nicht den ganzen Tag über hochbedeutsame Dinge reden – wie gern plapperte ich mit Dir einmal richtig dummes, lustiges Zeug – aber einmal, einmal, lieber Gott, dürfte man doch wohl nachdenken, was es eigentlich alles so ist im menschlichen Leben. Nichts da. Es ist ein spießriges Volk.

Da stehen Seine lieben Hände und sehen mich an. Sie sagen – was sagen sie? Sie sagen: wir sind einmal bei dir gewesen. Und, sage *ich* dann, ihr werdets auch wieder sein. – Da habe ich noch meine alte Soldatenjacke – wollte Gott, ich brauchte sie nie wieder anzuziehen! – die ist mir ganz vertraut geworden; oben in die rechte Brusttasche hat einer zum Abschied etwas hineingesteckt. Das kann sich die Tasche hoch anrechnen. Aber die ist dumm und versteht das nicht. Und der Taschenherr –? Der ist auch dumm; dick und dumm – er hat es schriftlich.

Du furchtbar dikkkkkkkkkkker Mann – hat er eigentlich abginommen oder ist er etwa *noch* dicker giworden, seit ich weg bin? Das wüßte ich einmal ganz gern. (Denn auf den Bildern kann man das nicht sehen – wer weiß, wie er sich geschnürt hat!!) –

Nr. 45 war kein Brief.

F. L. hat geschrieben – aber in dem Brief steht nichts drin. Allerhand Leute aus Autz haben noch geschrieben – aber nichts Bedeutsames.

Ach, Dicker, ich wünschte, man könnte diesen ganzen Kram einmal eines Tages beiseite schieben und zu dem Eigentlichen übergehen. Wird es ein zehnjähriger Krieg? Das walte Gott. (Über den ich zwar nicht spotte. Aber hat Er einmal über diese uralte Sache nachgedacht, wie Seine Pfaffen es fertig bringen, diese Menschenschlächterei mit dem Christentum in Einklang zu bringen? Mit dem «Du sollst nicht töten»? Mit der Bergpredigt? Wie sie es machen, daß sie auf allen Seiten da stehen und den Lieben Gott mit ihrem Kram behelligen und auf beiden Seiten beten? Das ist Tragik – aber man darf auch spotten. Nicht über IHN, aber über die Menschen.)

Wobei sich denn auf das erfreulichste ergibt, daß nichts – aber nichts – so wichtig und bedeutsam ist wie Deine blonden Haare. Das geht mir nicht alleine so. (Das heißt, mit Deinen Haaren, hoff ich, wohl.) Aber immer wieder sagen die Leute, die viel lesen und denken: das ist alles ganz schön und nett, aber: mein Kind oder: eine Frau; oder: meine Mutter. Ich sage: Du. Und ich werde nicht aufhören: Du zu sagen, bis –? Ich glaube, bis alles zu Ende ist. Das soll aber noch lange hin sein; und bis dahin will ich Ihm viele Male die Hände und die lieben Fingerspitzen küssen.

Sein alter, dicker und *dummer*

## Briefbeilagen von Peter Panter

[Die Weltbühne
8. 8. 18]

### Die Vorbedingung des Lebens

In Ungarn hat ein Streik stattgefunden, und ein paar Tage konnten die Zeitungen nicht erscheinen. Nun sind sie wieder da, und auf der ersten Seite des *«Pester Lloyd»* steht der Leitartikel *«Ohne Zeitung»*. Nicht: «Der Streik» oder etwas über die wirtschaftliche Lage oder über die Unruhen; nein, das ist alles nicht so wichtig. Daß auf Arbeiter geschossen wurde, daß die ungarische Kammer auf dem Kopf stand, daß allerhand nicht funktionierte: das ist schließlich menschlich. Aber daß die Zeitung nicht erscheinen konnte: das ist zu viel. Und der Herr Verfasser des Aufsatzes an der Spitze des Blattes schließt seinen aufatmenden Stoßseufzer: «Je schmerzlicher wir es erfahren haben, desto fester werden wir es unsrer Seele einprägen, daß der bürgerlichen Gesellschaft die Zeitung das ist, was Luft und Licht jeglichen Lebewesens: die Vorbedingung alles Lebens.»

Dieser schnurrige Größenwahn ist mit so lehrerhafter Eindringlichkeit vorgetragen – «Also paßt auf, Kinder, was ist die Zeitung?» Die ganze Klasse, im Chor: «Die–Vor–be–ding–gung–al–les–Le–bens!» – «Gut!» –, daß sie ihre Wirkung nicht verfehlen wird. Ich höre sie zu Budapest in den Papieren rascheln, ach! wie hübsch das knistert, und man kann jetzt wieder lesen, wie es draußen in der Welt aussieht, es geht einen ja eigentlich gar nichts an, aber es liest sich doch so schön, es riecht nach Druckerschwärze, Scheidemann hat eine Rede gehalten, Kommerznachrichten, italienische Offensive, fünf Tage ohne Zeitung, ach Gott! es ist eine schwere Zeit ... wie mag das früher ohne Zeitung zugegangen sein?

Das ist die neue Religion. Ich bete an die Macht der Zeitung – Aber das kann ich Dir sagen: wenn unser kleiner Peter einmal anfängt, lesen zu lernen, und sich einfallen läßt, mit Begier statt der hübschen Bücher aus der Kinderecke meiner Bibliothek den Fetzen Papier zu lesen, in den Du Deine Locken zu wickeln pflegst: dann hau – –

Laß mich gerecht sein. In der Nummer des auferstandenen «*Pester Lloyd*» war zu lesen, daß Gussy Holl am Erscheinungsort als Vivie, die Tochter der Frau Warren mit dem Gewerbe auftritt, und daß sie – natürlich – süß und blond ausgesehen und gut gespielt haben soll. Du darfst nicht eifersüchtig sein: aber dieses Blond mußt Du mir neben dem Deinen noch lassen. Sie ist die Königin aller Blondheit. Und bevor ich den großen Bannfluch ausspreche, schneide ich erst kunstvoll das Kritikchen aus der Zeitung heraus, glätte es sorgfältig und bewahre es auf. Pars pro toto – immerhin ...

Dann aber hebe ich beschwörend meine fette Hand und murmele grimmig: Apage Satanas! Und der «*Pester Lloyd*» entweicht, denn kirchliche Gebräuche kann er nicht leiden.

Polizeistelle Turn-Severin
Deutsche Feldpost 310
Nr. 49 den 9. August 1918

[...] es sieht bös aus. Ich unke fortgesetzt. Ich glaube übrigens keinesfalls, daß ihr wegkommt, wenn es selbst wirklich Krieg mit Rußland – oder dem, was sich so nennt – geben sollte. Kurland geben die Deutschen so bald nicht auf. (Ich Dich auch nicht.) Und nur das Eine und immer das Eine macht mir Sorgen: das Finanzielle. Dicker, das mußt Du mir gewiß versprechen: heirate Deinen Prinzen. Du weißt schon, wie ich das meine. Für einen Mann ist immer genug da – aber für zweie ... das ist nicht doppelt, sondern ungefähr vierfach so teuer. Von Ludolf zu schweigen. Und das – und nur das – macht mir Kummer. Wollen sehen –

Hierorts gibt es nichts Neues. Ich bin zum Chef gezogen – aber da waren Wanzen, und wir haben die Wohnung umgemodelt, und nun sind keine mehr da, und es schläft sich da ganz nett, abends erzählen wir uns in Schlaf. Ich bin mit vielem bei dem Mann nicht einverstanden – aber er ist wenigstens – mit Männern – ein unbedingt zuverlässiger Mensch.

Der Dienst klappert – die nächsten Monate wird sich da kaum etwas ändern.

Ich habe ein neues Buch da, von Morgenstern. Vielleicht besinnst Du Dich, daß Hardt an seinem ersten Abend ein paar merkwürdig-spaßhafte Gedichte vortrug, die keiner verstand. Die sind von Morgenstern. Und das war – seine Ulkgedichte, «*Galgenlieder*» haben einen unglaublichen Erfolg gehabt – das war ein ganz tiefer und wahrhaft frommer Mensch. Aber eine abgrundtiefe Frömmigkeit, nicht so mit Gebeten und fertig. In diesem seinen Nachlaßbuch «*Stufen*» – er starb 1914 an der Schwindsucht in Davos – stehen fabelhafte Sachen. Ich mache Dir einen ganz winzigen Auszug dieser Tage – wollte ich auch nur einen Teil des Schönen wiedergeben, würde ich das Buch abschreiben müssen – auch steht viel über Rußland drin, das er sehr geliebt hat. Am meisten Dostojewski. Und einmal steht da: «Ein Künstler muß seine Weisen eigentlich immer einer Geliebten ins Ohr geigen.» Ja, weiß Gott.

Dicker, ich überschätze Ihn gar nicht. Er weiß ja nichts, obgleich das Prädikat «dumm» offenbar untrennbar mit mir verknüpft ist, gar nichts. Gar nichts weiß Er. Wie dieser Tage keine Briefe kamen – also, Er weiß nichts. Sehnen ist nicht das Wort. Frieren schon eher. Er gehört mit dazu. Und wenn Er wüßte, wie sehr mir das schon verwachsen scheint, obgleich wir doch nur so kurze Zeit zusammen waren, dann würde Er nichts mehr sagen. Entweder man fühlt das oder man fühlt das nicht. Ich fühls.

[...]

Polizeistelle Turn-Severin
Deutsche Feldpost 310
Nr. 51 den 11. August 1918

[...] Liest Er manchmal Zeitungen? Na, Er braucht es nicht – die Sorgen will ich Ihm abnehmen – wie immer alle – es steht nicht schön. Ein übereilter Friede, etwa jetzt – wäre jedenfalls das Schlimmste, das uns passieren könnte. Uns, den Deutschen, und uns, den zwei. Na – wollen sehen.

Wenn Er vielleicht glaubt, daß Er allein Zulage bekommt: wir auch. Ich setze zur Zeit nichts zu und bin damit nicht unzufrieden. Aber ich brauche auch kaum etwas.

Ja, anbei habe ich Ihm den kleinen Auszug gemacht. Es ist eine Manie von mir, bei aller Lektüre zunächst einmal an Dich zu denken und daran: wie gefällt ihr das und paßt es auch zu ihr und sie sollte es auch kennenlernen. Worauf ich Ihm dann als Abschluß dieser literarischen Erwägungen einen langen und schmelzenden Kuß auf die Kugelnasenspitze in Gedanken zu geben pflege ...

Wo hat Er denn Seinen Schnörkel gilassen? Haben sie Ihm den abgetreten? Beim Tanzen? – Im letzten Brief war er nicht drin – aber die Briefe kleckern hier so unregelmäßig – die Post kommt hier – wie im richtigen Kriege – nur ungefähr alle zwei Tage an. Was wenig Spaß macht.

Die Rumäner werden frech. Sie glauben, nun sei schon alles für sie gewonnen – wegen des Westens – und sie haben einen großen Mund. Es ist wohl ein widerliches Volk. Ich befürchte immer mal einen erheblichen Spektakel. (Aber schöne Augen haben die Mädchen! Und gar nichts dahinter, gar nichts. Sein Satz ist wirklich einmal bekräftigt: Augen lügen. Diese romanischen Augen lügen wirklich. Man denkt, als Laie: Feuer, Temperament, Grazie, gesteigertes Frauentum. Inventar: o.) Die Frauen sind scheußlich, und ich sehne mich so nach dem Norden. Nach meinem sauberen, hellen, klaren Norden.

Er hat mir neulich das Herz so schwer gemacht, als Er schrieb, es werde da schon früh dunkel, alles sei traurig ... Ah, ich habe das so gern. Gerade in Kurland ist das programmatisch vom lieben Gott eingerichtet: Farben und Luft und Wind und Wolken – ganz herrlich. Nicht einmal Wetter können sie hier machen. Hier ist gar kein Wetter – ob es nun regnet oder die Sonne scheint – das ist alles das gleiche dumme Abziehbild. Aber da oben! Ich bin ganz närrisch, wenn ich nur dran denke. Jeder Atemzug macht Freude, ich verstehe jeden Grashalm, jede Birke sagt etwas. Nicht in Worten – Er weiß schon. Und es ist ein untrügliches Zeichen – da kann Er von «Überschätzung» in seinen blonden Milchbart murmeln, was Er will – wie eine Frau mit einem Mann zur Natur steht. Wenns da nicht klappt, dann ist es überhaupt nichts. Und es war so viel – Ich weiß noch einmal (es war das erste Mal, daß ichs merkte), als wir zusammen in den Volkspark gingen, und in Deinen Augen spiegelte sich die helle Wiese mit dem blauen Schnee, die wir für einen Wasserteich hielten ... Ich hätte Dir die Augen blind küssen können, damals. Und ich will es immer wieder tun.

[...]

Polizeistelle Turn-Severin
Deutsche Feldpost 310
Nr. 52 den 13. August 1918

[. . .] Daß die deutsche Gesandtschaft aus Rußland weggegangen ist, halte ich zwar für bedenklich – daß es aber auf Kurland einen wesentlichen Einfluß ausüben wird – und etwa gar auf Dich – das glaube ich nicht. Einen richtigen Krieg gibt es nicht mehr – das wollen die andern auch gar nicht und können sie auch nicht – sie ziehen nur mit dieser Politik der Unsicherheit Truppen aus dem Westen nach Rußland. Und das ist die Absicht des Ganzen. Überschrift: ein erbaulicher Zustand.

[. . .]

Ich schnipsele so herummer – etwas Einheitliches kann ich hier nicht arbeiten. Es langt zu den Kleinigkeiten, die ich Dir immer schicke – um ein Buch zu machen, müßte man ganz unabhängig und ruhig und allein – Er gehört immer mit dazu, ein für allemal – dahinleben. Obs das noch jemals wird –? Ich bescheide mich lieber, ehe ich eine Mittellinie einschlage: entweder alles – das hieße, zwei Jahre nur der Literatur leben, und dazu habe ich kein Geld – oder gar nichts, also herumschnipseln und spielen, ohne sich zu blamieren. Das kleine Geld dafür ist gefunden, und man ruiniert sich den Namen nicht damit. Und wenn es Ihm Spaß macht: dann ists Spaß genug.

[. . .]

Polizeistelle Turn-Severin
Deutsche Feldpost 310
Nr. 54 den 17. August 1918

[. . .]

Ja, Schlanke (aber das glaube ich niemals, Er ist doch der dikkkke Mann –), ich sehe schon, es geht Ihm ganz ähnlich wie mir. Früher verkroch ich mich – aber das ist schon sehr lange her – heute kann ich das mit den Menschen (erinnere Dich, wie der alte Thomas Buddenbrook mit Hanno spazieren fährt, um Besuche zu machen, «und Hanno sah, wie entsetzlich schwer das alles zu ‹machen› war . . .») das kann ich ja. Aber ich mags gar nicht. Meine Natur sagt dasselbe wie Deine: still dasitzen – nicht dösen – aber seinen Gedanken nachhängen, die Natur beobachten, die Vögel und die Wolken und die weiten Felder – Dabei wird man ganz gesund und vernünftig und hat dann auch einen ganz andern Blick für menschliche Dinge. Ich bin – und Sie auch, kleine gnädige Frau – der geborene Millionär. Aber ohne Millionen. Was zu peinlichen sentiments führt, mitunter.

Er fragt, warum die, die im Kriege Menschen töten, noch Blech angehängt bekommen zur Belohnung. Weil alle Moral auf Nützlichkeit aufgebaut ist – bis auf einen kleinen Rest, den man nicht erklären kann, und der der Philosophie soviel zu knacken gibt. Diebstahl ist deswegen so verschrieen – in der Hauptsache – weil er uns schadet, Mord auch. Und dieser Mord soll nutzen, und es ist noch nicht – nach 6000 Jahren noch nicht – in die Köpfe gegangen, daß Blut Blut ist und daß es keinen geheiligten Mord geben darf. Natürlich ist kein Unterschied. Nur die Betrachtungsweise dieser Tiere macht einen: der Mörder ist ein Unhold, Richthofen ist ein Held. Dabei sind beide mitunter beides. Das wird nicht aufhören, bis der Wahnsinn der Staaten aufhört. Früher haben sich Sippen befehdet und Städte – darüber ist man hinweg, über den Familien und Sippen steht der Staat, innerhalb dessen keine Feindschaft mit Blut und Schwert geduldet wird. Und so wird auch nach ach! wie langer Zeit über den Staaten einmal ein anderes stehen, das sagt: wenn ihr euch zankt, so wird das ein Gerichtshof entscheiden. Gewiß nicht immer richtig. Gewiß nicht immer zum Vorteil der Starken, und durch friedliche Rechtsprechung werden zuungunsten der Starken auch Schwache und Mittelmäßige geschützt, wie jetzt im bürgerlichen Leben. Aber: wir sind schließlich keine Bärenhorde. Wenn man die Kriegsschreier liest, müßte man meinen, wir wärens doch. Und die Pfaffen –? Das sind keine Priester, das sind Berufsredner. In dem Augenblick, wo der Fanatiker – ganz gleich welcher Religion – der Obrigkeit, dem Nutzen zum Munde redet, wird er ein Pfaff. Denn das ist das Wesen der Religion (wie der wahren Kunst und der Philosophie) *über* den Dingen zu stehen und unbekümmert, ob ihre Ergebnisse nützlich sind oder nicht. Denn es gibt – und das ist Glaube – einen kleinen Rest, außerhalb der Erdenschwere, den man nicht fassen und erklären kann und der vermocht hat, die Menschen, wenigstens die fein empfindenden, so unglücklich zu machen: sie ahnen ganz dumpf, daß das hier nicht das Letzte und Endgültige ist, aber sie kommen nicht von der Scholle. Und ragen mit dem Kopf in die Wolken und wollen fliegen, aber die Füße wollen nicht von der Erde los. So ein Zwitterding: kein Tier, kein Gott. Von beiden etwas. Wer aber nur die Erde sieht, der schreit: Krieg! und schilt den einen feigen Verräter, der glaubt, es gäbe doch vielleicht erstrebenswerteres als Menschen ins Gesicht zu schießen. –

Was habe ich da gemacht! Statt der hellen Blonden zu schreiben, ist es ein Kolleg geworden. Und noch dazu ein vaterlandfeindliches und gar keines für den Zensor. Er sei nicht bös – die Klappermaschine ist mit mir durchgegangen. [. . .]

Polizeistelle Turn-Severin
Deutsche Feldpost 310
Nr. 56 den 19. August 1918

[. . .]

Ja [. . .] und dann lese ich zur Zeit ein altes Lieblingsbuch: eine wirtschaftliche Untersuchung über die Familie. Das klingt furchtbar gelehrt, aber ich weiß davon auch nicht viel – ich lese es nur und denke mir mein Teil. Wie die Familie früher allmächtig war und die Trägerin des Lebens, wie alles, aber auch jede Lebensbetätigung in der Familie aufging und von ihr ihren Ursprung nahm, wie innerhalb der Familie alles beschlossen war. Und wie sie heute – Buddenbrooks klingen etwas an – immer mehr abnimmt, wie der Staat ihr heute Erziehung und Krankenversorgung und Geselligkeit und so sachte eins nach dem andern aus der Hand nimmt, und wie sie nur noch der Schatten ihrer selbst ist, ein fast machtloses – bis auf die schädigende Erbfolge – machtloses Gebilde, das, aus Eltern und wenigen Kindern bestehend –, stört und nicht leben und sterben kann. Es ist schrecklich zu lesen . . . Sicherlich wird sie so oder so verschwinden. Ob das gut ist? Nun, da es einmal so weit gediehen ist, ja – aber im ganzen betrachtet: nein. Denn was der Staat bietet – an dem schrecklichen Amerika kann mans sehen: Hotels, Pensionen, Nummern, keine Menschen – – Und das Allerschlimmste ist, daß Denken und Erziehung und Formen der Sittlichkeit immer noch in dem alten Stiebel gelehrt und gelernt werden, in den Köpfen ist noch die gute alte Familiensittlichkeit, die aber heute keinen rechten Sinn mehr hat, weil das Ding, das sich mühselig von Mietwohnung zu Mietwohnung schleppt, keine Macht mehr hat. Die alte «Sippe» war ein kleiner Staat: die heutige Familie ist eine zahnlose Alte. – Das schließt ja nicht aus, daß viele Ehen und Familien glücklich sein können – aber deshalb möchte ich so sehr gerne nicht in einer großen Stadt wohnen. Mit meiner Frau und meinem Ludolf wenigstens nicht. Man weiß nur nicht ob man das vermeiden kann . . .

[. . .]

Polizeistelle Turn-Severin
Deutsche Feldpost 310
Nr. 57 den 21. August 1918

[...]

Dafür ist zur Entschädigung Herbst. Es ist ja nicht der richtige Herbst, man darf auch nicht mit dem kleinen Finger an Kurland denken, ach du lieber Himmel schon gar nicht. Aber es ist doch wenigstens angedeuteter Herbst und meine glücklichste Jahreszeit. Wenn mir etwas Gescheites einfällt, dann ist es bestimmt im Herbst; alles ist so klar und blau und von gar keinem Zweck erfüllt als nur da zu sein und sich bunt zu freuen. Der Frühling ist ein lilaner Kitschlümmel – außerdem erscheint er mir immer als Kulisse für das zukünftige Zeugungsgeschäft der Natur, ich mag ihn nicht. Aber der Herbst –! Da will die Natur gar nichts mehr; es ist, als ob sie sich nach all dem Gebären und nach aller Arbeit noch einmal ausruhte. «Ein Wasser schwatzt sich selig durchs Gelände, Ein reifer Roggenstrich schließt ab nach Süd. Nun stützt Natur den Kopf in ihre Hände, Und ruht sich aus, von ihrer Arbeit müd.» (Liliencron.) Und alles strahlt und ist so blank und absichtslos und so vergänglich, jede Stunde nimmt von dem Glück – – In «*Schluck und Jau*» steht das schöne Wort «schlafbesoffen» – ich möchte sagen: ich bin herbstbetrunken. Und wenn wir einmal (19 ...) heiraten: dann soll es im Herbst sein.

[...]

Polizeistelle Turn-Severin
Deutsche Feldpost 310
Nr. 64 den 1. September 1918

Nr. 63 war kein Brief.

[...]

Drei Pfund Post waren da. Der Name meines Freundes Tiger ist nicht mehr undurchsichtig. Ich habe mich ein bißchen geärgert. Ich schickte an das «*Berliner Tageblatt*» ein kleines Tiger-Gedicht – ich schicke Dirs, es erscheint in diesen Tagen – und bat den Redakteur, das Pseudonym nicht aufzudecken. Er versprachs, sagte aber, er wüßte schon lange, welcher Tiger in der «*Weltbühne*» die Zähne zeigte. Ich mag das nicht. Gerade mit diesen kleinen Dingelchen stelle ich mich ungern heraus. Um so mehr als sie spaßig sind. Die Deutschen glauben, wenn einer Witze macht, er sei ein Schaumkopf. Und wissen nicht, wie lange man ernst gewesen sein muß, um einen guten Scherz zu machen. Ganz zu schweigen von der Technik. Ich bin ja nur ein Talent – aber wie meisterhaft ist zum Beispiel dieses famose Gedicht von Busch, das Hardt damals sprach: «Was ist die gute Madame Schmöle, für eine liebe treue Seele – –» Die ihrem Dienstmädchen verbietet, zum Tanz zu gehen, in den «Goldenen Löwen» – weißt Du noch? – und die noch abends an der Kammertür aufpaßt, «daß sie nur ja nicht etwas hört, was gottlos (und nun mit dem allerletzten Wort) und – beneidenswert.» Dahinter steckt eine lange Gedankenarbeit.

[...]

Polizeistelle Turn-Severin
Deutsche Feldpost 310
Nr. 66 den 4. September 1918

[...]

Er schreibt: ich solle mir keine Sorgen machen ... Mach ich mir gar nicht. Wenigstens nicht solche, wie Er denkt. Und das mit der Literatur an der See – ein alter Traum. Ich hätte mit dem Geld, das mir mein Vater hinterlassen hat, das machen können, aber ganz knapp und dürftig, und dann hätte ich nicht studiert, hätte kein Examen gemacht, wäre nichts geworden und hätte da in einem Häuschen an der See geklebt. Das bißchen, was ich weiß, habe ich in meinen Studienjahren zusammengesammelt. Mich reut es nicht. Gewiß: ich muß nun sehen, wo ich bleibe – und ich werde das auch. Aber sieh mal – und ich schreib das nur, um damit zu sagen, daß ich Deinetwegen nichts aufgebe – um das zu tun, um alles, alles auf diese eine Karte zu setzen, muß man höllisch von sich überzeugt sein. Man muß fühlen: ich bins, ich kanns – und wenn der Himmel herunterfällt, ich bin ein ganz großer Kerl. Dieses Zutrauen habe ich nicht. Ich weiß schon, was ich kann – aber solch ein Genie, solch ein Format – *das* ist doch nicht da. Dazu verstehe ich zu viel davon, um das etwa zu übersehen. Ich meinte nur, es wäre sehr heiter, still und unabhängig (das ist es) an der See zu sitzen und sich die Bücher, die man liebt, zu kaufen und sich Bilder zu kaufen und – wenns einen jückt – in die große Stadt zu fahren – im übrigen aber hier und da klug zu reden. Daß dann natürlich reizende kleine Bücherchen und Aufsätze herauskommen, ist klar. Nur: mit Unterbilanz. Nur: es kostet meiner Schätzung nach jährlich für einen allein 10000 M. – Friedensrechnung, jetzt annähernd das Doppelte – und der Gewinn ist ungefähr 2000 M. – Dann bleibt man sich selber treu, macht keine Konzessionen, schreibt und sagt nur, was man will, hält nie den Mund und freut sich an Frauen, dem Meer und der Natur.

Ja –

Fahr hin. – Also seien wir schlau, packen wir andere Dinge am Wickel – ich gebe gar nichts auf. Klar?

Das sind die goldenen Tage – diese Herbsttage nämlich. Es ist doch eine wunderschöne Zeit. Alles so klar und sachlich und sauber und hell – wie unendlich schade, daß ich diesen Herbst nicht noch in Kurland erleben kann – so, mit einem gewissen Jemand zusammen – aber das müßten dann Fahrten sein, die immerhin etwas weiter gehen als in den Volkspark oder auf den ††† Sandberg des Schießplatzes.

[. . .]

Glaubt Er vielleicht, daß der Nungo so ausschweifend lebt und so großstädtisch wie die Meli? Da glaubt Er falsch. Dieser geht meist schon um 9 (neun) Uhr mit, na? mit einem Buch zu Bett und liest bis zehn Uhr – und um zehn Uhr knipst er wie ein alter guter Familienpapa die Laterne aus und schnarcht, wie Romeo nie geschnarcht haben würde. Das ist ein solides Leben. Aber hier ist kaum etwas. Das Saufen macht mir auf die Dauer wenig Spaß – mal ist das ja ganz hübsch – und die Gesellschaft ist nicht zum Totlachen, und an öffentlichen Vergnügungen gibts nur das Kino, und da gehe ich nicht herein. Bleibt also das Königliche Bett. (Es waren Wanzen drin. Ich habe sie aber herausgepetroleumt.)

[. . .]

[Polizeistelle Turn-Severin
Deutsche Feldpost 310]
Nr. 68 4. 9. 18

[Schaubühnen]

Dies sind noch so einige alte Arbeiten. – Alles, was unter den drei Pseudonymen steht, ist von mir. (Ladislaus Löwe bin ich nicht.) Dann viele Antworten; viele sind vom Herausgeber und mir zusammen. In manchen Heften ist keine Antwort von mir – genau weiß ich es auch nicht mehr, Du wirsts am Stil und Stoff erkennen.

Mit meinem Namen habe ich nur gezeichnet, was mir damals wichtig erschien. Heute würde ich nur noch eine einzige Arbeit namentlich zeichnen: die über Rosa Bertens. Denn das ist nicht allein die Figur von Strindberg, auch nicht die Bertens, sondern meine Mutter.

Polizeistelle Turn-Severin
Deutsche Feldpost 310 den 6. September 1918

Au weh, ich habe mein kleines Buch
nicht da und glaub es ist Nr. 68

[...]

Belachen muß ich mich immer, wenn wir in unserm – dereinst klassisch werdenden Briefwechsel, den die Kinder in den Schulen aus ihren Lesebüchern dereinst auswendig lernen müssen – in unserm Briefwechsel also auf die Religion zu sprechen kommen. Wenn ich – Beweise liegen hümpelweise da, aber ich schicke sie nicht alle – das drucken ließ, was ich meinte, wenn ich öffentlich sagen dürfte: Christus – oder Gott – oder Buddha – oder wie man das nennt – ist ein Popanz geworden – ihr kümmert euch ja gar nicht drum; ihr stellt euer lächerliches Vaterland – das tun alle – viel höher als alle Forderungen der Moral –: dann säße ich morgen hinter Schloß und Riegel. Und Er sagt dann immer: Er ist ja maßlos frech und spottet. – Gar nicht: nur das Bisansendegehen ist etwas, was mit dem bequemen sonntäglichen Kirchenbesuch, gegen den nichts gesagt werden soll, seltsam kontrastiert: einmal buttrige Ruhe und laisser-faire laisser-passer, und das andere Mal: – – es hat einen gegeben, der ist – theoretisch – bis ans Ende gegangen: Euer Tolstoi. Nein, unser aller Tolstoi. In einem dämlichen Buch über Literaturgeschichte – von einem Pater – las ich: er ging die seltsamen Wege eines eigenen Christentums. Der Esel! Der alte Herr hatte schon verstanden, was in der Bibel drin gestanden hat und daß man das nicht verwässern kann. Und wenn er auch persönlich ein bißchen Komödiant war – denn das war er – und vor den Reportern Kwas [trank] und nachher Roastbeef und Remouladensauce [aß]: er war doch künstlerisch ein ganzer Kerl, der auf Fahnen pfiff und der fast als einziger begriffen hatte, was das mit Christus und allen gewesen ist, – bei den Indern ist das noch viel, viel stärker und älter –, die ihre Seele über den Erfolg stellten.

[...]

Polizeistelle Turn-Severin
Deutsche Feldpost 310 den 8. September 1918

Ich bin ganz klein,
denn ich habe nun wohl auch
zweimal 68 abgesandt! –
aber dies ist Nr. 69.

[...]

So – «*Schlaraffenland*» liest Er gerade? Ja, das Buch hat ein merkwürdiges Schicksal gehabt. Es ist Ende der neunziger Jahre geschrieben – und da paßte jede Silbe. (Es ist heute, was das Milieu angeht, total veraltet.) Damals kümmerte sich kein Mensch um das Buch. Nun ist es ja künstlerisch lange nicht Manns bestes, es ist viel zu geradlinig und simpel in der Satire – bautsch! ein bißchen mit dem Hammer! und nur in gewissen Partien – zum Beispiel die Szenen bei der kleinen Matzke, Bienaimée Matzke – epigrammatisch zugespitzt und gut getroffen. Damals also kümmerte sich niemand darum. Wie überhaupt nicht um Heinrich Mann. Ich besitze noch die alten hübschen Ausgaben – alles Erstauflagen und höchstens 2. oder 3. Das blieb bis 1910, 1911, 1912 so. Dann nahm statt des alten münchener Verlages ein leipziger die Sache in die Hand und «schmiß» den Laden. Seitdem ist Heinrich Mann, der heute keine starke Zeile mehr schreiben kann, berühmt – der alte Heinrich Mann, den wir alle verehrten, ergebnislos verehrten, denn davon konnte er nicht leben. – Wundervoll sind die Namen im «*Schlaraffenland*» erfunden – Doktor Bediener, großartig. Den Typus der Frau Türkheimer gibts hundertfach, er sieht aber heute anders aus. Spaßig, wie das, was damals als «pervers» galt, heute langweilt. Man fragt: ist das alles? Ja, die feinen Leute ...! Viel Vergnügen aber, immerhin! –

[...]

Polizeistelle Turn-Severin
Deutsche Feldpost 310
Nr. 83 war kein Brief.
Nr. 84 den 30. September 1918

[. . .]
wenn dieser Brief ankommt, wird sich ja verschiedenes bei uns entschieden haben. Ich hoffe, Du bist wieder aus Riga zurück, und es wird nichts Ernsthaftes gewesen sein. Bitte schreibe mir gleich, damit ich auf dem laufenden bin. Muß ich dazu schreiben, daß Du auch sonst über mich verfügen kannst? Bitte lege wenigstens in solcher Stunde das ab, was man Zurückhaltung nennt und an Dir mag – aber dann nicht. Also bitte: klar und deutsch und deutlich, damit ich das tun kann, was not tut. –

Ich sagte, es wird sich bei uns etwas entscheiden. Ich habe Dir das bis jetzt nicht schreiben wollen, weil es in der Luft hing – und da hängt es auch jetzt noch. Unserm Freunde Th. Tiger haben sie in Berlin eine nicht schlecht bezahlte Redakteurstellung angeboten – und da es von einem sehr großen Unternehmen ausgeht, habe ich zugesagt. Nun ist immer noch unbestimmt, was das wird.

Mein Plan war dieser – um einmal alle Karten aufzudecken: hier unten Kommissar zu werden, das ist nicht mehr allzulange – und dann zu versuchen, nach Kurland zu gehen, und von einer Kriegsstellung sachte in eine Friedensposition hinüberzugleiten. [. . .]

Polizeistelle Turn-Severin
Deutsche Feldpost 310
Nr. 85 den 2. Oktober 1918

[. . .]
Die Zukunftsmusik des vorigen Briefes – hervorgerufen durch das außergewöhnliche Ereignis – wollen wir wieder schweigen lassen, wie bisher. Ich komme nicht gern mit angebrüteten Eiern. Küken oder gar nicht. Jedenfalls ist noch nichts entschieden und zwischen Berlin und hier geht es hin und her.

«München, 27. September. (Privat-Telegramm.) Graf Eduard v. Keyserling, der feine Dichter aus baltischem Lande, mit Stolz lange der unsere, liegt im Sterben. Seine Stunden sind gezählt. Seit Jahren lebt er hier in München, erblindet schon und gelähmt, und doch noch bis in die letzten Tage voll sprühenden Lebens und innerer Anteilnahme für alles große und kleine Geschehnis der Zeit. Graf Keyserling ist 63 Jahre alt.»

Inzwischen ist er gestorben: am 28. September 1918 in München. Er ist 63 Jahre alt geworden. – Ich kann nicht über ihn schreiben – vielleicht später einmal. Ich habe nichts von ihm hier, und so etwas will sorgfältig gemacht sein. Nichts ist hassenswerter als diese eilig hingesudelten Nekrologe der Zeitungsmacher, die das ganze Leben des Künstlers über sich nicht recht um ihn kümmerten, und dann auf einmal gehts los –! Das läuft nicht weg – wie Wied nicht wegläuft, dem ich auch gerne noch einmal ein grünes Blatt auf das Grab legen möchte. Das macht aber Arbeit und verlangt vor allem genaueste Vorbereitung. Schade, schade um den Keyserling: er war noch keineswegs senil – obgleich er gelähmt und fast blind war. Gehen konnte er schon lange nicht mehr, auch nicht schreiben – fast alle seine Werke sind diktiert. Man merkt es keinem an, und sie sind gepflegter und sauberer als tausend andere, die der Herr Verfasser mit höchsteigener Hand aufschrieb. –

[. . .]

Polizeistelle Turn-Severin
Deutsche Feldpost 310
Nr. 86

den 4. Oktober 1918

[. . .] Kein Mensch weiß, was es werden wird – aber in den drei Jahren, die ich mitspiele, habe ich bemerkt (eigentlich wußte ich das schon), daß die Welt morgen immer ganz anders aussieht als gestern, daß es sich also nicht empfiehlt, sich vor Eifer umzubringen. Fest zupacken, wenns nötig ist, ja – aber nachdenken nur dann, wenn das sein muß. Ich zerklabastere mir nicht den ganzen Tag mit Spintisieren. Wenns so weit ist, dann fällt mir schon das Nötige ein.

Jeden Abend, Schlag neun, liegen Herr Wrobel im Bett und lesen. Alte Frauen haben ihr Gebetbuch, ich habe 10 kleine blaue Bücherchen, in denen es *alles* drinsteht. Es ist ein Seelentrost und ein ewig frisch sprudelnder Quell. Du brauchst es niemals zu lesen; es ist ein deutscher Philosoph, aber ein Kerl. Nicht so einer, der trübe, grau und trocken mit lehrhafter Eindringlichkeit langweilt, sondern ein Mensch, der so tief in die Dinge hinuntergesehen hat, wie nur ganz, ganz selten einer vor ihm und nach ihm. Er weiß alles (nicht nur die Tatsachen, obgleich er maßlos fleißig und belesen war; er konnte Englisch und Französisch und Lateinerisch und Griechisch und Hebräisch und Spanisch und das beste Deutsch –), nein, er weiß alles: von den Menschen und von den

Frauen und von den Leidenschaften und von der Welt und von der Kunst und alles, alles. Der Atem stockt einem, wenn man das liest. Und das Resultat seiner ganzen Bemühungen – das wußte er aber selber und sagte es eindringlich genug – ist ein Wort, mit dem sein Hauptwerk nicht zum Spaß aufhört: Nichts. Unsere tiefsten und größten Humoristen waren seine begeistertsten Anhänger – denn das ist Humor: durch die Dinge durchsehen, wie wenn sie aus Glas wären. Er ist 1860 gestorben: ein schrulliger alter Herr mit entzückenden kleinen Eigenheiten: nach Tisch spielte er seine Flöte, sein Pudel hieß mit einem indischen Wort «Mensch» – «Komm mal her, Mensch!» – er war menschenscheu und fast gallig, erlebte aber noch, wie sein Ruhm anfing, sich auszubreiten – nachdem sein Werk 30 Jahre lang keiner gelesen hatte. Er heißt Schopenhauer.

[. . .]

Polizeistelle Turn-Severin
Deutsche Feldpost 310
Nr. 87 den 6. Oktober 1918

[. . .]
noch hält die rigaer Briefpause an, was mich mit Kümmernis erfüllt. Aber eines Tages wird sie ja wohl wieder aufhören –.

Inzwischen haben die Ereignisse einen Lauf genommen, na – also, Lauf, kann man schon nicht mehr gut sagen. Sie überpurzeln sich; und wenn ich heute etwas an Dich schriebe, so wäre es – wenn der Brief ankommt – überholt, antiquiert und durchaus von vorgestern. Deshalb laß ichs lieber und sage Dir nur: man weiß noch gar nichts. Weiß nicht, welchem Ende uns der offenbar unternommene Friedensschritt zuführen wird, welchen wirtschaftlichen Zuständen, was aus Kurland wird, was aus mir und was aus Dir wird – es ist nicht zu übersehen. Ich glaube nun, es ist klüger, sich nicht den Kopf zu zerbrechen – weil man ihn nicht bezahlt bekommt – sondern nur dann fest vorzuzupacken, wenns not tut. Dann kann man ja weiter sehen. Vorläufig ist mit mir nach keiner Richtung hin etwas geschehen – aber das handelt sich nur noch um Wochen – dann hat sich das Ganze wesentlich geklärt. Ich denke so: gehe ich nicht nach Berlin, dann werde ich mich hier nach Möglichkeit befördern lassen und den Versuch machen, im Staatsdienst zu bleiben – wenn irgend erreichbar: in Kurland. – Gehe ich aber nach Berlin, dann muß ich da die Augen aufmachen, und zusehen, was gespielt wird. Der Drehpunkt der Frage ist: kann ich mit Dir anständig leben oder nicht? [. . .]

Nr. 88 ist kein Brief.

Neues nicht zu vermelden. Ist Er wieder da –? Ich hoffe es aber bald. Länger als sechs Tage wird doch dieser unvermutete Urlaub nicht gidauert haben, he –?

Hier ist der Postsekretär bei Tisch – ich schrieb einmal, welch ein Pachulke. Er war früher in Libau stationiert – neulich kamen wir ins Gespräch, und er sprach von Kurland. Keinen Schimmer – diese Gattung kann man auf den Mond setzen, dann sehen sie auch nichts. Aber ich ließ ihn sprechen, immerzu sprechen, nur von Kurland sprechen. Du weißt in der Tat nicht, was Du an dem Land hast. Du hast keinen Schimmer, still! keinen Schimmer hast Du. Dickerchen, und so philiströs auch Riga sein mag – man hat überall Philister und Gescheite, Spießer und Freie. Riga ists nicht. Aber es ist immer so: wenn man im Goldberg sitzt, weiß man nicht, was das für ein Metall ist, und gibt den ganzen Berg für ein Stückchen schönes schwarzes Eisen her – und die Konditorenfräulein essen nur Schlackwurst und saure Gurken gern. Ja, ja – – Und es ist doch ein ganz wundervolles Land; sehn Dich nicht zu sehr nach der großen Stadt! Die große Stadt verbrennt – mehr als zwei, drei Generationen kanns ohne Schaden kaum eine Familie da aushalten. Sie verbraucht. Das Land erhält seine Leute, sie schlagen Wurzeln – ach! was weißt denn Du davon! Und von Kurland! Und von Liiivland –! Alte, dumme Meli –!

[. . .]

Für Mary — Zum 15. November

## Märchen

«Kunstmärchen» gibt es eigentlich gar nicht. Alles, was sich so nennt, ist eine Erzählung auf Krücken – auf den Krücken der vorausgesetzten Phantasie nämlich. «Und da nahm der Zauberer einen Stab und hexte dem Pferd die Beine ab –» Wie? das glaubt ihr nicht? Das hätte ich nur geschrieben, weil ich nicht weiter weiß? Aber bitte – dies ist ein Märchen, und im Märchen kommt das vor. Aber nicht bei Dir, Du Schmierant.

Das Märchen ist – in der ersten Fassung – genau so das Werk eines einzelnen, wie alles auf der Welt. Es ist nicht wahr, daß «das Volk» ein Märchen je allein gedichtet hätte. *Einer* hats gedichtet, eben ein Dichter. Er braucht es nicht aufgeschrieben zu haben – aber der Kern und Grundstock aller Märchen rühren von einem einzelnen her. (Bei geschichtlichen Sagen ist es anders.) Wenn aber jemand nun bewußt dichtet, Märchen dichtet, und es werden auch welche, das heißt: man erzählt sie weiter und jeder empfindet: das ist ein Märchen (nicht: das ist wie im Märchen) – dann ist ein Wunder geschehen. Meines Wissens in der Literatur nur zweimal: bei Andersen und bei Hauff.

Andersen ist Dichter. So sehr Dichter, daß die Märchen – in der Wiedererzählung – fast regelmäßig an Zauber verlieren, das untrügliche Zeichen eines Kunstwerks, bei dem eben Form und Inhalt verschmolzen sind. Man muß *seine* Worte anwenden, um *seinen* Eindruck zu haben. Aber es sind richtige Märchen, viele nicht für Kinder – und wäre selbst ihr häufig hinterlegter allegorischer Sinn nicht – (der sogar etwas stört) – es bleiben fabelhaft bunte und kindlich empfundene Geschichten, also Geschichten aus der ersten Hand, gesehen mit der frischesten Einbildungskraft.

Es gibt gewisse Dinge – wie Musik und Humor – die den Deutschen so eigentümlich sind, daß sie fast mit ihnen verwachsen scheinen. Nicht so sehr dem einzelnen Deutschen, wohl aber der Gesamtheit und ihrem Charakter. Zu diesen gehört das Märchen. Die Brüder Grimm haben das herausgehört und aufschreiben können, was die alten deutschen Frauen ihnen erzählten – erfinden konnten sie nichts und haben es auch nie versucht. Hauff hat etwas erfunden, und sogar etwas, das es vorher nicht gab. Er hat nämlich Tausend und eine Nacht und den deutschen Wald vermählt.

Hauffs Orient ist durchaus deutsch. Gott bewahre, geht es im Orient je so zu! Niemals ist da alles so bieder und, wenn auch farbig und bunt bewegt, doch so eindeutig! Man lese einmal die Märchen aus Tausend und eine Nacht – (aber nicht die gekürzten Kinderausgaben, sondern die richtigen, uns ganz erhaltenen Märchen): da ist heiße Nacht, eine bis zur Treibhaushitze gesteigerte Erotik (die Helden machen nicht umsonst so fabelhafte Abenteuer um ihre Zobeiden und Fatmen durch – es winkt ihnen am Schluß ein Lohn – die süßeste Nacht –) da ist auch (orientalische) Tapferkeit, blitzendes Spiel der Einfälle des Intellekts und ein gefährliches Durcheinander von Witz, Bonhomie, Hinterhältigkeit und grausamem Despotismus. Das wogt und braust – Ritter, Tod und Teufel – anders als unsere Welt, aber doch eine ganze, lebendige, tatsächlich so vorhandene Welt. Die Geister sind so eng damit verwoben, daß man sie nicht wegdenken kann: also Märchen.

Bei den Deutschen geht es moralischer zu. Nicht, daß dort kein Blut flösse – die Grimmschen Märchen sind unerhört grausam und fast gefühllos, wenn es an die Leiden der bösen Hexen und schlechten Ritter geht – weshalb auch trockne Pedanten und Bücherpädagogen geraten haben, dergleichen Kindern nicht in die Hand zu geben, als ob sie nicht in ihrer täglichen Umgebung früh genug sähen, daß der kleine Katechismus allein nicht ausreicht – aber eine tiefe, fast sittlich zu nennende

Weltordnung liegt den deutschen Märchen zu Grunde, eine Rangordnung, fest gefügt vom Teufel bis zum lieben Gott. Und dann – und das ist der Kernpunkt – sie haben den Zauber.

Den Zauber der Heimat, meinetwegen. Kleine Eidechsen huschen über das grüne Moos, die Bäume rauschen, hinter der Eiche steht ein Rumpelstilzchen, ein verwunschener Prinz – der Bergkönig grollt über die Berge her – und die böse, böse Königin wäscht ihr wunderschönes goldenes Haar in einem blauen Bache. Dieser Zauber ist unübersetzbar, unerklärlich, nicht in Begriffe zu fassen und nur dem – deutschen – Gefühl zugänglich.

Hauff hat beides. Hauff hat es wahrhaftig fertig bekommen, Bagdad und den Schwarzwald zu vereinigen. Seine orientalischen Märchen sind ganz und gar deutsch, aber nicht so, daß der Orient nur eine Kulisse wäre – es ist schon Orient, aber ein Osten, wie er sich in einem deutschen Kopf spiegelt. «*Der kleine Muck*» könnte gerade so gut in Deutschland spielen, wenn nicht das orientalische Drum und Dran so eng mit dem Geschehen verwirkt wäre, wie Figuren in einen Teppich, aus dem sie ja auch nicht wegzudenken sind. «*Die Geschichte vom Kalifen Storch*» ist ein guter deutscher Schwank – dieser tiefe Humor, dieser gravitätische Spaß – das ist deutsch. Und wie spaßig ist es, wenn Hauff den kleinen unschuldigen Trick anwendet, das Deutschland seines Herzens in den Orient seines Kopfes zu versetzen – wie im «*Affen als Mensch*» – wo die furchtbar bunten Sklaven dem Sultan von Deutschland erzählen wie ein Mensch vom Mond spricht. «Weit, weit dahinten liegt ein Land» – Aber hinter dem Vorhang steht Hauff und schmunzelt . . .

Am allerschönsten aber ist «*Das Wirtshaus im Spessart*». Wem da das Herz nicht aufgeht, dem ist nicht zu helfen. Und wiederum am allerschönsten ist darin «*Das kalte Herz*», wohl das schönste Märchen, das Hauff je geschrieben hat. Es ist häufig genug analysiert worden, wie fein die Rahmenerzählung von dem unheimlichen Wirtshaus immer wieder zwischen den einzelnen Märchen auftaucht, wie sich das Ganze nie verliert, wie die kleinen Geschichten sich dem Fluß der großen Erzählung zwanglos einfügen. Und was sind es für prächtige Geschichten! «*Die Höhle von Steenfoll*» ist wiederum ganz deutsch, wenn auch in schottischem Gewande. Es gibt alte gälische Sagen – (Fiona Macleod hat solche veröffentlicht, sie «Wind und Woge» genannt – und das Herz bleibt einem stehen – es ist, wie wenn alte, uralte verwitterte Steinriesen das Sprechen anfangen würden – so riesig ist alles) – Hauff ist wieder deutsch geblieben. Er hat sich in dem fremden Stoff nicht verloren – aber er hat alle Ähnlichkeiten wieder gefunden. «*Das kalte Herz*» ist aber das allerschönste von allen.

«Schatzhauser im grünen Tannenwald,
Bist schon viel hundert Jahre alt;
Dir gehört all Land, wo Tannen stehn –»

wer das einmal gehört hat, der vergißts nicht wieder. Ein Luftzug streicht durch die Tannen, sie wiegen knarrend die schweren Stämme, ächzend, die Wipfel schwanken – und dann ist alles wieder still. Ein Tannenzapfen fällt auf den Boden und schlägt dumpf auf. Oben flattert ein großer, schwarzer Vogel. Es ist unheimlich im Wald, bei den Tannen. Und wie in diesem Wald Peter Munk und der Holländer-Michel und der kleine gute Geist und alle die andern ihr wunderliches Wesen treiben, und wie alles – auch noch in der dicksten Zauberei – ehrlich, gemächlich und bieder zugeht, das mußt Du selbst lesen. Das ist Deutschland, das Deutschland, das die andern nie angefeindet haben und das keine ärgeren Feinde hat als die Schreier im Lande.

Es ist in diesem Märchenbande ein Märchen darin, das nicht von Hauff stammt, *«Der arme Stephan»* heißt es und ist so recht ein Beispiel dafür, wie Märchen nicht sein sollen. Darin wird gezaubert, aber das ist auch alles. Daß Zauberer hexen können – wie gleichgültig und langweilig ist das im Grunde, wenns dabei sein Bewenden hat. Es muß wohl noch etwas dazukommen. Hier sieht mans doppelt, weils fehlt.

Hauff hat sich – literarisch – mit diesen Märchen fast ganz ausgegeben; er hat literarische Parodien auf Clauren geschrieben, den damaligen Sudermann, aber sie sind so verdammt ähnlich und so wenig parodistisch, daß man gezweifelt hat, ob er diese schlimmen Kitschdinge nicht um des Geldes [willen] gemacht und ganz ernst gemeint hat. Das ist ja nun gleich. –

So nimm Dir eine recht stille und freundliche Stunde und tauch unter. Ich weiß, Du vergißt alles andere.

Und wenn Du wieder oben bist, dann sieh Dich um – ob auch noch alles auf dem alten Fleck steht und denk, was dieses Volk alles zu geben hatte. Zu geben hat? Das weiß keiner.

Der Märchenmeli wünscht aber der Nungo einen recht frohen Geburtstag! –

[. . .]

Polizeistelle Turn-Severin
Deutsche Feldpost 310
Nr. 94 den 14. Oktober 1918

[...] Was aber wird nun –? Ich habe so die Empfindung, als ob viele Leute in Autz – besonders die Herren, die nun wieder arbeiten müssen und dann nur so viel bezahlt bekommen wie die Arbeit wert ist ... – daß sie also die Augen zukneifen und nichts sehen und hören wollen – denn wer weiß: morgen ist der Friede ausgebrochen, und dann –? Dieses: und dann –? bewegt mich auch einigermaßen, wenn auch ganz anders. Ich glaube immer noch nicht, daß Kurland geräumt wird. Nicht etwa, weil wir so viel Anlagen darin haben – so liegen die Dinge heute nicht mehr, und das großmäulige Politisieren der Brüder in den Kasinos ist heute nur noch Arabeske, aber kein ernsthafter Inhalt der Politik mehr – sondern es wird wahrscheinlich nicht geräumt, weil dann die entfesselten proletarischen Gewalten in Rußland das Land überschwemmen könnten, und das wird man wohl nicht wollen. Daß das Land – ebenso wie Livland – ausgesprochen deutsch bleibt, nehme ich nicht an. Daß viele Deutsche da nachher wohnen werden, schon eher – obschon das ein sehr gewagtes Experiment ist, denn es ist politisch nicht Fisch und nicht Fleisch. Und das jetzige Rußland scheint mir nicht gerade verlockend, es besteht offenbar nur auf dem Papier ...

Ich bat Dich schon in dem vorigen Brief, mir auf alle Fälle, denn die Weltgeschichte geht heutzutage verdammt rasch – Deine rigaer Adresse zu geben. Hierorts – da ich nun einmal angefangen habe, davon zu schreiben – ist die Sache soweit gediehen, daß die berliner Zeitung mich reklamiert hat, und ich muß nun abwarten, daß sie mich hier loslassen. Was mir zweifelhaft ist, denn sie haben Leutemangel. Aber andererseits liegt mir nun natürlich daran: die Friedensverhandlungen scheinen in Fluß zu kommen – wenn nicht alles täuscht – und dann muß ich allerdings sagen, glaube ich trotz aller Bedenken, daß meine Zeit gekommen ist. Berlin ist ein aufgewühlter Ameisenhaufen – wenn man jetzt zupackt ... wer weiß, vielleicht ... Der Brief des Chefredakteurs des Blattes – eines der angenehmsten Erscheinungen auf dem Gebiet der Journalistik, er heißt Theodor Wolff – war sehr nett und freundlich: was er will, will ich auch – man könnte sich mal richtig austoben. Er will ein anständiges und politisch bedeutendes Witzblatt haben – na, das kann er ja kriegen. Das Gehalt ist für ein Anfangsgehalt anständig; in Friedenszeiten wäre es gut gewesen. Heute wird es für die täglichen Bedürfnisse draufgehen. Ich sitze, wie der Name Panter sagt, geduckt still und bin auf dem Sprunge ...

[...]

Polizeistelle Turn-Severin
Deutsche Feldpost 310
Nr. 95 17. 10. 18

[...]
Neues gibt es nicht. Alles hält den Atem an. Zu Hause sieht es nach meinen Informationen so übel aus, daß ich Einzelheiten nicht schreiben kann. Das Land ist auf das schwerste und in seinen Grundfesten erschüttert – nicht äußerlich, es ist keine Revolution, es werden keine Laternen eingeschlagen und keine Leute ermordet – aber moralisch und innerlich wankt alles; die Gegensätze sind so verschärft und haben sich so zugespitzt, daß man das schwerste zu befürchten hat. Es ist fast unmöglich zu sagen, wer recht und wer unrecht hat: die, die zur Weiterführung des Krieges raten, weil sie kein deutsches Land abtreten wollen, und die immer behaupten, wir könnten noch – oder die andern, die alles annehmen, weil sie meinen, es ginge nicht mehr, die Kräfte seien aus. Mir fehlt es an Material – aber das Maulheldentum, das die anderen, versteht sich, immer die andern, in den Tod schickt, will mir wenig gefallen. Das leichtsinnige «Ach! es wird schon noch gehen, und es muß einfach gehen», das sich stets und immer auf die andern bezieht, hat uns schon in allerhand Kummer hereingerissen ...

Das sind insofern keine abstrakten Erwägungen, weil sie mich und uns unmittelbar angehen. Ich wage noch nicht, mich für Berlin zu entscheiden. Die Reklamation muß meiner Schätzung nach in spätestens 14 Tagen hier sein, und ich werde sicherlich gefragt, ob ich wegwill. Ja sagen? Geht dann der Krieg weiter, dann kann man nachher anstandshalber nicht in Berlin sitzen bleiben – denn dann gehts ans Messer und um die Wurst. Hier bleiben? Und sich die Stellung, die mir in vier Wochen den Halt verschafft, den ich haben will, verscherzen? – Es ist schwer, und ich wünschte nur, man könnte klar sehen – gibt es einen Frieden, ganz gleich, was für einen, dann gehe ich nach Berlin.

[...]

Polizeistelle Turn-Severin
Deutsche Feldpost 310
Nr. 96 den 19. Oktober 1918

[...] Das ist das Beängstigende an der Historie, daß die Ereignisse sich überpurzeln, in einem so rasenden Tempo aufeinanderfolgen – was soll man dazu sagen? Sie schreien zwar zu Hause furchtbar, sie wollen sich von Amerika nichts gefallen lassen – aber ich fürchte, ich fürchte ... sie werdens müssen ... Denn was in den nächsten Wochen – ich schätze höchstens 14 Tage – in Österreich vor sich gehn wird und zum Teil schon vor sich gegangen ist – das scheint das Ende zu bedeuten. Denk nicht, daß ich unke – man muß nur nicht glauben, daß der Untergang und die Niederlage eines Volkes – darf man sagen: eines Erdteiles? – mit Krach und Krachen verknüpft ist. Es ist außen ganz still – das Böse kommt nach. – Was so lange gekittet war, was man hoffte, zusammenwachsen zu sehen – das fällt nun auseinander. Und eine üble Flick- und Kleinstaaterei beginnt, die Europa auf Jahrhunderte zurückwirft. «Ich bin selbständig!» – «Mir hat keiner was zu sagen!» – «Ich habe meine eigene Fahne!» – «Wir wollen auch einen eigenen König, und einen eigenen Hofstaat und Beamte und eine Verwaltung und Zölle – –» so kreischt das durcheinander. Das, was man lieb gehabt hat, ist in Stücke geschlagen – das geistige Leben kann natürlich in diesem wüsten Gemisch nicht gedeihen – und es bleibt ein ekler Brei von Staats- und andern Aktionen ... Die Ahnungslosigkeit der im Felde Stehenden ist rührend – sie fühlen kaum – nur ganz wenige – was da eigentlich vor sich geht, und daß es mit der alten Herrlichkeit ganz und gar vorbei ist. Sie werden es verdammt merken: am Portemonnaie und an der Haltung des Auslands und an einer Weltgeschichte, die ohne dieses Land vorbei, vorbei gehen wird. Deutschland? Das war einmal.

Ja, Melimatz, und was dann –? Noch heute (um auf unsere eigene Sache zu kommen) weiß hier kein Mensch, was es werden wird. Mit mir persönlich ist noch nichts entschieden – es heißt, ich solle eine Polizeistelle bekommen. Aber sie ist noch nicht eingerichtet, und ich rühre zur Zeit keinen Finger, weil alles in der Schwebe ist. Wenn man erst sähe, daß es Frieden gibt. Dann ist Berlin – trotz aller Abneigung – das einzig rechte. Gibts keinen? Gibts aber keinen? Für mein Fortkommen ist mir dann im Augenblick nicht bange – aber ich muß doch sagen, daß ich dann sehr, sehr schwarz in die Zukunft sehe. Dann bleibt kein Stein auf dem andern – man hat es zu weit kommen lassen. Er muß ja nicht denken – ach nein! das wird Er ja auch nicht mehr tun – daß mich das bedrückt, so nach der Melodie: «Besitz ist Last». Ich würde auch nachdenken, wenn wir beide sehr vermögend wären – denn das ist schließlich eine Sache, die einem zu denken gibt. Der Weise legt die Hände auf den dicken Bauch und wartets ab.

[...]

Polizeistelle Turn-Severin
Deutsche Feldpost 310
Nr. 98 den 23. Oktober 1918

[. . .] immer wieder kehrt alles Sinnen auf den einen Punkt zurück: was wird nun? Ich mag mich nicht mehr darüber auslassen, auch will ich Dich damit nicht langweilen – aber man darf schon sagen, daß das deutsche Geschick der nächsten zweihundert Jahre von den nächsten Wochen abhängt. Ich sehe schwarz – so schwarz, daß Deine Rapporttinte engelsweiß dagegen ist. Und man muß abwarten. Das ist eine kleine, dumme Genugtuung, daß alles – aber auch alles – was wir seit Jahren, schon lange vor dem Kriege, geschrieben haben, heute wahr und klar ist und von allen zugegeben; damals haben sie einen fast angespuckt dafür. Was nützt das? Die Fehler, die wir tadelten und tadeln, sind aus dem Deutschen heute noch nicht heraus, sondern nur heruntergesetzt, sie stehen nicht im Kurs – aber sie leben alle noch. Ein merkwürdiges Volk – ähnlich wie das russische, beide können keinen Sieg vertragen, weil dann häßliche Schichten der Nation Oberwasser haben. Aber die Erkenntnisse, die heute in aller Mund sind (ich habe noch nie so offen geschrieben wie heutzutage) sind verflucht teuer erkauft und bezahlt.

[. . .]

Polizeistelle Calafat
Deutsche Feldpost 328
Nr. 103 den 31. Oktober 1918

[. . .]

Zu Hause gehen liebliche Dinge vor. Als ich hierherkam, fiel mir wieder auf, wie wenig sich die Etappe überhaupt um diese ungeheuern Vorgänge kümmert; ich traf sogar einen Major, der murmelte etwas von «Engländer und Franzosen noch kleinkriegen» – – o selig! o selig, ein Kind noch zu sein! – Ich schreibe Dir davon immer, weil ja in diesen Briefen alles steht, was mich bewegt – und ich muß sagen: es bedrückt mich. Das Land hat ja dieses Reinigungsbad gebraucht, das nun nach dem Krieg kommen wird – aber es war eine Blutbrause. Die Stellung des Deutschen im Ausland ist für lange Zeit gänzlich dahin. Was uns beide angeht: sei gescheit, überstürz da nicht Deine Entschlüsse; ich glaube auf keinen Fall, daß Kurland den Bolschewiki wieder unter die Finger kommt, sondern es wird sicher – wenn die Deutschen abrücken – da irgend etwas gespielt werden, das das Hab und Gut der

Einwohner wenigstens sichert. Ich weiß das nicht, das ist eine Annahme. Ich rate Dir aber nicht, nach Deutschland zu gehen. (Du weißt, wie gern ich Dich bei mir haben möchte – aber unter den jetzigen Umständen kann ich das nicht raten. [. . .]

[. . .]

Ja – da krame ich in Seinen Briefen, und im vorletzten stand, was die N. angeht, sie sollte einen haben, der sie emporzieht. Ach Gott, das gibt es gar nicht. In solchen Fällen zieht sie immer herunter. Es ist schon so oft versucht worden, und es geht immer schief. Die Frau bestimmt unweigerlich das Niveau der Familie, und damit die Lebensluft und die ganzen Dinge, die das tägliche Leben ausmachen. Klappt es da nicht – klappt eine Bewegung, eine Äußerung nicht, Takt und dies und jenes – dann ist alles aus. Und die Tünche geht so leicht herunter, und dann kommt das Malheur – Nein, das geht nicht, und sie soll nur bleiben, wo sie ist.

[. . .]

Das ist eine Zeit! Es wird nach dem Kriege zur Abwechslung auf dieser runden Erde – und ganz besonders in Europa und ganz, ganz besonders in Deutschland – ganz und gar anders. Es wird manches eben so werden, wie man es sich gedacht hat – lange gewünscht und gedacht hat – aber manches doch ganz anders, lauter, noch lauter, als es schon war. Und ganz hinten am Horizont verschwindet endgültig die «gute alte Zeit» – wie man die Jahre nennt, die man nur aus den Erzählungen der andern kennt, daher sie denn gut zu sein scheint. Aber es macht keinen Spaß, *zwei* Zeitalter miterleben zu müssen – ich hatte an einem schon reichlich genug.

Gestern abend – es war trübsinnig, weil noch nichts klappte – und der Regen rann, und das Licht brannte so trübe und gelb – und es machte keinen Spaß – las ich eine wunderhübsche Geschichte. Zwei alte Leute, die keine Kinder hatten, sahen aus ihrer ärmlichen Hütte zum Fenster hinaus, und draußen schlichen zwei vorbei: eine hochschwangere Frau und ein müder, staubiger Mann. Und die Alten dachten daran, sie hereinzurufen. Draußen schleppten sich die beiden vorbei, weiter, weiter. Das waren aber Maria und Joseph. Und dann taten es die beiden alten Leute drinnen doch nicht. Sie riefen sie nicht herein. Kleiner und kleiner wurden die Wanderer . . . Und dann steht da: «Du, Gute, weißt wie wir einander hätten lieb haben können. Und die Tage gingen vorbei, die die Zeichen der Liebe trugen, und beide sahen wir, wie sie vorübergingen. Aber wir haben die Tür nicht aufgetan.»

Wir aber haben die Tür aufgetan, liebe, liebe Meli – –

[. . .]

Berlin W 50, Nachodstr. 12
Nr. 105 19. 12. 18

[...]
Endlich –! (Wenn dieser Brief überhaupt ankommt! – Heute war F. L. bei mir und erzählte, daß Du noch mit Frl. Schr. als einzige in Autz seist – und daß es Dir gut geht, und daß Du bei M. arbeitest – und alles das. Und heute kam auch ein Brief von der *«Weltbühne»* an, wo ich denn eigentlich steckte. – Ich bin gesund da und sage Ihm zuerst einmal herzlich und furchtbar lange – Guten Tag! (Was dachte ER?!)

Ich bin – wie Du aus den Beilagen sehen kannst – schon einige Zeit in Berlin, und bin zweimal postalisch und einmal durch etwas anders verhindert worden, zu schreiben. Die Post nahm die Briefe nicht an, und was das andere angeht, so sind das Dinge, die ich Dir sagen, aber nicht schreiben will. Sie sind aber nun so geregelt, daß keine Wolke mehr am Himmel steht – und es ist, denke ich, alles ganz und gar klar – auch zwischen uns beiden. Das erzähle ich Ihm dann. – Und wenn Er erlaubt und es Ihn nicht langweilt, will ich ganz weit ausholen, und von hinten anfangen, von ganz da hinten, aus der Zeit, als ich den beiliegenden Brief Nr. 104 schrieb – aus Rumänien. (Den bekam ich von der Post wieder zurück.)

Ich habe die Polizeistelle, von der aus ich schrieb, nicht mehr lange gehabt. Die Situation wurde immer brenzlicher da unten, und ich bekam den Befehl, als letzte Dienststelle mit der kämpfenden Truppe abzurücken. Mir war das gleich, aber die Sachen –! (Ich hatte Maschine, Zivil und vieles da.) Wie das wegbekommen? Und ich bewirkte, daß ich vorher abreisen konnte. Dann erkärte Rumänien den Deutschen den Krieg – oder umgekehrt – und wir fuhren mit der ganzen Gesellschaft – Biamte, Kommissare – aus Craiova fort. Das war ungefähr am 18. 11. In Hermannstadt fuhren uns die Biamten mit unserem Gepäck vor der Nase weg. Und von da ab fuhren wir drei Kommissare – darunter der aus Turn-Severin – allein – von Hermannstadt nach Budapest – Wien – München – nach Hause. Wir blieben in den Städten meist ein paar Tage. Hermannstadt ist entzückend: bestes, altes, gutes Deutschland. Winklige Gassen, eine wundervolle Bevölkerung und sehr gutes Essen, nicht zu vergessen. Budapest schäumt vor Leben und Übermut – eine herrlich junge und springlebendige Stadt. Wien halb verhungert. München ganz nett und gemütlich wie immer. Da war ich bei Dr. Owlglaß – der mir einen sehr guten Eindruck gemacht hat, ein seltener Mensch, sauber und beinahe edel.

Sie hatten mich – wie ich vielleicht schrieb – von Berlin aus reklamiert, aber das wurde abschlägig beschieden. Ich fand hier die Stellung noch offen und nahm sie an. Es ist – was das Pekuniäre betrifft – nicht zum

Totlachen – aber es ist doch wenigstens etwas – und man muß eben im Haus bleiben, solange es regnet. Dann kann man weiter sehen. Die Publizität ist groß – der «*Ulk*» hat eine Auflage von 600 000 Stück. –

Und nun – da alles, alles geregelt ist – sitze ich da und denke an Ihn. Aber bevor ich mich diesem mich augenblicklich einzig interessierenden Kapitel widme: ich habe dann gehört, daß es in Autz ganz gemütlich gegangen ist mit der Revolution, daß wenigstens kein Blut geflossen ist, und daß Gott sei Dank Ihm nichts Böses geschehen ist.

Liebe Meli – ich glaube, es geht doch nicht ohne Ihn. Und ich bin ganz vernünftig und mache mir gar keine Kopfschmerzen und bilde mir auch nichts ein – aber ich glaube, es geht nicht. Es muß ohne Ihn gehen, wenn ich Ihm hier nicht eine Häuslichkeit bieten kann, in der sich – bescheiden, aber – anständig leben läßt. Kann ich das nicht, dann sage ich es ganz offen. Er wird erraten haben, daß ich eine andere heiraten wollte, bevor ich Ihn kennenlernte; das ist abgetan, und ich habe es nicht schreiben wollen, weil ich weiß, wie Er darin denkt. Er soll aber das nicht denken. Es ist vorbei, und wenn ich *Ihn* nicht bekommen kann – so, daß ich Seiner Mama mit gutem Gewissen sagen kann: es geht – dann gar keine. – So liegen die Dinge.

Was aber, liebe Blonde, die hiesigen Verhältnisse angeht, so sind sie oberfaul. Was werden wird, weiß hier kein Mensch. Eine Zeitlang habe ich täglich den Einmarsch der Entente vermutet – und bei dem unvernünftigen Benehmen unserer Berliner wäre das kein Wunder gewesen. Sie arbeiten nicht mehr, sondern halten Versammlungen ab und toben herum. Auf den Straßen ist es ganz ruhig – aber die Stadt hat das Aussehen einer ärmlichen Provinzstadt; sie sieht aus wie ein Wartesaal vierter Klasse und ist nicht mehr zum Wiedererkennen. Nun muß man in Ruhe abwarten, wie sich die Verhältnisse gestalten, und Er weiß, daß ich Ihm darin immer die Wahrheit sagen werde.

[. . .]

Das Unglück ist entsetzlich. Es ist so groß, wie wir ärgsten Pessimisten es uns nicht ausmalen können. Du siehst vielleicht aus den paar Aufsätzen, die ich Dir beilege, wie es kam, und was wir dazu gesagt haben – aber die Deutschen sind unbelehrbar. (Ich habe auf die Nr. 50 des «*Ulk*» eine Fülle von Beschimpfungen erhalten – sowohl in der Presse wie privat. Sie wollen das nicht hören, sie wollen die Wahrheit nicht hören, und sehen alle nur ihren Geldbeutel und haben das Domestikenblut in den Adern.)

Ach, die dumme Politik! Seine blonden Haare sind viel, viel wichtiger, und Er muß mir nun bitte genau alles aufschreiben. Was Er da macht, und ob Er sich da einigermaßen wohl fühlt, und wann er wieder nach Riga zurückgeht, und was es alles gibt. Wenn die Bolschewisten nicht geradezu nach Riga gehen, dann rate ich zur größten Vorsicht, hierher zu kommen, oder gar nach Ost- oder Westpreußen zu gehen, von dem niemand sagen kann, wie lange es noch Deutsch sein wird. Er schreibt mir bitte vorher, was Er vorhat, nicht wahr? Ich kann Ihm doch ein bißchen Bescheid sagen.

Seine Hände stehen hier in der Redaktion auf dem Tisch und sagen: Denkst Du daran? Es sind sehr dumme Hände, sonst würden sie nicht so überflüssige Fragen stellen. Liebster Matz, ich habe so sehr daran gedacht, das schon daraus folgt, daß es nicht anders geht. Schließlich ist Abwesenheit ein Prüfstein – und ich glaube nicht, daß es etwa daher kommen sollte, daß man uns damals auseinandergerissen hat, als wir beinahe ganz zusammengewachsen waren. Es hätte sich auch in dem Nest nicht geändert – und bei all dem Klimbim, den ich hier mache, und bei dem Rumor und dem Tosen sitzt mir wie eine einfache, klare Melodie im Sinn: was würde sie dazu sagen? (Und darauf kommt es ja auch nur an – die andern sind mir herzlich pipe.) Und Er muß schon erlauben, daß ich so altmodisch und steifleinen bin und mir sage: Raum ist nicht in der kleinsten Hütte – entweder anständig und auskömmlich oder gar nicht. – Es muß gehen.

Ist Sein Bruder schon entlassen? Ich habe dann nichts mehr von ihm gehört, und habe auch nicht mehr schreiben können – hoffentlich ist er schon zu Hause bei Muttern –!

Ich bin neugierig, auf das, was Er alles schreiben wird. Hat Er die letzten Sendungen aus Rumänien eigentlich alle noch bekommen? Es war da noch allerhand – – Und Er soll alles aufmalen, wie es ihm nun geht, und was Er tut, und ob Er sich totarbeitet und das.

Und ich weiß ebenso, wie Er, daß man *das* nicht schreiben kann, und ich kanns auch nicht. Er muß aber denken, wie das ist, wenn man keinen Schnips von der zu hören bekommt, der man eigentlich und schließlich gehört. Ich habe, als ich damals von Autz wegfuhr, ziemlich genau gewußt, was mit mir los war – aber ich habe es – offen gestanden – unterschätzt. Ich dachte, skeptisch, wie ich nun einmal bin, in der letzten Ecke meines Herzens: na, na – vielleicht sind es doch nur die blonden Haare und ihre Anwesenheit, und wenn du weg bist ... Und es wurde immer schlimmer. Und es wurde so schlimm, daß ich stellenweise nahe daran war, umzukippen – aber weil ich schließlich kein altes Weib bin, so ging es und ist ja auch gegangen. Nur: es ist stark wie am ersten Tag. Er weiß doch, daß mich nicht nur die Schreibmaschine, in deren Schrift dergleichen doppelt putzig aussieht, abhält, so etwas aufzumalen – aber Er weiß nicht, wie das mit einem zugeht. Oder doch –? Vielleicht doch. Es ist ja nicht das mit der Intelligenz, und mit der guten Figur oder gar mit andern Dingen. Ich weiß – nein, ich überschätze niemanden – ich weiß sehr wohl, daß es klügere Frauen gibt und schönere und dikkkkkere (das vor allen Dingen!) –

Aber ich weiß auch, daß ich mich bei keiner so aufgehoben fühle, so – ich weiß nicht, wie ich das sagen soll – zu Hause. Ich entbehre meine Mutter heute noch – sie war hier bei mir und bat mich, wieder zu ihr zu kommen, ich habe das abgelehnt – ich kenne aber sonst keine Frau, die mir durch die Haare streicht, und es ist alles, alles gut. Das sind Dinge des Blutes, und ich kann auch nur andeuten und nicht aufschreiben. Und Er soll denken: es ist einer für Ihn da – und wenn die Umstände das nicht haben wollen, dann zerschellen wir daran – das wäre Menschenlos – aber wenn ich es schaffen kann, dann soll Er herkommen und bei mir bleiben und nicht mehr weggehen. Bin ich schon so alt –? Ich bin so müde –

Und wache aber ganz plötzlich auf, wenn es heißt: es geht um Matz, und ich hatte schon ernsthafte Schritte unternommen, vielleicht für später einmal ganz nach Kurland zu gehen – da kam der Kladderadatsch. Aber Deutschland ist auch ein Land, wenn auch ein geschlagenes – und mit Energie läßt sich überall etwas machen.

Nun möchte Er mir aber schreiben –! Er kann an meine berliner Adresse schreiben oder an die Weltbühne – lieber ist es mir an meine Adresse, die da oben steht. Ich will mir und Ihm und uns das Herz nicht schwer machen, aber wenn Er weiß, was Sehnen ist – – Weiß Er –? Er weiß alles und ist ein furchtbar kluger (und dicker) Mann – aber – – wie sagst Du immer so schön? «Das geht Ihn gar nichts an!» – Doch: es geht ihn eine Menge an, und ich denke, ich habe mich damals nicht geirrt. Er ist doch die einzige Frau, mit der man zusammen leben möchte. – Und was jetzt kommt, geht Ihn auch nichts an – – – Er soll still sein und die Hände herunterhängen lassen und die Augen schließen. –

[. . .]

Berlin W 50, Nachodstr. 12 16. 1. 19

Sehr verehrtes gnädiges Fräulein,
ob und wann Sie dieser Brief erreicht, steht ja dahin – aber ich versuche es trotzdem.

Ihre beiden Briefe, der letzte vom 2. 1., sind richtig angekommen – und ich hätte längst geantwortet, wenn ich nicht durch die Ungunst der Dinge und durch die übliche Grippe daran verhindert worden wäre. Es sieht hierorts so traurig aus, wie ich es Ihnen nicht schreiben kann – und ich will Sie auch nicht mit diesen Dingen langweilen, denn bei Ihnen ist es sicherlich nicht viel besser, und Sie werden daran genug haben.

Hier war ein deutscher Soldat, der in unserer Redaktion Bilder vorzeigte, aus Riga – der betreffende Redakteur, der sie gesehen hat, sagte, ihm hätten die Haare zu Berge gestanden, so scheußlich sei es gewesen. Ich war an dem Tage nicht da, der Soldat ist weggegangen, und ich kann ihn nicht mehr erwischen. Aber ich muß sagen, daß ich die ganze letzte Zeit nicht gerade übermäßig guter Laune bin – schließlich ist Riga nicht auf dem Mond, und es liegt mir auch ein klein bißchen mehr am Herzen. Ich fürchte fast, wir werden abwarten müssen, bis die Welle verbraust ist, die da über die Länder hingeht, ehe wir uns richtig wieder miteinander aussprechen können. Es ist – wie sagt man? – eine große Zeit.

Sie schreiben, Sie wären inzwischen wieder nach Autz gefahren – ich habe nun so gar keine Vorstellung, wie es da aussehen mag. Ich weiß nicht einmal, ob noch Verbindung mit Ihnen besteht, und was es da alles gibt. Ich hätte Ihnen ja längst geraten, nach Deutschland zu gehen – aber wie die Dinge hier liegen, kann man das keinem Menschen raten. Ich weiß nicht, ob Sie gehört haben, was es hier alles inzwischen für ergötzliche Sachen gegeben hat – wenn nicht, haben Sie an den Schilderungen nichts verloren ...

Liebes gnädiges Fräulein: schreiben Sie mir, wie es Ihnen und Ihrer Familie geht, und was Ihre Frau Mutter macht (die ich herzlichst zu grüßen bitte) – und nehmen Sie den Postverkehr von der technischen und nicht von der gefühlsmäßigen Seite. Es ist wie damals im Kriege: Verzögerungen kommen immer nur von außen. –

Ich wage nicht, diesem Brief etwas zu lesen für Sie beizulegen, und was das strenge Verbot, einen Weihnachtsmann nach Lettland zu schikken, angeht, so muß ich es leider zur Zeit befolgen, denn es würde bestimmt nichts ankommen. Wenn der Postverkehr auch nur einigermaßen wieder geregelt ist, heben Sie es bitte auf, nicht wahr?

Bitte grüßen Sie Herrn Matz von mir und seien Sie selbst recht herzlich gegrüßt

von Ihrem alten und ergebenen
Tucholsky

Berlin W 50, Nachodstr. 12 den 13. Juni 1919

Ich bitte den Brief nach Prüfung schließen zu wollen. Dr. Tucholsky

[...] natürlich habe ich den Brief vom 24. V. bekommen. Er traf hier am 3. Juni abends ein, und ich beantwortete ihn am selben Tage. Am 4. ging diese Antwort an Herrn Gauderer ab. Am Tage vorher – am 2. – hatte ich schon durch einen deutschen Kurier der Gesandtschaft in Libau einen

Brief an Dich abgeschickt: beide Schreiben waren natürlich streng offiziell und sehr korrekt in der Form, weil ich nicht wollte, daß sie in fremden Händen etwa Unheil anrichten sollten. Und nun hast Du am Ende keinen von beiden erhalten ...!

Worauf es losgeht: Lieber Matz, ich habe in beiden Briefen bereits angedeutet, was ich hier noch einmal klipp und klar sagen möchte: in Berlin ist alles beim alten. Wenn es das in Riga auch ist – – Vor dieser Hauptfrage erscheint mir alles andre nebensächlich: ich möchte, wenn wir das ermöglichen können, mit Dir zusammenbleiben, und es wird sich ja nun zeigen, ob das geht. Ich bitte Dich, mir über alle diese Dinge das zu schreiben, was Du meinst – es war schon in Autz immer alles hübsch klar und sauber, und das soll auch weiter so sein. Die Dinge liegen zur Zeit so:

Deutschland steht in diesen Tagen vor seiner, vor der Entscheidung. Niemand weiß, was wird, und ich möchte nicht prophezeien. Geht es so aus, daß der Friedensschluß uns wenigstens eine bescheidene Lebensmöglichkeit läßt, so stehe ich auch vor einer kleinen Privatentscheidung. Ich schrieb Dir, daß ich die Stellung am «*Tageblatt*» angenommen habe, um zunächst etwas in Händen zu haben, und weil es den Namen bekannt macht. Glücklich bin ich nicht, weil diese Stadt lähmt. Sie ist vollkommen verwahrlost und macht einen übeln Eindruck. Mein Plan ist nun, wenn ich kann, in eine kleine Stadt zu gehen – etwa an der Ostsee. Dazu brauche ich natürlich völlige ausreichende pekuniäre Sicherung. Ich stehe mit einem Verleger in Verhandlung, das kann sich in etwa vier Wochen entscheiden. Sollte das klappen was ich nicht übersehen kann – dann wären wir Anfang 1920 so weit, wie ich will.

Ich schreibe das an erster Stelle und so ausführlich, nicht etwa, weil meine persönlichen Dinge wichtig sind, sondern weil ich weiß, daß sie die Basis für das sind, was ich wünsche. Du weißt, wie ich das meine. Ich habe in der ganzen Zeit, in der wir uns nicht gesehen haben, keinen Augenblick daran gezweifelt, daß wir uns wiedersehen und so wiedersehen, wie wir das besprochen haben – ich will aber, daß das unter ausreichender Sicherheit geschieht. Du verstehst, wenn ich lieber zurücktrete als Dich in Verhältnisse hereinzuholen, die Dich bedrücken könnten. Zu einer Fürstenkrone wirds nicht langen – aber einigermaßen anständig solls schon hergehen. Nun wirst Du aus dem Kurland des Jahres 1919 her wissen, wie die Verhältnisse in Europa heute liegen, was Geld noch für einen Wert hat und vor allem: wer Geld hat. Wir habens nicht. Und ich mag nicht, daß wir Geistigen allzusehr unter der Stufe stehen, die uns zukommt.

Das ist der geschäftliche Teil, an den ich eigentlich mehr denke, als vielleicht hübsch ist – aber das geht nicht anders. Und ich weiß, daß Du diese etwas nüchterne Introduktion richtig auffaßt.

Nun aber zu Dir. Bitte schreib ausführlich, wie es Dir gegangen ist und was Du machst und wie es Deiner Frau Mutter und den beiden Brüdern geht. Und vor allem: wo wart Ihr in der bösen Zeit Rigas? Ist es wirklich so übel hergegangen oder waren das Übertreibungen? – Ich schrieb wohl schon in einem der «Gnädiges Fräulein-Briefe», daß ich immer das Gefühl hatte, es würde Dir nichts passieren. Woher das kam, weiß ich nicht – aber es war jedenfalls da. Und all den Rummel und was dazugehört – leider – das lasse ich nur vorbeiziehen – Du weißt, um wessentwillen.

Und schreib. Ich möchte gern hören, was es alles gegeben hat. Den letzten Brief habe ich, als die Unruhen anfingen, zurückbekommen. Dann kam auf einmal eine leere Kiste an, die mir merkwürdig bekannt vorkam. Sie war aus Rumänien und hatte Wein enthalten, zu Deinem Geburtstag. Der Wein war nicht mehr drin – sie hatten ihn aus irgendwelchen unerfindlichen Gründen versteigert – aber die leere Kiste und das Geld habe ich bekommen. Und einen Gratulationsbrief ... aber diese und andre Dinge schicke ich, wenn ich weiß, daß diese Briefe gut und richtig in Deine Hände kommen. (Dieser Brief geht offen ab – aber es ist nicht anders zu machen, und einmal muß dergleichen riskiert werden. Hoffentlich geht es gut ab . . .) Bitte schreib auch darüber.

Ich bin auch immer unter der Adresse: Berliner Tageblatt, Berlin SW 19, Jerusalemerstr. 46/49, zu erreichen.

Von hier und dem nicht sehr heitern berliner Treiben bei Gelegenheit ausführlich. Ich habe viel zu tun, aber es macht keinen Spaß. – Denk Dir, wen ich hier getroffen habe: die Freundin von dem damaligen Unteroffizier G. – ich weiß nicht mehr, wie sie hieß. Er hat das Mädchen geheiratet – und ich begegnete ihr auf dem Potsdamer Platz; sie sprach ein hervorragend hartes und ungelenkes Deutsch, was mir erst in Berlin dreifach auffiel. Sie sah mäßig aus. Von den sonstigen Kriegshelden habe ich zum Glück kaum einen mehr gesehen, und ich muß sagen, daß ich auch wenig Lust verspüre.

Sonst hat sich kaum Nennenswertes ereignet, was sich zu schreiben verlohnte. Ich warte also auf einen baldigen ausführlichen Brief. Auch möchte ich gerne wissen, wie sich die Frau Mama zu dieser Korrespondenz stellt. –

Es – dieser Brief geht offen ab – grüßt Ihn wie stets

Sein alter

Dr. jur. Kurt Tucholsky
mit der Bitte, den beiliegenden Brief
Fräulein Gerold auszuhändigen. –
Besten Dank! Ergebenst
Dr. Tucholsky

Berlin W 50, Nachodstr. 12
Nr. 1 24. Juni 1919

[...] zunächst werde ich anfangen, nach alter guter Sitte die Briefulein zu numerieren, obgleich man ja nicht weiß, wie lange die Möglichkeit eines glatten Briefverkehrs besteht. Tu Er das bitte auch –!

Hintereinander sind Seine Briefe vom 12. und vom 19. 6. angekommen. Ich bedanke mich recht schön, vor allem für die ausführliche Schilderung der rigaer Schreckenstage – es muß scheußlich gewesen sein, und Du kannst doch von Glück sagen, daß nichts passiert ist. Ich habe hier dauernd alle rigaer Nachrichten verfolgt (gewiß, die Anfrage nach dem Befinden der *Frau* Gerold war von mir und ging von der libauer Gesandtschaft aus) – in den baltischen Blättern stand immer: Verhungert – Verschleppt – Ermordet – Und ich hatte die ganze Zeit den festen Eindruck, daß Er gesund ist, und daß ich Ihn einmal wiedersehen werde. Obs stimmt –?

[...]

Von den «Flintenweibern» haben wir hier auch gelesen – es ist merkwürdig, daß, wenn einmal die Frauen über die Linie hauen, es dann kein Halten mehr für sie gibt. Der Mann ist doch, selbst als Verbrecher, immer noch irgendwie Mensch – bei verkommenen Frauen hört jede Grenze auf. Sie müssen fürchterlich gewütet haben, wenn nur die Hälfte von allem wahr ist, was hierher gedrungen ist.

[...]

Die Dinge liegen hier so, daß sich in den nächsten fünf Wochen entscheiden kann, was gespielt wird. Ich mag nicht über halbfertige Sachen schreiben – nur so viel, daß ich gar nicht so dumm bin, wie Du immer schreibst. Ich weiß ganz genau, wohin ich will – und vielleicht ist es eine Dickschädligkeit, aber ich will nun einmal. Und ich mag und mag nicht, daß Er hierher kommt, ohne daß ich mir selbst sagen kann: «Es geht.» Und es muß gehen.

Berlin ist scheußlich wie je. [...]

Nein, ich bin froh, niemand zu sehen – und, weißt Du, mir ist erst hier voll zum Bewußtsein gekommen, was das für Kerle waren, und wie tief man heruntermußte, um da überhaupt bestehen zu können. Ich sah den dicken Leutnant – ich weiß seinen Namen nicht mehr: er sah genau aus wie ein Schwein und fraß und trank viel – er stand in

Zivil traurig an einer Laterne und sah so roh aus und so übel – in Zivil entpuppt sich manches, was der graue Rock verdeckt hat. Nein, Mätzchen, wenn nicht eine kleine Dame gewesen wäre –: meine Erinnerungen an Autz kann ich missen.

[...]

Anbei etwas zum Belesen. –
Dabei 2 Dinge noch aus Rumänien, wegen der Revolution nicht erschienen.

## Briefbeilagen von Peter Panter

### Vision

Das Kasino ist stark besetzt, denn es ist Sonntag, und alle sind da. Draußen, im Vorsaal, spielt die Landsturmkapelle – schön laut und nicht übertrieben im Tempo, sondern sanft und gemächlich. Als Karl seine Bedenken wegen eines Allegros ausspricht, sagt der gemütliche bayrische Hauptmann: «Na – 's sind eben alte Landsturmleit! Bei dena pressierts net!» Und es geht auch so.

Wir sind bei der Suppe, die Gespräche sind noch nicht im Gang, Teller klappern, und einer zieht – deswegen geht aber nun nicht gleich der Krieg verloren – zischend und schlürfend die heiße Brühe in sich hinein.

Klapp. Ich fahre mit dem Kopf hoch. Kennst du das Gefühl bei schlechten Filmen, der Operateur hat ausgesetzt, man hat etwas verändert, und nun kurbelt er weiter. Aber die Stellungen haben sich doch, aller Vorsicht zum Trotz, ein klein wenig verschoben, es gibt so einen Ruck im Bild, etwas ist anders geworden ... Ich will schreien und bin doch ganz still.

Hinter jedem Stuhl in der Runde des Kasinos, hinter jedem Stuhl steht eine Frau. Nein, sie schweben, schlohweiß, ich kann es zwar nicht sehen, aber ihre Füße berühren sicherlich nicht den Boden, wie weiße Flammen lohen sie – unbeweglich. Und ich begreife: es ist die Frau, die jeder zuletzt geküßt hat.

Hinter dem Oberleutnant steht eine Prachtblondine, seine Frau. Sie ist in Schwesterntracht. Hinter dem Adjutanten – natürlich – das liebe Mädel – sicherlich heißt sie Resi oder so ähnlich. Hinter dem Major – ja, was steht denn hinter dem Major ...? Alter Herr, wer hätte das gedacht! Sie ist ein blutjunges Ding, mit leeren, dummen, blanken Augen.

Hinter einem Stuhl ist der Raum leer. Hinter dem Kaptein ist eine dralle, nacktarmige Dirne erschienen, prall und gesund. Hinter Karl stehen zwei. Beim Postdirektor geht es sehr mondän zu, man hat einen ungeheuren Wagenradhut von der vorletzten Mode auf, hält aber sonst auf sich ...

Und was ist hinter mir –? Ich wage nicht, mich umzuwenden. Aber ich weiß, daß du da bist, du, hell und blond und froh wie der junge Sommer. Wer anders kann da stehen als du? Sprich etwas. Sag, daß wir zusammen gehören. Daß du manchmal an mich denkst. Daß du mich lieb hast.

Ein kühler Hauch weht mich an. Und nun wende ich mich doch um – und da gibt es einen Ruck, und es ist nichts da, bei mir nicht und bei den andern auch nicht mehr.

Und die Ordonnanzen kommen mit dem nächsten Gang herein: einem fetten Fisch aus dem Schwarzen Meer und einem kühlen gelben Wein.

## Aveu von Peter Panter

Es gibt gewisse Ausdrucksweisen von seltener, distanzierter Schönheit und Vornehmheit, die nur zwischen dem fremden Sie und dem vertrauten Du möglich sind: in jenen köstlichen Zwischenstadien der aufblühenden Liebe, wo das Herz schon Du sagt und der Mund noch Sie.

*Christian Morgenstern*

Du saßest in dem großen Armstuhl, im braunseidenen Kleide, und ich hielt deine Hand. Dein blondes Haar schimmerte, das Lampenlicht brannte, es war ganz still. Wir sprachen nicht. Du wußtest, was ich jetzt sagen würde, noch sagte ich es nicht. Ich wartete.

Begehren, was ist Begehren! Weit, weit darüber hinaus bindet zwei Menschen mehr als jedes dumme Bettabenteuer eine Zusammengehörigkeit, die in einem Streicheln der Hand ausgedrückt ist, in einem Blick, einem Zusammenschauern: wir beide. Das wußtest du damals, wie du es heute weißt.

Und da zitterten mir die kleinen Takte durch den Sinn, aus dem Karneval, ‹Aveu› genannt, die ganz schüchtern, ganz leise an ein Tor anpochen. Wird aufgetan?

Und ich sagte die paar Worte.

Wenn aber zwischen Mann und Frau ein ganzes Leben lang diese Feinheit, diese Zartheit und dieser Zusammenklang herrscht, sie fest umfängt und bindet, wie damals in der ersten Stunde –: dann ist es gut.

**ULK**

Beiblatt zum „Berliner Tageblatt"
Redaktionsschluß: Montag früh.
Fernsprecher: Amt Zentrum 9131-10144
Für Ferngespräche: Amt Zentrum
14207, 14208 u. 14209

Berlin SW 19, Jerusalemer Straße 46-49, heute

liebe mammi

der Papi hat mich
mit ins Geschäft genommen
da ist es fein der Papi sizt
an einem Tisch und
macht ein ernstes Gesicht und
sagt [illegible] bei seinen
Zeichen soll ein mensch [illegible] Menschen
und der Papi ist nicht mehr [illegible]
und ~~er~~ ich glaube er hat sehnsucht
nach dir lieben Mammi und ich auch

liebe Mammi und du sollst lieber herkommen
weil das der Sepi mir die Unterhosen
nicht richtig zumacht, wenn ich mal –
und kommen man lieber bei uns
der Seppi passt schön viel mir auf
manchmal haut er aber mich doll
liebe mammi in der schule bin ich
siebzenter und der lerer hat ge-
schtrakt weshalb ich Meinen schlau-
Kopp haben tun und ~~ich habe~~ er
hat gesagt von dein Vater hast du
es doch nich und ich hab gesag-
t sehr dich liebe mammi und
du bisst die beste süße mammi
von allen mammis unnd küsse dich
dein geliebter Sohn Rudolf

Nußbach bei Triberg (Baden)
Haus Fritsch
Nr. 11 den 19. 8. 19

[...]

Was wird denn nun aber politisch gespielt? Aus Seinen Briefen geht das auch nicht hervor. Ich habe Ihm das nie so schreiben mögen: aber die deutsche Politik da oben ist von Anfang an ein Verbrechen gewesen. Und Ihr habts auszubaden. Nun bin ich neugierig, was wird: Meiner Ansicht nach werden sich die deutschen Elemente nach und nach verkrümeln, weil die Letten schlau genug sind, den richtigen Anschluß an England nicht zu verpassen. Und ist das ein großes Unglück? Die Besten wärens nicht gewesen, die sich da angesiedelt hätten – und das Land ist kapott. Die Freiwilligenverbände, die zum Teil geschaffen wurden, um Leuten Posten zu verschaffen, die zu faul und zu feige waren, sich im Zivil eine Berufsstellung zu verschaffen, diese Verbände werden zerfallen, auch wenn sie noch so geschäftig tun. («Abwicklungsstelle» – –!) Ich wünschte, ich wünschte, es wäre zu Ende damit.

[...]

## Blätter für Meli

*Kirchdorf, den 30. 8. Sonnabend.*
Heute ist erst der Brief an Dich weggegangen – aber ich will versuchen, öfter (in Sonntagnachmittagsausgehschrift) ein bißchen für Ihn aufzumalen. Draußen wehts – das wäre an sich kein Hinderungsgrund, hinauszugehen, aber ich habe, glaube ich, beim morgendlichen Turnen eine kleine Erkältung bezogen, und mir ist nicht recht. –

Der alte Tolstoi läßt mich gar nicht los. Ich lese seine Tagebücher – ein ungeheurer Kerl. So, in der blanken Erkenntnis, ist er nicht groß – er denkt den ganzen Tag nach, aber dabei kommt nichts heraus; das haben andre viel tiefer ergründet – er ist schief und eigenwillig und kindisch-verrannt. Aber im Augenblick, wenn er das Spintisieren läßt und zu gestalten anfängt – welch ein Ausmaß! welch ein Mann! Ich las die Tagebuchnotizen zum *«Hadschi-Murad»* (kennst Du das? es ist eine Novelle aus dem Nachlaß), las die rührende Notiz vom 19. VII. 96, an diesem Tage hatte er eine Distel auf dem Felde gesehen, die ihn an den Tartarenführer erinnerte – und aus diesem nichtigen Anlaß *diese* Geschichte! Kennst Du sie? Der liebe Gott könnte sie nicht anders geschrieben haben: in dieser erhabenen Ruhe, die aber nie zur Gleichgültigkeit wird, in diesem tiefen Drang, alles zu begreifen – alle Dinge haben zwei Seiten – ein zerstörtes Dorf der Bergbewohner sieht auf einmal so anders aus: einmal, wenns die russischen Soldaten zerstört haben, wie ein Buntdruck – und dann, nach Rückkehr seiner Bewohner, ist es eine tote Heimat. – Zwei Seiten. – Er ist ein Dichter: seine Werke lassen sich eben nicht, wie er immer glaubte, in allgemeinen Erwägungen und Denkresultaten ausdrücken – dann wäre es nichts – sondern, was er für buntes, nichtiges Beiwerk hielt, ist Kunst. Und als Kunst tiefste Form der Erkenntnis. Das war einer –! (Ohne es wahr haben zu wollen. Denn er haßte, was er konnte.)

Eben las ich in einem sonst dummen und hingehauenem Theaterstück: «Blond sein ist keine Eigenschaft der Haare – blond sein, ist eine Eigenschaft der Seele.» –

Liebste Blonde –! Und der Starmatz meiner Seele flattert zum Strand und dann immer nach Osten, immer nach Osten. Und biegt dann ab und fliegt zur Gnädigen und bringt einen recht freundlichen Gruß! –

*Den 1. September 1919. Montag.*
Ein strahlender Tag! Richtiges Seewetter, und ich habe gebadet und bin über die Dünen gebummelt. Merkwürdig, wie die See beruhigt und alles Widrige fortgeblasen wird. Ich ringe mir die paar Zeilen ab, die ich täglich schreibe – so faul bin ich. –

Heut, beim Spazierengehen, habe ich mir den Spaß gemacht, nachzudenken, wo ich alles am 1. September im Krieg gewesen bin. Viel weiß ich noch, eigentümlich viel für diese verdammte Zeit. Wollen sehen:

1914. Gearbeitet am Doktor. Gar keine Erinnerung mehr. Eklige, leere Zeit.

1915. In einem Dorf in der Nähe von Birshi. (Nördlich von Rossiem [?].) Unvergeßlicher Eindruck, als wir aus dem verlausten Polen in Kurland einmarschierten. Die ersten hellen Birken. Einmal blieben wir auf dem Marsch stehen, nur um uns das anzusehen. – Aber am 1. September flog ich aus der Schreibstube, wegen menschenunähnlicher Handschrift. (Meine Maschine war damals noch auf dem Marsch.) – Ich sehe mich noch sehr unglücklich und sauer in Reih und Glied stehen, mit einer riesigen grünen Brille auf der Nase. Der Kompanieführer wollte, daß ich mit den andern Dienst machte, das gelang ihm aber daneben – ich wurde Fourier oder tat doch wenigstens so . . . In Erinnerung ist mir noch eine ganz unglaubliche Angelegenheit: eines Tages bekam ich für den Marsch ein altes schweres Schießgewehr eingehändigt. Ein Gewehr? Und im Kriege? Nie, dachte ich mir. Und lehnte es an eine Hütte. Und ging weg. Das fiel sogar in unserm damaligen Verein auf. Ich weiß nicht mehr,

wie ich die Sache rangiert habe – aber irgendwie glückte es. Und es ging auch ohne Gewehr ...
1916. Schloß Groß-Autz. Damals stak ich bei einem Hauptmann, den kanntest Du nicht mehr – ein langer, dämlicher Hund. Bei dem tippte ich. Das waren wundervolle Herbsttage. (Kurland im Herbst ... Es ist doch ein herrliches Land.) Und ich knobelte mir aus, erstens, daß ich zum Stabe müßte, und zweitens, daß etwas zu geschehen habe ... In diesen Tagen gebar ich den seligen «*Flieger*» – und der hat ja seine Aufgabe ganz gut erfüllt ...
1917. 1. September? Ich glaube auf dem Marktplatz im «Laden». Ich besinne mich nicht mehr genau, ob damals schon meine Dienstreise stieg – ich sollte in Berlin Hilfsdienstmutwillige holen. (Ich bekam da aber keine.) Jedenfalls waren das erhebliche Sorgen ...
1918. Turn-Severin. Wenn ich zurückdenke, eine freundliche Zeit. (Aber Du warst nicht da.) Zivil, nichts zu tun, schönes Wetter, immer schönes Wetter, Karlchen, gutes Essen, gute Weine – tje ... Es war wohl ein hübscher Krieg. Aber Du warst ja nicht da. – – –
Und heute, 1919, sitze ich da und male an Meli die Papieren voll.

Und diese Krakelschrift soll nachher einer lesen – äh, pfui! Womit ich Ihm die Hand küsse und mich empfehle und, in die Wellen sehend, Seiner nicht minder heftig gedenke als hier. –

[Die Weltbühne
18. 9. 19]

## Damals, im Kleinen Theater

Also, du kannst dir gar nicht denken, wie nett es war. Ich lief zu allen Premieren, aber auch in die siebzigsten Vorstellungen, und es war immer gleich gut. Man war so gar nicht verwöhnt in Berlin: man hatte stets die Wahl zwischen schwerer Literatur, Ausstattungsstück und dem entsetzlichen deutschen Familienschwank mit den verwechselten Schwiegermüttern. Damals aber, als Barnowsky noch unter den Linden regierte, hatte man beinah das kleine Souper-Theater, das uns so sehr fehlte. Das waren Friedenssorgen ...

Was gab es da alles Hübsches zu sehen! Die großen Repertoire-Stücke, die dreihundertundfünfundsechzig Mal hintereinander gingen: «*Moral*» von Thoma – er war selbst bei der Premiere da und zeigte den Saupreußen so etwas Ähnliches wie ein Gesicht, ich sehe noch den hellen Fleck auf der Bühne, der das Antlitz darstellen sollte, und seine damalige Frau saß in der Loge, jene hellbraune, rassige Kreolin (Slevogt hat sie gemalt), die, glaube ich, aus Hamburg stammte, und alle feinen Leute waren da und lachten sich krumm. Es war aber auch sehr heiter. Die Grüning spielte mit, eine alte Dame. Wie nachdenklich und langsam sagte sie diese Verse: «Als dein Wonnedienst noch glänzte, wie ganz anders, anders war es da; als man deine Tempel noch bekränzte, Venus Amathusia.» Und ahnungsvoll erkundigte sie sich bei einem jungen Herrn der Gesellschaft nach der politischen Konstellation. «Ich dachte doch immer . . . damals, zu meiner Zeit, waren Liberale und Konservative etwas Grundverschiedenes –» Und der Schauspieler machte seine wehmutvollsten Augen und sagte schwermütig und kopfnickend ins Parkett: «Ja, damals –!» Ach, Thoma.

Und der prachtvolle Alexander Rottmann – der ist nun auch tot – spielte bei Thoma mit und lachte sich in der «*Ersten Klasse*» in aller Herzen hinein. Er war so bunt und saftig und voller Kraft!

Und «*Zwei mal zwei ist fünf*» wurde gespielt, Jahre, Jahren, Jahrenden hindurch. Alfred Abel, der säcksche Lumich, machte den Paul Abel – das ganze Stück, den ganzen Abend ein einziges Lächeln. Er sprach gar nicht so viel. Und dann war da ein Balte, ein Landsmann von dir – der gab den Jüngling namens «Frieda». Hör ich doch den Klang noch dieser Stimme! ganz geziert und gefistelt, die Konsonanten scharf und spitz: «Ihre Mutter, das Biest, ist leider außer Bett!» Man kippte um.

Und dann gab es so entzückende kleine Abende, an denen gewiß kein neues Genie ans Rampenlicht gehoben wurde, wie das heute so üblich ist; aber es war so gemütlich und witzig und freundlich: «*Der Nachtwächter*» von Guitry mit dem lausejungenhaft kessen Adalbert; und der «*Mann mit der grünen Krawatte*», in welchem Stück die angstgefüllten Hosen des Herrn Guido Herzfeld eine erschütternde Rolle spielten; und hier und da Wedekind; und eine mißglückte Dramatisierung der «*Tanzmäuse*» mit den fettesten Herzenstönen der Grüning («Mulle!» sagte sie zu Abel – «mein Mulle!»), und in der Loge, die sie jetzt fortgerissen haben, saß der kleine Wied und besah sich mit seinem etwas schiefen Lächeln, was er da gemacht hatte.

Wo ist das geblieben? Wied ist tot, das Kleine Theater ist in andre Hände übergegangen, und wenn du die Kritiken von S. J. liest, siehst du, daß es da auch nicht mehr zum Totlachen zugeht. Wo ist das alles hin? Die Zeit ist groß und wieder klein geworden, ich habe einen Spitzbauch, Ludolfchen wird unter dem demokratischen Zepter aufwachsen statt unter dem monarchischen, aber es ist kein Unterschied – und nur du bist jung und blond und hell, wie du es gewiß schon damals warst. Bleibs auch. Und wenn sich vielleicht wieder einmal ein kleines hübsches Theater auftut: du sollst in der ersten Reihe sitzen und es dir alles anbekucken.

Berlin W 50, Nachodstr. 12
Nr. 20
20a ist ein Heft. den 27. September 1919

[. . .]

Der Laden, in dem ich bin, gefällt mir wenig. Er sagt mir politisch und auch sonst nicht zu. Das, was mir am meisten Spaß macht – die kleinen roten Hefte, die ich Dir manchmal schicke – bringen am wenigsten ein und kommen nur als Nebenunterhaltung und zur Reklame in Frage. Es muß also etwas geschehen. Der Verlag, mit dem ich verhandelte, war sehr bereit, einen guten Vertrag zu machen – dazu brauchte ich aber die Mitarbeit des Herausgebers der roten Hefte – und der will nicht, weil er plötzlich durch seine Frau wohlhabender als vorher geworden ist und es nicht nötig hat. Nun muß man sehen. [. . .]

Zu arbeiten ist sehr viel – gestern, der erste Tag, an dem die Maschine da war, habe ich bis zwölf Uhr gewirkt. Ich kann nicht klagen – so die kleinen Geschäfte und Verdienste laufen alle – aber was ist das? Das Leben verschlingt alles wieder. Es kommen viele Leute und bitten um Mitarbeit – ich bin ihnen aber zu teuer, weil ich nicht für ein paar Mark schreiben mag. Das geht mir wider den Strich. Erstaunlich ist die Resonanz in den Heften – daraufhin kommt alles. Der ganze große Leserkreis beim «*Tageblatt*» hat nicht das Echo wie die kleine Gemeinde. Das ist gut und schlecht, wie mans nimmt. Ich lese und schreibe . . . einmal steht in den Brieften: «Wie verbringt Er den Tag?» – So: um 8 Uhr erheben sich Herr Graf, rasieren sich, schneiden sich hier und da in den Kopf, turnen vierzig Minuten, waschen sich kalt ab und frühstücken. Dann fahren Herr Graf mit der elektrischen Bahn in den Laden, der in der innern Stadt liegt. Dortselbst ist er bis gegen 1 Uhr aufhältlich – aber arbeitet sich nicht tot. Dann fährt er zu einem guten Mittagessen in einer kleiner Pension – dann fährt er nach Hause und schläft ein Stündchen. Dann beginnt die eigentliche Arbeit: Lesen, Schreiben, Diktieren. Bis gegen 7 Uhr, dann gehe ich in eine andre Pension essen – und meistens gehe ich dann nach Hause – wie zum Beispiel heute und unterhalte mich mit Ihm – ich möchte doch wieder Blätter für ihn führen – und arbeite. Verkehr habe ich jetzt so wenig, daß mir bange wird, wie das werden wird, wenn Er erst einmal herkommt. Aus den üblichen Gesellschaften habe ich mir nie viel gemacht – und eine wirklich edle Geselligkeit habe ich in Berlin noch nicht getroffen. (Es gibt sie sicher. Ich kann nur den Eintritt nicht bezahlen.) – Und meine liebsten Bekannten – Karlchen und ein andrer – wohnen in Hannover und in Hamburg. Hier in Berlin ists öde und leer. Manchmal sitze ich bei der Holl, Du weißt schon, bei der blonden. Es ist nicht ganz das, was ich aus ihr in meinen Schreibereien und so gemacht habe – [. . .] Aber sie ist immerhin ein fabelhaftes Temperament, entzückend liebenswürdig, und wenn sie gar singt, bleibt einem das Herz stehen. Ihr Mann ist freundlich, sieht merkwürdig aus – und wir trinken dann Bowle – es sind Leute, die viel Geld verdienen – und erzählen uns etwas. (Sie erzählt himmlische Geschichten.) – Na, und dann ist manchmal das Theater – vielleicht wirds diesen Winter besser – viel wars bisher nicht.

Das sind so die Tage. Und drückend und lastend bleibt das eine: ich stehe wirtschaftlich tiefer, als geistig – ich bin kein Kaufmann, ich habe kein ererbtes Vermögen (was mir mein Vater hinterlassen hat, habe ich für mein Studium aufgebraucht) – und es ist nicht schön, sich mit Literatur Geld zu verdienen. (Man tuts ja auch nicht gern mit der Liebe. Das ist übertrieben, aber irgend etwas ist daran.) Und ich suche nach einer Sache, die mich literarisch nicht kompromittiert, mir aber so viel Zeit läßt, daß ich noch das schreiben kann, was mir Spaß macht. Und das ist schwer, sehr schwer zu finden.

Habe ich Ihn damit gelangweilt? Entschuldige bitte, aber ich habe sonst niemanden, dem ich *das* erzählen kann. Und mag. Er weiß doch, wies gemeint ist.

Und ich bitte Ihn sehr, das alles richtig zu verstehen. Er ist keine Last. Um Lasten kämpft man nicht. Um ganz, ganz etwas anderes. Um das, woran man beim Atmen denkt, immer, immer, immer. Tage sind da, an denen die Welt Kopf steht, und ich weiß warum, und das weißt Du auch. (Es gibt keinen Ersatz.) – Und das will ich gerne hinnehmen – da revoltiert das Blut, und es schweigt wohl auch wieder. Aber das andre nicht.

Nicht die Zeit, in der ich fühle, wie leer das hier alles ist. Wie dem Ding irgendwie der letzte Akzent fehlt, nachts, am Tage, immerzu. Es genügte, Du wärest abends da und legtest Deinen Kopf an meine Schulter und sagtest gar nichts. Ich möchte nur einmal über Dein Haar streichen, wenn ich vom Buch aufblicke – – ganz abgesehen von den Gesprächen und einem Spaziergang und dem Gefühl, zu wissen, daß nebenan im Theater einer sitzt, der dasselbe empfindet – und der Gemeinsamkeit, der Gemeinsamkeit. Und weil dieser ein bißchen ein Nöckergreis ist, einer, der hier und da schwarze Wolken hängen sieht, wo die Sonne scheint – hätte er so gerne eine Sonne, eine strahlende Sonne bei sich. Du hast einmal gefragt, ob es denn schlecht sei, wenn Du immer vergnügt seist, so – über gar nichts. Nein, Herrgott, es ist so gut –! Und ich habe Dich so lieb deswegen. (Aber nicht nur deswegen.) –

Und weil Du über all die weiten Strecken weg wirkst – weil jetzt alles so anders ist – und mir Frauen keinen Spaß mehr machen – ganz im Gegensatz zu früher – deshalb laß mich die Augen zumachen und Seine Hand küssen, die immer bei mir ist. –

Sein alter und unveränderter

*Donnerstag, den 2. Oktober 1919.*

[. . .]

Inzwischen gehen allerhand andre Sachen vor sich. Reinhardt – das ist unser berühmtester Theaterdirektor – macht einen großen Zirkus auf, in dem der Schauspieler auf ungeheurer Bühne für fünftausend Menschen spielt. Im Erdgeschoß ist ein großes Cabaret. Die Leute sind an mich herangetreten – ob ich ihnen nicht für das Cabaret die Texte schreiben will. Ich habe ihnen vorgestern einen Vertragsentwurf zugeschickt, der mich unabhängig von ihren Erfolgen für den Winter gut stellt. Mündlich haben sie sich einverstanden erklärt – aber bei Theaterleuten will das gar nichts heißen. Und ich arbeite nur, wenn ich schwarz auf weiß in der Tasche habe, was ich verlangen kann. Wollen sehen. Dazu sind noch andre kleine Angebote gekommen – ja, das ist alles ganz nett – aber nicht sicher genug. Und jeder Tag –

Und jeder Tag ist eigentlich verloren. Es gelingt mir nicht, das so zu formulieren, wie ich wohl möchte. Dir kann ichs allenfalls schreiben – drucken lassen nicht eine Silbe. Ich habe nun wohl schon viermal versucht, den Abend in Autz – es war so um den 8. April 1918 herum – als wir mit Hardt in dem Zimmerchen saßen, aufzuschreiben – es ist nicht möglich. Es wird ganz schmalzig und dumm. Ich habe – künstlerisch – überhaupt keine Distanz zu den Dingen und sitze so fest darin, daß alles dilettantenhaft wirkt, was ich dann schreibe. (Denn das Gefühl allein machts auch nicht.) Und dann: ich habe immer das Gefühl, es ist eine Indiskretion, dergleichen aufzuschreiben – wie, wenn ich Dich andern Leuten zeigen würde: seht einmal, wie sie gewachsen ist . . . Es geht gar nicht.

Aber fern der Druckerschwärze um so mehr. Soweit, daß ich mich häufig genug am Tage mit Dir unterhalte – und Du lachst dann und machst auf einmal ein ernstes Gesicht . . . Es ist ja eine merkwürdige Sache: man sehnt sich ja nicht nach dem Verstand des anderen, nach seinen Gaben, die irgendwie intellektuell in Frage kämen. (Wie hat Kerr einmal geschrieben? «Jeist hab ick alleene!») Es ist die Lebensmelodie, die sich in Worten gar nicht ausdrücken läßt. Die Art, eine Tasse Tee einzugießen. Zu lachen. Zu schreiten. Einen anzusehen. Zu schweigen. Und – entschuldigen Sie – blond zu sein.

Nichts fürchterlicher, als über diese Dinge mit Männern zu sprechen. Für mich unfaßbar. Selbst Karlchen, der ein starker Frauenjäger ist, spricht über seine Frau als Geliebte niemals ein Wort. Selbstverständlich? Ach, leider gar nicht. Gestern war ich mit einem kleinen, nicht mehr jungen Mann zusammen, der sehr, sehr viel Geld verdient – früher ging es ihm schlecht, aber jetzt ist er im Strom. Er erzählte . . . Ich faßte es nicht. Ich muß wohl an einer besonders detaillierten Stelle sehr deutlich geschwiegen haben – denn er sagte plötzlich: «Das kann ich Ihnen nicht sagen – dazu habe ich sie zu lieb . . .» Jetzt erst? dachte ich. Wie und wo und warum und wie oft . . . Ach nein, es war gar nicht sehr hübsch. Aber viele, viele tun das. – Er fragte seltsamerweise nach Dir. «Wer ist die Blonde? (Er hatte die ‹*Briefbeilagen*› gelesen.) Ist das eine fiktive Person? Oder gibt es sie?» – Ich sagte, es gäbe sie. Und enttäuschte ihn sehr durch gänzliche Verschweigung aller näheren Einzelheiten.

Nachher sagte er gute und kluge Dinge. Er fragte, ob ich heiraten wolle. Ich sagte – wir kennen uns schon zehn Jahre – daß ich wollte, aber nur, wenn ich in Berlin sehr gut oder außerhalb Berlins gesichert dastände. «Raum ist in der kleinsten Hütte . . .» das sei doch wohl nichts. Darüber sagte er ein paar vernünftige Bemerkungen. Es geht nicht. Und es zermürbt. Und es geht alles kaputt. Auch die Liebe. Unter solchen philosophischen Gesprächen aßen wir wundervoll und trennten uns. Der Abend war sehr teuer und sehr nett.

[. . .]

Berlin W 50, Nachodstr. 12
Nr. 21 den 5. Oktober 1919

[. . .] Der Landschaftsbrief ist ganz und gar Kurland. Ich bin lächerlich verliebt in das Land. (Nur in das Land –) Und nun gar ein Herbst – Es muß herrlich sein; es müßte herrlich sein, wenn nicht die lähmende Unsicherheit auf dem Lande ruhte, die alles unterbindet. Ich sehe sehr schwarz in die Zukunft – es ist jammerschade um das schöne Stück Erde. Das Idyll von dem weißen kleinen Haus, das ich mit Karlchen – am allerhübschsten einmal, als wir nach einer durchwirkten Nacht an einem der letzten Tage in Craiova beide in einem riesig breiten Bett lagen – oft genug durchberaten habe – dieses Idyll ist wohl endgültig begraben. (Schade: es war schon alles genau ausgemacht – wie wir uns gegenseitig besuchen würden, und wie wir dann die Kinder dem Besuch zu Ehren vom Mist herunterkratzen würden – und so.)

[. . .]

Das Gefühl Seines Grausens kann ich schon begreifen. Natur ist manchmal unerfindlich grausam. Und weil wir manchmal – aber nicht alle Menschen – ihr innerstes Herz klopfen hören und fühlen: hier bekämpfen sich zwei – Tiere oder Pflanzen oder noch Lebloseres – so graust es uns. Was immer wieder erschüttert, ist die vollkommene Unbekümmertheit der Dinge und Lebewesen – sie fressen einander auf oder umklammern einander oder zerstören sich – keine Spur von Mitleid. Mitleid ist eine menschliche Sache. (Nein, leider nicht genug.)

Soweit Seine Briefe, die immer einen Duft von da mit herüberbringen. Und die zu wenig herüberbringen – denn brächten sie alles, dann würden sie Strafporto kosten. (Nein: Überfracht. Ist Er wirklich *so* dick?)

Und der Zirkusreiter? (Gott allein im hohen Himmel weiß wieder, wie ich wohl zu diesem Beinamen gekommen bin. Aber ich bin Kummer gewohnt und nehme die Prüfungen meiner Meli hin, wie sie mir das Schicksal vorgezeichnet hat. Ach ja . . .) Und ich –?

Mätzchen, die Dinge liegen nun so, daß sich die finanzielle Lage etwas gebessert hat und wohl auch weiter bessern wird. Klipp und klar: in Berlin sind zur Zeit für eine vernünftige Ehe 30 000 M jährlich nötig. Noch sind sie nicht da. Wie der Verleger, der aber ein großer Optimist ist, sagt, besteht die Aussicht, daß mich der Verlag ganz übernimmt und mich aus Berlin herausläßt. Dann wäre uns geholfen: denn in einer kleinen Stadt kostet es nicht so viel, und dann geht es. Ich würde es so verstehen, wenn Er unduldig ist – ich bin es noch viel mehr. Und ich lasse mich eher feige schelten, als eine Dummheit zu machen – die auf Kosten Deiner Person und unsres Glückes gehen kann. Es ist nicht nur eine alte Weisheit, daß man nie weniger Geld verdient – als wenn man es dringend für seine Familie braucht und nie mehr, als wenn man eine Basis zum Abwarten hat – es deprimiert auch so, im ganz kleinen dahin zu vegitieren und nicht gepflegt und nett leben zu können. *Ich* käme immer durch – aber Ihm . . . nein, nein.

So möchte ich gerne diese scheußliche Zeit verstanden haben. Und Er weiß, daß Er nicht gebunden ist.

Hierorts ist viel zu tun. Ich will jetzt viel ins Theater gehen – um ein bißchen zu lernen, wies gemacht wird. Allerhand Dinge «schweben» – wenn nur mal eines herunterkäme. Und wo ich hinhorche, dasselbe Bild (sonst würde ich mir elende Vorwürfe machen): die Künstler und Schriftsteller mäßig – die Industrie nicht zum Totlachen – und nur einer verdient Geld, viel Geld, unerhörtes Geld: der Kaufmann. Der, der etwas zum Handeln hat. Also das, was der Jude in Kurland macht: Waren, die andre produzieren, hin und her schieben. Aber unsereiner – –

Ich glaube aber, daß ich den Winter allerhand durchsetzen werde. Ich bin sehr frisch und kräftig und weiß, wozu das alles gespielt wird.

[. . .]

Berlin W 50, Nachodstr. 12
Nr. 23 den 12. Oktober 1919

[...]

Hier fängt es an, kalt zu werden – es wird – politisch, wirtschaftlich und auch sonst – ein sehr übler Winter für Berlin werden. Aber man muß ihn durchbeißen. Ich helfe mir mit der Arbeit – es ist so viel zu tun, wie noch niemals – woran das liegt, weiß ich nicht. Die Leute kommen aus den unglaublichsten Gegenden und wollen etwas geschrieben haben. Ich fordere sehr hohe Preise, schrecke die Hälfte ab – aber die andre bleibt doch, und ich muß den heutigen Sonntagnachmittag zu Hilfe nehmen, um eine größere Sache zu liefern. Der Schornstein raucht ... aber noch lange nicht genug.

Was soll ich Ihm erzählen? Daß es vielleicht ganz gut ist, nicht alles aufschreiben zu können – wegen der Post und wegen der Brieföffnung – [...]

Die Märchen, von denen Er einige von mir kennt – darunter sind die Hexen auf dem Blocksberg – habe ich gesammelt – sie werden jetzt illustriert und erscheinen ungefähr zu Weihnachten. Wem sind sie gewidmet –? – Und gesammelte Tiger-Gedichte erscheinen in drei Wochen – die habe ich Karlchen und Jakopp gewidmet – und sie sind sehr frech. Hopfentlich käuft sie auch einer.

Dies das Geschäftliche – und sonst ist es öde und leer. Hier ist kein Wetter – wir vergessen alle in Berlin, wozu wir eigentlich auf der Welt sind. Und ich wüßte es doch so genau ...

(Da steht Sein Luftballon. Warum kann ich ihn nun nicht fliegen lassen?)

Ein vernünftiges Zivilbild ist in Vorbereitung. Es dauert aber noch etwas. Und Er –? Ich habe Ihn eigentlich lange, lange nicht um ein Bild gebeten – und tue es hiermit. Ich möchte doch gerne wissen, wie Ihm das Landleben bekommen ist. Das mit der Dickte ist ja nicht richtig: solange Er nicht 200 (zweihundert) Pfund wiegt, solange geht es. Aber dann müßte freilich etwas geschehen ...

Und der «*Ulk*» läßt grüßen. Wenn er nicht eine kostenlose Reklame für mich wäre, schätzte ich ihn nicht sehr. Die deutsche Nationalversammlung hat sich über ihn aufgehalten und Spektakel geschlagen. (Ich kam grade vom Urlaub zurück, war geladen und habe eine sehr heitere Nummer gebaut.) – Die meisten Leute schimpfen furchtbar auf das Blatt und mich; sie wollen «zur Selbsthilfe greifen» – bis jetzt war noch keiner da. –

[...]

Wenn ich mir das alles überdenke: einmal (das ist ein Gedankensprung, als ob ich eine kleine Dame sei) gingen wir aus dem Nest hinaus in die Richtung Groß-Autz und kamen auch – es war, glaube ich, abends – ein ganzes Stück weit. Wir sprachen so von allerhand. Von einem kleinen Haus, in dem wir wohnen müßten – ich sehe noch Sein gänzlich ungläubiges Gesicht vor mir, so, nach der Melodie: «Was Er alles fazählen kann!» – Und das war eigentlich das erste Mal, daß ich das Gefühl hatte: es müsse sich doch sehr nett mit Ihm zusammenleben lassen. Und: das sei tägliche Sonne im Alltag. Und: geht das überhaupt? Solche Dinge bilden sich ja langsam heraus – blitzartig ist immer nur eins (und das ist da oder nicht, und man kann es nicht herbeizaubern und nicht abschaffen, und es vergeht auch kaum) – das Gefühl: diese. Es ist nicht nur eine Angelegenheit der Sinne, das ist nicht wahr. (Aber ich verachte sie nicht etwa – ganz im Gegenteil.) Es sind *auch* die Haare und so weiter. Aber es ist noch etwas. Etwas, das nichts mit dem Verstand und mit der Bildung zu tun hat. Es ist doch unmittelbar – nenn es, wie Du willst – das Herz.

[. . .]

Wann Er das wohl liest –? Aller Verkehr über die Grenze soll eingestellt sein.

## Blätter für Meli

[. . .]
*Sonnabend, den 18. Oktober [1919.]*
[. . .]

Der Vertrag mit Reinhardt ist geworden. [. . .] Ich lasse die Sache unter Theobald Tiger laufen – aber da hier jedermann weiß, wer das ist (heute soll übrigens irgendwo ein Gedicht wider mich im Blatt gestanden haben, ich habe es noch nicht) – so wirkt das. Indem aber beim Theater immer alles anders kommt, als man denkt, so solls mich nicht wundern, wenn da Gott weiß was herauskommt. Ich glaube in solchen Dingen nichts. Jedenfalls habe ich einen sehr vorsichtigen Vertrag gemacht. Hurra! – Guten Abend.

*Dienstag, den 21. Oktober 1919.*
Ich will mich ja nicht berühmter machen als ich wirklich bin – und dieses hier kommt nun nicht etwa alle Tage vor. Das Telefon klingelt. Ich habe nun die Angewohnheit, niemals meinen Namen zu nennen, sondern immer «Jaaa–» zu sagen. Also: «Ja.» – Große Pause. «Ich möchte Herrn Dr. T . . .» – «Selbst am Apparat.» – «Ja, also – (Drucksen) ich habe Ihr Buch gelesen (Frauenstimme, nordischer Dialekt, leicht gewöhnlich) – und ich möchte doch gerne wissen, was da in dem Paket

war.» – Es handelt sich um *‹Rheinsberg›* und um eine Frage, die mich schon seit acht Jahren tötet. Ich weiß es nämlich auch nicht. Ich frage zunächst: «Wie alt sind Sie?» – «Dreiundzwanzig.» – «Verliebt?» – «Ja, ich weiß nicht recht.» – «Aus Hamburg?» – «Nein, gar nicht aus Deutschland. Aber ich kann so sprechen, als ob . . .» – Ich enttäuschte sie nun maßlos: ich wüßte auch nicht, was in dem Paket drin ist, vielleicht eine tote Eule, und ich hätte diesen Ausweg im Buch nur gewählt, weil ich eben nichts wußte . . . Hm. Ich frage sie nach ihren Anfangsbuchstaben. Sie sagt: I. A. (So machen die Esel.), läßt eine Bemerkung fallen, daß sie Filmschauspielerin sei. Und bittet merkwürdigerweise nicht um ein Rendezvous. Das ist ganz unberlinisch. Und sagt freundlich Adieu. – Und ich bin ein so berühmter Mann, daß ich Dich gar nicht mehr angucke. Guten Abend – gute Nacht!

*Mittwoch, den 29. Oktober 1919.*
[. . .]

Die Freundschaft mit Karlchen datiert aus Autz. Er war da vier Wochen, kam aus Libau, wo er als gemeiner Soldat gestanden hatte. Vorher war er Friedensrichter in Goldingen gewesen, da hatte er mit den Letten, die Banden bildeten, sehr scharf aufgeräumt, so scharf, daß sie sich über ihn beschwerten und er abgesetzt wurde. Oberleutnant B. hat ihn dann aus Libau herausgeholt; ich weiß nicht, ob Du ihn noch kanntest, er war Gerichtsoffizier in Autz, so ein ganz hellblonder, ein reizender, selten anständiger und sauberer Mann. Ich traf ihn übrigens vorgestern hier, und er war nett wie immer. Karlchen ging dann nach vier Wochen Autz, in denen wir zusammen in einem, in meinem Zimmer wohnten, nach Rumänien und hat mich dann nachgeholt. – Ja, Freundschaft unter Frauen – ich kann mir das nicht recht vorstellen. Wenns zum Klappen kommt, im Falle eines Falles, geht diese Freundschaft doch unweigerlich in die Brüche. Und selbst, wenn man davon absieht: Frauen stehen sich fast immer etwas feindlich gegenüber. Gibson zeichnete einmal ein Bild, wie sich zwei Damen guten Abend sagen: jede hatte in der abgewandten Hand ein kleines Beil. So ist es. Karlchen hingegen ist ein Mann, auf den Verlaß ist – von wem kann man das sagen?

[. . .]

Und erzählen? – Ich arbeite wie eine Maschine. Jetzt auch sehr häufig nachts. Die Schauspieler für das Cabaret Reinhardts sind nur in späten Stunden frei, wir bauen Texte, und ich habe zu tun, daß mir der Kopf brummt. Ich denke, daß es eine gute Reklame sein wird. Begeistert bin ich von meiner Arbeit bisher nicht, aber das bin ich nie. Die andern finden sie gut. – Und weil kein Brief ohne dieses ist: neulich abends bei der Holl. Sie erzählte: Als sie, ihr Mann und ein sehr bekannter berliner Filmschauspieler und dessen Frau, zusammengesessen hätten, habe der Filmist, der ein dickes rundes Gesicht hat, plötzlich angefangen, ihr auf furchterregende Weise den Hof zu machen, so, mit vorgeschobenem Unterkiefer und halbgeschlossenen Augen und all dem Klimbim, wie er allenfalls auf ein Kinopublikum, aber niemals auf diese überlegene Frau wirkt. Ich fragte: «Was haben Sie denn gemacht, gnädige Frau?» – Sie lachte und sagte: «Erst habe ich ihn ruhig wirken lassen. Aber wie er dann in vollem Zuge war, habe ich gefragt: ‹Worum handelt es sich denn?›» Das ist sie ganz. –

[. . .]

*Freitag, den 7. November [1919.]*

[. . .]

Erst will ich erzählen. Diese Woche habe ich wie ein kleines Pferdchen gearbeitet – Was das Allgemeine angeht: das Land geht meiner Ansicht nach seiner völligen Auflösung entgegen. Was das wirtschaftlich bedeutet, ist heute noch nicht zu übersehen; sicher ist aber, daß das Glück und die Kultur und der allgemeine Wohlstand überall anders zu finden sein werden als grade bei uns. Wir werden wohl einen Aufschwung nicht mehr erleben – es ist alles zu sehr herunter, und es ist – vor allem – gar keine Aussicht auf Besserung vorhanden, nicht die leiseste. Man muß sich da nichts vormachen. – Und was das Persönliche angeht: Ich sehe noch nicht klar, noch nicht, noch nicht. Und mag keine Kinkerlitzchen für Dich aufschreiben, die Dich im einzelnen nicht interessieren – wichtig ist doch nur eines, das eine, immer das eine. Die Aussichten sind nicht trübe. Mehr mag ich nicht sagen. – –

Wenn ich nicht hier an der Maschine saß, in dieser Woche, dann steckte ich bei den Brüdern vom Theater, und nun haben wir glücklich eine «Nummer» fertiggestellt. Mir gefällt es nicht sehr – also wirds wohl hoffentlich was für die Leute sein. Letzten Endes: sie bezahlen, und ich habe nicht viel Kummer damit. Ich möchte wohl einmal einen blauen Bogen schreiben, auf dem *nicht* vom Geld die Rede ist . . . Die Tage laufen so dahin. Mätzchen, Du fehlst hier. [. . .]

Alles andre ist gleichgültig. Jetzt fangen die dschungen Damen schon an, Peter Panter um Bilder zu bitten und ihm blaue Briefe zu schreiben. Ich muß sehr enttäuscht haben – meine Antworten waren sehr höflich. Aus. Mich freut das gar nicht. Früher wäre ich geplatzt vor Stolz. Literarisch ist es nun so bewegt und bunt, wie ich nur wünschen kann – Publizität und Geld und Rummel und Bekanntschaften – eins fehlt.

[. . .]

*Sonntag, den 9. November 1919.*

Ich möchte nun – je eher je lieber aus Berlin fort, in die Einsamkeit. Ist Dir das zu einsam? Wird es Dir nicht zu langweilig sein, daneben zu sitzen – monatelang, und Dein Mann schreibt und liest und raucht und ist still. Denn das literarische Arbeiten ist, aus der Nähe besehen, sehr langweilig und gar nicht amüsant – und mühevoll. Und ich arbeite schwer und bedarf der Stille und Sammlung. Wird Dir das nicht zu langweilig sein? [. . .]

*Freitag, den 21. November [1919.]*

[. . .]

Ich arbeite wie ein kleines Pferdchen, und ich bin mir ganz klar, daß es so nicht weitergehen kann und wird. Das ist nichts. Ich verzehre mich, ohne so weiterzukommen, wie ich will. Das liegt nun an den Verhältnissen, gewiß, aber dann müssen eben neue Wege gefunden werden. Ich will sehen. Und das will ich nun schon so lange, und es ist so schwer, so unendlich schwer. Ich habe einen sehr festen Willen – aber ich bin kein Abenteurer – das geht gar nicht. Vielleicht geht es doch mit der Zähigkeit.

[. . .]

Die Arbeit wächst und wächst – ich kann nicht klagen – aber das ist doch alles nur so für den Tag. Menschlich geht man dabei unter die Hunde. Das degradiert zum Handwerker. Wie lange noch –? Berlin ist übel, laut und heruntergekommen – meine Kreise zum fachlichen Arbeiten gut genug – aber das ist auch alles. Das Äußere brauche ich nicht – ich weiß nicht, wie Du darüber denkst – ich mache mir nichts aus dem Ruhm und diesen Dingen. Ich will die Stille und in ihr arbeiten und an der Seiten jemanden haben, der mit mir fühlt. Und dann Tanzen und Spaß und Musik – aber ja! – doch dann wieder zurück, auf die Insel. Wer das kann –! –

Und Aases Tod hat sie gespielt? Das ist die Musik zu Ibsens schönstem Stück, aus einer Zeit, als er noch ganz jung war – Morgenstern hat es übersetzt. So etwas hat er nie wieder geschrieben. Ich habe es vielleicht viermal gesehen, und immer wieder packt es mich ans Herz. Wie da der Mann nach einem ganzen Leben zurückkommt, grau, zerarbeitet, zerlebt, zerknautscht – und in derselben Hütte sitzt dasselbe Weib, das er damals jung verließ, nun grau geworden, aber in derselben Stelle, an demselben Spinnrad – und wartet – auf ihn. Und er sagt:

Eine, die Treue hielt, und einer, der vergaß –
einer, der sein Leben verspielt, und eine, die wartend saß –

das vergißt man nicht wieder.

[. . .]

Berlin W 50, Nachodstr. 12
Nr. 29 den 21. Dezember 1919

... heute ist nun also der große dicke Schreibebrief eingeloffen, auf den ich so lange gewartet habe. Denn daß er kommen würde, habe ich gefühlt – gewußt. Und nun ist er da, und ich habe ihn ganz aufmerksam gilesen und gilesen, *was Du da* alles erlebt hast, bis Du aus Rußland glücklich – oder unglücklich? – nein: glücklich – herauskamst. Kleiner, lieber Soldat –!

Ich denke, daß sich die Dinge nun so weiterentwickeln werden, wie ich schrieb. Wenn Du die Absicht hast, die ganze Abwicklung dieser Stelle noch bis zum Schluß zu leiten, so glaube ich, daß es nicht ganz nötig ist – sie können nun auch ohne Dich Krieg führen – sie müssen sich dran gewöhnen ...

Und wie ist es nun in Deutschland –? Nein, ein feiner Salon lauter guter Menschen ist es natürlich nicht. Das *war* es nicht einmal – und heute –? Ach, es hat sich so verschlechtert, ist so vor die Hunde gegangen und ist so laut und grell geworden, wie ich es niemals kennengelernt habe. Nun, Du wirst ja sehen.

Mätzchen, warum hast Du Dich geärgert –? Es tut mir leid, wenn Du gedacht hast, daß irgendeine Anerbietung unzart gemeint gewesen wäre – klang sie so? Sie war sachlich gemeint; Gott mochte wissen, wo Dich der Brief erreichte – und Du solltest wissen, daß Du absolut auf mich zählen konntest. Und noch kannst. Von «hernehmen» und «großer Mann» – müssen wir wirklich dergleichen ernsthaft diskutieren? Das paßt gar nicht zu Dir, und eben weil Du eine Russin bist und selbständig und stolz – worauf? Dummerchen – eben deshalb sollst Du nicht glauben, daß ich ein deutscher Skatpapa bin, der seine Frau gnädig beglückt ...

Ich habe damals – was ich auch heute noch tun würde – einfach und klar ausgesprochen, womit Du rechnen kannst; es geht nicht, daß Du dauernd in der Luft schwebst, und schließlich ist Soldatspielen ja ganz schön, aber auf die Dauer wohl nicht das Richtige. *Ich* habe Autz viel zu gut im Gedächtnis, um falsch von Dir zu denken (dann schriebe ich nicht an Dich). Und nun: tu das weg und geh dahin, wohin Du gehörst – nämlich zu mir – und wirf den Kopf nicht an den falschen Stellen hintenüber, an denen es nicht lohnt. Es beschenkt Dich keiner, es tut nur einer seine Pflicht. Matz, wer hat je geglaubt, Du seist nach Deutschland gekommen, um ... Baby! Zwanzigjährige. Kleine, furchtbar dummmmmme Meli. Diesmal muß ichs sagen. Die Dinge liegen klipp und sauber so: ich bitte Dich, herzukommen – und wir wollen sehen, wie wir miteinander leben werden. Du bist kein Wickelkind, und ich weiß sehr wohl, daß Du ohne mich nicht umkommst. Aber ich will erst einmal alles für Dich tun, was ich kann – und auch eine Mimose erschließt sich einmal ... Ich denke, wir legen das ad acta – und der Matz ärgert sich nicht mehr. Und läßt sich über die Haare streichen, weil es nun endlich, endlich aus ist mit dem Krieg.

Hier ist alles beim alten. Ich bitte Dich, mir zu schreiben, ob und wann Du kommst. Ich bin nicht so unabhängig, daß ich Dich holen kann – daß Du allein fahren kannst, weiß ich, aber es wäre hübscher gewesen – kommst Du aber, so werde ich mich umsehen, daß Du nicht auf dem Wartesaal des Bahnhofs zu wohnen brauchst. Schreib mir das bitte bald – Du weißt, daß ich für Dich da bin. –

Ich schicke absichtlich nichts nach Memel – weil ich die Postverhältnisse nicht kenne. Es sind hier noch Briefe an Dich, die nicht weggegangen sind – und ein kleiner Packen, der auch nicht abgeschickt werden konnte. An Fräulein G. und den Zahlmeister G. kam ich durch Nachfrage – es nützte mir aber nichts, denn Du warst nicht aufzutreiben. Ich bin froh, daß Du da heraus bist. (Klammer auf: über die politische Beurteilung der Eisernen Division mußt Du nicht erstaunt und nicht zornig sein – sie hat uns unmenschlich geschadet. Nicht einzelne Soldaten oder Offiziere – sondern das Ganze als politischer Schritt. Ich muß sagen, daß ich sie bekämpft habe wo ich nur konnte. Das erzähle ich Dir ausführlich. Klammer zu.)

Viel wichtiger ist, wies Dir jetzt geht. Und ich bitte Dich sehr, Dich soweit zu mir gehörig zu fühlen, daß Du schreibst, wenn Du etwas brauchst. Nicht – nicht sagen: Ich halte die Schürze nicht hin ... Aber entweder Du bist eine entfernte Bekannte von mir, dann würde ich Dir dergleichen vielleicht formell anbieten, und gut. Oder aber Du bist meine Meli und gehörst dazu, dann ist es doch so selbstverständlich, und ich empfinde es als vollkommen in der Ordnung, daß ich mich um alles bekümmere, was Dich angeht. Darin liegt keine Annahme Deiner Schwäche – («Na, nun wollen wir der Kleinen mal ...») darin liegt einfach der Wunsch des Mannes, der Frau zu helfen, die zu ihm gehört. Nicht: die ihm gehört. Du schreibst das bitte – nicht dem Herrn T. – aber vielleicht dem Nungo –

Sieht das Herz so aus –? Es hat einmal so ausgesehen, und ich habe immer gehofft, daß es sich konserviert, trotz der Wirren und der vielen Dinge und Menschen, die da waren – aber ich hatte kaum noch gehofft, es *bald* zu erleben. Daß es einmal da sein würde, wußte ich immer. Schließlich, madame, ich habe geglaubt. Und glaube noch. Und möchte dafür nicht gescholten werden.

Vieles andre läßt sich brieflich nicht so gut erledigen wie mündlich. Ich muß Dir in die Augen sehen – ich fühle, daß nach den ersten Worten dann alles wieder da sein wird wie damals. Und wenn ich mir den Kopf zerbrochen habe, so geschah das immer nur nach der praktischen Seite hin – wie machen wirs, daß – – Wir – nicht: ich – obgleich natürlich nicht darüber zu sprechen ist, daß auch in Rußland ein braver Kerl gewisse Dinge für die Seine tut, und sie keinen Finger dabei rühren läßt. Ja? Also. Mach die Augen zu ...

Und wenn Du sie wieder aufgemacht hast: laß Dir erzählen, daß die wirtschaftlichen Verhältnisse in Berlin nicht gut sind, daß ich aber glaube, daß wir es schaffen. Es ist das eine Energiefrage. Und Du sollst Dir keine Sorgen machen. Ich will, daß Du Dich erst einmal ausruhst – lange und gepflegt ausruhst und wieder zu Dir selber kommst. Da war es immer noch am wertvollsten und besten ...

Ist das Telegramm angekommen –? Es sollte nur ein Gruß sein – einer aus Papier, eine andre Möglichkeit besteht ja zur Zeit nicht. Und wenns in diesem Jahr nicht mehr ist, – lange soll es nicht mehr dauern, daß Du in einer Stube sitzt und weißt: Hafen. Und: Friede. Und: Finale. – Ich wünsche es Dir. Und mir.

Gnädige Frau: komme her und laß sie abwickeln. Bist Du ein Soldat oder bist Du eine Meli –?

Ich glaube, ich glaube: Du bist eine Meli.

[...]

[13. 1. 20]

Für Meli

### Zur Begrüßung

Nach so viel Tagen, Wochen, Jahreszeiten
ist eine da.
Ich fühl im Rhythmus ihre Glieder schreiten
so nah, so nah.

Und blonde Seidenhaare schimmern milde
wie einst in Autz.
Da krächzt besänftigt grunzend selbst der wilde
und dicke Kauz.

Des Krieges einzig freundlich-gute Spende –
das warst doch du.
Und immer sehen deine lieben Hände
mir grüßend zu.

Da ist die Stadt. Und da bin ich. Wir warten.
tritt nur herein

in diesen großen, bunten Zaubergarten –
denn wir sind dein.

Du bist noch jung. Die Feuer sind entglommen.
Biß. Kampf. Und Ruh.
Doch einmal, einmal sollst du leise kommen
vom Er zum Du. –

[18. 1. 20]

## Erinnerung und Erfüllung

Ich denk an früher. Wie Lavendelduft,
ein wenig blaß, ein wenig wie verschollen,
steigt ein Parfumchen auf von jenen ollen
und weggelegten Sachen – – eine Gruft?
«Und leise spricht – wie waren wir doch jung –
der Leierkasten der Erinnerung.»

Ich denk an früher. Raschelnd schwankt der Kranz.
Wie war sie weiß! Wie spielten ihre Hände!
Wie war sie zart! Warum war es zu Ende?
Und langsam bildet sich ein matter Glanz . . .
Aus jenen Tagen, längst verglüht und fahl,
steht auf ein neues Bild: das Ideal.

Ich denk an früher. War sie denn so schön?
Mit jedem Monat wird sie voller, reicher –
noch zierlicher, noch rassiger, noch weicher –
brandrot die Lippen, und ein Blick, amön . . .
Und sie entwickelt sich, und vor mir steht
ein Zauberding von seltner Qualität.

Ich denk an früher. – War sie wirklich so?
Wie wärs gefährlich, wenn sie heut erschiene –!
Vielleicht ists eine Fee nur, der ich diene?
Nur Königin im Lande Nirgendwo?
Nun ist sie da – –.
Und spricht. Mein Herzblut schäumt.
Und mehr als alles, was ich je geträumt. –

t.

[. . .]

20. I. 20

... es ist irgend etwas nicht in Ordnung zwischen uns beiden. Ich habe dieses Gefühl nicht etwa erst seit einer Stunde, die Dir so schwer gefallen ist und über die zu reden sich nicht verlohnt – sondern eigentlich die ganze Zeit, wo Du in Berlin bist. Du versteckst Dich, Du gibst Dich nicht mehr so, wie früher. –

Ich weiß nun sehr gut, daß Du Dich erst einleben mußt – aber das ist es nicht. Es ist irgend etwas wie tot – wie erstorben. Ich empfand es gar nicht, als Du ankamst – heute: mit jedem Tag stärker. Es ist, wie wenn wir aneinander vorbeilebten.

Es kann nun sein, daß Dir mein ganzer Lebenszuschnitt an Niveau und Qualität nicht behagt. Das weiß ich nicht. Es kann sein, daß Du vielleicht doch und allerletzten Endes keine Literaten, sondern Offiziersnaturen um Dich brauchst, keine schwarzen, sondern blonde Menschen. Vielleicht behagt Dir das alles überhaupt nicht – – aber so geht das nicht. Es ist gar keine Verbindung mehr da. –

Ich schreibe Dir das heute – am Anfang – weil ich mich für verpflichtet halte, sofort mit Dir darüber zu sprechen, bevor irgend etwas festgebunden wird. Hast Du das Gefühl nicht –: dann habe ich mich geirrt. – Hast Du es aber, fühlst Du, daß dieser Komplex Berlin und ich Dir nicht zusagen, und daß es Dir alles zu klein ist –: dann sags. Nachher ists zu spät – und heute kann noch ohne Schaden repariert werden, was vielleicht allzu große Erwartung ersehnte. – Ich brauche nicht zu sagen, daß ich auch dann als Freund genommen werden möchte.

Nach der einen oder der andern Seite muß aber etwas geschehen – dies ist eine Feststellung. –

[. . .]

Berlin W 50, Nachodstr. 12 30. I. 20 nachts

... ich werde mich bemühen, so zu tun, als ob dieser Brief nach Kurland und nicht nach Friedenau geht – was nicht ganz leicht ist.

Ich verstehe Deinen Brief vollkommen – und ich würde mich auch gar nicht zieren, zu sagen: Ja – es ist etwas fremd geworden. So kann man das nicht sagen. Es ist nur noch nicht so vertraut geworden, wie ich es gern haben möchte. Es liegt das an tausend Umständen – das weiß ich so gut wie Du. Obs *nur* daran liegt, wird sich ausweisen. – Daß Du sehr mimosenhaft bist, wissen wir nicht seit gestern. Daß ich nicht tapsig bin, weißt Du auch. Aber hier liegen die Dinge doch anders.

Ich kann erst richtig sehen und sagen, was los ist, wenn ich weiß, wie Er im wirtschaftlichen Zusammenleben – auch für andre – ist. Ich hoffe doch sehr, daß es klappt – und wenn nicht alles täuscht, wird es das auch. Aber es fragt sich, wie Er das aufnimmt, wie Er sich dabei anstellt, wie Er sich darin fühlt – und das muß man sehen. Ich glaube, es ist das Gescheiteste, gar keine Programme zu machen, sondern sich das alles anzusehen. Wir fühlen doch beide, und sind doch beide nicht so vernagelt, nicht sofort zu sagen, was ist. Warts ab. Ich wills auch. Zieh das ab, was äußerlich ist: die Unmöglichkeit, abends zusammen nach Hause zu gehen, die Unmöglichkeit, sich jede Mahlzeit hindurch zu unterhalten, immer beieinander zu sein, die Unmöglichkeit hier und die Unmöglichkeit da. Sind nur das die Hemmungen, die noch da sind –: gut. Liegts an andern, innerlichen Dingen –: ich bin ganz Deiner Meinung, in diesem Fall (der sich aber erst herausstellen müßte), offen zu sagen, was man empfindet.

Ich fühle heute und die ganzen Tage: es ist noch nicht das, was ich will. Obs das wird – das erwarte ich.

Berlin ist eine laute, eine eilige, eine lärmende Stadt. Wird die leise Melodie weiterklingen, so daß man sie hören kann –?

Dies wünscht

der alte

16. II. 20

. . . ich war nicht in Hamburg, sondern lag mit der ortsüblichen Grippe im Bett – und habe die Zeit benutzt, mir noch einmal alles durch den Kopf gehen zu lassen.

Was es ist, weiß ich nicht. Ich habe Dich – oder was sonst? – zwei Jahre hindurch geliebt, wie man nur jemanden lieben kann – und was geht nun hier vor? Es ist, wie wenn eine Glaswand zwischen uns ist – und ich kann sie nicht brechen. Ich habe mich frei und offen mit Dir unterhalten, wenn ich abends im vorigen Winter an der Schreibmaschine saß – als Du gar nicht da warst – ich tue es mündlich zwar heute noch – aber ich weiß nicht, was es ist, das sich mir dabei auf die Brust legt. – Es ist irgend etwas nicht in Ordnung.

Was es ist, weiß ich nicht. Ich stehe vor einem Rätsel. Ich sehe hier nun gar keinen Ausweg.

Vergessen kann und will ich nicht. Hoffnungen machen auch nicht. Ich muß es – und Dich – gehen lassen.

Ich bitte Dich aber nochmals um eins: wenn Du mich einmal irgendwie brauchst, ruf mich. Aber nicht so – geduckt und klein – sondern als eine Freundin, die sich – ganz selbstverständlich an ihren Freund wendet. Das möchte ich wenigstens bleiben, wenn schon nicht andres.

Trotz allem –:

Zu einem 19./28. [Oktober 1920]
Das Datum kann man vergessen. –

Die Frau nicht. K.

17. V. 21

Weil ich in diesen Tagen auf Reisen gehen möchte, will ich Ihm doch wenigstens so Adieu sagen. Es soll Ihm recht gut gehen –!

Dieser fährt erst ein bißchen an die See – und dann kommt er zurück und dann weiß er noch nicht, wohin es geht ...

Um eins aber bittet er Ihn sehr: Wenn Er ihn je braucht –: nicht erst im letzten Moment. Ich verstehe das schon richtig und habe Seinen Stolz immer geliebt – aber dies wäre keiner. Ich weiß, wieviel Sinn Er für Nuancen hat. Nicht jede Trennung ist eine.

In altem Gedenken

3. II. [1922] nachts

Gott weiß, wie deplaciert diese Blumen sein mögen – und in welcher Verfassung sie Ihn antreffen werden. Ich habe Seine Briefe gelesen.

Darf ich so noch schreiben –?

N.

24. 4. [1922]

Ich danke Ihm für Seine lieben Zeilen. Und schreibe Ihm in schlimmer Depression, weshalb Er diesen Brief nicht falsch auffassen soll. –

Er ist damals vier Monate zu früh nach Berlin gekommen – ich hatte gar kein Geld und wußte nicht weiter. Dann ging es nicht und dann verdiente ich im Jahr darauf und ging mit dem Geld so um, wie man es nicht hätte tun sollen. Das ist vorbei, und ich kann von vorn anfangen.

Ich habe nicht das Recht, Ihm irgend etwas zu sagen –: und wenn Er heiraten will oder Sein Herz weggegeben hat, so soll Er das tun. Ich kann auch nicht die Verantwortung übernehmen, auch nur einen Satz zu schreiben, der Ihn veranlassen sollte, etwas zu tun oder nicht zu tun. Ich will Ihm nur sagen, daß ich heute weiß, wie ich auf die Weise die zwei bösesten Fehler meines Lebens begangen habe. Mit Ihm und dann später. – Ob das je wieder gut zu machen sein wird, weiß ich nicht.

Ich weiß nur: ich habe Ihn nicht vergessen. Er ist die einzige Frau, von der ich mir denken kann, daß sie mir ein Kind schenkt – und Er ist die einzige, auf die ich eifersüchtig war wie ein kleiner Junge und die ich geliebt habe wie nie jemand.

Ich will gar nichts. Wenn Er mir erlaubt, Ihn hier und da durch Blumen zu grüßen, bin ich dankbar. Hätte ich nicht diesen Beruf, der keiner ist –: ich ginge heute noch hin und bäte Ihn um Verzeihung.

N.

Berlin-Friedenau, Kaiser-Allee 79 [27. 4. 22]

Im ukrainischen Chor – ich habe mir die Augen ausgesucht nach Ihm – begegnete ich der kleinen G. aus Autz; sie erzählte von allen Damen, die sie kannte; diese sei da verheiratet und diese da und sie seien glücklich . . .

Dank für Seinen Brief. Ich will Ihm nichts über die Zukunft sagen – weil Er das alles selbst weiß. Aber als ich meinen Brief, mit dem ich Ihn nicht betrüben wollte, abgeschickt hatte, sah ich auf den Kalender: Es waren genau vier Jahre, seit ich Ihn auf dem autzer Bahnhof stehen lassen mußte. Ich sehe das noch heute vor mir: Er stand da, schlank und still – und ich hatte einen kleinen Brief in der Tasche, den ich erst im Zug aufmachen durfte . . . Auf den Tag vier Jahre.

Und es ist heute noch so wie damals.

Immer

5. abends [6. 1922]

Er ist noch die Mimose – und hat ein Gefühl wie die feinste Kompaßnadel. Die Melodie ist rein, und zu schämen ist da nichts.

Hoffentlich hat Er sich gut erholt. Wo und wie das auch gewesen ist –: ich denke, es gehen Fäden hin- und herüber, die nicht zerreißen.

Ich habe früher nie geglaubt, daß es das Wörtchen «immer» gibt.

Immer

Berlin-Friedenau, Kaiser-Allee 79 25. XI. 22

Ist Er eigentlich in diesem Jahr bei Nelson gewesen –?

Wenn Er noch nicht da war, und wenn Er Lust hat: Er kann gern für Donnerstag (den 30.) oder Freitag (den 1.) Karten haben. Es fängt um dreiviertel acht Uhr an, und wenn Er mir Bescheid sagt, liegen dann zwei Karten auf meinen Namen an der Kasse für Ihn. Er braucht sich nicht groß anzuziehen. Und Sekt zu trinken braucht Er auch nicht, indem Er nicht an Tischen sitzt.

Ich schreibe Ihm das, weil ich weiß, daß Er so gern tanzt und tanzen sieht. Die Angelegenheit ist nicht übermäßig aufregend – aber wenn Nelson selbst begleitet, was gewöhnlich der Fall ist, dann wird Er einen (kleinen dicken) Mann Klavier spielen hören, wie Ers wohl noch nie gehört haben mag.

Ich werde mich freuen, wenn Er sich ein bißchen unterhält und wünsche Ihm viel Vergnügen –!

Sein

[21. 1. 23]

Russisch-Deutsches Theater
Der Blaue Vogel
Dezember 1921/1922

Billett an eine junge Dame

Liebe dicke Mary,

hast Du heute abend ein bißchen Zeit? – – Wenn du sie hast, dann will ich Dir die Suppe zu essen geben, auf die ich Dir schon so lange den Mund wässrig gemacht habe: Wir wollen in den «Blauen Vogel» gehen, den Deine Landsleute in Berlin aufgetan haben.

Ja, Du mußt mir natürlich übersetzen. Ich verstehe kein einziges Wort, obgleich Herr Jushnij mich schon viele schwere Worte hat aufsagen lassen. Aber ich passe gar nicht ordentlich auf ... Ich habe andres zu tun.

Ich muß nämlich Ohren und Nase aufsperren vor dem, was sie da alles machen. Du wirst es ja heute abend sehen.

Du wirst das entzückendste kleine Theaterchen zu sehen bekommen, das Du Dir denken kannst – und Farben wirst Du sehen und eure Lieder wirst Du hören – und von der kleinen Bühne weht ein Geschmack herunter, wie man ihn nur haben, aber nicht herstellen kann. Ich kann Dir keine hübschere Abendunterhaltung in Berlin bieten, kleine Mary.

Du fragst gewiß, ob denn die berliner Cabarets dergleichen nicht ... Die berliner Cabarets, an denen ich doch schließlich auch hier und da zu arbeiten pflege ... – Nein, das können wir nicht. Da packe ich neidlos ein.

Wir wollen den Onkel Jushnij bitten, daß er seine famose Nummer vom «Mister Ford – Großexport» spielen läßt. Ich sehe schon Deine blauen Kulleraugen, Du Blonde – und ich freue mich an Deiner Freude. Komm pünktlich.

Dein «Blauer Vogel»jäger

26. I. 23

Auf den Druck dieser Einladung habe ich geduldig ein Vierteljahr gewartet, weil ich keine hübschere Form gewußt habe, Ihn zu sehen. Sie ist nun ganz ernst und persönlich.

Ihn und den «Blauen Vogel» zusammenzubringen, wäre mir eine so große Freude, daß ich Ihn bitten möchte, mir einen Wochentag (nicht Sonntag oder Sonnabend, bitte) zu bestimmen. Wie heißt das russische Wort, das Er immer schreibt –? Also *das* ist es.

Sein

30. I. 23

Ich schrieb Ihm vor einem dreiviertel Jahr einen Brief – und nichts hat sich seither auf meiner Seite verändert. Man möchte Ihm nur einmal in die Augen sehn. Und damit sie keiner von uns niederzuschlagen braucht, ist es gut, wenn sie sich auf einer hübschen Sache begegnen.

Die hübsche Sache beginnt um 8 Uhr, und ich werde morgen – Mittwoch – abends an der Kasse auf Ihn warten. (Goltzstr. 9., das ist in der Nähe des Winterfeldplatzes. Er fährt am besten, von zu Haus, mit der 169.) – Wenn Er gar nicht kann, rufe Er mich bitte an; ich melde mich selbst. Dann tausche ich die Karten um.

Aber es wartet auf Ihn –
Sein

Berlin-Friedenau, Kaiser-Allee 79 [28. 2. 28] am Abend

. . . ich danke Dir für diese Tage. Ich glaube, ich kenne keine schöneren.

Du bist in meinem Blut – ich kann das nicht aufschreiben. Und wenn ich immer wieder gefragt und gefragt habe –: denke, daß ich auf die höchste Tourenzahl gedreht war und doppelt und vierfach alles empfand, was nicht gleich da war. *Jetzt* weiß ich es.

Geh nicht wieder fort. Ich weiß nicht, wie Dein Satz auf russisch heißt – kein Dichter hätte etwas Schöneres sagen können. Gibt es noch zwei: Meli und Nungo? Es gibt wohl nur noch *ein* Ding: *uns.*

Der Kummer liegt jetzt nur noch im Äußerlichen. Drück die Daumen! [...]

Berlin-Friedenau, Kaiser-Allee 79 2. morgens, bevor die Post da ist. [2. 3. 23]

Wenn Du die Süßigkeit eines ganzen Kuchens in ein Konfekt zusammenpreßt, so wird das Stück nicht sehr gut schmecken.

Ich will nicht mehr ungeduldig sein. N'en parlons plus!

Heute nacht saß Er neben einem Mann, es sollte Sein Bruder sein, es war aber ein berliner Maler. Ich ging mit Ihm umher und warnte Ihn: dieser Mann wolle Ihn verkuppeln. Ich fühlte im Traum jene Angst ... Und Er hörte zu – und schwieg.

«Mein blondes Schweigen –!»

[...]

Berlin-Friedenau, Kaiser-Allee 79 2. III. 23

[...]

Hier hast Du das Tagebuch. Manches ist nun überholt – aber so habe ich doch einmal gefühlt – und Er soll das wissen.

Und soll noch wissen:

Mein Vertrauen zu Ihm wächst und wächst. Meine Liebe kann es nicht mehr.

In der Bank, vor den Büchern, auf den Straßen –: ich habe Ihn in mir. Wenn Er in einer Glaskugel lebt –: Er soll fühlen, wer diese Glaskugel ist ...

Meli, ich habe Dich so lieb – Wir wollen dieses Leben zusammen bis zu Ende gehen. Und ich freue mich auf alles: diese Ströme des Blutes zusammen austoben zu lassen und dann zu fühlen, wie die Pulse langsamer klopfen und die Herzen zusammen schlagen: *einen* starken Schlag.

«Gib mir die Hand – Wir wollen einander verwachsen ...»

Gib mir Deine Hand. Du bist mein Alles. Ich will Dir dasselbe sein: Freund, Gefährte, Kamerad, Geliebter und Dein Mann.

Immer sein

*Montag, den 2. August 1920.*
Ich weiß, daß das kompletter Wahnsinn ist, hier etwas aufzuschreiben. Für Dich. Ich habe Dich eben auf der Bahn gesehen, Du gingst mit einem jungen Mann und einer Dame. Ich werde die Blume aufheben, die Dich gesehen hat. Für wen schreibe ich das? Ich habe Deine letzten Briefe, die ich plötzlich – ich weiß nicht, woher sie kamen – unter meinen Büchern fand, beim Einräumen – – ich habe sie in einen Kasten gelegt, weil ich glaube, daß es so nicht aus sein kann. Glaube ...? Weiß ich es nicht? Ich traue mich nicht, es zu wissen. Ich weiß heute alles. Wie Du im ungünstigsten Augenblick kamst, wie ich damals kein Geld oder doch wenig hatte, wie ich mich schämte, es einzugestehen, wie mir das alles fremd, unbequem, fremd, fremd und noch einmal fremd war – wie ich Dich liebte und wie Du mich zugleich abstießest – abstießest, ohne es zu wollen – wie ich viel, viel zu ungeduldig war, zu rasch, zu schnell – zu schnell im Erotischen wie im Menschlichen – wie ich Fehler auf Fehler beging – und wie ich wußte, daß ich sie beging, und wie ich fühlte, wie mir das alles unter den Händen wegschwand ... Und ich weiß doch heute, daß ich nur ein Mal in meinem Leben geliebt habe. Ich kann mir seitdem alles denken – Ausschweifungen und Flirt und Dummheiten und Freundschaft mit Frauen – aber keine Liebe mehr. Und es ist etwas hängen geblieben – nicht nur mein Ring – und ich habe irgend etwas verloren, das nur Du von mir hast. Es zieht. Es zieht zurück. Ich weiß ja nicht, ob ich Dich jemals wiedersehen werde – aber als ich neulich bei irgendeinem Mädchen Deinen Mund zu sehen glaubte und Dein Lachen – da war es doch ziemlich aus. Für wen schreibe ich das? Ich weiß heute, wo ich so sicher dastehe wie noch nie in meinem Leben – daß, wenn Du heute kämst, Du so vertraut und sicher da wärst, als ob wir zehn Jahre zusammengelebt hätten. Es war wie ein böser Wind damals. Geht es doch nicht? Ist das alles Literatur, Lüge, Betrug? Ich bin unsicher. Aber so unsicher, daß ich mich nicht an Deine alten Briefe herantraue, weil ich fühle, wie mich der alte Zauber packt – ich wage nicht, diese letzten verzweifelten Briefe zu lesen, die so sind, wie eine Frau ihrem, ihrem, ihrem Mann schreibt – in denen Du so aus Dir herausgegangen bist wie sonst nie – o wärest Dus –! – ich traue mich nicht. Ich bin ganz unsicher. Ich weiß nicht, wie Du Dich meinem gespaltenen und nervösen Leben einordnen würdest – diesem zackigen Hin und Her – das sich äußerlich ruhig und innerlich so changeant abwickelt – glatt, verbindlich, zum Teil verlogen und schlängelnd. Und das ich doch so führen muß, um weiterzukommen. Und es ist etwas nicht in Ordnung. Arbeit täuscht mich darüber hinweg – eine Weile. Ich weiß aber genau, daß etwas nicht in Ordnung ist. Die Nächte sind nicht

bunt. Es steht da, und ich will es nicht ausstreichen: sie sind nicht bunt. Sie waren es vielleicht einmal – aber nie so wie das. Nichts rieselt mir den Rücken entlang. Nichts. Nichts.

Und ich fühle körperlich, daß Du an mich denkst – ich weiß das – es geht mir jedesmal durch und durch, wenn ich Dich spreche, wenn ich an dieser Straße vorbeigehe – es kann nicht vorbei sein. Komm wieder.

*Freitag, den 24. September 1920.*
Ich habe Dich auf der Straße getroffen und bin ein Stückchen mit Dir gegangen. Zum ersten Mal seit damals haben wir länger als zwei Minuten miteinander gesprochen. Und es ist noch da –! Noch! Wie lange noch –! Denn schließlich ist das doch eine Frage der Zeit, daß Dich ein andrer liebt – und ich mag das nicht ausdenken! Augen und Bewegungen und alles wie einst. Die Brust ist Dir voller geworden. Und ich ging daneben, und mir krampfte sich alles zusammen. Was habe ich getan! Ich weiß mich nicht auszudrücken – es ist merkwürdig, wie ich ganz ungefüge bin, wenn ich dies schreibe. Ich denke, es ist das Schlimmste passiert, was geschehen kann: eine steckengebliebene Liebe. Eine, die nicht zu Ende geliebt ist. Und das kann man nicht verwinden. Ich fragte Dich nach Briefen – Du verstandest nicht oder wolltest nicht verstehen . . .

Als die Wà einmal gegangen war, ging ich an das Bücherbrett und da lagen in einem Kuvert Briefe von Dir, Brieffragmente, hingewühlt – wahrscheinlich das Letzte, das Du an mich geschrieben hast. Es war scheußlich, das nun zu lesen. Zufall –? Es gibt keinen Zufall. Hätte ich sie damals gefunden – damals, als ich vor den Kopf geschlagen war – es hätte auch nichts genutzt. Und heute ist es zum Zerbeißen, das zu lesen. Aber ich habe es alles gewußt und verscherzt. Ich habe es gewußt, und jedes Wort, das da steht, ist richtig; sie liegen mit Deinem Brief und einer Blume in einem Kasten, und ich mag nicht hineinsehen. Ich habe Angst! Komm wieder.

*Mittwoch, den 20. Oktober 1920.*
Heute kam ein Brief von Dir, in dem Du batest, etwas über ein ärgerliches Vorkommnis mit einem nationalen Rüpel zu schreiben. Natürlich diktierte ich gleich und antwortete Dir. – In dem Brief stand: «Ich fuhr mit einem Freund – –» Und heute noch, heute, obgleich ich gar kein Recht dazu hatte – es ging mir ganz durch. Wahrscheinlich hatte es nicht die Bedeutung, die die deutsche Umgangssprache dem Wort beilegt – wahrscheinlich hieß es nur «Bekannter» – hieß es doch nur Bekannter! Es war mir scheußlich. Einen Freund? Einen richtigen Freund? Einen, der liebt? – Es ist nichts vorüber.

Dies ist der Monat Deines Geburtstages. (Aus irgendeinem Grunde vergesse ich Datum und Monat und weiß nie, ob es der 19. oder der 28., ob es Oktober oder November ist. Der russische Kalender!) Es ist nichts vorüber. Ich habe zwei Jahre gewünscht und Dich hergesehnt, und dann bist Du gekommen, und ich habe keine Geduld gehabt – ich muß die Augen zumachen, wenn ich daran denke. Hätte es nicht etwas sein können – und mehr als etwas: alles?

Wenn Du jetzt da wärst – – Aber Du bist nicht da. Und ich sehne mich nach Dir wie damals. Und Du kommst nicht wieder.

Nie –?

*Sonntag, den 22. Mai 1921.*
Nie. Ich habe mir das alles noch einmal durchgelesen – – Und seitdem kam ein Brief. Weil ich nun wegfahren will, habe ich Dir noch einmal mit ein paar Büchern Adieu gesagt. Zurück kam das Feinste, das Du je geschrieben hast. Jeder Satz ganz voll bis an den Rand. Da stand: Du seist inzwischen braun geworden und wünschest mir das Gleiche. Wo bist Du braun geworden? Mit wem? Wann? Ich kann es nicht aufschreiben, wie es mich immer noch packt. Und ich glaube zu fühlen, daß Du einmal mit einem sehr lebenstätigen, selbstverständlichen, kräftigen und ziemlich unkomplizierten Mann zusammenleben wirst. Es wird alles sehr glatt und sehr gut gehn. Und ich –?

Ich fahre weg und habe mir ewas kaputt geschlagen. Wahrscheinlich für immer. Ich fahre weg und nehme das und Dich mit. Denn ich habe nicht aufgehört, Dich zu begehren und Dich zu lieben und Dich immer bei mir zu haben. Es wird mir heiß und kalt – und ich kann das nicht aufschreiben. Ich kann das nicht. Leb wohl.

*Montag, den 5. Juni 1922.*
Eben komme ich von einer Autotour nach Hause. Ich war mit Emil Jannings und der Holl im Spreewald. Zugegeben, daß ich mir unterwegs die Augen ausgeguckt habe – ich habe gewußt, daß ich Ihm nicht begegnen werde – da war Er nicht, das ist eine Gefühlssache. Ich weiß jetzt, daß Er diese Blätter einmal zu sehen bekommen wird – auf die Gefahr hin werde ich sie Ihm schicken, von Ihm einen leisen, feinen Brief zu bekommen, mit der Bitte, Ihn freundlichst in Ruhe zu lassen... Ich saß, während der Wind wehte, im Wagen, sagte nichts und dachte an Ihn. Immerzu an Ihn. Und an Seinen Brief, den Er mir da geschrieben hat. Ich antworte – Er wird die Antwort lesen. Und dann werde ich Ihn bitten, Ihn sehen zu dürfen.

Was dann wird, weiß ich nicht. Ich habe aber das Bedürfnis, mich jetzt mit Ihm auszusprechen – grade heute – so aufgedreht, wie der lange Aufenthalt in frischer Luft mich gemacht hat – so angeregt, gereizt... grade so. Zuerst möchte ich Ihm erzählen.

Ich habe Ihm neulich jenen Brief geschrieben, auf den Er mir zwei Mal zurückgeschrieben hat, weil ich einfach nicht mehr konnte. Ich *mußte* Ihm das sagen. Ich habe das Geschreibe nicht einmal mehr durchgelesen – sondern so abgeschickt. Und vielleicht war es nicht genau. Und es war so:

Als Er von mir weggegangen war, heiratete ich nach einigen Umwegen. Nicht die Frau, von der ich Ihm in Autz gesprochen hatte – sondern eine alte Freundin. Laß Er mich darüber schweigen – Er hört ja nicht nur mit den Ohren, sondern auch mit der Seele. Dann, grade dann – wie vom Schicksal verhext – verdiente ich im Jahre 1920 viel Geld. Und weil ich niemand hatte, für den ich es verdiente, und weil ich damals zerstört und durcheinander war – warf ich das Glück fort. Wie es geworden wäre, wenn Er bei mir gewesen wäre, weiß ich nicht. Jedenfalls könnte ich heute anders dastehen. Das ist vorbei. Im Jahre 1921 hörte das auf – es hatte genau ein Jahr gedauert – und seitdem war gar nichts. Und ich bin wirklich kein schlapper Hund –: aber ich konnte mich nicht aufschwingen, irgend etwas zu unternehmen. Gar nichts. Ich habe sehr viel theoretisch für mich getan – aber nach außen hin so gut wie nichts. Ich wußte nicht: wozu. Und ich weiß heute, seit Seinem letzten Brief, daß es wieder einen Sinn hätte, wenn ich den entsetzlich schweren Versuch machte, hochzuklettern, wenn ich noch einmal von vorn anfinge.

Ich habe nicht das leiseste Recht, an Seiner Tür anzuklopfen. Ich habe mir das Letzte, aber auch das Allerletzte, verscherzt, was sich ein Mann nur verscherzen kann. Ich weiß das. Ich weiß auch, daß, wenn Er ältere, andere, stärkere Verpflichtungen hat – Er hat einmal so etwas angedeutet – daß ich dann nach Hause zu gehen hätte. Ein Wort – und ich machte auch nicht den leisesten Versuch. (Vergessen könnte ich Ihn freilich auch dann nicht.) – Ich weiß auch, daß ich einen gradezu irrsinnigen Beruf habe – der heute Hopp-Hopp ist und morgen daniederliegt – ich weiß, daß ich keine Garantie leisten kann, die jeder gute Kaufmann heute geben kann. (Es ist das nicht so unwichtig, wie Er denkt. Ich weiß ganz genau, daß Er *nie, niemals* an so etwas gedacht hat oder denkt – aber es ist doch da – und das mit dem «Raum in der kleinsten Hütte» ist falsch.) – Ich bin auch im Laufe der Zeit so vorsichtig geworden, mit dem Wort «ewig» etwas sparsam umzugehen. Ich sage mir nur eines: seit ich Ihn kenne, bin ich mit allerhand Frauen zusammengewesen – es war alles nichts. Es hätte doch einmal *eine* kommen müssen. Nichts. Und immer, immer wieder Er und noch einmal Er – in allen Phasen – seelisch und anders – und wenn ich Ihm aufschriebe, mit welch naturalistischer Treue ich meiner Eifersucht zu essen gegeben habe, wie scharf ich alles Mögliche und Unmögliche gesehen habe, dann lächelt Er mich aus. Aber was ist das? Ich hätte Ihn doch vergessen müssen, wenn es nichts war – und ist das alles nur, weil es nicht zu Ende geliebt war? –

Ich weiß, daß man nicht einfach in eine Wohnung zurückgeht, in der man einmal die Teppiche zusammengerollt hat und gesagt hat: Auf Wiedersehn. Und ich schreibe Ihm grade heute, wo alles viel stärker an Gefühl in mir ist als je – keine Bitte auf.

Wieviel ich Schuld habe, weiß ich. Aber denke Er eins: Er hat sich mir nie, nie, nie so offen gegeben – ich habe niemals um das Letzte gewußt, Gott sei Dank ist Er aus dem Norden, wo man nicht den ganzen Tag herumläuft und singt: Ah – que je vous aime! – Gewiß nicht. Aber ich wußte kaum etwas – und daß Er gesagt hat: «Ja – wenn Er das nicht fühlt!» war kein Ersatz. Wenn ichs nur *ein* Mal gesagt bekommen hätte! Aber lieber hat Er sich die Zunge abgebissen – und als ichs dann einmal zu Gesicht bekam, da war es zu spät. Das war in Seinen letzten Briefen, die ich hier gefunden habe. Da war es. Und da war es aus.

Vorher wußte ich nichts. Er weiß, daß ich kein kleiner Junge bin – und es ist Ihm auch bekannt, wie weit mein unbürgerlicher Standpunkt in allen Dingen geht. Ich hätte Ihn mit sechs Kindern so geliebt wie je – und einfache Eifersucht war es auch nicht. Heute, wo ich gar nicht weiß, was das wird, möchte ich es aufschreiben: es war manchmal menschliches Mißtrauen. Nicht so primitiv – bitte, laß Er jetzt seine Augen nicht dunkel werden! – daß ich gedacht habe: sie geht abends mit einem anderen Mann tanzen – und Gott weiß, wie – das war es nicht. Niemals. Sondern: was ist das eigentlich? Sie ist so freundlich mit diesen und jenen – wie, wie, wie? Liebt sie? Kokettiert sie? Flirtet sie? Aber da waren ganze Herzenskammern, auf deren Türen stand: EINTRITT VERBOTEN – und da war nichts zu machen. Aufbrechen mochte ich sie nicht – so etwas geht nicht. Vergangenheit, zwei Jahre Kurland – gewisse persönliche Dinge – nichts, nichts, nichts. Daran habe ich scheußlich gelitten. Ich kannte Ihn – halb. Hätte ich die andere Hälfte gekannt –: wahrscheinlich oder sicher wäre ich ruhig gewesen. Aber ich wußte nichts, und Er sagte nichts – und schwieg. Und ich schwieg auch. Und hatte nicht das volle, das letzte Vertrauen.

Ich bitte Ihn um eins: Er soll sich nun nicht wie damals abwenden und sagen: «Ja, dann ...» Damit ist nichts getan. Das, worüber Er sich zu allerletzt bei mir beklagt hat –: daß ich so viel andern gehöre, das war genau so gemeint, wie ich es mit Ihm meine – und es war nur der Spiegel davon. Und denke Er, daß Seine Klage ebensowenig substantiell gewesen ist wie meine –: es hat sich ja *nicht* um plumpe oder gar häßliche Dinge gehandelt – obgleich Er die einzige Frau ist, der ich sie nicht nachsehen könnte – weil Er damals in meiner Seele mir gehört hat. Daran habe ich zunächst gar nicht gedacht. Mich hat bis ins Mark gekränkt, daß Er mir das Vertrauen nicht schenkte, daß Er mir gewisse – sicherlich ganz harmlose – Blätter seines Herzens vorenthielt, daß Er gefühlt hat: «Nein. Alles nicht.» Und das ging nicht.

Ich habe mir das Letzte, das Gefährlichste von der Seele geschrieben, und es ist möglich, daß mir das die dünne Brücke, die noch von mir zu Ihm herüberführt, zerstört. Ich glaube es nicht. Denn Er kann ja *hören* ... Es gibt mit Ausnahme von Details, die Er nie verlangt hat, jetzt kein Ding mehr, das Er von mir nicht weiß. *Und ich?*

Das – und nur das – ist der einzige Punkt, mit dem ich mich noch herumquäle. Und Er soll mir alles antworten, was Er mag – *nur eines nicht*: «Wenn Er eben kein Vertrauen in mich setzt und glaubt, daß ich anderswo Schlechtigkeiten begehe, dann ...» Denk Er: ich habe Ihn *ganz* haben wollen. Weiter schmerzt mich nichts. Ganz – bis in die letzten Fasern, und daß man das nicht machen oder gar zwingen kann, ist mir bekannt. Es muß eben von allein kommen. Damals war das nicht. Es war *ein*mal: als es zu Ende war.

Was nun wird, weiß ich nicht. Er sieht, daß ich es nicht mit der «Taktik» halte – Taktik braucht man einem Feind gegenüber – und jeder Casanova wird finden, daß es eine Dummheit sei, einer Frau so etwas zu schreiben, wenn man ihr diese Bogen schickt. Ich will aber ganz klar vor Ihn hintreten. Und Ihm sagen:

Ich habe nichts als meinen Kopf. Ich habe nichts als meine Liebe. Ob beide stark und kräftig genug sind, kann ich nicht sagen. Ob Er überhaupt noch anders an mich denkt als eine nicht schlechte Erinnerung, kann ich nicht sagen. Ob dieses Leben, das ich zu führen gezwungen bin, und das mich durcheinander mit bedeutenden, kleinen, dummen und geistigen, mit guten und geschwätzigen und nichtssagenden, mit tiefen und anständigen Menschen zusammenführt, mit Juden, Christen und Freigeistern, mit Revolutionsmenschen und Gesellschaftsmenschen – ob dieser Brodem aus Kleinbürgerlichkeit in der Lebensführung und Prätention in der geistigen Geltung überhaupt für jemand anders erträglich ist, der vielleicht gesellschaftliche Fundierung und gesellschaftliche Ambitionen beansprucht ... das steht alles offen.

Ich frage Ihn nichts, und ich bitte Ihn um nichts. Er soll aber eins wissen: ich würde nie meinen Stolz wegwerfen, so wenig Er das mit dem Seinen, den ich so liebe, tun soll. Hier gehts aber nicht mehr um den Stolz. Hier gehts um etwas anders. Hakeln wir – darf ich noch einmal «wir» schreiben? – hakeln wir uns jetzt um den Stolz, so gleichen wir Leuten, die sich bei einer Feuersbrunst darum streiten, wer zuerst aus der Tür gehen soll. Denn, Meli: es brennt.

Er kann mir darauf antworten, wie Er mag. *Er* muß wissen, wie es heute mit Ihm steht – *Er* muß wissen, was mit Seiner Zukunft ist – das sind Dinge, die ich nicht übersehen kann. Ich glaube nicht, daß es eine Erniedrigung ist, jemand, den man so geliebt hat und den man so liebt, zu bitten. Und ich bitte Ihn: antworte Er freimütig – und ohne Rücksicht auf das «Prestige» und ohne Scheu: «Um Gottes willen, darf ich den ersten, den zweiten, den dritten, überhaupt einen Schritt tun?» – Dies ist keine Gavotte. Dies ist etwas anders.

Seit ich nicht mehr der Nungo bin, macht mir verschiedenes keinen Spaß mehr. Ob ich es jemals wieder werden könnte, das soll Er mir sagen.

Berlin-Friedenau, Kaiser-Allee 79 8. 3. 23

Ich weiß so viel und doch so wenig von Ihm. Wenn Er mich in Sein Herz schauen läßt, bin ich für jedes Spältchen, das Er öffnet, dankbar. Tu Er das recht oft. Nicht, was «passiert» ist, will ich wissen – sondern: wie *Er* gewesen ist (also ist). Also sein wird ...

Jetzt, wo ich hier sitze, denke ich immerzu an Ihn. Und wie unnatürlich es ist, daß Er nicht bei mir ist, daß wir nicht in unsern Sachen sitzen ... und sprechen. Warum tut Er zigeunerhaft –? Er ist es ja gar nicht. (Sonst wäre Er längst hinüber.) – Und ich habe eine große, unbezwingliche Sehnsucht nach einem Leben an Seiner Seite – mit Nichtwiederweggehn. Dafür will ich alles tun. Hoffentlich gelingts.

Bringt Er Glück? – Wenn Er es äußerlich so bringt, wie innerlich – dann wird es gut werden.

Schon Er sich bitte in diesen Tagen! Und – – – Er hätte sich *doch* nicht küssen lassen sollen. Er weiß nicht, wie unendlich schön Neuschnee ist.

Sein

Berlin-Friedenau, Kaiser-Allee 79 11. nachts nach Nelson.
[März 1923]

Manchmal ist Angst um ein Glück größer als das Glück selbst. Grundlos und sinnlos: ich zittre, Du könntest mir jemals wieder verloren gehn.

Der Alltag wird das nicht zerstören. Vergiß nicht: wir haben ja in all den Jahren nur 4 Tage miteinander wirklich *gelebt* – hier in Berlin preßt sich Glück und Erlebnis in zwei, drei Stunden – Theater oder Gasthaus oder nebenan rummelt die Hermann.

Ich kann ohne Ihn nicht mehr. Bei Nelson stellte sich heraus, daß er sich für den Sommer eine neue Operette bestellt hat – ohne mich; ein neuer Munkepink war anwesend und machte hübsche Augen, weil er neue Texte wollte – – nichts, nichts war da – und alles nur im Hinblick auf Ihn: also der Ausfall des Sommers schmerzlich Seinetwegen – und der Munkepink existierte gar nicht. Das ist alles nicht mehr ...

Hab ein Jahr mit mir Zeit. Ich bin ja viel ungeduldiger als Er – Er ist es gar nicht – das weiß ich. Aber es ist so schwer. Ich gebe zu: ich bin gewohnt, *ganz* zu besitzen – es ist das erste Mal, wo ich so gehemmt bin. Das schmerzt.

«Es geht nicht?» – Es ginge nicht mehr ohne Ihn. Ich bin so aufgepulvert und frisch wie seit Jahren nicht mehr: wenn ich morgens aufstehe, bin ich gleich munter, weil ich weiß, für wen das alles ist – ich bin mobil und setzte alles durch, was ich will, weil *Er* da ist.

Wenn *Er* hinter mir steht als Kamerad und Frau, vor allem als Frau, dann geht alles glatt. Vertrauen? Es gibt vom 1. Februar ab nichts, was Er nicht von mir weiß – und das Einzige, das ich mit seinem Einverständnis von Ihm fernhalte, wickelt sich ruhig ab.

Glauben ist nicht das Wort. Und wenn ich vom andern Ende der Welt Ihm telegrafierte: «Komm!» – ich wäre ganz ruhig. Denn ich weiß: Er kommt nun.

Aber so war es immer, in Autz schon: es tut fast weh, Ihn zu lieben. Schon damals habe ich mir oft gesagt: was willst Du noch, Du hast Ihn ja. Nicht genug! Nicht genug! [...]

Berlin-Charlottenburg, Windscheidstraße 34 9. VIII. 23

[...]

Gestern mittag habe ich mit Heinrich Mann zu Mittag gegessen. Er war in der Bank, ich konnte ihm behilflich sein, und dann gingen wir nachher zusammen fort. Es war recht interessant. Ich hatte, seit langen Jahren wieder zum ersten Mal, das respektvolle Gefühl, mit einem richtigen Kerl zusammenzusitzen – schließlich ist er es ja doch, der all das geschrieben hat. Er ist groß und blond, ein wenig embonpoint schon, er roch merkwürdigerweise wie eine Schiefertafel, er hat ein paar lange Stockzähne wie eine alte Frau, sieht aber im ganzen doch sehr gut und soigniert aus. Er spricht ganz korrekt und hat eine himmlische französische Aussprache. Es war sehr nett. Er lebt von Kc's aus Prag in München und hat eine Auffassung von den Dingen, die viel tiefer ist als meine, aber sich in den Grundzügen mit ihr deckt. Es war recht interessant –

[...]

19. 8. 23 nachts

Sein Brief lag auf dem Nachttisch, und ich habe ihn aufgemacht – mit einem kleinen Angstgefühl. Aber als ich ihn gelesen hatte, da lag doch alles anders.

Es ist das Seltsamste, das ich je erlebt habe – und vielleicht ist Er viel mehr Russin, als wir beide wissen. Das ist natürlich wahr – daß wir *so* aneinandervorbeileben. Und es ist genau umgekehrt, wie Er schreibt – genau umgekehrt. Denn es ist so:

So, wie Er um mich zittert, so zittre ich um Ihn. Eben, weil ich vieles weiß und erlebt habe. [...] Eben weil ich älter bin, kann ich es mit nichts vergleichen – denn das andere fällt in meine grünste Jugend, und da erlebt man nicht so tief. Oder doch anders. Aber wenn ich mir und Ihm das Leben schwer mache, so geschieht das aus Heidenangst. Ich habe Angst, daß ich Ihm nicht genüge. Ich habe Angst, daß ich zu alt für Ihn bin. Ich habe Angst, daß Ihn meine Sorgen scheu machen – und vor allem jene äußerlichste, dümmste Sorge. Und so habe ich Furcht.

Richtig ist eines: es muß in mir eine kalte, leere Stelle sein, die nicht reagiert, wenn man das erwartet. Ich habe das oft schon selbst gesehen – wie kalt – verwundert ich manchmal fremdem Schmerz zusehe, wie unbeteiligt, wie meilenweit entfernt. Aber nicht bei Ihm.

Ich sehne mich so zurück. Ich sehne mich nach Ihm, nach seiner saubern Einfachheit in vielen Dingen – daher mein tiefes Erschrecken, wenn Er aus Spaß freche Sachen sagt – *Er* soll doch wenigstens nicht mit Peitsche und so ... Er nicht. Und oberflächlich? Dann wäre Er nicht mehr Er – und alles hätte keinen Zweck gehabt.

Manchmal fühle ich mich Ihm ganz nahe – so heute nachmittag – wo Er warm war und dicht und wo ich Sein Herz schlagen hörte. Und dann kommen wieder Stunden, da schweigt Er. So tödlich und tief – und das macht verstummen.

Sehe ich *Seinethalben* müde aus –? Ich habe keinen Herbst, keine Wagenfahrt, keine Boote, kein Wasser, kein Meer, keinen Himmel und keinen Schnee. Wovon sollte ich froh aussehen? Und das Herz voller Angst: ja, *darfst du denn überhaupt* einen andern Menschen an deinen Jammer ketten, an dieses unerfüllte, halb gescheiterte, kaputt gemachte und deutsche Leben niederster Observanz? Und noch dazu eine, die so viel Wärme und Glätte brauchte, so viel Leichtigkeit und so viel geölte Scharniere ...! *Das* ist meine Angst. Daß Er manchmal vor Fremden wie ein Fremdkörper wirkt – das kann ich noch allenfalls begreifen. Aber daß er ebensooft *vor mir* allein ist – das verstehe ich nicht. Ich weiß bestimmt, daß Er meine letzte Mädchenliebe ist – was danach noch kommen kann, dürfte sich in Spitzen, Hosen und Brüsten erschöpfen. Und vielleicht im Alter diese vilain amour zu «kleinen Mädchen» – aber nie wieder so etwas. Nein, ich habe Furcht, genau vor demselben, vor dem ich damals, 1920, Furcht gehabt habe. Damals hätte ich drei Monate nur zu warten brauchen – dann wäre es gegangen. Heute ...?

Er weiß nicht, was er geben kann. Das kann er nicht wissen, wenn er auch eine so fein empfindende Frau ist. Er weiß nicht, wie froh und frei ein Tag nach solcher Nacht ist – wie alles mitklingt und mitpfeift, und wie Er in mir ist. Aber unverständlich: wenn man dann am nächsten Abend mit Ihm zusammen ist, sieht es so aus, als ob gar nichts gewesen wäre – kein Blick, kein Herzschlag, nichts, nichts ist mehr zu erkennen. Wüßte ich nicht, wen ich vor mir hätte – ich müßte denken, Er sei abgefeimt und ganz raffiniert. Natürlich ist es das nicht – aber es sieht kalt aus, was vielleicht Scham ist.

Eint es nicht –? Manchmal habe ich das Gefühl: *ich* habe *mich Ihm* gegeben, Er sich mir nicht. Manchmal denke ich: aber mit irgendeinem blonden Kavallerieoffizier ist sie tausendmal glücklicher, weil er unkompliziert ist und das Leben vielleicht besser oder anders meistert und keine Schwierigkeiten kennt und keine Skrupel hat ... Nein, ich bin kein Sieger im Tanzturnier. Aber heißer, inniger und tiefer sieht vielleicht der die Tanzschritte einer geliebten Frau, der dick in der Ecke sitzt und jede Faser von ihr im Blut hat. Weiß Er das nicht –? Wer, glaubt Er, ist da noch drin? Es ist viel zu früh, über gewisse Dinge mit Ihm zu reden, und Er will das vielleicht mit Recht nicht. Und ich tue es ja auch nicht. Aber das kann ich Ihm sagen:

Alles auf der Welt geht vorüber. Und «es geht auch so» stimmt immer – auch bei uns – alles andere ist Schwindel und hohles Pathos. Aber ich hätte einen Knacks weg, den ich nie verwinden könnte. (Das kann Ihm gleich sein.) Ich führe das nur an, weil Er scheinbar nicht weiß, was Er mir ist. Weil Er doch offenbar nicht fühlt, daß es ohne Ihn nicht geht, und daß immer – nach der Trennung, die ich mir nicht vorstellen kann, – und wenn ich noch so viel Glück hätte – immer, immer nachklänge: Aber du hättest sie doch glücklich machen können und wie schön wäre erst *das* gewesen –!

Nein, verbraucht ist es nicht. Aber gehemmt, aber durch tausend Soffitten verdeckt, versperrt, verdunkelt. Wäre ich sorglos und unbelastet – Er hätte mich ganz. Er teilt mich in der Tat mit etwas: mit meiner Scham über meine Stellung und über meine Lebensführung, die nicht zu mir paßt, und in der ich unsicher bin und unbehaglich und ungemütlich ... *Das* ist es, was schwer macht, *das* allein.

Ich halte Ihn nicht, und ich bitte Ihn um nichts. Wieder nichts –? Ich würde müde meinen Weg zu Ende gehen und sicherlich nicht daran sterben. Und auch wieder lachen können. Aber wie ein Klang ginge mir das nicht aus den Ohren und nie, nie werde ich das Bild vergessen:

[...]

Ich habe einen Vorsprung und ich habe gar keinen. Ich denke mir so oft, und eigentlich immer: es ist doch noch gar nichts gewesen, alle deine Erfahrungen und alles – das zerplatzt ja vor diesem Mädchen. Dann denke ich immer, es ist das erste Mal und ganz voll und tief.

Er gleicht einem Kartenspieler, der befürchtet, zu verlieren, aber alle Trümpfe in der Hand hat und sie nicht kennt. Ich habe bloß einen. Herz-As.

Dicker, sei froh –! Einer muß es doch sein. Und sei nicht böse auf Nungo – sei böse auf Land und Zeit. Dieser ist ruhebedürftig und möchte zu Meli kommen, an Brust und still liegen und blondes Haar über Augen gelegt bekommen und nichts sagen. Und gehört Ihm. Ganz und alleine: Ihm.

[...]

Paris, 22 rue de Grammont
Hôtel de Grammont
Nr. 1 den 7. April 1924

[...] ich bin nun da und melde es diesem. – Die Fahrt war halb so schlimm – ich bin überzeugt, daß die Fahrt nach Riga wesentlich komplizierter ist. Ich bin unterwegs einem Großgrundbesitzer aus Westpreußen in die Hände gefallen – der Schlafwagenschaffner redete ihn mit «Herr Graf» an – und da er nicht einmal darauf ausspuckte, wird ers wohl gewesen sein. (Oh, wäre die Schreibmaschine erst da!) Er war so eine Art gehobner Inspektor M., quaddelte immerzu von den steuerlichen Lasten des Großgrundbesitzes und war nett, aber ein Stiesel. Der Kölner Dom ist bei Gott nicht schön, der Rhein sieht da ganz nett aus. Im Coupé ferner ein junger Jid aus Berlin, dem seine Freunde für jeden Tag aufgeschrieben hatten, was er tun soll. Gott segne ihn. Ferner ein Kommis mit einer mächtigen Klappe über Paris, kannte alles, wußte alles und sprach ein Saufranzösisch. Ferner 6–8 Russinnen – dem Lärm nach können es auch 10 gewesen sein. Eine sehr pikant. Nein. (Kaiser v. China.) Zoll, Umsteigen, alles glatt. In Lüttich 2 Stunden Pause. Ein häßliches Provinznest, das schmutzig aussieht. Die Leute sprechen alle französisch – sehen aber nicht so aus.

Erster Eindruck von Paris: Berlin im Frieden. Hell, wohlgeordnet. Heute morgen war ich spazieren. Erste Orientierungsversuche mit der Métro. Von Rausch keine Spur. Fast alles, was die Berliner erzählen, ist Quatsch. Du hast auch mit den Autos ganz recht: es ist alles halb so schlimm. Welche Kleinstädter sind doch das alles, wie imponiert ihnen jede Maschinerie! Ich kenne noch nichts, kann also nicht mitreden. Das Beste hat der süße Koessler gesagt: anfangs werden Sie gar nicht so entzückt sein ... das kommt.

Mit der Sprache geht es. Ich verstehe alles, bis auf ein Mal blamiere ich mich auch nicht. Da wußte ich nicht – in Lüttich – daß eine wahnsinnig gewordene Personenwaage einen Briefkasten darstellen solle. Mit dem Geld kann man – bescheiden und ohne Anschaffungen – auskommen. Nur muß man natürlich mittags nicht frische Erdbeeren fressen, wie ich.

Den Jiden aus dem Coupé traf ich. Er rief mich an: «Mossjöh!» (Das ist auch so ein Irrsinn dieser Kaffer, nicht deutsch zu sprechen.) Weil ich ein böser Mensch bin, ging ich weiter.

Gerlach und Paul Block vom *«Tageblatt»* habe ich schon gesprochen – kann auch schon telefonieren! – Die Klunkeragen beginnen also.

Wie gut, daß man das hier alles nicht lesen kann! (Und hat Brief gilesen. Und hat nichts gesagt und hat still weggelegt. Und weiß ganz fest [...])

Anlage:
Ach, Du liebe gute M ..., ich will es ja auch sagen: Was den *Zopf* anbetrifft, das ist ja ganz schrecklich. Ich kannte es ja noch von Genf ... Denk Dir, daß bei einer Bedürfnisanstalt der untere Rand des Blechs weggeschnitten ist - und so sieht man die Beine und noch verschiedenes ... Ich habe nie verstanden, wie ein Volk von Schönheitsgefühl dergleichen dulden kann ...

[Paris,] 22 rue de Grammont
Hôtel Grammont
Nr. 3 ce 11–4–24

[...]
Gestern habe ich: ein bißchen Straßenleben, einen pazifistischen Salon einer sehr reichen Dame, Restaurants, eine Revue – aus. Ich merke, daß ich einen dicken Bauch habe – es dauert alles ein bißchen lange – aber diese Schwerfälligkeit läßt sich nicht mit Gewalt anders machen und hat auch sicherlich ihr Gutes.

Gesamteindruck: Die Leute sind nicht so fröhlich, wie ich gedacht habe. Allerdings kenne ich vom Privatleben der Franzosen überhaupt nichts – die Stadt ist derart überflutet mit Fremden, daß jedes Urteil schief ist. Also ich will mal so sagen: die Stadt macht mich nicht so fröhlich wie ich geglaubt habe. Das kann subjektiv sein. Wie ja dieses ganze Hotelleben anfangs nicht sehr lustig ist – es ist schwer, hineinzukommen. Meine Briefe haben mir *sehr* geholfen: besonders einmal habe ich viele Scherereien vermieden. Gott segne die Klunkeragen.

Mit dem Schreiben fange ich erst an, wenn die Maschine da ist. Dieser Brief, den Du sicherlich nicht lesen kannst, hat schon einen feierlichen und fremden Ton, Dicker, Mimose, denk Er bloß nichts, wenn Er die ersten 4 Wochen meine Briefe liest ... ich kann mich mit der Hand fast gar nicht verständlich machen.

Im einzelnen: Paul Block vom «*Tageblatt*» ein fabelhafter Kollege: hilfsbereit, gastfrei, freundlich, verteilt gute Tips. Auf seinen Rat war ich gestern in einem entzückenden kleinen Museum; heute haben wir zusammen gefrühstückt. Bisher habe ich eine Revue gesehen: die war zweitrangig. Gestern nachmittag Tee bei Frau Klunkerage, wo Gerlach wohnt. Na, das wäre was für Dich gewesen! Zwei Ställe voller Leute, von denen ich niemand kannte; keiner kümmerte sich um mich (auch Gerlach anfangs nicht) und ich stand da ... Wenn ich Du gewesen wäre, wäre ich gleich wieder weggelaufen. Da der Nungo aber ein kluges Kind ist, so blieb er stehen, bis er dann doch an einige Leute herankam. Aber sehr ersprießlich ist so etwas natürlich nicht und wohl nur für den Anfang. Überhaupt: dieser Anfang! – Ich wünschte, ich hätte ein paar Zimmer und säße im Sattel ...

Was Dir sehr gefallen wird, sind die kleinen Portionen im Restaurant. Die Eß-Themen werden alle nur angeschlagen und nie ausgeführt. Du bestellst z. B. eine dicke Sache mit *so* einem Namen, aus dem Du grade «Hammel» entziffern kannst. Dann kommt angeloffen ein ganz, ganz kleines Scheibchen Hammelchen – so ungefähr das Quantum, das Du Dir zu nehmen pflegst. Ja.

Heute abend Revue – morgen auch. Dann ernsthaftes Theater. Wetter kalt, regnerisch, daher keine so sehr große Freude bei Exkursionen.

LIEBER GOTT LASS DOCH DEM NUNGO
DIE SCHREIBMASCHINE KOMMEN

[...]

[Paris,] 22 rue de Grammont
Hôtel Grammont
Nr. 4 ce 15-4-24

[...]

Gestern hat Nungo: Sehr viel Straßen, den Eiffelturm (von unten – ist noch zu kalt für oben – spart sich auf für Meli...) Revuen, ein Konversationsstück, eine Gerichtsverhandlung, ein Museum, die Quais an der Seine, ein bißchen... ein Zipfelchen Gesellschaft. Nun ist meine allergrößte Hauptsorge (denn wie sollte ich ohne eine solche leben!), eine nette Unterkunft zu finden, wo ich anfangen kann, zu arbeiten. Soweit ich das übersehen kann, ist die Stadt eine Goldgrube – so vieles gibt es da. Aber dazu gehört Ruhe – eine Stunde mindestens Französisch – und nochmal Ruhe. Ich lege mich von heute ab sehr ins Zeug für diese Sache – vorher habe ich keine Ruhe.

Gesamteindruck: Es lastet kein Druck auf einem. Schon jetzt klingt mir meist was aus Deutschland kommt, wie aus dem Keller. Aber ich will noch nichts sagen, weil ich so wenig kenne.

[...]

[Paris,] 22 rue de Grammont
Hôtel Grammont
Nr. 5 17-4-24

[...]

Ich fange diesen Brief immer schon an, weil es nicht gut ist, so viel mit den süßen Nungo-Fingerchen hintereinander zu schreiben. Ich bin ein halber Mensch, wenn die Maschine nicht da ist.

Nu – hört nichts von Ihm – nu, was macht? –

Gestern mit George Grosz zusammen. Wir haben uns geeinigt: noch nie ist so viel über eine Stadt zusammengelogen worden wie über das Paris von 1918 – 1924. Es ist alles *(nicht mehr)* wahr. Die Leute sehen immer noch, mit aller Gewalt, die alten Geschichten, von denen nur noch die Kulissen stehen. Das Neue ist reizvoll genug – aber ganz anders. – Ich werde es sehr schwer haben mit den Artikeln: die Leser wollen doch natürlich alle für ihr Geld einen begeisterten, enthusiasmierten Korrespondenten – und das erste, was man tun muß, ist: mit einem Müllberg von falschen Assoziationen und Vorstellungen aufräumen. Sehr faul. Nein – das ist nicht wahr: das Grand-Guignol z. B., in dem wir gestern waren, ist eine Bude, die mäßiger als das «Intime Theater» in Berlin ist – und ein Geschrei haben die Deutschen davon gemacht! Grosz sagt auch dasselbe über die Frauen wie ich – es ist nicht wahr, daß sie im Gang, in den Hüten, in allem so den deutschen Durchschnitt überragen. Aber all das ist so getrübt vom Snobismus, von Feindseligkeit, von Afferei, von der deutschen Sucht, alles im Ausland für den letzten Dreck zu halten oder würdelos davor auf dem Bauch herumzukriechen ... daß es sehr, sehr schwer sein wird, da das Richtige zu treffen. Ich habe erhebliches Lampenfieber.

Grosz will mich zwei Leuten vorstellen, die mich sehr interessieren: Pascin (der Deinen Heine in Seide gemacht hat) und Masereel, von dem ich Dir mal ein kleines, dickes Buch nur mit Schwarz-Weiß-Zeichnungen gezeigt habe. Grosz ist ein netter Junge und in vielem wirklich ein neuer Mensch.

Nu – hat Klunkeragen bis über die Ohren. Und sucht Wohnung wie Affe. Ein Viertel hats mir ganz besonders angetan – zwischen Passy und der Stadt, nahe Auteuil. Wie in einer kleinen Stadt ist es da. Aber alles voll und rasend teuer. (Die Olympischen Spiele!) – – Liest den ganzen Tag französisch und abends den Roman von Queiroz, dem Portugiesen. Muß immerzu sein fettes Gesicht zu einem unschönen Grinsen verziehen – so lustig ist das. Erinnert sehr an Anatole France, der gestern 80 Jahre geworden ist. Die deutsche Liga hatte mir den telegrafischen Auftrag gegeben, ihm persönlich zu gratulieren – zu seinem Glück ist der alte Herr aber nicht in Paris – er wäre schön erschrocken über den Dialekt, den ich da hergestottert hätte.

Ansonsten: Ich suche. Es macht so müde, und es macht keinen Spaß, keine Bleibe zu haben. Alles ist voll und *sehr* teuer. Ich habe ein kleines Vermögen verfahren und nichts gefunden. Na – weiter.

[...]

Paris 2e, 22 rue de Grammont
Hôtel Grammont
Nr. 6

20–4–24

[...]

Schmeckt den ganzen Tag «*Die Reliquie*» von Queiroz ab. Na, so etwas Süßes! Das war ein Kerl, wie wir keinen haben: Weltmann und Spötter und überlegen und fromm und frech und alles. Himmlisch! Kriegt zu lesen [...]

Paris 2e, 22 rue de Grammont
Hôtel Grammont
Nr. 7 22-4-24

[. . .]
Paris Goldgrube, weil so viel Feuilletonstoff [. . .]

Ja – also mich hats. Es ist nichts vorgefallen – aber seit vorgestern bin ich blau wie ein Baumaffe. Mich hats ziemlich. Nämlich so:

Am heiligen Ostersonntag waren wir im Bois: Grosz und Frau und ein reizender, famos aussehender Junge, der früher an der *«Kölnischen Zeitung»* war und jetzt Kaufmann ist, mit seiner Frau. Der Junge war entzückend, aber sonst war es zum Kognaktrinken. Mehr Menschen als Bäume – ein Rummel – schrecklich. An einer Stelle, die ungefähr (aber sehr ungefähr!) unserm Großen Stern entspricht, verabschiedete ich mich und schob ab, um auf meinen Tee zu gehen. Diese alte Dame, von der ich Dir schon geschrieben habe, wohnt in einer sehr feinen Gegend, mit ganz stillen Straßen. Und da habe ich angefangen, zu verstehen, was das ist: pariser Frühling. Das ist nicht zu übertragen. Sanft ist er nicht, weich auch nicht – *doux* ist vielleicht das beste Wort. Man geht wie auf Samt. Häuser, Wolken, Türme – alles hat seine Konturen verloren – ist ganz, ganz zart und süß – genau umgekehrt wie in Kurland – unbeschreiblich. Ich habe mich sehr genau kontrolliert: ich habe ein Hühnerauge und keine Wohnung – es ist alles ganz egal. Ich bin nach dem Tee völlig idiotisch umhergelaufen, habe irgendwo gegessen und bin dann ins Theater gegangen, durchaus nicht mehr bei mir. Und gestern . . .

Gestern war ich auf einem Rummelplatz, aber das ist ein dummes Wort. Da ist eine «foire des pains d'épice» mitten auf einem großen Platz und den anliegenden Straßen, etwa Belle-Alliance-Platz und Friedrichstraße. Ein Mordsklamauk – und darüber dieses zauberhafte Licht, das sich nicht beschreiben läßt. Jarosy hatte mir gesagt: «Passen Sie auf, jetzt kommt die Zeit, wo Sie ganz verliebt in Paris umhergehen werden!» – Ich war fest entschlossen, das nicht zu tun. Alle Welt hatte mir vorgesungen: Der pariser Frühling! – und ich käuzte mich davor. Frühling – das ist bei uns – und für meinen Geschmack auch in Kurland – eine dumme Sache: in hellblauen Lachen lärmen die Spatzen, alles ist grien, und der Lenz, der lange Lulatsch, stelzt durch den Laden und ist lieblich. Feu! Hier war das ganz anders. Es ist sehr schwer, darüber zu schreiben – wenn ich so einen Brief nach Berlin kriegte, so würde ich sofort nach dem substantiellen Hintergrund dieser gesteigerten Lebensfreude suchen: Weiber, Bilder, Wein, Bäume, Theater. Es ist nichts von alledem. Es ist auch nicht alles zusammen. Es ist das Licht, dieses zauberhafte Licht, und dann irgend etwas, für das ich zum Glück noch keine Worte gefunden habe. Es ist auch keine Freude: es ist einfach ein gesteigertes Lebensgefühl. Es ist Gnade, daß du da gehen darfst – ganz gleich, wo. Ich kroch da eine alte häßliche Mauer entlang – und war selig. Es ist ein Märchen.

Nun wußte ich, daß Lafayette in Paris begraben liegt. (General, was hat gemacht amerikanische Freiheitskriege. Danke. Bitte.) – Und da ging ich von dem Jahrmarkt weg, der, morgens gegen 11, noch leer war – und suchte den Friedhof. Unbekannt, Baedeker 3 Zeilen. Schließlich fand ich ihn. Na –! Erst eine Kapelle mit Garten, schwarzen und weißen Nonnen (mitten in der Stadt). Man wurde geführt. Dann durch einen kleinen Garten, in einem Laubengang spazierten 3 Pfaffen, schwarz im Grünen. Dann der Friedhof, so klein. – «Monsieur, vous venez à cause de Lafayette?» – Viele Amerikaner tun das. Nee – ich nicht. Ich komme wegen was anderem, was ich inzwischen gefunden hatte. Und bekam es zu sehen.

Da liegen in einem ummauerten Raum mit vergitterter Tür, 1300 Guillotinierte in einem Massengrab. Es stehen ein paar Grabsteine umher, weil Hochadlige dabei waren. Ganz still. Die Vögel zwitschern, über diese Sache ist, im wahrsten Sinne des Wortes, Gras gewachsen. Ich habe da lange gestanden. – [. . .]

Nachher auf dem Jahrmarkt . . . Ja – schämt sich. Weißt Du, was einer tut, wenn er 14 Jahre auf was wartet und dann kriegt er es plötzlich? Er weint. Schämt sich – hat aber richtig auf der Straße geheult. Hat immer so getan, als ob Sonne blendet – war aber nicht Sonne. War, weil es das alles gibt: weil es auf einmal wieder einen Sinn hat, auf der Welt zu sein – weil einmal wieder Wolke Wolke ist, Stein Stein, Sonne Sonne. Ich bin umhergegangen wie verzaubert.

Dabei war an sich nichts: was war, habe ich notiert, und das wirst Du ja lesen. Ja – das war schon sehr schön und interessant – aber was mich umgeworfen hat – das war doch was anders.

Übrigens: auch in diesem Zustand sind die Frauen das, was mir am wenigsten gefällt. Es gibt sicher reizende – aber der Typ lacht mich nicht an. Es ist so viel Nuttenkram dabei, alles ein bißchen schmuddlig – nicht für mich. Ein paar fabelhafte Frauen habe ich gesehen – aber das waren keine Französinnen.

Abends mit Jarosy. Na natürlich, er war in Kurland, hat da 4 Jahre im Kriege gelebt und die himmlischsten Geschichten erzählt. Eine immer schöner als die andere – ich bin aufgegangen wie ein Butterkuchen. Angefangen von den 3 Zozotten in Mitau, die für ganz Kurland da waren, und nach einer lettischen Begrüßung sagten: «Komm räin – es wird schön säin!» (ein Satz, den nur ein Reichsdeutscher nachschmecken kann, weil das gar kein Deutsch ist!), bis zu dem 8 Seiten langen Brief eines Barons, nur über die Jagd, Schnepfenstrich und Hasen, Fischangeln und Bekassinen. Dann, als Nachschrift: «Habe ganz verjessen, Dir mitzuteilen, daß meine liebe Minna mit einem Ausländer echappiert ist!» Die «liebe Minna» war seine Frau. Ja.

Wir haben festgestellt, daß jeder bessere Mensch etwas mit Kurland zu tun gehabt haben muß. Du weißt gar nicht, aus einem wie guten Stall Du entsprungen bist. Doch – Du weißt es [. . .]

[. . .] Hoffentlich hält es an – es ist wie im Paradies [. . .] Du sollst nicht mehr lange in Berlin sein. [. . .]

Paris XVI, 89 Avenue Mozart
Nr. 20 20–5–24

[. . .]

Jetzt ist es wieder halb neun, und mich hats heute ordentlich gehabt. Seit früh halb elf sitze ich hier ohne Unterbrechung und klappere. Ich glaube, ich habe meinen guten Tag. Aber schon fühle ich diese Erschlaffung, die dann bewirkt, daß man alles aus dem Fenster schmeißen will. Und ich bin ohne Urteil über den Kram. Du kannst mir den zweitgrößten Gefallen tun, den es für Dich gibt, wenn Du mir schreibst, was nicht ist, ich habe immer so eine wahnwitzige Angst, gewollt «witzig» zu sein, so à tout prix und wie im Feuilleton. Sobald Du das merkst, dann sage es nur. Und schreib immer alles, was man nicht versteht und so: Auch Voltaire pflegte seiner Magd vorzulesen . . .

[. . .]

Paris XVI, 89 Avenue Mozart
Nr. 21 22–5–24

[. . .]

Heute hat ein häßliches, ein peinliches, ein scheußliches Gedicht geschrieben. Es heißt ‹*Nach der Schlacht*›. Aber mir war so.

[. . .]

Sonst sieht es geschäftlich noch etwas düster aus. Mit der «*Voss*» weiß ich nicht und bin jeden Tag immer auf dem Kieker, abzuschreiben. Ich bin ratlos, was ich für sie schreiben soll. Soll ich vielleicht Schaljapin interviewen? Er ist hier. Man hat mir das ernsthaft geraten. Nun liegt mir sowas gar nicht . . .

[. . .]

Paris XVI, 89 Avenue Mozart
Nr. 27 2–6–24

[. . .] nu – heute sitzt da und kann nicht arbeiten, fällt ihm nichts ein, daher muckschig. Nu – kommt vielleicht noch.

Also – war in Fontainebleau. Ja, Dicker, da kann man überhaupt nichts sagen. Das Schloß, das da steht, möge der liebe Gott behüten – ich werde gelegentlich auch mal reingucken und es mir bisehn. Aber wenn hier die Sonne scheint (nur scheint sie nie) – das ist überhaupt nicht zu beschreiben. Du kannst Dir das nicht denken, was das für ein Land ist. Es ist, wie wenn es die Arme öffnet und sagt: Nimm mich – aber nicht so, wie das wohl die Tropen tun sollen, so brünstig-schwellend – sondern ganz einfach und nett und weich. Es ist bezaubernd. Und alles glänzt von Licht, von einem weißen, feinen, flirrenden, silbrigen Licht – das Altgold, das wir aus Deutschland und Kurland her kennen, habe ich hier noch nie gesehen. Auch abends, wenn die Sonne schon untergegangen ist, ist alles noch voll von einem abgedämpften weißen Licht – es ruht nie. Ich kam da herausgeschaukelt, mit einer kleinen Elektrischen vom Bahnhof aus – und ich war allein – und als ich auf den kleinen Platz vor dem Schloß kam, war es aus. Denk Dir, da stand ein dummes, milchweißes Hotel, blaßblauweiß angestrichen – und da haben sie knallrote, purpurrote Markisen angebracht – und der Platz sah aus wie Erdbeeren mit Schlagsahne – so *knallten* die Farben. Bezaubernd. Und dann ist gegangen drei Stunden im Wald – ganz für sich allein – und hat niemand getroffen. Denn die Amerikaner lassen sich in großen auto-cars dadurch fahren mit Gebrause und Gestank, und diesen Wegen bin ich aus dem Wege gegangen. Der Wald ist gar kein Wald – ich weiß nicht, was es ist. Da wohnen keine bösen Bären und Zauberer drin, vielleicht Feen oder Elfen. Er hat irgendeinmal mit einem Park was gemacht, und da ist was übrig geblieben. Er sieht aus wie ein sauberer Bilderbuchwald, voll eines Reizes, den ich noch nie getroffen habe. Nachher habe ich mir einen Wagen genommen, und bin durchgefahren, aber das hat der liebe Gott nicht gewollt, denn die Mücken haben mich furchtbar hergenommen. Und dann bin ich nach Hause gefahren. Und unterwegs bin ich, aus lauter Übermut, auf irgendeiner kleinen Station ausgestiegen – und da war ein Ufer an der Seine, die da durchfloß, oder mag es ein anderer Strom gewesen sein – na, da kann sogar Lübeck einpacken und von Rostock wollen wir gar nicht reden. Spiegelblank das Wasser, und Bäume und Häuschen – und ich habe es auch raus, was es ist: es ist die unbeschreibliche *Harmonie,* in der alle diese Dinge zusammenstimmen. Das einzelne ist gar nicht etwa so vollendet, das wäre kindisch, das zu behaupten – aber alles zusammen ist ganz einzig.

Nu – freut sich, wenn wird zeigen können.

Und Du glaubst nicht, in welche leichte, selige Stimmung einen das versetzt. Ich mache mir gar nichts vor. Erstens bin ich heute gar nicht vergnügt, sondern mucksche über meinen Papieren – zweitens weiß ich ja immer ganz genau, welch Popel ich bin, und in welch wirtschaftlicher Lage ich mich befinde und so. Aber es drückt – wenigstens im Moment – nicht so doll. Der ganze Tag hat glaube ich 15 M gekostet, und ich habe mich amüsiert wie Bolle. Über gar nichts. Über einen Hund. Über einen Wagen. Über den Weißwein, den man in einer Dorfkneipe trinken kann. Über die Frau, die ihn aus dem Keller holt und die nett ist und einen Franc bekommt. Über die französischen Streichhölzer, die nicht brennen, aber furchtbar stinken. Über alles. Und Du kennst diese verdammten berliner Rückfahrten, wenn dann die Stadt auftaucht und das bißchen Grün versinkt in Grau – und alles ist wieder staubig, schwer und abscheulich. Hier ist die Einfahrt wie ein Siegesfest – die Lichter blinken, alles ist nett, und der Spaß geht weiter, weiter und hört scheinbar nie auf. Na –!

Und hat nachgedacht über vieles.

[. . .]

Dann war noch viel. War mit Holitscher zusammen, nochmal im Zirkus, und der Holitscher ist ein feiner Mann und kennt wirklich alles und sagt immerzu kluge Sachen. Und ist so natürlich und tut sich nie auf.

Und – gestern Sonntag – war in einer Villa in Boulogne eingeladen, da hat ein reicher Bankier so eine Art Cercle gegründet – er selbst war nicht da – und da hat gigessen. Neben ihm saß ein hoher Beamter aus Indochina, ein Franzose, der freundliche Sachen aus dem Osten erzählt hat. (So, daß die Japaner, die alles nachmachen, auf ihrem nachgemachten Wein ein Etikett geklebt haben: «Bordeaux Frères». Sie hielten das für eine Firma . . .) Und nachher haben wir den Garten besehen: jedes Stück ist in einem andern Stil: japanisch und chinesisch und altfranzösisch und alles. Und in dem japanischen Garten standen diese alten verkrüppelten Zwergbäume herum – das ist eine teuflische, fast unanständige Sache – ganz kleine Linden mit dicken Stamm – es ist etwas Grausiges, es sind richtige Teufel, die Japaner. Und dann ist nachher allein spazieren gegangen auf Mont Valérien, das ist ein Berg über Paris, da sieht man die ganze Stadt. Und dann war müde und ist um 9 ins Bett.

So geht es im Leben zu.

[. . .]

Paris XVI, 89 Avenue Mozart
Nr. 29 4–6–24

Nu –

macht doch heute Briefschreibetag – weil morgen nicht dazu kommt, und es häuft sich sonst so.

Die Mittagsklunkerage war etwas dünn. Es war allerdings sehr feines Volk da – so der General Sarrail, der angefangen hat, für die Entente den Weltkrieg auf dem Balkan zu gewinnen – der typische Offizier, aber ein sehr vernünftiger Mann und doch ein etwas anderes Kaliber als unsere Kommißknochen. Ich habe mich mit ihm unterhalten – aber au fond kommt ja bei solchen Besuchen gar nichts heraus. (Es ist möglich, daß das auch an mir liegt.) Man ist sich doch im Grunde ganz gleichgültig, und ich bin kein solcher Gesellschaftsmensch, daß ich darin aufgehen kann. Dazu kommt, daß mir parlamentarische Gschaftelhuberei nicht liegt – und die ist hier nicht anders als bei uns zu Haus. Übrigens geht mich das nichts an.

[. . .]

Eben kommt Sendung aus Berlin, und bei diesen Sendungen liegen immer Zeitschriften deutscher Studenten dabei. [. . .] Er kann sich das gar nicht denken, was das ist – und ich habe eine solche Angst vor der Zukunft. Dieses Geschwür *muß* ja mal platzen – es wäre gegen alle Naturgesetze, wenn sich das Furunkel, das so dick geworden ist, noch einmal verzieht. Es ist ganz schrecklich. Die Kerls erinnern völlig an die Vernarrtheit und Verranntheit einer religiösen fanatischen Sekte – sie haben den Verstand verloren, sehen nur noch ihre Organisationen und leben völlig außerhalb der großen Welt, die die Politik heute bestimmt. Was das noch einmal werden soll, wenn die Kerls ans Ruder kommen – und das kommen sie natürlich – das ist einfach nicht abzusehen. Denn bei dem Krieg, der *dann* kommt, schneiden sich die Leute buchstäblich die Hälse ab. Seine Baltikumleute sind dagegen die reinen Waisenknaben. Es sieht sehr heiter aus.

[. . .]

Paris XVI, 89 Avenue Mozart
Nr. 32 12–6–24

[. . .] Ich komme immer mehr dahinter, daß es falsch ist, nicht *sein* Leben zu leben. Es ist nicht nur feige, es ist auch dumm. Ich verliere meine schönsten Tage, die Zeit geht so dahin, und ich habe bisher immer noch herausgefunden: wenn allein was macht, sich allein was sucht – dann hat immer, immer was nach Hause gebracht: eine Notiz, einen Einfall, eine Bereicherung, irgend etwas. Und diese Kerls stehlen einem die Zeit, und man hat nichts davon. Schließlich gehen die Rennbahnbesucher ja auch nicht in die botanischen Ausstellungen, leben also auch *ihr* Leben. Man sollte ebenso konsequent sein, immer glatt sagen: Das ist nichts für mich, das interessiert mich nicht – man *muß* überhaupt nichts gesehen haben.

[. . .]

Paris XVI, 89 Avenue Mozart
Nr. 33 13–6–24

Nu –

hat ja in Briff 28 freundliche Sachen auf Nungomann geschrieben. Will nicht mehr allein sein? Aber dieser will es schon lange nicht mehr, und hat das im vorigen Brief recht ernsthaft gemeint. Er soll schreiben, wann reist und dann hinterher soll herkommen und dableiben. Ich habe mir das alles ziemlich genau berechnet und ausgedenkt und überlegt – es ist alles halb so schlimm. Gesellschaftliche Repräsentationspflichten gleich null – der Rest angenehm und leicht, zu wirtschaften braucht nicht (so billig wie man hier in den Restaurants ißt, kann man, glaube ich, gar nicht wirtschaften), und der Rest wird gehen. Nungo legt Meli trocken, pudert und kämmt, holt Kamm aus Butter und klopft Samtpolster aus, wenn *zu* unordentlich. Er kann sich diese freundliche Nettigkeit in Paris nicht vorstellen – es ist alles genau umgekehrt wie in Bealin – so unschwer, so glatt und so rollend. (Nicht: splendid und furchtbar elegant – das gibt es, aber das ist sehr teuer. Aber ich fühle mich nicht gedemütigt, daß ich nur so viel verdiene und nicht mehr – daß *Du* es so gut haben sollst wie möglich, ist eine andere Sache.) Nu – das hat zu bieten – aber so will nicht mehr allein. [. . .]

[. . .] Rhythmus, Takt, Mahlzeiten, Fahrten, alles, alles – ist so unbeschwerlich, angenehm, es drückt nicht. Ich kann es nicht erklären – schriebe es mir einer, würde ich es zwar lesen, aber sicher nicht verstehen. Es ist eine Atmosphäre ... kennt er von Jules Verne den *«Dr. Ox»*? Nein, das kennt Er nicht – es ist eine unbikannte Geschichte. Da ist ein Mann, der führt in langen Rohrleitungen in alle Räume in einer holländischen Stadt Sauerstoff ein, und die Leute werden munter und alert wie die Kinderpeitschchen ... So ist das hier. Und nun mußt Du bedenken, daß ich noch nicht mal Amüsements mitmache, nicht tanzen gehe, nicht in lustiger Gesellschaft Boot fahre – es ist nur das, was unsereinen in Berlin ebenso traurig gemacht hat. [. . .] Die Stadt ist nett, weil die Nation, weil vor allem – und das ist wohl das ganze Geheimnis – der kleine Mann nett und freundlich ist. Du kannst reingehen, wo Du willst – es ist immer dasselbe. Neulich war ich in einer Kutscherkneipe, da, von wo ich Dir eine Karte geschrieben habe – Ton, Aussehen, Gespräche zwischen Kutschern und der Wirtin – es ist eben anders. Dabei weiß ich genau, daß die ganze Gemütlichkeit aufhört, wenn man hier etwa auf Pump leben wollte – das haben sie nun weniger gern. Und im Dalles möchte ich nun grade hier nicht leben. Aber wo wollte man das? Nein, muß herkommen. Und Nungo möchte das – und nu muß herkommen.

[. . .]

Paris XVI, 89 Avenue Mozart
Nr. 38 20–6–24

[. . .]

Kafka ist mit 41 Jahren gestorben, an Lungenschwindsucht. Er wußte das seit Jahren. Ich kannte ihn – vor dem Kriege – als einen langen magern, braunen Menschen, dunkel, sehr schweigsam, sehr schüchtern und zurückhaltend. Im Gegensatz zu Max Brod, der mir nicht recht gefiel und mir in Prag und Berlin eine große Enttäuschung war, liebte ich Kafka – ohne eine Zeile von ihm zu kennen. Er wollte nie etwas veröffentlichen – Brod mußte ihm alles einzeln aus der Schublade ziehen. Es heißt, er habe einen großen Roman vernichtet. Ich sehe in seinen Sachen das beste klassische Deutsch unserer Zeit. – Er war Schreiber bei einer Versicherungsgesellschaft.

[. . .]

So – jetzt ist wieder bißchen aufgeheitert – und da darf denn noch zum Schluß sagen, daß, wenn nach Paris kommt, dann muß nie, nie eifersüchtig auf eine Sache sein: auf Nungos Arbeit. Ich sehe das selbst ein: die literarische Bedeutung dieser Arbeiten (und leider auch ihr pekuniärer Ertrag) steht in gar keinem Verhältnis zu der Intensität, mit der sie angefertigt werden. Das gebe ich zu. Und ist völlig geistesabwesend, wenn klappert, und wenn einer kommt und redet mit ihm, ist alles aus – und sieht nichts und hört nichts und will auch nicht. Und das muß für einen andern nicht grade sehr interessant sein. Und diese Mme. Muse ist also die einzige, die mir verstattet ist, wa? (Oder, französerisch: «hein?» was sich wie «hän» anhört und hinter jedem Satz gesagt wird, mit dem man fragt.)

[. . .]

Paris XVI, 89 Avenue Mozart
Nr. 41 26–6–24

[...] Na, sonst – fällt heute leider nichts ein. Hat sich mit gigantischen Vorsätzen hingesetzt, aber es wird nichts, scheints. Will einen großen politischen Gartikel schreiben (Gartikel stammt von Peter Jacobsohn, dem Sohne), aber fällt nicht ein und fällt nicht ein. Weiß schon, was sagen will – aber Formulierung Neese. Zum Glück sind beide Stellen mit Vorrat versorgt – die «*Voss*» habe ich sogar dazu gekriegt, die Fahnen zu schicken, so daß ich – zu meiner unendlichen Beruhigung – von itzt ab Korrektur lesen kann. Eine der lustigsten Vergnügungen, die es gibt – pfui Deubel.

[...] Bei ‹*Figurinen*› muß sich nichts denken – das ist weder eine bestimmte, noch sonst was, nicht mal Meli. Weiß selbst nicht, was das Ganze bedeuten soll. Die ersten Zeilen sind ihm im Halbschlaf eingefallen und dann hat das Gedicht so laufen lassen und nur formal daran gearbeitet. Versteht es auch nicht. (Oberschrift: der Dichter.)

[...]

Paris XVI, 89 Avenue Mozart
Nr. 42 28–6–24

[...]

Die WB hat seit meiner Arbeit um 1000 Stück zugenommen – das bin ich sicherlich nicht allein, sondern auch die Umstände. Aber es ist doch nett, an einer wachsenden Sache dabei zu sein.

Hier sind jeden Abend und jeden Tag siebzehn Sachen, zu denen man gehen müßte. Ich habe mir das so eingeteilt, daß ich zu gar keiner gehe, um Ungerechtigkeiten zu vermeiden. Im allgemeinen verliert man nur seine Zeit. Ach, sind diese beiden Nationen von einander entfernt! Aber schließlich nicht mehr als Menschen überhaupt – und das ist kein Grund, sich Eisenstücke in den Leib zu schießen.

[...]

Paris XVI, 89 Avenue Mozart
Nr. 44 1–7–24

[. . .] heute ist das Geschäft aber mal wieder richtig! Druckst schon seit vier Stunden umher, und bis auf eine merkwürdige Sache Deines Nichtfreundes Kaspar Hauser, die bestimmt nicht genehmigt wird (heißt ‹*Zeugung*›) kommt aber auch nichts, nichts, nichts. («Nungo eben alter Mann!» Kusch.) Ja – es fällt mir nichts ein.

Hinwiederum habe ich beschlossen, sommers vielleicht, vielleicht, wenn der Geld langt, in die Pyrenäen zu machen [. . .]

Hat sich heute wieder angisehen Stadt – weiß jetzt schon ein bißchen. Aber ich habe so richtig kalkuliert: gestern habe ich mit einem Redakteur vom «*Figaro*» gesprochen – Du glaubst nicht, wie heilfroh ich bin, so vorsichtig und über viele Sachen trotz aller Quängelein von verschiedenen Seiten *nichts* geschrieben zu haben. Ich weiß ja nichts. Es wäre ja eine Frechheit, über deutsche Literatur zu schreiben, und Hauptmann wenig, Georg Kaiser gar nicht und Heinrich Mann bruchstückweise zu kennen – von der Klassik zu schweigen. Nein, ich tue es nicht – und lerne erst. Was sehr lange dauert – zehn Jahre zu spät. Hm.

Sonst hat nichts mitzuteilen. Wartet. Lernt französisch. [. . .]

Paris XVI, 89 Avenue Mozart
Nr. 46 5–7–24

[. . .]

also ich war in Verdun. Wenn ich weiter nichts von Frankreich gesehen hätte, so hätte sich diese ganze Reise verlohnt. Meli, wenn Du mir noch einmal mit einem blonden Idealisten, der den «*Lokalanzeiger*» liest, kommst, dann schmeiße ich ihn zum Tempel heraus und Dich nehme ich an Deine blonden Federn und zeige Dir, wie ein Schlachtfeld noch nach sechs Jahren aussieht. Er kann sich das nicht vorstellen. Es sind ja keine Leichen mehr da – das ist ja wahr – aber was Krieg ist, das sieht man hier, wo er großindustriell betrieben wurde, und nicht in Kurland, wo er ja immer noch ein bißchen die alte Romantik hatte. Dies ist eine Fabrik des Todes. Es fehlt mir jede Möglichkeit, das in einem Brief auszudrücken. Ich habe eben darüber geschrieben – wie es geworden ist, weiß ich nicht – jedenfalls habe ich beim Schreiben Rotz und Wasser geheult. (Nicht etwa über mein unsterbliches Werk, sondern über ganz was anders.) Dicker, zu denken, daß . . . nein, ich will Ihm das Herz nicht schwer machen. Das ist überhaupt nicht zu sagen. Da ist im Fort Vaux ein Verbandsraum ... Dicker, wenn da einer nicht als Pazifist rauskommt, dann ist er eben ein Schwein. Na, Er wird das ja lesen.

Es war sehr anstrengend, ich hatte gehöriges Fieber, es regnete wie Affe, man mußte nachher noch vier Stunden in Verdun auf den pariser Zug warten, fünf Stunden hin und fünf zurück – ich hatte genug. Heute gehts mir besser. Und hat sich so über Briefchen gefreut [...]

Paris XVI, 89 Avenue Mozart
Nr. 50

20–7–24

[...]

Dies ist ein herrlich blauer Sonntag – so schön, wie ganz lange nicht. Sitzt seit 12 Stunden an der Maschine – war nur mal unten und hat Obst gekauft. Ja – muß – der kleine Mann wird sonst rabiat, denn von Berlin aus wird das ja nicht viel. Hat eine böse Kriegsgedenknummer geschrieben; wenn das alles klappt, sind alle fünf Herren darin vertreten – aber kräftig. Nu – kann es doch nicht lassen.

Morgen geht in Stadt herum, sucht Wohnungen, macht für Ullstein Besorgungen, macht Paß fertig – hat hier schon gekündigt, Portierfrau betreut die Sachen. Ah – ich wünschte, ich säße mit Dir wieder hier. Dieses Berlin erfüllt mich mit äußerstem Unbehagen – ganz abgesehen davon, daß, wenn die Brüder rauskriegen, daß ich da bin, ich hoffentlich keinen Kummer habe. Angst habe ich nur vor einem: daß sie mich aus Schikane nicht mehr rauslassen. Aber ich hoffe nicht.

[...]

Kopf raucht – hat geschrieben und geschrieben. Hat ein Totengebet vermoderter Soldaten geschrieben, fängt an: «Kopf ab zum Gebet!» und ist auch sonst ganz heiter.

[...]

Berlin 12. 1. 27 abends

Nr. 2 – der erste war ein Eilbrief, geschrieben vor unserm Telefongespräch.

[...] also: erscht amal häzlichen Dank für den lieben Brief und alle guten Ratschläge. [...]

Ich denke also, daß ich es von Paris aus machen will. Ich halte das für ungünstig; die Leute werden hier viel verpatzen, grade alle jene unwägbaren Sachen, die man nicht sagen kann, diese Winzigkeiten, deren Summe erst das Blatt ausmacht ... [...] Das Schlimmste ist: es *glaubt* kein Mensch, daß es möglich ist – die Leute setzen in mich kein Vertrauen, wenn ich nicht da bin – eine sehr ernste Sache. Aber was wird das hier werden? Ich fühle mich maßlos unbehaglich. Zugegeben, daß da die Wohnungsverhältnisse und dieses ganze widerwärtige Drum und Dran, die Überbelastung viel ausmacht – aber ich fürchte doch sehr für meine Produktion [...] Ich denke, hier geht das Beste von mir in die Binsen: mir bekommt die Stadt nicht, alle meine schlechten Eigenschaften entfalten sich in ihr. Ich denke, daß sich das nun morgen oder übermorgen entscheidet – [...]

[...] – zum mindesten muß man es mit Paris probieren. Böses Zeichen: alle Leute, denen ich es erzähle, machen sehr bedenkliche Gesichter. Sie werden ja wohl auch recht haben, aber ich habe eben auch recht.

Ich telegrafiere, was wird – wenn, dann arbeite ich Ossietzky ein und komme rasch. Das ist ja hier fürchterlich.

Laß Er sich gut gehn und erwart Er mich. [...]

Berlin
Nr. 4 18–1–27

[...]

ich will Dir das Herz weiter nicht schwer machen – Du hast Dirs wahrscheinlich inzwischen leicht gemacht – aber mir ist hundesauelend zu Mute, und ich weiß gar nicht mehr weiter. So liegen die Dinge:

[...]

ich will das ja alles gar nicht.

Und ich habe nicht den Mut, Nein zu sagen – alle, alle – Georg Bernhard, Morus und die es sonst gut meinen, sagen, ich sollt es tun. Und ich fühle, daß ich es nicht kann – mich langweilt es – ich bin so müde, und Berlin ist mir widrig, so widerwärtig, wie ich gar nicht sagen kann. Geb ichs jetzt aber ab, dann ist es in ein paar Wochen kaputt, daran ist kein Zweifel. Was soll ich nur tun?

[...] ich weiß gar nicht mehr. In Paris kann natürlich passieren, was Paule ein «Künstlerleben» nennt, so mit Betteln um Gedrucktzuwerden und so und kein Geld und alles das. Und hier ist es das reine Elend. Ich möchte immerzu heulen und alles hinwerfen, mir liegt das ja gar nicht. Was geht mich denn das Ganze an? Gar nichts.

Selbst wenn die Frau jetzt für ein paar Tage den Ossietzky engagiert, das wird natürlich besser, das ist wahr – aber ob ich hier auf richtige Ideen komme, das ist mir doch sehr zweifelhaft. Ich werde da in alte Sachen gedrängt, die ich längst überwunden habe – ich mag nicht mehr. Und ist immer allein und sieht keinen Menschen, ach! und Zimmer ist leer, und jetzt sieht erst, was gehabt hat. Ja. Und ist *sehr* klein und häßlich.

Na, nu geht ins Bett. Ja – noch eins: schick doch bitte allerschnellstens die Stelle aus Dorgelès «*Partir*», damit ich das ins Buch setzen kann. Es ist sehr eilig. Schreibe lieber eine Ecke zu viel ab oder noch besser: reiß die Seite aus.

[...]

Berlin
Nr. 5 21–1–27

[...] Ich arbeite immer noch wie ein Büffel. Angeblich soll Ossietzky die nächste Woche helfen kommen – aber er scheint keine rechte Lust zu haben, und was dann werden soll? Ich weiß es alles gar nicht.

Es gibt keine vernünftige Entscheidung, es gibt keine. Wie mans macht, ists falsch.

[...]

Berlin
Nr. 9 7–2–27

[...]

Wenn Du mir bloß einen Rat geben könntest –!

*Für Berlin:* Sicherheit der Position. Stärke der Position – man gewährt und erbittet nichts, das äußert sich auch nach außen. Mögliche Erhaltung der Publikationsmöglichkeit.

*Gegen Berlin:* Alles zerflattert einem unter den Fingern. Ungesammelt. Gefahr, daß die Produktion nachläßt, wegen nicht guter Laune und Mangel an Konzentration.

*Was soll ich tun –?* Ich weiß es weniger denn je. Ich habe ja vor Fontainebleau ein bißchen Angst, das ist wahr – läge die Wohnung in Paris, wäre ich längst wieder da. Ich bin völlig ratlos. Sag doch mal was!!

Hier ists unverändert. Ossietzky entlastet mich jetzt ein bißchen [...] Sage mir doch um Gottes willen, wie es weiter gehen soll –

ich höre ja drauf und meckern meckre ich auf alle Fälle. Du siehst da sicherlich klarer. Es gibt eins, das wirklich für Berlin spricht: was riskieren wir eigentlich? Wenn es gar nicht geht, den Rückumzug ins Ausland, das ist wahr. [. . .]

Mogenstrup-Kro per Lou
Nr. 2 12–6–27

[. . .]

Hier ist nichts Neues – Ossietzky mahnt bereits, und ich habe angefangen. Ich bin leer wie ein altes Faß, ich glaube, in mir ist gar nichts mehr drin.

Was machst Du –? Hier ist noch kein Brief von Ihm angekommen.

Die Zusammenstellung des Buches für Rowohlt ist eine ziemlich traurige Sache. Man lebt das alles noch einmal durch, und ich erkenne deutlich den Knax, der da anhebt, als nach Vésinet die Reiserei anfing. Da kommt dann nicht mehr viel. Es ist widerlich, ich komme wohl nicht mehr zur Ruhe.

Was hältst Du von einem Titel: ‹*5 PS*›?

Schreib mal bald. Die Spatzen pipen.

[. . .]

Mogenstrup-Kro per Lou
Nr. 7 22–6–27

[. . .]

‹*5 PS*› schreitet in der Kleberei munter fort. Es bekommt Kapitelüberschriften wie: Start – Rechts ausbiegen – Links überholen – Zollgrenze – Warten vorm Theater – Ein Stückchen zu Fuß – Picknick – Reiselektüre und so weiter. In diese Rubriken werden dann die Beiträge eingeordnet. Was hältst Du davon? Ich kann bequem 720 Seiten machen, so viel ist es. Ich suche das Beste aus.

[. . .]

Mogenstrup-Kro per Lou
Nr. 10 27–6–27

[...]

Sonst ist hier tiefe Depression, während der aber gearbeitet wird. Ich glaube, es ist wirklich alles falsch. Wozu mache ich lauter Dinge, die ich gar nicht meeg? Ich sehe hier wieder, wenn man mich nur in Frieden läßt, daß es ganz gut geht. Es ist diesmal dichterisch nichts Besondres, weil mir das Buch zu viel Arbeit macht – aber so, alles. Wenn ich so daran denke, was für eine unendliche Zeit ich in Paris verwandt habe – wofür eigentlich? Für Dienst? Was soll das alles? Hat das irgendeinen Sinn? Kommt man so auch nur um eine Spur weiter? Mit den Teppichleuten kann ich doch nicht konkurrieren – aber mit mir selber schon. Wenn man so ganz still leben könnte, damit man mal in Ruhe *eine* Sache durcharbeitet, sich wirklich mit der beschäftigt und nicht immerzu schmieren müßte. Aber selbst das Schreiben wär zu ertragen, wenn nicht dieser Rumor wäre. Und nun ohne zu Hause. Und kein Geld. Hier, in der Schweigeeinöde habe ich mir vieles überlegt. Ich glaube, es ist alles falsch.

Die Tage laufen hier sehr rasch. Nun noch zehn Tage, dann ist es alle. Und ich habe gradezu Angst, unter Menschen zu gehen. Hier wars ganz schön, weil keiner da war. Wie wird das alles werden –?

Dies fragt sich sehr besorgt, unglücklich und zerfallen mit der ganzen Welt [...]

[Mogenstrup-Kro]
Nr. 16 11–7–27

[...]

Ich habe hier ziemlich viel geklappert – wenig Gutes. Eine Sache geht, *‹Was wäre, wenn›* ... nämlich in Deutschland die Prügelstrafe eingeführt würde. Der Rest ist eben «abgeliefert». Ossietzky – na, ich bin ja *so* weit weg davon. Er antwortet fast gar nicht – ich habe schon, glaube ich, vierzehn Tage nichts von ihm gehört – auf Anregungen, Vorschläge, Witze – nichts.

[...]

Es ist Wahnsinn, was ich treibe.

Wenn ich ganz allein bin, dann mache ich folgendes: Ich rauche fast gar nicht. Ich trinke nichts. Ich esse sehr wenig. Ich gebe überhaupt Ruhe. Wenn ich nun noch die berliner Post nicht hätte und nicht gezwungen wäre, immer und immerzu zu klappern – dann wächst es langsam. Es klingt ja nie etwas aus – so *kann* ja nichts zustande kommen.

Der Aufwand, den ich so treibe –: mit Leuten, mit Post, mit Betrieb – ist völlig wahnsinnig. Es ist genau umgekehrt, wie Graetz es sagt. Ich habe immer noch aus der stillen Ecke her die Dinge so gesehen, daß die Leute gesagt haben: woher wissen Sie es? Ich weiß es gar nicht. Ich denke es mir aus. Folgerung:

Ich muß und ich will mich umstellen. Ich warte bei Rowohlt das Buch ab. Fällt er nicht gradezu damit herein, dann will ich versuchen, mit ihm zu reden. Ich lasse mich natürlich nicht auf Ratenzahlungen ein – er muß vorher bezohlen. Tut er das, was noch sehr dahin steht, dann suspendiere ich zumindesten die «*Weltbühne*» für ein halbes Jahr, drehe die Post ab, klemme mir eine große Kiste guter Literatur unter den Arm und ward nicht mehr gesehen. Es ist die einzige Möglichkeit. Ich werde immer älter, wohin soll das führen? Die Ausgaben bei dem Geburre stehen überhaupt in gar keinem Verhältnis zu dem, was man in der Stille machen könnte.

Das ist sehr egoistisch gesprochen. Denn: das kann man keinem Menschen zumuten. Dann muß alles besser sein, gemütlicher – man muß reden, man muß Verkehr haben, man muß etwas tun. Doppellarven, die sich zwecks Schmetterlingwerdung einspinnen, gibt es nicht. Das wird zu bereden sein.

In Paris will ich ehrlich und richtig suchen. Aber ich mache mich nicht kaputt. Finde ich das nicht, dann müssen wir den Winter über in den Süden gehn. Unter keinen Umständen gebe ich noch einmal so ein sündhaftes Geld für die Sucherei aus. Das ist vorbei. Ich habe hier vier Wochen gebraucht, um überhaupt wieder in menschlichen Zustand zu kommen – und nun, wo ich es bin, muß ich weg. Es ist schlechthin hirnverbrannt. Natürlich kann man, wenn man den WB-Vertrag hat, nicht die Post abdrehen – das geht nicht. Es muß also reiner Tisch gemacht werden. Dieses Herumklappern macht einen tot. Und ich denke immer: irgend etwas ist doch noch drin. Freilich: nach sehr, sehr langer Schreibpause, die ich auf zwei Monate schätze. So zerrissen ist alles, alles.

Hier sehr fleißig: WB bis Ende August fertig. September wird Ferienmonat, nur 5 Arbeiten – da bekommen sie Nummern aus der Polgar-Revue – das Deutsche Theater hat genehmigt.

[. . .]

Dresden-Loschwitz
Sanatorium am Königspark
Nr. 2 13–6–28

[...] Hier bin ich also diesen Sonntag eingetrudelt, und es hat eine große Untersucherei losgegangen. Sie haben mir das Blut abgezapft und dem Pip, sie haben mir den Magen ausgepumpt (große Sensation in der Speiseröhre – aber nicht so schlimm, man kriegt nur einen meterlangen Schlauch in den Rachen gestoßen) – und das Fazit ist also, daß mir gar nichts fehlt. Es ist wohl nur maßlose Übermüdung. Der Arzt ist ein sehr vernünftiger Mann, der keinen Chichi macht – aber was sie alle nicht können, das ist eben katholischer Beichtiger sein. Darauf muß man verzichten. Das Mechanistische klappt großartig – man kriegt allerlei Bäder und nichts zu fressen und kalte Duschen und muß früh aufstehen und kriegt eine Höhensonne hingemacht, in der man aussieht, wie eine gepuderte Leiche ... soweit ist alles in Ordnung. Ich fühle mich unter allem Hund – es ist wohl der große Rückschlag von jedem Sommer – aber er ist nicht schön, und daher ist dieser Brief auch nur referierend. Bekannte sind zum Glück nicht da – und ich habe mit keinem Menschen gesprochen. Nur zu Dir.

[...] Hier ist großer Niederschlag [...] Hat einen seelischen Bandwurm – muß ihn erst rausmachen. [...]

Dresden-Loschwitz
Sanatorium am Königspark
Nr. 12 8–7–28

[...] Gesundheitszustand viel besser. Es war überhaupt physisch nicht *so* schlimm; die Magensäure ist kein Malheur, und das Mittel, das er mir gegeben hat, hat wunderbar gewirkt. Er schreibt mir auch ganz genau auf, wie ich essen soll, und alles. Das ist ein sehr vernünftiger Arzt und ein kluger Mann. Abgenommen mußte werden – es hat sehr gut getan, und in der nächsten Woche kriege ich noch eine Spritze und nehme dann noch ab, was ich inzwischen wieder zugenommen habe. Es hat im ganzen gut getan – ich weiß nur nicht mehr, wie schriftstellern ist.

[...] Weiß nichts mehr. Hat Manneskrise, weiß ziemlich genau, was ihm fehlt – es ist sehr übel, weil kein Geld hat, um zu schweigen und immer zu schweigen. Ist weit weg von allem, und niemand kann ihm helfen.

[...]

Kvasa Solbad
Kivik (Skone) Schweden
Nr. 22 8–8–28

[...] na, nu weine man nicht. Eiszapfen waren es nicht – aber wenn einem mulmig ist, kann man nicht immer. Und hier klappt es wieder einmal gar nicht, es fing ganz gut an, aber zur Zeit ist große Melancholie und nicht Arbeiten. Anläßlich Ihres sehr Geehrten:

Grabowski-Häuschen indiskutierbar. Place Wagram sehr schön, für den immermalwieder Anfang.

[...]

Ich habe «*Education Sentimentale*» mit dem Lexikon ganz genau durchgerackert, es war eine Hundearbeit. Ist das ein schönes Buch! Die Deutschen haben keinen Roman, da kann man einpacken. Es steht alles drin, und es gibt nur noch eines, das da heranreicht, das ist das, was Kerr darüber geschrieben hat. Ich habe ihm einen spontanen Liebesbrief geschrieben.

Sonst ist hier nichts – ich kann immer noch nicht, heute habe ich den ganzen Tag verschlafen, vielleicht geht es nu bald los. Hua –

Für die «*Voss*» habe ich eine Sache gemacht, von der rede ich mir ein, sie müsse das ganz große Glück sein (‹*Wo kommen die Löcher im Käse her –?*›) Ich kann mich aber irren.

Das Grammophon spielt. Mir ist blue, wie es in den Liedern heißt.

[...]

Kvasa Solbad
Kivik (Skone) Schweden
Nr. 23 9–8–28

[...]

Briefe werden aufbewahrt. Sitzt nicht in seinem Buch, sondern: Es wird wohl nur ein Sammelband werden. Ich schaffe es nicht – ich habe wohl den ‹*Columbus*› überdreht und kriege ihn nicht; er zerfällt mir unter den Fingern. Ein Spaß mit Aktualitätswitzen ist vier Seiten lang, und ein wirklicher parodistischer Roman dauert ein Jahr – weil ich die Zeit nicht kenne. Ich glaube, ich mag nicht mehr und schmeiße es wohl hin.

[...]

Hier ist das also so:

Ich bin schrecklich nervös und kribblig, es ist wohl eine lange Maneskrise – ich sehe etwas black, denn wenn es mich mal richtig packt, dann schmeiße ich eines Tages hin und fahre nach Toulon. Das heißt in die Stille. Mich kotzt es alles mächtig an. Ich werde hier also noch sehr fleißig sein. Vielleicht fahre ich aber dann noch ein bißchen umher und komme erst gegen Ende September nach Hause – denn es kann sein, daß ich am 25. in Köln spreche, in einer Buchhandlung, die mir Rowohlt als gut empfohlen hat; die hat sich an mich gewendet. [. . .]

Ich lese viel und Gutes – und ich schreibe meinen Tageskram herunter, darunter auch bessere Sachen, aber ich bin nicht gut in der Assiette. Ich sehe schwarz für Paris. Mir steigt es leicht sauer auf, mit Verlaub zu sagen.

Morgen fahre ich in eine kleine Küstenstadt, um mir die Haare schneiden zu lassen, denn hier ist gar nichts. Und da kaufe ich dann Äpfel und Jod und Seife ein, das sind so meine Erlebnisse. Ich müßte jahrelang die Schnauze halten – aber wer zahlt mir das?

[. . .]

Weiß nichts mehr. Wird sich schon wieder aufkugeln – bleibt auf alle Fälle noch bis zum Ende des Monats hier, wenn es irgend aushält. An sich ist ja das alles programmäßig – die ganze große Reaktion, und daß es alles aus ist und so – aber es ist nicht so furchtbar heiter. [. . .]

Es kommen so viel Aufträge, wie kein gescheiter Mensch zusammen schreiben kann. Ich nehme sie aber nicht alle an.

Hier ist schön Wetter, manchmal regnet es. Hier ist See. Hier ist es fast ganz still – mit ganz, aber ganz wenigen Geräuschen, unberufen. Kein Hund. Unberufen. *Viel* stiller als in Dänemark. Da bin ich auch erst nach vier Wochen hopphé gewesen, und vorher blue. Nu –

[. . .]

Kvasa Solbad
Kivik (Skone) Schweden
Nr. 25 16. August 1928

[. . .] Der Klumbumbus wird entweder im nächsten Jahr ein Buch oder er ist tot. Ich kriege ihn hier nicht, und krampfen mag ich nicht. Einmal war ich nah dran, dann wieder nicht – es hat keinen Sinn, einer Sache nachzujagen, die ich entweder überdreht habe oder für die ich nicht reif bin. Dafür habe ich alles andere brav aufgearbeitet, das Buch bedarf noch einer Ordnung, das wird noch – und mit den andern Sachen bin ich à jour oder darüber hinaus. Verdient habe ich auch einiges, aber es läuft schwer ein.

Ein Mann hat mir in der «*Voss*» in einem Gartikel über die Fremdenlegion einen ganzen Satz aus meinem Grischa-Artikel geklaut, ich habe es Elbau gepetzt, und der hat mir freundlich geantwortet, der Mann, ein Abenteurer, hätte wohl ein so gutes Gedächtnis wie S. J.

Einer hat geschrieben, das Buch Holitschers müßte eigentlich heißen «Aber, Herr Herzog!» – finde ich einen guten Witz.

[. . .]

Ich erhole mir, wenn ich nicht Depression spiele. Dann liege ich auf Soffa. Ich esse Phosphor, wie das Gesetz es befahl. Ich habe eine Zäste. Züste, Spaste, ich weiß nicht, wie das heißt. Im Mund habe ich die. Manchmal kräht ein Hund. Ich habe aus Vésinet glatt was zurückbehalten, man kann nichts tun.

[. . .]

Meine Hadresse bleibt bestimmt bis Ultimo dieses dies hier – dann mache ich vielleicht noch nach Hamburg oder zu Kallchen oder so. Außerdem habe ich das Gefühl, daß ich vielleicht doch über Berlin fahren sollte, denn da ist allerhand zu holen. Das Kabarett der Komiker hat meine Bedingungen akzeptiert, und jetzt laufe ich herum und bereue sie. [. . .] Die Hesterberg will was haben, und mich interessiert die *süße* alte Ida Wüst (eine frühere Frau von Bruno Kastner). Sie ist ganz alt und dick und himmlisch liebenswürdig und aus Frankfurt. Der möchte ich gern ein Couplet über die Männer machen, wie die wirklich sind.

Meine neuen Arbeiten in der WB fangen jetzt an. [. . .]

Na, es ist eben doch nicht sehr heiter – es ist ja kein Versagen, das weiß ich schon – aber ich pendele so, und jünger werde ich auch nicht, und es ist nicht das Rechte mit mir. Daß ich formal was kann, weiß ich: aber es sind scheußliche Jahre – vielleicht wird das in den Vierzigern wieder besser. Das Buch wird nun bloß eine Klebearbeit, und ich widme sie Courtelinen.

[. . .] Ansonsten bin ich heute schlechter Laune und habe daher kein Ahmtbrot gegessen, was gewöhnlich hülft. [. . .]

Kvasa Solbad
Kivik (Skone) Schweden
Nr. 26 17–8–28

[. . .]

Hieronymus Bosch kenne ich etwas – aber nicht so genau wie Du. Bring ein Buch von ihm und Breugeln mit. Außerdem gibt es da irgendwo – ich glaube: in Amsterdam? – einen «Schreckensmaler», der so unheimliche und für seine Bürgerzeit furchtbar grausliche Sachen gemalt hat, später als die beiden, ich habe aber vergessen, wie der heißt.

Was Brügge angeht, so kaufe Dir Georges Rodenbach *«Bruges la morte»*, ein sehr schönes Buch. Ich habe mal im *«Prager Tageblatt»* vor dem Kriege einen fast homosexuellen Artikel geschrieben, weil ich bei einem sehr kultivierten Mann eine Fotografie des Beguinenklosters gesehn habe.

*«Reisedienst am Meer»* hat einen Gartikel über Spessart bestellt und bekommen und hat mich sogar in einer Redaktionsstreitigkeit als Schiedsrichter angerufen.

In Köln will ich in einer Buchhandlung reden über «Frankreich heute» [. . .]

Das Buch wird heißen *‹Das Lächeln der Mona Lisa›* und kriegt einen Umschlag von Blix, der hat mal vor dem Kriege eine Mona Lisa hingelegt, daß ihm Mark Twain einen Brief dazu geschrieben hat, ein unglaublich schlampiges Weibsbild, die grient von einem Ohr zum andern. Man muß lachen, wenn man das Bild nur ansieht. Gewidmet wird es also Courtelinen, es kriegt ein Motto von Renard und ein Einleitungsgedicht an eben die Mona Lisa, weil daß sie so grinst. Ich grinse auch. So ist das.

Rowohlt ist sehr zufrieden mit dem Titel.

[. . .] Ich versaufe in Post, mal muß man ja, und manches ist ganz interessant.

[. . .] Hier hat ein Hund gekräht. Ich habe erklärt, sofort abzureisen – sie sind gleich hingeloffen, und nun ist es besser. Nach die Fegel schmeiß ich mit Schdeine. Ich darf *frei* rumlaufen.

[. . .]

Kvasa Solbad
Kivik (Skone) Schweden
Nr. 27 20–8–28

[. . .] hier ist nichts außer großer schlechter Laune. Das Buch ist ziemlich fertig geklebt, es fehlt nur das Einleitungsgedicht; es bekommt den schönsten Umschlag der Welt, Rowohlt hat ihm schon. Das wird wohl das Beste daran werden, denke ich. Da kräht ein Hund.

[. . .] Hier ist schlechte Laune. Jetzt ist der Klabund auch tot – 38 Jahre – Tuberkulose –, es wird ein bißchen viel gestorben, finde ich. Ich bin sehr alt geworden, in diesem Jahr, und es ist eine böse Krise. Hätte ich meine Routine nicht, sähe das böse aus. In Wahrheit ist gar nichts mehr in mir drin, und ich will in ein Kloster und meine Ruhe. Hm.

Sonst weiß nichts als daß noch mit Kallchen wegmacht oder zu Jakopp vor der Hochzeit fährt und dann nach Berlin macht und am 27. in Köln über Frankreich redet, weiß aber noch nicht, was.

[. . .]

Kvasa Solbad
. . . aber nunmehr Post: Weltbühne –!!!
Nr. 31 26–8–28

[. . .] nunmehr kriegt den Kribbel – nun hat hier genug und fährt ab. Wahrscheinlich Ende der Woche, so gegen den Ultimo hin, denn ich habe noch ein paar Arbeiten fertig zu machen. Dann gehts ab.

Ich bin sehr alt geworden – [. . .]

Das Gedicht Brechtens ist mir schwer auf die Nerven gegangen. Da sehe ich eben, was ich *nicht* kann. Ich weiß genau, wie er das gemacht hat, nur die entscheidenden Stellen kriegte ich nicht raus. Er hat geklaut, und zwar von Kipling sel. Witwe – er lügt, es ist alles gar nicht wahr – aber es ist großartig gemacht, daß ich sehr klein und still davor geworden bin. Für einen Musiker muß das ein Fressen sein – denn was ich da abgeschrieben habe, ist ein Auszug und es sind eben nur die dürren Worte – nun das noch mit der Musik! Die Kühl hat es mir geschickt, ich hatte sie schon lange darum gebeten.

Hier ist sonst Müdigkeit, Arbeit, Grammophon, Phosphor, Fasten, Fruchtsalz, Arbeiten, Fliegen totschlagen, sehr wenig Hund, fast die ganz ideale Stille, nur ein Schwalbennest, aber sie gehen schon aus, die Schwalben, keine Spatzen, keine Hähne, Arbeit, ein alter Nangel, sehr alt.

Über Jakopps Ehe muß ich so lachen, daß mir noch der Nabel platzen wird. Was er alles aufführt, ist ganz herrlich – er ist eigentlich sehr vernünftig, es ist nur alles so schrecklich komisch, weil es zwanzig Jahre später als bei andern Leuten ist. Aber ich schreibe ihn ja doch nochmal . . . denn die drei zusammen . . . was Kallchen alles angibt, es ist ganz großartig, und ich freue mich sehr auf ihn.

[. . .]

Malente
Nr. 36 8–9–28

[. . .] Die «Weltbrille» ist bisher ein Nasenpopel – der Angriff gegen mich ist lange nicht so schlimm wie der gegen Polgar. Das Schönste ist, daß Leschnitzer nicht einsehen will, daß er bei uns nicht mehr mitarbeiten kann, nachdem er einen Mitarbeiter «schwarze Schmach» genannt hat, und noch dazu unsern feinsten. / Käselöcher finden alle Literaten ganz albern, das große Publikum offenbar gut, es ist schon eine Postkachte gekommen, und in Prag ist deshalb ein Streit zwischen «*Bohemia*» und «*Tagblatt*» ausgebrochen, weil «*Bohemia*» es nachgedruckt hat [. . .]

Heute ist der Umschlag von Rowohlt gekommen (ich arbeite hier wie Affe). Der Umschlag ist sehr süß – wenn da die Leute nicht lachen, dann weiß ich nicht. Ich habe kein Duplikat, Du wirst es schon noch bekommen. Das Manuskript ist nun weg – Gott segne mich. / Hat viel Post und arbeitet hier herum und treibt Geld ein, niemand zahlt, alle wollen haben.

Hat süße Platten. «*Nola*» heißt eine – na, wird ja hören. / Morgen heiratet der gute Jakopp – ich muß noch einen hintelegrafieren. / Kallchen ist also auch nicht nach Schneidemühl gefahren – ich habe keinen Frack, und ich hatte auch das Gefühl, daß wir da stören. Schöde.

Fährt bald hier weg – aber hier ist sonniger Herbst, ein paar Seen, die ich nicht kannte, und die Möglichkeit, ganz ungestört zu schmieren. Unmöglich alles zu liefern, was Ullstein haben will. [. . .]

Nr. 40 18–9–28

[. . .] es ist ein heiterer Stunk ausgebrochen, der sehr, sehr gefährlich werden kann.

Ich war bei Korff – die Temperatur war um 10 Grad kühler als sonst, er zögerte, stockte, da war was. Ich habe es nicht verstanden. Dann war ich bei Szafranski – und da habe ich es verstanden. Es ist die AIZ.

Er hat klipp und klar gesagt – wobei meine letzten Gedichte, mit einem Zettel auf dem Tisch lagen: «Das kann man nicht. Man kann nicht zu gleicher Zeit den Kapitalismus angreifen und noch dazu so scharf und bedingungslos – und dann Geld von ihm nehmen. Entweder – oder.» Dann viel milder, kein Mensch wolle meine Freiheit antasten, und es täte ihm so leid, weil ich doch so ein guter Mitarbeiter wäre – und «nun erwarten wir recht viele gute Beiträge von dir» und so fort.

Daran ist natürlich etwas Wahres – und das erschwert meine Situation ungeheuer. Sagte mir ein Verleger das grob und doof, so ginge ich glatt aus dem Zimmer – aber er hat es ungemein geschickt gemacht: sehr geistig, «in deinem Interesse» – der Bruch, der sich bei jedem befinde – und so. Das Vergiftete daran ist: das wahre Motiv ist, wie ich bestimmt weiß, der Konkurrenzneid gegen die AIZ, die Korff natürlich haßt wie die Pest. Wir sind dabei verblieben: ich lasse die Sachen zunächst einmal laufen, und übermorgen sprechen wir noch einmal gemeinsam mit Korff, der viel zu feige gewesen ist, es mir zu sagen. Er hat zu Kie gesagt: «Da müssen Sie aber Mut gehabt haben, es ihm zu sagen.»

[. . .]

[. . .] Jacobs habe ich es erzählt – denn wenn einmal etwas passiert, kann es zu spät sein. Er sagte mit Recht: «Wenn jemand gegen diesen Dualismus, über den ich nicht so scharf denke, zu meckern hat, so ist es vor allem das *politische* Organ des Verlages: die *«Voss»*. Die hat aber seit Jahren nichts dagegen.» Die Sache ist sehr peinlich – weil ich nicht im Recht bin und ein schlechtes Gewissen habe.

Ich habe bei dieser Gelegenheit gelernt:

Die peinlich vergiftete Art, mit der sie das gemacht haben. Die absolute Unbekümmertheit Kies, der glatt über mich zur Tagesordnung überging. Mir kommt das gut zu paß – ich bin überhaupt hier gröber und eiskalt, womit man ganz gut in der Stadt durchkommt. Dann leidet man weniger unter ihr.

Morgen gehe ich zur AIZ, und da spreche ich dann mit dem Hauptchef, den ich noch nie gesehen habe: Münzenberg. Ich werde ihm *nicht* sagen, was vorgegangen ist – aber ich werde hören, ob man sich mit den Leuten enger liieren kann. Auf alle Fälle werde ich vier Wochen Klausur für die illustrierten Blätter einlegen – wenn ich hier nicht Rückgrat zeige, dann ist es überhaupt aus. Aber es ist eine böse Nummer. Ich habe auch gleich darauf aufmerksam gemacht, daß noch etwa drei oder vier solche Sachen bei der AIZ aus Schweden her lagern und habe auch gleich die Refrains aufgesagt, von denen einer immer doller ist als der andere. Es kann sehr heiter werden.

An allen andern Stellen war eitel Butter – ob es auch im «*Uhu*», wo Kroner auf Urlaub ist, bei der Vicki Baum kühler war, kann Täuschung gewesen sein, aber ich war da *vor* Szafranski und hatte es empfunden. Den letzten erbetenen Beitrag für die «*Dame*» hat mir die Baum zurückgeschickt, aber merkwürdigerweise neue erbeten. Sie kriegt vorläufig keine.

«*Tempo*» ist miserabel. Ein kümmerliches Mistblatt, voller Fehler und ohne Gesicht. Für Kauder ein klarer Mißerfolg – das Haus erbarmungslos, als ob er nie ein guter Journalist gewesen wäre. Kie mitleidig und voller Nachsicht . . . Wir haben besprochen, was ich da machen soll – ich werde mir Mühe geben – ich will eine redende Berlinerin einführen, etwa wie die Frau Zinschmann. Sehr schwer – aber eine Riesenmöglichkeit – ich will ein weibliches Pseudonym einführen.

Die ganze Unbarmherzigkeit dieser Institution ist mir schön zu[m] Bewußtsein gekommen – wenn was passiert, läge ich im Ernstfall glatt auf der Straße, daran kann kein Zweifel sein – das war bei Mosse auch so. Ich sehe das noch nicht. Das Allertraurigste daran ist, daß es a) in eine Zeit guter Erfolge fällt – fast alle letzten «*Voss*»-Beiträge waren ganz große Schlager, die Löcher im Käse zu lang, aber Unmenge Briefe an die Redaktion und großer Beifall, wohin ich komme und b), was schlimmer ist: daß auf der kommunistischen Seite ja nichts ist. Ich finde da weder großen Dank noch Geld – ich bin ein geduldeter Intellektueller. Der Popo sitzt genau zwischen zwei Stühlen.

Wenn noch etwas nötig gewesen ist, mich solchen Leuten gegenüber zu stärken, so war es das. Sie haben nicht unrecht – aber ich weiß nun, daß auch Freundlichkeit nicht hilft. Daß im selben Atem gefragt wird, wer denn den «*Querschnitt*» leiten sollte, und warum ich nicht mehr junge Leute zu Ullsteins schicke und Einladung zu Tisch und so, nur nebenbei. Es ist eine faule Sache – ich werde übermorgen weich wie Gummi und Watte sein. Ganz hinten sitzt ein Vorgang bei Jannings vor etwa fünf oder sechs Jahren – da hatten wir getrunken, und ich habe abends um 11 Uhr den Kopf verloren und vor Korff maßlos und verletzend auf die Presse geschimpft. Er hat nichts vergessen – Kie hat es mir gesagt.

Ich hatte das Gefühl, daß eine freundliche Weichheit mehr entwaffnet und wirksamer ist als in die Brust-Werfen. Ich habe sofort betont: «Im Augenblick, wo ihr meine Freiheit antastet, ist es aus.» Aber sonst war ich milde wie Mathilde – ich werde nur seltener schreiben und mich viel mehr auffordern lassen. Das brauchen sie dann nicht zu tun, und so wird es sich vielleicht ausgleichen. Ich traue aber Kie und Hermann Ullstein glatt zu, daß sie auch bei der «*Voss*» stänkern, und die fielen natürlich im Ernstfall glatt um. So ist das.

Ich war heute acht Stunden im Haus und bin ziemlich tot. Morgen ist AIZ, «*Weltbühne*», wo noch viel zu erledigen ist, Liga und andere. Kurz: hier ist schon was los. Zum Glück habe ich reichlich vorgearbeitet und wenn ich nach Paris komme, kann ich mich zwei Tage ausruhen, verzählen, Post lesen und mich langsam für die «*Tempo*»-Reportage vorbereiten, die viel gröber sein muß als ich geglaubt habe. Es ist nicht leicht.

Heute geht vielleicht früh zu Bett – die Leute machen einen tot, und das ist nicht der Zweck der Übung. Hu ja – endet nochmal auf dem Mist. Und ich wollte diesen Winter fahren lernen und ein Auto kaufen!

Mit Toller und Klever und Marquita war ich zusammen – er ist lustig und nett wie immer. Sein neues Stück gefällt mir bedingungsweise und teilweise. Der Titel, den Toller gemacht hat, ist gut: «*Ehen werden im Himmel geschlossen*».

Alle lassen Dich grüßen – auch Frau Korff. [. . .]

Düsseldorf, den 25–9–28

[. . .]

mich haben sie in Berlin ziemlich in Stücke gerissen und daher schreibe ich dies auf der Hotelschreibmaschine und Kallchen kommt heute nachmittag und jetzt geht los.

Antwortlich Deines sehr Geehrten:

[. . .]

Kabarett der Komiker ist gewesen – ich habe einen Riesendusel gehabt, alles war ganz schlecht bis auf die Hesterberg. Dafür haben sie aber noch nicht bezahlt. [. . .] Von jetzt ab Theater nur noch bei voller Vorausbezahlung [. . .]

Korff: Kie fand mich bei Heinz Ullstein im Zimmer, wohin er gleich ängstlich gelaufen kam, was ich da zu tun hätte. U. erzählte grade, daß die Leute schon bei Verkündung des Namens im Kabarett der Komiker geklatscht hätten und so. Ob es nun dies war oder nicht – jedenfalls sagte ich klipp und klar, ich würde bei einem Konflikt wählen – nämlich die andern, und da machten Kie und Korff einen gewaltigen Zurückzieher. Das wird nicht ausschließen, daß es bei einer scharfen Gelegenheit nochmal losgehen kann – aber:

Ich habe Münzenberg gesprochen und ihn gefragt, ob er mich nicht mehr an seinen sehr großen Betrieb attachieren könne. Er sagte: Ja – [. . .] Natürlich werde ich Ullstein nicht hinwerfen – aber ich bin ein toter Mann, wenn ich nicht frei schreiben kann. Das richtet mich nach innen zu Grunde. Ich schreibe übrigens *nicht*, wie Du meinst, in der AIZ unter Kaspar Hauser, sondern als Theobald Tiger – aber auf die Pseudonyme lassen sie sich nicht ein – es geht ums Prinzip.

[. . .]

Kommt ganz ruhig an – hat zwar viel herumgejagt, aber nicht schlimm. Ich bringe viel Arbeit mit, aber sie haben alle, und von abstrampeln steht nichts drin.

Ich spreche also übermorgen in Köln, und dann bleibe ich vielleicht noch einen Tag mit Kallchen, der Rhein ist seine Spezialität.

[. . .]

Nun weiß auf dieser Maschine nichts mehr, meine liegt auf

Bahn, griest Ihn schön und freut sich sehr, in die Arme der Heimat zu kehren [...]

Fjälltorp Läggesta, Schweden 1–7–29

[...] Was schreibst Du, daß der Neubau für mich nicht in Frage kommt? Berlin? Nur, wenn ich am Hungerbrokat nage. Puah –

[...] Bei Rowohlt ist ein neuer Lewis heraus ... na ja, ich bin eben ein armes Luder. Das ist das, was ich gern machen möchte – aber nicht kann. Ein Babbitt quatscht 200 Seiten lang, man müßte denken: unerträglich – es ist zum Platzen gefüllt, von einer Komik – man hört sie alle, alle reden. Aber genau so. Natürlich werden sie sich *nicht* erkennen, und es wird kein Erfolg, weil die Vulgäranspielungen fehlen. Es ist – na, es ist überhaupt unheimlich, wie der sie kennt. Wendriner ist dagegen ein Nasenpopel. [...]

Fjälltorp Läggesta, Schweden 30–8–29

[...] *Monty.* Er hat recht und unrecht. Recht: wenn er die Mittel für bollrig und mitunter billig hält – das sind sie auch – es war nicht anders zu machen. Unrecht: wenn man mich mit einem gebratenen Huhn fotografiert, so *kann* das ein Einwand sein, es kommt auf die Aufnahme an. Übrigens ist kein einziges Foto in dem Buch, die das Privatleben eines in der Öffentlichkeit stehenden Menschen heranzieht – wie zum Beispiel das Badehosenbild Ebert und Noskes in der *«Berliner Illustrirten Zeitung»*. Meine Bilder sind alles, ohne Ausnahme, Bilder, die von Korrespondenten oder Redaktionen zur Veröffentlichung bestimmt waren – ich hätte gern andere gehabt, wie dieses von der Mensur. Die Satire ist aus den Gesichtern der Großkopfeten entwikkelt. Nicht aus dem gebratenen Hühnchen.

[...] *Ullstein.* Da kann ich mir nicht helfen und ihm auch nicht. Ich habe gar keine kommunistischen Ambitionen – keine. Aber ich meine, daß das Haus nur dann ein Recht hat, meine Haltung zu beeinflussen, wenn es meine gesamte Arbeitskraft gemietet hätte. Wenn sie glauben, daß ihnen meine Mitarbeit schadet, dann müssen sie das sagen – die Frage meiner künstlerischen Freiheit kann ich nicht einmal diskutieren. Sie fragen mich ja auch nicht, ob mir das gefällt, was neben mir und um mich zu lesen ist.

Die Aufnahme des Buches ist, soweit ich das bis jetzt übersehen kann, geteilt. Rechts natürlich Geheul und Ruf nach dem Staatsanwalt – *«Literarische Welt»* sehr gut, viele andere gut. Bisher *eine* ernsthafte Ablehnung, die sich links gibt. Meinungen der Leute, die ich zu hören bekomme, ebenfalls geteilt – manche mit dem leisen Gefühl des Unbehagens ... das kommt daher, daß man sich gut geschriebene scharfe Artikel viel eher gefallen läßt, als Fotos, die immer alles gleich in Stücke schlagen.

Ganz besonders schön, daß Monty über eine Zeile empört ist, die – als fast einzige – nicht von mir ist. Ich decke sie natürlich, aber sie ist nicht von mir.

[...]

Dresden, 27–11–29

[...] Na, ganz großes Glück ... in Wiesbaden haben sie Steine auf den Auto geschmissen und einen Mann verhauen, der so aussah wie ich, und die Polizei hat die Leute verhauen, und in dem Steinauto saß neben mir die Gattingemahlin eines Hohenzollern (Joachim oder so), der Musik macht. Sie hat sich amüsiert wie in einem Stierkampf. Ich auch. Die andern Vorträge verliefen wie bisher friedlich, wie gehabt.

Aber man meeg das nicht mehr. Näxten Montag ist es Gott sei Dank alle.

[...]

Hamburg
Palast-Hotel

2–12–29

[...] Na – *so* schlimm war es gar nicht. Wirklich übel war nur Wiesbaden; und wenn heute abend nichts passiert, dann war es alles halb so schlimm. Hier sind aber keine Wahlen gewesen wie sonst überall ... ich glaube, daß es hier einigermaßen abgehen wird. Im übrigen: für *wen* ich das eigentlich mache ... das weiß ich nach dieser Reise weniger als je. Es ist trostlos. Allerdings bezieht sich das auf die Bürgerschaft – vor Arbeitern habe ich nicht gesprochen. Das ist dann vielleicht anders.

[...]

18–3–30

... schönen Dank für Brief. Hat auch wirklich *alles* bekommen?

[...]

Nu paß Er mal auf:

Ferne sey es von mir, hysterisch den Weltuntergang zu sehen, weil die üblichen Frühlings-Putschgerüchte schwirren. Hingegen hat Er ja allerhand in Seinem Leben mitgemacht und weiß, daß kein Boden fest steht, er kann schwanken. Item: Er heißt doch nun so wie ich. *Wenn* sie Ihm nun deshalb an den Kanthaken gehen? Wenn Er das für nötig und richtig hält, bin ich gern bereit, Ihm einen Brief zu schreiben mit falschem Datum, wo drin steht, wir hätten uns wegen der Politik getrennt, ich sei links und Er sei rechts. Na, nu lacht Er. Ich lach ja auch. Aber schließlich: Er wohnt da allein, trägt diesen Namen, es ist in Deutschland bei Gott kein Ding unmöglich. Und besser, man baut vor. Schreib Er mal, was Er darüber denkt. Wäre die Sache mit dem Namen nicht, käme ich gar nicht auf solchen Gedanken. Mir ist es verdammt unbehaglich, daß Er etwa Unannehmlichkeiten meinetwegen haben sollte.

Am Nordpol nichts Neues. Es ist eine leere Zeit. Ich vertreibe sie mir, so gut es geht – es kommt aber immer neue.

Wünscht Ihm alles Gute und sehr viel Schönes

Hochdero grüßender

den 29. März 1932

[...] ich hätte gern einmal Seine Meinung gehört.

Er hat mich da so nett darauf aufmerksam gemacht, daß von seiten der Nazis Lebensgefahr bestehe, wenn ich käme. Ich sehe das nicht so an – Karlchen sieht es so an – andere halten die Mitte. Die Frage ist nun:

Lohnt es sich, zu kommen? Dafür spricht, das Blatt «nicht im Stich zu lassen». Obgleich mit meinem Kommen nicht viel getan ist. Dagegen spricht eben: Prügel, vielleicht mehr – Haft und so fort.

Ich kann kaum jemand anders fragen – die Leute sind unaufrichtig. Und ich will wissen: Wird mir das als böse Fahnenflucht ausgelegt? Anzeichen sind dafür vorhanden (Andeutungen in der «*Welt am Montag*», leise Briefe und so fort).

*Nach innen* sieht die Sache so aus:

Wegen Beleidigung der Reichswehr ist gegen mich überhaupt keine Anklage erhoben worden, nur gegen Oss. Der Untersuchungsrichter hat dem Sinne nach gesagt: «Der T. kommt ja doch nicht» oder so etwas. Die Strafe für Oss wird keinesfalls schärfer, wenn ich nicht komme – er ist auch *nicht*, was die Laien nie kapieren, angeklagt, weil ich nicht da bin – er ist, genau wie in seinem großen Prozeß, als Verantwortlicher angeklagt, *neben* dem Autor.

Ich vermute, daß er nur Geldstrafe bekommen wird, die ich wahrscheinlich bezahlen muß, neben den Kosten des Verfahrens.

Komme ich, so bekomme ich im günstigsten Falle Geldstrafe, muß auch die bezahlen, die Fahrt, den Aufenthalt, den Anwalt und das Verfahren. Frau J. muß das nicht bezahlen, das steht im Vertrag; sie benimmt sich wie immer in den letzten Jahren auch in diesen Dingen tadellos korrekt. Und ich kann ja nicht verlangen, daß der Verlag nun alles bezahlt – so viel Geld ist da nicht.

Unter uns ist intern also alles in Ordnung.

*Nach außen* bleibt ein Erdenrest zu tragen peinlich. Es hat so etwas von Desertion, Ausland, im Stich lassen, der Kamerad Oss im Gefängnis, denn sie werden ihn nicht einmal zu Festung begnadigen – ein Grund mehr für mich, nicht zu kommen, denn sie werden, haben sie mich einmal, mir alle nur erdenklichen Geschichten machen.

Nach außen aber bleiben die maulenden Anhänger. Ich verteidige mich kaum – es ist mir wurst. Immerhin möchte ich keine Dummheiten machen.

Frage:

Schadet es mir mehr, wenn ich komme und also moralisch den großen Mann mache, oder schadet es mir mehr, wenn ich nicht komme, dafür aber meine Knochen gesund aus der Affäre ziehe?

Die Überfallgefahren sind da – in der Redaktion und vor allem auf dem Gericht – dagegen kann man sich nur sehr schwer schützen, besonders nicht gegen Schüsse. Es besteht ferner die Gefahr, daß sie mich bis zur Abwicklung des ganzen Verfahrens durch alle Instanzen überhaupt nicht mehr aus Deutschland herauslassen und mir den Paß wegnehmen, alles Dinge, die – und nun kommt die Hauptsache – sich mir nicht zu lohnen scheinen.

Toller schrieb mir: «Sie müssen kommen. Das wird ein internationaler Skandal.» Eben daran glaube ich nicht. Das wird genauso vorübergehn wie alles andere auch – die Leute sind viel zu abgestumpft, und die Sache ist auch viel zu geringfügig. Und zum Schluß sitze ich in der Tinte, und alle die, die sich das Maul zerreißen, daß ich nicht komme, werden doch keinen Finger rühren. «Was sollen wir denn auch tun?»

Ich möchte gern von Ihm hören, wie «man» darüber spricht, und ob es sehr schlimm ist, wenn ich nicht komme. Wie ich glaube, wird dergleichen vergessen – etwas bleibt kleben, aber das erscheint mir – von hier aus gesehn – als das kleinere Übel.

Entschuldige Er, daß ich Ihn mit meinem Kram behellige – ich weiß aber außer den Beteiligten keinen, der mir die Wahrheit sagt, und Frau J. und Oss sind eben interessiert. Oss benimmt sich vorbildlich. Ich hatte allerdings schon seit Jahren ihm die vollste Zensur über meine Artikel eingeräumt, immer mit dem Hinweis: Ich komme zu keinem Prozeß.

[...]

10–4–32

[...] dankt Ihm schön für Seinen ausführlichen Rat. So ungefähr sehe ich die Dinge auch. Wenn ich nicht – durch Oss – immer wieder in diesen Kram hineingezogen würde, schwiege ich in politischer Hinsicht beinah ganz. Man mag es nicht mehr.

Ich werde also nicht kommen. Ich bin fest davon überzeugt, daß beides, ein Opfer oder eine Desertion, wenn man es so nennen will, in vierzehn Tagen vergessen ist. Dann will ich lieber den bequemern Weg wählen. Kommt dazu, daß ich zutiefst überzeugt bin, daß auch nicht einer von denen, die sich, drei Tage lang, das Maul zerreißen, wenn ich nicht käme, auch nur einen Finger krumm machte, wenns schief geht. («Hat er nötig, sich so rauszustellen ...!») Also nicht.

Positive Vorschläge? Ich weiß keinen mehr. Und daher bin ich ja auch recht still geworden.

[...]

1–5–32

[...] sendet Ihm viele Grüße, auch von Hasenclever [...] und kommt also nicht zu dem Prozeß. Wird auch in politicis sehr abblasen – das Spiel dürfte aus sein.

[...]

Le Lavandou (Var)
Villa Emeraude

13-5-32

[...] ich komme mir langsam etwas albern vor, was ich hier mit Ihm anstelle. «Soll ich ihn heiraten?» fragte jene Dame. «Ratet mir gut – aber ratet mir nicht ab!»

Also: der Prozeß.

Er ist am 1. Juli. Es tröpfeln Briefe – ich müßte doch und so. Oss ist im Gefängnis; die gefühlsmäßige Stimmung scheint so zu sein, daß die Leute denken, er müßte nun auch noch *für mich* sitzen – während er in Wahrheit neben mir sitzt – ganz gleich, ob ich komme oder nicht. Das verstehn die Juristen, die andern nicht. Dazu kommt diese fatale und sehr naheliegende Parallele: Tucholsky – Kreiser, was sich so äußern wird: «Ossietzky hat eben Pech mit seinen Mitarbeitern – er sitzt alles für sie ab.»

Ich fühle nicht die leiseste moralische Verpflichtung. Denn mein Kommen bedeutet nichts – als daß ich meine Geldstrafe ablade, die Kosten trage, das Billett hin und zurück – und wieder weggehe. Welche Aktion! Dann hat die liebe preußische Seele Ruh. «Doch das verzeihn mir die Wiener nie, Daß ich um ein Spektakel sie betrog» steht bei Wallenstein.

Entschuldige Er die Behelligung – Er kennt doch die Leute. Muß ich? Ich habe gar keine Angst – mir tut es unendlich um das Geld leid.

[...]

[Le Lavandou (Var)]

20-5-32

[...] dankt Ihm ganz besonders herzlich für den schönen Brief. *Ich* sehe die Sache genauso an – es wird sich wahrscheinlich eine breite Schicht finden, die darüber anders denkt. Was mir auffällt, ist: daß es sich dabei meist um Menschen handelt, die mich weder regelmäßig lesen noch für den Pazifismus auch nur einen Finger krumm machen. Man kann sich denken, was sie außer dem traditionellen «Z-z-z-z-z» für mich übrig hätten, wenns schief ginge.

Das, was mich bedrückt, ist eben die Sache mit Oss. Das ist bitter. Logisch ist das dummes Zeug – gefühlsmäßig werden die Leute aber so reagieren, wie ich es befürchte.

Natürlich hat Oss mit allem, was er in diesem famosen Artikel sagte, recht. (Die Idee mit Villon hatte ich ihm gegeben.) Ich hoffe doch, von diesen Dingen loszukommen, und Paulchen braucht nicht das Herz still zu stehn. Ich stehe auf keiner Bühne, das ist in unserm Beruf nicht so.

Grips geht immer noch, ich überschätze es nicht. Es scheint also doch noch andres zu geben als ewig und immer Hitlern und Schleicher und alles das. Ich will es gewiß gar nicht mehr.

Ich möchte als Kompliment hinzufügen, daß Er nun wohl bald unter die Schreibersleute gehen wird: Sein Brief war Nummer eins.

[...]

[Wien] 1–10–32

... hat gehört, daß mit Paulchen nach Leipzig gefahren ist und dankt Ihm vielmals für Sein Interesse. Die Sache ist ja in der Tat etwas dünn – ich bin kein Theatermann. Hasenclever hat sich bei der Sache sehr anständig benommen, so viel Takt und Kameradschaft ist selten. Sicherlich war die Aufführung nicht an allem schuld, und ich denke, daß es nicht zu viel geschadet hat.

[...]

22–10–32

[...] schönen Dank für Seinen Brief. Dazu:

Ich sehe es alles ein. Beim Whisky haben wir uns allerdings nicht amüsiert – schade, daß man das Männerspittel nicht beschreiben kann, das wir da aufgeführt haben. Jener war mit dem Magen nicht in Ordnung, und bei mir klärt sich erst jetzt – nach 13 Monaten – eine schwarze Wolke. Alles, was ich in diesem Jahr gemacht habe, stand unter einem scheußlichen Druck, der vom Siebbein herkam. Das hab ich aber viel zu spät gemerkt, ich habe mir erst jetzt die Nase aufschlagen lassen, schön war es nicht, aber ich fange an, Land zu sehn. Na gut. Es war sicher eine versäumte Gelegenheit, das ist wahr. Und außerdem bin ich niemals ein Dramatiker, auch dann nicht, wenn ich gut bei Satz bin. Mich interessiert Theater nicht – wir hatten uns das Wort gegeben, nicht auf die Proben zu gehn, und ich glaube nicht, daß wir das Entscheidende gerettet hätten.

Sela.

Paulchen bekommt, wenn ich wieder krauchen kann, einen ganz großen Brief, in dem ich es ihm alles erzählen werde. Vorläufig kommen mir noch herrliche Brocken aus der Nase, ich bin noch nicht in Ordnung.

J. ist ein grauslicher Bursch – Du hast die Familie nicht gekannt, aber ich. Was jener da von Feigheit faselt, wundert mich nicht – er gehört zu jenen, die sicherlich nicht einmal zu meiner Beerdigung kämen, wenn sie mich hauen. Übrigens hauen sie mich jetzt gar nicht, und ich bin nicht nach Deutschland gekommen, weil es einen graust. Anderswo geht es nicht gut, überall ist Krise. Aber nirgends hat die Welt so ein Gesicht wie da: vergrämt, hart, staubig und bitter, ein magenkrankes Dienstgesicht. Ja, ich weiß ... ich wäre genauso – und eben deswegen gehe ich nicht hin. Heiter ist es nirgends, solange man von diesem Lande abhängig ist. Aber die Atmosphäre da ... Er kann mir glauben, und alle Kenner bestätigen es: die Kollektivzüge in Deutschland haben durchaus hysterischen Charakter, und auch da ist es so, wo die Beteiligten das nicht glauben. Es sind arme Kranke. Schuld oder nicht – verrückt bin ich allein, ich möchte das gewiß nie mehr.

[...]

[Hindås] [den 19. Dezember 1935]

Sollte Er verheiratet oder ernsthaft gebunden sein, so bitte ich Ihn, diesen Brief ungelesen zu vernichten. Ich mag mich nicht in ein fremdes Glück drängen – ich will ja nichts. Ich habe nichts zu enthüllen, nichts zu sagen, was Er nicht besser wüßte als ich. Ich habe Ihn nur um Verzeihung bitten wollen. Verspricht also zu verbrennen, wenn das so ist – es soll nichts mehr aufgerührt werden.

Wünscht Ihm das Glück
N.

Liebe Mala,
will Ihm zum Abschied die Hand geben und Ihn um Verzeihung bitten für das, was Ihm einmal angetan hat.

Hat einen Goldklumpen in der Hand gehabt und sich nach Rechenpfennigen gebückt; hat nicht verstanden und hat Dummheiten gemacht, hat zwar nicht verraten, aber betrogen, und hat nicht verstanden.

Ich weiß, daß Er nicht rachsüchtig ist. Was er damals auf der Rückfahrt nach Berlin durchgemacht hat; was späterhin gewesen ist –: ich habe es reichlich abgebüßt. Ganz klar, so klar wie das Abbild in einem geschliffenen Spiegel, ist mir das ganz zum Schluß geworden. Nun kommt alles wieder, Bilder, Worte [...] und wie ich Ihn habe gehen lassen – jetzt, wo alles vorüber ist, weiß ich: ich trage die ganze, die ganze Schuld.

[...] Und jetzt sind es beinah auf den Tag sieben Jahre, daß weggegangen ist, nein, daß hat weggehn lassen – und nun stürzen die Erinnerungen nur so herunter, alle zusammen. Ich weiß, was ich in Ihm und an Ihm beklage: unser ungelebtes Leben.

Wäre die Zeit normal (und ich auch), so hätten wir jetzt ein Kind von, sagen wir, 12 Jahren haben können, und, was mehr ist, die Gemeinsamkeit der Erinnerungen.

Hat nicht mehr zu rufen gewagt. Hofft, daß Er meiner Bitte auf dem Umschlag entsprochen hat – das andere wäre nicht schön. Ich darf also annehmen, daß, wenn Er dies liest, er nicht ein Glück stört, das ich mir nicht habe verdienen können.

Nein, zu rufen hat nicht mehr gewagt. Ich habe aus leicht begreiflichen Gründen niemals irgendwelche «Nachforschungen» angestellt; ob Er verheiratet ist, hätte man mir sagen können – das andere nicht. Und hat vor allem nicht gewagt, weil Ihn nun noch ein zweites Mal aus der Arbeit und allem nicht hat herausreißen dürfen –: ist krank und kann sich nicht mehr verteidigen, geschweige denn einen andern. Mir fehlt nichts

Wichtiges und nichts Schweres – es sind eine Reihe kleiner Störungen, die mir die Arbeit unmöglich machen. Ins Elend, das sicher gewesen wäre, konnte Ihn nicht herausrufen – ganz abgesehen davon, daß ich niemals gehofft habe, ob gekommen wäre. Doch. Hat gewußt.

Wäre Er jetzt gekommen, Er hätte nicht einen andern, aber einen verwandelten, gereifteren gefunden. Ich habe über das, was da geschehen ist, nicht eine Zeile veröffentlicht – auf alle Bitten hin nicht. Es geht mich nichts mehr an. Es ist nicht Feigheit – was dazu schon gehört, in diesen Käseblättern zu schreiben! Aber ich bin au dessus de la mêlée, es geht mich nichts mehr an. Ich bin damit fertig.

Und so viel ist nun frei geworden, jetzt, jetzt weiß ich – aber nun nützt es nichts mehr. Hat anfangs Dummheiten gemacht, den üblichen coup de foudre für 2.50 francs, halbnötige Sachen und hat auch gute Freundschaften gehabt. Aber ich sehe mich noch nach Seiner Abfahrt im Parc Monceau sitzen, da, wo ich mein Paris angefangen habe – da war ich nun «frei» – und ich war ganz dumpf und leer und gar nicht glücklich. Und so ist es denn auch geblieben.

Seine liebevolle Geduld, diesen Wahnwitz damals mitzumachen, die Unruhe, die Geduld, neben einem Menschen zu leben, der wie ewig gejagt war, der immerzu Furcht, nein, Angst gehabt hat, jene Angst, die keinen Grund hat, keinen anzugeben weiß – heute wäre sie nicht mehr nötig. Heute weiß. Wenn Liebe das ist, was einen ganz und gar umkehrt, was jede Faser verrückt, so kann man das hier und da empfinden. Wenn aber zur echten Liebe dazu kommen muß, daß sie *währt*, daß sie immer wieder kommt, immer und immer wieder –: dann hat nur ein Mal in seinem Leben geliebt. Ihn.

[. . .] Hat eine lächerliche «Freiheit» auf der andern Seite vermutet, wo ja in Wahrheit gar nichts ist. Hat immer stiller und stiller gelebt, jetzt ist wie an den Strand gespült, das Fahrzeug sitzt fest, will nicht mehr.

Will Ihn nur noch um Verzeihung bitten.

Ich bin einmal ein Schriftsteller gewesen und habe von S. J. geerbt, gern zu zitieren. Wenn Er wissen will, wie sich das bei den Klassikern ausnimmt, so lies den Abschiedsbrief nach, den Heinrich von Kleist an seine Schwester geschrieben, in Wannsee, 1811. Und vielleicht auch blättere ein bißchen im *«Peer Gynt»* herum, ich weiß nicht, ob wir das Stück zusammen gesehen haben, es ist nicht recht aufführbar. Da kraucht der Held gegen den Schluß hin im Wald herum, kommt an die Hütte, in der dieses Schokoladenbild, die Solveig, sitzt, und sie singt da irgend etwas Süßliches. Aber dann steht da: «Er erhebt sich – totenbleich» – und dann sagt er vier Zeilen. Und die meine ich.

«O – Angst» . . . nicht vor dem Ende. Das ist mir gleichgültig, wie alles, was um mich noch vorgeht, und zu dem ich keine Beziehung mehr habe. Der Grund zu kämpfen, die Brücke, das innere Glied, die raison d'être fehlt. Hat nicht verstanden.

Wünscht Ihm alles, alles Gute – und soll verzeihen.

Nungo

# ANMERKUNGEN

# ZU DEN ANMERKUNGEN

Diese Briefe enthalten mehr Anspielungen auf Namen und Zusammenhänge, als die zur Veröffentlichung bestimmten Arbeiten Tucholskys. Für die Ausgabe galt es vor allem zu entscheiden, ob die Namen aller Zeitgenossen Tucholskys einer Erläuterung bedurften.

Bei Schriftstellern, Theaterleuten oder Politikern wie Karl Kraus, Max Reinhardt oder Rosa Luxemburg schien das nicht erforderlich – ihr Werk und ihr Name leben. Die Bücher und Stücke von Ernst Toller oder Walter Hasenclever sind in Deutschland heute wieder verbreitet und die Kenntnis dieser Persönlichkeiten – soviel davon eine Anmerkung hätte vermitteln können – darf vorausgesetzt werden. Dagegen sind Arbeiten anderer Schriftsteller der Zeit – etwa Erich Mühsams – nicht wieder erschienen –, eine Anmerkung soll also Vergessenes fixieren. Dabei haben die Herausgeber sich bewußt jeden Kommentars enthalten und nur möglichst nüchterne und objektive Angaben gemacht.

Zahlreiche Namen und Zusammenhänge tauchen in Tucholskys Briefen an verschiedene Adressaten immer wieder auf; in diesem Fall wird, wenn die Textstelle nicht eine eigene Erläuterung verlangt, auf die erste Anmerkung verwiesen. Ein solcher Verweis entfällt, wo innerhalb der Briefe an einen Korrespondenzpartner auf denselben Namen häufig Bezug genommen wird. «Oss», also Carl v. Ossietzky, taucht zum Beispiel in den Briefen an Hasenclever oft auf, wird aber nur das erste Mal in den Anmerkungen zu diesem Briefteil genannt. Wo Kurt Tucholsky sich auf eigene Arbeiten bezieht, wird jeweils auf die Textstelle in den Gesammelten Werken, Rowohlt Verlag 1961/62, Bd. I–III (GW) verwiesen.

## An Hans Erich Blaich (Dr. Owlglass)

Hans Erich Blaich (1873–1945) war unter den Pseudonymen Dr. Owlglaß und Ratatöskr Mitarbeiter des «*Simplicissimus*» und Verfasser satirischer Versbücher.

23. 2. 13

1. *Ihre Besprechung*: Gemeint ist eine Besprechung von Tucholskys Buch ‹*Rheinsberg*›.

2. «*März*», Halbmonatsschrift für Kunst, Literatur und Wissenschaft, hrsg. von Ludwig Thoma und Hermann Hesse. 1914 war Theodor Heuss Redakteur des «*März*».

3. *Unser Besuch*: Tucholsky hatte Dr. Blaich zusammen mit Kurt Szafranski in Feldbruck bei München besucht.

Kurt Szafranski, Maler und Zeichner, illustrierte Tucholskys Buch ‹*Rheinsberg*›, eröffnete mit ihm gemeinsam die «Bücherbar» am Kurfürstendamm, war später Direktor des Ullstein-Zeitschriftenverlags, lebt heute in Amerika.

4. *Claire*: Tucholsky nannte seine damalige Freundin stud. med. Else Weil «Claire Pimbusch». Er heiratete sie am 3. 5. 1920 in Berlin, die Ehe wurde am 20. 3. 1924 geschieden.

27. 8. 13

1. Rudolf Sieck, Maler, Mitarbeiter des «*Simplicissimus*».

2. *Eine Kleinigkeit*: Gemeint ist Tucholskys Artikel ‹*Wenn Ibsen wiederkäme . . .*› in der «*Schaubühne*» vom 28. 8. 1913. (GW I/79).

3. *Sie sind unterdessen in die Literatur gekommen und heißen Dr. Bruck*: In Tucholskys Büchlein ‹*Der Zeitsparer*›, Grotesken von Ignaz Wrobel, erschienen 1914, kommt ein «Menschendoktor», Dr. Bruck, vor. Damit ist Dr. Blaich gemeint, der in Bruck bei München wohnte, das später in Fürstenfeldbruck umbenannt wurde.

9. 9. 13

1. *Als Holz seinen 50. Geburtstag feierte*: Gemeint ist Tucholskys Artikel ‹*An Arno Holz*› in der «*Schaubühne*» vom 24. 4. 1913. (GW I/66)

2. *Das mit den 14 Exemplaren «Saurer Apfel»*: Von diesem 1904 von Dr. Blaich herausgegebenen Buch waren im Jahre 1912 nur 14 Exemplare verkauft worden.

3. *Ein kleiner Scherz, der pseudonym herausgeht*: Gemeint ist ‹*Der Zeitsparer*›, vgl. Anm. 27. 8. 13, 3.

4. «*Prophylaxe*»: Ein Gedicht von Dr. Blaich im «*Simplicissimus*» vom 8. 9. 1913.

26. 9. 13

1. «*Pan*»: Literarisch-politische Zeitschrift, Herausgeber waren Wilhelm Herzog, Paul Cassirer (1913) und Alfred Kerr (1914) (dem die Veröffentlichung von Klabunds Gedichten eine Verurteilung wegen Verbreitung unzüchtiger Schriften eintrug). Die unter dem gleichen Titel «*Pan*» von Richard Dehmel 1895 gegründete Zeitschrift war 1900 eingegangen.

2. *Unser kleines Heftchen*: ‹*Der Zeitsparer*›, vgl. Anm. 27. 8. 13, 3.

9. 10. 13

1. *Th. Th. H.*: Thomas Theodor Heine (1886–1948), satirischer Zeichner, Mitbegründer des «*Simplicissimus*».

25. 10. 13

1. «*Episode*»: Titel eines Gedichts von Dr. Owlglaß, erschienen im «*Simplicissimus*» Nr. 29 vom 13. 10. 1913:

Auf einer Bank, am Hügel oben,
saß ich, ganz ohne Zweck und Plan.
Da kam mit wildem Gliedertoben
ein junger Mann dahergestoben
und blitzte mich durchbohrend an.

«Sie sind», begann der fremde Knabe,
«Sie sind der Mensch, der mich erfühlt!»
... Er hob die Schädelkapsel abe
und wies mir seine inn're Habe ...
Ich wurde merklich abgekühlt.

Was nämlich fand sich in den Minen
und Falten seines Hirns versteckt?
Nun ja: die üblichen Rosinen ...
Drum sprach ich bloß: «Ich danke Ihnen!
Und, bitte, bleiben Sie bedeckt!»

24. 2. 14

1. Sebastian Sailer (1714–77), kath. Prediger, verfaßte derbe Possen in schwäbischer Mundart («Biblische und weltliche Komödien»).

2. Oskar Panizza (1853–1921), Nervenarzt. Sat. Schriftsteller und antiklerikaler Pamphletist; wurde wegen seines scharf antikirchlichen Theaterstückes «*Das Liebeskonzil*» (1894) zu 12 Monaten Gefängnis verurteilt, verließ Deutschland nach verbüßter Haft, gründete in Zürich einen eigenen Verlag, wo er seine aggressiven Pamphlete erscheinen ließ, lebte, geistig zerrüttet, von 1905–21 in einer Nervenheilanstalt bei Bayreuth. Von seinen Schriften ist in Deutschland nichts mehr erschienen. Der Verlag Jean-Jacques Pauvert, Paris, brachte 1960 «*Das Liebeskonzil*» in französischer Übersetzung von Jean Brejoux mit einem Vorwort von André Breton heraus.

Januar 1915

1. *Für den lieben Blasbalg des lieben Gottes*: «*Gottes Blasbalg*» ist der Titel eines Gedichtbandes von Owlglaß.

30. 9. 15

1. Christian Wagner (1835–1918), Bauerndichter, lyrisch-reflektiver Naturdichter. Vgl. Tucholskys Artikel ‹*Christian Wagner*› in GW I/366.

25. 1. 16

1. *Hat Ihr Hund wirklich einen Tommy verbellt*: Anspielung auf Dr. Owlglaß' Arbeit «*Der Engländer*» im «*Simplicissimus*» Nr. 42, Jg. 20, 1915/16.

2. *Mauthnerschnaps*: Anspielung auf Fritz Mauthner (1849–1923), philosophischer Schriftsteller.

1. 4. 16

1. *Der alte Herr*: Gemeint ist Christian Wagner.

21. 7. 16

1. Peter Scher, Pseudonym für Fritz Schweynert, Mitarbeiter des «*Simplicissimus*» und der «*Jugend*».

2. Bernhard Kellermann (1879–1951), Schriftsteller, im Ersten Weltkrieg Kriegsberichterstatter für das «*Berliner Tageblatt*».

3. Georg Queri (geb. 1879), Romanschriftsteller (Folklore).

1. 10. 16

1. Paul Nikolaus Cossmann, Hrsg. der später rechtsorientierten «*Süddeutschen Monatshefte*».

18. 11. 16

1. *Die Einsiedlerschule*: Erzählung aus Tucholskys 1920 erschienenem Band ‹*Träumereien an preußischen Kaminen*›, der außerdem folgende Phantasiestücke enthielt, die er verbürgerlichte Märchen nannte: ‹*Walpurgisnacht*›, ‹*Bei Stadtzauberers*›, ‹*Die Träume*›, ‹*In des Waldes tiefsten Gründen*›, ‹*Die verzauberte Prinzessin*›.

4. 12. 16

1. *Auf meiner Maschine sitzt gerade einer drauf*: Tucholsky hat seine gesamte Korrespondenz, auch die privateste, fast ausnahmslos mit der Maschine geschrieben. Es gibt nur ganz wenige handschriftliche Briefe von ihm – wie diesen hier –, wenn seine Maschine zur Reparatur oder nicht zur Hand war.

12. 1. 17

1. *Herr Holm*: Korfiz Holm (1872–1942), Schriftsteller, Redakteur des «*Simplicissimus*», Leiter des Albert Langen Verlages, München.

2. Julius Stettenheim (1831–1916), humoristisch-satirischer Schriftsteller.

29. 1. 17

1. «*Tägliche Rundschau*», 1881 von Bernhard Brigl gegründete Tageszeitung, als erster Herausgeber zeichnete der Schriftsteller Friedrich Bodenstedt; ab 1900 war Friedrich Hussong Chefredakteur, später Herausgeber. Die «*Tägliche Rundschau*» firmierte als christlich-national, hatte eine extrem nationalistische Tendenz, gehörte später zum Hugenberg-Konzern.

20. 2. 17

1. *Anbei eine Nummer des Blättchens*: Gemeint ist die Soldatenzeitung «*Der Flieger*», die Kurt Tucholsky vorübergehend redigierte.

21. 5. 17

1. Gustav Hochstetter (geb. 1873), Schriftsteller, Redakteur der *«Lustigen Blätter»*.

*«Lustige Blätter»*, konservatives Witzblatt im Verlag Dr. Otto Eysler, Redakteure waren Alexander Moszkowski, Rudolf Presber, Gustav Hochstetter, P. Kraemer.

6. 8. 17

1. *Von Lichtmeß bis Dreikönig*: So lautete der Titel eines 1912 erschienenen Gedichtbandes von Dr. Owlglaß, den Sieck illustriert hatte.

25. 8. 17

1. *«Käuze»*, Skizzen und Reime von Dr. Owlglaß, Stuttgart 1917.
2. Otto Julius Bierbaum (1865–1910), Schriftsteller.

3. 11. 17

1. Max Henkel (geb. 1870), Professor der Medizin, Spezialist für Geburtshilfe und Gynäkologie.
2. Max Alsberg (1877–1933), Rechtsanwalt und Notar, Verteidiger in zahlreichen großen Sensationsprozessen, beging Selbstmord.
3. Ernst von Leyden (1832–1910), Professor der Medizin.

21. 5. 18

1. Georges Courteline (1860–1929), franz. Schriftsteller, den Tucholsky sehr schätzte und dem er sein Buch *‹Das Lächeln der Mona Lisa›* widmete. Courtelines Devise «et après . . .?» deckt sich mit der Devise Tucholskys «Na und . . .?». (Vgl. GW II/983, *‹Die Bilderausstellung eines Humoristen›*.)
2. Mary Gerold. Tucholskys zweite Frau, die er am 30. 8. 1924 in Berlin heiratete. Die Ehe wurde am 21. 8. 1933 – zwei Tage vor Tucholskys Ausbürgerung – geschieden. Mary Tucholsky ist seine Universalerbin und verwaltet den literarischen Nachlaß und das von ihr aufgebaute Kurt Tucholsky-Archiv in Rottach-Egern.
3. Eduard Thöny (1866–1950), Maler und Karikaturist, Mitarbeiter des *«Simplicissimus»* und der *«Jugend»*.

28. 11. 18

1. *«Ulk»*: Humoristisch-satirische Wochenbeilage des 1871 von Rudolf Mosse (1843–1920) gegründeten *«Berliner Tageblatts»*. Das B. T. war die am meisten gelesene deutsche Tageszeitung, sie vertrat eine bürgerlich-demokratische Richtung und war das Hauptblatt des Mosse-Verlages, der neben Ullstein und Scherl das Pressewesen beherrschte. 1933 verließ Theodor Wolff, Chefredakteur des *«Berliner Tageblatts»*, den Verlag. Das Verlagshaus Mosse wurde arisiert und nannte sich «Berliner Druck- und Zeitungsvertrieb A. G.» Das B. T. stellte am 1. 1. 1939 sein Erscheinen ein.

Tucholsky war von Dezember 1918 bis April 1920 Chefredakteur des *«Ulk»*. (Vgl. Briefe an Theodor Wolff, S. 117 f)

14. 12. 18

1. Lothar Persius, Kap. z. S. a. D., Marineschriftsteller, Pazifist, Mitarbeiter der «*Weltbühne*».

27. 12. 18

1. Ferdinand Avenarius (geb. 1856), Herausgeber des «*Kunstwart*», Begründer des «*Literaturratgebers*».

2. Erich Schilling, Zeichner, Mitarbeiter des «*Simplicissimus*».

20. 2. 19

1. *Das Autograph Wagners*: Gemeint ist Christian Wagner, vgl. Anm. 30. 9. 15.

2. *Nein, sicherlich hats keinen Zweck gehabt, ihn anzupreisen, ich mußte es nur einmal los werden . . .*: Gemeint ist der Artikel ‹*Christian Wagner*›, «*Weltbühne*» 13. 2. 1919. (GW I/366)

3. Jakob Wassermann (1873–1934), Schriftsteller, zeitweise Redakteur am «*Simplicissimus*». Tucholsky verehrte Wassermann sehr und widmete ihm sein Buch ‹*Mit 5 PS*›. Hier handelt es sich um den Roman «*Christian Wahnschaffe*».

4. *Der große Arthur*: Gemeint ist Arthur Schopenhauer.

5. Gussy Holl, Schauspielerin und Chansonsängerin, die Tucholsky in seinen Kritiken immer wieder hervorhob. Sie war verheiratet mit dem Filmstar Conrad Veidt, in zweiter Ehe mit Emil Jannings, mit beiden war Tucholsky befreundet.

16. 3. 19

1. *Autographen berühmter Leute*: Dr. Blaich schickte am 8. 3. 1919 eine Karte Wilhelm Raabes an Tucholsky und schrieb dazu: «Neulich habe ich mal wieder in alten Briefen gekramt, und aus dem Paket Wilhelm Raabe eine Karte für Ihr ‹Allerheiligstes› herausgefischt. Oder ist der Alte dort schon vertreten? Ich habe vom Jahr 1891–1909 – mit großen Intervallen freilich – eine kleine Reihe schöner Briefe und Karten von ihm, dazu die Erinnerung an einen langen Vormittagsbesuch in Braunschweig Anno 1903.»

2. Kranzler, Café Unter den Linden in Berlin, in dem zur wilhelminischen Zeit vor allem Offiziere verkehrten.

27. 5. 19

1. Gustav Landauer (1870–1919), Schriftsteller und Anarchist, nahm mit Ernst Toller im April 1919 an der Errichtung der Münchner Räterepublik teil, wurde am 2. 5. 1919 von Noske-Truppen ermordet.

2. Jacobsohn, Siegfried Jacobsohn (S. J.) (1881–1926), Theaterkritiker, 1901–04 bei der «*Welt am Montag*», begründete 1905 die «*Schaubühne*» (seit 1918 «*Weltbühne*»), wo seine Kritiken erschienen, zählte neben Kerr, Ihering und Monty Jacobs zu den prominentesten Theaterkritikern Berlins. (Vgl. GW III/510, ‹*Fünfundzwanzig Jahre*›.)

11. 7. 19

1. *Ludendorff-Abenteuer*: Nach Kriegsende und Ausbruch der deutschen Revolution 1918 fluteten die deutschen Truppen aus dem Baltikum zurück nach Deutschland, und das Baltikum wurde von der Roten Armee besetzt. Es bildete sich die sogenannte «Baltische Landeswehr», Freiwilligenverbände, die zusammen mit deutschen Freikorpstruppen, den sogenannten «Baltikumern», die Rote Armee aus dem Baltikum zurückdrängten. Die deutschen Freiwilligenverbände setzten sich hauptsächlich aus Teilen der früheren 8. Armee zusammen, deren Generalstabschef Erich Ludendorff war, bevor er Chef des deutschen Generalstabs wurde.

6. 8. 19

1. *Tigeriana*: Gemeint ist die 1919 erschienene Gedichtsammlung Tucholskys *‹Fromme Gesänge›*, die unter seinem Pseudonym Theobald Tiger herauskam und seinen Freunden Karlchen und Jakopp gewidmet war. (Vgl. An Karlchen und Jakopp, S. 527.)

2. August Julius Langbehn (1851–1907), Schriftsteller, dessen Hauptwerk *«Rembrandt als Erzieher. Von einem Deutschen»*, 1890, ihm den Namen der «Rembrandtdeutsche» eintrug. Langbehn liegt am Fuße des Tucher Hügels bei Rosenheim in Oberbayern begraben.

14. 10. 19

1. Giacomo Leopardi (1798–1827), ital. Lyriker und Philosoph.

2. Leo Perutz (geb. 1884 in Prag), Schriftsteller, Verfasser von historischen und phantastischen Romanen (*«Die dritte Kugel»*, Roman über Cortez), ging 1938 nach Palästina. (Vgl. GW I/431, *‹Die dritte Kugel›*.)

7. 11. 19

1. *Selbstmordbuchtitel*: Gemeint ist Niels Hendrik Thoralds *«Tod dem Tode»*.

2. *Die Günther*: Dr. Blaich schrieb am 20. 10. an Tucholsky u. a.: «Neulich bekam ich ‹Die Heilige und ihr Narr› von der Günther in die Hand, habe selten ein so merkwürdiges Gemisch von Feinheit und Kitsch gelesen.»

30. 11. 19

1. *Ich habe auch in der letzten «Weltbühne» Sie als Papa dieses Buches angegeben*: Vgl. Tucholskys Artikel *‹Selbstanzeige›*, GW I/534, in dem er über seinen Band *‹Fromme Gesänge›* schreibt.

Am 10. 3. 1920 schrieb Dr. Blaich an Kurt Tucholsky, daß er zufällig dessen Glosse über Ludwig Thomas *«Erinnerungen»* in der *«Weltbühne»* gelesen habe, und daß er sich wegen der darin geäußerten Kritik am *«Simplicissimus»* zu seinem aufrichtigen Bedauern genötigt sehe, die Korrespondenz abzubrechen (vgl. GW I/604, *‹Ludwig Thoma›*). Kurt Tucholsky war der Abbruch des Briefwechsels mit Dr. Blaich sehr schmerzlich.

An Kurt Szafranski

20. 3. 13

1. Söderström war ein Pseudonym von Kurt Szafranski (Vgl. Anm. zu Hans Erich Blaich, S. 505.)

2. Wilhelm Speyer (1887–1952), Schriftsteller, Verfasser erfolgreicher Unterhaltungsromane.

An Kurt Wolff

6. 5. 14

1. Rainer Maria Rilke erklärte sich in einem Schreiben vom 21. 9. 1913 an die Herausgeber des *«Orion»* bereit, an «dem schönen Unternehmen» mitzuarbeiten und übersandte eine Prosaarbeit, «die ihrer Art und ihrem Umfange nach für den Orion nicht unpassend wäre».

Auf Vorwürfe seines Verlegers Anton Kippenberg vom Insel-Verlag wegen dieser Mitarbeit im Konkurrenzverlag Kurt Wolff schrieb Rilke am 1. 4. 1914 an Kippenberg: «. . . eine ganz andere Sache ist meine im Herbst vorschnell vergebene Zusage an die beiden Kurte auf . . . sky, ich kann wirklich nicht sagen, was mich da hat zustimmen lassen, und wäre ein anständiger Rückweg möglich, so würde ich ihn erleichtert antreten. Geht es nicht, sich aus der überlauten Ankündigung höflich zurückzuziehen, so geb ich eben jene damals dafür gemeinte Arbeit preis und lasse die Sache von da ab ihre Wege gehen. Ich glaube, ich sah das Ganze, wie es mir seinerzeit vorgeschlagen wurde, im Lichte einer mir sympathischen Internationalität, während ich jetzt nun merke, daß es sich um eine Erschleichung handelt, mit der die heutige Publizität sich ein neues noch intim-geschlossenes Gebiet anzumaßen sucht. Und da gehör ich denn allerdings weniger dazu als jeder andere und schäme mich meiner Unvorsichtigkeit.»

Am 7. 4. 1914 schrieb Rilke einen weiteren Brief an Kippenberg, in dem es heißt: «Recht mit Bestürzung, lieber Freund, lese ich Ihren heutigen eigenhändigen Brief: ich kann, von meinem Standpunkt, gar nicht begreifen, wie mein Leichtsinn, der mir immer noch völlig nebensächlich scheint, so schwer und ernst zu nehmen sei: in Ihrem vorletzten Schreiben steht etwas von ‹Gefährdung meines Namens›; offen gestanden, ich kann mir nicht vorstellen, daß ich ihn anders gefährden könne, als durch eine schlechte Arbeit. Aber, wie immer die Sache für mich aussieht, ich muß Ihnen, so wie Sie's sagen, glauben, daß ich Ihnen eine Unannehmlichkeit, ja eine Art von Schmerz bereitet habe. Muß ich Ihnen versichern, daß mir nichts heftiger wider die Natur wäre als dies?

Ich will natürlich alles tun, meine Zusage aus dem ‹Orion› zurückzuziehen, und schreibe heute noch in dieser Sache.»

Am 7. und 8. 4. 1914 wandte Rilke sich mit der Bitte um Intervention bei den Herausgebern an Kurt Wolff, seinen «Entschluß so höflich wie möglich durchzusetzen» und seine «Teilnehmung aus einer Sache zurückzuziehen, mit der ich mich, völlig irrtümlich, zu vertragen meinte». (Siehe auch Brief an Dr. Blaich v. 26. 9. 13 u. ff. betr. «Orion» / Ein Jahrkreis in Briefen.)

## An den SIMPLICISSIMUS

25. 6. 14

1. Alfons Woelfle, Zeichner.

## An ELLEN TUCHOLSKY

Tucholskys Schwester Ellen (geb. 1897), die er Hippel nannte, lebt heute in Amerika (Ellen Milo).

30. 8. 15

1. Fritz Tucholsky war Tucholskys jüngerer Bruder, geb. 1896, der 1933 nach Prag flüchtete und von dort 1935 nach Amerika emigrierte. 1936 kam er in USA bei einem Autounfall ums Leben.

29. 2. 16

1. *Guter Kothe – wer hätte das gedacht! –*: Robert Kothe, ursprünglich Rechtsanwalt, war 1901 Gründungsmitglied der «Elf Scharfrichter», wo er als Lautensänger auftrat. Herausgeber einer Lautenschule und mehrerer Lautenlieder-Sammlungen, gab als Lautensänger Konzerte und hat wesentlich dazu beigetragen, daß der Lautengesang zur Geltung kam.

16. 11. 20

1. *Berlin-Friedenau*: Dies war die Wohnung Tucholskys, die er mit seiner ersten Frau bewohnte. (Vgl. Anm. zu Hans Erich Blaich, S. 505.)

## An SIEGFRIED JACOBSOHN

Siegfried Jacobsohn, genannt S. J. (Vgl. Anm. zu Hans Erich Blaich, S. 509.)

Von der umfangreichen Korrespondenz zwischen Kurt Tucholsky und Siegfried Jacobsohn sind nur die Briefe von Jacobsohn an Tucholsky erhalten geblieben. Tucholskys Briefe, die Jacobsohn in den Räumen der «Weltbühnen»-Redaktion aufbewahrte, sind 1933 von der Gestapo beschlagnahmt worden und blieben verschwunden. Die wenigen hier aufgenommenen Unterlagen sind das einzige, was aus einer fast vierzehnjährigen engen Zusammenarbeit an Briefen noch existiert. Tucholsky numerierte seine Briefe, am 1. Januar eines jeden Jahres fing er mit Nr. 1 an. Der Brief vom 2. 12. 1926 – der Jacobsohn nicht mehr erreichte, er starb am 3. 12. 1926 – trägt die Nr. 244.

10. 5. 17

1. Dies ist der Auszug eines Feldpostbriefes von Tucholsky an S. J., der in der «*Weltbühne*» vom 10. 5. 1917 unter der Rubrik «Antworten» abgedruckt wurde.
2. Max Pallenberg (1877–1934), Schauspieler und Komiker. War verhei-

ratet mit der Schauspielerin Fritzi Massary, die heute in Kalifornien lebt. (Vgl. auch GW I/56, ‹*Pallenberg*› und GW I/100, ‹*Massary*›.)

3. *Sternheims Harpagon*: Gemeint ist Sternheims Komödie «*Die Kassette*», die sich im Entwurf an Molières «*Der Geizige*» anlehnt.

4. Carl Sternheim (1878–1942), Schriftsteller, vor allem Dramatiker des Expressionismus, zeitkritische, antibürgerliche Stücke.

5. «*Tobias Buntschuh*», Drama von Carl Hauptmann.

6. *Johann Nepomuk Zavadil*: Hauptrolle in Gustav Kadelburgs Schwank «*Familie Schimek*». Mit dieser Rolle begründete Max Pallenberg seinen Erfolg. Die Berliner Premiere fand am 2. Juni 1916 unter der Regie von Emil Jannings in Max Reinhardts Deutschem Theater statt.

27. 3. 19

1. *Die zweigespaltene Rundschauseite*: Eine redaktionelle Rubrik der «*Weltbühne*», in der kleinere Artikel abgedruckt wurden.

2. Prince und Linder: Filmkomiker.

3. Gussy Holl, vgl. Anm. zu Hans Erich Blaich, S. 509.

4. Georg Bernhard, Chefredakteur der «*Vossischen Zeitung*», Mitglied des Reichswirtschaftsrates, Dozent an der Handelshochschule.

1. 1. 20

1. *Erklärungen für den Prozeß*: Dazu schrieb Siegfried Jacobsohn am 22. 1. 1920 in der «*Weltbühne*»: «Der Reichswehrminister Noske und der Chef der Heeresleitung Reinhardt haben gegen Kaspar Hauser, den Verfasser des Gedichts ‹*Unser Militär!*› und gegen mich als verantwortlichen Redakteur Strafantrag wegen Beleidigung ihrer Truppen gestellt. In dem Gedicht ist behauptet worden, daß die Noske-Gardisten bei den berliner Straßenkämpfen ihre Befugnisse weit überschritten, daß sie sich Übergriffe der übelsten Art haben zuschulden kommen lassen, und wir werden das beweisen. Es wird uns nicht schwer sein, das zu beweisen. [. . .]»

Das Gedicht ‹*Unser Militär!*› erschien in der «*Weltbühne*» vom 29. 5. 1919. (GW I/426)

2. Rechtsanwalt Werthauer hatte Tucholskys Verteidigung übernommen.

17. 4. 20

1. *Anläßlich meiner Heirat*: Vgl. Anm. zu Hans Erich Blaich, S. 505.

14. 9. 21

1. Kalwunde: Vgl. dazu GW II/1004, ‹*Start*› (Vorwort zu Tucholskys Auswahlband ‹*Mit 5 PS*›): «Wir beide nannten uns, nach einem revolutionären Stadtkommandanten Berlins, gegenseitig: Kalwunde.»

2. Paul Graetz (1890–1937), Schauspieler, dem Tucholsky mehrere Gedichte gewidmet und für den er Chansons zum Vortrag im Cabaret «Schall und Rauch» geschrieben hat; emigrierte 1933 nach London, dann nach USA, starb an einer Gehirnblutung unmittelbar vor Beginn der Proben zum Film «*Ninotschka*» mit Greta Garbo.

3. Gelegentlich schickte Jacobsohn Briefe Tucholskys mit kurzen Antworten am Rande handschriftlich vermerkt zurück (vgl. Faksimile S. 109 u. 110).

Mit folgenden Randnotizen kam dieser Brief zurück:

*Man hört nichts von ihm.*

Blödsinniger Vergleich, da man jede Woche mindestens zwei Beiträge von Ihnen bei mir und immer wieder einen in der «Welt am Montag» liest.

*... möchte ich gern mit größern Sachen und nicht nur mit den kleinen Flohsachen da sein.*

Das heißt, Literatur mit der Elle messen. Ein ganz geglücktes Gedicht ist mehr wert als der längste Zimt mit zwei, drei toten Stellen.

*die Dinge werden nun lange Zeit herumliegen.*

ist durchaus nicht sicher, da ich eine später geschriebene Sache, wenn sie dem Umfang nach und innerhalb der Nummer als Abwechslung gerade paßt, womöglich sofort bringe.

Ceterum censeo: Ich mache nächstes Mal, nur damit das Gewimmere aufhört, für mein schweres Geld statt 32 Seiten 40.

Gestern war Ihering bei meiner Mutter mit mir zu Tisch, der schärfste Kritiker überhaupt und ein unnachsichtiger des Blättchens und seiner Mitarbeiter. Er fing von Ihnen an und äußerte seine Freude, wie sehr Sie, im Vergleich zum vorigen Winter, aufgeblüht seien.

(ohne Datum)

1. Kurt Szafranski, vgl. Anm. zu Hans Erich Blaich, S. 505.

2. *Oller Dickkopp*: Dazu schrieb Jacobsohn: «Vestra culpa, vestry maxima culpa».

3. *Und ich schieß Dir tot*: Dazu schrieb Jacobsohn: «Fein – kriegt meine hungernde Witwe 70000 Mark Lebensversicherung und Du das Blättchen.»

1. 9. 22

1. Rudolf Nelson (1878–1960), Schlager- und Chansonkomponist, gründete und leitete das berühmte Berliner Cabaret «Chat noir» und nach dem Ersten Weltkrieg das Nelson-Theater; Tucholsky schrieb für mehrere Revuen dieser Bühne Chansons.

2. *Mich ein wenig in der Welt nach Verdienstmöglichkeiten umzusehen*: 1923, auf dem Höhepunkt der Inflation, in der das bei Ablieferung eines Artikels vereinbarte, aber erst nach Wochen überwiesene Honorar nichts mehr wert war, trat Tucholsky in das Bankhaus Bett, Simon & Co. ein. Nach kurzer Volontärzeit wurde er Sekretär des Seniorchefs und früheren Finanzministers Hugo Simon.

23. 12. 24

1. Der Brief, wie einige andere an Jacobsohn (es handelt sich um schlechterhaltene Kopien) ist nur vage datierbar.

2. *«Die Dame»*: Illustrierte Frauenzeitschrift des Ullstein-Verlags.

3. *«Uhu»*: 1924 gegründetes Magazin des Ullstein-Verlags. Tucholsky hatte auf Bitten Szafranskis an der Zusammenstellung der ersten Nummer mitgewirkt. (Vgl. Briefe an Maximilian Harden, S. 136 u. 139.)

4. *«Neue Rundschau»*: Hauszeitschrift des S. Fischer Verlags, eine der bedeutendsten deutschen Literaturzeitschriften.

5. W. a. M.: *«Welt am Montag»*, firmierte als «Unabhängige Zeitung für Politik und Kultur», 1895 gegründet, wurde unter der Chefredaktion Hellmut von Gerlachs (1866–1935) zur großen demokratisch-pazifistischen Montagszeitung Berlins.

6. Die hier abgedruckte Bücherliste lag einem Brief vom 6. 2. 1925 an das Sekretariat der *«Weltbühne»* bei. Die Liste wurde aufgenommen, um an einem Beispiel zu zeigen, was Tucholsky sich etwa alle vierzehn Tage an Büchern und Zeitschriften nach Paris schicken ließ, wie vielseitig sein Interesse und seine Beschäftigung mit den Erzeugnissen des deutschen Buchmarktes waren. Einige der hier erscheinenden Autoren, wie zum Beispiel Benn, Chesterton, Sinclair Lewis oder Hamsun, tauchen dann in späteren Artikeln oder Rezensionen Tucholskys auf.

9. 3. 25

1. Exposé: Jacobsohn und Tucholsky planten gemeinsam eine Monatszeitschrift herauszugeben und Tucholsky entwarf für Jacobsohn dieses Exposé.

2. *Hab ich den Autor kennengelernt*: Sinclair Lewis.

3. *«Der Querschnitt»*: Von dem Kunsthändler Alfred Flechtheim gegründete und von Hermann von Wedderkop herausgegebene Kunst- und Literaturzeitschrift, die zum Teil Beiträge ihrer berühmten Autoren in den Originalsprachen (englisch, französisch, italienisch) veröffentlichte; später übernommen vom Ullstein-Verlag.

4. *... befindet sich Karl Kraus in Paris*: Karl Kraus war zu Vorlesungen aus eigenen Arbeiten in Paris, wo ursprünglich ein Treffen zwischen Tucholsky und Kraus geplant war. Nachdem aber Karl Kraus den Streit um ein Gedicht von Heinrich Fischer mehr und mehr in eine scharfe Polemik gegen Tucholsky umgebogen hatte, verzichtete Tucholsky auf die Begegnung in Paris. Der Angriff von Kraus auf Jacobsohn, Tucholsky und auf die *«Weltbühne»* basierte u. a. auf einigen negativen Kritiken der *«Weltbühne»* an der Arbeit von Kraus. Besonders aber machte Kraus Tucholskys Kriegsanleihe-Gedicht zum Anlaß einer scharfen Polemik, indem er viele Nummern der *«Fackel»* hindurch Tucholsky neben Kerr und andere deutsche Kritiker stellte, die während des Krieges patriotische Kriegsgedichte geschrieben hatten, um erst nach 1918 Pazifisten zu werden. Zwischen Kerr und Kraus hatte sich deswegen und später daraus abgeleitet auch über kritische Fragen eine Art Literaturkrieg entwickelt. Tucholsky lehnte diese Fehden ab und nahm zu den Vorwürfen in dem Bewußtsein, daß er sich nichts vorzuwerfen habe, nicht Stellung.

5. Marcel Ray, franz. Journalist.

6. *Fischer sei bis an die Grenze der Möglichkeit gegangen*: Tucholsky hatte

sich zu Heinrich Fischers Gedicht «*Rosa Luxemburg*», das zum Jahrestag ihrer Ermordung am 20. 1. 1925 in der «*Weltbühne*» erschienen war, in einem Brief an Jacobsohn kritisch geäußert und diese Kritik hatte S. J. am 3. 2. 1925 in der «*Weltbühne*» unter «Antworten» veröffentlicht:

«. . . gleichzeitig schreibt Kurt Tucholsky mir: ‹Das geht bis an die letzte erlaubte Grenze. Es ist fast nicht zu glauben, daß Heinrich Fischer den Bauerndichter Christian Wagner nicht kennt; und wenn er ihn kennt, darf er das nicht tun. Die Technik, die Worte, die Reimart, diese seltsame Anwendung des Partizipium Perfecti Passivi – Alles, Alles von da.›»

In der Nummer vom 17. 2. 1925 antwortete Heinrich Fischer: «. . . dazu erkläre ich zunächst, daß ich zur Zeit der Entstehung der Verse (Januar 1919) sowie zur Zeit der Einsendung (Dezember 1921) die Gedichte Christian Wagners nicht gekannt habe. Seitdem habe ich sie allerdings gründlich genug gelesen, um Tucholskys Behauptung als vollkommen willkürlich, irrig und sprachkritisch haltlos zu erkennen. Abgesehen davon, daß der anklägerisch pathetische Grundzug des Gedichts mit der kontemplativen zeitlosen Art Wagners nur in den Zusammenhang eines äußersten Gegensatzes gebracht werden kann, stimmen auch die vagen, nirgends an Beispielen präzisierten Einzelangaben Tucholskys in keinem Punkte. Weder die ‹Technik› (worunter er offenbar den Strophenbau versteht): hier die übliche vierzeilige Form, bei Wagner charakteristisch der Zweizeiler, noch die ‹Reimart›: hier die Verschränkung abba, dort vorherrschend das hinfließende Schema aa bb cc, können die Ansicht des Briefschreibers stützen. Die angeblich ‹seltsame Anwendung des Partizipiums Perfecti Passivi› ist seit Jahrhunderten bei vielen Dichtern gebräuchlich. Also nicht, wie Tucholsky meint, Alles Alles – sondern nichts, nichts von da!»

7. Frl. Hünicke war die Buchhalterin der «*Weltbühne*».

8. Hans Siemsen (geb. 1891), Schriftsteller, Mitarbeiter der «*Weltbühne*».

9. *Letzte Nummer*: WB Nr. 9 vom 3. 3. 1925.

10. *Die Sache mit Herzog*: Gegen Wilhelm Herzog war in der «*Weltbühne*» der Vorwurf erhoben worden, er hätte Arbeitergelder unterschlagen, was Siegfried Jacobsohn nach einem Vergleich vom 25. 2. 1925 vor dem Amtsgericht Charlottenburg als «völlig haltlos mit dem Ausdruck des Bedauerns» zurücknahm.

11. *Artikelchen*: «*Gerichtstag*», 3. 3. 1925.

12. Paul Levy, Rechtsanwalt, Verteidiger von Wilhelm Herzog.

13. «*Ere Nouvelle*»: Franz. Literaturzeitschrift.

10. 3. 25

1. *Meine Kritik*: Gemeint ist Tucholskys Kritik über den Roman «*Stadt und Gebirg*» von José Eça de Queiroz in der «*Weltbühne*» vom 26. 6. 1924. (Vgl. GW I/1175, ‹*Das Gleichgewicht des Lebens*›.)

2. José Maria Eça de Queiroz, portug. Romancier. (Vgl. auch GW II/126, ‹*Die Reliquie*›.)

3. Georg Brandes (1842–1927), dänischer Kritiker und Literarhistoriker.

4. «*Der Kunstwart*»: Von Ferdinand Avenarius herausgegebene Halbmonatsschrift für Kunst, Literatur und Theater. Tucholsky arbeitete im Jahre 1914 gelegentlich am «*Kunstwart*» mit.

16. 3. 25

1. *M. M.*: «*Montag Morgen*», von Stefan Großmann 1923 gegründete Berliner Montagszeitung, linksdemokratisch; der erste verantwortliche Redakteur des M. M. war Carl v. Ossietzky; Großmann hatte von 1915–19 das Feuilleton der «*Vossischen Zeitung*» geleitet und dann die Chefredaktion des von Ernst Rowohlt gegründeten «*Tagebuch*» übernommen; einer der wichtigsten Mitarbeiter des «*Tagebuch*» wurde Leopold Schwarzschild.

S. J. war mit Stefan Großmann verfeindet.

2. Erich Weinert (1890–1953), kommunistischer Lyriker. Weinert veröffentlichte häufig im «*Montag Morgen*».

31. 3. 25

1. *Gartikel an Seeckt*: Vgl. GW II/67, ‹*Briefe an einen bessern Herrn*›.

2. Erich Zeigner (1886–1949), 1921 sächsischer Justizminister (USPD), März 1923 Ministerpräsident der sozial-demokratischen Regierung in Sachsen, 1944 KZ Buchenwald, 1945–49 Oberbürgermeister von Leipzig.

30. 4. 25

1. Friedrich Wilhelm Foerster (geb. 1869), Philosoph, Sozialpädagoge und Sozialethiker, pazifistischer Publizist, Mitarbeiter der «*Menschheit*». Lebt in New York.

19. 6. 25

1. *Le Vésinet*, 1925–26 wohnte Tucholsky mit seiner Frau Mary in einem gemieteten Haus in Le Vésinet bei Paris.

2. Dieser Brief ging zwar an die Buchhalterin der «*Weltbühne*», wurde aber hier unter die Briefe an Jacobsohn aufgenommen, weil er Siegfried Jacobsohn betraf.

3. Hermine Sterler, Schauspielerin.

Januar 1926

1. *Pinner*: Gemeint ist Felix Pinners im Verlag der «*Weltbühne*» erschienenes Buch «*Deutsche Wirtschaftsführung*».

Mai 1926

1. Dieser Brief ist wahrscheinlich nur ein Entwurf, jedenfalls nur als solcher erhalten. Es ist nicht sicher, daß Siegfried Jacobsohn ihn in dieser Form bekommen hat.

2. *Was sich da mit Mertens begibt*: Der Verlag der «*Weltbühne*» gab von Carl Mertens unter dem Titel «*Verschwörer und Fememörder*» die in der «*Weltbühne*» unter *** veröffentlichten Artikel heraus und hatte sich mit Papier und Karton für 40000 Ex. eingedeckt in der Annahme, daß die «Friedensgesellschaft» und das «Reichsbanner» diese Publikation in großem Umfange vertreiben würden, was aber nicht geschah. Vorsichtshalber hatte Siegfried Jacobsohn nur 10000 Ex. gedruckt, mußte nun aber die Wechsel für das restliche Papier etc. einlösen.

3. Die im Text mit eckiger Klammer kenntlich gemachten Passagen waren in Tucholskys Entwurf gestrichen.

2. 12. 26

1. Siegfried Jacobsohn starb am 3. 12. 1926, er erhielt diesen Brief nicht mehr.

2. ‹*Ein Pyrenäenbuch*› erschien unter Tucholskys Pseudonym Peter Panter 1927 im Verlag Die Schmiede, gewidmet «Dem Andenken Siegfried Jacobsohns».

3. Helen Hessel, Frau des Schriftstellers Franz Hessel.

4. *Priester:* Gemeint ist das Buch «*Priester*» von Ernst Fuhrmann.

5. *Das Schloß ist gar kein Schloß*: Seit Herbst 1926 bewohnte Tucholsky einen alten Kardinalssitz in Fontainebleau bei Paris.

6. *Deutsche Richter*: Diese Artikelfolge erschien in der «*Weltbühne*» Nr. 14, 15 und 17 im Jahre 1927. Tucholsky nahm sie später in sein Buch ‹*Deutschland, Deutschland über alles*› auf. (Vgl. GW II/771)

## Brief nach Wien

8. 1. 20

1. *Kempinski*: Weinrestaurant in Berlin.

2. *Der große Schriftsteller*: Gemeint ist Karl Kraus.

3. *Die lustige Zeichnerin*: Gemeint ist Ada Nigrin.

## An Theodor Wolff

Theodor Wolff war Chefredakteur des «*Berliner Tageblatts*», Tucholsky Chefredakteur des im selben Verlag erscheinenden «*Ulk*». (Vgl. auch Anm. zu Hans Erich Blaich, S. 508.)

## An Hanns Dosch

Hanns Dosch war politischer Gefangener auf der Festung Niederschönenfeld bei Rain am Lech (wo u. a. auch Ernst Toller und Erich Mühsam ihre Festungshaft verbüßten).

11. 10. 20

1. *Die von mir eingeleitete Hilfsaktion*: Vgl. GW I/726, ‹*Ein Aufruf*›.

An Ernst Ringelmann

Ernst Ringelmann war ein wegen politischer Betätigung relegierter Student und verbüßte eine Festungshaft auf der Festung Lichtenau bei Ansbach. (Vgl. GW I/726, *‹Ein Aufruf›*.)

11. 10. 20

1. Der Schluß dieses Briefes fehlt.

An Erich Mühsam

Anarchistisch-sozialistischer Schriftsteller (1878–1934), wurde im KZ ermordet; wegen Teilnahme an der Münchner Räterepublik 1919 zu fünfzehn Jahren Festungshaft verurteilt, nach sechs Jahren entlassen. (Vgl. GW I/726, *‹Ein Aufruf›*.)

An Ernst Toller

Ernst Toller (1893–1939), expressionistischer Dramatiker, wurde wegen Beteiligung an der Münchner Räterepublik 1919 zu fünf Jahren Festungshaft verurteilt. (Vgl. GW I/726, *‹Ein Aufruf›*.)

20. 6. 22

1. *«Masse-Mensch»*, ein Drama von Ernst Toller.

Juni 1922

1. *Dort in N.*: Festung Niederschönenfeld.

25. 8. 22

1. Ludwig Fulda (1862–1932), Dramatiker.
2. Wolfgang Heine (geb. 1861), Rechtsanwalt, 1918 preußischer Justizminister, 1919–20 preußischer Minister des Innern (SPD), wurde auch bekannt durch seine brillante Verteidigung im *«Reigen»*-Prozeß.

An Lukaschek

18. 12. 20

1. *Schlesischer Ausschuß*: Eine Volksabstimmung sollte entscheiden, ob das preußische Oberschlesien bei Deutschland bleiben oder zu Polen kommen sollte. Der «Oberschlesische Ausschuß» hatte sich mit dem Ziel gebildet, die prodeutsche Propaganda zu unterstützen. Der Völkerbund entschied am 20. 10. 1921 die Frage: das Land wurde geteilt.

2. Das Witzblatt «*Pieron*» war das oberschlesische Abstimmungs-Propagandaorgan, zu den Illustratoren gehörte auch Zille.

3. Dr. Rudolf Dammert, Inhaber eines Verlages und Nachrichtenbüros.

4. Willi Steinert, Zeichner.

## An Herbert Ihering

Geb. 1888, führender Berliner Theaterkritiker (am «*Börsen-Courier*»), Antipode Alfred Kerrs. Lebt heute in Berlin, leitet das theaterwissenschaftliche Archiv der Akademie der Künste (Ost).

10. 8. 22

1. Die «*Weltbühne*» brachte am 29. 6. 1922 (GW I/984) von Ignaz Wrobel den Artikel ‹*Die Schupo*›, der vom «*Eclair*», Paris, nachgedruckt wurde. Die Berliner «*Nationalzeitung*» ließ sich daraufhin von ihrem Pariser Korrespondenten am 29. Juli 1922 einen Bericht schreiben, der den Eindruck erwecken mußte, als hätte Tucholsky seinen Artikel speziell für den französischen «*Eclair*» verfaßt, in dem er die Schutzpolizei als militärische Tarnorganisation darstellte. (Vgl. auch GW II/1242, ‹*Das zweite Heer*›.)

5. 4. 23

1. Paul Leni, Maler, Bühnenbildner, später Filmregisseur.

2. Ernst Stern, Bühnenbildner.

3. *Ein kleines Cabaret*: Die spätere «Gondel».

18. 10. 29

1. Iherings Polemik war im «*Tagebuch*», Jg. 20, 1929, S. 1690 f, erschienen.

2. *Deutschland-Buch*: Gemeint ist Tucholskys Buch ‹*Deutschland, Deutschland über alles*› mit Fotomontagen von John Heartfield, das 1929 in Willi Münzenbergs Neuem Deutschem Verlag erschien.

3. *Ich habe mir selbst in der «Weltbühne» attestiert* . . .: Vgl. GW III/192, ‹*Das Buchhändler-Börsenblatt*›.

4. *Schlimmer als unter dem Seligen*: Wilhelm II.

## An Maximilian Harden

9. 8. 24

1. *Ich bin das andere Königskind*: Anspielung auf das Gedicht «Es waren zwei Königskinder, die konnten zusammen nicht kommen, das Wasser war viel zu tief», weil Tucholsky, der in Paris lebte, gerade in Berlin war, als Maximilian Harden, der in Berlin lebte, nach Paris kam.

2. *Die berliner Herren*: Kurt Korff und Kurt Szafranski, die Tucholsky gebeten hatten, bei der Vorbereitung zur ersten Nummer des Ullsteinmagazins «*Uhu*» behilflich zu sein.

3. William Bird, Europavertreter eines großen amerikanischen Pressekonzerns, für den Harden jahrelang allwöchentlich einen politischen Artikel schrieb und bei dem Harden zu Gast in Paris war.

12. 10. 24

1. *Ihr Buch*: Gemeint ist Maximilian Hardens Buch «*Deutschland, Frankreich, England*», Berlin 1923.

2. *Voss*: Für die «*Vossische Zeitung*» im Ullstein-Verlag schrieb K. T. lt. vertraglicher Vereinbarung unpolitische Schilderungen aus Paris unter seinem Pseudonym Peter Panter.

3. Hellmut von Gerlach, vgl. Anm. zu Siegfried Jacobsohn, S. 515.

4. «*Berliner Tageblatt*», vgl. Anm. zu Hans Erich Blaich, S. 508.

5. «*Vorwärts*», Zeitung der SPD.

6. «*Rote Fahne*», Zeitung der KPD.

14. 4. 26

1. *Oberschlesische Sache*: Vgl. Anm. zu Lukaschek, S. 519 f.

2. *Kommission der USP*: Tucholsky hatte wegen seiner Mitwirkung am Oberschlesischen Ausschuß (vgl. Brief an Landrat Lukaschek, S. 129) eine Untersuchung gegen sich selbst beim Zentralkomitee der USPD, der er für kurze Zeit angehörte, angestrengt. In einem Kommuniqué, vom 17. 6. 1922, das u. a.von Ledebour unterzeichnet war, wurde Tucholskys Haltung, der die Mitarbeit am Schlesischen Ausschuß von sich aus aufgegeben hatte, weder antisozialistisch noch antirepublikanisch bezeichnet und seine Mitarbeit für die Parteipresse der USPD, insbesondere an der «*Freiheit*», wurde ausdrücklich gewünscht.

3. *Ein alter Jugendfreund*: Kurt Szafranski.

4. Georg Bernhard, vgl. Anm. zu Siegfried Jacobsohn, S. 513.

5. Victor Margueritte, franz. Schriftsteller. (Vgl. GW II/242, ‹*Wandertage in Südfrankreich*›.)

6. Otto Geßler, Reichswehrminister von 1920–28.

7. *Cohn*: Emil Ludwig war der Sohn des Augenarztes Professor Hermann Cohn und erhielt bei der Taufe offiziell den Namen Emil Ludwig.

8. *Isidor*: Maximilian Harden hieß mit bürgerlichem Namen Felix Witkowski und wurde von den Nationalisten Isidor Witkowski genannt.

9. Leopold von Hoesch, deutscher Botschafter in Paris.

10. *T. W.*: gemeint ist Theodor Wolff. (Vgl. Anm. zu Hans Erich Blaich, S. 508.)

11. «*Die Zukunft*» hieß die Zeitschrift, die Maximilian Harden von 1892 bis 1922 herausgab.

3. 5. 26

1. Lucien Lévy-Bruhl, franz. Philosoph.

2. *Die Wirkung des Buches*: Gemeint ist Emil Ludwigs Buch «*Wilhelm II.*» (Vgl. GW II/298, ‹*Das Buch vom Kaiser*›.)

3. Wolfgang Heine (vgl. auch Anm. zu Ernst Toller, S. 519) hatte Harden eine «unselige Natur» genannt.

4. *Damals, als alle auf ihm herumhackten*: In einem 1904 im «*Berliner*

*Tageblatt»* erschienenen Artikel wurde Siegfried Jacobsohn vorgeworfen, Teile einer Theaterkritik von Alfred Gold in einem eigenen Aufsatz plagiiert zu haben; Jacobsohn verteidigte sich damit, daß der Wortlaut der Kritiken Golds sich klischeehaft in seinem Gedächtnis festgesetzt habe und mechanisch in seinen Sätzen aufgetaucht sei. Er gab seine Mitarbeit an der *«Welt am Montag»* auf und ging für ein Jahr nach Paris. 1905 gründete er in Berlin die *«Schaubühne»*, die spätere *«Weltbühne»*. (Vgl. auch GW III/510, *‹Fünfundzwanzig Jahre›*.)

12. 6. 27
Kurt Tucholsky hatte seit dem Tod von Siegfried Jacobsohn im Dezember 1926 die *«Weltbühne»* als Herausgeber geleitet. Die erste Nummer nach Jacobsohns Tod trug auf der Titelseite den Vermerk: Begründet von Siegfried Jacobsohn – Herausgeber: Kurt Tucholsky. Das Impressum lautete: Verantwortlich i. V. Carl v. Ossietzky. Ab 25. 1. 1927 Nr. 4 hieß es im Impressum: Verantwortlich Carl v. Ossietzky, also *ohne* i. V.

## An Sibylle Schoepf-Witting

13. 5. 23
1. *Hutten*: Tucholsky hatte bei einer Einladung im Hause des Geheimrats Richard Witting in Anwesenheit seiner Tochter eine Debatte mit dem Hausherrn über Hutten, Luther und Cromwell.

15. 5. 24
1. *Ich bin geschieden*: Vgl. Anm. zu Hans Erich Blaich, S. 505.

25. 6. 25
1. Hellmut von Gerlach, vgl. Anm. zu Siegfried Jacobsohn, S. 515.
2. *Uns haben sie falsch geboren*: Ein Wort Heinrich Heines.

## An Lisa von Schönebeck

Die Briefe an Lisa von Schönebeck schrieb Tucholsky während seiner Tätigkeit in der Bank Bett, Simon & Co. (Vgl. auch Anm. zu Siegfried Jacobsohn, S. 514.)

9. 7. 23
1. Die Wohnung in Charlottenburg, Windscheidstr. 34, hatte Tucholsky nach der Trennung von seiner ersten Frau Anfang 1923 bezogen.
2. *Billux*: Die Tochter Lisa von Schönebecks.

8. 8. 23
1. *Den Wrobel-Requiem muß ich erst besorgen*: s. GW I/1105

## An Hans Schönlank

Hans Schönlank (1890–1958) war ein Schulkamerad Tucholskys aus dem französischen Gymnasium in Berlin.

10. 1. 23

1. *Wie das der kleine Mann macht . . .*: Gemeint ist Siegfried Jacobsohn.

13. 6. 27

1. *Sammelband*: Gemeint ist Tucholskys Buch ‹*Mit 5 PS*›.
2. *Mutter ist nach Riga gemacht*: Gemeint ist Mary Tucholsky.

20. 7. 27

1. *Quintett und Musik*: Das war ein Vorschlag von Margot Schönlank für den Titel des Auswahlbandes, der dann ‹*Mit 5 PS*› hieß.
2. *Maman*: Gemeint ist Frau Margot Schönlank.

## An Kate Kühl

Schauspielerin und Chansonsängerin, Schülerin von Rosa Valetti, hervorragende Interpretin von Tucholskys Chansons. Lebt in Berlin. Tucholskys Spitzname für Kate Kühl war Kulicke.

10. 5. 24

1. *Schiff ahoi*: Ein Chanson, das Tucholsky für Kate Kühl geschrieben hatte.

3. 7. 25

1. *Immer abgelehnt*: Anspielung auf das Chanson ‹*Die Dorfschöne*› mit dem Refrain «Immer angelehnt, immer angelehnt an der Wand», das Tucholsky für Kate Kühl geschrieben hatte.
2. Gertrud Prellwitz, Oberlehrerin und Schriftstellerin.
3. Mit dem Musiker Albert Jarosy, der in Paris lebte, waren Emil Ludwig und Kurt Tucholsky befreundet; es gab mehrere Brüder Jarosy.
4. *Der Blaue Vogel* war das berühmteste der russischen Emigrantenkabaretts, die in den zwanziger Jahren in Berlin entstanden; es wurde von Duwan-Torzoff gegründet, am bekanntesten war der Conferencier Jushnij, der später das Kabarett übernahm.
5. *Blaubart*: Chanson von Marcellus Schiffer.
6. *Herr aus der Potsdamerstraße*: Gemeint ist der Berliner Kunsthändler Wolfgang Gurlitt.

11. 2. 26

1. Yvette Guilbert, Sängerin und Diseuse, die das literarische Cabaret in Frankreich salonfähig machte (obwohl sie nie in einem Cabaret auftrat); von ihr gingen auch Impulse auf das deutsche Kabarett aus.
2. Rudolf Nelson, vgl. Anm. zu Siegfried Jacobsohn, S. 514.

10. 8. 26

1. *Die große Frau*: Gemeint ist Fritzi Massary. (Vgl. Anm. zu Siegfried Jacobsohn, S. 512 f.)

2. *Ich fahre sicherlich noch einmal zu Reinhardt*: Tucholsky und Alfred Polgar sollten für Max Reinhardts Deutsches Theater eine Revue schreiben; die Revue kam nie zustande, einzelne Szenen daraus veröffentlichte Tucholsky in der «*Weltbühne*». (Vgl. GW II/870: ‹*Gebet des Zeitungslesers*›, GW II/878: ‹*Wendriners setzen sich in die Loge*›, GW II/913: ‹*Lied der Kupplerin*›, GW II/987: ‹*Der Traum – ein Leben*›, GW II/997: ‹*Theater*›.)

18. 2. 28

1. *Gedicht von Brecht*: Gemeint ist Bert Brechts Gedicht «*An Marie A.*».

2. *Zwei Worte, die ich nicht mag*: Vgl. dazu Tucholskys Brief an Kate Kühl vom 2. 3. 28.

3. Lene Levi: Gedicht von Alfred Lichtenstein «*Der Fall in den Fluß*».

4. Werner Richard Heymann, Schlager- und Chansonkomponist, der auch mehrere Texte Tucholskys vertont hat; Heymann-Chansons wurden in vielen Berliner Kabaretts, wie «Schall und Rauch», «Wilde Bühne», gesungen.

2. 3. 28

1. *Brechts Wolkengedicht*: «*An Marie A.*».

25. 8. 28

1. *Das Chanson*: «Das Lied vom Surabaya-Johnny» aus «*Happy End*» von Bert Brecht.

2. B. B.: Bert Brecht.

16. 9. 29

1. Die schwedische Adresse dieses Briefes ist noch nicht Tucholskys endgültiger Wohnsitz in Schweden, den er erst Ende des Jahres 1929 in Hindås nahm.

2. *Türke*: Weinstube in Berlin.

24. 9. 29

1. *Angelehnt*: Gemeint ist Tucholskys Chanson ‹*Die Dorfschöne*›. Das Chanson, das Tucholsky hier erwähnt, hat Kate Kühl nie vorgetragen, es führte im Gegenteil zu einem Streit zwischen Tucholsky und Kate Kühl und wurde von K. T. zerrissen.

## An George Grosz

11. 3. 25

1. *Golle* war der Spitzname, den Tucholsky George Grosz gegeben hatte.
2. *«Der Knüppel»*: Satirische Arbeiterzeitschrift in Berlin.
3. *Assiette au beurre*: Berühmtes franz. Witzblatt (1901–13).
4. Eduard Thöny, vgl. Anm. zu Hans Erich Blaich, S. 508.
5. Rudolf Schlichter (geb. 1890), surrealistischer Zeichner.
6. Karl Radek (geb. 1885), sowjetischer Politiker und Theoretiker, wurde nach langjähriger Tätigkeit in Polen und Deutschland wegen Opposition gegen Stalin 1927–29 und 1937–41 verbannt.
7. *Ein Artikel wie den mit Hölz*: Vgl. GW II/25, *‹Vierzehn Käfige und einer›*.

Max Hölz (1889–1933), komm. Agitator, leitete die kommunistischen Gegenaktionen gegen den Kapp-Putsch im Vogtland; 1921 Führer des Mitteldeutschen Aufstands, im selben Jahr zu lebenslänglichem Zuchthaus verurteilt, 1928 amnestiert; stand mit Tucholsky und anderen auf der ersten Ausbürgerungsliste.

8. *Muttern*: Frau Eva Grosz.

## An Alfons Fedor Cohn

Referent im Auswärtigen Amt, Presseabteilung, Schriftsteller und Übersetzer unter dem Pseudonym Olof F. Anders.

12. 4. 25

1. *Treeptoff*: Gemeint ist der Ausflugsort Berlin-Treptow.

## An Edith Jacobsohn

Edith Jacobsohn war die Frau von Siegfried Jacobsohn und Inhaberin des Verlages Williams & Co., Berlin.

10. 11. 25

1. *Dolittle*: *«Dr. Dolittle und seine Tiere»* von Hugh Lofting.
2. *Die große Arbeit*: Gemeint ist Tucholskys Buch *‹Ein Pyrenäenbuch›*.
3. *Fall Wendriner*: Edith Jacobsohn wollte die Wendriner-Geschichten in ihrem Verlag als Buch herausbringen.
4. Ottomar Starke, Zeichner.
5. Fritz Wolff, Zeichner.

29. 12. 25

1. *Das himmlische Kind*: Siegfried Jacobsohns Sohn Peter.
2. *Der kleine Mann*: Vgl. Anm. zu Hans Schönlank, S. 523.

2. 12. 26

1. *Affenbuch*: «*Mein Freund Toto. Biographie eines Schimpansen*» von Ch. Kearton.

2. *Dolittle*: «*Dr. Dolittles schwimmende Insel*» von Hugh Lofting. Beide Bücher erschienen im Verlag Williams & Co.

## An Eduard Plietzsch

Eduard Plietzsch (Pseudonym: Jan Altenburg) (1886–1961), Berliner Kunsthistoriker, Mitarbeiter der «*Weltbühne*».

21. 11. 25

1. *Babbitt*: Gemeint ist der gleichnamige Roman von Sinclair Lewis.

2. Kurt Wolff. 1931 ging Kurt Wolff von München nach Frankreich, damals noch nicht mit der Absicht der Emigration, sondern um in Südfrankreich ein paar Jahre zu leben. Er kehrte Anfang 1933 für ein paar Wochen nach Berlin zurück, erlebte die Nacht des Reichstagsbrandes und war 24 Stunden später wieder in Frankreich. Dort blieb er bis 1941, kam im April 1941 nach New York, wo er weiter erfolgreich als Verleger arbeitete und sah erst 1947 Deutschland zum erstenmal wieder. Kurt Wolff lebt heute in Locarno, Schweiz. Er sah Tucholsky im Sommer 1932 in Saint-Tropez zum letztenmal, zusammen mit Walter Hasenclever.

3. *Diese Kritik*: Vgl. GW II/111, ‹*Babbitt*›.

4. *Der kleine Gast*: Ein Buch von Georg Hermann.

5. Raquel Meller, Chansonsängerin.

6. Guido Thielscher, Komiker.

7. Lord Edward Grey (1862–1933), engl. Staatsmann.

8. *Habe ich Ihnen . . . geantwortet*: Vgl. GW II/442, ‹*Die Neutralen*›.

9. *Die Alte*: Mary Tucholsky.

10. *Hans Voss*: Gemeint ist Hans Vorst, «*Baltische Bilder*», Schilderungen über das Baltikum, die im Frühjahr 1916 im Feuilleton des «*Berliner Tageblatts*» abgedruckt wurden und 1919 als Buch erschienen.

11. *Die Keyserlings*: Bezieht sich vor allem auf Eduard Graf Keyserling (1855–1918), den Tucholsky sehr schätzte, während er den philosophischen Schriftsteller Hermann Graf Keyserling (1880–1946) scharf ablehnte. (Vgl. GW II/1146, ‹*Der darmstädter Armleuchter*›.)

12. *Ich laß Dir Deine Altenburger*: Eduard Plietzsch stammte aus Altenburg.

13. *Eiserne Division*: Im November 1918 gebildeter Freiwilligenverband, Teil der Baltikumtruppen. (Vgl. auch Anm. zu Hans Erich Blaich, S. 510.)

14. *Frau Kunsthändler und Mutter Altenburg*: Frau Mica Plietzsch.

An A. Klemich

Mit dem Brief an A. Klemich beantwortete Tucholsky eine Leserzuschrift.

13. 10. 26

1. *Meine Ausführungen über das Reichsbanner*: Vgl. GW II/497, *‹Der Sieg des republikanischen Gedankens›*.
2. Gustav Noske, vgl. Anm. zu Siegfried Jacobsohn, S. 513.
3. Wolfgang Heine, vgl. Anm. zu Ernst Toller, S. 519.
4. *Der Ausreißer aus Doorn*: Wilhelm II.

An Hans Hartmann

8. 2. 27

1. *Ihr Beitrag*: Am 10. 7. 1927 erschien in der «*Weltbühne*» Nr. 29 der Artikel «*Das Konkordat*» von Hans Hartmann.

6. 5. 28

1. Dr. von Rosenberg, deutscher Gesandter in Schweden.
2. Ole Olden, Gymnasialdirektor in Stavanger; Quäker, Mitglied des Internationalen Versöhnungsbundes.

An Karlchen und Jakopp (Dr. Erich Danehl, gest. 1952, und Hans Fritzsch, gest. 1932), Freunde Tucholskys aus dem Ersten Weltkrieg.

15. 3. 27

1. *Übernahme des Blattes*: Es handelte sich um die Weiterführung der «*Weltbühne*» nach dem Tode Siegfried Jacobsohns.
2. *Meine Alte*: Mary Tucholsky löste den Haushalt in Fontainebleau auf, während Tucholsky bereits in Berlin die Leitung der «*Weltbühne*» übernommen hatte.
3. *Bestallung*: Dr. Erich Danehl war zum Polizeipräsidenten von Wilhelmsburg ernannt worden (wurde 1933 amtsenthoben und war nach 1945 Staatssekretär im Innenministerium in Hannover).

An Emil Ludwig

Schriftsteller (1881–1948), Verfasser viel gelesener romanhafter Biographien, die in viele Sprachen übersetzt wurden. Lebte seit 1907 im Tessin.

5. 5. 28

1. *Claridge*: Hotel in Paris.

2. Leopold von Hoesch, vgl. Anm. zu Maximilian Harden, S. 521. (Vgl. in diesem Zusammenhang auch GW II/345, *‹Deutsche Woche in Paris›*.)

3. Heinrich Simon (1880–1941), Journalist, Feuilleton-, später Chefredakteur der *«Frankfurter Zeitung»* (im Besitz des IG-Farbenkonzerns), emigrierte 1934.

4. Leo Stahl, Korrespondent der *«Vossischen Zeitung»* in Paris.

5. Harry Domela, Hochstapler, der als «Prinz» bei den Saxo-Borussen auftrat. (Vgl. GW II/854, *‹Mit Rute und Peitsche durch Preußen-Deutschland›*.)

6. *Rowohlt gibt's ja gern*: Emil Ludwigs Bücher erschienen im Rowohlt Verlag.

19. 5. 28

1. *Und sprach mit dem Mann*: Gemeint ist der deutsche Botschafter in Paris, Leopold von Hoesch.

2. *Fendriner*: Gemeint ist die von Tucholsky geschaffene Gestalt «Herr Wendriner».

3. Viktor Hahn, Herausgeber und Besitzer der *«Nationalzeitung»*, ab 1912 des *«8-Uhr-Abendblatts»*, Berlin, das später der Mosse-Verlag übernahm.

24. 5. 28

1. *Lieber Herr Moscius*: Emil Ludwig lebte in Moscia bei Ascona.

1. 6. 28

1. *Mit dem Buch ist es so*: Emil Ludwig hatte Tucholsky vorgeschlagen, ein Buch über den 9. November 1918 an den deutschen Fürstenhöfen zu schreiben, das etwa unter dem Titel «Deutsche Paladine» am 9. November 1928 erscheinen sollte.

2. *Weil ich mit einer Satire schwanger gehe*: Tucholsky plante damals ein Buch über Christoph Kolumbus; daraus wurde später die 1931 mit Walter Hasenclever gemeinsam verfaßte gleichnamige Komödie.

20. 1. 29

1. *p. Wels*: Gemeint ist Grete Wels, genannt Walfisch, hier Welsine.

2. Albert Jarosy, vgl. Anm. zu Kate Kühl, S. 523.

22. 5. 32

1. *Naturalisation*: Emil Ludwig hatte sich in der Schweiz naturalisieren lassen.

2. *Den Beitrag Hegemanns*: Gemeint ist Werner Hegemann (geb. 1881), Architekt und Schriftsteller, der in der Nr. 3 des Jahrgangs 1931 der *«Weltbühne»* einen Artikel *«Emil Ludwig zum fünfzigsten Geburtstag»* veröffentlicht hatte; auf diesen Artikel hin bestellte Emil Ludwig nach zwanzigjährigem Abonnement die *«Weltbühne»* ab, die er aber nach kurzer Zeit wieder bezog.

3. *Zittern beim Gedanken an diesen Artikel*: Emil Ludwig schrieb am 13. 5. 1932: «Noch heute, nachdem mehr als ein Jahr voller Kämpfe und auch Erfolge hinter mir liegt, bekomme ich das Zittern, wenn ich an die Lektüre denke . . . Sachliche und politische Angriffe sind wir gewohnt, einen Dolchstoß können wir nicht verzeihen.»

An Walter Mehring

3. 8. 27

1. Dieser Brief bezieht sich auf eine Anfrage Walter Mehrings im Auftrage des Direktors der Piscator-Bühne, Berlin, ob Tucholsky prinzipiell bereit sei, mit Walter Mehring gemeinsam eine Revue zu schreiben.

23. 3. 29

1. *Gussys Anblick*: Gussy Holl, vgl. Anm. zu Hans Erich Blaich, S. 509.

2. *ER*: Gemeint ist Emil Jannings.

3. Arnolt Bronnen. Tucholsky schrieb über seinen Roman «*O. S.*» eine vernichtende Kritik. (Vgl. GW III/105, ‹*Ein besserer Herr*›.)

4. *Daß Brecht Sie vernichten will*: Brecht soll behauptet haben, Mehrings «*Ketzerbrevier*», 1921, sei in der Aufmachung Brechts «*Hauspostille*», die erst 6 Jahre später, 1927 erschien, nachgeahmt.

5. *Ich habe mal meinen ganzen Kummer herauslaufen lassen*: Vgl. GW III/69, ‹*Die Anhängewagen*›.

6. Dr. Robert Klein, stellvertr. Direktor des Deutschen Theaters.

7. Felix Gasbarra, Chefdramaturg der Piscator-Bühne.

8. *Kaufmann von Berlin*: Drama von Walter Mehring, das im S. Fischer Verlag auch als Buch erschienen war.

An Wilhelm Speyer

16. 10. 27

1. *Hulle*: Paul Huldschinsky.

2. *Sie auch nur unwesentlich gekränkt zu haben*: Tucholsky hatte am 4. 10. 1927 in der «*Weltbühne*» in seinem Artikel ‹*Traktat über den Hund sowie über Lerm und Geräusch*› (GW II/898) u. a. geschrieben: «Wilhelm Speyer, der etwas von Tieren versteht, hat mir in mein hochfein möbliertes Haus geschrieben, ich sei wohl vom wilden Strindberg gebissen – ein Mann in meinen Jahren! Kurz: keiner der obbezeichneten Hunde möchte hinfürder noch ein Stück Brot von mir nehmen, wenn er eins bekäme . . .»

Am 20. 10. 1927 schrieb Speyer auf diesen Brief Tucholskys: «Lieber Tucholsky, also wischen wir uns die Tränen aus den Augen. Ihr Brief war sehr lieb.»

An Piscator-Bühne (Felix Gasbarra und Erwin Piscator)

16. 2. 28

1. *Freundliche Einladung*: Tucholsky war zur Mitarbeit an einer politischen Revue im Lessing-Theater aufgefordert worden.

14. 3. 28

1. Dieser Brief kann als Tucholskys Schlußwort zu einem langwierigen Kritikerstreit angesehen werden, der in den Spalten der *«Weltbühne»* über die Praxis und Möglichkeiten des Piscator-Theaters ausgetragen wurde.

In Nr. 5 der *«Weltbühne»* vom Jahre 1928 hatte Arthur Eloesser die Aufführung *«Der brave Soldat Schweijk»* in der Bearbeitung von Max Brod und Hans Reimann negativ kritisiert, und Harry Kahn hatte in der folgenden Nummer der *«Weltbühne»*, ebenfalls am Beispiel dieser Schweijk-Aufführung, die «Diktatur des toten Apparates und die Inflation des Requisits» angegriffen. In Nr. 10 der *«Weltbühne»* vom Jahre 1928 veröffentlichte Carl v. Ossietzky in der Rubrik «Antworten» einen Brief Erwin Piscators, der sich heftig gegen diese Angriffe wehrte und der *«Weltbühne»* vorwarf, sich zum Sprachrohr einer verständnislos-reaktionären Kunstclique gemacht zu haben, die seine Arbeit als schädigend für das Theater oder belanglos hinstelle. Ossietzky schrieb dazu u. a.: «Hauen Sie die Bürger ruhig in die Pfanne, provozieren Sie Ihr Parkett, daß es heulend sein Geld zurückverlangt, aber lassen Sie das durch einen Dichter besorgen, nicht durch Maschinerie und Parteiphrase. Die Maschinerie wird als Sensation begrüßt, die Jesinnung sanft begrinst. Sie haben uns revolutionäre Taten versprochen, und herausgekommen ist eine berliner Sehenswürdigkeit.»

2. Tucholskys Anspielung, «daß der Ort nicht glücklich gewählt» sei, bezieht sich darauf, daß Piscators Theater nicht in einem Arbeiterviertel, sondern am Nollendorf-Platz in der Nähe des Kurfürstendamms lag.

3. Henri Guilbeaux, franz. Schriftsteller, internationaler Sozialist, Kriegsgegner, Mitarbeiter an der Zeitschrift *«Demain»*, die im Ersten Weltkrieg in der Schweiz erschien, Korrespondent der *«Prawda»*. Guilbeaux wurde im Ersten Weltkrieg durch das Dritte Kriegsgericht wegen Hochverrats und Anstiftung zur Meuterei in contumaciam zum Tode verurteilt.

## An Max Brod

26. 7. 28

1. *Die Aphorismen*: Gemeint ist Franz Kafkas in der *«Weltbühne»* Nr. 39, Jg. 1928, veröffentlichte Arbeit *«Tagebuch 1911»*.

2. *Das Blättchen*: Gemeint ist die *«Weltbühne»*.

3. Sanatorium Weidner: Weißer Hirsch bei Dresden.

24. 5. 31

1. *Die kleine Szene à trois*: Bezieht sich auf Tucholskys Buch *‹Schloß Gripsholm›*.

2. *Die Wiener*: bezieht sich auf Tucholskys Artikel *‹Die Essayisten›* (GW III/842).

## An Wilhelm Stapel

10. 4. 29

1. *Das deutsche Volkstum*: Extrem-nationalistische Monatsschrift, hrsg. von Wilhelm Stapel und Albrecht Erich Günther.

## An Kurt Hiller

Geb. 1885, rechtsphilosophisch-kulturpolitischer Schriftsteller; Mitbegründer der aktivistischen Bewegung; 1918 Vorsitzender des Politischen Rats geistiger Arbeiter (Berlin); 1926–33 Führer der Gruppe Revolutionärer Pazifisten; 1933–34 KZ; Ende 1934 Emigration nach Prag, dann London, Rückkehr 1955.

22. 4. 29

1. *Rausch*: Albert H. Rausch, Pseudonym für Henry Benrath (1882–1949), Lyriker, Erzähler, Verfasser von Biographien, kam aus dem George-Kreis, schrieb über George ein Buch in französischer Sprache.

2. *Rote Hilfe*: Bezieht sich auf Kurt Hillers Artikel «*Attentat auf die Rote Hilfe*» in der «*Weltbühne*» Nr. 16, Jg. 1929.

14. 7. 29

1. *Krieg Kerr-Kraus*: Vgl. Anm. zu Siegfried Jacobsohn, S. 515.

2. *Gegen Programm keine Bedenken*: Bezieht sich auf das veränderte Programm der Gruppe Revolutionärer Pazifisten, zu der auch Tucholsky gehörte.

3. *Fr. W. F.*: Friedrich Wilhelm Foerster, vgl. Anm. zu Siegfried Jacobsohn, S. 517.

24. 9. 30

1. *Artikel über die Judenfrage*: Bezieht sich auf Kurt Hillers Artikel «*Warnung vor Koalitionen*» in der «*Weltbühne*» Nr. 39, Jg. 1930.

## An Hans Reichmann

Mitarbeiter der «*C. V*»-Zeitung, Organ des Central-Vereins deutscher Staatsbürger jüdischen Glaubens.

4. 5. 29

1. *Erwähnte Angriffe*: von nationalistischer Seite.

2. *Rundfrage über meine Arbeit*: Tucholskys Gedicht ‹*Gesang der englischen Chorknaben*›, das in der «*A. I. Z.*» (Arbeiter Illustrierte Zeitung) erschienen war (GW II/1216), hatte vor allem in der kirchlich orientierten Öffentlichkeit starken Protest hervorgerufen. Die Redaktion der «*C. V.*» hielt diesen Protest für symptomatisch und wollte Tucholskys Gedicht «zwölf Per-

sonen jüdischer Abstammung» mit der Bitte um Stellungnahme zusenden und diese Stellungnahmen veröffentlichen. Die Redaktion wollte fragen, 1. Billigen Sie das Gedicht politisch und literarisch? 2. Wie reagieren Sie auf die Tatsache, daß ein Jude Verfasser des Gedichtes ist? Zur Stellungnahme sollten u. a. aufgefordert werden: ein linksstehender Literat, ein orthodoxer Rabbiner, ein Studienrat, ein Kaufmann, ein Intendant, ein kommunistischer Student, ein Student aus der Wandervogel-Bewegung.

3. *Adresse des Pfarrers*: Ein Pfarrer, der regelmäßig die *«C. V.»*-Zeitung las, verbat sich wegen Tucholskys Gedicht die weitere Zusendung der *«C. V.»*-Zeitung, auf deren Aufklärung in Fragen des Antisemitismus er in Zukunft verzichten wollte, nachdem ein Jude ein solches Gedicht verfaßt hatte.

4. *Haarmann*: Lustmörder.

## An Bernhard Scheick

Bernhard Scheick, der seit 1924 Leser der *«Weltbühne»* war, betrachtete Tucholsky als seinen Mentor. Als er von den Anwürfen erfuhr, die Karl Kraus in der *«Fackel»* und der linkssozialistische Kritiker und Essayist Pfemfert in der *«Aktion»* gegen Tucholsky erhoben hatten, und zwar wegen eines Kriegsanleihe-Gedichts (*‹Trotzdem›*, veröffentlicht in der *«Frankfurter Zeitung»* vom 25. 9. 1918 anläßlich eines Preisausschreibens) und wegen seiner Mitarbeit an einer Soldatenzeitung (*«Der Flieger»*, s. a. Briefwechsel mit Hans Erich Blaich) und in Oberschlesien (*«Pieron»* und Schlesischer Ausschuß, s. a. Briefwechsel mit Maximilian Harden) schrieb Bernhard Scheick an Tucholsky: «Tausende von gläubigen Weltbühnen-Lesern und Tucholsky-Verehrern warten darauf, daß Sie sich öffentlich zu diesen Anwürfen äußern.»

24. 11. 29

1. *Zwischenrufer in Frankfurt*: Während eines Tucholsky-Vortrags in Frankfurt am Main soll ein Zuhörer gerufen haben: «Was taten Sie im Kriege, Herr?» Darauf soll Tucholsky geantwortet haben: «Ich steckte in einer Zwangsjacke, mein Herr!» Es sei bedauert worden, daß der Zurufer nicht besser über Tucholskys Haltung im Kriege informiert gewesen sei, dann hätte Tucholsky eine Antwort bekommen, daß «ihm Sehen und Hören vergangen wäre».

## An «Die Linkskurve»

Die kommunistische Zeitschrift *«Die Linkskurve»* wurde herausgegeben von Johannes R. Becher, Andor Gabor, Kurt Kläber, Erich Weinert und Ludwig Renn. Der hier abgedruckte Brief wurde in Nr. 2 des 2. Jgs., Februar 1930, veröffentlicht.

Februar 1930

1. *Bericht über einen Vortragsabend*: Der Bericht erschien in Nr. 1 der «*Linkskurve*» vom Januar 1930.

2. *In Wiesbaden einen großen Krach hervorgerufen hat*: Vgl. Tucholskys Brief an Dr. Walter B. Meyer vom 27. 11. 29, S. 210.

## An Jakob Wassermann

1. 3. 31

1. *Ein Buch*: Gemeint ist Tucholskys Buch ‹*Deutschland, Deutschland über alles*›, Berlin 1929.

2. John Heartfield (geb. 1891), Schöpfer der politischen Fotomontage, Gestalter der von Tucholsky oft lobend hervorgehobenen Buchumschläge des Malik-Verlages, dessen Gründer und Besitzer Heartfields Bruder Wieland Herzfelde war. Heartfield lebt in Ostberlin und ist Bühnenbildner von Bert Brechts Berliner Ensemble.

## An Alfred Stern

6. 5. 31

1. *Karlchen*: Gemeint ist Erich Danehl. (Vgl. An Karlchen und Jakopp, S. 527.)

2. «*Berliner Tageblatt*»: ‹*Schloß Gripsholm*› erschien als Vorabdruck im «*Berliner Tageblatt*».

## An Emil Jannings und Gussy Holl

17. 8. 31

1. *Liebe Mamma*: Spitzname für Gussy Holl.

2. *Hasenclever hat mir also geschrieben, daß Reinhardt etwas sucht*: Max Reinhardt wollte für das Große Schauspielhaus eine neue Revue haben. Tucholsky schlug Hasenclever die Idee mit «*Christoph Kolumbus*» vor. Jannings bezweifelte, ob Hasenclever, den er sehr schätzte, nicht zu literarisch sei, um eine wirklich große und volkstümliche Revue zu schreiben. Er schlug den Bühnenschriftsteller, Schauspieler und Regisseur Rudolf Bernauer zur Mitarbeit vor.

3. Rudolf Kommer: Bühnenschriftsteller, zeitweise Stellvertreter Reinhardts, weswegen er auch scherzhaft «Vizekönig von Salzburg» genannt wurde unter Anspielung auf Reinhardts Schloß Leopoldskron bei Salzburg.

4. *Biszeniss is Biszeniss*: Jannings sollte in London englischsprachig eine Rolle in dem Stück «*Geschäft ist Geschäft*» spielen.

5. *Deinen Falstaff sehen*: Jannings spielte in Wien unter der Regie von Karlheinz Martin und anschließend in der Berliner Volksbühne den Falstaff.

6. *Filmmanuskript*: Aus dem Briefwechsel mit Jannings geht hervor, daß Tucholsky an einem Drehbuch für Jannings arbeitete. Thema, Stoff und Manuskript sind nicht bekannt.

7. *Eduard VII.*: Jannings wollte die Rolle von Eduard VII. in einem Stück spielen, das Zuckmayer für ihn schrieb, und bat Tucholsky um Anekdoten und Bildmaterial.

8. *Willyn sein Onkel*: Gemeint ist Wilhelm II.

9. Lore hieß der Papagei von Jannings, über den in der «*Vossischen Zeitung*» am 9. 8. 1931 Tucholskys Feuilleton ‹*Der Papagei-Papagei*› erschien. (Vgl. GW III/906)

## An Almuth Niemann

Tucholsky war sich im unklaren, ob Almuth ein Frauen- oder ein Männername sei.

19. 11. 31

1. Emil Fitger (geb. 1848), Chefredakteur der «*Weser-Zeitung*», Bremen.
2. *Privatsekretärin Lydia*: Aus ‹*Schloß Gripsholm*›.

## An Annette Kolb

Dieser Brief ist auch in der erhaltenen Vorlage (einer maschinegeschriebenen Kopie, der Tucholsky wahrscheinlich eine handschriftliche Notiz zufügte) unvollständig.

29. 2. 32

1. *Schoenberger*: Gemeint ist Franz Schoenberner, verantwortlicher Redakteur des «*Simplicissimus*».
2. Thomas Theodor Heine: Vgl. Anm. zu Hans Erich Blaich, S. 506.
3. Erich Schilling, Zeichner, Mitarbeiter des «*Simplicissimus*».

## An Irmgard Keun

16. 7. 32

Am 12. 7. 1932 schrieb Irmgard Keun an Tucholsky, Robert Neumann habe ihren Verlag darauf aufmerksam gemacht, daß sie sein Buch «*Karriere*» abgeschrieben habe und daß Plagiatsvorwürfe um sie schwirrten. Sie bat Tucholsky ihr doch mitzuteilen, ob ihr Roman «*Das kunstseidene Mädchen*» seiner Meinung nach gefährliche Ähnlichkeit mit «*Karriere*» habe, da sie sich keiner Schuld bewußt sei. Daraus ergab sich der hier vorliegende kurze Briefwechsel, der schließlich zu einer gütlichen Einigung mit Robert Neumann führte.

## An Verlag Felix Bloch Erben

6. 9. 32

1. *Uraufführung*: Bezieht sich auf die mit Walter Hasenclever gemeinsam verfaßte Komödie «*Christoph Kolumbus oder Die Entdeckung Amerikas*».

## An Hermann Hesse

24. 10. 32

1. *Uraufführung*: Bezieht sich auf die mit Walter Hasenclever gemeinsam hatte Tucholsky spontan nach der Lektüre seines Sammelbandes ‹*Lerne lachen ohne zu weinen*› geschrieben, den ihm der Rowohlt Verlag zugeschickt hatte.

2. *Daß der Pen-Club Ihnen einen Abend gegeben hat*: Hesse antwortete am 31. 10. 1932, daß er davon nichts wisse und die Mitgliedschaft dieses Clubs nicht angenommen habe.

3. *Den «Steppenwolf» kenne ich*: Hesse hatte geschrieben, daß es ihm lieb wäre, wenn Tucholsky von seinen neueren Büchern wenigstens den «*Steppenwolf*» kennte.

## An «Die Weltbühne»

17. 1. 33

Dies war die letzte Veröffentlichung Tucholskys in der «*Weltbühne*».

## An Heinz Pol

Geb. 1904 in Berlin, Schriftsteller und Journalist, bis 1933 Redakteur bei der «*Vossischen Zeitung*» und ständiger Mitarbeiter (auch unter dem Pseudonym Jakob Links) der «*Weltbühne*» und der «*Literarischen Welt*». Lebt jetzt als Korrespondent der «*Frankfurter Rundschau*» und anderer Zeitungen in USA.

Seit Frühjahr 1932 erschien unter dem Titel «*Wiener Weltbühne*» eine Wiener Parallelausgabe der Berliner «*Weltbühne*». Dieses Ausweichquartier war wegen der Befürchtung gewählt worden, daß die «*Weltbühne*» bereits unter dem Regime Schleicher/Papen verboten werden könnte, vor allem aber auch, weil die «Weltbühnen»-Herausgeber und -Mitarbeiter bereits mit der Möglichkeit eines Hitler-Regimes rechneten. Tucholsky war zum Zweck der Gründung der «*Wiener Weltbühne*» nach Wien gekommen und hatte dort u. a. mit Willy (William) Schlamm verhandelt. Die «*Wiener Weltbühne*» war Eigentum eines Verlages, der Frau Jacobsohn und einem Wiener Industriellen zu gleichen Teilen gehörte. Sie erschien unter eigener Redaktion von W. S. Schlamm, der in der jeweiligen Ausgabe etwa die Hälfte der Beiträge aus der

Berliner «*Weltbühne*» übernahm, deren Fahnen ihm zugeschickt wurden; hinzu kam jeweils ein Leitartikel von Schlamm sowie einige Wiener Beiträge. Nach dem Verbot der Berliner «*Weltbühne*» verblieb die Chefredaktion bei W. S. Schlamm, der die Zeitschrift mit der Nr. vom 14. 4. 1933 in «*Die Neue Weltbühne*» umbenannte und das Blatt auch von dieser Nummer an in Prag herausgab. Nachdem Dollfuß in Wien bereits das Parlament aufgelöst hatte, war das Unternehmen aus politischen Gründen in seiner Existenz auch in Wien gefährdet. Frau Jacobsohn war nach Zürich gezogen, ihr Partner in Wien geblieben. Aus pressetechnischen Gründen wurden im Impressum «verantwortliche Redakteure» genannt, und zwar in Österreich Adolf Bauer, in Prag Ernst Fröhlich; beide Verlagsangestellte hatten österreichische resp. tschechoslowakische Staatsangehörigkeit und waren sogenannte «Sitzredakteure», also Angestellte, die im Notfall eine Gefängnisstrafe absitzen konnten, ohne daß dadurch die Weiterführung des Blattes gefährdet wurde. W. S. Schlamm schied im Frühsommer 1934 aus der Redaktion aus. Das Blatt wurde von Hermann Budzislawski übernommen, unter dessen Leitung es schließlich der Kommunistischen Partei zugespielt wurde.

31. 3. 33

1. *Daß es gut gegangen hat*: Gemeint ist Heinz Pols Emigration aus Deutschland.

7. 4. 33

1. «*Aufruf*»: Die damals in Prag erscheinende Halbmonatsschrift «*Der Aufruf*», ursprünglich das Organ der Liga für Menschenrechte, hrsg. von Dr. Bill.

2. «*Die Tat*», gegr. 1909, wurde in den dreißiger Jahren zum Organ der sog. Nationalbolschewisten. Hrsg. von Hans Zehrer, mitredigiert von Ferdinand Fried und Giselher Wirsing.

3. Theodor Wolff, vgl. Anm. S. 518.

4. Rudolf Breitscheid (1874–1943), sozialdemokratischer Politiker, Mitglied des Reichstags, November 1918 bis Januar 1919 preußischer Innenminister. Breitscheid war von Zürich nach Paris gekommen und flüchtete, als die Hitler-Wehrmacht Paris besetzte, nach Marseille in die damals noch unbesetzte Zone. Mit seinem Freund Hilferding weigerte er sich, von angebotenen amerikanischen Visen Gebrauch zu machen. Er wurde auf Anordnung der Gestapo von der Pétain-Polizei verhaftet und ausgeliefert. Beide sind in deutschen KZs umgekommen.

20. 4. 33

1. *Daß sich die «Weltbühne» . . . mit dem «Aufruf» nicht vereinigt*: Der Herausgeber des «*Aufruf*» Dr. Bill hatte eine Koalition zwischen «*Aufruf*» und «*Weltbühne*» vorgeschlagen.

2. *Artikel über den SA-Mann*: «*Ein SA-Mann*» von Hermann Britt in »*Die Neue Weltbühne*» vom 13. 4. 1933.

3. Karl Radek, vgl. Anm. zu George Grosz, S. 525.

4. *Bündnis mit der Reichswehr*: Generaloberst Hans von Seeckt (1866–1936) schloß bereits um 1920 ein Geheimbündnis mit Mokau ab, demzufolge deutsche Offiziersanwärter in der Sowjetunion ausgebildet wurden unter Um-

gehung der Bestimmungen des Versailler Vertrages. (Vgl. GW III/32, ‹*Der Kriegsschauplatz*›.)

5. *Dieser Prozeß*: Gemeint ist einer der ersten großen Schauprozesse in Moskau, in dem einige in der Sowjetunion engagierte britische Ingenieure wegen Spionage angeklagt und auch verurteilt wurden; Tucholsky war empört über die Instinktlosigkeit der sowjetischen Behörden, einen solchen Prozeß gerade in dem Augenblick zu inszenieren, in dem die englische öffentliche Meinung, erregt über Hitlers Machtergreifung, die Entwicklung in der Sowjetunion etwas positiver beurteilte.

6. «*Rote Fahne*»: Zentralorgan der KPD.

7. Eduard Helsey (Pseudonym: Lucien Couland) (geb. 1883), franz. Reporter und Globetrotter, Verfasser zahlreicher Reiseberichte, z. Z. Vorsitzender der Association des Grands Reporters.

8. «*Journal*»: Eine rechtsgerichtete Pariser Tageszeitung, die seit Jahren in großen Reportagen gegen das militaristische und nationalistische Wiedererstarken Deutschlands Stellung genommen hatte.

7. 5. 33

1. Erika Mosse, die zur Familie Rudolf Mosses gehörte, dem Berliner Zeitungsmagnaten («*Berliner Tageblatt*»), war nach Prag geflüchtet und wollte von K. T. Empfehlungen haben, die ihr weiterhelfen sollten.

2. *Frau J.*: Edith Jacobsohn, vgl. Anm. S. 525.

3. *Der Schritt der Liga für Oss*: Gemeint ist ein Protest der Liga für Menschenrechte gegen die Verhaftung Carl v. Ossietzkys unmittelbar nach dem Reichstagsbrand.

4. 7. 33

1. Die liberale Wochen-, später Monatsschrift «*Das Blaue Heft*» war 1918/19 von Max Epstein in Berlin gegründet worden und befaßte sich vor allem mit Theater und Kunst; Epstein emigrierte früh nach Paris, wo das «*Blaue Heft*» noch kurze Zeit weiter erschien.

20. 7. 33

1. *Eine B. Z. zu gründen*: Franz Hoellering, Chefredakteur von Ullsteins «*B. Z.*» («*Berliner Zeitung am Mittag*»), war nach Prag emigriert und hatte dort zusammen mit einigen Redakteuren und Geldgebern des «*Prager Tagblatts*» eine nach Berliner Muster getreulich kopierte Zeitung «*Prager Mittag*» herausgegeben, die bald wieder einging.

2. *In Sachen Oss*: Es waren vor allem über die Prager und Pariser Liga für Menschenrechte Bestrebungen im Gange, einen Aufruf internationaler Schriftsteller und Politiker zugunsten Ossietzkys zu organisieren. Man beschloß schließlich, auf die Namen deutscher «Weltbühnen»-Mitarbeiter zu verzichten und sich nur an Franzosen, Engländer und Amerikaner zu wenden. Die Organisation dieses Manifests schlug fehl, und es blieb bei individuellen Protesten.

18. 2. 34

1. *Nr. 1*: Deutsche Emigranten hatten in Prag ein politisch-satirisches Witzblatt gegen den gleichgeschalteten deutschen «*Simplicissimus*» gegründet, das sich «*Der Simpel*» nannte und dessen Chefredakteur Heinz Pol war. 1934 verkaufte Frau Jacobsohn die «*Weltbühne*» an die Geldgeber des «*Simpel*», und beide Blätter erschienen im selben Verlag. Ende 1935 ging der «*Simpel*» ein, Heinz Pol übersiedelte nach Paris.

2. *Was O. angeht, so hatte ich an Steed geschrieben*: Tucholsky hatte sich wegen der geplanten internationalen Protestaktion gegen die Inhaftierung Ossietzkys an den weltbekannten Chefredakteur der Londoner «*Times*», Henry Wickham Steed, gewandt, der in Deutschland studiert hatte, als einer der besten Kenner Deutschlands galt und sich bereits früh gegen den deutschen Nationalismus gewandt hatte. Steed schrieb dann später auch das Vorwort zu dem von Berthold Jacob 1937 bei der Éditions du Carrefour herausgegebenen Buch «*Weltbürger Ossietzky – Ein Abriß seines Lebens*».

3. Otto Wels (1873–1939), sozialdemokratischer Politiker, Mitglied des Reichstags.

4. Otto Bauer (1882–1938), österr. Politiker, Sozialdemokrat, 1918 Staatssekretär des Auswärtigen, emigrierte 1934. (Vgl. Anm. zu Walter Hasenclever, S. 547).

5. «*Lu*»: Satirische französische Zeitschrift, militant antifaschistisch, druckte vor allem politische Karikaturen aus aller Welt in großer Auflage nach, auch aus dem «*Simpel*», worauf sich Tucholskys Bemerkung über MacDonald bezieht (James Ramsay MacDonald [1866–1937], engl. Arbeiterführer, Mitbegründer der Labour Party, 1924 u. 1929–35 Premierminister).

6. *Herr Ratti aus Rom*: Papst Pius XI., Achille Ratti, 1922–39.

7. *Blättchen*: Spitzname für die «*Weltbühne*», die schon von Siegfried Jacobsohn so genannt wurde.

## An Carl Seelig

Carl Seelig (geb. 1894), Journalist und Theaterkritiker in Zürich, Herausgeber der Gesamtausgabe von Robert Walser, Biograph Albert Einsteins und Herausgeber von Einsteins Aufsätzen «*Mein Weltbild*»; arrangierte für die nach Zürich geflohenen Hitler-Gegner Vortragsabende.

## An Thomas Theodor Heine

21. 1. 34

1. *Ihre Mitteilungen haben mich sehr interessiert*: Es ging um die Gründung einer satirischen Zeitschrift unter dem Titel «*Simpel*» in Prag, wohin auch Th. Th. Heine emigriert war. (Vgl. auch Anm. zu Heinz Pol, 18. 2. 34, 1.)

## An Berthold Jacob

Berthold Jacob (1889–1944), linksstehender pazifistischer Journalist, Mitarbeiter der «*Welt am Montag*», der «*Zukunft*» und der «*Weltbühne*». In der «*Weltbühne*» veröffentlichte er seine Enthüllungen über die Schwarze Reichswehr; emigrierte 1933 nach Straßburg, 1935 wurde er von einem Nazispitzel nach Basel gelockt und von dort nach Deutschland entführt. Auf Druck der Schweizer Regierung wurde er nach der Schweiz ausgeliefert. 1941 entkam er aus Frankreich nach Portugal, wurde wieder von Nazispitzeln entführt und nach Deutschland gebracht, wo er nach KZ-Mißhandlungen im jüdischen Krankenhaus in Berlin verstarb.

1937 erschien in Willi Münzenbergs Emigrationsverlag Éditions du Carrefour (vgl. Anm. zu Walter Hasenclever, S. 543 f) sein Ossietzky-Buch (vgl. Anm. zu Heinz Pol, S. 538).

20. 6. 34

1. *Für diesen Kampf scheide ich aus*: Gemeint sind die internationalen Bestrebungen, Ossietzky aus dem KZ herauszubekommen.

22. 6. 34

1. *Ich kann zur Zeit so wenig reisen wie Sie*: Tucholsky hatte keinen Paß, da er 1933 ausgebürgert worden war, und konnte Schweden, wo er seit 1929 lebte, nicht verlassen, weil er sowohl Ausreise- als auch Einreiseschwierigkeiten befürchten mußte.

2. *Begleitbrief*: Berthold Jacob hatte vorgeschlagen, ein «Comité für Carl v. Ossietzky» zu gründen, um seine Entlassung aus dem KZ zu erreichen. Die verschiedensten Zeitungsredaktionen sollten aufgefordert werden, aktuelle Auszüge aus Ossietzkys Schriften, vor allem antifaschistisch-polemische Artikel, Tag für Tag zu den Tagesereignissen abzudrucken. Die Briefe an die Redaktionen sollten von Jacob und Tucholsky unterschrieben werden. Den Entwurf eines solchen Briefes hatte Jacob beigefügt.

## An Mia Leche-Löfgren

8. 9. 35

1. *Ihr mutiger Artikel*: Unter dem Titel «*Vem får fredspriset?*» (Wer bekommt den Friedenspreis?).

2. Milly Zirker, Mitarbeiterin von Hellmut von Gerlach. (Vgl. Anm. zu Siegfried Jacobsohn, S. 515).

3. Arthur Henderson (1863–1935), engl. Politiker, langjähriger Vorsitzender der Labour Party, 1924 Innenminister, 1929–31 Außenminister, erhielt 1934 für seine Tätigkeit als Vorsitzender der Abrüstungskonferenz den Friedens-Nobelpreis.

4. Norman Angell (geb. 1874), Korrespondent des europäischen Büros der Carnegie-Stiftung.

5. Erik Axel Karlfeldt (1864–1931), schwedischer Dichter.

6. Die zitierten Zeilen aus dem Gedicht *«Om en tillbörlig vrede»* lauten etwa:

Leg schwer und fest die Hand auf den Tisch
und brüll wie ein Löwe, königlich
und wähle das richtige Wort, gescheit
männlich, ohne Prahlen und Eitelkeit.

## An Walter Hasenclever

28. 2. 26

1. *Ihr wertes Drama*: Gemeint ist Walter Hasenclevers Lustspiel *«Ein besserer Herr»*.

2. *Dompropst Reber*: Charles Reber, Journalist.

13. 4. 26

1. *Sehr verehrtes gnädiges Frollein*: Der Brief war an Walter Hasenclevers Schwester Marita gerichtet.

2. *Swedenborg*: Walter Hasenclever gab 1925 in deutscher Nachdichtung eine Auswahl aus dem lateinischen Text Emanuel Swedenborgs heraus, *«Emanuel Swedenborg, Himmel, Hölle, Geisterwelt»*.

3. *Erfinder der Streichhölzer*: Anspielung auf den Schweden Ivar Kreuger.

4. Viktor Hahn, vgl. Anm. zu Emil Ludwig, S. 528.

(Datum des Poststempels)

1. Hans José Rehfisch (1891–1960), Dramatiker und Romancier.

2. Rudolf Leonhard (1889–1953), Schriftsteller, einer der ersten Hörspielautoren, zeitweise Lektor im Verlag Die Schmiede, in dem Kurt Tucholskys *‹Pyrenäenbuch›* 1927 erschien. Leonhard war – wie u. a. auch Hasenclever, mit dem er jahrelang befreundet war – als deutscher Emigrant nach 1939 in verschiedenen französischen Lagern interniert.

3. Mit dem Schauspieler Ernst Deutsch war Hasenclever eng befreundet.

4. Der Anlaß zu diesem Brief war ein Unfall Hasenclevers, bei dem er sich das Bein gebrochen hatte.

27. 3. 28

1. *Columbus*: Gemeint ist die Komödie *«Christoph Kolumbus oder Die Entdeckung Amerikas»*, die Tucholsky 1931 gemeinsam mit Hasenclever schrieb und die 1932 in Leipzig uraufgeführt wurde. Mit dem Thema beschäftigte sich Tucholsky schon viele Jahre vor der endgültigen Niederschrift und sammelte auch verschiedenes Material über Kolumbus; so lag diesem Brief eine kleine Glosse über einen modernisierten Kolumbus bei, die im *«Tagebuch»* erschienen war.

15. 10. 30

1. *Heyrathsschwindler*: Anspielung auf die Komödie eines Heiratsschwindlers *«Ein besserer Herr»* von Walter Hasenclever.

2. *Dank für Ihren werten Schrieb aus Emörreka*: Walter Hasenclever war auf Einladung einer großen Filmfirma mehrere Monate in Hollywood gewesen, um dort Drehbücher zu schreiben. Er hat sich dort nie in den ihm fremden Betrieb der Filmkonfektion einpassen können und saß schließlich zu seiner eigenen Verwunderung und Erbitterung völlig unbeschäftigt, aber hoch bezahlt, monatelang in den Studios herum.

3. *Felllll*: Feldwebelleutnant.

4. *Klumbumbus*: Gemeint ist die Komödie «*Christoph Kolumbus*».

28. 2. 33

1. *Affenstall*: Gemeint ist Nazi-Deutschland.

4. 3. 33

1. *Frau J. in Wien*: Gemeint ist die Frau Siegfried Jacobsohns, der der Verlag der Weltbühne nach dem Tode Jacobsohns, 1926, gehörte. (Vgl. Anm. zu Heinz Pol, S. 535 f.)

2. Hugo Eckener (1868–1954), Luftschiffer.

3. Aline Ménard-Dorian, Vorkämpferin für deutsch-französische Verständigung.

4. Alexander Kerenski (geb. 1881), 1917 Ministerpräsident der provisorischen russischen Regierung, von den Bolschewiken gestürzt.

5. Francesco Nitti (1868–1953), 1919/20 ital. Ministerpräsident. Gegner des Faschismus.

6. Graf Michael Karolyi wurde nach dem Zusammenbruch der habsburgischen Monarchie durch die Revolution am 30. 10. 1918 Staatspräsident der ungarischen Volksrepublik, im März 1919 wurde er von Bela Khun abgelöst, der die Ungarische Räterepublik ausrief.

7. Carl v. Ossietzky, vgl. Anm. S. 561 f.

8. *Rutchen*: Gemeint ist Rudolf Leonhard.

9. «*Voyage au Bout de la Nuit*»: Roman von Louis-Ferdinand Céline (1894 bis 1961), franz. Schriftsteller, später Kollaborateur der Vichy-Regierung.

5. 3. 33

1. Die Sage vom Großen Krebs, ein Gedicht von Walter Mehring, erschien im vorletzten Heft der «*Weltbühne*» in Berlin vom 28. 2. 1933.

4. 4. 33

1. *Kisch ist heraus und hat u. a. in der Wiener «Weltbühne» einen gradezu erschütternden Bericht gegeben*: Egon Erwin Kischs Bericht «*Letzter Tag in Deutschland*» erschien am 30. 3. 1933 in der «*Wiener Weltbühne*».

2. *Obergausaf*: Wolf Heinrich Graf Helldorf, Polizeipräsident von Berlin, Obergau-SA-Führer.

3. Hellmuth von Gerlach, vgl. Anm. zu Siegfried Jacobsohn, S. 515.

11. 4. 33

1. «*Die Tat*», vgl. Anm. zu Heinz Pol. S. 536.

20. 4. 33

1. *An Edgars Geburtstag*: Anspielung auf Hitlers Geburtstag.

2. *Schweden ist meine Riviera*: Hasenclever lebte an der Riviera.

3. *Ich sitze in Schweden in einer besonders übeln Ecke*: Tucholsky lebte in Hindås bei Göteborg in Südschweden.

17. 5. 33

1. Joachim Murat (1767–1815, erschossen), Marschall Napoleons.

2. Otto Strasser (geb. 1897), nationalsozialistischer Politiker, trennte sich 1930 von Hitler und gründete die «Schwarze Front», emigrierte 1933 (sein Bruder Gregor Strasser wurde 1934 im Verlauf der Röhm-Revolte ermordet).

11. 6. 33

1. Hanns Johst (geb. 1890), völkischer Schriftsteller, der für den Nationalsozialismus eintrat und der 1933 Präsident der (aufgelösten) Akademie der Deutschen Dichtung und 1935 der «Reichsschrifttumskammer» wurde.

18. 6. 33

1. *Moyahaus*: Tucholskys Haus in Hindås in Schweden.

2. Ernst Oberfohren, Mitglied des Reichstags, Deutschnationale Partei.

3. Werner von Blomberg (1878–1946), Generalfeldmarschall, 1933 Reichswehrminister.

4. Wolffs: Gemeint ist der Verleger Kurt Wolff und seine Frau. (Vgl. Anm. zu Eduard Plietzsch, S. 526.)

12. 7. 33

1. «*März*», vgl. Anm. zu Hans Erich Blaich, S. 505.

2. Joseph Roth (1894–1939), österr. Schriftsteller.

3. Leopold Schwarzschild, Chefredakteur des «*Tagebuch*». (Vgl. auch Anm. zu Siegfried Jacobsohn, S. 517.)

4. Eugen Freiherr von Binder-Krieglstein (geb. 1873), Schriftsteller.

5. Léon Daudet (1867–1942), Schriftsteller und Organisator der rechtsextremistischen «Action Française».

25. 7. 33

1. *Das wackere Gebirglervolk*: Gemeint sind die Schweizer.

2. Wolfe: Gemeint ist Thomas Wolfe.

3. Die «*Neue Weltbühne*» druckte zwischen Juni und August 1933 fünf grundsätzliche Artikel von Leo Trotzki über die deutsche Situation.

4. Arthur Henderson, vgl. Anm. zu Mia Leche-Löfgren, S. 539.

5. André François-Poncet (geb. 1887), 1931–38 franz. Botschafter in Berlin.

8. 8. 33

1. Ernst Röhm (1887–1934), nationalsozialistischer Parteiführer, Stabschef der SA, am 30. 6. 1934 auf Befehl Hitlers erschossen; mit der Niederschlagung der sog. «Röhm-Revolte» wurden oppositionelle Kräfte innerhalb der NSDAP beseitigt.

Tucholskys Anspielung bezieht sich auf Röhms Homosexualität.

2. Paul Doumer, 1931–32 Präsident der Franz. Republik, wurde 1932 ermordet.

17. 8. 33

1. *Dort aufhältlich sein werde*: Tucholsky plante eine Reise nach Paris.

2. Paule: Paul Graetz, vgl. Anm. zu Siegfried Jacobsohn, S. 513.

3. «*Kulissen*», Drama von Walter Hasenclever.

4. Edouard Daladier (geb. 1884), franz. Politiker, 1933/34 und 1938–40 Ministerpräsident.

5. Otto Braun (1872–1955), deutscher Politiker (SPD), preußischer Ministerpräsident, emigrierte 1933 in die Schweiz.

25. 8. 33

1. *Von Mary bin ich geschieden*: Vgl. Anm. zu Hans Erich Blaich, S. 508.

29. 8. 33

1. *Ich empfinde diese Sache weder als Orden noch als Diffamierung, sondern als Unbequemlichkeit, die mir Laufereien machen wird*: Gemeint ist Tucholskys Ausbürgerung, die am 23. 8. 1933 erfolgte und am 25. 8. 1933 im «*Deutschen Reichsanzeiger und Preußischen Staatsanzeiger*» veröffentlicht wurde.

2. Max Hölz, vgl. Anm. zu George Grosz, S. 525.

3. *Cimbrer*: Zimbern (Cimbern, Kimbern), germanisches Volk, verließ gegen Ende des 2. Jhs. v. Chr. die zimbrische Halbinsel Jütland und gelangte nach Süddeutschland, Gallien und Spanien.

14. 9. 33

1. *Dorthin*: Gemeint ist Hindås in Schweden.

2. *Ich lebe «zur Zeit in der Schweiz»*: Kurt Tucholsky hatte seit 1929 seinen ständigen Wohnsitz in Schweden, von wo er wiederholt Auslandsreisen (England, Frankreich, Schweiz) unternahm. Seine gesamte Post ließ er ab 1933 über eine Schweizer Deckadresse laufen. Alle seine Freunde und Bekannten lebten in der Annahme, Tucholsky wohne in der Schweiz. (Vgl. dazu auch das Vorwort zu diesem Briefband.)

3. Max Alsberg, vgl. Anm. zu Hans Erich Blaich, S. 508.

4. Theodor Lessing (1872–1933), philosophischer Schriftsteller, wurde von den Nationalsozialisten im tschechischen Exil ermordet.

15. 9. 33

1. *Leider werde ich nicht so lange hier bleiben können*: In Paris.

2. *Gegenprozeß in London*: In London wurde von militanten Antifaschisten, geführt von dem kommunistischen Verleger Willi Münzenberg, ein Gegenprozeß gegen den Reichstagsbrand-Prozeß in Leipzig organisiert. Dieser Gegenprozeß, der prominente Zeugen zitierte (u. a. trat dort auch Ernst Toller als Zeuge auf), wurde sogar im Anfangsstadium des Reichstagsbrand-Prozesses z. T. in der Beweisführung, Anklage und Verteidigung mit berücksichtigt.

Willi Münzenberg, der in Berlin den Neuen Deutschen Verlag aufgebaut hatte (in dem 1929 auch Tucholskys Buch ‹*Deutschland, Deutschland über alles›* erschienen war) gründete u. a. im Pariser Exil den Verlag Éditions du Carrefour (gl. Anm. zu Berthold Jacob, S. 539) und starb in der Emigration, nachdem er in den Verdacht des Trotzkismus geraten war, unter mysteriösen Umständen.

14. 12. 33

1. Lion Feuchtwangers Roman «*Die Geschwister Oppenheim*» (1933) ist die Darstellung der Schicksale einer jüdischen Familie in Deutschland nach der Machtergreifung.

2. *Seine Haltung ist leider . . . anständiger als die Thomas Manns*: Kurt Tucholsky warf Thomas Mann wiederholt vor, daß er, obwohl Nobelpreisträger, seine Bücher noch im Nazi-Deutschland verlegte und auch gegen die Vorgänge in Deutschland seine Stimme nicht erhob. (Der erste Band der Joseph-Tetralogie «*Geschichten Jaakobs*» erschien 1933 in Deutschland, einige der früheren Bücher Manns waren noch im Handel. Thomas Mann kehrte 1933 von einer Schweizer Vortragsreise nicht nach Deutschland zurück.)

3. Alfred Döblin weigerte sich, gemeinsam mit Thomas Mann, an Emigrantenzeitschriften mitzuarbeiten, um den weiteren Vertrieb seiner Bücher in Deutschland nicht zu gefährden, vor allem mit der Begründung, er möchte seine Einflußmöglichkeit auf die deutschen Leser nicht einbüßen.

4. *Ernstchen sein neues Buch*: Gemeint ist Ernst Tollers Lebensbericht «*Eine Jugend in Deutschland*», der 1933 in deutscher Sprache im Amsterdamer Querido-Verlag erschienen war. Der Querido-Verlag hatte unter Leitung von Dr. Landshoff vom Kiepenheuer-Verlag in Berlin eine deutsche Abteilung eröffnet, wo die Emigrationsliteratur verlegt wurde, u. a. erschienen dort Döblin, Feuchtwanger, Emil Ludwig, Georg Kaiser, Thomas Mann, Joseph Roth, Jakob Wassermann, Arnold Zweig. Ab 1. 9. 1933 gab Klaus Mann hier auch seine Zeitschrift «*Die Sammlung*» heraus.

5. 1. 34

1. Siegfried Kracauer war bis 1933 Redakteur der «*Frankfurter Zeitung*», zuletzt als Berliner Vertreter des Feuilletons, emigrierte über Paris nach den USA, wo er als wissenschaftlicher Mitarbeiter der Museum of Modern Arts Film Library in New York sein Buch «*From Caligari to Hitler*» veröffentlichte.

2. Bäumler: Alfred Baeumler, Mitherausgeber d. Handb. f. Philosophie. Herausgeber von Nietzsches Werken 1930.

Juli 1934

1. Wilhelm Speyer, vgl. Anm. zu Kurt Szafranski, S. 511.

2. *Theodor Wolff hat in der Schweiz ein Buch veröffentlicht*: Gemeint ist «*Der Krieg des Pontius Pilatus*», Zürich 1934.

3. Charles Péguy (1873–1914), franz. Schriftsteller, Lyriker und sozialistischer Publizist, gab ab 1900 die politisch unabhängigen «*Cahiers de la Quinzaine*» heraus, er war Sozialist ohne politische Bindung, Katholik ohne kirchliche Bindung.

4. Stanley Baldwin (1867–1947), engl. konservativer Staatsmann, Premierminister 1923–29, 1935–37.

5. Jean Louis Barthou (1862–1934, ermordet), französischer Staatsmann, 1934 Außenminister.

6. Die Zeitschrift «*L'Ordre nouveau*» (1933–38), hrsg. von Arnaud Dandieu und Robert Aron, vertrat die Richtung des Personalismus. Zu dieser Bewegung gehörte Denis de Rougemont. Das Buch «*La Révolution nécessaire*» war ebenfalls gemeinsam von Dandieu (1897–1933) und Aron herausgegeben.

7. Heinrich Brüning (geb. 1885), deutscher Reichskanzler 1930–32 (seit 1931 auch Außenminister), emigrierte 1934 nach USA, seit 1952 Professor in Köln.

8. Karl Valentin (1882–1948), Volkshumorist in München.

27. 7. 34

1. «*Landstreicher*»: Roman von Knut Hamsun, 1930.

6. 9. 34

1. *Dank für das Stück*: Gemeint ist Walter Hasenclevers Drama «*Münchhausen*».

2. Eugen Klöpfer, Schauspieler.

3. *Frau Edith*: Edith Hasenclever, lebt in Cagnes-sur-Mer.

4. *Unsere alte Zusammenarbeit*: Tucholsky bezieht sich auf die gemeinsame Arbeit am «*Christoph Kolumbus*».

5. *30. Juni*: Am 30. 6. 1934 war die «Röhm-Revolte». (Vgl. Anm. S. 543.)

6. W. A. Berendsohn veröffentlichte 1946 im Zürcher Europa-Verlag einen wertvollen Überblick über die deutsche Emigrationsliteratur «*Die humanistische Front*».

7. Alexis-Félix Arvers (1806–50).

26. 9. 34

1. *N. R. F.*: «*Nouvelle Revue Française*», bedeutende französische Literaturzeitschrift des Verlagshauses Gallimard, gegründet 1909, hrsg. von André Gide; unter dem Zeichen NRF erscheinen im selben Verlag auch Bücher.

7. 10. 34

1. *Anbei ein Pröbchen aus meiner schmerzlichsten Enttäuschung der letzten Jahre*: Dem Brief lag Hamsuns Artikel «*Abwarten und Sehen*» aus der Osloer «*Aftenposten*» vom 10. 7. 1934 bei, in dem er gegen einen zuvor in der «*Aftenposten*» publizierten Artikel von Prof. Fredrik Paasche polemisierte, die Entwicklung in Nazi-Deutschland in Schutz nahm und die Weimarer Republik einen Staat nannte, «wo die Kommunisten, die Juden und Brüning dies nordische Land regierten».

2. *Swedenborgianer*: Vgl. Anm. S. 540.

3. Vilfredo Pareto (1848–1923), ital. Volkswirtschaftler und Soziologe, Vertreter einer mechanistischen Auffassung der Gesellschaftsordnung.

4. Leonhard Ragaz (1868–1945), Schweizer evang. Theologe und Pazifist, der sich in vielen seiner Bücher mit dem Marxismus auseinandersetzte.

5. *Unser eingesperrter Freund*: Gemeint ist Carl v. Ossietzky.

6. *Die prophetischen Worte unseres Freundes*: Gemeint ist Carl v. Ossietzky.

7. *Die Nobelpreis-Aussichten für jenen . . .*: Carl v. Ossietzky.

14. 10. 34

1. *Was ich über U. geschrieben habe*: In einem hier nicht aufgenommenen Brief vom 1. 10. 1934 schrieb Tucholsky u. a.: «Daß Ihr Freund Unruh auf einem Kongreß in Rom zusammen mit Gerhart dem Landsturm-Hauptmann die deutsche Literatur vertritt, ist durchaus folgerichtig. Polgar hat den schon vor zehn Jahren richtig erkannt.»

2. Horace Finaly, in Ungarn geboren, war Generaldirektor der Banque de France et des Pays-Bas, die in und außerhalb Frankreichs große industrielle Unternehmungen beherrschte. Finalys Einfluß erstreckte sich auch auf die franz. Presse, besonders auf die Telegrafenagentur Agence Havas, den Zeitungsvertrieb Messageries Hachette und viele große Pariser Tageszeitungen.

1. 11. 34

1. *Daß Ihnen Italien nicht gefallen hat*: Hasenclever wurde als Deutscher während Hitlers Besuch bei Mussolini eine Woche lang in Italien inhaftiert.

15. 12. 34

1. *Gänsemännchen*: Roman von Jakob Wassermann.

2. Georges Sorel (1847–1922), franz. Philosoph und Zeitkritiker.

3. Karl Radek, vgl. Anm. zu George Grosz, S. 525.

4. Kurt Hiller, vgl. S. 531.

5. Theodor Wolff, vgl. S. 518.

6. Pierre Laval (1833–1945), 1934 franz. Außenminister. Wegen Zusammenarbeit mit Nazi-Deutschland als Chef der Vichy-Regierung 1945 hingerichtet.

7. Aristide Briand (1862–1932), 1925–32 französischer Außenminister, Friedensnobelpreis 1926.

8. Wilhelm Furtwängler (1886–1954), Dirigent u. Komponist.

9. *Unser Freund*: Gemeint ist Carl v. Ossietzky.

10. *Kapp-Putsch*: Wolfgang Kapp (1858–1922), unternahm 1920 mit General Walther Frhr. von Lüttwitz einen mißglückten nationalistischen Putschversuch, der nach drei Tagen durch Generalstreik zusammenbrach.

11. Karl Severing (1875–1952), sozialdemokratischer Politiker, 1920–32 mehrfach preußischer, zeitweise auch Reichsinnenminister.

25. 1. 35

1. *Max, muß ich noch alle Briefe vernichten*: Auf ausdrücklichen Wunsch Hasenclevers hat Kurt Tucholsky alle Briefe von ihm vernichtet.

10. 2. 35

1. Casimir de la Rocque (1886–1946), Führer der rechtsradikalen Organisation «Croix de Feu».

2. *Unser blonder Freund*: Gemeint ist Reinhold Schairer; Hasenclever war mit dem Ehepaar Schairer Jahre hindurch befreundet.

3. *«Kulissen»*: Bühnenstück von Walter Hasenclever, in dem Paul Graetz als Schauspieler vorkommt.

(ohne Datum)

1. *Unsere selige Spittelzeit*: Gemeint ist die Zeit, als Tucholsky und Hasenclever gemeinsam am «*Christoph Kolumbus*» arbeiteten. (Vgl. auch Brief an Mary Gerold-Tucholsky vom 22. 10. 1932.)

2. *Das andere ist da oben abgebildet*: Dem Brief lag eine aufgeklebte Karikatur von einem gefesselten Mann bei, dem die Nase abgeschnitten wird.

3. Georg Jung, Professor für Hals-, Nasen- und Ohrenheilkunde.

4. Edouard Herriot (1872–1957), franz. Politiker, 1924/25 und 1932 Ministerpräsident, 1943–45 in deutscher Haft.

5. Viscount Edgar Vincent d'Abernon (geb. 1857), engl. Botschafter in Berlin 1920–26.

6. *Dobrin*: Konditorei in Berlin.

7. *Wien und die Dollfuß-Morde*: Engelbert Dollfuß (1892–1934), Politiker der Christlich-Sozialen Partei und österreichischer Bundeskanzler seit 1932, löste nach einem blutigen Aufstand des «Republikanischen Schutzbundes» im Februar 1934 alle Parteien auf und verkündete am 1. 5. 1934 eine neue Verfassung. Seine Politik richtete sich gegen die nationalsozialistische wie die sozialdemokratische Partei. Dollfuß wurde von Nationalsozialisten ermordet.

9. 11. 35

1. *Na, denn man los mit dem guten alten Onkel da unten*: Gemeint ist Hasenclevers Stück «*Münchhausen*».

2. *Anbei eine Probe*: Dem Brief lag in freier Übertragung aus dem Schwedischen von Tucholsky das Gedicht «*Thersites*» von Gustaf Fröding bei. Gustaf Fröding (1860–1911), gilt als einer der bedeutendsten schwedischen Lyriker der 2. Hälfte des 19. Jhs.

3. *In der andern Sprache*: Gemeint ist Schwedisch.

4. Frank Heller (1886–1948), schwedischer Kriminalromanschriftsteller.

5. Esaias Tegnér (1782–1846), schwedischer Dichter (wurde 1824 Bischof von Växjo), gilt als der schwedische Nationaldichter.

6. Karl Michael Bellman (1740–95), schwedischer volkstümlicher Lyriker und Parodist (sein Leben wurde 1948 von Zuckmayer dramatisiert).

7. Carl Jonas Love Almquist (1793–1866), schwedischer revolutionär-romantischer Dichter, Vorkämpfer der Frauenbewegung und der Schulreform.

29. 11. 35

1. *Kollaboration*: Es handelt sich um das Stück «*What should the Husband do*» («*Ehekomödie*»). Hasenclever hatte das Stück gemeinsam mit Robert Klein geschrieben, der in London lebte und den Geschmack des englischen Publikums kannte. Robert Klein war in den zwanziger Jahren stellvertretender Direktor von Max Reinhardts Deutschem Theater in Berlin gewesen.

2. «*Tschandala*»: Histor. Roman von August Strindberg.

3. Kurt von Schleicher (1882–1934), General, vom 2. 12. 1932 – 29. 1. 1933 Reichskanzler; wurde – zusammen mit seiner Frau – bei der Röhm-Revolte erschossen.

4. Antoine de Rivarol (1753–1801), franz. Schriftsteller und Journalist, Kritiker der Französischen Revolution.

5. *Ich hatte an die Gräfin und Sie gemeinschaftlich einen Schreibebrief geschrieben*: Jean de Montaignac, die K. T. «die Gräfin» nannte und mit der er befreundet war.

(ohne Datum)

1. Mit diesem Brief endete die Korrespondenz mit Hasenclever, der Kurt Tucholsky nicht mehr sah. Nach dem Tode Tucholskys traf bei Hasenclever noch ein Zeitungsausschnitt aus einer französischen Zeitung ein, die Zitate aus einer Saarbrückener Rede Goebbels' wiedergab: «. . . Die Opposition hat nichts tun können, als sie an der Macht war. Jetzt wirft sie uns vor: ‹Aber euch haben wir, als ihr in der Opposition wart, das Recht der freien Meinungsäußerung gelassen› – das will nicht sagen, daß wir genau so verfahren.»

Der Ausschnitt war von Kurt Tucholsky überschrieben:
EINE QUITTUNG
«. . . dankend erhalten zu haben bescheinigt»
und darunter stand in Schreibmaschine:
Aufgeklebt für den lb Max, weil er nicht nur im Sommer 32 gesagt hat: «Novemberverbrecher! Novemberverbrecher!»

## An Fritz Tucholsky

Tucholskys Bruder Fritz, wurde von ihm aus Scherz Kohn genannt. Geb. 1896 in Stettin, gest. 1936 in USA. Studium an der T. H., Maschinenbau, wurde in der Inflation Bankangestellter, dann Angestellter der Messe u. des Fremdenverkehrsamts der Stadt Berlin, 1933 durch die Nazis entlassen, flüchtete nach der ČSR u. emigrierte von dort 1935 nach USA. Kam 1936 bei einem Autounfall ums Leben.

18. 1. 31

1. *Das Blättchen*: Vgl. Anm. zu Heinz Pol, S. 538.

2. *Habe ich mich an einer kleinen Geschichte versucht; Fertigstellung des kleinen Buches*: Gemeint ist beide Male Tucholskys Buch *‹Schloß Gripsholm›*, das 1931 bei Rowohlt erschien.

3. *Ein neuer Auswahlband*: Gemeint ist Tucholskys Buch *‹Lerne lachen ohne zu weinen›*, das Rowohlt 1931 verlegte.

6. 4. 31

1. *Mein hamburger Freund*: Gemeint ist Hans Fritsch, genannt Jakopp. (Vgl. An Karlchen und Jakopp, S. 527.)

2. *Mosse hat nur die kleine Geschichte erworben*: *‹Schloß Gripsholm›* wurde im *«Berliner Tageblatt»* vorabgedruckt.

3. Emil Jannings, vgl. Anm. zu Hans Erich Blaich, S. 509.

4. *Nicht mehr über Hamburg*: Weil «Jakopp», der in Hamburg gelebt hatte, gestorben war.

11. 7. 33

1. Dieser Brief ging nach Prag, wohin Tucholskys Bruder fliehen konnte.

2. *Zusammenschluß zwischen den beiden Blättern*: Vgl. Anm. zu Heinz Pol, S. 536.

5. 8. 33

1. *Sicherheitshalber lasse ich das über den «Aufruf» gehen*: Vgl. Anm. zu Heinz Pol, S. 536.

2. *«Simpel» und die andern Blätter*: Vgl. Anm. zu Heinz Pol, S. 538.

3. *Schlamm meist gut*: Vgl. Anm. zu Heinz Pol, S. 535 f.

31. 8. 33

1. *Die Scheidung ist inzwischen ausgesprochen worden*: Vgl. Anm. zu Hans Erich Blaich, S. 508.

24. 2. 34

1. *Österreich ist eine Tragödie*: Vgl. Anm. zu Walter Hasenclever, S. 547.

2. *Das Blättchen kaum noch lesbar*: Vgl. Anm. zu Heinz Pol, S. 538.

15. 4. 35

1. *Affen-Davids*: Affidavit, Bürgschaftsdokument für Einreisevisum nach Amerika.

2. James McNeill Whistler (1834–1903), amerikanischer Maler und Graphiker.

3. Hendrik de Man (1885–1953), rechtsstehender belgischer Sozialdemokrat, Theoretiker und Kritiker des Marxismus, tendierte zeitweise zum Nationalsozialismus. Professor in Frankfurt a. M. und Brüssel, 1939 Präsident der Sozialistischen Partei Belgiens, emigrierte 1945 in die Schweiz und wurde 1946 wegen Kollaboration mit der deutschen Besatzung von einem belgischen Gericht in absentia zu 20 Jahren Gefängnis und einer Geldstrafe von 10 Millionen Franken verurteilt.

28. 5. 35

1. *Tata*: Die geschiedene Frau Fritz Tucholskys.

2. *Es geht nicht*: Tucholsky lebte nicht in der Schweiz, sondern leitete nur seine gesamte Post über eine Zürcher Deckadresse. (Vgl. dazu auch das Vorwort zu unserem Band.)

3. *Hippel*: Spitzname für Tucholskys Schwester Ellen Milo.

16. 7. 35

1. MacDonald, vgl. Anm. zu Heinz Pol, S. 538.

19. 8. 35

1. Hellmut von Gerlach, vgl. Anm. zu Siegfried Jacobsohn, S. 515.

5. 12. 35

1. *Daß ich nicht dort am Bahnhof gewesen bin*: Gemeint ist Zürich.

2. *Austritt aus diesem Laden 1911*: Mit erlangter Volljährigkeit trat Kurt

Tucholsky 1911 aus dem Judentum aus. (Vgl. auch Brief an Arnold Zweig vom 15. 12. 1935.)

3. *Bin bei einer neuen Sprache*: Tucholsky lernte schwedisch.

8. 12. 35

1. *Eines im übrigen mäßigen Schriftstellers*: Richard Katz (geb. 1888), Reiseberichterstatter für die Ullstein-Blätter, lebt in Brasilien.

An Arnold Zweig

16. 12. 27

1. *Brief eines Kritisierten an den Kritiker*: Es handelt sich um Arnold Zweigs Roman *«Der Streit um den Sergeanten Grischa»*, über den Tucholsky eine ausführliche Kritik veröffentlicht hatte. (Vgl. GW II/975, *‹Der Streit um den Sergeanten Grischa›*.)

3. *Vom kleinen Mann*: Vgl. Anm. zu Hans Schönlank, S. 523.

15. 12. 35

1. Auch dieser Brief, der später unter dem Absendeort Zürich in verfälschenden Kürzungen in der von Budzislawski redigierten *«Weltbühne»* erschien (vgl. Anm. zu Heinz Pol, S. 535 f.), war in Hindås, Schweden, geschrieben.

2. *Verdun*: *«Erziehung vor Verdun»*, Roman von Arnold Zweig (1935) und *«Bilanz der Judenheit»*, Essayband von Arnold Zweig (1934).

3. *Ich füge Ihnen einen Ausschnitt aus einem londoner Brief bei*: Dieser hier nicht mitabgedruckte Brief gab die Stimmung eines Emigranten wieder, wie sie Tucholsky hier skizziert.

4. Julius Streicher (1885–1946), Gründer und Herausgeber der antisemitischen Hetzzeitung *«Der Stürmer»*, führender nationalsozialistischer Politiker, wurde 1946 in Nürnberg hingerichtet.

5. Richard Beer-Hofmann (1866–1945), österreichischer neuromantischer Schriftsteller.

6. Charles Péguy, vgl. Anm. zu Walter Hasenclever, S. 544.

7. Rudolf Breitscheid, Rudolf Hilferding, vgl. Anm. zu Heinz Pol, S. 536.

8. Arnaud Dandieu und Robert Aron, vgl. Anm. zu Walter Hasenclever, S. 545.

9. *«L'Ordre nouveau»*, vgl. Anm. zu Walter Hasenclever, S. 545.

10. *«Esprit»*, linkskatholische französische Monatsschrift. (Vgl. GW II/490, *‹L'Esprit›*.)

11. *Die noch in so einem Burschen wie Thomas Mann*: Vgl. Anm. zu Walter Hasenclever, S. 544.

## An Mary Gerold-Tucholsky

Tucholsky und seine spätere Frau duzten sich in ihren Briefen fast nie, sondern redeten sich in der dritten Person mit «Er» an, und Tucholsky sprach auch von sich als «dieser» oder «er».

13. 11. 17

1. *Autz*: Ein kleiner Ort in Kurland, wo der Unteroffizier Kurt Tucholsky Mary Gerold kennenlernte, die dort als Dienstverpflichtete bei der Kassenverwaltung im Stab der Artillerie-Fliegerschule arbeitete.

13. 11. 17

1. *Leihbibliothek*: Tucholsky leitete die von ihm eingerichtete Leihbibliothek der Artillerie-Fliegerschule.

18. 11. 17

1. Die Baronesse N. leitete das Heim der Dienstverpflichteten.

17. 1. 18

1. Waslav Fomitsch Nijinskij wurde (nach dem Russischen Kalender) 1890 in Kiew geboren, auf seinem Grabstein auf dem Pariser Montmartre-Friedhof steht das Jahr 1889. Man sagt, seine Mutter habe das Geburtsdatum gefälscht, um ihren Sohn vor dem Militärdienst zu retten.

13. 2. 18

1. *Die Blätter*: Es handelt sich um die Novelle «*Das Herz*» von Heinrich Mann.

25. 2. 18

1. *Das Mädchen und die große Stadt*: Es handelt sich um die Novellen «*Die Welt ist tief*» von Johannes V. Jensen (1873–1950), dänischer Erzähler.

27. 4. 18

Tucholsky ließ sich von seinem späteren Freund Dr. Erich Danehl nach Rumänien als Hilfsfeldpolizeikommissar anfordern, hatte Autz verlassen und fuhr via Berlin nach Turn-Severin.

29. 4. 18

1. *Transport nach unten*: Nach Rumänien.
2. *Um denselben Klotz (am Bein)*: So hatte sich Mary Gerold einmal im Gespräch mit Tucholsky genannt.

20. 5. 18

1. *T. S.*: Turn-Severin.
2. *Bei meinem Bekannten*: Gemeint ist Dr. Erich Danehl, genannt Karlchen.
3. *Der gewaltige Z.*: Gemeint ist der Kommandeur der Fliegerschule.

28. 5. 18

1. Cäsar Flaischlen (1864–1920), Schriftsteller, leitete 1895–1900 in Berlin die Kunstzeitschrift «*Pan*».

3. 6. 18

1. Catulle Mendès (1841–1909), franz. Dichter.
2. Yvette Guilbert, vgl. Anm. zu Kate Kühl, S. 523.

30. 6. 18

1. *Ich habe jetzt ein Buch von einem, der lange in Rußland gefangen war*: Gemeint ist Julius Meier-Graefes Buch «*Der Tscheinik*».
2. *Gedichtbuch*: Gemeint ist Owlglaß' Band «*Von Lichtmeß bis Dreikönig*». (Vgl. auch Anm. zu Hans Erich Blaich, S. 508.)

10. 7. 18

1. *Herr Schrumpelsoffke*: Gemeint ist Mary Gerold.
2. Ernstes Gedicht: ‹*Auf ein Kind*›, GW I/732.
3. *Ludolf*: Das erfundene Kind von Kurt Tucholsky und Mary Gerold, später auch manchmal Peter genannt.

17. 7. 18

Briefbeilagen: Tucholsky veröffentlichte in der «*Weltbühne*» eine Reihe ‹*Briefbeilagen*›, die für Mary Gerold bestimmt waren.

21. 7. 18

1. *Sanatogen-Kartenbriefe*: Briefkarten mit Reklame für das Stärkungsmittel Sanatogen.
2. *Und Seinem gefangenen Bruder*: Mary Gerolds Bruder war als russischer Offizier in deutsche Gefangenschaft geraten.
3. *An einen andern als an L.*: Die Feldpostbriefe durfte Tucholsky nur an eine reichsdeutsche Militärperson schicken; da Mary Gerold nicht Deutsche war, mußte eine Mittelsperson benutzt werden.
4. Alexander Lange Kielland (1849–1906), norweg. Erzähler.

26. 7. 18

1. *Es braucht kein Mensch zu wissen*: Zeile aus dem Gedicht «*Wilde Rosen*» von Hermann Löns.

2. 8. 18

1. Hermann von Eichhorn (1848–1918), preuß. Generalfeldmarschall, Führer der 10. Armee in Litauen und Nordpolen und der Heeresgruppe E. nördlich des Njemen, später in der Ukraine und auf der Krim. Eichhorn kam am 30. Juli 1918 in Kiew durch einen Bombenanschlag um.

8. 8. 18

1. Philipp Scheidemann, 1865–1939), sozialdemokratischer Politiker, 1918 Staatssekretär, rief am 9. 11. 1918 die Republik aus. 1919 Ministerpräsident, emigrierte 1933.

2. Gussy Holl, vgl. Anm. zu Hans Erich Blaich, S. 509.

9. 8. 18

1. Ludwig Hardt (1886–1947), Rezitator, der auf Veranlassung Tucholskys in Autz einige Vortragsabende gab.

11. 8. 18

1. *Den kleinen Auszug*: Aus den «*Stufen*» von Christian Morgenstern.

17. 8. 18

1. Manfred Freiherr von Richthofen (1892–1918), Jagdflieger im Ersten Weltkrieg.

21. 8. 18

1. «*Schluck und Jau*»: Drama von Gerhart Hauptmann aus dem Jahre 1900.

1. 9. 18

1. *Ein kleines Tiger-Gedicht*: ‹*Der alte Fontane*›, GW I/294.

4. 9. 18

1. Rosa Bertens, Schauspielerin. In seinem Porträt (vgl. GW I/189) hatte Tucholsky vor allem ihre Darstellung der Mutter in Strindbergs «*Scheiterhaufen*» charakterisiert.

6. 9. 18

1. *Kwas* (russ.) schwach alkoholisches Getränk aus Mehl, Malz oder Brotbrei, durch Gährung gewonnen.

30. 9. 18

1. *Nichts Ernsthaftes gewesen sein*: Mary Gerold war wegen einer Erkrankung ihrer Mutter nach Riga gefahren.

2. *Nicht schlecht bezahlte Redakteurstellung angeboten*: Gemeint ist die Stellung beim «*Ulk*». (Vgl. Anm. zu Hans Erich Blaich, S. 508.)

2. 10. 18

1. Gustav Johannes Wied (1858–1914), dän. Schriftsteller. (Vgl. GW I/457, ‹*Ilka Grüning*›.)

6. 10. 18

1. *Der offenbar unternommene Friedensschritt*: Prinz Max von Baden (1867–1929), letzter Kanzler des deutschen Kaiserreichs vom 3. 10. – 9. 11. 1918, leitete Waffenstillstandsverhandlungen mit der Entente ein, u. a. dankte auf seinen Rat Wilhelm II. ab.

Seite 405: Zum 15. November

1. Geburtstag von Mary Gerold nach der alten russischen Zeitrechnung.

2. Fiona Macleod (Pseudonym von William Sharps) (1815–1905), schottischer Schriftsteller.

3. «*Der arme Stephan*» von A. Schöll.

4. Heinrich Clauren (Pseudonym von Carl Heun) (1771–1854), erfolgreicher Modeschriftsteller seiner Zeit.

14. 10. 18

1. *Die berliner Zeitung*: Gemeint ist der «*Ulk*».

2. Theodor Wolff, vgl. An Theodor Wolff, S. 518.

19. 10. 18

1. *In Österreich vor sich gehen wird*: Nach dem Zusammenbruch der österreichisch-ungarischen Monarchie versammelten sich am 21. 10. 1918 die deutschstämmigen Mitglieder des österreichischen Abgeordnetenhauses in Wien als Nationalversammlung für Deutsch-Österreich und konstituierten, noch während das letzte kaiserliche Ministerium im Amt war, eine eigene parlamentarische Regierung. Nach dem Regierungsverzicht Kaiser Karls wurde am 12. 11. 1918 die «Republik Deutschösterreich» ausgerufen, die alle deutschen Siedlungsgebiete in den Alpen und Sudetenländern des alten Österreich umfassen und ein Bestandteil des Deutschen Reiches sein sollte. Der Vertrag von Saint-Germain vom 10. 9. 1919 untersagte den Namen Deutschösterreich, und ein Beschluß des Völkerbundes verhinderte den Anschluß an das Deutsche Reich.

31. 10. 18

Polizeistelle Calafat: Tucholsky war zum Feldpolizeikommissar befördert und Leiter der Polizeistelle Calafat geworden.

19. 12. 18

1. *Von Berlin aus reklamiert*: Das «*Berliner Tageblatt*» für den «*Ulk*».

2. *Aus den paar Aufsätzen, die ich Dir beilege*: «*Weltbühnen*» vom November und Dezember 1918.

3. Die Nr. 50 des «*Ulk*» vom 13. 12. 1918 war die erste Nummer, die Tucholsky als verantwortlicher Chefredakteur zeichnete.

16. 1. 19

Mary Gerold war Ende 1918 nach Riga gegangen. Nach Kriegsende war am 18. 11. 1918 der unabhängige Freistaat Lettland ausgerufen worden. Nach Abzug der deutschen Besatzung wurde der größte Teil des Landes und die Hauptstadt Riga von Anfang Januar bis Ende Mai 1919 von der Roten Armee besetzt. Ende Mai 1919 eroberte die Baltische Landeswehr gemeinsam mit deutschen Freiwilligenverbänden und lettischen Truppen Riga. Während dieser Zeit war die Postverbindung mit Deutschland unterbrochen.

19. 8. 19

1. Tucholsky verbrachte einen Teil seiner Ferien bei seinem Freund Hans Fritsch, genannt Jakopp.

18. 9. 19

1. Victor Barnowsky, Direktor und künstlerischer Leiter des Kleinen Theaters Unter den Linden in Berlin.
2. Alexander Rottmann, Schauspieler.
3. «*Zweimal zwei ist fünf*» und «*Tanzmäuse*» sind Lustspiele von Gustav Wied.
4. Alfred Abel, Schauspieler. (Vgl. GW I/457, ‹*Ilka Grüning*›.)
5. Sacha Guitry (1885–1957), franz. Dramatiker und Schauspieler.
6. Max Adalbert, Schauspieler. (Vgl. GW I/865, ‹*Drei Abende*›.)
7. Guido Herzfeld, Schauspieler. (Vgl. GW I/865, ‹*Drei Abende*›.)

27. 9. 19

1. *Der Laden, in dem ich bin*: Gemeint ist der «*Ulk*».
2. *Die kleinen roten Hefte*: Gemeint ist die «*Weltbühne*».
3. *Ihr Mann*: Gemeint ist der Filmschauspieler Conrad Veidt (Vgl. Anm. zu Hans Erich Blaich, S. 509.)

2. 10. 19

1. *Ein großes Cabaret*: «Schall und Rauch».

12. 10. 19

1. *Die Hexen auf dem Blocksberg*: Anspielung auf Tucholskys Arbeit ‹*Walpurgisnacht*› (GW I/265), die in seinem Sammelband ‹*Träumereien an preußischen Kaminen*› erschienen war, den er Mary Gerold gewidmet hatte.
2. *Gesammelte Tiger-Gedichte*: Gemeint ist der Band ‹*Fromme Gesänge*›, der unter Tucholskys Pseudonym Theobald Tiger erschien.
3. *Sein Luftballon*: Gemeint ist das Geburtstagspaket für Mary Gerold, das nicht abgeschickt werden konnte, weil keine Pakete nach dem Baltikum befördert wurden.

18. 10. 19

1. *Der Vertrag mit Reinhardt*: Das betraf die Mitarbeit an dem Cabaret «Schall und Rauch».

29. 10. 19

1. Charles Dana Gibson (1867–1944), amerik. Illustrator, Schöpfer des weltberühmt gewordenen Gibson-Girls, einer gezeichneten Figur, die die junge emanzipierte Frau jener Zeit darstellte.

7. 11. 19

1. *Einen blauen Bogen*: Tucholsky schrieb diese ‹*Blätter für Meli*› auf blauem Papier.

21. 11. 19

1. *Aases Tod*: Aus «*Peer Gynt*» von Henrik Ibsen.

21. 12. 19

1. Nach Abzug der deutschen Freiwilligenverbände aus dem Baltikum kam Mary Gerold als Flüchtling nach Deutschland.

1. *Eiserne Division*: Vgl. Anm. zu Hans Erich Blaich, S. 510.

25. 11. 22

1. *Einen (kleinen dicken) Mann Klavier spielen hören*: Damit ist Rudolf Nelson im Nelson-Theater am Kurfürstendamm gemeint. Tucholsky schrieb für die Nelson-Revuen Chansons. (Vgl. Anm. zu Siegfried Jacobsohn, S. 514.)

21. 1. 23

1. Der Blaue Vogel: Vgl. Anm. zu Kate Kühl, S. 523.

Seite 451: Blaues Tagebuch

*20. Oktober 1920. Ärgerliches Vorkommnis*: Vgl. ‹*Die Maulpatrioten*›, GW I/749.

11. 3. 23

1. *Die Hermann*: Mary Gerold wohnte bei einer Oberlehrerin Hermann.

2. *Das Einzige, das ich mit seinem Einverständnis von Ihm fernhalte*: Gemeint ist die Scheidung von seiner ersten Frau.

9. 8. 23

1. *In der Bank*: Tucholsky hatte wegen der Inflation 1923 eine Stellung als Volontär in der Bank Bett, Simon & Co. angetreten, wo er später Sekretär des Seniorchefs Hugo Simon wurde.

2. *Er lebt von Kc's aus Prag*: Auf dem Höhepunkt der Inflation, als der Dollar Milliarden und später Billionen kostete, waren auch tschechoslowakische Kronen eine stabile Währung.

7. 4. 24

Nach Beendigung der Inflation trat Tucholsky aus der Bank aus und ging als freier Schriftsteller nach Paris, nachdem er mit der «*Weltbühne*» und der «*Vossischen Zeitung*» Mitarbeiterverträge und mit dem «*Prager Tageblatt*» einen festen Nachdruckvertrag geschlossen hatte.

1. Eugen Koessler, Mitarbeiter der Französischen Botschaft in Berlin, der sich u. a. um engen Kontakt mit der Deutschen Liga für Menschenrechte bemühte und vor allem an den kulturellen Beziehungen zwischen Frankreich und Deutschland interessiert war. Er verließ 1928 Berlin.

2. Paul Block, Korrespondent des «*Berliner Tageblatts*» in Paris.

3. *Klunkeragen*: Von Tucholsky nach dem baltischen Wort «klunkern» gebildetes Substantiv für Sich-anfreunden.

4. *Alles nicht lesen kann*: Der Brief war mit der Hand geschrieben.

11. 4. 24

1. *Salon einer sehr reichen Dame*: Gemeint ist der Salon von Aline Ménard-Dorian, einer Vorkämpferin deutsch-französischer Verständigung. (Vgl. Anm. zu Walter Hasenclever, S. 541.)

2. *Meine Briefe*: Empfehlungsschreiben, die Kurt Tucholsky sich für Paris hatte geben lassen.

17. 4. 24

1. Jules Pascin, Zeichner, Mitarbeiter des «*Simplicissimus*» in der Zeit vor dem Ersten Weltkrieg (hatte u. a. die bei Paul Cassirer 1910 erschienene numerierte Luxusausgabe von Heines «*Memoiren des Herrn von Schnabelewopsky*» illustriert).

2. Eça de Queiroz, vgl. Anm. zu Siegfried Jacobsohn, S. 516.

20. 4. 24

1. «*Die Reliquie*» *von Queiroz*: Vgl. GW II/126, ‹*Die Reliquie*›.

22. 4. 24

1. *Großer Stern*: Im Tiergarten von Berlin.

2. *Diese alte Dame*: Aline Ménard-Dorian wohnte im VII. Arrondissement.

3. *Foire des pains d'épice*: Vgl: GW/1166, ‹*Fêtes du trône*›.

4. Albert Jarosy, vgl. Anm. zu Kate Kühl, S. 523.

5. Joseph Marquis de Lafayette (1757–1834), Mitkämpfer im Nordamerikanischen Freiheitskrieg, Chef der Nationalgarde 1789, Gegner Napoleons.

6. *Da liegen in einem ummauerten Raum*: Vgl. GW I/1173, ‹*Museum Carnavalet*›.

22. 5. 24

1. ‹*Nach der Schlacht*›: Vgl. GW I/1158.

2. 6. 24

1. Arthur Holitscher (geb. 1869), Schriftsteller. (Vgl. GW I/21, ‹*Amerika heute und morgen*› und GW II/154, ‹*Lebensgeschichte eines Rebellen*›.)

4. 6. 24

1. Maurice Sarrail (1856–1929), General, Kommandeur der 3. Armee an der Marne 1914, 1915–17 Kommandeur der französischen Streitkräfte im Orient.

26. 6. 24

1. Peter Jacobsohn, Siegfried Jacobsohns Sohn.

2. *Beide Stellen*: Die Redaktion der «*Weltbühne*» und der «*Vossischen Zeitung*».

3. ‹*Figurinen*›: Vgl. GW I/1178.

1. 7. 24

1. ‹*Zeugung*›: Vgl. GW II/910. Über diese Arbeit hatte es eine briefliche Auseinandersetzung zwischen Jacobsohn und Tucholsky gegeben, Jacobsohn

setzte daran vor allem aus, daß Tucholsky «mit Worten versucht, was Dix und Grosz mit Farben und Linien können. Bei ihnen spürt man nur die Kunst, bei Dir nur den Stoff.» Die Arbeit erschien erst nach Jacobsohns Tod 1927 in der *«Weltbühne»*.

5. 7. 24

Vgl. zu diesem Brief Tucholskys Arbeit *‹Vor Verdun›*, GW I/1205.

20. 7. 24

1. *Der kleine Mann*: Vgl. Anm. zu Hans Schönlank, S. 523.

2. *Denn von Berlin aus wird das ja nicht viel*: Tucholsky kam für sechs Wochen nach Berlin, um bei der Zusammenstellung der ersten Nummer des neuen Ullstein-Magazins *«Uhu»* mitzuwirken. Am 30. 8. 1924 heiratete er Mary Gerold in Berlin, beide zogen nach Paris.

3. *Kriegsgedenknummer*: Die *«Weltbühne»* Nr. 32 vom 7. 8. 1924 enthielt von Kurt Tucholsky *‹Der Geist von 1914›*, GW I/1200; *‹Vor Verdun›*, GW I/1205; *‹Gebet nach dem Schlachten›*, GW I/1211; *‹Vision›*, GW/I 1212.

4. *Schon gekündigt*: Die möblierte Wohnung in Paris.

12. 1. 27

Diesen Brief schrieb Tucholsky aus Berlin, wo er nach Jacobsohns Tod am 3. 12. 1926 die Leitung der *«Weltbühne»* übernommen hatte.

18. 1. 27

1. Morus (Richard Lewinsohn), Schriftsteller und Journalist, langjähriger wirtschaftspolitischer Mitarbeiter der *«Weltbühne»* und Verfasser zahlreicher kulturgeschichtlicher Bücher.

2. Paule, vgl. Anm. zu Walter Hasenclever, S, 543.

3. *Die Frau*: Edith Jacobsohn.

4. Roland Dorgelès. Aus dem Buch *«Partir»* stellte Tucholsky einen Absatz seinem *‹Pyrenäenbuch›* voran (GW II/577).

Dieser Brief gibt vor allem Tucholskys Überlegungen wider, ob er die Leitung der *«Weltbühne»* in Berlin endgültig übernehmen oder aufgeben sollte.

7. 2. 27

1. Fontainebleau: Seit Herbst 1926 wohnte Tucholsky in Fontainebleau, rue Béranger 11.

12. 6. 27

Carl v. Ossietzky hatte die Redaktion der *«Weltbühne»* übernommen, und Tucholsky war nach Paris zurückgegangen. In dem kleinen Ort Mogenstrup-Kro per Lou in Dänemark hatte sich Tucholsky für den Sommer eingemietet, um den Sammelband *‹Mit 5 PS›* für den Rowohlt Verlag zusammenzustellen.

1. *Als nach Vésinet die Reiserei anfing*: In Le Vésinet in der Nähe von Saint-Germain-en-Laye wohnte Tucholsky mit seiner Frau 1925–26 bis sie nach Fontainebleau zogen, weil das Hundegebell im Nachbarhaus Tucholsky bei der Arbeit störte.

27. 6. 27

1. *Und nun ohne zu Hause*: Das Haus in Fontainebleau war in der Annahme aufgegeben worden, daß Tucholsky die Leitung der «*Weltbühne*» in Berlin beibehalten würde; außerdem fühlte er sich in Fontainebleau zu weit weg von Paris.

11. 7. 27

1. *‹Was wäre, wenn . . .›*: Vgl. GW II/883.
2. *Ich warte bei Rowohlt das Buch ab*: Gemeint ist *‹Mit 5 PS›*.
3. *Geld für die Sucherei*: Tucholsky suchte nun eine Wohnung in Paris.
4. *Polgar-Revue*: Vgl. Anm. zu Kate Kühl, S. 524.

8. 8. 28

1. Kvasa Solbad: In diesem kleinen schwedischen Ort verbrachte Tucholsky sechs Wochen, um sich zu erholen und in der Stille zu arbeiten.
2. *‹Wo kommen die Löcher im Käse her –?›*: Vgl. GW II/1212.

9. 8. 28

1. *Sitzt nicht in seinem Buch*: Gemeint ist das geplante Buch über Christoph Kolumbus, das Tucholsky nie geschrieben hat; statt dessen verfaßte er zusammen mit Walter Hasenclever 1931 die Komödie «*Christoph Kolumbus*».
2. *Sammelband*: Gemeint ist der zweite Sammelband, den der Rowohlt Verlag herausbrachte: *‹Das Lächeln der Mona Lisa›*.

16. 8. 28

1. *Das Buch bedarf noch einer Ordnung*: *‹Das Lächeln der Mona Lisa›*.
2. *Grischa-Artikel*: Vgl. GW II/975, *‹Der Streit um den Sergeanten Grischa›*.
3. Julius Elbau, Chefredakteur und Leitartikler der «*Vossischen Zeitung*». Nachfolger Georg Bernhards.
4. *Gutes Gedächtnis wie S. J.*: Anspielung auf Siegfried Jacobsohns Plagiatsaffäre. (Vgl. Anm. zu Maximilian Harden, S. 521 f.)
5. *Das Buch von Holitscher müßte eigentlich heißen «Aber, Herr Herzog!»*: Anspielung darauf, daß Holitscher mit Wilhelm Herzog sein Leben lang verfeindet war.
6. *Kabarett der Komiker*: Das Kabarett von Willi Schaeffers in Berlin.
7. Trude Hesterberg, Schauspielerin und Chansonsängerin, für die Tucholsky mehrere Chansons geschrieben hat.
8. Ida Wüst, Schauspielerin. Mit dem Couplet für die Männer ist gemeint *‹Chanson für eine Frankfurterin›*, GW III/24.
9. Bruno Kastner, Schauspieler.
10. Georges Courteline, vgl. Anm. zu Hans Erich Blaich, S. 508.

17. 8. 28

1. Georges Rodenbach (1855–98), belgischer Dichter. Sein Roman *«Bruges-La Morte»* bildete die Grundlage für E. W. Korngolds Oper *«Die tote Stadt»*.

2. *Einen Gartikel über Spessart*: Vgl. GW II/1119, *‹Wer kennt Odenwald und Spessart?›*.

3. Blix, Mitarbeiter des *«Simplicissimus»*.

4. Jules Renard (1847–1910), franz. Schriftsteller.

20. 8. 28

1. *Einleitungsgedicht*: Vgl. GW II/1322, *‹Das Lächeln der Mona Lisa›*.

2. *Kallchen* (Karlchen): Vgl. An Karlchen und Jakopp, S. 527.

3. *Jakopp*: Vgl. An Karlchen und Jakopp, S. 527.

26. 8. 28

1. *Das Gedicht Brechtens*: Gemeint ist *«Surabaya-Johnny»*. (Vgl. Anm. zu Kate Kühl, S. 524.)

2. *Die Kühl*: Vgl. An Kate Kühl, S. 523.

3. *Aber ich schreibe ihn ja doch nochmal*: Tucholsky wollte über «Die drei», Karlchen, Jakopp und sich selbst, ein Buch schreiben.

8. 9. 28

1. Die Zeitschrift *«Weltbrille»* brachte in Nr. 4/5, 1928, einen Angriff von Franz Leschnitzer *«Peter Panter auf der Bärenjagd»*, in dem er gegen Tucholskys Kritik über zwei Bücher von F. M. Huebner (vgl. *‹Der Bär tanzt›*, GW II/1111) polemisierte. Leschnitzer war zeitweiliger Mitarbeiter der *«Weltbühne»*, emigrierte 1933 in die Sowjetunion und kehrte 1960 nach Ostberlin zurück.

2. *Käselöcher*: Vgl. GW II/1212, *‹Wo kommen die Löcher im Käse her –?›*.

3. *«Bohemia» und «Prager Tagblatt»*: Das *«Prager Tagblatt»* hatte einen Nachdruckvertrag mit Tucholsky.

4. *Umschlag von Rowohlt*: Gemeint ist der Schutzumschlag für *‹Das Lächeln der Mona Lisa›* mit der Zeichnung von Blix.

5. *Nola*: Vgl. GW II/1343, *‹Nola oder Fotomontage des Lebens›*.

18. 9. 28

1. Korff, vgl. Anm. zu Maximilian Harden, S. 520.

2. Szafranski, Kie genannt, vgl. Anm. zu Hans Erich Blaich, S. 505.

3. *AIZ*: *«Arbeiter Illustrierte Zeitung»*. (Vgl. Anm. zu Hans Reichmann, S. 531 f.) In den Jahren 1928–30 veröffentlichte Tucholsky häufig aggressiv politische Gedichte, die meist zu Fotos oder Fotomontagen geschrieben waren.

4. Monty Jacobs, Feuilletonredakteur der *«Vossischen Zeitung»*.

5. Willi Münzenberg, vgl. Anm. zu Walter Hasenclever, S. 543 f.

6. Friedrich Kroner, Chefredakteur des *«Uhu»*.

7. Vicki Baum war Redakteurin der Ullstein-Zeitschrift *«Die Dame»*, in der Tucholsky gelegentlich mitarbeitete.

8. Gustav Kauder, Chefpolitiker der *«B. Z.»*.

9. Klever: Walter Hasenclever.

10. Marquita: Walter Hasenclevers Schwester Marita.

Im November 1928 trennte sich Mary Tucholsky von Kurt Tucholsky, verließ Paris und ging nach Berlin.

1. 7. 29

1. *Ein neuer Lewis*: «*Elmer Gantry*» von Sinclair Lewis.

30. 8. 29

1. *Monty*: Monty Jacobs hatte Mary Tucholsky gegenüber äußerst kritisch über Tucholskys Buch ‹*Deutschland, Deutschland über alles*› gesprochen.

2. *Badehosenbild*: Die im Ullstein Verlag erscheinende «*Berliner Illustrirte Zeitung*» hatte als Titelbild der Nr. 34, Jg. 1919, den Reichspräsidenten Ebert und den Reichswehrminister Noske in Badehosen am Ostseestrand gebracht.

3. *Dieses von der Mensur*: Tucholskys Gedicht ‹*Deutsche Richter von 1940*› (vgl. GW III/295), war zu einem Foto blutüberströmter Duellanten in der «*AIZ*» gemacht worden.

4. *Daß Monty über eine Zeile empört ist*: Gemeint ist das Blatt «*Tiere sehen dich an*». (Vgl. dazu Tucholskys Brief an Jakob Wassermann vom 1. 3. 1931, S. 212.)

27. 11. 29

1. *In Wiesbaden haben sie ... einen Mann verhauen*: Vgl. dazu Tucholskys Brief an Dr. Walter B. Meyer vom 27. 11. 1929, S. 210.

29. 3. 32

In diesem Prozeß handelte es sich um folgendes: Tucholsky hatte am 4. 8. 1931 in der «*Weltbühne*» unter Ignaz Wrobel einen Artikel ‹*Der bewachte Kriegsschauplatz*› (vgl. GW III/905), veröffentlicht, in dem der Satz «Soldaten sind Mörder» stand. Der Reichswehrminister Groener strengte eine Klage wegen Beleidigung der Reichswehr an. Der Prozeß sollte am 1. 7. 1932 stattfinden. Angeklagt war der pressegesetzlich verantwortliche, inhaftierte Carl v. Ossietzky, der eine 18-monatige Gefängnisstrafe wegen Kritik am Etat der Reichswehr verbüßte. Die Anklage endete mit einem Freispruch Ossietzkys, die eingelegte Revision wurde «auf Kosten der Staatskasse» verworfen, weil der Ausdruck «Soldaten» ein Abstraktum ist und damit nicht die Reichswehr gemeint sei. (Vgl. auch Anm. zum Brief vom 13. 5. 1932.)

13. 5. 32

1. *Der Prozeß*: Walter Kreiser hatte unter dem Pseudonym Heinz Jäger in Nr. 11 der «*Weltbühne*» vom 12. 3. 1929 einen Artikel «*Windiges aus der deutschen Luftfahrt*» veröffentlicht, in dem andeutungsweise festgestellt wurde, daß im Reichsverkehrsministerium eine Abteilung «M» militäraviatische Angelegenheiten behandelt. Der Artikel führte zu einer Anklage gegen Ossietzky und Kreiser. Der Prozeß fand unter Ausschluß der Öffentlichkeit statt, und zur selben Zeit wurde amtlich erklärt, daß Deutschland nicht rüste. Die Anklage setzte die Verurteilung Ossietzkys und Kreisers wegen Spionage durch (Kreiser war eine Woche nach der Urteilsverkündung nach Paris gegangen und hatte dort unter Verwendung des Prozeßmaterials im «*Echo de Paris*»

eine Kampagne gegen die deutsche Militärpolitik begonnen). Allen Prozeßbeteiligten war Schweigegebot auferlegt worden. In erster und letzter Instanz verurteilte das Reichsgericht Ossietzky zu 18 Monaten Gefängnis. Der Prozeß fand im November 1931 statt. Am 10. Mai 1932 trat Ossietzky seine Gefängnisstrafe in Tegel an, wurde im Dezember 1932 durch die Schleichersche Weihnachtsamnestie entlassen, in der Nacht des Reichstagsbrandes am 27. 2. 1933 erneut verhaftet und kam in ein KZ. 1936 erhielt er den Nobel-Friedenspreis, den eine internationale Protestaktion gegen seine Inhaftierung erwirkt hatte. Er starb 1938 an den Folgen seiner Haft in einem Berliner Krankenhaus.

20. 5. 32

1. *Famoser Artikel*: Gemeint ist Ossietzkys Artikel «*Rechenschaft*» in Nr. 19 der «*Weltbühne*» vom 10. 5. 1932. Der Artikel begann mit einem Villon-Zitat, das endete «. . . den strengen Richtern wünsche ich ein großes Renommé bei Mördern, Räubern, Diebsgelichtern».

2. *Grips*: ‹*Schloß Gripsholm*›.

3. Kurt von Schleicher, vgl. Anm. zu Walter Hasenclever, S. 547.

1. 10. 32

1. *Mit Paulchen nach Leipzig gefahren*: Mary Tucholsky war mit Paul Graetz zur Premiere von «*Christoph Kolumbus*» am 24. 9. 1932 im Leipziger Schauspielhaus gefahren.

22. 10. 32

1. *Jener*: Gemeint ist Walter Hasenclever.

2. *Versäumte Gelegenheit*: Bezieht sich auf Mary Tucholskys Meinung, die beiden Autoren hätten bei den Proben anwesend sein müssen.

19. 12. 35

Dies ist der letzte Brief Tucholskys an Mary Tucholsky und damit wohl seine letzte Lebensäußerung. Er nahm am 19. 12. 1935 das Gift, an dem er zwei Tage später, am 21. 12. 1935, starb, obwohl Ärzte versucht hatten, ihn, entgegen seiner ausdrücklichen Bitte, am Leben zu erhalten. Die diesem Brief vorangestellten Zeilen waren auf das verschlossene Kuvert geschrieben, in dem dieser Abschiedsbrief seiner Frau überbracht wurde.

# NAMENREGISTER


Abel, Alfred 429
d'Abernon, Viscount Edgar Vincent 302
Adalbert, Max 429
Adler, Hans 81
Almquist, Carl Jonas Love 305
Alsberg, Max 54, 273
Andersen, Hans Christian 319, 406
Angell, Norman 238
Anzengruber, Ludwig 128
Aron, Robert 337
Arvers, Alexis-Félix 285
Asher 252
Auburtin, Victor 377
Avenarius, Ferdinand 64

Baeumler, Alfred 277
Baldessari 159
Baldwin, Stanley 280, 295
Barbusse, Henri 364, 372
Barnowsky, Victor 428
Barthou, Jean Louis 280
Bauer, Otto 232
Baum, Vicki 489
Beer-Hofmann, Richard 335
Behrens, Eduard 259
Behrens 300
Bellman, Karl Michael 305
Benn, Gottfried 253
Berendsohn, Walter A. 285
Bernauer, Rudolf 216
Bernhard, Georg 91, 136, 138, 477
Bertens, Rosa 399
Bie, Oskar 16
Bierbaum, Otto Julius 52
Bill 226
Binder-Krieglstein, Eugen Freiherr von 264
Binding, Rudolf G. 259
Bird, William 134, 135
Blaich, Hans Erich 81, 375, 414
Blix 486
Block, Paul 462, 463
Blomberg, Werner von 262
Böcklin, Arnold 376
Bonsels, Waldemar 369 f
Borchardt, Rudolf 40
Bosch, Hieronymus 485
Braibant, Charles 274
Brandes, Georg 104
Braun, Otto 269
Braun, Frau 269
Brecht, Bertolt 161, 162, 163, 194, 196, 219, 487
Breitscheid, Rudolf 227, 230, 336
Brentano, Clemens 308
Breughel d. Ä., Pieter 485
Briand, Aristide 295
Brod, Max 473
Bronnen, Arnolt 193
Brüll 158
Brüning, Heinrich 281
Büchner, Georg 49
Busch, Wilhelm 13, 14, 26, 28, 31, 42, 370, 398

Céline, Louis-Ferdinand 264, 266
Chamisso, Adelbert von 263
Chaplin, Charles Spencer 200
Claire s. u. Else Weil
Clauren (Carl Heun) 408
Conrad, Joseph 263
Cossmann, Paul Nikolaus 36
Courteline, Georges 57, 485, 486

Daladier, Edouard 269
Dammert, Rudolf 129
Dandieu, Arnaud 280, 303, 337
Danehl, Erich 214, 280, 361, 366, 430, 432, 433, 435, 437, 485, 486, 487, 488, 491, 494
Daudet, Léon 264
Daumier, Honoré 63
Descartes, René 337
Deutsch, Ernst 242

Döblin, Alfred 233, 274
Domela, Harry 186
Dorgelès, Roland 478
Dostojewski, Fedor M. 331, 392
Doumer, Paul 267

Ebert, Friedrich 106, 138, 166, 179, 295, 492
Eckener, Hugo 246
Eduard VII. 216
Ehrenburg, Ilja 277, 282
Eichendorff, Joseph Freiherr von 31, 369
Eichhorn, Hermann von 388
Elbau, Julius 485
Elsen 232
Engel, Fritz 214
Ewers, Hanns Heinz 250, 259
Ey, Luise 102 f

Falke, Gustav 81
Feuchtwanger, Lion 258, 259, 274
Finaly, Horace 291
Fischer, Heinrich 101
Fitger, Emil 217
Flaischlen, Cäsar 367 f
Flaubert, Gustave 282
Foerster, Friedrich Wilhelm 106, 203
Fontane, Theodor 31, 68, 101 f, 114, 149, 223, 296, 329
Ford, Henry 265, 337
Förste, John 167
France, Anatole 173, 465
François-Poncet, André 266
Friedrich II. 67
Fritsch, Hans 435, 486, 487, 488
Fröding, Gustaf 305
Fulda, Ludwig 127
Furtwängler, Wilhelm 295

Garbo, Greta 299
Gasbarra, Felix 194, 196 f
Gerlach, Hellmut von 135, 138, 238, 249, 323, 462, 463
Gerold, Mary 57, 58
Geßler, Otto 137
Giampietro, Josef 99
Gibson, Charles Dana 437
Giraudoux, Jean 293
Glaeser, Ernst 258
Goebbels, Joseph 233, 247, 252, 254 f, 267, 271, 280, 310 f
Goethe, Johann Wolfgang von 67, 206, 252
Goll, Iwan 230
Göring, Hermann 247, 255, 262, 267, 277
Graetz, Paul 94, 268, 297, 477, 481, 497, 498
Green, Julien 263
Grey, Edward Lord 174
Grimm, Jacob und Wilhelm 406
Grock 101
Grosz, Eva 168
Grosz, George 170, 320, 464 f
Grüning, Ilka 428 f
Guilbeaux, Henri 198
Guilbert, Yvette 158, 368
Guitry, Sacha 429
Gulbransson, Olaf 18, 256
Günther, Agnes 74
Gurlitt, Wolfgang 157, 159

Haarmann 206
Hahn, Viktor 187, 241
Hamsun, Knut 274, 278, 282, 285, 286, 287 f, 298
Harden, Maximilian 13, 106, 143
Hardt, Ludwig 392, 398, 432
Hasenclever, Edith 282, 283, 286, 295, 296, 309
Hasenclever, Marita 241, 257, 277, 295, 300, 491
Hasenclever, Walter 113, 215, 222, 259, 491, 496, 498
Hauff, Wilhelm 406 f
Hauptmann, Gerhart 13, 187, 475
Heartfield, John 212, 266
Hebbel, Friedrich 31
Hebel, Johann Peter 277
Hegemann, Werner 191
Heine, Heinrich 317, 465
Heine, Thomas Theodor 18, 218
Heine, Wolfgang 127, 140, 179

Helldorf, Wolf Heinrich Graf von 249
Heller, Frank 305
Helsey, Eduard 228
Henderson, Arthur 238, 266, 280, 296
Henkel, Max 54
Herriot, Edouard 301
Herzfeld, Guido 429
Herzog, Wilhelm 101 f, 485
Hesse, Hermann 16, 31, 79, 369
Hessel, Helen 113
Hesterberg, Trude 485, 491
Heymann, Werner Richard 161
Heyse, Paul 73
Hilferding, Rudolf 336
Hiller, Kurt 294, 298
Hindenburg, Paul von 242, 248, 262
Hitler, Adolf 206, 218, 226, 228, 229, 231, 233, 246 f, 253, 255, 257 f, 260, 261 f, 263, 265, 267, 269, 273, 275, 277, 287 f, 294, 315, 498
Hochstetter, Gustav 48
Hoesch, Leopold G. A. von 137 f, 185 f, 187
Hoffmann von Fallersleben, August Heinrich 173
Hölderlin, Friedrich 265
Holitscher, Arthur 16, 258, 470, 485
Holl, Gussy 67, 68, 70, 76, 91, 193, 391, 430, 437, 453
Holm, Korfiz 43 f, 45
Holz, Arno 14, 175
Hölz, Max 167, 271
Huf, Fritz 141
Huldschinsky, Paul 195
Hünicke 101, 106 f, 113
Hutten, Ulrich von 144

Ibsen, Henrik 439
Ihering, Herbert 242

Jacob, Berthold 141
Jacobs, Monty 489, 492 f
Jacobsohn, Edith 142, 225, 229, 246, 271, 477, 495 f
Jacobsohn, Peter 474
Jacobsohn, Siegfried 18 f, 69, 119, 122, 127, 131, 138, 140, 142, 145, 153, 171, 172, 177, 178, 188, 190, 205, 214, 230, 312, 331, 376, 386 f, 429, 476, 485, 501
Jakopp s. u. Hans Fritsch
Jannings, Emil 312, 453, 490
Jarosy, Albert 156, 191, 466 f
Johst, Hanns 260
Joyce, James 265
Jung, Georg 299
Jushnij, J. 448 f

Kafka, Franz 174, 200, 473
Kahn, Harry 197
Kaiser, Georg 475
Karlchen, Kallchen s. u. Erich Danehl
Karlfeldt, Erik Axel 239
Karolyi, Michael Graf 247
Kastner, Bruno 485
Kauder, Gustav 489
Keller, Gottfried 44, 70, 307
Kellermann, Bernhard 33
Kerenski, Alexander 247
Kerr, Alfred 56, 74, 137 f, 194, 203, 208, 242, 250, 258, 259, 337, 432, 483
Keyserling, Eduard von 175, 402 f
Kie, gemeint ist Kurt Szafranski (s. d.)
Kielland, Alexander Lange 385
Kierkegaard, Sören 305, 308
Kipling, Rudyard 487
Kisch, Egon Erwin 249 f, 253, 258, 276, 313
Klabund 15, 486
Klein, Robert 194
Kleist, Heinrich von 277, 501
Klever s. u. Walter Hasenclever
Klöpfer, Eugen 283
Koessler, Eugen 462
Kommer, Rudolf 215
Korff, Kurt 488 f, 491
Korff, Margot 491
Kothe, Robert 87

Kracauer, Siegfried 277
Kraus, Karl 13, 100 f, 116, 203, 208, 211, 262, 359
Kreiser, Walter 497
Kremer, Isa 157
Krieglstein s. u. Binder-Krieglstein
Kroner, Friedrich 489
Kühl, Kate 487

Lachmann-Mosse, Hans 250
Lafayette, Joseph Marquis de 467
Lambert 81
Landauer, Gustav 69
Langbehn, Julius 72
Lassalle, Ferdinand 177
Laval, Pierre 295, 301
Leni, Paul 131
Lenin, Wladimir Iljitsch 177, 198, 338
Leonhard, Rudolf 242, 243, 244, 248, 252, 263, 277, 307
Leopardi, Giacomo 73
Leschnitzer, Franz 488
Lessing, Theodor 273
Levy, Paul 102
Lévy-Bruhl, Lucien 139
Lewis, Sinclair 173, 492
Leyden, Ernst von 54
Liebknecht, Karl 62, 206
Liliencron, Detlev von 31, 70, 71, 360, 368, 397
Linder, Max 90
Lockhart, Sir Robert Bruce 264
Löns, Hermann 387, 389
Loos, Anita 219
Ludendorff, Erich 71
Ludwig, Emil 137, 140, 253, 258, 259
Luther, Martin 288
Luxemburg, Rosa 206

MacDonald, James Ramsay 232 f, 322 f
Macleod, Fiona 407
Man, Hendrik de 319
Mann, Heinrich 53, 186, 258, 275, 401, 458, 475
Mann, Thomas 16, 137 f, 173, 233, 263, 274, 278, 304, 338, 381
Marghiloman 384
Margueritte, Victor 136
Marx, Karl 257 f, 288, 317
Masereel, Frans 168, 465
Massary, Fritzi 160
Mauthner, Fritz 28, 30
Mehring, Walter 100 f, 249
Meier-Graefe, Julius 376 f
Meller, Raquel 173
Ménard-Dorian, Aline 247, 462, 466
Mendelssohn, Moses 206
Mendès, Catulle 368
Mertens, Carl 110
Meyrink, Gustav 16
Michels, Robert 125 f
Misch, Robert 90
Montaignac, Jean de 280, 308
Morgenstern, Christian 392, 423, 439
Mörike, Eduard 27, 31
Morus (Richard Lewinsohn) 477
Mosse, Erika 229
Mühsam, Erich 119, 120 f, 125
Münzenberg, Willi 489, 491
Murat, Joachim 257
Mussolini, Benito 265

Napoleon III. 257
Nelson, Rudolf 95, 158, 164, 448, 457
Neumann, Robert 219 f
Nietzsche, Friedrich 63, 173, 277, 279, 307
Nigrin, Ada 116
Nijinskij, Waslav Fomitsch 348
Nitti, Francesco 247
Nobel, Alfred 238
Noske, Gustav 179, 492

Oberfohren, Ernst 261 f
Offenbach, Jacques 215
Olden, Ole 182
Ossietzky, Carl von 191, 197, 229, 231, 232, 238, 247 f, 261, 266, 276, 290 f, 296, 477, 478, 479, 480, 494 f, 496, 497
Ottwalt, Ernst 258
Owlglaß s. u. Hans Erich Blaich

Paasche, Fredrik 287
Pallenberg, Max 89, 99, 198
Panizza, Oskar 20
Pareto, Vilfredo 288
Pascin, Jules 465
Péguy, Charles 279, 287, 335
Persius, Lothar 63
Perutz, Leo 74
Peter der Große 289
Pfemfert, Franz 208
Pinner, Felix 109
Piscator, Erwin 193, 194, 196, 197 f, 242
Plivier, Theodor 258
Plüschow, Gunther 378
Poincaré, Raymond 137, 139, 174, 185 f
Polgar, Alfred 336, 481, 488
Prellwitz, Gertrud 156
Prem 119
Prince 90
Proust, Marcel 175

Queiroz, José Maria Eça de 104, 465
Queri, Georg 33, 47, 51

Raabe, Wilhelm 13, 26, 28, 31 f, 36, 37, 42, 44, 67, 69 f, 74
Radek, Karl 167, 227, 294
Ragaz, Leonhard 288
Ratti, Achille (Pius XI.) 233
Rausch, Albert H. 203
Ray, Marcel 100
Reber, Charles 240
Rehfisch, Hans José 242, 244
Reinhardt, Max 74, 89, 160, 215, 432, 436, 437
Remarque, Erich Maria 258
Renard, Jules 264, 486
Richthofen, Manfred Freiherr von 395
Rilke, Rainer Maria 13, 16, 80, 115
Ringelmann, Ernst 119, 123
Rivarol, Antoine de 308
Rockefeller, John D. 298, 303
Rocque, Casimir de la 297
Roda Roda 16, 72
Rodenbach, Georges 486
Röhm, Ernst 267
Rosegger, Peter 377
Rosenberg, von 182
Roth, Joseph 264
Rottmann, Alexander 429
Rowohlt, Ernst 186, 190, 194, 214, 223, 259, 479, 481, 484, 486, 488
Rutchen s. u. Rudolf Leonhard

Sailer, Sebastian 20 f
Sarrail, Maurice 471
Schäfer, Wilhelm 16
Schairer, Reinhold 297
Schaljapin, Fedor 468
Scheidemann, Philipp 391
Scher, Peter 33
Scheurich, Paul 39
Schiffer, Marcellus 161
Schilling, Erich 65, 66, 218
Schlamm, William S. 225, 227, 229, 230, 263, 266, 314
Schleicher, Kurt von 306, 498
Schlichter, Rudolf 167, 170
Schnitzler, Arthur 13, 37
Schoenberner, Franz 218
Schopenhauer, Arthur 26, 31, 32, 42, 49, 62, 67, 69, 73, 252, 277, 296, 404
Schwarzschild, Leopold 264, 265, 268
Schwind, Moritz von 31
Seeckt, Hans von 106
Severing, Karl 296
Shaw, George Bernard 215
Sieburg, Friedrich 113, 244, 304
Sieck, Rudolf 14, 16, 19, 46, 51, 57, 59
Siemsen, Hans 101
Simon, Heinrich 185
Slevogt, Max 428
Sorel, Georges 294
Speyer, Wilhelm 79, 278, 293
Spielhagen, Friedrich 104
Stahl, Leo 185
Stalin, Joseph 233, 303, 327, 338
Starke, Ottomar 170, 171
Steed, Henry Wickham 232

Steinert, Willi 129
Sterler, Hermine 108
Stern, Ernst 131
Sternheim, Carl 89
Stettenheim, Julius 44
Storm, Theodor 69, 153, 191, 282, 371
Strasser, Otto 257
Strauß, Emil 31
Streicher, Julius 335
Stresemann, Gustav 166
Strindberg, August 306, 399
Sudermann, Hermann 408
Swedenborg, Emanuel von 241
Szafranski, Kurt 15, 20, 95, 488 f, 491

Tacitus 288
Tegnér, Esaias 305
Thielscher, Guido 173
Thoma, Ludwig 13, 16, 36, 66, 428 f
Thöny, Eduard 58, 167
Toller, Ernst 123, 269, 274, 275, 309, 491, 495
Tolstoi, Leo Graf 36, 282, 300 f, 364, 400, 426
Trotzki, Leo 266, 268, 303, 314
Tschechow, Anton 350
Turgenjew, Iwan Sergejewitsch 344
Twain, Mark 486

Ullstein, Heinz 491
Ullstein, Hermann 490
Unruh, Fritz von 113, 241, 291

Valentin, Karl 281, 298, 304
Valéry, Paul 175
Valetti, Rosa 156
Veidt, Conrad 429
Verne, Jules 472
Vesper, Will 259
Villon, François 497
Voltaire 468
Vorst, Hans 174

Wagner, Christian 26, 27, 31, 56, 66
Wagner, Richard 33
Wassermann, Jakob 28, 31, 67, 68, 259
Wedekind, Frank 429
Weil, Else 14, 15, 28, 36, 38, 48, 52, 54
Weinert, Erich 105
Wels, Grete 189 f
Wels, Otto 232
Werfel, Franz 259
Werthauer 92
Werther 222
Whistler, James McNeill 318
Wied, Gustav 57, 403, 429
Wiener-Braunsberg, Josef 118
Wilde, Oscar 318
Woelfle, Alfons 82
Wolfe, Thomas 265, 267
Wolff, Fritz 108, 170
Wolff, Kurt 173, 262
Wolff, Theodor 138, 227, 278, 295, 409
Wüst, Ida 485

Zehrer, Hans 253 f
Zeigner, Erich 106
Zirker, Milly 238
Zweig, Arnold 258

# INHALT

Vorwort 5
An Hans Erich Blaich 13
An Kurt Szafranski 78
An Kurt Wolff 80
An den Simplicissimus 81
An Ellen Tucholsky 83
An Siegfried Jacobsohn 89
Brief nach Wien 114
An Theodor Wolff 117
An Hanns Dosch 119
An Ernst Ringelmann 120
An Ludwig Lehrl 122
An Erich Mühsam 123
An Ernst Toller 124
An Lukaschek 129
An Herbert Ihering 130
An Maximilian Harden 134
An Sibylle Schoepf-Witting 143
An Lisa von Schönebeck 148
An Hans Schönlank 153
An Kate Kühl 156
An George Grosz 166
An Alfons Fedor Cohn 169
An Edith Jacobsohn 170
An Eduard Plietzsch 173
An Bernhard Wiedehöft 177
An A. Klemich 178
An Hans Hartmann 181
An «Karlchen» und «Jakopp» 183
An Emil Ludwig 184
An Walter Mehring 193
An Wilhelm Speyer 195
An Piscator-Bühne 196

An Max Brod 200
An Wilhelm Stapel 202
An Kurt Hiller 203
An Hans Reichmann 205
An Bernhard Scheick 208
An Walter B. Meyer 210
An «Die Linkskurve» 211
An Jakob Wassermann 212
An Franz Hammer 213
An Alfred Stern 214
An Emil Jannings und Gussy Holl 215
An Almuth Niemann 217
An Annette Kolb 218
An Irmgard Keun 219
An Verlag Felix Bloch Erben 222
An Hermann Hesse 223
An «Die Weltbühne» 224
An Heinz Pol 225
An Carl Seelig 234
An Thomas Theodor Heine 235
An Berthold Jacob 236
An Mia Leche-Löfgren 238
An Walter Hasenclever 240
An Fritz Tucholsky 310
An Arnold Zweig 331
An Mary Gerold-Tucholsky 341
Anmerkungen 503
Namenregister 563